한국 고대 음악과 고려악

한국 고대 음악과 고려악

2020년 11월 20일 초판 1쇄 발행

글쓴이　　　전덕재
펴낸이　　　권혁재
편　집　　　조혜진
표　지　　　이정아

제　작　　　성광인쇄
펴낸곳　　　학연문화사
등　록　　　1988년 2월 26일 제2-501호
주　소　　　서울시 금천구 가산디지털1로 168 우림라이온스밸리 B동 712호

전　화　　　02-2026-0541
팩　스　　　02-2026-0547
E-mail　　　hak7891@chol.com

ISBN 978-89-5508-422-1 93910

한국 고대 음악과 고려악

전덕재 지음

학연문화사

우리 음악의 원류를 찾아서

1. 태권도를 매개로, 고대 음악에 관심을 가지다

1985년에 대학원에 진학한 이후, 지금까지 주로 신라사를 중심으로 공부하였고, 다른 한편으로 고대의 사회경제사에도 커다란 관심을 두고 연구를 진행하였다. 지금은 주로 『삼국사기』와 『삼국유사』 등 고대 문헌의 原典과 편찬과정을 밝히는 데에 매진하고 있는 중이다. 그런데 어찌하다보니, 주전공은 아니었지만, 부전공 비스름하게 연구한 주제가 있었으니, 그것은 바로 우리나라 고대 음악문화에 관한 것이다.

본인은 음치라서 노래방에 가자고 하는 사람을 매우 싫어하는 편이다. 음악에 숙맥인 본인이 고대 음악문화에 관심을 갖게 된 것은 아이러니한 인생유전이 아닐 수 없다. 물론 본인은 대학원 진학 이후 고대 음악문화에 대해 일도 관심을 가지지 않았고, 더구나 그것을 연구한다는 것 자체를 꿈에서조차 상상해본 적도 없다. 그런 본인에게 고대 음악문화의 길로 인도한 매개체가 바로 대한민국의 국기인 태권도였다.

2004년에 노무현정부에서 추진한 중요한 사업이 바로 태권도 공원을 조성하기 위한 부지를 선정하는 것이었다. 이 해 10월에 태권도공원조성추진위원회 및 실무위원회가 자치단체에서 추천한 17개 후보지를 대상으로 1단계 심사·평가를 실시하여 3개 우수후보지(무주군과 경주시, 춘천시)를 선정한 후, 이들을 대상으로 다양한 심사와 실사를 걸쳐 이 해 12월에 최종 후보지로 무주군을 선정하였다. 태권도공원 조성 후보지 선정과정에서 무주군과 경주시가 각축을 벌였고, 두 지방자치단체에서 태권도공원을 유치하기 위한 활발한 운동을 전개하였다. 태권도공원 유치운동 과정에서 경주시에서 2004년 10월 7일 국기원에서 제2회 서울 국제태권도 학술대회를 열어 경주시가 태권도의 발상지임을 널리 홍보한다는 계획을 세웠다. 태권도공원 경주유치 범시민 추진위원회에서 당시 경주대학교에 재직 중인 본인에게 태권도의 발상지가 경주임을 입증할 수 있는 논문을 작성하여 학술대회에서 발표해달라고 요청하였다. 경주가 태권도의 발상지였는가에 대해 관심이 없었던 본인은, 약간 망설이긴 하였지만, 그래도 신라 화랑과 낭도들이 手搏을 무예로서 널리 익혔을 가능성이 높다는 생각에 발표를 수락하였다.

발표를 수락하고 나서, 수박에 관한 연구성과와 자료들을 찾다보니, 화랑과 낭도들이 수박을 무예로서 익혔음을 알려주는 자료는 적었지만, 그러나 나름 우리나라 수박의 역사에 대한 이해를 심화시킬 수 있었다. 연구를 진행하면서 중국 문헌에 전하는 수박에 관한 자료를 찾기 위해 文淵閣 四庫全書 전자판 CD에서 '手搏'을 검색하였다. 수박에 관한 자료는 그리 많이 검색되지 않아 약간 실망하였다. 그렇다면 '수박'과 관련이 깊은 씨름, 즉 각저의 경우는 어떠하였을까 하는 의구심을 가지고 '角抵'를 검색하여 보았다. 그때까지 본인은 각저, 즉 씨름을 단지 우리 민족 고유의 놀이이자 문화로만 인식하고 있었는데, 의외로 중국 문헌에서 '각저'에 관한 자료가 많이 검색되어 놀라움을 금치 못하였다. 더구나 검색한 자료들을 분석해보니, 각저는 漢代에는 단순하게 씨름을 가리키는 것이 아니라 오늘날 써커스 또는 엔터테인먼트(entertainment)의 개념으로 사용되었고, 각저의 종류 가운데 대다수는 西域에서 전래되었음을 확인할 수 있었으며, 이외에 서역인이 중국에 들어와 다양한 각저희를 공연하였다는 사실도 알게 되었다.

태권도가 경주에서 발상하였다는 사실을 명확하게 입증할 수 없었지만, 다양한 문헌과 고고학·불교미술 자료를 바탕으로 신라의 화랑과 낭도들이 수박을 무예로서 널리 익혔음은 어느 정도 논증할 수 있었다. 이러한 연구결과를 10월 7일에 개최된 제2회 서울 국제 태권도 학술대회에서 발표하였고, 이것을 다시 수정, 보완하여 2005년 5월 14일 경북대학교에서 개최된 제84회 한국고대사학회 정기발표회에서 '신라 화랑도의 무예와 수박'이란 제목으로 발표하였으며, 발표문을 2005년 6월에 발간된 『한국고대사연구』38호에 게재하였다.

2. 서역의 문화에 대해 탐구하다

'신라 화랑도의 무예와 수박'이란 논문을 발표한 이후, 각저와 서역의 문화에 대해 계속 관심을 가지고 연구를 진행하였다. 이와 같은 본인의 관심을 대구가톨릭대학교 역사교육과에 재직 중인 강종훈교수에게 이야기하니, 강교수가 이 해 10월에 대구사학회·부산경남사학회·전남사학회·호서사학회 등이 주최하는 2005년 대구사학회·부산경남사학회·전남사학회·호서사학회 연합학술대회의 주제가 '동서양의 교류와 문화'인데, 본인에게 대구사학회를 대표하여 발표해달라고 부탁하였다. 마침 이에 대한 관심을 기울이던 중이어서 그 자리에서 흔쾌하게 발표를 수락하였다. 발표를 수락한 후에 경주대학교에 재직 중인 정병모교수가 주관한 실크로드 답사팀에 합류하여 이 해 8월 6일부터 14일까지 중국 신장성〔新疆省〕일대를 답사하였다. 우리와는 전혀 다른 환경을 가진 이른바 서역지방은 본인에게 상당히 흥미롭게 다가왔고, 쿠처와 카슈가르에서 관람한 서역의 전통 민속춤은 서역에서 전래된 각저와 춤을 이해하는 데에 커다란 도움을 주었다. 서역지방을 답사한 경험과 다양한 문헌자료를 가지고 서역과 신라와의 관계를 탐색하는 과정에서 서역의 문화가 신라의 문화에 커다란 영향을 끼쳤다는 사실을 입증할 수 있었고, 그러한 사실을 체계적으로 정리하여 이 해 10월 14일 조선대학교에서 열린 2005년 4개학회 연합학술대회에서 '고대 백희의 도입을 통해서 본 동서문화의 교류'란 제목으로 발표하였으며, 발표문을 수정 보완하여 2006년 3월에 발간된 『역사와 경계』58호에 '한국 고대 서역문화의 수용에 관한 고찰-백희·가무의 수용을 중심으로'란 제목으로 게재하였다.

한국 고대 서역문화의 수용에 관한 연구를 진행하는 과정에서 의외의 또 다른 주제에 입문하게 되었는데, 그것이 바로 고대 일본의 高麗樂에 관한 것이었다. 고대 일본의 雅樂(가가쿠)은 일본 열도 古來의 歌舞와 외국 계통의 가무를 원류로 하여 성립되었다. 아악을 크게 舞樂(부가쿠)·管絃·歌物·國風歌舞로 분류하는데, 이 가운데 무악은 左舞(左方樂)와 右

舞(右方樂)로 구성되었으며, 전자는 중국 계통의 무악으로서 흔히 唐樂(도가쿠)이라고 부르고, 후자는 한국 계통의 무악으로서 흔히 高麗樂(고마가쿠)으로 부른다. 고려악은 삼국시대부터 일본에 전래된 백제악, 신라악, 고구려악, 그리고 발해악을 기초로 하여 10세기 후반에 성립된 것이다.

신라에서 서역의 문화를 수용한 사실에 대해서는 이미 연구가 어느 정도 진행되었기 때문에 본격적으로 서역문화의 수용에 관한 연구를 진행하기 전에 서역문화가 신라에 끼친 영향에 대해서는 어렴풋이나마 나름의 그림을 그릴 수 있었다. 그런데 고려악의 악곡 가운데 서역에서 전래된 가무가 적지 않을 것이라는 생각은 전혀 하지 못하였다. 2005년 8월 13일에는 신장성의 省都인 우루무치에서 일정을 보냈다. 우루무치 시내에서 다양한 인종들을 보면서 서역지방이 동·서양을 연결하는 실크로드의 길목에 위치하였음을 새삼 느낄 수 있었다. 저녁에 답사팀은 우루무치의 신화서점(新华书店)에 들렀는데, 여기서 본인은 서역과 관련된 여러 서적을 구입하였다. 귀국 후에 신화서점에서 구입한『西域文化的回声』(王嶸著, 2000, 新疆青少年出版社)에 게재된 '多文化背景下的苏莫遮'란 논고를 꼼꼼하게 탐독하였다. 이 논문을 읽을 때에는 蘇莫遮는 단지 쿠처(龜玆)를 비롯한 서역에서 매년 7월이나 11월에 개최된 街頭歌舞戲로서, 우리나라의 고대에서 널리 유행한 제천행사와 비슷한 축제로만 인식하였다.

본인이 서역의 문화에 대한 연구를 진행한 결과, 소막차는 인도에서 發源하여 이른 시기에 서역에 전래되었고, 서역의 龜玆國, 康國, 焉耆國, 高昌國 등에서 널리 공연되었으며, 소막차를 공연할 때에 연희자들이 짐승 모양의 가면을 쓰고 노래와 춤을 추며 거리에서 물을 뿌리면서 추위를 구하고 災殃이 없어지기를 기원하였다는 사실을 확인할 수 있었다. 이와 더불어 남북조시대에 서역의 소막차가 중국에 전래되어 唐代에 11월이나 12월에 주로 서역인들이 집단적으로 거주하는 곳에서 널리 공연되어 중국인들에게 인기를 끌었고, 중국인들은 소막차를 乞寒戲 또는 潑寒胡戲, 潑胡王乞寒戲라고 불렀으며, 또한 일본에도 전래되어 蘇莫者(소마쿠샤)라고 불렸는데, 그것은 1인의 舞人이 원숭이 또는 귀신 형상의 가면을 쓰고 도롱이를 걸치고 춤을 추는 내용이었음을 인지할 수 있었다.

소막차가 중국에 전해져 널리 인기를 끌었다는 점은 인지하였으나, 그것이 우리나라에 전래되었음을 알려주는 명확한 자료를 찾을 수 없었다. 그런데 '多文化背景下的苏莫遮'란 논고에서 王嶸이 일본의 무악인 '蘇志摩利(소시마리)'의 춤이 唐代에 중국에서 유행한 '소막차'의 춤과 유사하며, 소지마리는 소막차가 일본에 전래된 것이었을 가능성이 높다는 언급을 하였다. 본인은 일본의 소지마리에 대해 전혀 알지 못하였기 때문에 인터넷과 여러 자료를 통해 소지마리란 무악이 어떤 것인가를 탐색하였다. 이 과정에서 소지마리가 고대 일본의 무악인 고려악 가운데 하나의 악곡이었다는 사실을 알게 되었고, 고려악이 고구려와 신라, 백제, 발해음악을 기초로 하여 성립되었다는 기본정보도 획득할 수 있었다. 나아가 소지마리가 신라에서 일본에 전래된 무악이었으며, 고려악 가운데 하나인 桔簡(吉簡, 吉干: 기칸)은 '乞寒'의 假借임을 확인할 수 있었다. 즉 중국에서 유행한 소막차, 즉 乞寒戱가 삼국에 전래되었고, 이것이 다시 일본에 전래되어 길간으로 정립되었다는 사실을 알 수 있었던 것이다. 이와 더불어 고려악 가운데 현재에도 일본에서 널리 공연된 納蘇利(納曾利: 나소리)가 최치원이 지은 '鄕樂雜詠'에 전하는 '大面'이 일본에 전래된 무악이었음을 입증할 수 있었다. 이상에서 연구한 결과를 '한국 고대 서역문화의 수용에 관한 고찰'이란 논고에 반영하여 학계에 발표하였던 것이다.

3. 고대 일본의 고려악에 대해 연구하다

2006년 3월까지만 해도 본인의 고려악에 대한 이해는 초보적인 수준을 벗어나지 못하였다. 고려악이 삼국에서 전래된 음악을 기초로 하여 성립되었고, 지금까지 그 가운데 일부를 일본에서 공연하고 있는 현실을 인지한 후에, 우리나라 고대 음악의 원류 및 고대 음악의 복원과 재현에 고려악이 크게 도움이 될 것이라고 인식하기 시작하였다. 이에 본격적으로 고려악에 대한 연구를 진행하기로 마음먹었는데, 의외로 우리나라는 물론이고 일본에서조차 고려악에 대한 연구가 매우 적었을 뿐만 아니라 고려악에 대한 기초적인 정리조차도 제대로 이루어지지 않았음을 접하고는 당혹스러운 감을 지울 수 없었다. 할 수 없이 서울대학교 도서관에서 일본 고대의 辭書類와 樂書 등을 수배하여 기초적인 고려악 관련 문헌자료들을 복사하고, 고대 일본 음악 관련 논고들을 수합하여 고려악에 대해 본격적으로 연구하기 시작하였다. 나름 연구가 어느 정도 궤도에 오르자, 2007년에 동북아역사재단에 학술연구비를 신청하여 선정되었다. 2007년도에 고려악에 대한 기초 작업을 마무리하고, 그 결과를 동북아역사재단에 보고하였으며, 이것을 수정, 보완하여 2008년 6월에 발간한 『동북아역사논총』20호에 '고대 일본의 고려악에 대한 기초 연구'란 제목으로 게재하였다. 본 논문은 고대사학계보다 오히려 음악사학계에서 더 주목을 받아 삼국의 음악이 일본 고대 음악에 끼친 영향에 대한 관심을 제고시키는 데에 나름 기여하였다고 평가받았다.

본인은 고려악에 대한 연구를 진행하면서, 삼국과 발해에서 전래된 고려악의 32개 악곡 가운데 狛犬(고마이누), 狛鉾(고마보코), 高麗龍(고마류), 阿夜岐理(또는 高麗女, 愛嗜女, 大鞨鞨), 退·進宿德(또는 退·進走德: 다이·신소도쿠), 長保樂(초호라쿠)은 고구려에서, 王仁庭(皇仁庭: 오닌테), 進曾利古(또는 進蘇利古, 또는 竈祭舞: 신소리코)는 백제에서, 소지마리와 납소리는 신라에서, 新鞨鞨(신마카)은 발해에서 전래된 것이었음을 입증할 수 있었다. 이밖에 新鳥蘇, 古鳥蘇, 貴德, 敷手, 崑崙八仙, 地久, 俱倫甲序, 志岐傳, 都鬱, 頑徐, 石川樂, 新河浦, 作物, 葦波, 鞨切, 林歌, 登天樂, 白濱, 啄木 등은 삼국 또는 발해에서 전래되었지만, 그 계통을 알 수 없는 악곡이었고, 고려악 가운데 진·퇴주덕, 소지마리와 납소리, 길간, 장보악, 귀덕, 곤륜팔선, 지구 등은 서역에서 우리나라에 전래되었다가 다시 일본에 전래된 것이었다는 사실도 확인할 수 있었다. 본인은 고려악에 대한 기초적인 작업을 진행한 후, 지금까지 고려악 가운데 진소리고, 탁목, 소지마리, 길간, 박견에 대하여 보다 자세하게 검토한 논고를 발표한 바 있다. 그러나 본인의 고대 일본의 음악에 대한 소양이 너무나도 부족하였기 때문에 고려악에 대한 연구를 한 단계 더 심화시키기에는 분명한 한계가 있었다. 더구나 고·중세 일본사에 대한 지식이 단편적이었던 점 및 당시의 일본어를 제대로 해독하기 곤란하였던 점도 연구의 진전을 가로막는 또 다른 요인으로 작용하였다. 앞으로 음악사학자와 고·중세 일본사와 일본문화를 전공하는 연구자와의 공동연구가 활발하게 진행된다면, 고려악에 대한 이해가 크게 진전되리라고 기대된다.

4. 신라의 향악, 우리 국악의 원류였음을 밝히다

본인은 고려악을 연구하면서 서역의 음악이 우리나라에 지대한 영향을 끼쳤음을 다시금 확인할 수 있었다. 고려악 및 서역의 음악에 대한 연구를 진행하는 도중에 2007년에 대구경북연구원에서 본인에게 '신라 문화의 정체성에 대한 학술 연구'를 제안하며 소정의 연구비를 지원하였다. 신라 문화의 정체성을 분명하게 드러낼 수 있는 주제를 고민하다가, 최치원이 지은 '鄕樂雜詠'을 주목하게 되었다. 이것은 최치원이 당에서 귀국하여, 아마도 섣달 그믐날의 驅儺儀禮에서 金丸과 月顚, 大面, 束毒, 狻猊란 곡예 또는 가무희를 공연하는 것을 보고 지은 漢詩를 모아 놓은 것이다. 금환은 공을 가지고 재주를 부리는 곡예를 말한다. 월전은 서역의 한 나라였던 于闐〔중국 신장성 호탄(khotan)〕을, 속독은 粟特이라고도 표기하는 오늘날 우즈베키스탄 타슈켄트와 사마르칸트지역 등을 가리키는 소그디아나지역을 이르는 말이다. 결국 월전과 속독은 우전과 소그디아나지역에서 전래된 가무라고 볼 수 있다. 대면은 연희자가 황금가면을 쓰고 귀신을 쫓는 가무이고, 산예는 사자춤을 가리키는데, 이것 모두 서역에서 전래되었다고 알려졌다. 이처럼 이른바 신라 五伎 가운데 4개가 서역에서 전래되었음에도 불구하고 최치원은 그들을 모두 '향악'이라고 범주화한 것인데, 본인은 그 이유가 몹시도 궁금하였다. 이러한 궁금증을 해결하기 위하여 신라의 음악에 대한 연구를 진행한 결과, 신라가 삼국을 통일한 후에 고구려와 백제음악을 모두 포용하였고, 고구려와 백제음악에 이미 서역의 음악이 용해되어 있었음을 논증할 수 있었다. 결국 서역의 음악이 신라에 전래된 시기가 매우 오래되었기 때문에 9세기 후반에 최치원을 비롯한 신라인들은 그것들이 서역에서 전래된 것이라고 전혀 인식하지 못하였고, 도리어 신라 고유의 음악이라고 인식하였던 것이라고 정리할 수 있었다.

　여기서 鄕樂이란 중국의 음악, 즉 唐樂이 신라에 널리 보급되어 그것과 대비된 신라의 전통음악을 총괄하여 가리키는 개념이다. 신라의 향악에는 신라 고유의 전통음악뿐만 아니라 서역에서 전래된 음악, 그리고 삼국통일 이후에 신라에서 포용한 고구려와 백제음악이 모두 포괄되었음이 확인된다. 당악과 대비된 신라의 전통음악을 향악이라고 범주화한 시기는 9세기 후반 경문왕대 또는 헌강왕대였음이 밝혀졌다. 아무튼 9세기 후반 향악의 정립으로 말미암아 진정한 의미에서 삼국의 음악이 화학적 융합을 이룬 '우리 민족의 고유한 음악'이 창출되기에 이르렀다고 평가할 수 있다. 본인은 이와 같은 연구결과를 2007년 12월에 발간한 『대구경북학 연구논총』 제4집에 '향악의 성격 고찰을 통한 신라문화의 정체성 연구'란 제목으로 게재하였다.

　9세기 후반에 정립된 향악은 후삼국시기를 거쳐 고려에 대체로 계승되었다고 볼 수 있다. 실제로 '예조에서 儀禮詳定所 提調와 함께 의논하여 樂調를 올리면서 "신 등이 가만히 보건대, 前朝(고려)에서 삼국(후삼국) 말년의 음악을 이어받아 그대로 썼다."고 아뢰었다.'라는 기록이 『태종실록』 태종 2년 6월 5일조에 전하는 것을 통해 그러한 사실을 입증할 수 있다. 신라에 전래된 외래 음악, 즉 당악의 경우, 후삼국시기에 크게 흐트러졌고, 이 때문에 고려 광종은 송나라에 당의 악기와 악공을 요청한 바 있다. 고려 광종은 이를 기초로

하여 송나라에서 수입한 당악을 左部로, 신라의 전통적인 음악인 향악을 右部로 삼아 비로소 좌우 2부제를 확립하였다.

조선 초기에 고려시대의 당악까지 포괄하면서 향악의 외연이 확대되었고, 근대에 향악과 송·명나라에서 수입된 음악을 모두 포괄하여 서양의 음악, 즉 洋樂에 대비시켜 國樂이라고 범주화하여 정리하였음을 확인할 수 있다. 국악의 역사를 상고하건대, 결과적으로 9세기 후반에 신라인들이 정립한 '鄕樂', 즉 새로운 범주의 '우리 민족 고유의 음악'이 오늘날 국악의 源流를 이루었다고 평가하여도 조금도 지나치지 않을 것이다. 현재 양악이 분명한 트로트를 힙합, 랩, 발라드, 락 등과 같은 서구의 다양한 음악 장르와 대비하여 우리의 전통가요라고 부르기도 하는데, 현재에도 과거와 마찬가지로 우리의 음악과 외국의 음악이 융합되어 또 다른 우리의 음악을 창출하는 과정이 진행되고 있음을 실감할 수 있다.

태권도의 역사를 밝히려는 단순한 호기심에서 출발한 본인의 고대 음악에 대한 연구는 우리가 살고 있는 현재의 우리 문화의 정체성에 대한 관심으로 확대되었다고 정리할 수 있는데, 음악뿐만 아니라 다양한 분야의 문화에서도 비슷한 양상을 보였을 것으로 짐작되며, 나아가 우리 역사 자체도 외국과의 부단한 접촉과 교류 속에서 부단하게 변화되었다고 볼 수 있을 것이다. 본인은 고대 음악에 대한 연구를 진행하면서 우리 조상들은 우리의 전통 문화는 무엇인가 약간 부족하다는 인식을 항상 가지고 있었고, 그러한 이유 때문에 부단하게 외래의 문물에 관심을 기울여 또 다른 우리의 문화가 창출되었음을 어렴풋이나마 깨달을 수 있었다. 나아가 우리 개개인도 무엇인가 항상 자신의 삶이 만족스럽다고 생각하지 않고, 더 만족스러운 삶을 살기 위해 부단하게 노력하는 과정에서 역사가 발전되지 않았을까 하는 막연한 생각도 가져 보았다.

목　차

서 론

百戱 또는 百戱雜技는 다양한 묘기를 연출하는 曲藝와 歌舞劇, 겨루기 형식의 遊戱를 총칭하는 용어이고,[1] 舞樂은 음악 반주에 맞추어 춤을 추는 것을 말하며, 춤을 출 때에 歌詞를 唱하는 경우가 흔하다. 종래에 한국음악사와 연희사, 한국무용과 체육사를 전공하는 연구자를 중심으로 삼국 및 통일신라의 백희잡기와 舞樂에 대한 연구가 활발하게 진행되었다. 음악사학자들은 고구려 고분벽화에 보이는 백희잡기 및 舞樂과 樂器, 신라의 고고자료와 土偶, 佛塔과 塔碑를 비롯한 다양한 음악 관련 건축물, 그리고 중국의 高麗伎 및 고대 일본에 전해진 삼국음악에 초점을 맞추어 연구를 진행하였고, 한국무용과 체육사 전공자들은 고분벽화에 보이는 여러 가지 춤과 각저, 수박 등을 주요 연구대상으로 삼았다. 반면에 연희사 전공자들은 서역과 중국, 한국과의 문화교류와 연관시켜 고구려 고분벽화에 보이는 백희잡기 및 최치원의 鄕樂雜詠, 처용희 등에 초점을 맞추어 연구를 진행하였다.

종래에 隋唐代 문헌에 등장하는 高麗伎와 고분벽화에 보이는 고구려의 악기, 춤에 관한 연구가 집중적으로 이루어졌다.[2] 이로 말미암아 고구려음악과 악기

---

1 技人이 묘기를 연출하거나 가무극을 공연할 때에 일반적으로 악기로 음악을 연주하는 것이 수반되기 때문에 이를 흔히 散樂이라고도 부른다.
2 전주농, 1957a「고구려 벽화에 나타난 악기에 대한 연구」(1), 『문화유산』1; 전주농, 1957b 「고구려 벽화에 나타난 악기에 대한 연구」(2), 『문화유산』2; 주재걸, 1982「고구려에서 군악대활동에 관한 연구」, 『력사과학』1982년 2호; 주재걸, 1983「고구려 사람들의 예술활동

및 춤에 대한 이해에 상당한 진전이 있었다. 또한 태권도와 씨름의 유래와 관련하여 안악3호분과 각저총, 무용총, 장천1호분에 전하는 각저도와 수박도에 대해서도 많은 관심을 기울여왔다.[3] 여기에다 최근에 서역과 중국, 한국의 문화교류와 연관시켜 고구려의 고분벽화에 보이는 백희잡기를 조명한 연구가 제출되었는데,[4] 이 결과 서역에서 유래된 여러 가지 백희잡기가 중국을 거쳐 고구려에 전래된 양상에 대해서는 대강의 이해가 가능해졌다고 말할 수 있다.

그러나 고구려음악이나 악기, 춤을 여러 가지 백희잡기와 직접적으로 연관시켜 설명한 연구는 찾기가 어렵고, 게다가 서역에서 유래된 악기나 歌舞에 대한 체계적인 검토 없이 고구려음악과 서역의 음악을 서로 비교하였기 때문에 서역지방의 음악이 고구려음악에 끼친 영향을 종합적으로 이해하기에는 부족한 감이 없지 않았다. 이러한 한계를 극복하기 위해서는 일차적으로 서역지방의 음악과 악기에 대한 체계적인 이해가 필요할 것이고, 나아가 위진남북조시대에 중국에서 그 지역의 음악문화를 적극적으로 수용하여 새로운 중국음악을 정립시킨 사실에 대한 정밀한 검토가 요청되리라고 짐작된다.

에 대한 연구-음악·무용을 중심으로」, 『고고민속론문집』 1983년 8호; 이혜구, 1967 「안악3호분 벽화의 주악도」, 『한국음악서설』, 서울대학교출판부; 송방송, 1985 「장천1호분의 음악사학적 점검」, 『한국고대음악사연구』, 일지사; 전미선, 2006 「고구려의 고분벽화와 놀이문화」, 『한국고대사연구』 43; 전호태, 2013 「고구려의 음악과 놀이문화」, 『역사와 경계』 88.

3　심승구, 2003 「고구려의 무예의 특성과 그 의미」, 『역사민속학』 18; 심승구, 2004 「한국 무예의 정체성 탐구-고구려 무예를 중심으로-」, 『체육사학회지』 9-1; 정형호, 2005 「고구려 놀이문화의 유형과 특징」, 『동아시아고대학』 11, 18~35쪽; 최복규, 2016 「태권도 전사로서 수박 사료 해석」, 『국기원 태권도 연구』 7-4; 서종석·임식, 2019 「고구려의 고분벽화와 체육문화적 이해」, 『한국스포츠학회지』 17-2.

4　이혜구, 1955 「고구려악과 서역악」, 『서울대학교 논문집』 2(1996 『한국음악연구』, 민속원); 전호태, 1993 「고구려 장천1호분의 서역계 인물」, 『울산사학』 6; 전경욱, 2004 「서역·중국·한국 연희의 교류 양상」, 『韓國과 中國의 演劇과 演戱』, 新星出版社: 전경욱, 2004 『한국의 전통연희』, 학고재.

『三國史記』樂志에 신라의 음악에 대하여 전하고 있다. 3絃(玄琴, 加耶琴, 琵琶)과 3竹(大笒, 中笒, 小笒), 鄕三竹을 비롯한 신라의 악기와 더불어 鄕人이 지은 會樂을 비롯한 18樂曲을 기술하고, 聲樂器의 숫자와 歌舞의 내용은 후세에 전하지 않는다고 하였다. 그리고 政明王(神文王) 9년(689) 왕이 新村에 행차하였을 때에 笳舞, 上·下辛熱舞, 思內舞, 韓岐舞, 小京舞, 美知舞를 공연하였고, 哀莊王 8년(808)에 思內琴, 碓琴舞를 연주한 사실이 古記에 전한다고 설명하였다. 마지막으로 최치원이 지은 鄕樂雜詠 5수를 소개하였다. 5수는 金丸과 月顚, 大面, 束毒, 狻猊를 가리키는데, 모두 同名의 가무를 보고 지은 시에 해당한다. 한편『高麗史』樂志에서 東京(雞林府), 東京, 木州, 余那山, 長漢城, 利見臺 등이 신라의 俗樂이라고 소개하였다. 이밖에 헌강왕대에 제작된 御舞詳審, 玉刀鈐, 處容舞와 元曉大師가 布敎할 때에 사용한 춤에서 유래한 無㝵, 惠空이 포교할 때에 추었던 負簣舞가 신라의 舞樂으로 전한다.

최치원이 金丸 등을 鄕樂雜詠이라고 표현하였으므로 그것들은 鄕樂으로 분류되었다고 볼 수 있다. 회악을 비롯한 18개의 악곡 역시 鄕人이 지었다고 하므로 역시 마찬가지인 셈이다. 고려에 전해진 신라의 俗樂曲도 신라시대에 향악에 속하였을 것이다. 여기서 향악은 신라의 전통적인 음악이라는 뜻으로서 외래의 음악인 唐樂에 대비되는 음악의 장르를 가리킨다. 그런데 흥미로운 사실은 최치원의 鄕樂雜詠에 소개된 가무 가운데 4개가 서역에서 신라에 전래된 것이라는 점이다. 月顚은 西域의 호탄(Khotan)에 위치한 于闐國을 가리킨다. 거기에서 전래되었기 때문에 國名을 가무의 이름으로 명명한 것이다. 束毒은 오늘날 우즈베키스탄의 타슈켄트·사마르칸트에 위치한 粟特(Sogdiana)지역을 가리킨다. 거기에서 전래된 가무이기 때문에 지역명을 그 명칭으로 삼은 것이다. 大面과 狻猊 역시 서역에서 전래된 가무였다.[5] 따라서 신라는 9세기 후반에 고유한 신라음악과

---

5 이두현, 1959「新羅五伎考」,『서울대학교 논문집』9.

고구려 및 백제음악, 서역의 음악을 망라하여 唐樂과 대비된 장르인 鄕樂으로 범주화하였다고 정리할 수 있다.

기존의 신라음악에 관한 활발한 연구로 인하여 신라의 음악과 악기, 기악백희에 대한 대강의 이해가 어느 정도 가능해졌다고 평가할 수 있다. 그러나 신라의 음악과 기악백희에 대한 문헌자료가 매우 零星하고, 게다가 음악 관련 고고자료 및 건축물 등이 매우 적은 편이기 때문에 여전히 신라의 음악과 기악백희에 대한 연구와 이해를 한 단계 더 진전시키는 데에는 많은 어려움이 따른다고 보지 않을 수 없다. 게다가 아직까지 신라 기악백희의 종류와 그 내용에 대해서 체계적으로 정리한 연구성과가 드문 편이기 때문에 신라의 기악백희에 대해 종합적으로 이해하는 데에도 한계가 있을 수밖에 없었다.

한편 기존에 신라 기악백희의 전승과정에 대해서는 주로 처용무와 무애희를 중심으로 연구되었다. 특히 처용무와 무애희가 조선시대에 들어와 종합적인 가무극으로 새롭게 정비되었음을 밝히는 데에 연구가 집중되었다고 볼 수 있다.[6] 기존의 연구성과에 힘입어 조선시대 처용무와 무애희의 변천과정에 대한 이해가 상당히 심화되었다고 평가할 수 있다. 그러나 아직까지 신라에서 제작된 기악백희와 그것의 전승양상을 체계적으로 분석하지 않았기 때문에 그것들 가운데 후대에 전해진 것이 무엇이며, 그것들이 어떠한 과정을 거쳐 전승되었는가를 설명하기가 쉽지 않은 실정이라고 말할 수 있다.

백제의 춤과 악기에 대한 연구는 金銅龍鳳蓬萊山香爐가 발견된 이래 활기를

---

6 무애희의 변천에 대해서는 이두현, 1985 「無㝵戲와 空地念佛」, 『신라문화제학술발표회논문집』6; 이홍이, 1992 「무애무고찰」, 『무용학회논문집』14; 조경아, 2005 「무애무의 기원과 변천과정」, 『온지논총』13이 참조된다. 그리고 처용무의 변천에 대해서는 김열규, 1972 「처용전승고」, 『처용설화의 종합적 고찰』, 성균관대 대동문화연구원; 이두현, 1972 「처용가무」, 『처용설화의 종합적 고찰』, 성균관대 대동문화연구원; 김수경, 2004 『고려 처용가의 미학적 전승』, 보고사; 전경욱, 2004 앞 책 등이 참고된다.

띠기 시작하였고,[7] 나아가 고고학적인 자료도 추가되어 백제의 악기에 대한 이해를 넓힌 바 있다.[8] 이에 반해 백제의 음악에 관하여 알려주는 문헌 기록은 매우 영세한 편이다. 『隋書』百濟傳과 『樂書』 등에 백제음악에 대한 단편적인 기록이 전한다. 백제음악에 대한 기록은 중국측 자료보다 고대 일본의 자료에서 더 많이 발견할 수 있다. 『日本書紀』에 6세기 중반에 樂人이 교대로 일본에 파견되었다는 내용이 전하고,[9] 7세기 초에는 味摩之가 일본에 가면극의 일종인 伎樂을 전하였다는 기록도 발견된다.[10] 백제 멸망 후에 그 유망민에 의하여 백제의 음악이 일본에 전래되었는데, 이러한 사실은 『속일본기』에 백제계 유민들이 백제 풍속무를 여러 차례 공연했다는 기록이 전하는 것에서 입증할 수 있다.

발해의 무악에 대하여 알려진 것이 별로 없다. 다만 일본측의 자료인 『續日本紀』와 『日本三代實錄』에 발해악을 연주하였다는 기록이 전하고, 『舞樂要錄』에

---

7 송방송, 2000 「金銅龍鳳蓬萊山香爐의 백제악기고」, 『한국공연예술연구논문선집』2; 김성혜, 2009 「백제금동대향로 단관악기의 성격 고찰」, 『국악원논문집』23; 이종구, 2007 「백제 금동대향로 주악조소상 악기명칭에 대한 연구」, 『음악논단』21, 한양대학교 음악연구소.

8 김성혜, 2002 「백제 '琴'의 음악사적 조명」, 『한국학보』108; 주재근, 2005 「대전 월평동유적 출토 양이두 고찰」, 『한국전통음악학』6; 이진원, 2008 「백제 척팔을 통해 본 백제악에 대한 재검토」, 『한국음악사학보』41.

9 百濟遣下部杆率將軍三貴·上部奈率物部烏等 乞救兵. 仍貢德率東城子莫古 代前番奈率東城子言. 五經博士王柳貴 代固德馬丁安. 僧曇慧等九人 代僧道深等七人. 別奉勅 貢易博士施德王道良·曆博士固德王保孫·醫博士奈率王有㥄陀·採藥師施德潘量豊·固德丁有陀·樂人施德三斤·季德己麻次·季德進奴·對德進陀 皆依請代之(『日本書紀』권19 欽明天皇 15년 2월).

10 又百濟人味摩之歸化曰 學于吳 得伎樂儛. 則安置櫻井 而集少年 令習伎樂儛. 於是 眞野首弟子·新漢濟文 二人習之傳其儛 此今大市首·辟田首等祖也(『日本書紀』卷22 推古天皇 20년 是歲).

又百濟味摩之化來白日 學于吳國 得伎樂舞. 則安置櫻井村 而集少年 令習傳〈今諸寺伎樂舞是也〉. 太子奏 勅諸氏貢子弟壯士 令習吳鼓. 又下令天下撃鼓習舞〈是今財人之元也〉 太子從容謂左右日 供養三寶 用諸蕃樂 或不肯學習 或習而不佳 而今永業習傳 宜免課役 卽令大臣奏免之(『聖德太子傳曆』下 推古天皇 20년 壬申 여름 5월).

相撲節 拔出時에 太平樂의 番舞로서 발해악을 연주하였다고 전하기도 한다. 이 밖에 『契丹國志』에 강강수월래와 유사한 踏鎚라고 부르는 가무가 있었다고 전하여 주목된다. 종래에 영세한 문헌기록을 근거로 하여 백제와 발해음악에 대한 연구가 이루어지긴 하였지만, 그러나 여전히 백제, 발해음악에 대한 이해는 초보적인 수준을 크게 벗어났다고 보기 어려운 실정이다.

대가야의 음악하면 먼저 떠오르는 단어가 바로 加耶琴이다. 가야금은 대가야왕 嘉實王(嘉悉王)이 중국의 箏을 개량하여 만든 악기이다. 가실왕은 省熱縣 출신 樂師 于勒에게 가야금 12곡을 짓게 하였고, 그 명칭이 『三國史記』 樂志에 전한다. 우륵이 만든 12곡은 師子伎·寶伎와 같은 百戲雜技와 上加羅都·下加羅都를 비롯한 가야의 여러 나라 음악으로 구성되었다. 현재 曲名만이 전할뿐이고, 聲音과 曲調 등은 전하지 않는다. 다만 우륵 12곡은 가야금 연주와 노래, 춤이 한데 어우러진 歌舞戲의 성격을 지녔다고 추정된다. 우륵이 신라에 망명한 후에 國原(충북 충주)에 거주하면서 萬德에게 춤을, 法知에게 노래를, 階古에게 가야금을 전수하였다고 전한다. 그런데 668년 10월 25일에 문무왕이 고구려 원정을 마치고 漢城에서 褥突驛에 이르렀을 때에 國原仕臣 龍長이 국왕을 접대하였는데, 이때 奈麻 緊周의 아들 能晏이 가야의 춤을 공연하였다는 기록이 전한다. 여기서 능안이 공연한 가야의 춤은 우륵이 만덕에게 전수한 그것이었을 가능성이 높다고 보이며, 이를 통하여 우륵 12곡이 가야금의 연주에 춤과 노래가 곁들여진 舞樂이었음을 유추해볼 수 있다.

지금까지 우륵 12곡에 관한 연구가 활발하게 진행되었다고 볼 수 있고, 기존의 연구성과들에 힘입어 우륵 12곡의 성격과 그것을 기초로 하는 대가야음악에 대한 이해에 나름의 진전이 있었다고 평가할 수 있다. 그러나 가야금 관련 기록이 매우 영세한데다가 우륵 12곡에 전하는 지명에 대한 위치 고증을 둘러싸고 다양한 의견이 제기되었기 때문에 그것의 음악적 성격을 고찰하기가 쉽지 않은 것이 사실이다. 여기다가 가야금 관련 신라와 고려시대 기록도 적기 때문에 대가야의 음악이 후대에 어떻게 전승되었는가를 고찰하는 것도 여의치 않았다. 이와 같은 여러 가지 요인으로 말미암아 앞으로도 대가야의 음악에 대한 실체적 진실에 접근하기가 至難하다고 말하지 않을 수 없다.

고대 일본의 雅樂 가운데 舞樂은 左舞(左方樂)와 右舞(右方樂)로 구성되었다. 전자는 중국계통의 무악으로서 흔히 唐樂이라고 부르고, 후자는 한국계통의 무악으로서 흔히 高麗樂으로 부른다. 高麗樂은 삼국시대부터 일본에 전래된 백제악, 신라악, 고구려악, 그리고 발해악을 기초로 하여 성립된 것이다. 고려악 가운데 그 유래를 추적할 수 있는 것이 적지 않다. 예를 들면, 狛犬, 狛鉾, 吉簡 등은 고구려 계통의 무악, 納蘇利와 蘇志摩利는 신라 계통, 王仁庭과 進蘇利古는 백제 계통, 新鞨鞨은 발해 계통의 무악이고, 延喜樂 등은 일본인이 자체적으로 창안한 歌舞이다. 특히 이것들 가운데 吉簡과 納蘇利, 蘇志摩利 등은 서역지방에서 유래된 무악이었던 것으로 확인되었다.

신라에서는 서역 계통의 가무들을 중국의 음악인 唐樂과 구별하여 鄕樂이라고 불렀다. 이것은 신라인이 서역에서 유래된 여러 가지 가무나 음악을 자신들의 문화 속에 용해하여 이제 당악과 구별된 그들 나름의 독특한 가무와 음악을 재창조하였음을 시사해주는 측면으로 주목된다. 이와 같은 결론은 바로 고려악에 대한 계통을 추적함으로써 얻어진 것이었다. 따라서 고려악 각각에 대한 유래나 계통을 보다 종합적이고 체계적으로 분석하고 정리한다면, 고구려나 백제, 신라의 歌舞 및 音樂 전반에 대한 이해의 폭이 넓어지리라고 기대된다.

일본의 헤이안시대에 정비된 고려악 가운데 일부는 오늘날에도 일본에서 공연되고 있다. 그 내용은 중세사회를 거치면서 일본화되었기 때문에 현재 공연되고 있는 것은 본래 삼국 및 발해 가무 원형과 크게 차이가 있다고 보아야 한다. 그러나 헤이안시대나 거기에서 그리 멀지 않은 시기에 공연된 고려악의 모습, 舞人의 복장, 반주에 사용된 악기, 그리고 악보까지도 복원이 어느 정도 가능하다고 한다. 예를 들어 納蘇利의 경우, 여러 樂書에 공연할 때 무인이 쓰던 가면,

공연 모습이나 절차, 무인의 복장에 관한 자세한 사항이 전하고 있고, 현재 그에 기초하여 일본에서 납소리의 공연을 재현하고 있다. 그런데 납소리는 최치원의 향악잡영에 나오는 大面이 일본에 전해진 것에 해당한다. 따라서 납소리의 재현은 궁극적으로 통일신라시대에 성행한 大面의 재현과 밀접한 연관성을 지니고 있다고 말할 수 있다. 일반적으로 현재까지 전해진 처용무는 대면에서 파생된 가무로 이해하고 있다. 따라서 처용무에 남아 있는 신라적인 모습과 신라의 대면이 일본에 전해져 일본화의 과정을 거친 납소리의 춤을 기초로 하여 大面의 복원도 충분히 가능하지 않을까 한다. 납소리뿐만 아니라 蘇志摩利, 退·進宿德 등을 통하여 신라에서 수용한 蘇莫遮나 束毒 등의 가무를, 進曾利古(蘇利古)를 통하여 백제에서 竈王에게 제사지낼 때 추던 가무의 복원도 예상해볼 수 있을 것이다. 한국 고대 가무의 복원이 부분적이라도 이루어진다면, 우리 고대 문화와 고대인의 생활상에 대한 디지털화작업을 더 활성화시킬 것으로 기대된다.

일본에서의 고대 음악사에 관한 연구를 개괄해 보면, 雅樂, 특히 舞樂에 대한 연구가 활발하게 진행되었지만, 대체로 左方樂인 唐樂에 초점을 맞추었고, 고려악에 대해서는 아직도 개설적인 수준을 크게 벗어났다고 말하기 어려운 실정이라고 말할 수 있다. 게다가 일본 음악사학계나 사학계에서 진행된 고려악에 관한 미약한 연구성과마저 국내에 소개가 거의 되지 않았기 때문에 우리나라 사람들이 고려악에 관한 정보를 쉽게 접할 수 없기까지 하였다. 국내에서 고려악에 관한 연구를 활발하게 진행하기 위해서는 일차적으로 일본 음악사학계나 사학계의 그에 관한 연구동향을 조사하고 정리하는 것이 요구된다고 하겠다. 나아가 고려악에 관한 정보를 수록한 여러 가지 樂書나 史書, 각종 文獻 등을 조사하고, 그 내용을 심층적으로 분석하는 것이 필요하다. 이와 더불어 이것을 기초로 삼국의 음악이 일본화의 과정을 거치면서 고려악으로 묶이게 된 실상과 그 배경을 검토할 필요가 있고, 나아가 각각의 舞樂의 성격과 그 내용을 고찰하는 것이 요구될 것이다.

일찍부터 한국 음악사학계에서 일본측 음악 관련 사료를 주목하여 고대에 삼국의 음악이 일본에 전파된 실상을 천착하여 상당한 성과를 거두었다고 평가할 수 있다.[11] 일찍이 고구려가 서역의 음악을 수용하는 과정을 검토한 논고에서 高麗樂과 서역 음악과의 관련성을 지적하였고,[12] 또 최치원의 향악잡영을 분석하면서 束毒과 退宿德 및 進宿德, 大面과 納蘇利가 매우 연관성이 깊다는 사실도 밝혀냈다.[13] 최근에 일본 중세에 간행된 樂書들에 전하는 고려악 관련 자료들을 분석하여, 納蘇利를 비롯한 일부 고려악의 악보를 복원한 연구성과가 제출되기도 하였다.[14] 그러나 지금까지 한국 음악사학계에서 진행된 高麗樂에 대한 연구현황을 개괄한다면, 고대 한국음악의 일본에의 전파라는 시각에서 고려악을 비롯한 일본측의 고대 한국음악 자료에 대하여 접근한 것이 주류를 이루었다고 평가할 수 있다.

반면에 한국 고대사학계에서 문화사적인 맥락에서 고려악에 접근한 연구성과를 전혀 찾을 수 없다. 高麗樂이 음악과 관련된 악기, 박자, 연주방식, 舞人의 복식 등과 밀접한 관련을 지녔기 때문에 고대사를 전공하는 연구자가 접근하기 어려운 데에 일차적인 원인이 있다고 볼 수 있다. 또 일본측의 고려악 관련 사료에

---

11 김형동, 1995 「한국음악의 일본전파」, 『한국음악사학보』14; 송방송, 1988 「한국고대음악의 일본 전파」, 『한국음악사학보』1; 이혜구, 1976 「일본에 전하여진 백제악」, 『한국음악논총』, 수문당; 이혜구, 1985 「일본에 있어서의 삼국악」, 『한국음악논집』, 서울대학교출판부; 장사훈, 1982 「신라 음악이 일본에 끼친 영향」, 『신라문화제학술회의논문집』3.

12 이혜구, 1955 앞 논문.

13 이혜구, 1967 「納曾利考」, 『한국음악서설』, 서울대학교출판부.

14 水野俊平, 1997 「敎訓抄에 나타난 高麗樂 曲名 표기에 대한 고찰」, 『한국언어학』38; 스티븐 넬슨저·이지선역, 1995 「雅樂古譜와 그 해독에 있어서의 제문제-주로 비파보를 중심으로-」, 『민족음악학』17; 葉棟·김건민저·정준갑역, 1993 「『仁智要錄·高麗曲』풀이와 고증 -고대 조선과 중국, 일본, 발해, 서역과의 음악문화교류를 겸함-」, 『한국음악연구』21, 한국국악학회; 이지선, 1998 「『三五要錄』의 사본에 관한 일고찰 -권제삼과 권제사(催馬樂)를 중심으로-」, 『한국음악연구』26; 이지선, 2005 「『삼오요록』과 『인지요록』의 고려악 연구-고려일월조를 중심으로-」, 『한국음악사학보』38; 황준연, 1984 「日本 雅樂의 高麗樂 林歌와 唐樂 林歌의 차이점에 대한 고찰」, 『민족음악학』6; 황준연, 2000 「日本に傳わる高麗樂の資料の調査研究—古樂譜を中心に—」, 『日韓文化交流基金 訪日學術研究者論文集—歷史—』, 日韓文化交流基金.

쉽게 접근할 수 없다는 측면도 고대사 연구자가 그것을 연구하는 데에 방해요인으로 작용하였음은 물론이다.

본서는 한국 고대 음악과 일본 고대 舞樂의 하나인 高麗樂에 대해 종합적이고 체계적으로 살펴보기 위해 준비된 것이다. 본서의 1부에서는 『삼국사기』와 『삼국유사』, 중국과 일본의 사서 및 악서, 고분벽화 및 고고자료 등에 전하는 고구려와 백제, 신라, 대가야, 발해 百戱雜技 및 舞樂의 종류와 그 성격을 고찰한 다음, 고대사회의 백희잡기와 무악이 후대에 전승되면서 어떻게 변용되었고, 고대사회에서 백희잡기 및 무악이 사회적으로 어떠한 기능을 수행하였는가를 밝히는데에 초점을 맞출 예정이다. 그리고 이어서 2부에서는 고대 일본의 舞樂 가운데하나인 고려악의 성립과 계통, 전승에 대해 천착한 다음, 일부 고려악의 성격 및내용을 세밀하게 검토할 것이다.

1부의 1장에서는 한국 고대 백희잡기·무악의 종류 및 그 성격을 고찰할 예정이다. 1장의 1절에서는 고구려의 백희잡기 및 무악에 대하여 살펴볼 것이다. 여기서는 먼저 고분벽화를 통해 고구려에는 技人이 묘기를 연출하는 곡예, 춤과노래, 그리고 연극적인 요소를 모두 포함한 가무극, 겨루기 형식을 띠는 유희 등과 같은 백희잡기가 존재하였음을 밝힐 예정이다. 이어 중국 사서와 악서의 분석을 기초로 하여 매년 10월에 개최된 東盟祭에서 고구려의 건국신화를 가무극의 형식으로 재현하였으며, 傀儡戱, 水石戱, 蹴鞠 등의 백희잡기가 공연되었을뿐만 아니라 서역에서 胡旋舞와 芝栖 및 歌芝栖 등이 전래되었음을 규명할 것이다. 이와 더불어 여기에서 중국과 서역에서 전래된 음악과 고구려의 고유한 음악을 혼합하여 고구려인만의 독특한 음악과 춤을 재창조하고, 이것이 중국과 일본 등에 전해져 외국인들에게 널리 사랑을 받았음을 탐색하려고 한다.

1장 2절에서는 신라의 伎樂百戱와 舞樂을 조사하여 정리할 것이다. 여기서는 『삼국사기』와 『삼국유사』를 비롯한 다양한 문헌자료를 통해 신라의 기악백희에 통일 이전에 제작된 憂息樂과 會蘇曲을 비롯한 다양한 향악과 더불어 新羅 五伎

(金丸, 束毒, 月顚, 大面, 狻猊), 蘇志摩利와 納蘇利, 處容舞와 無㝵戲, 新羅狛, 新羅樂 入壺舞, 東京과 利見臺와 같은 俗樂 등이 존재하였음을 살필 예정이다. 그리고 1장 3절에서는 중국과 일본 사서 및 악서에 전하는 백제와 발해의 무악을 조명할 예정이다. 여기서는 백제에서 왜국에 伎樂을 전해주고, 백제 멸망 후에 백제유민이 일본에 風俗舞를 전해주었던 사실과 더불어 발해에서 강강수월래와 비슷한 踏鎚라고 불리는 가무희가 존재하였고, 일본에 新鞨鞨이란 무악을 전해주었을 뿐만 아니라 발해가 멸망한 뒤에 금나라에서 발해무를 계속 공연한 사실을 조명하는 데에 초점을 맞출 것이다. 이어서 1장 4절에서는 대가야음악을 대표하는 우륵 12곡의 음악적 성격과 제작 시기 및 그 배경을 검토할 것이다. 여기서는 우륵 12곡이 가야연맹을 구성하는 각 나라의 고유한 토속적인 성격을 지니면서도 性에 대해 진솔한 내용을 반영한 歌舞戲였고, 가실왕이 514년에서 516년 사이에 대가야의 정치적 결속과 유대를 강화하기 위해 樂師 于勒에게 가야금 12곡을 짓도록 명하였음을 밝히는 데에 집중할 예정이다.

1부의 2장에서는 고구려와 신라에서 서역의 음악과 무악을 수용한 사실과 더불어 9세기 후반에 신라가 신라 고유의 음악과 고구려·백제음악, 서역에서 전래된 음악을 망라하여 唐樂과 대비된 장르인 鄕樂으로 범주화하였음을 규명할 예정이다. 먼저 2장 1절에서는 서역에서 유래된 각종 百戱雜技가 중국을 거쳐 우리나라에 전해졌음을 살필 예정이다. 이 절에서는 중국에서 일찍부터 手搏을 무예로 익혔고, 전국시대에 그것을 戱樂으로 만들어 즐겼는데, 당시에 그것을 角抵라고 불렀으며, 한대 이후에 서역 계통의 유희, 즉 다양한 도구와 동물을 이용한 곡예나 가면극이 추가되면서 百戱雜技가 더욱 복잡하고 다양해졌음을 먼저 조명할 것이다. 이어 漢代에 로마와 이집트인이 중국에 와서 환상적인 묘기를 연출하였을 뿐만 아니라 이후 시기에도 서역 출신의 幻人들이 중국에 계속 유입되어 백희잡기를 공연하는 것이 일반적이었다는 사실과 더불어 漢代에 다양한 백희잡기를 통칭하여 角觝(角抵)라고 부르다가, 후한대부터 당송대까지 이들을 통칭하여 백희라고 불렀던 사실, 서역인들이 중국을 통하거나 또는 초원길을 통해 직접 우리나라에 와서 서역의 각종 백희잡기를 전래하였다는 사실 등을 각종 문헌과 고분벽화, 신라의 토우 자료를 분석하여 입증하는 데에 초점을 맞출 것이다.

2장 2절에서는 서역에서 우리나라에 전래된 무악과 악기를 고찰할 예정이다. 여기서는 먼저 최치원이 지은 향악잡영에 전하는 新羅 五伎 가운데 束毒, 月顚, 大面, 狻猊가 서역에서 전래된 가무였고, 이밖에 서역의 가무인 蘇莫遮 등도 중국을 거쳐 우리나라 및 일본에 전래되었음을 논증할 것이다. 그리고 이어서 백희잡기와 무악 공연에서 반주악기로 사용된 琵琶와 篳篥(피리) 등의 서역악기가 고구려와 신라 등에 백희잡기·무악과 함께 전래되었으며, 서역에서 전래된 무악과 악기들이 고려와 조선시대의 전통가무극과 악기로 계승되었음을 규명할 예정이다. 2장 3절에서는 신라가 9세기 후반에 신라 고유의 음악, 고구려와 백제음악, 그리고 서역에서 전래된 음악을 모두 망라하여 唐樂과 대비된 장르로서 향악으로 범주화하였음을 탐구할 것이다. 여기서는 먼저 향악은 중국의 음악, 즉 당악에 대비된 신라의 음악을 가리키는 용어였고, 거기에 신라 고유의 음악, 고구려와 백제음악, 서역에서 유래된 음악이 모두 망라되어 있었음을 고찰할 것이다. 이어서 통일 이후 신라가 고구려와 백제음악을 적극 수용하여 신라음악으로 융해시켰던 사실과 더불어 중·하대에 신라에서 당악의 보급에 적극 노력한 결과 마침내 9세기 후반 경문왕·헌강왕대에 당악에 대비된 모든 장르의 신라음악을 鄕樂으로 범주화한 실상을 논증할 예정이다.

1부 3장에서는 고대의 백희잡기와 무악이 후대에 전승되면서 어떻게 변용되었는가를 대가야의 음악과 無㝵戲 및 처용무를 중심으로 살펴보려고 한다. 3장 1절에서는 우륵이 신라에 망명한 이후 우륵 12곡을 신라인들에게 전수하였고, 진흥왕이 대가야의 음악을 중요한 국가행사나 연회에서 가야금을 핵심 악기로 하여 공연하는 大樂으로 삼았던 사실을 고찰할 것이다. 이어 신라인들이 대가야의 음악을 유교적 이념 또는 자신들의 관점에서 변개하여 수용하였을 뿐만 아니라 통일신라와 고려에서 가야금을 즐겨 연주하였던 실상을 통해 대가야의 음악이 신라 말기까지 면면히 전승되었던 사실, 그리고 대가야의 음악이 신라를 거쳐 고대 일본에도 영향을 끼쳤던 사실 등을 밝히는 데에 집중하려고 한다. 계속해서 2절에서는 고려시대에 승려들이 주로 포교를 목적으로 널리 무애무를 공연하였을 뿐만 아니라 궁중의 연회에서도 그것이 공연되었으며, 조선 초기에 억불정책의 일환으로 궁중의 연회에서 무애무의 공연을 금지하였다가 조선 후기에 그것을 다시 궁중에서 공연하였음을 중점적으로 조명할 것이다.

3장 3절에서는 고려와 조선시대에 경주를 중심으로 黃昌郎舞가 공연되었는데, 이것은 신라에서 나라를 위하여 목숨을 바친 官昌을 비롯한 15~16세의 화랑과 낭도의 영웅적 행동을 가무극으로 제작하여 팔관회 등에서 자주 공연하였다가, 후에 여기에 중국 東海黃公의 설화가 결합되어 일종의 劍舞로 다시 각색되었으며, 그것이 고려를 거쳐 조선시대까지 전승된 사례에 해당하였음을 탐구할 예정이다. 이어 4절에서는 처용무의 전승과 변용과정에 대해 살필 것이다. 여기서는 먼저 신라의 處容舞는 驅儺舞의 성격을 지닌 大面이라는 舞樂에 處容의 일화를 결합하여 만든 歌舞로서, 고려시대에 구나의례와 더불어 연등회와 팔관회 행사 등에서도 演行되었고, 처용무가 국가의 공식적인 행사에서 널리 공연되어 대중들의 인기를 끌면서 각종 소모임과 연회에서 戲樂으로서 처용희를 자주 演行하였을 뿐만 아니라 처용가면을 노인의 모습으로 희화화하여 제작하였던 실상을 밝힐 것이다. 그리고 처용무는 조선 세종대에 五方處容舞로 개편되었고, 그 후 세조대에 鶴 및 蓮花臺에 合設하여 공연하는 綜合歌舞劇으로 확대 재편되었음을 규명할 예정이다.

3장 5절에서는 9세기 후반에 신라는 당나라의 驅儺儀禮를 수용하여 섣달 그믐날에 驅儺儀式을 거행하였고, 이때 大面과 狻猊 등의 驅儺舞를 공연하였을 뿐만 아니라 金丸과 束毒, 月顚 등의 백희잡기를 함께 공연하였는데, 최치원이 구나의식에서 공연된 신라 5伎를 관람하고, 그 감흥을 시로서 옮긴 것이 바로 鄕樂

雜詠이었음을 해명할 것이다. 마지막으로 1부 4장에서는 고대사회에서 백희잡기와 무악이 정치지배자나 국가가 정치적 통합력을 강화하거나 사람들의 스트레스 해소에 중요한 역할을 수행하였을 뿐만 아니라 문화교류와 발전에도 크게 기여하였으며, 복을 부르고 사악한 기운을 물리치기 위하여 백희잡기와 무악을 자주 공연하였음을 탐구할 예정이다.

2부 1장에서는 일본 고대 雅樂의 舞樂 가운데 하나인 高麗樂의 성립과 전승, 그리고 각 악곡의 계통에 대해서 살필 것이다. 1장 1절에서는 우선 일본 고대 및 중세에 편찬된 辭書類, 중세에 편찬된 樂書에 전하는 고려악곡의 종류를 정리할 것이다. 이어 10세기 전반에 新羅樂과 百濟樂, 渤海樂이 高麗樂(高句麗樂)에 흡수 통합되어 결국 高麗樂과 唐樂을 기초로 하는 左右 2部制의 성립으로 귀결되었음을 논증할 것이다. 계속해서 여기서 고려악 성립 이후 新鳥蘇와 狛桙, 敷手, 歸德侯, 皇仁, 八仙, 長保樂, 新靺鞨, 林哥 등이 일본에서 비교적 널리 공연되었으며, 나머지는 여러 행사에서 가끔 공연되다가 전승이 단절되었고, 폐절된 악곡 가운데 일부를 再興하여 공연하기도 하였음을 밝힐 것이다.

2절에서는 38개 고려악곡의 계통 및 성격에 대하여 고찰할 것이다. 이 절에서는 먼저 38개의 고려악곡 가운데 狛鉾와 狛犬, 高麗龍, 退·進宿德, 阿夜岐理, 長保樂, 桔槹(吉簡) 등은 고구려에서 전래된 것이고, 王仁庭과 進曾利古는 백제, 蘇志摩利와 納蘇利는 신라, 新靺鞨은 발해에서 유래된 악곡이었음을 규명할 것이다. 이어 仁和樂과 延喜樂, 常雄樂, 胡蝶樂은 일본에서 자체 제작한 것이고, 酣醉樂과 胡德樂은 본래 橫笛(唐樂)이었으나 高麗笛으로 연주하도록 고친 渡物의 高麗樂이었으며, 新鳥蘇를 비롯한 나머지 고려악곡은 삼국과 발해에서 전래되었으나 그 계통을 알 수 없는 것이었음을 살필 예정이다. 이와 더불어 이 절에서 驅儺舞의 성격을 지닌 신라의 大面이 일본에 전래되어 고려악 納蘇利로 정립되었고, 발해의 拜禮舞가 사신을 통해 일본에 전래되어 新靺鞨로 정립되었음을 살필 것이다. 마지막으로 狛桙, 高麗龍, 歸德侯, 崑崙八仙, 埴破 등만이 그 내용이나 성격을 약간 엿볼 수 있을 뿐이고, 그 나머지는 유래나 성격을 분명하게 알기 힘든 경우에 해당한다는 사실도 함께 검토할 것이다.

2부 2장에서는 고려악곡인 狛犬, 蘇志摩利와 吉簡, 進曾利古(進蘇利古), 啄木의 성격과 이것들의 유래를 살필 예정이다. 2장 1절에서는 고구려와 신라에서 각기 전래된 狛犬과 新羅狛의 내용 및 이것들의 유래를 검토할 것이다. 여기서는 먼저 박견과 신라박이 모두 驅儺舞的인 성격을 지닌 무악이었고, 그것들이 일본에 전해져 자주 공연되었을 뿐만 아니라 辟邪의 기능을 지닌 박견과 사자의 이미지 때문에 고대 일본인들이 그것들의 조각상을 鎭座 또는 鎭獸로서 제작하여 宮中이나 神社, 寺院에 설치하였음을 밝힐 것이다. 이어 박견과 신라박의 유래를 밝히기 위해 獅子舞의 전래과정을 추적하고, 중국에서 공연된 辟邪伎의 성격 및 고구려에서 벽사기를 수용하여 박견이란 무악을 만들었음을 논증할 것이다.

2장 2절에서는 서역에서 널리 공연된 蘇莫遮를 고구려와 신라에서 수용하여 吉簡과 蘇志摩利라고 불렀고, 이것들이 일본에 전래되어 고려악곡으로 정립되었음을 고찰할 것이다. 여기서는 먼저 서역과 중국에서 소막차가 널리 공연되었고, 그것이 중국에서 변용되어 후대에 전승되었음을 살필 것이다. 이어 고대 일본의 고려악 길간과 소지마리가 삼국에 전래된 소막차와 관련이 매우 깊었음을 논증하고, 이것들이 일본에서 일본화과정을 거치면서 변용된 양상을 추적할 것이다.

2장 3절에서는 進曾利古의 성격과 유래, 백제에서 竈王信仰과 함께 조왕을 제사지낼 때에 추었던 무악인 진증리고가 일본에 전래되었음을 고찰할 예정이다. 이 절에서는 먼저 진증리고란 曲名이 그것을 공연할 때에 사용한 巫具인 蘇利古(曾利古)에서 유래하였고, 무악의 내용이 淨化水를 만든 다음, 그것을 竈王에게 供物로 바치는 의례 또는 조왕에게 제사지낼 때에 정화된 부정물을 뿌려서 부정을 없애는 부정풀이와 밀접한 연관성을 지녔음을 추적할 것이다. 이어 백제계 渡來人들이 奉祀하였던 久度神(굴뚝신)의 성격을 치밀하게 천착하여, 백제에서 司命의 역할을 수행하는 조왕을 숭배하였고, 조왕신앙이 백제계 도래인에 의하여 竈

形土器(이동식 부뚜막) 및 진중리고와 함께 일본에 전래되었음을 밝힐 것이다.

마지막으로 2장 4절에서는 고려악 啄木의 성격과 유래, 고려악 탁목과 비파의 秘曲 탁목과의 관계, 우리나라 舞樂 탁목과 고려 玄琴의 악곡인 탁목과의 관계를 규명할 것이다. 이 절에서는 먼저 고려악 탁목이 啄木鳥, 즉 딱따구리의 탈을 쓴 技人이 높은 장대의 끝에 올라가 춤을 추는 내용의 무악이고, 일본에서 970년 이전 어느 시기에 전승이 끊어졌으며, 그것이 비파의 비곡 탁목에 영향을 끼쳤음을 살필 것이다. 이어 조선 초기 현금의 악곡 탁목이 우리나라 고대의 무악인 탁목을 계승하였을 가능성이 높다는 사실을 考究하는 순서로 논지를 전개할 예정이다.

이상이 본서에서 살피려고 하는 내용이다. 본서에서는 고대 음악의 복원 문제나 악보를 중심으로 하여 이루어진 음악의 전승과정에 대해서 체계적으로 검토하지 못하였다. 추후에 음악사학자와 연계하여 이에 대한 체계적인 검토가 이루어진다면, 고대사회의 백희잡기 및 무악에 대한 이해가 크게 진전되리라고 기대된다. 한편 고려악과 관련된 자료에 音調나 拍子, 服裝, 伴奏樂器 등과 관련된 조항이 적지 않게 전한다. 고대사 연구자로서 이러한 측면에 대한 접근이 용이하지 않았다. 이와 같은 한계는 國樂을 전공하는 연구자 및 복식사를 전공하는 연구자, 일본 고대 음악을 전공하는 연구자와의 공동연구를 통해 극복될 것이다. 고려악의 종류와 계통, 그것들의 성격 및 전승과정을 종합적으로 추적한 본서의 연구결과는 향후 삼국의 일본에의 문화 전파 양상뿐만 아니라 삼국통일 이후 고구려·백제음악의 신라음악으로의 흡수 통합과정을 살필 때에도 유용하게 활용될 것으로 기대되며, 아울러 본서를 토대로 하여 음악사를 전공하는 연구자와 고대사 연구자 사이의 공동연구가 활성화되어 한국 고대의 음악에 대한 이해가 크게 진전되기를 기대해 마지않는다.

1부 한국 고대의 백희잡기와 무악

1장 : 백희잡기 및 무악의 종류와 내용

1. 고구려 백희잡기와 무악

1) 고구려 백희잡기와 무악의 종류

『삼국지』위서 동이전 부여조에서 殷曆 正月 祭天行事인 迎鼓를 개최하는 기간 동안에 부여 사람들이 '날마다 마시고 먹고 노래하고 춤을 추었다.'고 하였고, 고구려조에서 '그 백성들은 노래와 춤을 좋아하여 나라 안의 촌락마다 밤이 되면 남녀가 떼 지어 모여서 서로 노래하며 유희를 즐긴다.'고 기록하였다. 부여인과 더불어 고구려인들이 일상적으로 歌舞를 즐겼음을 알려주는 자료이다.

고구려의 고분벽화 및 고대의 여러 문헌자료에 전하는 백희잡기는 크게 技人이 묘기를 연출하는 曲藝, 춤과 노래, 그리고 演劇的인 요소를 모두 포괄한 歌舞劇, 겨루기 형식을 띠고 있는 遊戲로 크게 구분할 수 있다. 삼국시대의 曲藝에 대해서 가장 풍부한 정보를 전해주는 자료가 바로 고구려의 고분벽화이다. 고구려 벽화고분 가운데 가장 풍부한 고구려인의 생활상을 전해주는 것이 바로 357년에 축조된 안악3호분이다. 여기 앞방 왼벽에 높은 상투를 뒤로 하고 나체에 가까운 두 장사가 대련 자세(수박 자세)를 취하고 있는 모습이 보인다. 이 장면은 왼벽 상단에 보이고, 아래쪽에는 斧鉞手의 행렬 모습이 그려져 있다. 두 사람 모두 高鼻인 것으로 보건대, 그들은 서역계 인물로 추정된다.

안악3호분 회랑 동벽에 주인공의 행차 모습을 그린 대행렬도가 있다. 주인공은 행렬 중앙에 曲散蓋를 친 소

그림 1 안악3호분 무악도 모사도

가 끄는 수레를 타고 있고, 보병과 기병의 군사대열, 의장병, 고취악대가 그를 둘러싸고 있다. 고취악대는 행렬의 앞과 뒤에 배치되어 있는데, 앞에는 큰 뿔 나팔, 흔들 북, 손북, 메는 북과 종으로 구성된 타고대가 위치하고, 뒤에는 말을 타고 털북〔羽葆鼓〕과 簫, 胡笳, 鐃를 연주하는 기마고취악대가 위치하였다. 특히 앞의 타고대 앞에는 오른 손에는 환두대도를 약간 뒤로 높이 치켜들고 왼손에는 굽은 활같이 생긴 것을 쥐고 앞으로 내밀어 칼로 재주를 부리는(또는 칼춤을 추는) 사람이 보이고 있어 주목된다. 이 사람은 고취악대에 맞추어 재주를 부렸을 것으로 추정된다.

또한 안악3호분 널방 동벽에 한 사람이 악사들의 반주에 맞추어 춤을 추는 모습이 그려져 있다. 악사들은 각기 箏, 완함, 퉁소(또는 長笛)를 연주하고 있고, 舞人은 악대와 마주보고 춤을 추고 있다. 그는 얼굴을 숙이고 두 무릎을 구부려 다리를 X자형으로 비꼬고 발꿈치를 들고 선 모습, 즉 장단에 맞추어 춤을 추고 있는 모습이다. 그는 머리에 반점이 찍힌 turban을 썼는데, 얼굴이 붉고 눈동자가 노란색이며, 코가 엄청나게 큰 점으로 보아서 서역 계통의 인물로 보인다.[15] 이밖에도 앞방 남벽 상단에 큰 뿔 나팔을 부는 악사와 더불어 하단에 큰 북, 簫 등

---

15 무인의 춤 동작을 인도의 카탁춤과 연관시켜 이해하기도 한다(고승길, 1992 「삼국시대 춤에 끼친 인도 춤의 영향」, 『창론』11, 중앙대학교 예술대학). 한편 무인이 서역인의 형상을 묘사한 가면을 쓴 것으로 이해하기도 한다(전주농, 1957a 앞 논문, 42쪽; 전경욱, 2004 앞책, 111쪽).

을 연주하는 4인의 악사가 보이고 있다.[16] 이 장면은 상단에 위치한 인물이 큰 뿔 나팔을 불면서 동시에 악대의 반주에 맞추어 춤을 추는 모습을 묘사한 것으로 보인다.

그림 2 무용총 수박도

안악3호분의 수박 그림과 비슷한 것이 무용총(춤무덤)에도 보인다. 수박 장면은 무덤의 널방 천장부 고임 안쪽 벽화에 그렸다. 이곳에는 주로 하늘세계를 표현하였는데, 해와 달, 천마, 연꽃 등 천지간의 각종 사물 형상과 선인들이 그려져 있다. 수박 장면은 긴 머리를 틀어 올려 끈으로 동여매고, 저고리와 바지를 벗어 제친 반나체의 두 사람이 상대방을 공격할 듯한 대련 자세를 취하고 있는 모습이다. 이 가운데 한 사람은 눈이 부리부리하고 코가 큰 서역 계통의 인물이다. 이 무덤의 널방 북벽에 一群의 남녀가 騎馬人物 앞에서 춤을 추고 있는 모습이 그려져 있다. 벽화의 상부에 지휘자, 완함을 연주하는 악사가 위치하고, 중간에 춤을 추는 남녀 5명이, 하단에 노래를 부르는 남녀 7인이 위치한 모습이다.[17] 무덤의 주인공으로 추정되는 騎馬人物 앞에서 남녀 舞人과 歌手들이 완함 반주에 맞추어 춤을 추며 노래를 부르는 모습을 묘사한 장면으로 보인다.

각저총은 씨름그림이 있는 벽화고분으로 널리 알려져 있다. 씨름그림은 이 무

---

16 사회과학원 고고학 및 민속학 연구소 고고학 연구실, 1966『미천왕무덤』, 사회과학원 출판사, 252~260쪽; 전주농, 위 논문, 44~52쪽; 력사과학연구소, 1975『고구려문화사』, 사회과학출판사(1988, 논장), 243~258쪽; 이혜구, 1967 앞 논문.

17 전주농, 1957a 앞 논문, 43쪽.

덤의 널방 왼벽 벽화에 있다. 네 마리의 검은 새가 앉아 있는 나무 아래에서 우람한 체격의 두 사람이 서로 목을 맞대고 허리를 맞잡고 있으며, 그 옆에 한 노인이 심판을 보고 있는 듯한 모습이다. 한 사람은 전통적인 고구려인의 얼굴이고, 다른 한 사람은 서역 계통의 인물로 보인다. 널방 왼벽은 가운데에 나무를 두고 왼편에는 부엌건물과 사람을, 오른편에는 씨름하는 장면을 그린 것이다. 씨름 그림이 보이는 또 하나의 벽화고분이 장천1호분이다. 이 무덤의 앞방 서쪽 벽화에 그려진 씨름 장면은 두 사람이 서로 상대방의 왼쪽 어깨에 머리를 대고, 오른쪽 어깨는 상대의 왼편 갈빗대에 맞댄 채 두 손을 뻗어 상대방 등 쪽의 바지 허리춤을 잡고 왼쪽 허벅지는 상대의 사타구니 아래에 이르게 한 자세이다. 안악3호분이나 무용총의 수박도, 각저총의 각저도는 벽면에서 차지하는 비중이 높은 편이다. 반면에 장천1호분의 씨름그림은 백희기악도의 극히 일부분에 불과하였다. 이 벽면에는 갖가지 유희를 그렸는데, 씨름그림은 바로 그 가운데 하나의 소재였던 것이다.

장천1호분의 앞방 서쪽 벽화는 크게 두 부분으로 이루어졌다. 하나는 상단에

그림 3 각저총 씨름그림

위치한 백희기악도이고, 다른 하 나는 하단 부분에 위치한 수렵도 이다. 백희기악도의 중앙에서 약 간 오른쪽으로 치우친 곳에 자색 나무가 위치하고, 나무의 왼쪽에 무덤의 주인공이 높은 황색등상에 걸터앉아 있다. 그 뒤에서 남자 시 종은 양손에 일산을 받쳐 들고 있 으며, 여자 시종은 왼팔에 손수건 을 받쳐 들고 있다. 나무 오른쪽에

그림 4 장천1호분 백희기악도 일부

는 흰색의 등상에 수염을 기른 鳥羽冠을 쓴 빈객이 앉아 있다. 빈객의 오른쪽으 로 시종으로 보이는 두 인물이 拱手 자세로 나란히 서 있다. 자색 나무에 위에서 아래로 내려오는 흰 가면을 쓴 황색원숭이가 있고, 나무뿌리 아래에는 흰곰 가 면을 쓴 또 한 마리의 원숭이가 보인다. 나무 아래에는 원숭이를 부리는 남녀 놀 이꾼 두 명이 보인다.

벽화의 오른쪽 상단 부분에 공을 가지고 곡예〔弄丸〕를 부리는 幻人이 보이는 데, 그가 오른손에 잡고 있는 막대의 끝에 올려진 평판 위에는 공이 놓여 있고, 다시 그 위에는 평판, 공이 잇달아 올려져 있다. 그의 뒤에는 어떤 幻人이 두 무 릎을 조금 굽히고, 머리를 뒤로 제꼈으며, 오른손에는 작은 곤봉을 잡고 휘두르 고 있다. 그 옆에 위치한 탁자 위에는 바퀴〔圓輪〕가 놓여 있다. 이 사람은 舞輪을 연기하는 幻人인 것이다. 벽화 왼쪽에는 말을 타고 여러 가지 재주를 부리는 장 면을 묘사하였고, 그 윗부분에 각저 장면이 그려져 있다. 말을 타고 재주를 부리 는 사람들은 대부분 高鼻人인 것이 특징적이다. 벽화의 중앙부에는 연주자와 오 현금을 든 시종의 모습, 오현금 반주에 맞추어 춤을 추는 장면 등이 보이고, 중앙 부 상단에는 왼손에 채찍을 들고 자기 앞에서 가축을 안고 달아나는 듯한 인물

그림 5 약수리고분벽화 교예 모사도

을 뒤쫓는 장면을 그렸다.[18] 백희기악도는 무덤의 주인공이 생전에 보고 즐겼던 춤과 馬上才, 다양한 百戱雜技, 각저 등을 묘사한 것으로서 고구려의 놀이문화를 추적할 때, 매우 귀중한 정보를 제공해 주고 있다. 이밖에 장천1호분의 앞방 동쪽 벽화에도 백희기악도가 존재하지만, 마멸이 심하여 그 내용을 자세하게 알 수 없다. 한편 앞방 고임부에 위치한 사방의 벽에 仙人들이 악기를 연주하는 모습을 그렸는데, 악기로는 오현비파, 피리, 琴, 長簫, 橫笛, 완함. 大角 등이 확인된다.[19]

씨름이나 수박 장면은 보이지 않지만, 여러 가지 곡예를 소재로 한 벽화들을 팔청리와 수산리, 약수리벽화고분에서도 확인할 수 있다. 먼저 약수리고분의 앞방 남벽의 동쪽 상단, 동벽 상단, 북벽의 동쪽 상단에는 城郭圖를 향해 무덤의 주인공이 入城하는 행차모습, 즉 행렬도가 그려져 있다. 행렬은 소가 끄는 수레에 탄 주인공, 그를 호위하는 보병과 기병, 의장병, 고취악대, 곡예를 연기하는 幻人들로 구성되어 있다. 행렬은 기본적으로 3줄로 구성되어 있는데, 가운데 줄의 맨 앞에 메는 북을 치는 타고대가 위치하고 있고, 좌우 양쪽의 줄에는 깃발을 든 서너 사람의 뒤에서 역시 말을 타고 거는 북과 흔들 북을 치는 樂師와 큰 뿔 나팔을 부는 악사가 행진하고 있다. 왼쪽 줄의 악기를 가진 사람 부분은 벽화가 마멸되어 정확하게 알 수 없으나 오른쪽 줄과 대칭되는 위치에 있는 것으로 보아 그들과 같은 북과 큰 뿔 나팔을 부는 악사들로 추정된다.

---

18 전호태, 1993 앞 논문, 11~13쪽.
19 송방송, 1985「장천1호분의 음악사학적 점검」,『한국고대음악사연구』, 일지사, 4~10쪽.

그림 6 팔청리고분벽화 고취악대와 곡예 모사도

幻人들은 주인공이 탄 수레 바로 앞에서 백희잡기를 공연하였는데, 짧은 막대기 한 개와 작은 공 두 개를 올렸다가 되받는 묘기를 연출하는 환인, 긴 막대기에 살을 여러 개 댄 것을 튕겨 올리는 묘기를 연출하는 환인 등이 확인된다. 또한 앞방 서벽 상단과 남벽의 서쪽 상단의 수렵도에 2명의 남자무인과 말 위에서 큰 뿔 나팔을 부는 악사, 馬上鼓를 연주하는 2명의 악사로 구성된 고취악대가 등장한다. 남자무인들이 뿔 나팔과 마상고의 연주에 맞추어 춤을 추는 장면을 묘사한 것으로 보인다.[20]

무덤의 주인공이 행차하는 도중에 여러 가지 백희잡기를 공연하고 있는 장면은 팔청리고분에서도 확인할 수 있다. 무덤의 앞방 동벽에 행렬도를 그렸는데, 수레를 탄 주인공 앞에 백희잡기를 공연하는 환인들과 고취악대가 보인다. 먼저 고취악대는 두 사람이 말을 타고, 큰 뿔 나팔을 부는 장면과 그 사이에서 한 개의 메는 북을 치는 것으로 구성되었다. 말을 타고 큰 뿔 나팔을 부는 악사들은 악기를 연주하면서 동시에 말타기 재주를 부렸는데, 그들은 메는 북의 둘레를 빙글

---

20 력사과학연구소, 1975 앞 책, 254쪽 및 261~265쪽.

빙글 돌면서 달리는 말 위에서 서로 윗몸을 돌려 나팔 끝을 마주 대다시피하고 그것을 불며 말도 머리를 뒤로 한껏 돌리고 있는 모습이다. 이것은 나팔 소리에 맞추어 자유자재로 말을 부리면서 재주를 부렸음을 암시해주는 것이다.[21] 주인 공이 탄 수레 바로 앞에는 완함을 연주하는 악사, 높은 나무다리에 올라서서 춤을 추는 환인, 여러 개의 막대기와 공을 번갈아 던져 올렸다가 받는 곡예를 연출하는 환인, 칼재주를 부리는 환인 등이 보인다. 환인들은 완함 반주에 맞추어 곡예를 연기하였다고 보인다.

　장천1호분 백희기악도의 내용과 마찬가지로 생전에 무덤의 주인공이 백희잡기를 구경하는 모습을 그린 벽화가 수산리고분에 보인다. 백희잡기는 무덤의 널방 서벽 상단에 그린 벽화에서 확인할 수 있는데, 주인공 부부가 시종들을 거느리고 백희잡기를 구경하는 장면으로 이루어졌다. 주인공 부부 뒤에는 시녀가 日傘을 들고 있고, 주인공과 그의 부인 사이에 1명, 부인 뒤에 5명의 여자가 더 보인다. 주인공 앞에서 환인들이 나무다리 재주를 부리거나 여러 개의 공과 막대기를 번갈아 던져 올리는 곡예를 연출하거나 바퀴를 튕겨 올리는 곡예를 공연하고 있다. 널방 동벽 하단에 큰 뿔 나팔과 메는 북을 연주하는 악사들로 구성된 고취악대가 수레를 탄 무덤의 주인공과 시녀들의 행렬을 인도하는 모습이 보인다.

그림 7 수산리고분벽화 교예도

21　력사과학연구소, 위 책, 263~264쪽.

고분벽화	편년	백희	춤과 악기
안악3호분	357년	칼재주부리기, 手搏	고취악대(큰 뿔 나팔, 흔들 북, 손 북, 메는 북, 메는 종, 馬上의 털북〈羽葆鼓〉, 簫, 胡笳, 鐃), 발끈춤(獨舞, 琴, 완함, 퉁소 또는 長笛). 큰 뿔을 연주하는 樂師 및 큰 북(建鼓)과 簫 등을 연주하는 4인의 樂師.
각저총	4세기~5세기 초반	씨름	
무용총	4세기~5세기 초반	수박	완함 연주에 맞추어 춤을 추는 群舞
장천1호분	5세기 중반	원숭이놀이, 馬上才, 弄丸 舞輪, 씨름, 채찍 같은 것을 든 사람이 다른 한사람을 쫓는 놀이	오현금 연주에 맞추어 춤추는 舞人
약수리고분벽화	5세기 초반~5세기 후반	짧은 막대기 한 개와 작은 공 두개를 올려 던지는 곡예, 긴 막대기에 살을 여러 개 댄 것을 튕겨 올리는 곡예, 칼재주부리기	고취악대(메는 북, 거는 북, 흔들 북, 큰 뿔 나팔), 雙舞(馬上에서 큰 뿔 나팔을 부는 樂人, 馬上鼓를 연주하는 樂人과 춤을 추는 2명의 舞人)
수산리고분벽화	상동	나무다리 곡예, 여러 개의 공과 막대기를 번갈아 던져 올리는 곡예, 舞輪	고취악대(큰 뿔 나팔을 부는 악사와 메는 북을 연주하는 악사)
팔청리고분벽화	5세기 전반~6세기 초반	뿔 나팔 연주를 하면서 재주를 보여주는 馬上才, 여러 개의 막대기와 공을 번갈아 던져 올리며 받는 곡예, 나무다리 곡예, 칼재주부리기	鼓舞(메는 북을 치면서 춤을 추는 舞人), 마상에서 뿔 나팔을 연주하는 2명의 樂人, 완함을 연주하는 악사

고대의 문헌에 전하는 고구려의 歌舞劇으로서 우선 건국신화를 재현하는 祭儀를 주목할 필요가 있다. 고구려 경우, 10월에 개최한 東盟祭 기간 중에 隧穴祭를 거행하였다.[22] 이것은 나라의 동쪽에 위치한 隧穴이란 큰 동굴에서 隧神을 맞이하여 나라의 동쪽(즉 강) 위에 모셔와 제사를 지내는 것인데, 이때 나무로 깎아 만든 隧神像을 신좌에 앉힌다고 한다. 隧神은 고구려의 시조 주몽을 낳은 河伯의 딸을 가리키고, 수신을 동굴에서 강 위로 모셔오는 행위는 隧神, 즉 水神을 햇빛에 감응시키는 것으로 해석된다. 수혈제는 바로 하백의 딸이 햇빛에 감응되어 고구려의 시조 朱蒙을 낳는다는 내용의 고구려 건국신화를 제의로서 재현한 것

---

22 以十月祭天 國中大會 名曰東盟. …… 其國東有大穴 名隧穴 十月國中大會 迎隧神還于國東上祭之 置木隧于神坐(『삼국지』위서 동이전 고구려).

이 되는 셈이다.[23] 이러한 측면에서 수혈제는 건국신화를 劇化하여 재현한 가무극의 일종으로 볼 수 있을 것이다.[24]

고구려 장천1호분의 백희기악도에 채찍 같은 것을 든 사람이 다른 한 사람을 쫓는 장면이 보인다. 이를 도둑잡기 놀이라고 부르기도 한다. 이것은 무엇인가 연극적인 요소가 가미된 가무극의 일종으로 추정된다. 한편『樂書』권158 樂圖論 胡部 歌 四夷歌 東夷 高麗條에 고구려에 傀儡가 있다고 전한다. 여기서 괴뢰는 꼭두각시, 즉 인형을 가지고 공연하는 백희를 말한다.『삼국유사』권제5 감통제7 憬興遇聖條에 한 여승이 경흥을 웃게 해주기 위하여 '11가지의 얼굴 모습을 지어 각기 우스운 춤을 추게 하니, 뾰족하기도 하고 깎은 듯도 하여 그 변화하는 모습은 이루 다 말할 수 없었다. 모두가 턱이 빠질 정도로 우스워서 법사의 병은 자기도 모르게 씻은 듯이 나았다.'고 전한다. 여승이 인형을 가지고 여러 가지 우스운 모습을 연출한 것으로 보이며, 여승이 공연한 것은 일종의 괴뢰희였을 것이다. 괴뢰희를 공연할 때에 음악반주가 수반되고, 연극적인 요소가 가미되는 것이 常例이기 때문에 필자는 그것을 가무극의 일종으로 분류하였다.

고구려의 각저총과 장천1호분 백희기악도에 두 사람이 힘을 겨루는 씨름 그림이, 안악3호분과 무용총에는 수박 그림이 전한다. 덕흥리고분의 널방 서벽 남쪽 상단의 벽화에 馬射戲 장면이 그려져 있다. 벽화 상단에는 남쪽부터 말을 탄채 기다리는 사람, 기록판과 붓을 든 기록원, 심판을 담당한 것으로 추정되는 나란히 서 있는 두 인물, 말을 타고 달려오는 사람이 표현되어 있다. 벽화의 하단에

---

23 三品彰英, 1973『古代祭政と穀靈信仰』, 平凡社, 162~169쪽; 서영대, 1991「韓國古代 神觀念의 社會的 意味」, 서울대학교 박사학위논문, 190쪽.

24 한편『삼국유사』권제2 기이제2 가락국기에 전하는 금관가야의 건국신화에 의하면, 가야인들이 구지봉에서 구지가를 부르고 춤을 추면서 수로왕을 비롯한 6가야 왕을 맞이하였다고 하는데, 이것은 매년 제의로서 재현되었다고 보이므로 이것 역시 고대 가무극의 하나로 이해하여도 좋을 것이다.

는 남쪽부터 말을 타고 달리면서 허리를 틀어 뒤를 돌아보면서 활시위를 당기는 사람, 과녁이 3개 달린 3개의 말뚝, 말을 타고 달려오면서 활시위를 당기는 사람, 화살에 맞은 과녁이 깨져 떨어져 나간 2개의 가늘고 긴 말뚝이 그려져 있다. 마사회는 말을 타고 달리면서 화살을 쏘아 과녁을 맞히어 떨어뜨리는 놀이다. 기마궁술을 중시하였던 고구려에서 훈련 겸 운동의 한 종류로 성행하였던 것으로 보인다.[25]

　蹴鞠도 일종의 겨루기 형식의 유희로서 분류할 수 있는데, 『구당서』와 『신당서』 고려전에서 고구려인들이 投壺와 博奕(바둑), 蹴鞠을 즐겼다고 하였다.[26] 겨루기 형식을 갖추고 있는 대규모의 遊戲로서 고구려의 水石戰을 들 수 있다. 『수서』 고려전에 '매년 초에 浿水 가에 모여 놀이를 하였는데, 王은 腰輿를 타고 羽儀를 벌여놓고 이를 지켜본다. 놀이가 끝나면 王은 衣服을 강물에 던져 넣는다. (여기 참석한 사람들은) 左右의 두 무리로 나뉘어, 물과 돌을 서로 뿌리고 던지며 크게 소리를 지르고 달려 쫓기를 두세 차례 한 다음 그친다.'는 기록이 전한다. 고려시대에 연등회와 팔관회에서 무대를 개설하고 다양한 백희를 공연한 사례에 비추어 본다면, 연초에 고구려왕이 臨席한 가운데 다양한 백희가무를 공연하였고, 공연을 마친 후에 관람객들이 패를 나누어 水石戰을 전개한 것으로 추정된다.[27]

---

25 전호태, 2013 앞 논문; 2016 『고구려 생활문화사 연구』, 서울대학교출판문화원, 226~227쪽.
26 『삼국유사』 권제1 기이제2 태종춘추공조에 김춘추와 김유신이 正月 旡午日에 유신의 집 앞에서 蹴鞠을 하였다는 내용이 보인다.
27 한편 『삼국유사』 권제2 기이제2 가락국기조에 '이러한 가운데 또 유희로서 (수로왕을) 사모하는 일이 있었다. 매년 7월 29일에 (김해)지역 사람과 병졸이 乘岾에 올라 장막을 설치하고, 술과 음식을 먹고 즐기면서 동서편으로 서로 바라보았으며, 건장한 사람들은 좌우로 나뉘어 望山島로부터 말을 급히 달려 육지에서 경주하고, 훌륭한 배는 물 위에 떠서 서로 밀면서 북쪽 古浦를 향하여 다투어 빨리 간다. 이것은 옛날 유천간과 신귀간 등이 허황후가 오는 것을 바라보고 (수로)왕에게 급히 아뢰었던 자취이다.'라는 기록이 전한다. 김해지

고구려에 서역 계통의 舞樂이 전래되었는데, 대표적인 것으로 胡旋舞와 歌曲 芝栖 및 舞曲 歌芝栖 등을 들 수 있다.[28] 호선무는 康國(우즈베키스탄 사마르칸트 일대)에서 유래되었고,[29] 지서와 가지서는 安國(우즈베키스탄 부하라)의 가무였다.[30] 한편 고구려의 무악은 중국과 일본에 전해졌는데, 전자의 대표적인 사례로 수나라 燕樂(또는 宴樂)의 7部伎와 9部伎, 당나라 10部伎에 포함된 高麗伎를 들 수 있다. 陳暘이 1099년에 편찬한 『樂書』에 따르면, '그(고구려) 악기에는 竪箜篌·臥箜篌·琵琶·彈箏·五絃·笙·簫·橫笛·小篳篥·桃皮篳篥·腰鼓·齊鼓·擔鼓·銅鈸貝 등 14종이 있다. 1部는 28人으로 구성되었으며, 측천무후 때에 歌曲이 25章이었다. 正元(貞元〈785~805〉) 말에 오직 1곡만을 능히 익힐 수 있을 뿐이었다. 그 의복 역시 그 제도를 잃어버렸다. 傀儡와 越調(壹越調) 및 夷賓曲을 英公(李勣)이 고구려를 격파하고 헌상하였다.'라고 한다.[31]

당나라에서 9부기 또는 10부기의 하나였던 고려기는 모두 25장으로 구성되었고, 거기에 14종의 악기가 사용되었으며, 몇 부로 구성되었는가는 알 수 없지만, 1부는 28인으로 이루어졌음을 위의 자료는 전해주고 있다. 이와 더불어 고려

역에서 수로왕이 허황후를 맞이하는 모습을 舟戲로서 각색하여 민속놀이의 일종으로 전승하였음을 반영한다.

28 高麗伎 有彈箏 …… 胡旋舞 舞者立毬上 旋轉如風(『新唐書』卷21 志第11 禮樂).
    高麗 歌曲有芝栖 舞曲有歌芝栖(『隋書』권15 志10 音樂下).

29 趙世騫, 1997『絲路之路樂舞大觀』, 新疆美術撮影出版社, 5쪽.

30 安國 其樂器 …… 歌曲有附萐單時歌芝栖 舞曲有末奚舞芝栖 解曲有居栢(『文獻通考』권148 樂考21 西戎).

31 至李唐時 有品庫樂鄕樂之品 其器有臥箜篌竪箜篌琵琶彈箏五絃笙簫橫笛小觱篥桃皮觱篥腰鼓齊鼓擔鼓銅鈸貝等十四種 爲一部二十八人 武后時歌曲尙二十五章 正元末 惟能習一曲而已 其衣服亦浸失其制矣 傀儡幷越調夷賓曲 英公破高麗所進也(『樂書』권158 樂圖論 胡部歌 四夷歌 東夷 高麗).
    위의 자료에 전하는 庫樂은 唐樂의 誤記이다. 본래 음악을 당악과 향악으로 분류한 왕조는 고려였다. 진양이 고려와 고구려를 혼동하여 여기에 고려시대의 음악과 관련된 내용을 편입시킨 것이다.

기는 8세기 말에 이르러 크게 쇠퇴하여 25곡 가운데 겨우 1곡만이 전해졌을 뿐이었음을 알려준다. 이적이 668년 고구려를 멸망시켰을 때에 꼭두각시를 가리키는 괴뢰 및 樂調의 하나로 추정되는 越調와 夷賓曲을 헌상하였다고 하였는데, 일본 고려악 가운데 상당수가 高麗壹越調로 연주되는 악곡이었음을 주목하건대,[32] 『악서』의 기록은 실제로 고구려에서 음악의 연주에 주로 일월조를 사용했음을 알려주는 증거로 주목된다. 이빈곡의 실체를 정확하게 알 수 없다. 다만 어의상으로 추정하건대, 외국의 사신들을 접대하는 향연에서 연주하던 음악을 가리키는 것이 아닐까 짐작할 뿐이다. 한편 고구려에서 일본에 전래된 음악과 관련하여 고대 일본의 고려악을 주목할 필요가 있다. 고려악 가운데 고구려에서 전래된 舞樂이 狛鉾와 高麗龍, 狛犬, 阿夜岐理이고, 退·進宿德, 長保樂, 桔桿 등은 고구려에서 전래되었을 가능성이 높은 것들에 해당하는데, 이들 각 악곡의 성격에 대해서는 2부에서 자세하게 설명할 예정이다.

2) 백희잡기를 통해 본 고구려음악의 성격

장천1호분의 백희기악도는 고구려에서 다양한 백희를 즐겼다는 사실뿐만 아니라 그것을 공연한 인물들에 대한 중요한 정보를 제공해준다. 여기에 등장하는 인물은 모두 32인인데, 이 가운데 高鼻人의 존재가 주목을 끈다. 백희기악도에서 曲蓋車輦의 행선을 인도하는 여자, 끌대를 잡고 수레를 끄는 여자, 수레 뒤에 슬쩍 걸터앉은 여자가 모두 고비인이다. 또 여기에 코가 높고 수염을 기른 인물이 두 팔에 조그만 가축을 안은 채 뒤를 돌아보며 맨발로 달아나는 모습이 보이고, 또 말타는 재주를 부리는 2명의 남자도 고비인이다. 이밖에 부부로 보이

---

32 고대 일본의 고려악 38개 가운데 林歌(고려평조), 蘇志摩利와 地久樂, 登天樂, 白濱(고려쌍조)을 제외하고 모두 고려일월조곡이다.

는 두 명도 고비인인데, 남자가 말채찍을 들고 있는 것으로 보아 그들 역시 말을 다루는 일을 맡은 것으로 보인다. 백희기악도에 등장하는 32인 가운데 이상에서 설명한 9인이 고비인이며, 이들을 서역계 인물로 보는 것이 일반적이다.[33] 장천1호분 이외에도 여러 고분벽화에 서역계 인물이 등장한다. 먼저 고분벽화의 각저도와 수박도에 서역계의 인물이 등장하는 것을 확인할 수 있다. 안악3호분의 수박도에 등장하는 두 인물은 커다란 메부리코에 턱이 긴 이국적인 모습이며, 비슷한 모습의 인물은 각저총의 씨름도, 무용총의 수박도에도 역시 등장한다. 그리고 안악3호분에는 발꿈춤 동작을 하고 있는 무용수가 보이는데, 그 역시 서역계 인물이다.

여기서 눈길을 끄는 점은 서역계 인물들이 주로 각저와 수박희, 그리고 백희 공연의 배우로 등장한다는 사실이다. 전한과 후한대의 각저도(또는 수박도)에 등장하는 인물들을 조사하면 대부분 눈과 코가 크고 우락부락한 모습을 하고 있음을 볼 수 있는데,[34] 이것은 그들이 서역계 인물임을 시사해주는 측면이다. 고구려의 각저도와 수박도에 등장하는 서역계 인물들은 바로 중국의 그러한 전통과 일맥상통한다고 할 수 있다. 그들이 서구인의 체격을 가져서 힘이 세기 때문에 각저와 수박희의 배우로 널리 활동하였다고 추정된다. 더불어 이를 통하여 서역계 인물들이 여러 백희잡기의 연희자로 폭넓게 활동했음을 짐작해볼 수 있다. 이러한 측면에서 장천1호분의 백희기악도에 보이는 말타기재주를 중심으로 하

---

33 전호태, 1993 앞 논문.
　　여기서 전호태선생은 서역계 인물들을 주로 우마와 관련된 천한 일을 하는 존재로 보고, 그들을 後趙를 세운 羯胡와 연결시켰다. 즉 352년 후조의 멸망 이후에 갈호들이 고구려로 흘러들어와서 이같은 천한 일에 종사하지 않았을까 조심스럽게 추론하였다. 필자는 전호태선생의 견해와 달리 서역계 인물들은 우마와 관련된 천한 일을 하던 사람들이 아니라 백희잡기를 공연하며 유랑생활을 하는 존재들로 보고자 한다.
34 임영애, 1998 「고구려 고분벽화와 고대 중국의 西王母신앙-씨름그림에 나타난 '西域人'을 중심으로」, 『강좌미술사』 제10호.

는 여러 가지 곡예에서 서역계 인물들이 주도적인 역할을 하였던 점도 예사로이 보이지 않는다.

馬舞 또는 馬上才는 서역에서 중원지방으로 전해진 백희잡기의 하나다. 예로 부터 서역지방은 명마의 고향이고, 그 지역 사람들은 말을 다루는 기술이 뛰어났다. 이러한 이유로 서역지방에서 마무가 발달하고, 그것이 중원지방으로 전해졌던 것이다.[35] 장천1호분 백희기악도의 서역계 인물들 역시 북위를 거쳐 고구려로 흘러들어 왔거나 초원길을 통하여 서역에서 고구려로 직접 들어와서 馬上才를 연기하였음이 분명하다.[36] 唐代에 散樂을 연주하는 자들이 마을을 돌아다니는 것을 금지시킨 적이 있었다.[37] 이를 통하여 당대에 백희잡기, 즉 산악의 공연을 전문으로 하는 유랑악인들이 적지 않았음을 유추해볼 수 있다.[38] 중국의 사례를 참조할 때, 백희기악도에 보이는 서역계의 인물들 역시 이곳저곳으로 유랑하면서 여러 가지 백희잡기를 공연하였다고 짐작해볼 수 있고, 그 가운데 일부는 신라와 백제로 갔으며, 나아가 일본에까지 건너간 것으로 추정되기도 한다.[39] 12세기 전반에 생존한 일본인 藤原通憲(1106~1159)의 그림책으로 알려진 『信西古樂圖』에서 이를 증명할 수 있다. 『信西古樂圖』의 성격에 대하여 논란이 분분한데, 平安時代

---

35 趙世騫, 1997 앞 책, 18~25쪽

36 전경욱, 2004 앞 책, 111~112쪽

37 其年(開元二年)十月六日勅 散樂巡村 特宜禁斷. 如有犯者 并容止主人及村正 決三十. 所由 官附考奏 其散樂人 仍遞送本貫 入重役(『唐會要』卷34 論樂 雜錄).

38 김학주, 2001『중국 고대의 가무희』, 명문당, 207~210쪽.

39 고대 일본에서 가이라이시[傀儡師 또는 傀儡子]는 꼭두각시 놀이인데, 중국에서는 窟礧 子 또는 魁礧子라고 불렀다. 그것은 중앙아시아 방면의 유랑집단에 의하여 1~2세기에 중 국에 유입되었고, 그 후 짚시 민족, 즉 지고니아(Zigeuner) 민족이 인도 북서부에서 시작해 서역을 거쳐 중국, 한반도를 지나 7~8세기경 나라시대에 일본에 들어와서 가이라이시를 전했다고 보는 견해가 있다(河竹繁俊著·이응수역, 2001『일본연극사』상, 도서출판 청우, 161~162쪽). 참고로 앞에서 고구려에서도 魁礧, 즉 인형극을 공연하였음을 살핀 바 있다.

의 舞樂과 散樂을 그렸다고 이해하는 것이 일반적인 경향이다.[40] 여기에 소개된 백희잡기 가운데 서역 계통의 인물들이 공연한 것이 여럿 있다. 飮刀子舞, 吐火, 抑肩倒立, 弄劍, 入馬腹舞를 공연한 幻人이 서역 계통의 인물이고, 이밖에 四人重立, 弄玉을 공연한 환인 역시 서역 계통의 인물일 가능성이 높다. 이들은 한반도를 거쳐서 또는 중국대륙에서 직접 일본으로 건너간 것으로 보인다.

서역 계통의 인물들이 중국대륙을 거치거나 또는 초원길을 통하여 직접 고구려로 유입되면서 자연히 서역지방의 문화도 함께 전래되었음이 분명하다. 고구려의 음악이나 악기가 서역 계통의 그것들과 밀접한 연관성을 지닌 사실을 통하여 이를 입증할 수 있다. 중국계의 문헌자료나 고구려의 고분벽화에 인도와 서역계의 악기들이 여럿 등장한다. 인도계의 대표적인 악기로서 弓形箜篌, 5현비파와 각종 鼓樂을 들 수 있고, 서아시아계통의 악기로는 竪箜篌와 曲頸琵琶, 竪笛(篳篥), 약간의 鼓樂을 들 수 있다.[41] 장천1호분의 백희기악도에 5현비파와 篳篥(피리)이 보이며, 隋·唐代 七部伎, 九部伎, 十部伎의 하나인 高麗伎에서도 두 악기가 핵심을 이루고 있다. 특히 高麗伎에 사용된 악기들이 龜玆音樂을 기초로 정립된 西涼伎의 그것들과 비슷하였음이 주목을 끄는데, 臥箜篌와 竪箜篌, 비파(4현), 五絃(비파), 笙과 簫, 篳篥 종류 등 高麗伎의 14악기가 서량기의 19악기 가운데 14악기와 겹쳤던 것이다. 이것은 高麗伎가 사량기를 수용하여 정립된 것임을 시사해주는 측면으로 유의된다고 하겠다.[42]

고구려의 歌舞에도 서역 계통의 가무가 크게 영향을 끼쳤다. 高句麗歌曲에 芝

---

40 『信西古樂圖』의 원화는 당에서 전래되었다고 보는 설, 平安時代 초기의 작품이라는 설, 平安時代 말기의 묘사라는 설이 있다고 한다(박전열, 1996「日本 散樂의 연구」,『한국연극학』제18호, 연극학회, 188쪽). 여기에 林邑樂이 나오는데, 이것은 736년에 임읍국의 승려 佛哲이 일본에 전한 것으로 알려졌다.『신서고악도』가 당의 산악백희를 묘사한 것이라면, 임읍악의 존재가 여기에 있다는 것은 상식적으로 이해가 되지 않는 측면이라 하겠다.

41 霍旭初, 1994『龜玆藝術研究』, 新疆人民出版社, 76쪽.

42 이혜구, 1955 앞 논문; 1996 앞 책.

栖가 있었고, 舞曲에 歌芝栖가 있었는데, 동일한 명칭이 서역의 부하라지방에 위치한 安國의 음악에도 보이고 있음을 앞에서 살폈다. 고구려의 가무곡이 서역 지방의 그것을 수용하였음을 반증해주는 자료다. 이밖에 당나라 십부기의 하나인 高麗伎에 胡旋舞가 있었다고 전하는데, 앞에서 호선무는 서역지방의 康國에서 유래된 춤이라고 언급한 바 있다. 또한 안악3호분의 벽화에 발꼰춤 동작을 한 異國人이 등장하는데, 그러한 춤 동작은 인도의 카탁춤의 그것과 유사하다고 보기도 한다. 이에 따른다면, 인도의 춤이 서역과 중국을 거쳐 고구려에 전래된 것으로 추측해볼 수도 있다.

일본 고대의 舞樂에 左舞와 右舞가 있다. 좌무는 唐樂이 중심을 이루고, 우무는 高麗樂(三韓樂)이 중심을 이룬다. 당악은 수·당대의 서량기를 중심으로 하는 舞樂이며, 고려악은 삼국의 음악을 기초로 정립된 것이지만, 그 명칭을 볼 때, 고구려음악이 중심이었다고 짐작해볼 수 있다.[43] 그런데 고려악에 서역지방에서 고구려에 전래되었다고 추정되는 舞樂이 여럿 있다. 먼저 退走德·進走德은 崔致遠의 鄕樂雜詠에 나오는 束毒과 관련이 깊다.[44] 束毒은 중앙아시아의 타슈켄트와 사마르칸트에 위치한 粟特(Sogdiana)을 가리키는 것으로 이해한다. 따라서 속독은 서역에서 유래하여 신라에 전래된 가무희라고 볼 수 있다.[45] 속독이 고구려에서 신라에 전래되었는가에 관한 구체적인 근거는 없다. 그러나 우즈베키스탄 사마르칸트시의 부근에 위치한 아프라시압 언덕의 궁전 터에서 발견된 벽화의 使節圖에 새의 깃털 같은 것을 두개 꽂은 모자를 쓰고, M자형 장식을 단 칼집에 넣은 環頭大刀를 찬 두 명의 사절이 보이는데, 이들을 일반적으로 고구려인으로

---

43 河竹繁俊箸·이응수역, 2001 앞 책, 136쪽.

44 여기서 進走禿(走德·宿德)은 若舞, 退走禿(走德·宿德)은 老舞이며, 6인이 춤을 추는 형식이다.

45 이두현, 1959 앞 논문; 이두현, 1979『한국연극사』, 보성문화사; 전경욱, 2004 앞 책, 143~145쪽 및 148~149쪽.

이해하고 있다. 그들은 7세기 후반에 점점 치열해져 가고 있는 당과의 전쟁에서 내륙아시아 국가들과 동맹을 추진하기 위하여 사마르칸트에 위치한 국가를 방문한 것으로 보인다.[46] 이렇게 고구려가 중앙아시아 국가들과 직접 교류한 실상을 감안할 때, 粟特(Sogdiana)의 춤이 고구려에 전래되었을 가능성이 높고, 통일신라의 束毒은 고구려를 거쳐서 전해진 것으로 봄이 자연스럽다고 하겠다.

또한 고려악의 하나로 長保樂이 있는데, 이것은 長保 年間(999~1003년)에 2곡을 합성하여 만들었기 때문에 이렇게 명명하였다. 一名 泛野樂으로 부르기도 한다. 2곡은 각각 保曾呂久世利와 加利夜須다. 이들 곡명의 원뜻을 정확하게 알 수 없지만, 일본에서 曾呂久를 서역의 疏勒國을 가리키는 것으로 이해하여, 장보악을 서역 소륵국의 음악과 연관시켜 해석하고 있다.[47] 소륵국은 현재 중국 新疆省 서쪽의 카슈가르에 위치한 국가였다. 장보악이 고려악의 하나였으므로 保曾呂久世利와 加利夜須曲 역시 고구려에서 전래되었을 가능성이 높다고 보인다. 고구려에서 소륵지방의 음악을 받아들였고, 그것을 다시 일본에 전해주었지 않았을까 추정된다. 이밖에 고려악 가운데 서역 계통의 舞曲과 관련이 깊은 것이 바로 桔樌다. 이것을 桔桿, 桔簡, 吉干이라고 표기하기도 하며, 서역지방에서 유행한 가무인 蘇莫遮에서 유래하였다.[48] 현재 길간이 고구려에서 전래되었음을 입증할 수 있는 자료는 전해지지 않지만, 서역의 여러 국가와 활발하게 교류한 고구려에서 전래되었을 가능성이 높다고 판단된다.

이상에서 백희와 樂舞, 악기를 중심으로 서역의 문화가 고구려에 지대한 영향을 끼쳤음을 살펴보았다. 그러나 여기서 한 가지 간과해서는 안 되는 사실이 있다. 그것은 바로 중국의 영향에 관해서다. 서역의 문화는 불교문화와 마찬가지

---

46 노태돈, 1999「고구려·발해인과 내륙아시아 주민과의 교섭에 관한 고찰」,『고구려사연구』, 사계절, 540~542쪽.

47 大槻如電, 1927『新訂舞樂圖說』, 六合館, 84쪽.

48 吉干과 蘇莫遮에 대해서는 2부에서 자세하게 살필 예정이다.

로 직접 서역인들이 전해준 것이라기보다는 중국을 거쳐 전해졌다고 볼 수 있기 때문이다. 고구려의 고분벽화 및 불교미술이 중국의 영향을 받았다는 것은 널리 알려져 있기 때문에 여기서 새삼스럽게 다시 강조하고 싶지 않다. 음악과 악기 면에서도 역시 그러한 면모를 간취할 수 있다. 앞에서 서량기가 구자음악을 기초로 정립된 것이라고 언급하였다. 그렇다고 하더라도 서량기는 중국인들이 구자음악을 바탕으로 재정립시킨 중국의 음악이라는 점을 결코 잊어서는 안 된다. 그것은 구자음악을 바탕으로 하고, 거기에 중국 전래의 음악을 혼합하여 중국인이 재창조한 음악이라는 의미다.[49] 고구려에 전래된 서량기는 바로 이러한 성격을 지닌 음악인 것이다. 고분벽화에 여러 가지 악기들이 전하며, 그 가운데 고유한 중국계통의 악기로서 琴과 簫, 완함 등을 들 수 있다. 완함의 기원을 서역에서 찾기도 하지만, 그것은 위진시대에 중국화된 악기로 널리 유행하였으므로 고구려에 전해질 때에 중국의 악기로 인식되었다고 보아야 한다. 따라서 고구려의 음악에 중국의 고유한 음악 역시 많은 영향을 끼쳤다고 보아야 한다. 이와 관련하여 다음의 기록을 주목해보자.

> 한나라 때에 鼓吹와 技人을 (고구려에) 하사하였다(『삼국지』 위서 동이전 고구려).
> 무제가 조선을 멸하고, 고구려를 현으로 삼아 현토에 속하게 하고 鼓吹와 伎人을 하사하였다(『後漢書』 東夷列傳 高句驪).

위의 기록은 한나라에서 고구려에 고취와 기인을 하사한 자료들이다. 이것을 통하여 고구려의 음악에 일찍부터 중국의 영향이 적지 않았음을 짐작해볼 수 있다. 龜玆音樂의 영향이 중국에 강하게 미치기 이전, 즉 북위시대 이전의 고구려 음악은 그 고유의 것에다 전통적인 중국음악이 혼합된 모습이었을 것이다. 반면

---

49 霍旭初, 1994 앞 책, 224쪽

에 수·당대의 高麗伎는 남북조시대에 서역음악을 수용하여 새로이 정립된 중국음악(특히 서량기)이나 서역의 음악이 고구려에 전해져서 형성된 것이었다고 봄이 합리적일 듯싶다.

그러나 고구려에서 단지 중국이나 서역의 음악을 그대로 수용한 것만은 아니었다. 수나라의 7部伎와 9部伎 가운데 高麗伎가 포함되어 있었고, 唐의 10부기에도 역시 마찬가지이다. 이것은 중국인들이 서량기를 비롯한 여러 국가의 음악과 고구려음악을 분명하게 구별하여 인식하였음을 의미하는 것이다. 고려기뿐만 아니라 고구려의 가무가 중국에서 널리 공연되었다는 사실은 다른 여러 자료를 통하여 살필 수 있다. 北周의 王褒가 고구려 춤을 보고 지은 시가 전하고,[50] 李白이 고구려춤을 보고 지은 「高句麗」라는 시는 고구려춤이 중국인들에게 다른 나라의 춤과 분명하게 다르게 인식되었음은 알려주는 자료의 하나다.[51] 또 『舊唐書』楊再思傳에 의하면, 御史大夫 楊再思가 司禮少卿 同休가 그를 고구려인과 닮았다고 놀리자, 그가 剪紙를 달라 하여 巾에 걸고 자줏빛 도포를 뒤집어 입은 다음, 고구려춤을 한바탕 추었는데, 머리에 띠를 묶고 두 손을 펼치는 동작이 음악과 잘 어울려서 同席한 사람들이 즐거워했다고 한다.[52] 어사대부 양재사가 고구려춤을 흉내낸 일화는 중국인들 사이에 그것이 꽤 널리 알려졌음을 시사해주

---

50 蕭蕭易水生波 燕趙佳人自多 傾盃覆盌漼漼 垂手奮袖娑娑 不惜黃金散盡 只畏白日蹉跎(王褒)〔『樂府詩集』卷78 雜曲歌辭 高句麗〕.

51 『樂府詩集』卷78 雜曲歌辭 高句麗條에 전하는 李白의 「고구려」란 시를 번역하여 소개하면 다음과 같다.
절풍모에 금화를 꽂고(金花折風帽), 백마처럼 천천히 도네(白馬小遲回)
넓은 소매 휘저으며 훨훨 춤을 추니(翩翩舞廣袖), 마치 해동에서 새가 날아온 듯 하네(似鳥海東來).

52 再思爲御史大夫時 張易之兄司禮少卿同休 嘗奏請公卿大臣 宴于司禮寺 預其會者 皆盡醉極歡 同休戱曰 楊內史面似高麗 再思欣然 請剪紙自帖於巾 却披紫袍 爲高麗舞 縈頭舒手 擧動合節 滿座嗤笑(『舊唐書』권90 열전제40 楊再思).

는 자료다. 고구려음악뿐만 아니라 고구려의 춤 역시 중국인들에게 강한 인상을 남겼던 것이다. 한편 일본 고대 舞樂의 하나인 右舞는 고구려음악이 중심을 이루었다. 고구려의 음악이 唐樂〔左舞〕과 함께 일본 舞樂의 양대축을 이루었다는 사실은 일본인들이 그것을 널리 받아들여 즐겼음을 반증해주는 것이다.

이처럼 고구려음악과 춤이 중국과 일본인들에게 널리 수용된 측면은 고구려인들이 그들 고유의 음악이나 춤 동작에 중국과 서역의 음악이나 춤 동작을 잘 혼합하여 고구려만의 독특한 음악과 춤을 재창조했던 사실을 전제로 할 때 합리적인 이해가 가능하다. 국제문화의 흐름에 뒤쳐지지 않고, 그것을 적극적으로 수용하여 자기화한 다음, 다시 국제사회에 자신의 문화를 적극적으로 전파하였던 고구려인의 특성을 이에서 잘 읽을 수 있겠다. 서구문화에 밀려서 자기화된 문화를 제대로 정립하지 못한 오늘날의 현실에서 국제문화를 포용하여 새로운 문화를 재창조하는 능력이 탁월했던 고구려인들에게 시사를 받는 바가 많다고 하겠다.

2. 신라의 기악백희와 무악

『삼국사기』 신라본기에는 신라에서 이른 시기부터 8월 보름, 즉 추석에 歌舞百戲를 演行하였다고 전한다. 그에 관한 기록을 제시하면 다음과 같다.

왕이 이미 6부를 정하고 나서 이를 반씩 둘로 나누어 왕의 딸 두 사람으로 하여금 각각 部內의 여자들을 거느리고 무리를 나누어 편을 짜서 가을 7월 16일부터 매일 아침 일찍 大部의 마당에 모여서 길쌈을 하도록 하여 乙夜(밤 10시경)에 그치는데, 8월 15일에 이르러 그 공적의 많고 적음을 헤아려 진 편은 술과 음식을 차려 이긴 편에게 사례하였다. 이에 歌舞百戲를 모두 演行하였는데, 그것을 嘉俳라고 이르렀다. 이때 진 편에서 한 여자가 일어나 춤을 추며 탄식해 말하기를, '會蘇, 會蘇'라고 하였다. 그 소리가 슬프고도 아름다워 후대 사람들이 그 소리를 따라서 노래를 지어 會蘇曲이라고 이름하였다(『삼국사기』 신라본기제1 유리이사금 9년 봄).

위의 기록은 嘉俳(추석)와 會蘇曲의 유래를 설명한 것이다. 『三國史記』樂志에 신라의 鄕樂 가운데 會樂과 辛熱樂은 儒理王 때에 지은 것이라고 전한다. 여기서 말하는 회악이 바로 회소곡을 가리키는 것으로 이해된다. 『삼국사기』신라본기에서 유리이사금 9년은 기년상으로 서기 23년이라고 하였지만, 그대로 믿기 곤란하다. 다만 4세기 후반, 즉 나물왕대 이전 시기에 6부의 여자들이 두 편으로 나뉘어서 7월 16일부터 8월 15일까지 길쌈 경쟁을 하였고, 그 공적을 겨뤄 승부를 결정지은 다음, 서로 함께 歌舞百戲를 연행하며 즐겼던 것을 嘉俳라고 불렀다고 이해할 수 있다. 嘉俳, 즉 秋夕 명절에 신라 사람들이 가무백희를 연행한 전통은 하대에까지 그대로 계승되었음을 엔닌(圓仁)의 『入唐求法巡禮行記』에서 발견할 수 있다.

사찰에서 餺飩(밀가루로 만든 국물이 많은 음식)과 떡(餠食) 등을 장만하고 8월 보름 명절을 지냈다. 이 명절은 다른 나라에는 없고, 오직 신라국에만 이 명절이 있다. 老僧 등이 말하기를, '신라국은 옛날에 발해와 싸웠을 때, 이날에 승리하였기 때문에 이로 인하여 명절로 삼고 즐겁고 기뻐서 춤을 추었던 것이 오랫동안 끊이지 않고 계속해서 이어져왔다. (이날부터) 온갖 음식을 마련하고 노래하고 춤추며 풍악을 울리면서 밤낮으로 즐기다가 사흘 만에 그쳤다. 이곳 山院은 故國을 그리워하며 지금 이 명절을 지낸다.'고 하였다(『入唐求法巡禮行記』開成 4년 8월 15일).

開成 4년은 839년(문성왕 원년)에 해당한다. 여기서 말하는 사찰은 중국 산동반도 赤山 法華院을 가리킨다. 위의 기록에서 신라에서 8월 15일을 명절로 삼고, 이날부터 3일에 걸쳐 온갖 음식을 마련하고 노래하고 춤추며 풍악을 울리면서 밤낮으로 즐겼다고 하였는데, 이것은 신라인들이 하대에도 嘉俳節에 가무백희를 연행하며 즐겼음을 알려주어 주목된다. 물론 신라인 老僧은 그 유래가 733년 신라가 발해와의 전쟁에서 승리한 것을 기념하기 위한 것에서 비롯되었다고 말하였지만, 그대로 수긍하기 어렵다. 신라본기의 기록에 의거하건대, 嘉俳節에서 가무백희를 연행한 전통은 그 이전부터 신라의 고유한 전통으로 면면히 계승되었다고 봄이 자연스럽기 때문이다. 다만 가배절에 신라인들이 연행한 가무백희의 종류에 대한 정보는 자세하게 전하지 않는다.

한편 『삼국지』 위서 동이전 한조에 5월에 파종하고 10월에 수확한 후에 귀신〔天神〕에게 제사를 지내고, 무리를 지어서 밤낮으로 노래 부르고 춤추며 술을 마셨는데, 그 춤은 수십 명이 모두 일어나서 뒤를 따르며 땅을 밟고 몸을 구부렸다 폈다 하면서 손과 발이 잘 어울렸으며, 그 리듬이 마치 (중국의) 鐸舞와 유사하였다는 기록이 전한다. 鐸舞는 춤을 추는 사람이 큰 방울 모양의 木鐸(또는 銅鐸)을 가지고 춤을 추는 것으로서 漢과 曹魏代에 雜舞類로 분류되었다.[53] 위의 기록은 대체로 마한에 관한 설명으로 이해되고 있지만, 진한의 경우도 이와 비슷한 풍습이 있었다고 보아도 문제가 되지 않을 것이다. 이외에 신라인들은 始祖인 赫居世를 天神으로 이해하였으므로, 시조묘제사를 천신에 대한 제사, 즉 祭天行事와 연결시켜 이해할 수 있다.[54] 『삼국사기』 제사지에는 계절마다 시조묘에서 제

---

53 종래에 鐸舞가 푸에블로 인디언들이 옥수수 수확제 때에 허리에 방울을 달고 손으로 라틀을 흔들며 群舞하는 것과 유사하다고 주장한 바 있어 참조된다(李杜鉉等著·崔吉城譯, 1977 『韓國民俗學槪說』, 學生社, 223~228쪽).

54 혁거세를 천신적 존재로 이해하였다는 사실에 대한 자세한 내용은 나희라, 2003 『신라의 국가제사』, 지식산업사, 71~74쪽이 참조된다.

사를 지냈다고 전한다. 일반적으로 부여와 동예 등에서 제천행사 기간에 연일 밤낮으로 먹고 마시며 노래 부르고 춤을 추며 즐겼음을 염두에 둔다면, 신라에서도 시조묘제사가 끝난 후에 가무백희를 연행하였을 가능성이 높다고 이해할 수 있다. 이상에서 검토한 바에 따른다면, 신라에서는 일찍부터 5월의 파종제, 10월의 수확제, 8월 보름의 가배절, 그리고 4계절의 시조묘제사 때에 국가 차원에서 가무백희를 연행하던 전통이 있었다고 정리할 수 있다.

『漢書』刑法志에 '춘추시대에 강국은 약국을 멸하고 대국은 소국을 병탄하여 나라마다 싸우는 형국이 되었는데, 이때에 무예를 익히는 儀禮가 점점 늘어나자, 그것을 戱樂으로 삼아 서로 자랑하며 뽐내게 되었다. 秦에서는 이런 모든 것을 角抵라고 명명하였다.'라고 전한다. 삼국 초기에 전쟁이 빈번하게 일어났고, 이때에 말타기, 활쏘기, 칼쓰기, 맨몸으로 힘겨루기 등을 경합 형식의 戱樂으로 삼아 즐겼을 것으로 추정된다. 실제로『삼국사기』거도열전에 신라의 居道가 매년 한 번씩 여러 말들을 張吐 벌판에 모아 놓고 군사들로 하여금 말을 타고 놀도록 하였는데, 당시 사람들이 이를 馬技(馬戱)라고 불렀다는 내용이 전한다. 또한 이사부열전에 智度路王 때에 異斯夫가 居道의 權謀를 답습하여 馬戱로써 加耶國을 미혹시켜 빼앗았다고 전한다. 신라 초기부터 6세기 무렵까지 마희가 널리 공연되었음을 시사해주는 자료들로서 주목된다.

한편『삼국사기』신라본기에서는 유리이사금 5년에 왕이 나라 안을 순행하다가 굶주린 노파에게 賑恤한 다음, 有司에게 명령하여 곳곳에 있는 홀아비와 寡婦, 孤兒, 자식 없는 노인, 늙고 병들어 스스로 살아갈 수 없는 사람을 위로하고 보살펴 양식을 나누어 주어서 부양하도록 하자, 이에 이웃 나라 백성들이 소문을 듣고 옮겨오는 자가 많았으며, 이 해에 백성들이 즐겁고 편안하여 兜率歌를 지었는데, 이것이 신라 歌樂의 시초라고 전한다. 결과적으로『삼국사기』에는 유리왕 때에 兜率歌와 會蘇曲(會樂), 辛熱樂을 제작한 사실이 전한다고 볼 수 있다. 이외에『삼국사기』악지에 통일 이전에 신라의 鄕樂으로 突阿樂, 枝兒樂, 思內樂

(詩惱樂), 笳舞, 憂息樂, 碓樂, 竽引, 美知樂, 徒領歌, 捺絃引, 思內奇物樂, 內知, 白實, 德思內, 石南思內, 祀中 등이 있었다고 전한다. 또한 여기에서 신문왕(政明王) 9년(689)에 왕이 新村에 행차하여 笳舞, 上·下辛熱舞, 思內舞, 韓岐舞, 小京舞, 美知舞 등을 연주하게 하였고, 애장왕 8년(807)에 思內琴, 碓琴舞를 연주하였다고 언급하였다.

鄕樂 가운데 창작 유래가 전하는 것은 會樂과 憂息樂, 碓樂뿐이다.[55] 그리고 笳舞와 竽引, 捺絃引은 관악기와 현악기의 연주에 맞추어 노래 부르고 춤을 추는 내용의 악곡으로, 徒領歌와 思內奇物樂은 郎徒가 지은 것으로 추정된다. 아울러 內知와 白實, 德思內, 石南思內, 祀中은 본래 지방의 음악이었지만, 후에 왕경과 궁중에서 널리 연주된 것이었고, 韓岐舞와 小京舞는 왕도 6부의 하나인 漢祇部(韓岐部) 및 지방의 5소경에서 제작되어 널리 유행한 舞樂이었다고 이해된다. 樂志에 碓樂과 碓琴舞, 思內樂과 思內舞 및 思內琴, 辛熱樂과 上·下辛熱舞, 美知樂과 美知舞라는 표현이 함께 전하는 것으로 보건대, 이상에서 거명한 鄕樂들은 대체로 악기의 연주에 맞추어 노래 부르고 춤을 추는 舞樂의 일종이었다고 이해하여도 무방하지 않을까 한다. 『삼국사기』 악지에 가야금, 거문고로 연주하는 器樂曲이 여럿 전하지만, 이것들은 伎樂百戱의 일종이라고 보기 어렵기 때문에 여기서 더 이상의 언급은 자제하려고 한다.

『삼국사기』 해론열전에서 진평왕 40년(618)에 金山幢主 奚論이 오늘날 충북 영동군 양산면에 위치한 椵岑城에서 백제군과 싸우다가 장렬하게 전사하자, 이에 당시 사람들이 長歌를 지어 조문하였다고 언급하였다. 또한 김흠운열전에 김흠운이 655년(태종무열왕 2)에 영동군 양산면에 위치한 助川城에서 백제군과 싸

---

55 눌지왕이 그의 동생인 未斯欣이 418년에 왜에서 귀국하자, 술자리를 마련하고 마음껏 즐길 때에 스스로 노래와 춤을 지어 우식악이라고 불렀다고 알려졌고, 碓樂은 자비왕 때에 百結先生이 琴을 뜯어 절구공이 소리를 냈고, 이것이 세상에 전해져서 창작된 것이라고 한다.

우다가 전사하자, 당시 사람들이 陽山歌를 지어 애도하였다고 전한다. 長歌와 陽山歌는 두 사람의 영웅적인 행동을 모델로 삼아 공연한 연극 등에서 널리 불렸을 것으로 추정된다. 장가와 양산가의 창작 동기를 통해, 나라를 위해 殉國한 사람들을 조문하거나 애도하는 樂曲들이 다수 만들어졌음을 짐작해볼 수 있을 것이다.

국가를 위해 殉國한 영웅의 일화를 가무극 또는 연극의 행태로 제작하여 공연하였을 가능성을 시사해주는 또 다른 사례로서 朴堤上의 경우를 들 수 있다.

Ⅰ-① 신라왕은 汗禮斯伐, 毛麻利叱智, 富羅母智 등을 보내 조공하였다. 이에 인질이 되었던 微叱許智伐旱을 데리고 오려는 마음이 있었다. …… 모두 對馬에 이르러 鉏海의 水門에서 묵었다. 그때 신라의 使者 모마리질지 등은 몰래 배와 뱃사공을 나누어 미질허지를 태우고 신라로 도망가게 하였다. 그리고 풀을 묶어 허수아비를 만들어 미질허지의 침상에 놓고, 거짓으로 병에 걸린 척 하며 襲津彦에게 고하여, '미질허지가 갑자기 병에 걸려 죽어간다.'라고 하였다. 襲津彦은 사람을 보내 病者를 보게 하였다. 곧 속은 것을 알고, 신라의 사자 3인을 붙잡아 감옥에 가두고 불태워 죽였다. 이에 신라로 가서 蹈鞴津에 진을 치고, 草羅城을 함락시키고 돌아왔다(『日本書紀』권9 神功皇后 攝政 5년 3월 癸卯朔 己酉).

Ⅰ-② 朴堤上<또는 毛末이라고도 한다>은 시조 혁거세의 후손이며, 파사이사금의 5세손이다. …… 이에 제상은 未斯欣에게 슬그머니 本國으로 돌아갈 것을 권하니, 미사흔이 말하기를, '제가 장군을 아버지처럼 받들었는데, 어떻게 혼자서 돌아가겠습니까?'라고 하였다. 제상이 말하기를, '만약 두 사람이 함께 떠나면 계획이 이루어지지 못할까 염려됩니다.'라고 하니, 미사흔이 제상의 목을 껴안고 울며 하직하고 귀국하였다. (다음날) 제상은 방안에서 혼자 자다가 늦게야 일어나니, 미사흔을 멀리 갈 수 있게 하려고 함이었다. 여러 사람

이 묻기를, '장군은 어찌 이처럼 늦게 일어납니까?'라고 하니, '어제 배를 타서 몸이 노곤하여 일찍 일어날 수 없었다.'라고 대답하였다. (제상이) 밖으로 나오자, 미사흔이 도망간 것을 알고 드디어 제상을 결박하고 배를 달려 추격하였으나 마침 안개가 자욱하고 어둡게 끼어 멀리 바라볼 수가 없었다. 제상을 왜왕의 처소로 돌려보내니, 그를 木島로 유배보냈다가 곧 사람을 시켜 섬에 불을 질러 전신을 불태운 후에 목 베었다(『삼국사기』 열전제5 박제상).

Ⅰ -③ 그(제상)는 왜국에 도착하여 거짓으로 꾸며 말하기를 '雞林王이 아무런 죄도 없는 나의 아버지와 형을 죽였기 때문에 여기로 도망하여 왔습니다.'라고 하니, 왜왕은 그 말을 믿고 제상에게 집을 주어 편안히 머무르게 하였다. …… (제상이) 대답하여 이르기를 '美海公은 떠난 지가 이미 오래 되었다.'라고 하였다. 좌우 사람들이 왜왕에게 달려가 아뢰니, 왕이 騎兵으로 쫓게 하였으나 따라잡지 못하였다. 이에 제상을 감옥에 가두고 묻기를, '너는 어찌하여 너희 나라 왕자를 보냈느냐?'고 하자, (제상이) 대답하기를, '나는 계림의 신하이지 왜국의 신하가 아니다. 지금 우리 임금의 소원을 이루게 하려고 한 것뿐이니, 감히 무엇을 그대에게 말하겠는가?'라고 하였다. 왜왕이 노하여 이르기를, '지금 너는 이미 나의 신하가 되었는데도 계림의 신하라고 말하느냐? 그렇다면 반드시 五刑을 갖출 것이지만, 만약 왜국의 신하라고 말하면, 반드시 후한 祿으로 상을 줄 것이다.'라고 하였다. (제상이) 대답하기를, '차라리 계림의 개·돼지가 될지언정, 왜국의 신하는 될 수 없으며, 차라리 계림의 형벌을 받을지언정, 왜국의 爵祿은 받을 수 없다.'고 하였다. (왜)왕이 노하여 제상의 다리 가죽을 벗기고, 갈대를 베어 그 위를 걷게 하였다〈지금 갈대 위에 피 흔적이 있는데, 세간에서는 제상의 피라고 전한다〉. (왜왕이) 다시 묻기를, '너는 어느 나라의 신하냐?'라고 하자, (제상이) '나는 계림의 신하다.'라고 하였다. 또한 뜨겁게 달군 쇠 위에 세워 놓고 묻기를, '너는 어느 나라 신하냐?'라고 하니, (제상이) '나는 계림의 신하다.'라고 하였다. 왜왕이 굴복시킬 수

없음을 알고 木島에서 불태워 죽였다(『삼국유사』 권제1 기이제2 나물왕 김제상).

Ⅰ-①에 보이는 毛麻利叱智는 박제상, 微叱許智伐루은 미사흔을 가리킨다. Ⅰ-①, ②에서는 제상이 미사흔을 귀국시키고, 왜인에게 잡혀 불태워 죽임을 당하였다고 하였다. 그런데 Ⅰ-③에서는 제상이 美海(미사흔)를 귀국시킨 후에 모진 고초를 당하면서도 끝까지 왜왕의 신하가 아니라 계림, 즉 신라의 신하임을 굽히지 않다가 木島에서 죽임을 당하였다고 전한다. 본래 박제상 일행은 Ⅰ-①, ②의 기록처럼 미사흔을 몰래 귀국시킨 이후에 왜인에게 잡혀 火刑을 당하였을 것이다. 그렇다면 Ⅰ-③ 기록은 어떻게 이해할 수 있을까? 『삼국사기』 박제상열전에서 미사흔이 왜국에서 귀국하자, 눌지마립간이 그를 환영하는 술자리에서 노래와 춤을 스스로 지어 자신의 뜻을 나타냈고, 지금(고려) 鄕樂 憂息樂이 바로 그것이라고 언급하였음을 살필 수 있다. 고려시대까지 우식악의 춤과 노래가 계속 전승되었음을 시사해주어 주목된다. 현재 우식악의 가사가 전해지지 않지만, 여기에 제상의 영웅적인 행동을 찬양하는 내용이 포함되었을 가능성이 높다고 보인다. 아울러 눌지마립간대 이후 우식악을 계속 공연하는 과정에서 제상을 미화하는 내용이 부가되었고, 궁극적으로 Ⅰ-③ 기록과 같은 내용의 스토리로 정립된 것으로 이해된다. 아마도 신라에서는 우식악을 중요한 행사에서 자주 공연하여 신라인들의 애국심을 고취하는 데에 적극 활용하였을 것으로 추정된다.

이상에서 통일 이전에 제작된 신라의 鄕樂이나 樂曲들을 살펴보았다. 통일 이후에 백제와 고구려의 음악뿐만 아니라 당과 서역의 음악 등이 신라에 전해졌을 것이다. 현재까지 알려진 가장 유명한 통일신라의 伎樂百戲가 바로 바로 최치원이 지은 鄕樂雜詠에 전하는 金丸, 月顚, 束毒, 大面, 狻猊 등이다. 이에 대해서는 뒤에서 자세하게 설명할 예정이다. 한편, 『삼국유사』 권제2 기이제2 처용랑 망해사조에 헌강왕이 남산 포석정에 행차하였을 때에 南山神이 나타나 춤을 추었는데, 왕만 홀로 보았고, 왕이 그 모양을 따라서 춤을 추었으며, 후에 신의 이름이

혹 祥審이라고 하여서 고려시대까지 그 춤을 御舞詳審 또는 御舞山神이라고 부른다는 내용이 전한다. 이것을 혹은 霜髥舞라고 부르기도 하였는데, 舞人이 늙은 산신의 모습, 즉 흰수염을 달고 춤을 추었던 것에서 붙여진 별칭으로 추정된다. 또 헌강왕이 금강령에 행차하였을 때에 北岳神이 나와 춤을 추었으므로 玉刀鈐이라고 불렀다고 한다. 옥도검은 산신의 이름으로 추정되나 정확한 의미는 알 수 없다. 그리고 同禮殿(崇禮殿)에서 헌강왕이 연회를 베풀 때에 地神이 나와서 춤을 추며 신라가 장차 멸망할 것이라는 내용의 노래를 불렀다는 기록도 전한다. 헌강왕대에 신이 왕 앞에서 자주 나타나 춤을 추었던 것은 신이 신라의 멸망을 왕에게 경고한 것으로 이해되고 있으므로 고려시대에 공연된 어무상심이나 옥도검 등에는 나라를 멸망시키지 않으려면 통치자가 善政을 베풀어야 한다는 메시지가 담겨 있었을 것으로 짐작된다.

『삼국유사』권제2 기이제2 처용랑 망해사조에 울산 개운포에서 동해용이 일곱 아들을 거느리고 헌강왕 앞에 나타나 왕의 덕을 찬양하여 춤을 추며 풍악을 연주하였고, 용왕의 아들인 처용이 疫神이 자기의 아내를 탐하는 장면을 목격하고 노래를 부르고 춤을 추며 물러났다고 전한다. 『신증동국여지승람』권21 경상도 경주부조에 '신라 憲康王이 鶴城을 유람하고 開雲浦에 이르니, 홀연히 한 사람이 기이한 형상과 괴상한 복장으로 임금 앞에 나아가 노래 부르고 춤추며 임금의 덕을 찬미하였다. 임금을 따라 서울로 와서 스스로 處容이라 이름짓고, 달밤마다 市街에서 노래하고 춤추었는데, 마침내 그가 간 곳을 알 수 없었다. 세상 사람들은 그를 神이라 하고, 그가 歌舞하던 곳을 後人들이 月明巷이라고 하였다. 이로 인하여 處容歌와 處容舞를 만들어서 가면을 쓰고 놀이를 하였다'고 전한다.

『삼국유사』권제4 의해제5 원효불기조에 원효가 광대들이 놀리는 큰 박을 얻어서 無㝵라고 명명하고, 이것을 가지고 千村萬落에서 노래하고 춤추며 대중들을 교화하고 吟詠하였다고 전한다. 일반적으로 無㝵歌舞는 바로 원효가 대중들에게 전파할 때에 불렀던 노래와 추었던 춤에서 유래하였다고 이해되고 있다. 무애와 비슷한 가무가 바로 負簣歌舞이다. 『삼국유사』 권제4 의해제5 二惠同塵條에 따르면, 승려 惠空이 매양 미친 듯이 크게 취해서 삼태기를 등에 지고서 노래하고 춤추었으므로 그를 負簣和尙이라고 불렀다고 한다. 원효가 무애를 포교의 수단으로 이용한 것처럼 혜공은 삼태기를 등에 지고 춤을 추고 노래를 부르며 대중들을 교화하였던 것이다.

그림 8 『신서고악도』에 전하는 신라악 입호무

12세기 전반에 생존한 일본인 藤原通憲(ふじわらのみちのり; 1106~1159)의 그림책으로 알려진 『信西古樂圖』에는 신라의 백희로 新羅狛과 新羅樂 入壺舞가 소개되어 있다. 新羅狛은 한 사람이 양 손과 양 발에도 짐승의 머리를 표현한 탈을 쓰고 있는 모습이다. 新羅樂 入壺舞는 두 개의 항아리에 하반신과 상반신이 분리되어 있는 모습인데, 新羅樂이 연주되는 동안에 幻人이 한쪽 항아리로 들어가서 다른 항아리로 나오는 幻術로 이해된다.[56] 고대 일본에서 삼국과 발해에서 전래된 舞樂을 高麗樂이라고 불렀는데, 고려악곡 가운데 蘇志摩利, 納蘇利는 확실하게 신라에서 전래된 것으로 알려졌는데, 이에 대해서는 뒤에서 자세하게 살필 예정이다.

고려시대에 八關會에서 기악백희를 공연하였는데, 그 가운데 신라에서 고려에 전래된 것이 존재하였다. 고려 후기의 문인인 李仁老(1152~1220)의 『破閑集』에 다음과 같은 기록이 전한다.

---

56 입호무의 연희자가 착용하고 있는 모자가 硬角幞頭라는 점에 주목하여 신라 궁정 소속 전문 연희자가 외국에 파견되어 공연한 것으로 보는 견해도 있다(전경욱, 2004 앞 책, 124쪽).

계림의 옛 풍속에 風姿가 아름다운 남자를 선발하여 구슬과 비취로 장식하고, 이를 花郎이라 불렀다. …… 우리 太祖께서 등극하여 古國의 遺風이 아직도 바뀌지 않았다고 하고 겨울에 팔관회를 베풀어 良家의 자제 4인을 뽑아 霓衣를 입혀 열을 지어 뜰에서 춤을 추게 하였다(『破閑集』 卷下).

이인로가 태조대에 개최된 팔관회에서 신라의 풍습을 그대로 계승하여 良家의 자제 4인을 뽑아 霓衣, 즉 무지개옷을 입혀 열을 지어 춤을 추게 하였다고 언급하였는데, 이와 관련된 기록이 『高麗史節要』에도 전하고 있다.

11월에 팔관회를 베풀었다. 有司가 아뢰기를 '전 임금(궁예)이 매년 仲冬에 八關齋를 크게 베풀어 복을 빌었으므로 그 제도를 따르시기를 원합니다.'라고 하였다. 왕이 말씀하시기를, '짐이 덕이 없는 사람으로서 왕업을 지키게 되었으니, 어찌 불교에 의지하여 국가를 편안하게 하지 않으리오.'라고 하였다. 그리하여 毬庭 한 곳에 輪燈을 설치하고 香燈을 벌여놓았으므로 밤이 새도록 불빛이 가득하였다. 또 綵棚을[57] 두 곳에 설치하였는데, 각각 높이가 5丈이었고, 모양은 蓮帶와 같아서 바라보면 아른아른하였다. 그 앞에서 百戲歌舞를 演行하였는데, 四仙樂部와 龍鳳象馬車船은 모두 옛날 신라 때의 행사를 본 딴 것이다(『高麗史節要』 卷1 太祖 元年 11월).

위의 기록에서 綵棚에서 연행된 백희가무 가운데 대표적인 것이 四仙樂部와 龍鳳象馬車船에 관한 것이었음을 엿볼 수 있다. 동일한 기록은 『고려사』禮志에도 자세하게 전하고 있다. 여기서 언급한 龍鳳象馬車船은 용과 봉황, 코끼리, 말 모양을 하거나 그러한 동물들의 형상을 실은 배 모양의 수레를 가리키는 것으

---

57 綵棚은 재목을 가지고 가설하고 오색의 비단으로 감싼 가무잡희를 하는 무대를 말한다.

로 보인다.[58] 이인로가 언급한 무지개옷을 입은 4명의 양가 자제를 고려시대에
는 仙郞이라고 불렀다.[59] 결과적으로 사선악부는 무지개옷을 입은 4명의 仙郞이
용과 봉황, 코끼리와 말의 형상을 본떴거나 그러한 동물들의 형상을 실은 수레
배에 올라타서 춤을 출 때에 연주되던 음악을 가리킨다고 이해할 수 있다. 『고려
사』와 『고려사절요』 및 『파한집』에서 사선악부가 신라 때의 풍습을 그대로 본 땄
다고 공통적으로 전하는 바, 신라시대에 팔관회 행사에서 4명의 화랑이 용과 봉
황, 코끼리, 말 모양의 수레 배 또는 이와 같은 동물 모양을 실은 수레 배에 올라
타서 어떤 음악에 맞추어 춤을 추며 그의 낭도들과 함께 시내를 활보하며 퍼레
이드를 벌이는 百戲를 연출하였음을 추론할 수 있다.[60]

　　마지막으로 『고려사』 악지에 삼국의 俗樂이 전하는데, 이 가운데 東京(雞林府),
東京, 木州, 余那山, 長漢城, 利見臺가 신라의 俗樂이라고 한다. 그런데 木州는
고려시대의 지명이고, 여나산에는 書生이 과거에 급제한 내용이 보이고 있다.[61]
따라서 두 속악은 신라 때에 제작된 것이 아니라, 고려시대에 제작되었을 가능
성이 높다고 판단된다. 동경(계림부)과 동경 두 악곡은 신라를 미화하는 내용으
로 추정된다. 아마도 통일신라시기에 정치적인 목적에서 가무를 제작하고, 그것

---

58 안지원, 2005 『고려의 국가 불교의례와 문화-연등·팔관회와 제석도량을 중심으로-』, 서울
　　대학교출판부, 145쪽.

59 古人有詩云 千里山河輕孺子 兩朝冠劒恨焦周. 盖謂焦周爲蜀大臣 勸後主納土於魏 爲千古
　　所笑也. 請以金銀寶器賂遜寧 以觀其意. 且與其輕割土地 弃之敵國 曷若復行先王燃燈八關
　　仙郞等事 不爲他方異法 以保國家致大平乎(『고려사』 권94 열전제7 서희).

60 신라인들은 화랑을 미륵의 化身이라고 이해하였고, 용과 봉황, 코끼리, 말 등은 彌勒이 도
　　솔천으로부터 하생할 때, 이 세상을 다스린다고 믿는 전륜성왕인 蛞祛王이 가지고 있는 일
　　곱 개의 보배 중 象寶와 馬寶, 4개의 곳간을 지키는 龍 등을 형상화한 것으로 이해되고 있
　　다(안지원, 2005 앞 책, 144~145쪽). 이에 따른다면, 사선악부에 관한 내용은 미륵신앙과
　　밀접하게 연관되었다고 볼 수 있을 것이다.

61 참고로 『신증동국여지승람』 권21 경상도 경주부 고적조에 余那山은 부의 남쪽 40리에 있
　　다고 전한다.

을 궁중과 왕경에서 자주 공연한 것으로 짐작된다. 長漢城은 신라의 북경인 한강 상류에 위치한 성이었으나, 고구려에게 빼앗기게 되자, 다시 신라군이 장한성을 공격하여 고구려군에게서 탈취한 내용을 기념하여 제작하였다고 알려졌다. 근래에 長漢城은 6세기 후반에서 7세기 초반에 걸쳐 신라와 고구려가 접전을 벌였던 오늘날 서울의 아차산성으로 비정되는 고구려의 阿旦城, 즉 신라의 北漢山城을 가리키며, 신라가 590년대 초반에 고구려에게 북한산성을 빼앗겼다가 598년 무렵에 북한산성을 회복한 다음, 이것을 기념하기 위하여 長漢城이란 악곡을 지었을 것으로 추정한 견해가 제기되어 주목된다.[62] 『삼국유사』 권제2 기이제2 만파식적조에 利見臺에 관한 일화가 전하는데, 이로 보아 이견대는 만파식적을 얻게 된 사연과 더불어 신문왕의 업적을 칭송한 내용이었을 것으로 추정된다.

목주와 여나산이 신라의 악곡으로 보기 어려운 반면, 백제의 속악으로 전하는 禪雲山, 方等山, 井邑, 智異山 등은 통일신라 또는 후백제에서 제작한 악곡일 가능성이 높다고 보인다. 智異山에 경덕왕대에 개칭한 求禮縣이라는 지명과 더불어 백제왕이 등장한다. 따라서 지리산은 구례현이라는 지명을 사용한 시기, 즉 후백제시대에 제작되었다고 봄이 자연스럽다. 선운산에 경덕왕대에 백제 上老縣을 개정한 지명인 長沙가 보이고, 井邑 역시 경덕왕대에 백제 井村을 개정한 지명이었던 바, 선운산과 정읍 또한 통일신라에서 제작하였다고 볼 수 있을 것이다. 한편 방등산은 전국 곳곳에서 도적이 봉기한 신라 말기를 시대 배경으로 하는 악곡이었다고 전하므로, 이것은 신라 말기에 제작되었다고 이해할 수 있다. 이밖에 백제의 속악으로 전하는 無等山, 고구려의 속악으로 전하는 來遠城, 延陽(延山府) 등에 고려시대의 지명이 등장하는 점, 고구려의 속악인 溟州에 書

---

62 전상우, 2018 「6세기 후반 고구려의 대외정책 변화와 신라 아단성 공격」, 『한국고대사연구』 89, 199~201쪽.

生이 科擧에 응시하기 위해 공부하였다는 내용이 보이는 점 등을 고려하건대, 이들 모두 고려시대에 제작된 악곡이었다고 짐작된다.

3. 백제와 발해의 무악

『삼국지』 위서 동이전에 마한에서 5월에 파종하고 10월에 수확한 후에 귀신에게 제사를 지내고, 무리를 지어서 밤낮으로 노래 부르고 춤추며 술을 마셨는데, 그 춤은 수십 명이 모두 일어나서 뒤를 따르며 땅을 밟고 몸을 구부렸다 폈다 하면서 손과 발이 서로 잘 어울렸으며, 그 리듬이 마치 [중국의] 鐸舞와 흡사함이 있었다고 한다. 3세기 중반에 伯濟國도 마한 소국의 하나였으므로 이러한 歌舞를 공연하였을 것이다.

『수서』 권15 지제10 음악(하)에 百濟伎가 雜樂의 하나로서 언급되었으나 구체적인 내용은 알기 힘들다. 한편 『주서』와 『수서』 백제전에 백제에 弄珠의 百戲가 있다고 전하는데, 우륵 12곡의 하나인 寶伎, 崔致遠이 지은 鄕樂雜詠에 전하는 金丸과 마찬가지로 弄珠 역시 공을 가지고 재주를 부리는 곡예에 해당한다.[63] 또한 『수서』 백제전에 '鼓角·箜篌·箏·竽·箎·笛이란 악기가 있고, 弄珠와 더불어 投壺·圍棊·樗蒲·握槊의 놀이가 있다.'고 전한다.[64] 『악서』에서는 '당나라가 正觀(貞觀) 중에 백제를 멸하고 그 음악을 모두 얻었으며, 중종 때에 악공들이 죽고 흩어지자, 開元 중에 岐王範이 太常卿이 되어 다시 아뢰어 백제기를 설치하였다. 그 악기에 쟁과 적, 도피필률, 공후 등이 있었으며, 가곡은 般涉調에 속한다. 당 英

---

63 참고로 고려악 가운데 塤破가 금환과 유사한 것인데, 고대 일본에서는 이를 金玉舞, 登玉舞, 弄玉, 五持舞라고 불렀다.

64 有鼓角·箜篌·箏·竽·箎·笛之樂 投壺·圍棊·樗蒲·握槊·弄珠之戲(『隋書』 卷81 列傳第46 東夷 百濟).

公이 薛仁貴를 거느리고 그 나라를 깨뜨려서 (음악을) 얻어 진상하였는데, 노래에는 5종류가 있었다.'라고 하였다.[65] 당나라가 백제를 정복한 후에 그 음악을 모두 얻어 본국으로 가져갔으나 7세기 후반 중종 때에 이미 악공들이 사망하고 흩어져 백제의 음악이 끊기자, 開元 중에 기왕범이 그것을 다시 복구하였으나 『구당서』에서 당시에 音伎가 많이 빠졌다고 기록하여[66] 그가 백제음악을 제대로 복구하지 못하였음을 엿볼 수 있다. 여기서 백제의 가곡이 반섭조에 속하였다고 전한 점이 특히 유의되며, 멸망 시에 가곡이 5종류 있었다고 전하나 구체적인 내용은 알 길이 없다.

백제음악의 실상은 중국측 자료보다 고대 일본의 자료에서 더 많이 간취할 수 있다. 『일본서기』에 6세기 중반에 樂人이 교대로 일본에 파견되었다는 내용이 전하고,[67] 7세기 초에는 味摩之가 일본에 가면극의 일종인 伎樂을 전하였다는 기록도 발견된다.[68] 기악은 吳樂이라고도 불렀다. 그것이 중국 남조에서 백제에 전

---

65 唐正觀中 嘗滅百濟國 盡得其樂 至中宗時工人亡散 開元中岐王範爲太常卿 復奏置之 其器有箏笛桃皮篳篥箜篌 其歌曲入般涉調 唐英公將薛仁貴破其國 得而進之也 歌者有五種焉(『樂書』卷158 樂圖論 胡部 歌 四夷歌 東夷 百濟)

66 百濟樂 中宗之代 工人死散 岐王範爲太常卿 復奏置之 是以音伎多闕 舞二人 紫大袖裙襦 章甫冠皮履 樂之存者 箏笛桃皮篳篥箜篌歌(『舊唐書』卷29 志第9 音樂2).

67 百濟遣下部杆率將軍三貴·上部奈率物部烏等 乞救兵. 仍貢德率東城子莫古 代前番奈率東城子言. 五經博士王柳貴 代固德馬丁安. 僧曇慧等九人 代僧道深等七人. 別奉勅 貢易博士施德王道良·曆博士固德王保孫·醫博士奈率王有悷陀·採藥師施德潘量豊·固德丁有陀·樂人施德三斤·季德己麻次·季德進奴·對德進陀 皆依請代之(『日本書紀』권19 欽明天皇 15년 2월).

68 又百濟人味摩之歸化曰 學于吳 得伎樂儛. 則安置櫻井 而集少年 令習伎樂儛. 於是 眞野首弟子·新漢濟文 二人習之傳其儛 此今大市首·辟田首等祖也(『日本書紀』卷22 推古天皇 20년 是歲).
又百濟味摩之化來白曰 學于吳國 得伎樂舞. 則安置櫻井村 而集少年 令習伎樂儛. 而集少年令習伎樂〈今諸寺伎樂舞是也〉. 太子奏 勅諸氏貢子弟壯士 令習吳鼓. 又下令天下擊鼓習舞〈是今財人之元也〉太子從省謂左右曰 供養三寶 用諸蕃樂 或不肯學習 或習而不佳 而今永業習傳 宜免課役 卽令大臣奏免之(『聖德太子傳曆』下 推古天皇 20년 壬申 여름 5월).

해진 것에서 비롯된 별칭이다. 일반적으로 기악은 서역에서 유래하여 중국 남조를 거쳐 백제에 전해졌고, 7세기 초에 미마지가 일본에 전해준 것으로 이해한다. 伎樂(또는 妓樂)은 불교경전에 자주 보이는 말이고, 그것은 보살 등이 연주하는, 즉 부처를 공양하기 위한 음악이라는 의미를 담고 있다. 이 때문에 일본에서 기악은 주로 사원에서 공연되고 전승되었다고 알려졌다. 헤이안시대 중기에 당악과 고려악이 융성하면서 쇠퇴하였고, 현재 일본에 그 전통은 전해지지 않고 있다. 다만 기악에 사용된 가면이 東大寺 正倉院이나 法隆寺 등에 전해지고 있다. 기악면의 종류에 治道, 사자, 吳公, 吳女, 迦樓羅, 金剛, 崑崙, 婆羅門, 大狐, 醉胡 등이 있었다.[69] 백제의 기악이 후대에 전승되었다는 구체적인 문헌자료는 전해지지 않으나 일찍이 고대 일본의 기악 내용과 양주산대대감놀이 및 봉산탈춤의 내용을 비교 검토하여 그것이 연희로서 계승되어 전해졌을 것이라고 주장한 견해가 제기된 실정이다.[70] 이 견해를 따른다면, 백제 기악의 전통이 통일신라에 전승되었다고 보아야 하겠다.

백제 멸망 후에 그 유망민에 의하여 백제의 음악이 일본에 전래되었다고 추정되는데, 이러한 사실은 『속일본기』에 백제계 유민들이 백제 풍속무를 여러 차례 공연했다는 기록이 전하는 것에서 입증할 수 있다. 예컨대 『속일본기』에 天平 12년(740)에 百濟王慈敬 등이 백제 풍속악을 연주하였다고 전하고,[71] 또 천평 16년(744)에도 백제왕자경 등이 백제악을 연주하였다고 한다.[72] 이밖에 延曆 6년(787)

---

69 일본의 기악에 대해서 植木行宣, 1981「東洋的舞樂の傳來」, 『日本藝能史』(第1卷 原始·古代), 法政大學出版局, 229~238쪽 및 박전열, 1996 앞 논문이 참조된다.

70 이혜구, 1953「산대극과 기악」, 『연희춘추』; 1996『한국음악연구』, 민속원; 장사훈, 1986『증보 한국음악사』, 세광음악출판사, 62~69쪽.

71 丙子 百濟王等奏風俗樂. 授從五位下百濟王慈敬從五位上 正六位上百濟王全福從五位下 (『續日本紀』卷13 聖武天皇 天平 12년 2월).

72 丙辰 幸安曇江遊覽松林. 百濟王等奏百濟樂 詔授无位百濟王女天從四位下 從五位上百濟王慈敬孝忠全福並正五位下(『續日本紀』卷15 聖武天皇 天平 16년 2월).

과 10년(791), 天長 10년(833)에도 백제악과 백제풍속무를 百濟王玄鏡, 百濟王玄風과 百濟王勝義 등이 각기 연주하였다고 전한다.[73] 한편 일본에서 百濟琴이라고 불린 箜篌 역시 중국을 거쳐 백제에 전래되었고,[74] 백제 의자왕은 당의 악기인 尺八을 일본의 대신에게 선물하기도 하였다.[75] 백제악은 920년대 후반에서 930년대 전반 사이에 고려악에 흡수 통합되었다. 고려악 가운데 백제에서 유래된 것이 바로 進曾利古와 王仁庭(皇仁庭)인데, 이에 대해서는 2부에서 자세하게 살필 예정이다.

발해의 무악에 대하여 알려진 것이 별로 없다. 다만 일본측의 자료에 발해의 가무에 대한 정보가 약간 전하여 주목된다. 『續日本紀』卷17 聖武天皇 天平勝寶 원년(749) 12월조와 『일본삼대실록』 권43 陽成天皇 元慶 7년(883) 2월 21일조에 발해악을 연주하였다는 기록이 전하고, 『舞樂要錄』에 延長 6년(928) 7월 8일 相搏節 拔出時에 太平樂의 番舞로서 발해악을 연주하였다고 한다. 일본에서 연주한 발해악은 고려악의 하나로 전하는 新靺鞨을 가리킨다. 『樂家錄』 권31 本邦樂說에 新靺鞨은 靺鞨國(渤海)의 樂曲이며, 그 춤은 그 나라로부터 中華

---

73 己亥 主人率百濟王等奏種種之樂 授從五位上百濟王玄鏡 藤原朝臣乙叡 並正五位下 正六位上百濟王元眞·善貞·忠信 並從五位下 正五位下藤原朝臣明子正五位上 從五位下藤原朝臣家野從五位上 无位百濟王明本從五位下. 是日還宮(『續日本紀』卷39 桓武天皇 延曆 6년 10월).

　　己亥 右大臣率百濟王等 奏百濟樂. 授正五位下藤原朝臣乙叡從四位下 從五位下百濟王玄風 百濟王善貞並從五位上 從五位下藤原朝臣淨子正五位下 正六位上百濟王貞孫從五位下(위책, 권40 桓武天皇 延曆 10년 10월).

　　天皇御紫宸殿 賜侍臣酒 音樂之次 右京大夫從四位下百濟王勝義 奏百濟風俗舞(『續日本後紀』卷1 淳和天皇 天長 10년 4월).

74 箜篌 唐韻云箜篌〈空侯二音俗云如江胡二音 楊氏漢語抄云 箜篌百濟國琴也 和名久太良古止〉樂器也 兼名苑注云 箜篌漢武時人依琴製之(『倭名類聚抄』卷4 音楽部第10 琴瑟類第47).

75 『東大寺獻物帳』에 백제 의자왕이 內大臣에게 玉尺八과 尺八, 樺纏尺八, 刻彫尺八을 각기 1管씩 주었다고 전한다.

(일본)에 와서 拜禮하며 춤을 추는 모습이라고 전한다.[76] 이것은 신말갈이 발해인들이 일본에 와서 拜禮하며 춤을 추었던 것에서 유래하였음을 알려준다. 그런데 흥미롭게도 『속일본기』등의 여러 자료에 발해사신이 拜禮하며 춤을 추었다고 전하여 주목된다.[77] 신말갈에 대한 보다 자세한 내용은 뒤에서 언급할 예정이다.

발해 멸망 후에 발해 무용수들이 금나라에서 발해무를 계속 공연하였다고 보이는데, 실제로 『金史』권39 志第20 樂(上)조에 발해악의 존재를 언급하고 있음이 확인된다. 그리고 『宋史』권35 本紀第5 孝宗3 淳熙 12년(1182)조에 발해악의 연습을 금지하도록 조치하는 내용이 보여 발해의 가무가 중국 송나라에도 전래되어 공연되었음을 알 수 있다. 『契丹國志』권24에서 王沂公行程錄을 인용하여, 발해의 풍속에는 歲時마다 사람들이 모여 노래를 부르며 노는데, 먼저 노래와 춤을 잘 하는 사람들을 여러 명 앞에 내세우고, 그 뒤를 士女들이 뒤따르면서 서로 화답하며 노래 부르고 빙빙 돌며 구르고 하는데, 이를 踏鎚라고 부른다고 하였다.[78] 발해에 강강수월래와 유사한 가무가 있었음을 알려준다.

---

76 酒寄雅志, 1997「雅樂 '新靺鞨'にみる古代日本と東北アジア」, 『朝鮮社會の史的展開と東アジア』, 山川出版社.

77 『속일본기』권13 聖武天皇 天平 12년(740) 정월조와 권34 光仁天皇 寶龜 8년(777) 5월조에 발해 사신이 본국의 춤을 추었다고 전하고, 『속일본기』권35 光仁天皇 寶龜 10년(779) 4월조 및 『續日本後紀』卷19 仁明天皇 嘉祥 2년(849) 5月條, 『日本三代實錄』卷21 清和天皇 貞觀 14년(872) 5月 19일 戊子條, 『日本三代實錄』卷43 陽成天皇 元慶 7年(883) 5월조에 발해사신이 拜禮하며 춤을 추었다고 전한다.

78 동일한 내용은 『樂書』권158 樂圖論 胡部 歌 北狄 大遼條 및 『遼史拾遺』권13 志第9 地理3 中京道條, 『文獻通考』권148 樂考21 夷部樂 北狄條에도 보인다.

4. 대가야의 음악

1) 가야금 관련 사료의 검토

『삼국사기』잡지제1 악조(이하 樂志라고 약함)의 찬자는 가야금의 유래 및 전승과 관련하여 羅古記를 인용하여 설명하였다. 羅古記에 전하는 내용과 관련이 있는 기록을 신라본기에서 찾을 수 있는데, 이것들과 羅古記를 제시하면 다음과 같다.

> II-① 왕이 순행하다가 娘城에 이르러, 于勒과 그의 제자 尼文이 음악을 잘 안다는 소식을 듣고 그들을 특별히 불렀다. 왕이 河臨宮에 머무르며 음악을 연주하게 하니, 두 사람이 각각 새로운 노래를 지어 연주하였다. 이에 앞서 加耶國 嘉悉王이 12줄 弦琴을 만들었는데, 그것은 12月의 음율을 본뜬 것이다. 이에 于勒에게 명하여 곡을 만들게 하였던 바, 나라가 어지러워지자 (우륵은) 악기를 가지고 우리에게 투항하였다. 그 악기의 이름은 加耶琴이다 (『삼국사기』신라본기제4 진흥왕 12년 3월).
>
> II-② 왕이 階古, 法知, 萬德 세 사람에게 명하여 우륵에게 음악을 배우도록 하였다. 우륵은 그들의 재능을 헤아려 계고에게는 가야금을, 법지에게는 노래를, 만덕에게는 춤을 가르쳤다. 학업이 끝나자, 왕이 그들에게 연주하게 하고 말하기를, '예전 娘城에서 들었던 음악과 다름이 없다.'라고 하고는 상을 후하게 주었다(위 책, 진흥왕 13년).
>
> II-③ 羅古記에서 이르기를, '가야국 嘉實王이 당나라의 악기를 보고 만들었다. 왕은 "여러 나라의 方言이 각기 다르니 聲音이 어찌 같을 수 있겠는가?"라고 하고는 樂師 省熱縣 사람 于勒에게 명하여 12곡을 짓게 하였다. 후에 우륵은 그 나라가 장차 어지러울 것이라고 생각하여 악기를 가지고 신라 진

홍왕에게 투항하였다. 왕은 그를 받아들여 國原에 안치하고, 대나마 注知와 階古, 大舍 萬德을 보내 그 業을 전수받게 하였다. 세 사람이 이미 12곡을 전수받고 서로 말하기를, "이것은 번잡하고 음란하니, 우아하고 바른 것이라고 할 수 없다."라고 하고는, 마침내 축약하여 5곡으로 만들었다. 우륵이 처음에 (그 말을) 듣고 노하였으나, 그 다섯 가지 종류의 음곡을 듣고 나서는 눈물을 흘리고 탄식하면서, "즐거우면서도 무절제하지 않고 슬프면서도 비통하지 않으니, 바르다고 할 만 하구나. 너희는 그것을 왕 앞에서 연주하라."고 말하였다. 왕이 이를 듣고 매우 기뻐하였는데, 간언하는 신하가 아뢰기를, "가야에서 나라를 망친 음악이니, (이는) 취할 것이 못됩니다."라고 하였다. 왕이 말하기를, "가야왕이 음란하여 스스로 멸망한 것이지 음악이야 무슨 죄가 있겠는가. 대개 성인이 음악을 제정함은 인정에 연유하여 법도를 따르도록 한 것이니, 나라의 다스려짐과 어지러움은 음악 곡조로 말미암은 것이 아니다."라고 하고는 마침내 大樂으로 삼았다.'고 하였다(『삼국사기』 잡지제1 악).

Ⅱ-④ 가야금에는 두 調가 있으니, 첫째는 河臨調, 둘째는 嫩竹調로서, 모두 185곡이었다. 우륵이 지은 12곡은 첫째는 下加羅都, 둘째는 上加羅都, 셋째는 寶伎, 넷째는 達已, 다섯째는 思勿, 여섯째는 勿慧, 일곱째는 下奇物, 여덟째는 師子伎, 아홉째는 居烈, 열째는 沙八兮, 열한째는 爾赦, 열두째는 上奇物이었다. 泥文이 지은 세 곡은 첫째는 烏, 둘째는 鼠, 셋째는 鶉이었다 (上同).

Ⅱ-① 기록은 두 개의 기사로 구성되었다. 하나는 551년(진흥왕 12) 3월에 진흥왕이 河臨宮에 이르러 于勒과 그의 제자 尼文이 지은 곡을 연주하게 하였다는 것이고, 다른 하나는 우륵이 가야국 가실왕이 만든 가야금을 가지고 신라에 망명하였다는 기사이다. 앞의 기사와 관련된 내용은 Ⅱ-③에 전하지 않는다. 樂志

에 쟁의 12줄은 열두 달에 비견된다고 언급하였을 뿐만 아니라 가야국 가실왕이 만든 가야금을 우륵이 가지고 신라에 망명하였다는 내용이 전하므로, Ⅱ-①의 뒷부분 기사는 신라본기의 찬자가 악지의 기록을 참조하여 기술하였다고 보아도 무방할 듯싶다.[79]

악지에 인용된 羅古記에는 진흥왕이 우륵을 國原에 安置하고, 대나마 注知와 階古, 大舍 萬德을 보내 그의 음악을 전수받게 하였으며, 세 사람이 우륵의 12곡을 전수받고, 12곡이 번잡하고 음란하며 우아하고 바른 것이 아니라고 하여, 그것을 축약하여 5곡으로 만들었다고 전한다. Ⅱ-③ 기록을 통해 계고 등이 진흥왕 앞에서 우륵 12곡을 5곡으로 개편한 것을 공연한 시기가 562년 대가야 멸망 이후였음을 엿볼 수 있다. 따라서 Ⅱ-② 기록에는 진흥왕 13년(552)에 우륵이 계고와 법지(주지), 만덕에게 가야금 등을 가르치기 시작한 사실과 더불어 562년 대가야 멸망 후에 계고 등이 학업을 마치고 진흥왕에게 가야금 등을 연주한 사실이 모두 반영되었다고 볼 수 있을 것이다. 한편 Ⅱ-②와 Ⅱ-③의 기록을 비교하면, 法知와 注知의 표기가 다르고, 또한 전자에는 우륵이 계고 등에게 각기 가야금과 춤, 노래를 전수하였다고 전하나, 후자에는 이와 관련된 내용이 전하지 않는다. 결과적으로 두 기록의 내용이 相異하였다고 알 수 있는 바, Ⅱ-②와 羅古記는 서로 다른 계통의 전승자료에 입각하여 찬술되었다고 이해할 수 있을 것이다.

Ⅱ-③의 羅古記에 省熱縣, 國原이라는 지명이 보인다. 주지하듯이 7세기 후반 이후에 '縣'이라는 명칭을 널리 사용하였다. 한편『삼국사기』지리지에 경덕왕 16년에 國原小京을 中原京으로 고쳤다고 전한다. 그런데『삼국사기』신라본기 헌덕왕 14년 3월, 효공왕 3년 7월 및 4년 10월 기록에서 '國原'이라는 표현을 발견

---

79 전덕재, 2015「『삼국사기』신라본기 중고기 기록의 원전과 완성」,『역사학보』226, 17~18쪽; 전덕재, 2018『삼국사기 본기의 원전과 편찬』, 주류성, 106쪽.
다만 가실왕의 표기가 '嘉悉王(신라본기)', '嘉實王(나고기)'으로 차이가 나는데, 신라본기의 찬자가 악지의 기록 이외에 또 다른 자료를 참조하였음을 시사해주는 측면으로 유의된다.

할 수 있고, 『삼국사기』 궁예열전에 梁吉이 國原 등 30여 성을 차지하고 있었다는 기록이 전한다. 한편 김양열전에 金陽이 흥덕왕 3년(828)에 固城郡太守가 되었다가 곧바로 中原大尹에 임명되었다는 기록이 보이고, 강수열전에서는 강수가 中原京 沙梁人이라고 하였다. 이에 따른다면, 하대에 이르러 中原京과 國原京을 혼용하여 사용하였다고 볼 수 있는데, 다만 국원소경을 중원경으로 개칭한 이후에 강수열전의 原典이 찬술되었기 때문에 강수를 중원경 사량인이라고 표시한 것으로 이해된다.

이상의 검토에 의거한다면, Ⅱ-③에 전하는 羅古記에 國原이라는 지명이 보인다고 하여서, 그것이 찬술된 시기가 7세기 후반에서 경덕왕 16년 사이라고 단정하기 곤란하다고 말할 수 있다. 그러나 羅古記에 진흥왕대 이후의 상황에 대한 언급이 전혀 없기 때문에 경덕왕 16년 이전의 중대에 찬술되었을 가능성을 완전히 배제할 수 없다. 만약에 이렇다고 한다면, 羅古記 또는 신라본기 진흥왕 13년 기록 가운데 어느 하나의 原典이 성덕왕대에 활동한 김대문이 지은 『樂本』이었을 가능성도 충분히 고려해볼 수 있지만, 현재 『악본』이 전해지지 않기 때문에 이와 같은 추론을 확증할 수 없어 유감이다.

악지의 찬자는 羅古記를 인용한 다음, 가야금에 河臨調와 嫩竹調가 있으며, 가야금의 악곡 185곡이 존재한다고 밝히고, 이어 우륵이 지은 12곡과 이문이 지은 3곡에 대해 소개하였다. 우륵 12곡에 나오는 지명 가운데 居烈을 제외하고, 나머지는 신라의 지명으로 보기 어렵다. 따라서 우륵 12곡의 명칭은 신라에서 개서한 것이 아니라, 우륵이 12곡을 제작할 당시의 지명을 그대로 옮긴 것으로 봄이 합리적이라고 판단된다. 악지의 찬자는 신라의 전승기록이나 또는 『樂本』에 전하는 우륵 12곡의 명칭을 악지에 인용한 것으로 이해할 수 있다.

2) 우륵 12곡의 음악적 성격

대가야의 음악과 관련된 자료로서 대표적인 것이 우륵이 지은 가야금 12곡이다. 12곡은 師子伎·寶伎와 같은 곡예, 즉 백희잡기와 가야연맹을 구성하는 여러 나라의 음악으로 구성되었다. 우륵 12곡의 성격과 제작 시기 및 배경을 이해하기 위해서는 12곡에 전하는 지역에 대한 위치 고증이 필수적이다. 우륵 12곡 가운데 上加羅都는 대가야를 가리킨다고 보는 것이 일반적이다. 현재까지 이에 대해 이견을 제시한 연구자를 찾을 수 없다. 반면 下加羅都의 위치에 대해서는 연구자 사이에 견해가 크게 엇갈리고 있다. 현재까지 하가라도에 대해 김해의 금관가야로 보는 견해,[80] 합천군 쌍책면 성산리에 위치한 多羅國으로 이해하는 견해,[81] 苧浦里遺蹟 및 磻溪堤古墳群 등이 위치한 합천군 봉산면지역으로 이해하는 견해[82] 등이 제기되었다.

먼저 우륵 12곡이 6세기 이후에 제작되었음을 염두에 둔다면, 당시 가야인들이 김해의 금관가야를 가야연맹의 중심지, 즉 도읍이라고 이해하였다고 볼 수 있는가에 대해서는 재고의 여지가 없지 않다. 한편 합천군 쌍책면 옥전고분군 축조 세력을 『일본서기』에 전하는 다라국으로 이해한 전제 위에서 거기에서 5세기 후반 대가야의 유물이 대거 발견되었던 점, 『日本書紀』에 가라국(대가야)과 마찬가지로 多羅國에 '首位'라는 官號가 있다고 전하는 점,[83] 합천 저포리E-4호분에

---

80 이병도, 1976「가야사상의 제문제」,『한국고대사연구』, 박영사, 304쪽; 김태식, 1993『가야
　연맹사』, 일조각, 293~294쪽; 주보돈, 2004「고대사회 거창의 향방」,『영남학』6, 123쪽.
　한편 양주동, 1965『증정고가연구』, 일조각, 31쪽에서 함안의 阿羅加耶를 하가라도라고 이
　해하는 견해를 제시하였다.

81 田中俊明, 1992『大加耶連盟の興亡と任那-加耶琴だけが殘った-』, 吉川弘文館, 110~113쪽;
　백승충, 1995「加羅國과 于勒十二曲」,『부대사학』19, 70쪽.

82 이형기, 2009『대가야의 형성과 발전 연구』, 경인문화사, 140~144쪽.

83 百濟遣使 召日本府臣·任那執事曰 遣朝天皇 奈率得文·許勢奈率奇麻·物部奈率奇非等 還自

1장: 백희잡기 및 무악의 종류와 내용　79

서 출토된 단경호에서 '下部思利利'銘이 발견되었던 점 등을 고려하여 '하가라도'를 옥전고분군 축조 세력이라고 추정되는 多羅國으로 이해하였는데, 다라국은 합천에 위치한 가야 소국이었고, 옥전고분군 축조 세력은 喙國(喙己呑)과 관련이 깊은 점,[84] 6세기 이후에 축조된 옥전고분 M6호분에서 낙동강 동안에서 널리 발견되는 출자형 양식의 금동관이 출토된 점을 고려하건대,[85] 옥전고분군 축조 세력을 하가라도와 연결시켜 이해하는 견해에 대해 선뜻 동의하기 어렵다.

이외에 상가라도와 하가라도를 '加羅의 都邑', 즉 대가야를 상·하로 나눈 것으로 이해하고, 합천 저포리E-4호분에서 '下部思利利'銘 단경호가 발견된 점 등을 두루 고려하여, 대가야와 관련이 있는 고총고분으로서 苧浦里遺蹟, 磻溪堤古墳群 등이 위치한 합천군 봉산면지역을 하가라도라고 추정하는 견해가 제기되었다. 상·하가라도를 가라국, 즉 대가야를 상·하로 구분하는 개념으로 이해한 것에 대해 충분히 수긍할 만하다. 다만 하가라도를 합천군 봉산면지역으로 볼 수 있을까에 대해서는 단언하기 어렵다. 필자는 상·하가라도를 가야연맹의 중심지, 즉 왕도인 대가야를 크게 상·하로 구분한 개념으로 이해하는 선에서 그치고, 더

日本. 今日本府臣及任那國執事 宜來聽勅 同議任那. 日本吉備臣 安羅下旱岐大不孫·久取柔利 加羅上首位古殿奚·卒麻君·斯二岐君·散半奚君兒 多羅二首位訖乾智 子他旱岐 久嗟旱岐 仍赴百濟. 於是 百濟王聖明 略以詔書示日 吾遣奈率彌麻佐·奈率己連·奈率用奇多等 朝於日本. 詔日 早建任那(『日本書紀』 권19 欽明天皇 5년 11월).

84 이에 대해서는 뒤에서 자세하게 살필 예정이다.

85 5세기 후반에 조영된 옥전고분 M3호분에서 주로 대가야계 유물이 출토된 반면, 5세기 말이나 6세기 초반에 조영된 M6호분에서는 여전히 대가야 양식의 토기가 출토되나, 그것들과 더불어 낙동강 동안에서 널리 발견된 출자형 금동관이 출토되었다(경상대학교 박물관, 1993 『합천옥전고분군IV-M4·M6·M7호분-』; 이희준, 2017 『대가야고고학연구』, 사회평론, 139~142쪽). 출자형 금동관이 M6호분 피장자의 위세품이라는 점에서 생전에 그가 신라국가와 일정한 관계를 맺고 있었다고 추정해볼 수 있다. 신라가 옥전고분군 축조세력에 대해 영향력을 강화하였다는 사실은 M6호분과 비슷한 시기 또는 그 이후에 조영된 M10호분이 낙동강 동안에서 흔히 발견되는 횡구식석실분이라는 사실(경상대학교 박물관, 1995 『합천옥전고분군V-M10·M11·M18호분-』)을 통해서도 보완할 수 있을 것이다.

이상의 추론은 배제하고자 한다.

종래에 達已를 達巳의 오기로 이해하여, '達已'를 현재 경남 하동으로 비정되는 多沙(帶沙)로 보는 견해,[86] 『일본서기』에 전하는 上·下哆利와 연결시켜 전남 여수시 및 돌산읍으로 이해하는 견해가[87] 제기되었다. 기존의 견해에 대해 공감되는 바가 적지 않다고 보인다. 그런데 達已의 위치와 관련하여 또 하나 고려할 사항은 喙國(喙己呑)과의 관계에 대해서이다.

신라에서 部名에 사용된 喙(㖨)를 탁, 독, 돌, 달로 음독하였다. 본래 톡, 독, 돌이었으나 후대에 이를 탁과 톡, 닥과 독, 달과 돌로 발음한 것으로 추정된다. 일본인은 '喙(㖨)'字를 이와 유사한 글자인 '喙'자로 표기하였는데, '喙'자 역시 톡, 돌, 독으로 讀音하였다고 보이며, 실제로 그러하였음을 卓淳을 喙淳으로 표기한 사례를[88] 통하여 방증할 수 있다. 한편 喙國의 異稱인 喙己呑에서 '呑'은 '谷'을 의미하는 지명어미였다. 『三國史記』雜志第6 지리3 高句麗條에 於支呑을 翼谷, 習比谷을 習比呑, 原谷縣 首乙呑이라고 전하는 것에서 입증할 수 있다. 만약에 '己'를 '巳'의 誤字로 본다면, 喙己呑은 톡이실이나 독이실, 또는 돌이실로 독음할 수 있고, 己가 巳의 誤字가 아니라면, 톡기실이나 독기실, 돌기실(=돍실)로 독음할 수 있을 것이다.[89] 己와 巳는 글자상으로 크게 차이가 없으므로 전자의 가능성이 더 높지

---

86 田中俊明, 1992 앞 책, 107쪽.

87 김태식, 2009 「대가야의 발전과 우륵 12곡」, 『악사 우륵과 의령지역의 가야사』, 홍익대학교 인문과학연구소·우륵문화발전연구회, 110쪽.

88 乙亥朔 遣斯摩宿禰于卓淳國〈斯摩宿禰者 不知何姓人也〉. 於是 卓淳王末錦旱岐 告斯摩宿禰曰 甲子年七月中 百濟人久氐·彌州流·莫古三人 到於我土曰 百濟王 聞東方有日本貴國 而遣臣等 令朝其貴國. 故求道路 以至于斯土. 若能教臣等 令通道路 則我王必深德君王(『日本書紀』권9 神功皇后 攝政 46년 봄 3월).
  新羅春取喙淳 仍擯出我久禮山戍 而遂有之. 近安羅處 安羅耕種 近久禮山處 斯羅耕種 各自耕之 不相侵奪. 而移那斯·麻都 過耕他界(『日本書紀』권19 欽明天皇 5년 3월).

89 참고로 일본인들을 喙己呑을 'とくことん'으로 독음하였다.

않을까 한다.[90] 이처럼 喙國 또는 喙己呑(喙己呑)을 '탁(달)국' 또는 탁기실(돌기실이나 돌이실)로 음독할 수 있고, 특히 '喙己(喙巳)'를 '돌기(돌이)'로 음독할 수 있는 점을 염두에 둔다면, '達巳'를 喙國(喙己呑)과 연결시켜 이해하는 것도 충분히 상정해볼 수 있을 것이다. 필자는 전에 喙國과 더불어 『梁職貢圖』에 백제 곁에 위치한 小國 가운데 하나로 전하는 '卓'을 합천군 쌍책면 성산리의 옥전고분군 축조 세력과 연결시켜 이해한 바 있었다.[91] 이에 따른다면, 多羅國은 사실상 다른 곳에 위치한 가야 소국으로 볼 수밖에 없는데, 多羅와 大耶가 음운상으로 상통하므로[92] 그것은 현재의 합천군 합천읍에 위치한 나라로 비정하는 것이 가장 합리적일 듯싶다.

思勿은 『삼국사기』 지리지에 史勿(泗水)로 전하는 경남 사천시, 居烈은 경남 거창으로 비정된다. 沙八兮는 일반적으로 합천군 초계면지역으로 비정하고 있다. 합천군 초계면의 삼국시대 지명은 草八兮縣이다.[93] 기와의 종류 가운데 수막새를 夫莫斯 또는 夫防草, 암막새를 女莫斯 또는 女防草라고 표현한다.[94] 기와를 가리키는 '새'를 '斯' 또는 '草'로 표기하였음을 알려준다. 이를 통하여 草八兮와 沙八兮는 서로 통하였음을 유추할 수 있으며, 따라서 사팔혜를 초팔혜와 연결시켜 합천군 초계면지역으로 비정하는 기존의 견해는 나름 타당성을 지녔다고 판단

---

90 이상의 내용은 전덕재, 2011 「喙國(喙己呑)의 위치와 그 역사에 대한 고찰」, 『한국고대사연구』 61, 276~280쪽을 참조하여 정리한 것이다.

91 전덕재, 위 논문, 265~280쪽.

92 『令集解』 卷4 職員令 雅樂寮 大屬尾張淸足說에서 百濟의 '韓琴師 1인'의 細注에 '大理須古'라고 기재하였음을 확인할 수 있고, 『類聚三代格』 卷4 太政官符 應減定雅樂寮雜色生二百五十四人事條에서 百濟樂生 20인 가운데 多理志古生 1인이 있다고 하였다. 大理須古와 多理志古는 모두 韓琴을 音讀한 백제어로 보이는데, 이를 통해서 大와 多가 상통하였음을 살필 수 있다. 또한 加耶를 加羅로 표기한 것에서 耶와 羅가 상통하였음을 엿볼 수 있다. 이를 통해 多羅와 大耶가 상통하는 단어였음을 유추할 수 있다.

93 『삼국사기』 잡지제3 지리1 康州 江陽郡條에 八谿縣이 본래 草八兮縣이었다고 전한다.

94 강봉진, 1998 『건축문화유산대요』, 기문사, 166쪽.

할 수 있다.[95] 上奇物과 下奇物은 『일본서기』에 전하는 己汶과 연결시켜, 섬진강 상류에 위치한 전북 임실과 순창 및 남원지역으로 비정하는 것이 일반적이다.[96]

爾赦에 대해서는 『일본서기』에 전하는 斯二岐國과 연결시켜 이해하는 것이 합리적이라고 판단된다. 경남 의령군 부림면의 삼국시대 지명이 辛尒縣이다.[97] 그런데 신이현은 경덕왕대에 宜桑縣으로 고쳤다가 고려시대에 다시 新繁縣으로 개칭하였다. 辛尒를 후대에 新繁으로 개칭하였던 것에서 辛과 新이 相通하였음을 엿볼 수 있다. 실제로 고대 중국에서 辛은 新과 동일한 의미로 사용되기도 하였다.[98] 이렇다고 할 때, 新은 '새' 또는 '사'의 訓借이므로 辛尒, 즉 新尒는 '새이' 또는 '사이'로 音讀할 수 있을 것이다. 斯二岐國에서 '岐'는 '支'나 '只'와 마찬가지로 지명어미로 이해된다.[99] 斯二는 辛尒(新尒)의 음독인 '새이' 또는 '사이'와 통한다. 따라서 사이기국을 辛尒縣, 즉 의령군 부림면에 위치하였다고 고증하여도 좋을 것이다. 爾赦는 바로 '사이'의 도치로 이해할 수 있다. 따라서 이사를 경남 의령군 부림면으로 비정하는 견해에[100] 대해 충분히 공감된다고 하겠다. 마지막으로 勿慧의 위치 고증과 관련하여 종래에 『日本書紀』에 나오는 滿奚, 『梁職貢圖』와 陳法子墓誌銘에 전하는 麻連, 『삼국사기』 지리지에 전하는 馬老縣과 연결

---

95 末松保和, 1949 『任那興亡史』, 大八洲史書(1961, 增訂3版 吉川弘文館, 242쪽)에서 沙八兮를 草八兮와 연계시킨 이래 대부분의 연구자들이 이를 지지하였다.

96 田中俊明, 1992 앞 책, 103~106쪽; 김태식, 2009 앞 논문, 108~109쪽.

97 『三國史記』雜志第3 地理1 康州 江陽郡條에 '宜桑縣은 본래 辛尒縣〈또는 朱烏村 또는 泉州縣이라고도 한다〉이었고, 경덕왕이 이름을 고쳤으며, 지금(고려)의 新繁縣이다.'라고 전한다.

98 『史記』書書에서 辛字를 '만물이 새로 생성된다(辛生).'는 의미로 사용하였는데, 여기서 辛은 新과 동일한 의미였다고 한다. 그리고 『釋名』釋天에서 辛은 新을 의미하며, '物의 처음 새 것(辛, 新也 物初新者皆收成也)'을 가리킨다고 하였다[諸橋轍次, 1985(修訂版)『大漢和辭典』10, 大修館書店, 1072쪽].

99 悉支, 多斯只, 毛只, 伐首只, 豆仍只 등에서 보듯이 支나 只는 지명어미로 널리 쓰였다.

100 田中俊明, 1992 앞 책, 109쪽; 김태식, 2009 앞 논문, 112~114쪽.

시켜 전남 광양시로 비정한 견해가 주목된다.[101] 勿慧가 滿奚, 麻連 등과 음운상으로 유사하다는 점에서 전남 광양시로 비정한 견해가 나름 일리가 있다고 판단되기 때문이다.

이상에서 우륵 12곡에 전하는 지명을 살펴보았다. 우륵 12곡 가운데 師子伎는 사자춤을, 寶伎는 金色을 칠한 공을 가지고 재주를 부리는 곡예를 가리킨다. 따라서 우륵 12곡은 사자기 및 보기와 같은 가무회와 가야연맹의 중심지, 즉 대가야 및 그에 복속된 8개 나라의 음악으로 구성되었다고 정리할 수 있다. 우륵 12곡의 성격을 살피고자 할 때, 우선 사자기와 보기의 성격을 주목할 필요가 있을 것이다. 본래 중국의 중원지방에서는 사자가 살지 않는다. 한나라 때 張騫 일행이 서역과 통한 이후에 서역의 여러 나라에서 사자를 獻上하였고, 그 후 비로소 중국에 사자의 존재가 널리 알려졌다. 한편 중국이나 한국에서 사자를 佛法을 守護하는 猛獸로 인식하여 佛像이나 佛塔에 널리 배치하였다. 종래의 연구에 따르면, 대체로 6세기 북위시대 이전까지 뿔과 날개가 있는 말이나 호랑이의 모습에 가까운 神獸를 鎭墓獸로 조각하였다가 6세기 이후 北魏에서 사자의 모습을 본떠 진묘수를 만드는 관행이 일반화되었고, 나아가 불상을 비롯한 불교조각품에 불법의 수호자인 사자가 함께 조각되었다고 한다.[102] 이러한 추세에 짝하여 唐代에 天祿이나 天馬와 더불어 실제 모습에 가까운 사자를 陵墓의 石獸로 배치하는 사례가 많아졌음을 확인할 수 있다.[103]

---

101 김태식, 2009 앞 논문, 110~111쪽.
    한편 勿慧를 勿阿兮郡과 연결시켜 전남 무안으로 비정하는 견해(末松保和, 1961 앞 책, 242쪽), 馬利縣과 연결시켜 경남 함양군 안의면으로 비정하는 견해(양주동, 1965 앞 책, 31쪽), 蚊火良縣과 관련하여 경남 고성군 상리면으로 비정하는 견해(田中俊明, 1992 앞 책, 107~109쪽) 등이 제기되었다.
102 임영애, 2007 「중국 고분 속 鎭墓獸의 양상과 불교적 변형」, 『미술사논단』25.
103 권강미, 2006 「통일신라시대 사자상의 수용과 전개」, 『신라의 사자』, 국립경주박물관, 212쪽; 권오영, 2006 「무령왕릉 출토 진묘수의 계보와 사상적 배경」, 『무령왕릉 학술대회』, 국

신라의 분황사탑에 사자상을 안치한 것은 널리 알려진 사실이다. 고구려의 장천1호분 벽화에 사자좌 위에 앉아 있는 부처 앞에 예불하는 사람의 그림이 묘사되어 있는데, 바로 사자좌 좌우에 혀를 내밀고 꼬리는 위로 들어 올린 사자의 모습이 보인다.[104] 고구려에서도 5세기대에 불상이나 불탑에 사자상을 배치하였음을 짐작케 해준다. 물론 사자가 단순하게 불법을 수호하는 상징으로만 이해된 것은 아니다. 당나라의 능묘제도가 도입된 통일신라시대에 괘릉 앞이나 성덕왕릉 또는 흥덕왕릉 주위에 사자장을 배치하였음이 확인되기 때문이다. 이때 사자상은 辟邪의 기능을 가진 石獸로서의 성격을 지녔음은 물론이다. 이와 같은 사자의 이미지는 사자춤의 그것에도 그대로 반영되었을 것이다. 중국의 남북조시대에 사자춤이 널리 공연되었다는 사실을 뒤에서 자세하게 검토할 예정이다. 이를 주목하면, 사자춤이 5세기에서 6세기 전반 사이에 중국에서 백제와 신라, 대가야에 전래되었다고 추정할 수 있을 것이다.

479년에 대가야왕 荷知가 南齊에 사신을 파견하였다.[105] 481년(소지마립간 3) 3월에 고구려와 말갈이 신라를 침략하자, 백제와 가야(대가야)가 신라를 구원한 사례가 발견되는데,[106] 이를 통해 5세기 후반에 백제와 대가야가 밀접한 관계였음을 짐작해볼 수 있다. 대가야가 남제에 사신을 파견할 때, 백제의 도움을 받았

립공주박물관, 82~83쪽.

104 국립경주박물관, 2006『신라의 사자』, 10~11쪽.
한편 전호태, 2000『고구려 고분벽화 연구』, 사계절, 417쪽 〈표 10 고구려 벽화고분 편년 시안〉을 보면, 전호태, 강현숙, 東潮先生과 조선유적유물도감에서는 장천1호분을 5세기 중엽에 축조된 것으로 편년하였고, 이전복선생은 4세기 중반~5세기 중반, 유휘당과 박진욱선생은 5세기 후반으로 편년하였다고 한다.

105 加羅國 三韓種也. 建元元年 國王荷知使來獻. 詔曰 量廣始登 遠夷洽化. 加羅王荷知款關海外 奉贄東遐 可授輔國將軍本國王(『南齊書』卷58 列傳第39 加羅國).

106 高句麗與靺鞨入北邊 取狐鳴等七城 又進軍於彌秩夫. 我軍與百濟·加耶援兵 分道禦之. 賊敗退 追擊破之泥河西 斬首千餘級(『삼국사기』신라본기제3 소지마립간 3년 3월).

을 가능성이 높다는 점을 통해서도 이와 같은 추정을 뒷받침할 수 있다. 여기서 대가야에 사자춤이 전래된 경로를 두 가지로 추정해볼 수 있다. 하나는 479년에 남제에 사신으로 파견된 대가야의 사신이 남제에서 직접 사자춤을 배워왔을 가능성이고, 다른 하나는 백제를 통해 대가야에 사자춤이 전래되었을 가능성이다. 현재 두 가지 가능성 가운데 어느 것이 옳다고 단정하기 어렵기 때문에 두 가지 가능성 모두를 열어두고자 한다.[107] 한편 5세기 후반에 고구려를 통해 신라에 사자춤과 사자에 대한 인식이 전해졌을 것으로 짐작된다.

공을 가지고 재주를 부리는 곡예를 고구려의 고분벽화에서 찾을 수 있다.[108] 백제에서는 이를 弄珠之戱라고 불렀다.[109] 고대 일본의 高麗樂 가운데 埴破가 이와 비슷한 歌舞에 해당한다. 이것을 一名 金玉舞, 또는 登玉舞, 弄玉, 五持舞라고 불렀으며, 음악의 반주에 맞추어 진흙으로 만든 玉丸을 가지고 재주를 부리는 곡예를 말한다. 중국에서는 공을 가지고 재주를 부리는 곡예를 跳丸 또는 弄丸이라고 불렀다. 최치원이 지은 鄕樂雜詠에 전하는 5가지 곡예 가운데 金丸이 바로 공을 가지고 재주를 부리는 가무에 해당한다.[110] 金丸, 金玉舞라는 명칭은 공에 황금색을 칠한 다음, 그것을 가지고 재주를 부렸기 때문에 붙인 이름이다. 寶伎를 공연할 때에 황금색을 칠한 공을 사용하였기 때문에, 귀한 보물을 가지고 재주를 부리는 곡예라는 의미에서 寶伎라고 명명한 것으로 이해된다. 보기 역시 남제에서 직접 전래되었을 가능성과 백제를 통해 전래되었을 가능성을 모두 고려해볼 수 있을 것이다.

---

107 김태식, 2009 앞 논문, 107쪽.

108 장천1호분의 百戲伎樂圖에서 공을 가지고 재주를 부리는 사람의 모습을 발견할 수 있고, 수산리고분벽화와 약수리고분벽화, 팔청리고분벽화에 여러 개의 공과 막대기를 번갈아 던져 올리며 받는 곡예 모습이 보인다.

109 有鼓角箜篌箏竽篪笛之樂 投壺圍棊樗蒲握槊弄珠之戱(『隋書』百濟傳).

110 崔致遠詩有鄕樂雜詠五首 今錄于此. 金丸 廻身掉臂弄金丸 月轉星浮滿眼看 縱有宜僚那勝此 定知鯨海息波瀾(『三國史記』雜志第1 樂).

사자기와 보기는 곡예, 즉 百戲雜技의 하나라고 볼 수 있는데, 둘 다 우륵이 만든 가야금 12곡에 해당하였으므로 사자춤을 추거나 공을 가지고 재주를 부릴 때에 가야금을 비롯한 여러 악기의 반주가 뒤따랐다고 볼 수 있다. 百戲雜技 및 歌舞를 공연할 때에 연주되는 음악을 흔히 散樂이라고 불렀다.[111] 진흥왕은 신라에 망명한 우륵을 國原에 안치하고, 階古와 法知(또는 注知), 萬德 등 세 사람에게 명하여 우륵에게 음악을 배우도록 하였는데, 이때 우륵은 계고에게는 가야금을, 법지에게는 노래를, 만덕에게는 춤을 가르쳤다. 세 사람은 12곡을 배우고, 그것을 5곡으로 축약하였다고 한다. 12곡 가운데 사자기와 보기가 포함되었는데, 이것은 앞에서 곡예와 음악 반주가 곁들여진 백희가무였다고 언급한 바 있다. 사자기와 보기를 공연할 때에 가야금을 비롯한 여러 악기의 반주가 곁들여졌다는 점과 우륵이 계고 등에게 가야금, 노래, 춤을 각기 가르친 사실을 통해 나머지 10곡 역시 노래와 춤, 가야금 연주가 한데 어우러진 가무의 성격을 지녔다고 추론할 수 있을 것이다.

『삼국사기』잡지제1 악조에서 애장왕 8년(809)에 思內琴을 연주하였을 때에 舞尺 4명, 琴尺 1명, 歌尺 5명이었고, 碓琴舞를 연주할 때에 무척은 붉은 옷을, 금척은 푸른 옷을 입었다고 하였다. 또한 689년(神文王〈政明王〉 9)에 신문왕이 新村에 행차하였을 때, 思內舞를 공연하였는데, 監 3인, 금척 1인, 무척 2인, 가척 2인이었다고 전한다. 이때 공연된 上·下辛熱舞, 小京舞도 역시 감과 금척, 무척, 가척으로 구성되었다고 한다.[112] 『삼국사기』잡지제1 악 향악조에 思內樂, 碓樂, 辛熱樂이 보이는데, 이것들은 현악기(가야금과 현금)의 반주와 춤, 노래가 한

---

111 『唐會要』권33 散樂條에서 '(산악은) 대대로 존재하였다. 그 명칭은 하나가 아니다. 部伍 (宮庭樂部)의 음악이 아니고 俳優, 歌舞, 雜奏 등을 가리키는데, 이를 총칭하여 百戲라고 부른다(散樂散樂歷代有之 其名不一 非部伍之聲 俳優歌舞雜奏 總謂之百戲).'라고 하였다.
112 한편 이때 공연된 筋舞는 감과 筋尺, 무척으로, 韓歧舞와 美知舞는 감, 금척, 무척으로 구성되어 歌尺이 빠졌음을 알 수 있다.

데 어우러진 가무희의 성격을 지녔다고 규정할 수 있다.[113]

『삼국사기』 열전제8 백결선생조에 '어느 해 연말에 이웃 동네에서 곡식을 방아 찧었는데, 그의 아내가 절구공이 소리를 듣고 말하기를, "다른 사람들은 모두 곡식이 있어 방아질을 하는데, 우리만 곡식이 없으니 어떻게 해를 넘길까?"라고 하자, 선생이 하늘을 우러러 보며 탄식하며 말하기를, "원래 사람이 살고 죽는 것은 명이 있는 것이요, 부귀는 하늘에 달린 것이라. 오는 것은 거절할 수 없고, 가는 것은 따라 잡을 수 없는 것인데, 그대는 어찌 마음 상해 하시오? 내 그대를 위하여 절구공이 소리를 지어서 위로해 주리다."라고 하였다. 이에 琴을 뜯어 절구공이 소리를 내었다. 세상에 전하여져서 그 이름을 碓樂이라고 하였다.'고 전한다. 이와 같은 대악의 제작 유래가 전하는 것으로 보건대, 碓琴舞와 碓琴歌에는 이와 같은 스토리가 반영되었다고 봄이 자연스러울 것이다. 물론 악기 반주와 노래, 춤이 어우러진 상·하신열무, 소경무 역시 어떤 스토리를 전제로 하여 노래와 춤을 제작하였을 가능성이 높다고 보인다.

이상에서 살핀 것처럼 사내금과 대금 등이 악기 반주와 어떤 스토리를 담고 있는 노래와 춤이 한데 어우러져 공연된 가무희의 성격을 지녔음을 염두에 둔다면, 우륵 12곡 가운데 사자기와 보기를 제외한 나머지 10곡의 경우도 악기 반주와 더불어 어떤 스토리를 전제로 하여 제작된 춤과 노래가 한데 어우러진 가무희의 성격을 지녔다고 추론할 수 있다. 앞에서 가무희를 공연할 때에 연주된 음악을 散樂이라고 불렀다고 언급하였는데, 사자기와 보기를 제외한 나머지 우륵 10곡도 가무희의 성격을 지녔으므로 散樂의 일종이었다고 규정하여도 이견이 없을 것이다. 우륵 12곡이 산악의 일종이었다는 사실은 계고 등이 우륵 12곡을 번잡하고 음란하여 우아하고 바른 음악이라고 볼 수 없다고 비평한 사실을 통해서도 뒷받침할 수 있다. 散이란 잡다한 것, 주변적인 것이라는 뜻으로 雅나 正의

---

113 小京舞도 小京樂으로도 불렸을 것으로 짐작된다.

반대 개념의 사물을 말한다. 따라서 산악이란 雅樂 또는 正樂에 반대되는 용어라고 볼 수 있다. 계고 등이 우륵 12곡을 번잡하고 음란하다고 비평한 것에서 그것은 雅樂(正樂)이 아닌 산악의 일종이었음을 다시금 상기할 수 있기 때문이다.

계고 등이 우륵 12곡을 '번잡하고 음란하다'고 비평한 것과 관련하여 신라의 토우에 묘사된 樂人의 모습을 주목할 필요가 있다. 인물 장식 토기에서 어떤 사람의 현악기(琴) 연주에 맞추어 춤을 추는 남자의 모습을 장식한 토우를 발견할 수 있는데, 춤을 추는 남자의 경우 성기를 분명하게 표현하고 있음을 확인할 수 있다. 한편 또 다른 인물 장식 토기에는 입을 벌리고 노래를 하면서 현악기를 연주하는 사람의 모습이 장식되어 있는데, 이 남자의 남근을 뚜렷하게 묘사하고 있음을 살필 수 있다.[114] 이와 같은 토우 장식은 다산과 풍요를 기원하기 위한 신앙을 대변해주는 것으로 이해할 수 있지만, 또 다른 한편으로 5~6세기 신라 음악 가운데 그 성격이 음란한 경우도 적지 않았음을 시사해주는 측면으로도 이해할 수 있을 것이다. 5~6세기 신라의 음악적 성격을 염두에 둔다면, 우륵 12곡에도 역시 가야인들의 진솔한 성에 대한 인식이 그대로 반영되었을 가능성이 높다고 볼 수 있다. 결국 사자기와 보기를 제외한 나머지 우륵 10곡은 가야연맹을 구성하는 각 나라의 고유한 토속적인 내용을 담고 있으면서도 가야인들의 성에 대한 진솔한 인식이 직설적으로 반영된 가무희의 성격을 지녔다고 평가하여도 무방할 것으로 판단된다.

3) 우륵 12곡의 제작 시기와 그 배경

앞에서 우륵 12곡이 가야금 연주와 노래, 춤 등이 한데 어우러진 가무희, 즉 산악의 일종이었음을 살폈다. 그렇다면 우륵 12곡은 언제 제작되었을까? 일

---

114 김성혜, 2006 『신라음악사연구』, 민속원, 130~133쪽.

찍이 510년대에 우륵이 가야금 12곡을 제작하였다고 이해한 견해가 제기되었고,[115] 이후 510년대 제작설을 비판하면서 520년대, 530년대, 541년경에 제작하였을 것이라는 견해가 잇따라 제출되었다.[116] 기존에 이미 우륵이 가야금 12곡을 지은 시기를 둘러싼 제견해에 대해 자세하게 정리한 논고가 발표되었기 때문에[117] 여기서 그에 관해 더 이상의 자세한 언급을 피할 것이다. 우륵이 12곡을 제작한 시기를 검토하고자 할 때, 12곡 명칭에 전하는 나라가 가야연맹의 일원으로 존재하였던 시기와 더불어 우륵이 생존하였던 시기를 주목할 필요가 있을 것이다.

『삼국사기』신라본기 기록과 羅古記를 통해 우륵이 적어도 대가야가 멸망한 562년까지 생존하였음을 알 수 있다. 이에 따른다면, 우륵은 470년대 후반 또는 480년대에 출생하였고, 적어도 20대 또는 그 이상의 나이에 우륵이 가야금 12곡을 제작하였다고 본다면, 가야금 12곡은 500년 이후에 제작되었다고 짐작해볼 수 있다. 앞에서 上·下奇物은 己汶, 勿慧는 滿奚(麻連, 馬老), 達已는 喙國(喙己呑, 卓)과 관련이 있음을 살폈다. 그런데 521년에 양나라에 파견된 백제 사신을 통해 획

---

115 田中俊明, 1992 앞 책, 118~119쪽.
　　한편 김태식, 2009 앞 논문, 102쪽에서 우륵이 성년에 이르렀다고 보이는 505년부터 上哆
　　利 등 4현이 백제에게 소속된 512년 사이에 가야금 12곡을 제작하였다고 이해하는 견해
　　를 제기하였다.
116 백승충, 1995 앞 논문, 70~78쪽에서 우륵의 생존연대를 고려하여 백제로부터 위협이 상
　　존한 520년대 초에 우륵이 12곡을 제작하였다고 주장하였고, 이영호, 2006 「우륵 12곡을
　　통해 본 대가야의 정치체제」, 『악성 우륵의 생애와 대가야의 문화』, 고령군·대가야박물관·
　　계명대학교 한국학연구원, 119에서는 대가야의 분열이 가시화된 541년경에 우륵이 12
　　곡을 제작하였다고 보았다. 한편, 주보돈, 2006 「우륵의 삶과 가야금」, 『악성 우륵의 생애
　　와 대가야의 문화』, 고령군·대가야박물관·계명대학교 한국학연구원, 70~71쪽에서 530년
　　대에 신라의 위협에 대비하여 대가야가 단순한 연맹의 수준을 뛰어넘는 통합운동을 진행
　　하면서 가실왕이 우륵에게 12곡을 짓게 하였다고 이해하였다.
117 김태식, 2009 앞 논문, 89~103쪽에서 우륵이 12곡을 언제 제작하였는가를 둘러싼 제견해
　　에 대해 자세하게 고찰하였다.

득한 정보를 바탕으로 기술된『양직공도』에 麻連, 上己文, 卓 등이 백제에 附庸되었다고 전한다. 麻連과 勿慧, 卓과 達巳와의 관계에 대해 논란의 여지가 있기 때문에 논외라 하더라도, 上己文이 上奇物을 가리킨다고 보는 것에 대해 이견이 없으므로, 521년 무렵에 상기물이 백제에 부용되었다는 사실만은 부정할 수 없을 것이다. 물론『양직공도』에 신라를 가리키는 斯羅도 백제에 부용되었다고 전하기 때문에『양직공도』에 전하는 내용을 근거로 하여 521년 당시에 상기문이 실제로 백제에 부용되었다고 단언하기 곤란하다고 볼 수 있는 여지가 전혀 없는 것은 아니다. 그러나『일본서기』에 516년 무렵에 백제가 己汶을 대가야로부터 빼앗았다는 기록이 전하는 사실을 주목하건대, 521년 무렵에 상기문이 백제에 부용되었다고 전하는『양직공도』의 기록은 사실 그대로 믿어도 문제가 없을 것이다.

『일본서기』권17 繼體天皇 7년(513) 기록에 이 해 6월에 伴跛國(대가야)이 백제 己汶의 땅을 공략하여 빼앗았으며, 12월에 왜국이 백제와 신라, 반파의 사신을 불러 己汶과 帶沙(경남 하동)를 백제에게 사여한다는 칙령을 내리자, 반파국이 사신을 보내 기문의 땅을 요구하여 마침내 백제에게 사여하지 못하였다고 전한다. 한편 繼體天皇 10년(516) 기록에서 이 해 5월에 백제 사신 木刕不麻甲背가 汶慕羅에 정박하였던 物部連 등을 己汶에서 맞이하여 함께 왜국으로 갔으며, 9월에 木刕不麻甲背가 기문의 땅을 사여한 것에 대해 감사하였다는 내용을 살필 수 있다. 여기서 물론 왜국이 기문의 땅을 백제에게 사여하였다는 표현은 백제가 실제로 기문의 땅을 차지한 사실을 반영한 것으로 해석하여야 함은 물론이다. 이상에서 살핀『일본서기』의 여러 기록을 참조하건대, 대체로 516년 무렵에 己汶이 백제에 부용되었다고 보아도 좋을 것이다. 따라서 上·下奇物이 가야연맹에서 이탈하여 백제에 부용된 시기가 516년 무렵이었으므로, 우륵이 가야금 12곡을 지은 것은 그 이전 시기라고 봄이 자연스러울 것이다.[118]

---

118 田中俊明, 1992 앞 책, 118쪽.

종래에 상·하기물 등이 대가야 중심의 가야연맹에 속하였던 시기가 아니라 후대에 우륵이 12곡을 지었다고 추정한 견해가 여럿 제출되었다. 우륵이 이미 망하였거나 또는 백제에 부용되었던 정치세력의 음악을 토대로 하여 가야금 12곡을 제작하였다고 상정하기가 쉽지 않기 때문에 이와 같은 견해에 대해 선뜻 공감하기가 어렵다. 더구나 가실왕이 '여러 나라의 方言이 각기 다르니 聲音이 어찌 한결 같을 수 있겠는가?'라고 언급하였음을 고려하건대, 가실왕이 생존한 당시에 '여러 나라[諸國]'는 대가야의 통제를 받았거나 또는 대가야의 영향 하에 있었던 정치세력이라고 보지 않을 수 없다. 따라서 상·하기물이 백제의 영역으로 편제되었거나 부용되었던 시기에 가실왕이 위와 같이 말하였을 가능성은 매우 희박하였다고 보인다. 결국 상·하기물이 대가야 중심의 가야연맹의 일원이 아니었던 시기, 즉 520~540년대에 과거의 일을 회상하면서 가야금 12곡을 제작하였다고 보는 견해들은 재고의 여지가 많다고 판단된다.

상·하기물이 516년 이전에 대가야 중심의 가야연맹에 속하였고, 우륵이 적어도 562년까지 생존하였을 가능성이 높다는 점을 고려하건대, 우륵이 가야금 12곡을 지은 것은 500년에서 516년 사이였다고 봄이 합리적일 것이다. 이 시기에 가실왕은 왜 우륵에게 가야금 12곡을 짓게 하였을까? 이에 대한 의문을 해결하기 위해서는 먼저 가실왕이 '여러 나라의 方言이 각기 다르니 聲音이 어찌 한결 같을 수 있겠는가?'라고 말한 다음, 우륵에게 12곡을 짓도록 명하였다는 사실을 주목할 필요가 있다. 여기서 가실왕이 '方言이 다르다'고 언급한 사실을 통해 가야연맹에 소속된 각 나라의 전통과 문화가 차이가 있었음을 엿볼 수 있다. 결과적으로 가실왕은 각 나라의 고유한 토속적인 문화를 음악을 매개로 통합하려는 의도에서 우륵에게 가야금 12곡을 짓도록 명하였다고 이해할 수 있다.

우륵 12곡 가운데 上·下加羅都가 존재한다. 앞에서 상·하가라도는 대가야를 상·하로 구분한 개념이었다고 언급한 바 있다. 이를 통해 대가야인들이 자국을 가야연맹의 맹주국을 넘어 '王都'로, 나머지 8개의 나라를 '地方'으로 인식하였음을 살필 수 있다. 이에 따른다면, 가실왕은 가야연맹의 맹주국인 대가야의 언어와 문화를 중심으로 여러 나라의 언어와 문화를 통합하려 하였다고 정리할 수 있다.

그런데 유교의 禮樂思想에 따르면, 禮는 백성들에게 예의범절을 지키게 하는 것이고, 樂(음악)은 백성들의 마음을 서로 화합하게 만드는 것이라고 한다. 이래서 옛날부터 유학자들은 백성들을 교화시킬 때에 예와 악을 매우 강조하였다. 이때 음악은 다양한 사람들을 하나로 합치는 역할을 수행하였다. 예를 들어 유학자들은 宗廟에서 음악을 연주하면, 임금과 신하가 화합하여 공경하지 않을 수 없고, 마을에서 음악을 연주하면 어른과 아이들이 서로 화합하여 따르지 않은 자가 없으며, 집안에서 음악을 연주하면 부모와 자식들이 서로 화친하지 않을 수 없다고 보았다. 또 음악의 다섯 가지 음인 宮, 商, 角, 緻, 羽를 임금, 관리, 백성, 그리고 사건과 물건에 대비하였는데,[119] 이때 다섯 가지 음이 서로 잘 조화를 이루어 훌륭한 음악을 창조하듯이 이들 음과 대비된 다섯 가지가 서로 잘 조화를 이루면 나라가 잘 다스려진다고 믿었다.[120] 이와 같은 예악사상을 염두에 둔다면, 가실왕은 문화뿐만 아니라 대가야를 중심으로 가야연맹의 정치적 통합을 강화하기 위한 목적에서 우륵에게 12곡을 제작하도록 명하였다고 추론할 수 있다.

우륵이 가야금 12곡을 제작한 이후, 그것은 대가야왕을 비롯한 여러 나라의 지배자가 회합한 곳에서 연주되었을 것으로 짐작된다. 이때 우륵 12곡을 연주한 정치적 의도와 관련하여 수와 당나라 朝廷에서 燕響樂으로 공연된 7部伎, 9部伎, 10部伎의 기능을 주목할 필요가 있다.[121] 7부기와 9부기, 10부기에는 高麗

---

119 宮爲君 商爲臣 角爲民 徵爲事 羽爲物(『琴操』序首).

120 김상현, 1999「만파식적설화의 유교적 정치사상」,『신라의 사상과 문화』, 일지사, 96~100쪽.

121 수나라의 7부기(7부악)는 國伎, 淸商伎, 高麗伎, 天竺伎, 安國伎, 龜玆伎, 文康伎로, 9부기 (9부악)는 淸樂(청상기), 西凉, 구자, 천축, 康國, 疎勒, 安國, 高麗, 禮畢(문강기)로 구성되었고, 당의 10부기(10부악)는 燕樂伎, 淸樂伎, 西凉伎, 天竺伎, 高麗伎, 龜玆伎, 安國伎, 疎

伎를 비롯하여 주변 나라의 음악이 대거 포함되었다. 수와 당나라에서 주변 나라의 음악을 7부기 등에 포섭하여 궁중의 연향악으로 널리 공연한 목적은 바로 중국 중심의 일원적인 세계질서 아래에 四夷를 복속시켜 中華와 주변 나라와의 융합을 꾀하기 위해서였다. 즉 四夷의 음악을 수와 당나라의 궁중에서 공연함으로써 중국 천자의 권위를 높일 뿐만 아니라 四夷가 賓服하여 천하가 태평하다는 점을 강조하기 위해서였던 것이다. 이와 같은 수와 당나라의 사례를 참조하건대, 가실왕 역시 대가야를 가야지역에서 王都의 위상을 지닌 것으로 提高시켜 대가야왕의 권위를 높이고, 나아가 가야연맹에 소속된 여러 나라를 지방의 위상을 지닌 존재로 규정하여 대가야를 중심으로 하는 가야연맹의 결속과 유대를 한층 더 공고하게 다지기 위해 우륵에게 가야금 12곡을 짓도록 명하였다고 이해할 수 있지 않을까 한다.

여기서 문제는 500년에서 516년 사이에 가실왕이 왜 대가야를 왕도의 위상을 지닌 것으로 제고하고, 대가야를 중심으로 하여 가야연맹의 결속과 유대를 강화하려 하였을까에 관해서이다. 5세기 후반에 대가야는 백제와 신라가 고구려의 남진에 대응하기 위해 전력을 기울인 틈을 타서 세력을 크게 확장한 바 있었다. 그런데 6세기 무렵부터 고구려의 남진이 둔화되면서 백제와 신라가 본격적으로 가야지역으로 진출하기 시작하였다. 『일본서기』 권17 繼體天皇 6년(512) 4월 기록에 왜국이 백제에게 上哆利, 下哆利, 娑陀, 牟婁 등 4縣을 사여하였다고 전하는데, 이것은 백제가 상다리와 하다리(여수시 및 돌산읍), 사타(순천시), 모루(광양시)를 대가야로부터 빼앗은 사실을 반영한 것으로 이해된다. 이후 백제와 대가야가 己汶과 多沙(帶沙)를 둘러싸고 첨예하게 대립하였다.[122] 『삼국사기』 열전제4

勒伎, 髙昌伎, 康國伎를 말한다.
122 백제의 섬진강 유역으로의 진출에 대한 자세한 내용은 김태식, 1993 앞 책, 114~125쪽이 참조된다.

이사부조에 '(이사부가) 智度路王(智證王) 때에 변경지역에 관리로 파견되었다가 居道의 꾀를 답습하여 馬戲로서 加耶國을 속여 취하였다.'고 전하는데, 신라 역시 6세기 초반에 가야지역으로 진출하였음을 알려주는 자료이다.

『일본서기』권17 繼體天皇 8년(514) 3월 기록에 伴跛(대가야)가 子呑과 帶沙에 성을 쌓아 滿奚와 연결하고, 烽候와 邸閣을 설치하여 일본에 대비하였으며, 다시 爾列比와 麻須比에 城을 쌓아 麻且奚, 推封에 잇고, 士卒과 兵器를 모아서 신라를 핍박하여 자녀를 略取하고 村邑을 掠奪하였다고 전한다.[123] 반파국, 즉 대가야가 백제와 신라의 가야지역 진출에 대응하여 514년 3월에 남쪽으로는 자탄과 대사에 성을 쌓고 만해와 연결하여 일본의 침략에 대비하고, 동쪽으로는 이열비와 마수비에 성을 쌓은 다음, 마차해와 추봉을 비롯한 신라지역을 침략하여 주민들을 약탈하고 주류하였음을 알려주는 자료이다. 대사를 둘러싸고 대가야와 백제가 갈등을 벌인 점을 염두에 둔다면, 자탄과 대사에 성을 쌓고 만해에 연결하여 일본에 대비하였다기보다는 실제로는 514년에 백제의 침략에 대비하여 자탄과 대사에 성을 쌓고 만해와 연결하였다고 보는 것이 합리적이라고 판단된다.

---

123 伴跛築城於子呑·帶沙 而連滿奚 置烽候邸閣 以備日本. 復築城於爾列比·麻須比 而綑麻且奚·推封 聚士卒兵器 以逼新羅 駈略子女 剝掠村邑. 凶勢所加 罕有遺類. 夫暴虐奢侈 惱害侵凌 誅殺尤多 不可詳載(『日本書紀』권17 繼體天皇 8년 3월).

위의 기록에 전하는 지명 가운데 子呑은 진주, 滿奚는 광양으로 비정되고 있다. 한편 종래에 爾列比는 경남 의령군 부림면, 麻須比는 창녕군 영산면, 麻且奚는 삼량진읍, 推封은 경남 밀양으로 비정하였으나(김태식, 2014 「백제와 가야의 관계」, 『사국시대의 사국관계사』, 서경문화사, 131~132쪽), 喙國은 창녕군 영산면이 아니라 합천군 쌍책면 성산리에 위치하였을 가능성이 높고, 5세기 후반에 대가야가 낙동강과 남강이 합류하는 지점 및 남강 유역까지 진출하지 못하였다는 사실을 감안하건대, 위와 같은 위치 비정에 선뜻 동의하기가 쉽지 않다. 이에 필자는 麻須比는 馬首院과 연결시켜 경남 의령군 낙서면 여의리 또는 창녕군 유어면 부곡리로, 推封은 推良火와 연결시켜 대구광역시 달성군 현풍면으로 비정하고, 마차해는 창녕군 장마면 강리 및 유리 일대로 비정될 가능성을 제시한 바 있다(전덕재, 2008b 「삼국시대 낙동강 수로를 둘러싼 신라와 가야세력의 동향」, 『대구사학』 93, 38~40쪽).

6세기 초반에 대외적으로 백제와 신라의 강한 압박을 받은 대가야가 514년에 두 나라의 가야진출에 강력하게 대응한 점을 고려하건대, 가실왕은 대외적인 위기감이 고조된 상황에서 당연히 대가야를 중심으로 가야연맹의 결속과 유대를 강화할 필요가 있다고 인식하였을 것으로 짐작된다. 이에 가실왕이 514년 이후에 가야연맹의 문화적, 정치적 통합을 강화하기 위해 우륵에게 가야금 12곡을 짓게 하였을 가능성을 상정해볼 수 있을 것이다. 물론 현재로서 구체적인 자료가 전하지 않기 때문에 단언하기 어렵지만, 여러 가지 정황상으로 보건대, 514년에서 516년 사이에 가실왕이 우륵에게 12곡을 짓도록 명하였을 가능성이 높지 않을까 하는 것이 필자의 판단이다. 향후 이와 같은 추론이 논리적으로 보완되어 많은 연구자들의 공감을 얻기를 기대해 마지않는다.

2장 : 서역음악 수용과 향악의 정립

1. 각저와 백희의 유래 및 전래

『漢書』刑法志에 '춘추시대 후에 강국은 약국을 멸하고 대국은 소국을 병탄하여 나라마다 싸우는 형국이 되었는데, 이때에 무예를 익히는 예법이 점점 늘어나자 그것을 戱樂으로 삼아 서로 자랑하며 뽐내게 되었다. 진나라에서 명칭을 고쳐 角抵라고 하였다.'라고 전한다.[124] 이 기록은 전국시대에 무예를 익히는 여러 가지 예법을 戱樂으로 만들었고, 진대에 이들을 통칭하여 각저라고 불렀음을 알려주고 있다. 실제로 秦의 2世 황제가 甘泉에서 각저희의 공연을 관람하였다는 기록이 발견된다.[125] 『漢書』卷第6 武帝紀第6 元封 3년조에 나오는 角抵戱에 대하여 文穎이 '이 음악을 이름하여 각저라고 한 것은 두 사람이 서로 맞붙어서 힘과 기예, 그리고 활쏘기와 말타기를 겨루었기 때문에 각저라고 하였다. 대개 雜技樂인데, 巴兪戱, 魚龍蔓延의 종류에 속한다. 한나라에서 후에 이름을 고쳐 平樂觀이라고 하였다.'라고 설명하였다.[126] 文穎이 힘이나 기예, 활

---

124 春秋之後 滅弱吞小 並爲戰國 稍增講武之禮 以爲戲樂 用相夸視 而秦更名角抵(『漢書』권 23 刑法志第3).

125 是時 二世在甘泉 方作觳抵優俳之觀(『史記』권87 李斯列傳제27).

126 春作角抵戱〈應劭曰 角者角技也 抵者相抵觸也. 文穎曰 名此樂爲角抵者 兩兩相當 角力角技藝射御 故名角抵 蓋雜技樂也 巴兪戱魚龍蔓延之屬也. 漢後更名平樂觀〉三百里內皆來觀(『漢

쏘기와 말타기 등을 겨루는 유희를 각저라고 부른다고 언급한 것은 이에 근거한 것이다.[127]

한대에 여러 가지 무예를 戲樂으로 만들어서 즐기던 각저류의 유희에 커다란 변화가 나타났는데, 그 변화는 서역과 교통한 후에 그 지역에서 여러 가지 曲藝가 전래되면서 비롯되었다. 前漢代의 사람 張衡은『西京賦』에서 평락관의 넓고 평탄한 광장 앞에서 角觝의 妙戲를 연출하였다고 묘사했는데, 각저의 묘희에는 지금의 서커스 비슷한 기예와 더불어 여러 가지 짐승들의 재주부리기, 여러 가지 요술, 노래, 음악과 춤 및 환상적 무대연출이 포함되어 있었다.[128] 한나라는 기존의 무예를 유희화한 것과 더불어 서역에서 들어온 갖가지 교예와 가무극을

書』권제6 武帝紀제6 元封 3년).

127 한편 양나라 任昉은『述異記』卷上에서 "秦漢間説 蚩尤氏耳鬢如劍戟 頭有角 與軒轅鬪 以角觝人 人不能向 今冀州有樂名蚩尤戲 其民兩兩三三 頭戴牛角而相觝 漢造角觝戲 蓋其遺製也"라고 기술하여, 희학의 근원을 태고적의 蚩尤戲에서 찾고 있음을 살필 수 있다(김학주, 2001 앞 책, 113~114쪽).

128 『서경부』에 소개된 백희잡기를 보면, 扛鼎(무거운 솥을 들어올리는 교예), 都盧尋橦(솟대타기 묘기), 衝狹(굴렁쇠같은 원형의 테나 칼 또는 창이 꽂혀있는 원형의 장애물을 통과하는 묘기), 燕濯(공중제비를 하여 물을 담은 쟁반 위를 건너뛰었다가 다시 물을 담은 쟁반 가운데로 돌아와서 앉는 묘기), 胸突銛鋒(가슴과 배에 예리한 칼을 찔러 넣지만 몸 속에 기를 모아 칼이 들어가지 않도록 한 연희), 跳丸(공이나 방울을 여러 개 공중에 던졌다가 받는 교예), 跳劍(칼을 여러 개 공중에 던졌다가 받는 교예), 走索(줄타기 곡예)과 더불어 鼈山(山臺)에서 사람들이 신선이나 맹수 등으로 분장하여 연극하는 연희, 순 임금의 妃인 娥皇과 女英으로 분장한 연희자가 노래를 부르는 장면, 무대에서 구름이 일어나고 눈이 쏟아지며 복도와 전각 위로 돌이 구르며, 우렛소리가 울리는 장치 모습, 魚龍蔓延之戲, 여러 가지 환술(뱀을 놀리는 재주 등을 공연하는 연희), 칼 삼키기, 불 토해내기, 구름 일으키기 환술, 東海黃公, 戲車에서 벌어지는 솟대타기, 활쏘기 곡예 등이다(金學主, 2001 앞 책, 115~120쪽; 전경욱 2004 앞 책 52~58쪽). 한편 李尤의『平樂觀賦』에도 이와 비슷한 묘사가 보인다. 참고로 山東省沂南縣北寨村에서 出土된 沂南漢墓中室東壁橫額畵像石(後漢晚期)에『서경부』에 언급된 여러 가지 백희잡기와 東海黃公, 魚龍蔓延之戲 등에 관한 그림이 그려져 있음이 확인된다(中國畵像石全集編輯委員會, 2000『中國畵像石全集』1(山東畵像石), 河南美術出版社, 152~153쪽).

망라한 다양한 유희를 통칭하여 '角抵'라고 불렀던 것이다.[129] 한나라에서는 이러한 각저희를 외국 사신을 위하여 자주 공연하였다.[130] 한대부터 당대까지 여러 가지 묘기를 기본으로 하는 각저의 묘희, 즉 雜戲가 더욱 발전되었고, 후한대부터 이들을 통칭하여 百戲라고 불렀다.[131]

중국에서 백희잡기가 성행한 계기는 漢代 이전까지 중국인들이 접할 수 없었던, 즉 환상적이고 뛰어난 교예 기술을 가진 서역인들이 직접 중원에 들어가 활발하게 공연하게 된 것에서 찾을 수 있다. 『구당서』 음악지에 '대저 散樂雜戲에는 幻術이 많은데, 그것은 西域에서 비롯되었고, 天竺에서는 환술이 더 성행하였다. 한 무제가 서역과 교통한 후부터 비로소 뛰어난 幻人들이 중국에 이르렀다.'고 언급하였다. 그리고 후한 安帝 때에 천축에서 伎人을 바쳤으며, 이후 역대 왕조에도 그러한 전통이 이어졌다고 밝히고 있다. 나아가 前秦의 苻堅이 일찍이 서역에서 倒舞伎를 얻었으며, 당 睿宗代에 婆羅門에서 樂舞와 伎人을 헌상하였는데, 그들이 여러 가지 환술을 공연한 사실 등에 관해서도 언급하였다. 당 고종은 백성들을 깜짝 놀라게 하는 것을 싫어하여 西域關에 칙령을 내려 서역의

---

129 본래 각저희는 두 사람이 서로 몸을 부딪치며 힘이나 기예를 겨루는 씨름 또는 수박 비슷한 놀이였는데, 그것이 무술이나 여러 가지 기예를 겨루는 용어로 개념이 확장되고, 나아가 서로 겨루기 형식이 남아 있는 다양한 유희(놀이)나 가무희를 포괄하는 용어로 그 개념이 더 확장되었으며, 마침내 한대에는 여러 가지 雜技(서커스의 곡예)와 놀이 및 가무희까지 포괄하는 용어로까지 사용되기에 이르렀던 것이다(김학주, 2001 앞 책, 114쪽).

130 『漢書』 권96下 西域列傳제66下에 '四夷之客' 또는 '外國君長'을 위하여 각저희를 베풀었다는 기록이 보이고 있다.

131 後漢天子臨設軒設樂 舍利獸 從西方來 戲於殿前 激水化成比目魚 跳躍嗽水 作霧翳日 而化成黃龍 長八丈 出水遊戲 輝輝日光 以兩繩繫兩柱 相去數丈 二倡女對舞 行於繩上 切肩而不傾 如是雜變 總名百戲(『文獻通考』 권147 樂考20 散樂百戲).
한편 중국에서는 백희를 散樂이라고도 부르는데, 이것은 산잡한 음악이라는 뜻으로 골계희, 模擬才, 幻術, 기예 등을 음악 반주로써 연출하는 輕喜雜劇을 말한다.

幻人들이 중국으로 들어오는 것을 금지시켰다는 내용도 여기에 전한다.[132] 『구당서』의 기록을 통하여 한대부터 당대까지 뛰어난 기예를 갖춘 서역의 幻人들이 중원지방으로 계속 유입되었음을 살필 수 있다. 실제로 여러 자료에서 서역인들이 백희잡기들을 공연한 사실을 발견할 수 있다.[133] 물론 백희잡기를 공연하는 연기자 가운데 서역인에게 훈련을 받았거나 스스로 기예를 익힌 중국인들도 적지 않았을 것이며, 幻人들 가운데 여러 고을을 유랑하며 공연을 하는 자들도 많았던 것으로 알려졌다.[134]

　그런데 주목을 끄는 사항은 서역인 가운데 이집트인과 로마인들이 포함되어 있었다는 사실이다. 『史記』권123 大宛傳에 安息國에서 '타조의 알과 黎軒의 뛰어난 幻人〔眩人〕을 한나라에 바쳤다.'라는 기록이 전한다.[135] 여기서 대완은 중앙아

---

132 大抵散樂雜戱多幻術 幻術皆出西域 天竺尤甚. 漢武帝通西域 始以善幻人至中國. 安帝時 天竺獻伎 能自斷手足 刳剔腸胃. 自是歷代有之. 我高宗惡其驚俗 勑西域關令不令入中國. 苻堅嘗得西域倒舞伎. 睿宗時 婆羅門獻樂 舞人倒行 而以足舞於極銛刀鋒 倒植於地 低目就刃 以歷臉中 又植於背下 吹觱篥者 立其腹上 終曲而亦無傷 又伏伸其手 兩人躡之 旋身遶手 百轉無已(『舊唐書』卷29 志第9 음악2).

133 後魏平馮氏 通西域 得其伎 隋唐以備燕樂部樂工人 皂絲布頭巾錦褾紫袖袴 舞二人紫襖白袴帑赤皮鞾(『文獻通考』권148 樂考21 西戎 安國).
　刀玉〈田樂所執 事見長明發心集. 又法苑珠林 西域女戱五人 傳弄三刀 加至十云云〉(『書言字考節用集』8卷 言辭;『古事類苑』樂舞部第2冊 樂舞部35 樂舞雜載).
　『法苑珠林』은 당나라 승려 道世가 편찬하고, 1080년 송에서 간행한 것이다. 이밖에 중원에서 활동한 서역계 幻人에 관한 단편적인 사실에 대해서는 王嶸, 2000 『西域文化的回聲』, 新疆靑少年出版社, 76쪽이 참조된다.

134 김학주, 2001 앞 책, 208쪽

135 漢使還 而後發使隨漢使來觀漢廣大 以大鳥卵及黎軒善眩人〈索隱韋昭云 變化惑人也 按魏畧云 黎軒多奇幻 口中吹火 自縛自解 小顏(顏師古: 필자)亦以爲植瓜等也〉獻於漢(『史記』권123 大宛列傳第64).
　한편『漢書』권61 張騫列傳에는 '明年 擊破姑師 虜樓蘭王. 酒泉列亭鄣至玉門矣〈韋昭曰 玉門關在龍勒界〉而大宛諸國 發使隨漢使來觀漢廣大 以大鳥卵及犛軒眩人 獻於漢〈…… 師古曰 …… 眩讀與幻同 即今吞刀吐火 植瓜種樹 屠人截馬之術 皆是也 本從西域來〉天子大

시아의 페르가나(Fergana)지방이고, 안식국은 파르티아(Parthia) 제국(기원전 240~기원후 226)이다. 이것은 제2페르시아제국으로서 호레즘(Khorezm), 이란, 바빌로니아지역을 포괄하였다. 한나라 때 張騫 일행이 서역과 통하였을 때, 안식국에서 幻人을 한나라에 바친 사실을 기록한 내용이다. 여기에 나오는 黎軒(犂靬)은 이집트 프톨레마이오스 왕조의 수도 알렉산드리아를 가리킨다.[136] 당시에 중국에 들어온 幻人은 바로 이집트에서 온 사람이며, 『史記』의 후대 세주에서 인용한 魏畧所引에서 '黎軒, 즉 알렉산드리아에 많은 奇幻이 있는데, 입에서 불 뿜기, 스스로 묶었다가 풀기 등의 곡예가 있다.'라고 하였고, 顔師古는 바로 呑刀(칼을 삼키는 묘기), 吐火(입에서 불을 토해내는 묘기), 植瓜(오이씨를 심어 곧바로 열매를 맺게 하는 묘기), 種樹(나무를 심어 쑥쑥 자라나게 하는 묘기), 屠人(사람을 칼로 자른 후 다시 원상태로 회복시키는 기예), 截馬(말의 가죽을 벗기거나 머리를 자른 후, 주문을 외우면 다시 살아나 원상태로 돌려지는 묘기)의 환술을 가리킨다고 언급하였다.[137]

『後漢書』권86 南蠻西南夷列傳에 '(후한) 永寧 元年(120: 安帝 15)에 撣國王 雍由調가 사신을 파견하여 조공을 헌상하고 아울러 음악과 幻人을 바쳤는데, 환인은 여러 가지 요술, 吐火, 自支解(스스로 팔과 다리를 자르는 묘기), 易牛馬頭(소와 말의 머리를 바꾸는 묘기)의 환술을 보여주었고, 또 跳丸(공이나 방울 등을 높이 던졌다가 받는 묘기)을 잘하여 공이 매우 많았다.'라고 전한다.[138] 撣國은 오늘날 미얀마지역에 위치한 국가였다. 그런데 환인은 스스로 海西人이라고 주장하였다고 하며, 여기서 海西는 바로 大秦[로마]을 가리킨다. 撣國이 서남으로 로마[大秦]와 통교한 후에 환인이 그 나라에 들어왔고, 다시 그 왕이 후한에 그를 헌상한 것으로

說'라고 기록하였다.

136 余太山, 2005『兩漢魏晋南北朝正史西域傳要注』, 中華書局, 17쪽.

137 환술에 대한 설명은 전경욱, 2004 앞 책, 50쪽의 해석을 참조한 것이다.

138 永寧元年 撣國王雍由調 復遣使者詣闕朝賀 獻樂及幻人 能變化 吐火 自支解 易牛馬頭 又善跳丸 數乃至千 自言我海西人 海西即大秦也 撣國西南通大秦(『後漢書』권86 南蠻西南夷列傳).

볼 수 있다. 중국에 로마 출신의 환술인이 들어와서 여러 백희잡기를 공연하였음을 알려주는 중요한 자료다. 게다가 條枝(시리아왕국)에서는 '나라 사람들이 환술을 잘했다〔善眩〕'는 기록도 전하고 있다.[139] 앞에서 언급한 자료에서 이집트 출신의 환인이 중국에 들어와서 백희잡기를 공연하였음을 살폈는데, 이것과 위의 자료를 통하여 백희잡기를 공연하던 서역인 가운데 이집트 및 페르시아, 로마인들이 섞여 있었음을 유추할 수 있겠다. 전한과 후한대에 중국인들은 그들과 그들이 연기한 여러 가지 백희잡기를 통하여 서양의 문화를 접했다고 볼 수 있다. 즉 백희잡기를 매개로 동서문화의 교류가 이루어졌던 셈이 된다.

이집트인과 로마인이 한반도에까지 도래하였는가는 확인하기 곤란하다. 그러나 신라의 고분에서 出土된 각종 유리제품은 후기 로만 글라스계(비잔틴계 유리)에 속하는 것으로 알려졌고, 또 1973년 경주 미추왕릉지구 계림로 14호분에서 出土된 단검과 비슷한 것들이 카자흐스탄 보로보에의 분묘, 이탈리아 카스테르 트로지노의 랑고바르트족 묘지 F호묘에서 出土되었고, 일본의 天里參考館에 소장되어 있는 이란 出土의 단검, 중국 신장 위구르자치구의 拜城縣 키질 千佛洞 69동벽화의 공양인이 차고 있는 佩刀도 이와 유사하다. 또 서역계 여인의 얼굴이 묘사된 상감옥 목걸이도 경주 미추왕릉지구에서 발견되었다.[140] 이러한 자료들은 신라가 4~6세기에 중국을 매개로 하였는지, 고구려를 매개로 하였는지 명확하지 않지만, 직·간접적으로 서역과 교류하였음을 알려주는 증거물이다. 앞에서 서역인들이 고구려에 와서 백희잡기를 공연하였음을 고분벽화를 통해 확인한 바 있다.

그러면 이제 한대 이후에 서역지방에서 유래된 백희잡기가 언제 고구려에 전

---

139 條枝在安息西數千里 臨西海. 暑溼 耕田 田稻 有大鳥卵如甕. 人衆甚多 往往有小君長 而安息役屬之 以爲外國. 國善眩(『史記』권123 大宛列傳第63 條枝).

140 이들 자료에 대해서는 요시미즈 츠네오지음·오근영옮김, 2002 『로마문화 왕국, 신라』, 씨앗을 뿌리는 사람이 참조된다.

래되었는가를 살펴볼 차례인데, 이와 관련하여 우선 중국 백희잡기의 변천과정을 주목할 필요가 있겠다. 〈표 2〉는 전한과 후한대 畵像石에 보이는 百戲와 樂舞 관련 자료들을 정리한 것이다. 이에 근거하여 화상석에 전하는 전한과 후한시기의 백희와 악무를 종류별로 정리하면, 각저와 수박, 춤과 다양한 곡예, 그리고 가무극과 가면극 등으로 요약할 수 있다. 춤과 관련해서는 긴 소매자락을 날리며 춤추는 長袖舞(또는 長袖起舞)와 建鼓를 치면서 춤을 추는 建鼓舞가 가장 많이 눈에 띈다. 이밖에 七盤舞, 踏鼓舞, 翹袖腰折之舞, 巴人舞 등이 보인다. 곡예의 종류로는 물구나무서기〔倒立〕, 솟대타기〔幢竿〕, 弄丸(또는 跳丸), 弄劍(跳劍, 擲劍), 舞輪, 접시돌리기, 입에서 불 내뿜기〔吐火焰〕, 굴렁쇠같은 원형의 테나 칼 또는 창이 꽂혀있는 원형의 장애물을 통과하는 곡예〔衝狹〕, 공중제비〔讌濯〕, 탁자를 몇 겹 쌓아두고 물구나무 서서 넘기〔疊案〕 등이 있다. 또 동물 재주부리기의 모습도 눈에 띄는데, 원숭이 재주부리기, 곰 재주부리기 등이 대표적이다. 또 가면을 쓰고 공연하는 가무극으로는 魚龍曼延之戲, 東海黃公 등이 확인되고, 원숭이와 돼지, 용, 물고기, 승냥이, 공작가면을 쓴 사람의 모습, 水戲, 골계희 장면이 보이고 있다.

수박을 비롯한 각저류를 제외하고, 나머지 백희잡기는 춤과 마찬가지로 음악과 곁들여서 공연하는 것이 원칙이었으며, 중국에서는 이를 散樂(雜樂)이라고 불렀다. 후한대까지 산악에 琴(또는 瑟)과 籥, 塤, 竽, 鼗鼓, 建鼓, 笙 등이 주로 사용되었고, 간혹 磬, 鐸, 節, 拊, 鐘, 笛 등도 사용되곤 하였다. 반면에 위진대에 이르면 산악을 연주하는 악기의 구성에 변화가 나타난다. 曹魏時期의 遼陽棒台子1號墓 벽화에 보이는 猿戲, 접시돌리기, 舞輪, 金丸 등을 연기하는 산악백희의 반주악기들을 보면, 建鼓와 琴, 秦琵琶(완함?) 등이다. 酒泉丁家閘5號墓前室西壁壁畵에는 진비파(완함?), 箜篌, 鼗鼓, 長簫 등이 보이고 있다.[141] 한편 河南省 洛陽

---

141 中國美術全集編輯委員會編, 1989『中國美術全集』(繪畵編12, 墓室壁畵), 文物出版社; 鄭岩, 2002『魏晉南北朝壁畵墓研究』, 文物出版社, 26~27쪽 및 53쪽

市出土의 洛陽石棺床(북위시대)에는 완함, 笙, 排簫, 抱瑟이, 섬서성 예천현출토의 醴泉佛座 樂舞圖(북주시대)에는 공후, 비파(곡경), 배소, 횡취가 보이고, 섬서성 서안출토의 四方佛座(북주시대)에는 4현비파, 5현비파, 공후 등이 보이고 있다.[142] 여기에 언급된 자료들을 통하여 위진남북조시대에 산악백희나 가무를 공연할 때에 공반되는 반주악기의 구성에서 약간의 변화가 나타났음을 살필 수 있는데, 그것은 서역지방에서 유래된 완함이나 비파(4현과 5현), 공후 등이 추가된 것으로 요약된다. 隋와 唐代에도 역시 비슷한 추세를 보인다.

수나라의 七部伎 또는 九部伎에서 國伎(西涼伎)라고 명명된 것은 前秦에서는 秦漢伎, 북위와 북주에서는 國伎, 수·당대에는 西涼伎라고 불렀다. 383년에 前秦의 呂光이 符堅의 명으로 龜玆 등의 서역제국을 정복했을 때에 구자음악과 무용이 중원에 전래되었고, 그것에다가 전래의 중원음악을 결합하여 秦漢伎를 만들었으며, 그것이 수·당대의 서량기로 계승된 것이다. 그런데 서량기의 악대 편성을 보면, 鐘, 磬, 琴, 瑟, 擊琴, 琵琶, 箜篌, 筑, 箏, 節, 鼓, 笙, 笛, 簫, 篪塤 등 15종이다. 기본적으로 구자악기를 기초로 하고, 여기에 鐘, 磬, 箏 등이 추가된 것이라고 볼 수 있다.[143] 唐代 十部伎 가운데 西涼樂에 사용된 악기를 보면, 鐘, 架磬, 架彈箏, 搊箏, 臥箜篌, 竪箜篌, 琵琶, 五絃琵琶, 笙, 簫, 大篳篥, 小篳篥, 長笛, 橫笛, 腰鼓, 齊鼓, 檐鼓, 貝, 銅鈸 등이다. 당시 구자악의 악기에는 竪箜篌, 琵琶, 五絃琵琶, 笙, 橫笛, 簫, 篳篥, 荅臘鼓, 腰鼓, 羯鼓, 毛員鼓, 雞婁鼓, 銅鈸, 貝 등이 있었다. 수·당대에 琴, 笙, 簫 등의 전통 악기에 서역지방에서 전래된 비파와 공후, 篳篥 등이 여러 음악의 반주에 널리 사용되었음을 이상의 검토를 통하여 확인할 수 있는데, 산악의 반주악기 역시 크게 다르지 않았을 것이다.

---

142 中國畵像石全集編輯委員會編, 2000 『中國畵像石全集』8(石刻綫畵), 河南美術出版社, 67쪽 및 99쪽, 102쪽.

143 구자악의 악기 편성은 竪箜篌 琵琶 五絃 笙 笛 簫 篳篥 毛員鼓 都曇鼓 荅臘鼓 腰鼓 羯鼓 雞婁鼓 銅拔 貝 등 15종이다(霍旭初, 1994 앞 책, 194~195쪽).

〈표 2〉 漢代 畵像石에 보이는 백희 일람표

명칭	出土地	제작시기	백희잡기	악기	출전
孫氏闕畵像	山東省莒南縣北園鑛東藍墩村	後漢 章帝 元和 2년 (85)	倒立, 手搏, 跳長袖舞	建鼓, 琴, 擊拍	『중국화상전집』1
皇聖卿東闕南面畵像	山東省平邑縣平邑鑛八埠頂, 平邑鑛小學內로 옮김.	후한 장제 원화 3년 (86)	倒立, 長袖舞	琴, 簫, 竽	상동
皇聖卿東闕西面畵像	상동	상동		建鼓	상동
功曹闕南面畵像	상동	후한 장제 章和 원년 (87)	舞蹈	建鼓	상동
功曹闕西面畵像	상동	상동	舞蹈	建鼓	상동
孝堂山石祠東壁畵像	山東省長淸縣孝里鑛孝里鋪村孝堂山上	약 후한 장제시기 (기원 76~88년)	金丸 등	琴 등	상동
濟寧師專十號石槨墓東壁畵像	山東省濟寧師範專科學校出土	전한 元帝~平帝시기 (기원전 48~기원 5년)	舞蹈, 伴唱	琴, 鼓, 鼓鈸, 簫	상동
濟寧師專十號石槨墓西壁畵像	상동	상동	舞擊建鼓, 長袖舞	磬, 簫, 伴唱	상동
「東安漢里」石槨墓中隔板東面畵像	山東省曲阜市韓家鋪村出土	전한 말에서 후한 초 (기원 9~88년)	建鼓舞, 長袖起舞, , 博奕, 六博	建鼓, 簫	상동
前凉臺墓髡刑, 樂舞百戱畵像	山東省諸城市前凉臺村出土	후한 順·桓帝시기 (기원 126~167년)	長袖舞, 踏鼓七盤舞, 搖鼗說唱, 飛劍擲丸, 倒立, 疊案, 雜要	簫, 塤, 鼓, 鐃	상동
安丘漢墓前室封頂石中段畵像	山東省安丘市董家莊	後漢晩期 (기원 147~220년)		建鼓	상동
安丘漢墓中室西段封立石段畵像	상동	상동	起舞		상동
安丘漢墓中室室頂北坡西段畵像	상동	상동	踏鼓對舞, 六博, 羽人作舞, 轉竿, 倒立, 倒掛, 나무 위에서 재주부리기, 飛劍跳丸	鐃, 鼓, 管,	상동
沂南漢墓中室東壁橫額畵像	山東省沂南縣北寨村出土	後漢晩期 (기원 147~220년)	飛劍跳丸, 頂幢懸竿, 七盤舞, 魚龍蔓延之戱, 舞幢과 倒立, 龍戱, 魚戱, 豹戱, 雀戱, 馬戱, 戱車, 長竿, 長幢, 榷頂倒立	建鼓, 編鐘, 石磬, 小鼓, 簫, 鐃, 塤, 琴, 笙	상동
樂舞, 鬥闕, 出行畵像	山東省濟寧師專內出土	前漢 元帝~平帝시기 (기원전 48~기원 5년)	舞蹈	鼗鼓, 懸鼓	『중국화상전집』2
出行·獻俘·樂舞畵像	山東省濟寧市喩屯鑛城南張出土	後漢晩期 (기원 147~189년)	倒立, 舞輪, 飛劍, 跳丸	簫, 節	상동
多頭人·白虎·琴·小吏畵像	상동	상동		琴	상동
神怪·蹴鞠畵像	상동	상동	蹴鞠, 手舞足蹈		상동
鳳鳥·象·九頭人面獸畵像	상동	상동	象前舞蹈		상동
人物·建鼓·犀獸畵像	상동	상동		建鼓	상동

명칭	出土地	제작시기	백희잡기	악기	출전
人物·樂舞·升鼎畵像	山東省濟寧城南出土	상동	舞劍, 倒立, 弄丸, 舞蹈	騎馬擊鼓, 琴	상동
群獸·狩獵·建鼓畵像	山東省袞州市農機學校出土	전한 元帝~平帝시기 (기원전 48~기원 5년)	舞蹈	建鼓, 鼗鼓	상동
建鼓·樂舞·庖廚畵像	山東省梁山縣前集鄕鄭垓村出土	後漢早期 (기원 25~88년)	舞蹈, 長袖起舞	簫, 竽, 琴, 節, 建鼓, 鼗鼓	상동
亭·人物·樂舞畵像	山東省微山縣兩城鎭出土	後漢中·晩期 (기원 89~189년)	舞蹈, 跳丸, 倒立	琴	상동
建鼓·樂舞·雜技畵像	상동	상동	跳丸, 倒立, 舞蹈	鼓, 禁, 竽, 簫	상동
樂舞·雜技·人物畵像	상동	상동	舞蹈, 跳丸, 戲熊	建鼓, 琴	상동
廳堂·人物·建鼓畵像	상동	상동	舞蹈	建鼓	상동
庖廚·樓堂·樂舞畵像	山東省微山縣微山島溝南村出土	전한 宣帝~元帝 시기 (기원전 73~기원전 33)	六博遊戲, 長袖起舞	鼓, 琴	상동
狩獵·樂舞·雜技·人物·鳳鳥畵像	상동	상동	頂上倒立, 長袖揮舞, 橫木上倒立, 사다리 위에서 倒立하고, 거꾸로 매달려 있기	建鼓, 琴	상동
建鼓·樂舞畵像	山東省鄒城市郭里鄕高李村出土	後漢晩期 (기원 147~189년)	長袖起舞, 倒立	擊鼓(호랑이를 타고 打鼓), 竽, 簫	상동
宴樂·農作·鬪獸畵像	山東省鄒城市面粉廠出土	後漢中期 (기원 89~146년)	舞蹈, 二牛相抵, 낙타를 탄 사람, 코끼리를 길들이는 사람, 말을 타고 활로 호랑이를 쏘는 사람 등		상동
二人長袖舞畵像	山東省鄒城市太平鎭出土	前漢中期 (기원전 140~기원전 74년)	2인 長袖對舞		상동
魚車·出行·建鼓畵像	山東省鄒城市北宿鎭南落陵村出土	前漢 哀帝~平帝시기 (기원전 6~기원 5년)	長袖起舞	建鼓	상동
樂舞·斷橋·樓闕畵像	상동	前漢 平帝시기 (기원 1~5년)	舞蹈	建鼓	상동
人物拜見·建鼓畵像	山東省鄒城市高莊鄕金斗山出土	後漢中期 (기원 89~146년)	長袖舞	建鼓	상동
騎士·建鼓·水鳥啄魚畵像	山東省鄒城市羊場村出土	前漢 宣帝~元帝시기 (기원전73~기원전33년)		建鼓, 鼗鼓	상동
胡漢交戰·樂舞·庖廚畵像	山東省鄒城市郭里鄕黃路屯村出土	後漢晩期 (기원147~189년)	武打, 跳丸, 戲熊, 舞蹈	建鼓, 竽, 琴, 節	상동
雜技·庖廚畵像	山東省鄒城市師範學校附近出土	後漢早期 (기원 25~88년)	建鼓를 연결하는 줄 위에서 攀登, 行走, 仰臥, 倒立, 跳丸하는 잡기동작 묘사, 長袖舞蹈	建鼓, 竽, 簫,	상동
鬪鳥·人物畵像	山東省嘉祥縣紙坊鎭敬老院出土	後漢早期 (기원 25~88년)	舞蹈(2인)		상동
建鼓·樂舞庖廚畵像	상동	상동	起舞, 赤膊弄丸	建鼓, 鼗鼓, 簫, 節, 琴	상동

명칭	出土地	제작시기	백희잡기	악기	출전
樂舞·建鼓·庖廚畵像	상동	상동	揮手起舞, 倒立, 弄丸	建鼓, 琴, 鼗鼓, 簫, 笛, 笙	상동
樂舞·建鼓·庖廚畵像	山東省嘉祥縣城西十里鋪出土	後漢早期 (기원 25~88년)	長袖舞, 弄丸	建鼓, 鼗鼓, 琴, 節, 簫	상동
人物·樂舞畵像	山東省嘉祥縣城西南齊出土	後漢中期 (기원 89~146년)	長袖起舞, 倒立	節	상동
建鼓·樂舞·雜技畵像	山東省嘉祥縣城西隨家莊出土	後漢早期 (기원 25~88년)	建鼓舞, 倒立, 弄丸	節, 琴, 竽, 建鼓	상동
樂舞·建鼓·庖廚畵像	山東省嘉祥縣東北五老窪出土	後漢早期 (기원 25~88년)	建鼓舞, 倒立, 赤膊舞練	鼗鼓, 簫, 管, 竽, 建鼓	상동
東王公·建鼓·樂舞·人物畵像	山東省棗莊市山亭區馮卯鄕鷗谷山谷 村出土	後漢晚期 (기원 147~189년)	倒立, 舞蹈	建鼓, 琴	상동
角抵畵像	山東省棗莊市薛城區南常鄕大呂巷村出土	後漢中期 (기원 89~146년)	二人徒手相搏, 二人執弓對舞-1인 赤手, 1인 伏地, 2인 執弓相搏		상동
建鼓·百戲畵像	山東省滕州市龍陽店鑛附近出土	後漢晚期 (기원 147~189년)	舞蹈, 倒立, 飛劍, 跳丸	鼗鼓, 建鼓	상동
西王母·琴·人物·車騎出行畵像	山東省滕州市東寺院出土	後漢晚期 (기원 147~189년)		琴	상동
建鼓·樂舞·雜技畵像	山東省滕州市崗頭鑛西古村出土	後漢晚期 (기원 147~189년)	倒立, 弄丸	建鼓, 琴	상동
建鼓·樓闕·水榭畵像	山東省滕州市城郊馬王村出土	前漢 哀帝~平帝시기 (기원전 6~기원 5년)	建鼓舞, 長袖舞(2인)	建鼓, 簫	상동
六博遊戲·樂舞畵像	山東省滕州市桑村鑛大郭村出土	後漢中期 (기원 89~146)	六博遊戲, 舞蹈	建鼓	상동
西王母·建鼓畵像	山東省滕州市桑村鑛西戶口村出土	後漢早期 (기원 5~88년)	弄丸, 倒立, 長袖起舞	建鼓, 笙, 簫, 管 등	상동
西王母·講經人物·建鼓畵像	상동	상동	倒立, 六博遊戲	建鼓	상동
樂舞·車騎出行畵像	山東省臨沂市白莊出土	후한(기원 25~220년)	樂舞伎, 長袖舞, 擲倒立	鼓, 瑟	『중국화상전집』3
樂舞·迎賓畵像	상동	상동	長袖舞	鼓, 簫, 塤, 鐸	상동
樂舞·車騎出行畵像	상동	상동	鼓上倒立	塤, 竽, 簫	상동
樂舞畵像	상동	상동		簫, 鼓	상동
出行·拜見·鼓舞畵像	山東省臨沂市崔莊出土	상동	擊鼓而舞	鼓	상동
人物宴樂畵像	山東省臨沂市獨樹頭鑛西張官莊出土	상동		瑟	상동
羽人飼鳳·樂舞百戲畵像	山東省沂水縣韓家曲出土	상동	長袖舞, 倒立, 跳丸, 盤舞	琴, 簫	상동
庖廚·樂舞畵像	山東省平邑縣 東埠陰出土	상동	長袖起舞	節, 琴	상동

명 칭	出土地	제작시기	백희잡기	악기	출전
樂舞百戱畫像	山東省費縣垜莊鑛潘家疃發現	후한시기	跳丸, 踏鼓而舞	簫, 鐸, 鼓, 塤, 敲應鼓, 擊鼓伴奏	상동
周公輔成王·樂舞畫像	山東省莒縣東莞鑛東莞村出土	전한시기	踏盤而舞	鼓, 琴	상동
車騎出行·拜謁·樂舞百戱畫像	山東省安丘市王封村發現	후한시기	跳丸, 執巾跳鼓舞	琴, 鼓, 竽	상동
龍·樂舞百戱畫像	山東省歷城區全福莊出土	후한시기	建鼓舞, 飛劍跳丸	建鼓	상동
七盤舞畫像	山東省歷城區黃臺出土	후한시기	女子長袖踏盤而舞, 盤 사이에 小鼓가 놓임.	擊鼓伴奏	상동
人物對坐·長袖鼓舞畫像	상동	후한시기	執便面踏鼓而舞	擊鼓伴奏	상동
戰爭·樓閣雙闕·樂舞百戱畫像	山東省肥城市欒鑛村出土	漢 章帝 建初8년 (기원83)	歌舞	琴, 鼓, 笙, 簫, 橫吹	상동
樂舞·馬隊畫像	山東省東平縣宿城鄉王村出土	후한시기	擊鼓起舞, 長袖舞	建鼓	상동
永平四年畫像	江蘇省銅山縣漢王鄉東沿村出土	後漢 永平4년 (기원61)	二人坐而長歌	琴	『중국화상전집』A
樂舞·六博畫像	江蘇省間沛縣古泗水出土	後漢早期 (기원25~88년)	男女二人起舞, 二人對博	竽, 簫, 笛, 琴	상동
庖廚·車馬·樂舞畫像	상동	상동	對博, 巾舞	擊鼓	상동
西王母弋射·建鼓畫像	江蘇省徐州市沛縣栖山出土	後漢早期	鬪鷄	建鼓	상동
六博·車騎·樂舞畫像	상동	상동	對博, 翹袖折腰舞	琴, 竽	상동
六博·樂舞畫像	江蘇省銅山縣漢王鄉東沿村發現	후한 元和3년 (기원86)	六博, 建鼓舞, 弄丸	建鼓, 竽, 簫, 琴, 鼗鼓	상동
庖廚·樂舞畫像	상동	상동	蹋鞠跳動舞桴擊鼓, 弄丸, 拂袖作舞	建鼓, 竽, 鼗鼓伴奏	상동
建鼓·庖廚畫像	상동	상동	倒立	建鼓, 竽, 磬, 鐃	상동
樂舞庖廚畫像	상동	상동	倒立, 舞蹈	笙, 簫, 建鼓, 琴, 鐸, 磬	상동
建鼓·繩技畫像	江蘇省徐州市銅山縣利國鄉發現	후한시기	建鼓에 연결된 줄에서 翻身의 연기 표현	建鼓	상동
拜會·樂舞百戱·紡織畫像	江蘇省徐州市洪樓發現	후한시기	跳丸, 案上倒立	建鼓, 簫伴奏	상동
樂舞畫像	江蘇省銅山縣苗山發現	후한시기	翹袖折腰之舞	橫吹, 笙, 琴, 簫, 擊節作歌	상동
樓閣·六博·雜技畫像	江蘇省銅山縣發現	후한시기	騰空倒翻(공중돌기), 六博, 長袖舞	建鼓	상동

명 칭	出土地	제작시기	백희잡기	악기	출전
舞樂·車馬·建築 畵像	江蘇省睢寧縣雙溝微 集	후한시기	倒立, 飛跳	建鼓, 鐸, 簫	상동
建築·雜技畵像	江蘇省睢寧縣散存微 集	후한시기	跳丸, 공중돌기	建鼓	상동
車騎·建鼓畵像	江蘇省邳州陸井墓出 土	후한시기		建鼓	상동
車騎·宴飮·雜技 畵像	상동	상동	建鼓에 연결된 줄에서 倒立, 六博	建鼓	상동
建寧四年宴樂·紡 織畵像	安徽省宿縣褚蘭鑛墓 山孜出土	후한 建寧 4년 (기원 171)	跳丸, 倒立	建鼓, 琴(?)	상동
演武·奉獻·庖廚 畵像	상동	상동	揮舞刀劍, 持械格鬪(5인의 여자)		상동
鞸舞·長袖舞畵像	상동	상동	10인 表演鞸鼓舞, 10인長袖舞		상동
西王母·長袖舞 ·捕魚畵像	安徽省宿縣褚蘭鑛寶 光寺出土	後漢 熹平 3년 (기원 174)	長袖舞(衆舞), 揮舞兵器		상동
熹平三年河伯出 行·燕樂·紡織畵 像	상동	상동	跳丸	建鼓, 琴	상동
撫琴·玄武講學畵 像	安徽省宿縣符離集出 土	후한시기		琴	상동
陽嘉三年建鼓畵 像	安徽省壁縣微集	후한 陽嘉 3년 (기원 134)	建鼓舞	建鼓, 琴, 笙, 簫 伴奏	상동
聽琴畵像	安徽省宿縣符離集出 土	후한시기		琴	상동
樂舞百戱畵像	安徽省定遠縣靠山鄕 出土	후한시기	奉術, 倒立, 盤舞, 舞鉤鑲	竪笛, 擊拊	상동
百戱圖畵像	安徽省海寧市長安鎭 海寧中學出土	後漢晚期 (기원전 147~220)	두 다리를 공중으로 들어올리면서 雙手 執長綢前後揮舞, 두 손을 높이 들고 춤을 추는 사람과 거기에 맞추어 춤을 추는 사람, 側身擧臂踏鼓而舞, 跳丸, 쟁반 같은 것을 들고 공중으로 도약하기, 왼손에 기물 들기, 七盤舞, 手搏		상동
擊舞畵像	安徽省海寧市長安鎭 海寧中學出土	後漢晚期	오른손에 擊鼓를 잡고, 왼손에 帶狀物을 잡은 인물, 長袍를 땅에 끌며, 오른손으로 巾을 잡고 춤을 추기		상동
綏德四十里鋪墓 門右立柱畵像	陝西省綏德縣四十里 鋪出土	후한시기	盤鼓舞		『중국화 상전집』5
唐河針織廠樂舞· 六博	河南省唐河針織廠墓 出土	전한시기	長袖舞, 對博	瑟, 琴 등, 伴唱	『중국화 상전집』6
唐河電廠·拜謁· 樂伎·百戱踞坐	河南省唐河電廠墓出 土	전한시기	弄丸, 倒立, 鱗鱗起舞	塤, 鼗鼓, 簫, 鼓	상동
唐河馮君孺人墓 樂舞百戱	河南省唐河鬱平大尹 墓出土	新莽 天鳳 5년 (기원 18)	제비모양으로 허리를 꺾어 춤추기, 倒立, 滑稽戱	竽, 管, 簫, 鼗鼓, 持竪管演奏	상동

명칭	出土地	제작시기	백희잡기	악기	출전
方城東關 樂舞	河南省方城東關墓出土	후한시기	남자 2명 對舞(가면)	塤, 簫, 鼗鼓(또는 拊)	상동
方城東關 鼓舞	상동	상동	建鼓舞(가면)	建鼓, 簫, 排簫 兼搖鼗鼓, 排簫 兼擊拊	상동
鄧縣長冢店 樂舞 百戲	河南省鄧縣長冢店墓出土	후한시기	揮袖起舞, 弄壺, 倒立	瑟, 鼗鼓, 簫, 塤, 建鼓	상동
南陽沙崗店 百戲·升仙	河南省南陽卧龍區沙崗店出土	후한시기	倒立, 長袖踏鼓舞, 滑稽戲	拊, 簫	상동
南陽沙崗店 百戲·宴飮·車騎出行	상동	상동	長袖踏鼓舞	拊	상동
南陽石橋 鼓舞	河南省南陽卧龍區石橋鑛出土	후한시기	舒袖蹴鞠而建鼓舞	建鼓, 塤, 鼗鼓, 簫	상동
南陽石橋 角抵	상동	후한시기	1人徒手, 1人持長矛相格鬪		상동
南陽石橋 樂舞百戲	상동	상동	揮長巾踏拊而舞, 倒立, 擧臂伴舞	伴歌	상동
南陽麒麟崗 樂舞百戲	河南省南陽卧龍區麒麟崗漢墓出土	상동	倒立, 下蹲展雙臂 作棄杖之技, 踏鼓起舞	瑟, 塤, 擊鼓(2인), 伴歌	상동
南陽王寨 樂舞百戲	河南省南陽卧龍區王寨墓出土	후한시기	建鼓舞, 大步疾走, 按樽托物 倒立之者, 吐火焰, 倒立, 長袖飜飜起舞,	鎛鐘, 建鼓, 鼗鼓, 簫, 塤, 伴唱	상동
南陽王莊 舞樂百戲	河南省南陽卧龍區王莊墓出土	후한시기	長袖翩翩起舞, 滑稽戲(가면), 倒立	瑟, 執桴作揮動狀	상동
南陽瓦店 樂舞百戲(1)	河南省南陽宛城區瓦店出土	후한시기	建鼓舞, 跳丸(가면), 舒長袖踏鼓而舞, 머리에 잔을 이고 한 손으로 땅짚고 거꾸로 서기	建鼓, 鞞鼓, 簫, 竽	상동
南陽七孔橋 樂舞百戲(2)	河南省南陽宛城區七孔橋出土	후한시기	長袖舞, 가면을 쓴 사람이 왼손에 鼗鼓를 들고, 오른팔에 작은 항아리를 올려놓고 묘기를 부리기, 樽 위에서 거꾸로 서기	鼗鼓, 瑟, 簫, 塤, 鏡	상동
南陽七孔橋 樂舞百戲(3)	상동	상동	樽 위에서 거꾸로 서기(樽 양 옆에서 항아리를 놓아둠, 2인), 樽과 항아리를 옆에 놓아두고 한쪽 무릎을 꿇고 허리펴기, 長袖舞	瑟, 鞞鼓	상동
南陽英莊 鼓舞	河南省南陽宛城區英莊墓出土	후한시기	建鼓舞(1인 長袖起舞, 1인 양손에 桴를 들고 치면서 춤추기)	管樂器, 簫, 鼗鼓, 鏡, 建鼓	상동
南陽軍帳營 鼓舞	河南省南陽宛城區軍帳營墓出土	후한시기	擊鼓而舞	鼓, 鐘, 鼗鼓, 簫, 塤	상동
南陽東關 許阿瞿墓誌畵像	河南省南陽東關李相公莊出土	후한 建寧 3년 (기원 170)	飛劍跳丸, 長袖七盤舞	似扣鼗控節, 瑟, 排簫伴奏	상동
南陽 衝狹	河南省南陽市一中出土	후한시기	翹袖折腰作舞, 衝狹(燕戲)	簫, 鼓	상동

명 칭	出土地	제작시기	백희잡기	악기	출전
樂山虎頭灣崖墓 琵琶樂器	四川省樂山凌雲山麻浩虎頭灣3號墓出土	후한시기		琵琶(혹은 阮咸? 중국 최고의 비파도상)	『중국화상전집』7
內江岩邊山崖墓 樂舞雜技	四川省內江岩邊山1號崖墓出土	후한시기	飛劍, 帛袖飜飜起舞, 拳術, 跳丸	簫, 蘆笙. 琴, 鼓	상동
江津崖墓 雙人舞	四川省江津市崖墓出土	후한시기	2人跳舞		상동
江津崖墓 舞者	상동	상동	3人跳舞		상동
綦江二磴岩崖墓 巴人舞	四川省綦江縣二磴岩崖墓出土	후한시기	한 사람이 領導하고 5인이 춤을 추는 巴人舞	笛	상동
中江崖墓 吹笛	四川省中江縣桂玉鄉天平梁子崖墓出土	후한시기		笛	상동
成都羊子山漢墓 車騎出行·燕樂圖	四川省成都羊子山1號漢墓出土	후한시기	倒立, 접시돌리기, 飛劍, 跳丸, 長袖舞, 七盤舞, 공중돌기 등	笙, 琴 등	상동
長寧2號石棺 雜技·庖廚·飮宴	四川省長寧古河鄉出土	후한시기	衝狹, 뒷틀 거꾸로 서서 넘기, 飛劍, 跳丸, 跳舞	鼓	상동
宜賓石棺 雜技圖	四川省宜賓弓字山崖墓出土	후한시기	飛劍, 跳丸, 衝狹, 倒立, 倒立時 입에서 구슬 내뱉기	銅鼓	상동
郫縣1號石棺 宴客·樂舞·雜技	四川省郫縣新勝鄉竹瓦鋪出土	후한시기	戴竿(頂技-이마 위에 물건 놓기), 疊案(椅技), 長袖踏鼓而舞	琴	상동
郫縣1號石棺 漫衍角抵·水嬉	四川省郫縣新勝鄉竹瓦鋪出土	후한시기	원숭이가면, 돼지가면 등 5인 등장, 네번째가 東海黃公을 가리킴, 水嬉	鼗鼓	상동
永川石棺 雜技圖	四川省西北鄉冰糟村崖墓出土	후한시기	跳劍, 跳丸, 跳舞, 倒立		상동
雅安高頤闕 師曠鼓琴圖	四川省雅安市姚橋鄉出土	후한 建安 14년 (기원 209)		古琴演奏	상동
彭山1號石棺 西王母	四川省彭山江口鄉雙河崖墓出土	후한시기		吹奏樂器, 琴	상동
壁山1號石棺 巴人舞·雜技	四川省壁山廣普鄉蠻洞坡崖墓出土	후한시기	跳丸, 弄劍, 3인이 巴人舞를 추는 모습		상동
壁山2號石棺 吹奏·朝拜	四川省壁山雲坪鄉水井灣崖墓出土	후한시기	跳舞	吹奏樂器	상동
壁山9號石棺 巴人舞	四川省壁山金寶鄉鳳凰坡崖墓出土	후한시기	등에 긴 날개가 있고 손에 악기를 잡고 춤을 추는 모습		상동
壁山9號石棺 羽人舞	상동	후한시기	등에 긴 날개가 있고 손에 악기를 집고 춤을 추는 모습		상동
新津崖墓石函 戱猿	四川省新津崖墓出土	후한시기	戱猿, 揮劍		상동
新津崖墓石函 戱猿	상동	상동	揮劍, 원숭이놀이		상동
新津崖墓石函 鼓琴·六博	상동	상동	六博	琴	상동

명 칭	出土地	제작시기	백희잡기	악기	출전
納溪崖墓石函 雜技·建築	四川省納溪石棚鄕崖墓	후한시기	跳劍, 跳丸, 倒立, 칼 위에 공을 올려놓기		상동
洛陽石棺床 吹奏	河南洛陽出土	北魏		阮咸, 笙, 簫, 抱瑟·送葬의 악대	『중국화상전집』8
醴泉佛座 樂舞	陝西省醴泉縣出土	北周	翩翩起舞	箜篌, 琵琶(曲頸), 簫, 橫吹	상동
四方佛座	陝西省西安出土	북주		4현비파, 5현비파, 箜篌	상동

<표 3> 후한·위진시대의 묘실벽화에 보이는 백희 일람표

명 칭	出土地	제작시기	백희잡기	악기	출전
洛陽偃師縣新莽 壁畵墓	河南省 偃師縣 高龍鄕 辛村	新莽時期	六博, 手搏戱, 長袖舞		洛陽市第二文物工作隊, 1992「洛陽偃師縣新莽壁畵墓淸理簡報」,『文物』1992-2
내몽골후허하오터 허린거얼(和林格尔)고분벽화	내몽골후허하오터허린거얼	후한시기	방울받기, 칼받기, 수레바퀴 처 올리기(舞輪), 솟대타기, 물구나무서기, 安息五案, 칼재주부리기	建鼓	內蒙古文物工作隊·內蒙古博物館, 1974「和林格爾發現一座重要的東漢壁畵墓」『文物』1974-1
河南省密縣打虎亭2號墓	河南省密縣打虎亭	후한시기	手搏, 翩躚起舞, 漆盤舞	鼓, 胡笛	『중국미술전집』회화편12(묘실벽화)
河北省安平縣逯家莊漢墓中室南耳室西壁	河北省安平縣逯家莊	후한 熹平5년(176)	長裙翩翩起舞(2인여자), 高鼻 여인의 踏鼓舞	琴, 簫, 鼓, 鼗鼓	상동
遼陽棒台子1號墓 壁畵	遼陽市棒台子屯 북쪽 평지	삼국의 魏나라시기	猿戱, 접시돌리기, 舞輪, 金丸	建鼓, 琴, 진비파(완함?)	『중국미술전집』회화편12(묘실벽화)
遼陽北園6號壁畵墳	遼陽市 三臺子	魏晉代	舞輪, 跳劍, 跳丸, 倒立, 跳舞, 長袖舞, 建鼓舞	建鼓	遼陽市 文物管理所, 1980「遼陽發現三座壁畵墓」『考古』1980-1
酒泉丁家閘5號墓前室西壁 壁畵	甘肅省酒泉市丁家閘	北涼	공중제비(獅倒伎), 舞蹈	秦琵琶(완함?), 箜篌, 鼗鼓, 長簫 등	『중국미술전집』회화편12(묘실벽화)

앞에서 고구려의 고분벽화에 보이는 각저·수박 및 백희잡기를 정리하였는데, 이를 통하여 전한과 후한대에 유행한 각저·수박 및 백희잡기가 고구려에도 전래되었음을 살필 수 있다. 後漢 順帝 永和 원년(서기 136)에 京師에 來朝한 부여왕

을 위하여 각저희를 베풀어 대접하였다는 내용이 보이는데,[144] 이것은 부여 사람들이 여러 가지 다양한 곡예와 각저류의 유희를 인지하고 있었음을 입증하는 증거다. 다만 고구려의 고분벽화에 보이는 곡예의 종류는 한대 중국의 畫像石에 보이는 것에 비하여 훨씬 적다. 벽화에 표현된 곡예의 수가 제한되었거나 고구려에서 다양한 백희잡기가 공연되지 못했던 사실과 관련이 있을 듯싶다. 중국의 경우 각저·수박과 같은 각저류의 유희에는 음악 반주가 곁들여지지 않는 것이 보통이지만, 백희잡기나 춤을 출 때에 樂隊가 연주하는 음악이 곁들여지는 것이 상례였다. 고구려에서도 수박과 각저 그림이 있는 벽화에 악대가 음악을 연주하는 장면은 보이지 않는다. 일반적으로 수박과 각저희를 공연할 때에는 음악 반주가 곁들여지지 않았음을 반증해주는 증거다. 참고로 고대 일본에서는 天皇이 참석하는 相撲大會가 끝나고 뒷풀이로 백희잡기를 공연하는 것이 일반적이었다고 한다.[145]

고구려에서도 한대 중국과 마찬가지로 악대의 반주에 맞추어 춤을 추거나 백희잡기를 공연하는 것이 일반적이었다. 안악3호분에 발끝춤을 추는 舞人이 보이는데, 그는 琴과 완함, 퉁소(또는 長笛)를 연주하는 악대의 음악에 맞추어 춤을 추고 있었던 것이다. 무용총에도 완함 반주에 맞추어 남녀 무용수가 춤을 추고 가수들이 노래를 부르는 장면이 보인다. 장천1호분에는 5현금의 반주에 맞추어 춤을 추는 무인이 등장한다. 또한 약수리고분벽화에는 말 위에서 큰 뿔 나팔을 부는 악사와 馬上鼓를 치는 악사의 음악 반주에 맞추어 춤을 추는 2명의 무인이 나온다. 한편 팔청리고분벽화의 행렬도 가운데 메는 북을 치면서 신나게 춤을 추는 打鼓手와 말 위에서 큰 뿔 나팔을 불면서 馬上才를 연출하는 樂師, 완함을 연주하는 악사, 그리고 그들 바로 옆에 환인들이 여러 가지 곡예를 공연하는

144 順帝永和元年 其王來朝京師. 帝作黃門鼓吹角抵戲 以遣之(『後漢書』東夷列傳第75 夫餘).
145 河竹繁俊著·이응수역, 2001 앞 책, 171~172쪽.

장면이 나온다. 나무다리 곡예를 공연하는 환인이나 여러 개의 막대기와 공을 번갈아 던져 올리며 받는 곡예를 공연하는 환인들의 경우 완함의 반주에 맞추어 재주를 부렸다고 보이기 때문에 고구려에서도 백희잡기의 공연에 음악 반주가 뒤따랐다고 봄이 자연스럽다.

한대 중국의 경우 산악이 연주되는 배경을 보면, 음악을 연주하는 악대, 백희잡기를 공연하는 환인들, 그리고 관람객들로 구성되는 것이 일반적이다. 일본의 나라시 정창원에 소장되어 있는 「彈弓圖」에 산악 연희장면이 묘사되어 있는데, 북과 피리, 비파, 징과 꽹과리 등의 악기 연주자와 솟대타기, 무동타기, 죽방울놀리기, 요술, 흉내내기하는 사람, 구경꾼 등이 등장한다.[146] 일본에서도 중국과 마찬가지로 산악백희의 구성이 악대와 환인, 관람객으로 이루어졌음을 시사해주는 자료다. 반면에 고구려에서는 중국과 같은 전형적인 산악백희의 구성은 보이지 않는다. 장천1호분의 백희기악도에 등장하는 환인들은 악대의 음악 반주에 맞추어 곡예를 공연하였다고 보기 어렵다. 또 수산리고분벽화에는 무덤의 주인공 부부가 시녀들을 거느리고 백희잡기를 공연하는 장면만이 묘사되어 있을 뿐이고 악대는 보이지 않는다. 고구려에서 악대의 반주에 맞추어 백희잡기를 공연하지 않는 경우도 적지 않았음을 알려주는 자료들이다.

한대 중국과 다른 고구려의 특징적인 면모는 고분벽화의 행렬도에서 백희잡기를 공연하는 경우가 보이는 점이다. 행렬도에 반드시 고취악대가 등장하는데, 그 악기 구성을 보면, 북과 큰 뿔 나팔이 중심이고, 이밖에 메는 종, 簫, 胡笳, 鐃 등도 고취악대의 악기로 사용되었음을 안악3호분을 통하여 확인할 수 있다. 『삼

---

146 「彈弓圖」는 나라시 동대사 정창원에 소장되어 있는 것으로서 활의 표면에 먹으로 섬세하게 산악 장면을 그려 넣은 것이다. 일본에서 제작하였다고 보는 견해도 있으나 대체로 중국에서 전래된 것이라는 견해가 우세하다(박전열, 1996 앞 논문). 비록 탄궁도가 중국에서 전래된 것이라고 하더라도 고대 일본 산악의 일면을 이를 통하여 어느 정도 살필 수 있지 않을까 하는 것이 필자의 생각이다.

국지』위서 동이전 고구려조에 한나라에서 고구려에 鼓吹와 技人을 하사했다고 전한다.[147] 고분벽화에 보이는 고취악대는 바로 한나라의 영향을 받았음을 시사해주는 자료다. 그러나 한나라에서 행렬 도중에 백희잡기를 공연하는 사례가 거의 보이지 않음에 비하여 고구려에서 그러한 전통이 매우 강하였는데, 고구려에서 중국의 고취악대와 산악백희를 수용하였으면서도 그들 나름대로 독특하게 그것을 운영했음을 이에서 엿볼 수 있지 않을까 한다.

그런데 여기서 한 가지 유념해야 할 사항이 있다. 그것은 춤을 출 때 音樂伴奏에 사용된 악기의 구성이 한대의 그것과 차이가 있다는 점이다. 안악3호분과 무용총에 완함 반주에 맞추어 춤을 추는 舞人들이 보이고, 팔청리고분벽화에는 환인들이 완함의 반주에 맞추어 재주를 부리는 장면이 나온다. 전한과 후한대에 산악백희의 악대에서 완함을 연주하는 악사를 찾을 수 없다. 後漢時期 樂山 虎頭灣崖墓의 畫像石에 완함으로 추정되는 진비파(완함?)가 보이고 있지만, 그러나 산악백희에 사용된 것은 아니다. 산악백희의 음악에 완함이 본격적으로 사용되기 시작한 것은 曹魏時期부터였다.[148] 완함의 기원에 대하여 논란이 분분하지만,[149] 그것이 널리 퍼진 것은 서진대 죽림칠현의 하나인 阮咸이 그것을 애용하면서부터였다고 알려졌다. 이와 같은 중국의 사정을 참조할 때, 완함이 고구려에 전해진 것은 서진대나 그 이후로 봄이 옳다고 하겠다. 즉 완함의 반주에 맞추어 춤을 추거나 백희잡기를 공연하는 전통은 漢代의 그것이 아니라 위진남북조

---

147 漢時賜鼓吹技人 常從玄菟郡受朝服衣幘 高句麗令主其名籍. 後稍驕恣 不復詣郡 于東界築 小城 置朝服衣幘其中 歲時來取之 今胡猶名此城爲幘溝漊. 溝漊者 句麗名城也(『三國志』 魏書 東夷傳 高句麗).

148 遼陽棒台子1號墓 벽화의 백희잡기의 공연에 秦琵琶, 즉 완함이 악기의 하나로 사용되었음이 확인된다. 이후부터 완함과 비파(4현과 5현)가 산악백희의 공연에 널리 사용되는 경향을 보였다.

149 완함은 일반적으로 인도와 서역 등에서 중국에 비파가 전래되어 중국식으로 개량된 악기로 보고 있다(趙維平, 2002「琵琶的歷史」,『韓國音樂史學報』29).

시대의 전통과 연결시켜야 한다는 의미다. 특히 西晉 멸망 후에 羌胡들이 중원지방을 차지하고, 그들과 고구려가 활발하게 교류하면서 서역지방에서 유래된 백희잡기와 더불어 서역 계통의 악기들이 고구려에 집중적으로 유입되지 않았을까 추정된다. 前燕에서 망명한 冬壽가 이미 중국에서 그러한 전통을 접하였기 때문에 357년에 조성된 안악3호분에 완함의 반주에 맞추어 춤을 추는 장면이 등장할 수 있었을 것이다.

서역 계통의 백희잡기와 악기 등이 중국대륙과 커다란 시차 없이 고구려에 전래된 양상은 5현비파와 필률(피리)의 전래과정을 통하여 증명할 수 있다. 5현비파는 서역지방인 신장성 쿠처지방의 키질벽화에 이른 시기부터 등장하며,[150] 수·당대에 중국에서 널리 사용되다가 이후 宋代에 중국에서 자취가 사라진 악기다.[151] 우리나라에서 鄕琵琶로 불린 5현비파는 통일신라와 고려, 조선시대에도 계속 사용되었다. 일반적으로 4현과 5현비파가 중국에 전해진 계기는 북위시대에 呂光이 龜玆國을 정복한 것에서 찾고 있다.[152] 그 후 남북조시대에 두 종류의 비파가 음악 반주에 널리 사용되는 경향을 보인다.

5현비파는 중국을 거쳐 고구려에도 전해졌음은 장천1호분 벽화를 통하여 확인할 수 있다. 이 고분의 앞방 안벽 고임부벽화의 비천상에 악기를 연주하는 모습이 묘사되어 있는데, 가운데 있는 비천이 연주하는 악기는 周兒가 다섯 개인 것으로 보아 5현비파로 보인다.[153] 물론 벽화가 마멸되어 설이 분분하지만, 현재로서는 악기를 가슴에 안고 연주하는 자세이고, 주아가 5개인 것으로 보아 5현

---

150 4세기에 조성된 키질 제38굴의 天宮伎樂圖와 說法圖에 오현비파를 연주하는 天宮伎와 伎樂天人이 보이고 있다(中國音樂大系總編輯部, 1996『中國音樂文物大系(新疆卷)』, 文物出版社, 35~42쪽).

151 趙維平, 2002 앞 논문, 802쪽

152 趙維平, 위 논문.

153 송방송, 1985 앞 논문.

비파 이외의 다른 것을 상정하기가 곤란하다. 참고로 백희기악도에 보이는 5개 주아가 달린 악기는 현금으로서 무릎 위에 얹어놓고 연주하는 것으로 5현비파와 차이가 있다. 따라서 신라에서 5현비파가 전래된 것은 장천1호분이 축조된 시기나 그 이후라고 보아야 한다. 한편 필률, 즉 피리는 구자에서 창조한 대표적인 악기로서[154] 4세기 무렵에 중원에 전해졌다고 한다.[155] 필률은 남북조와 수·당대에 서량악, 고창악, 소륵악, 고려악, 구자악 등의 중심 악기로 편성되었다. 장천1호분의 앞방 왼벽 고임부벽화에 피리를 부는 기악천이 보이므로 그것의 전래 역시 5현비파의 전래와 비슷한 맥락에서 이해할 수 있겠다. 이후 고려(고구려)악의 악기에 대필률, 소필률, 桃皮觱篥이 편입된 것에서 그것이 고구려에서 널리 사용되었음을 유추해볼 수 있다.

『樂書』卷158 樂圖論 胡部 安國條에 '疎勒과 安國, 高麗(樂)의 경우, 모두 後魏(북위)가 北燕의 馮弘을 평정하고 서역과 통한 후에 비로소 그 伎樂을 획득할 수 있었다.'라는 기록이 전한다.[156] 후위가 馮弘을 평정한 해는 436년이다.[157] 고구려가 서역의 伎樂을 접하고, 그것을 받아들인 시기는 그 이후로 봄이 합리적일 듯싶다. 장천1호분에 서역 계통의 악기인 5현비파와 觱篥이 보이고 있으므로 그것은 430년대 이후에 축조되었다고 이해하는 것이 좋지 않을까 한다. 대략 그 시

---

154 通典曰 觱篥本名悲篥 出於胡中 其聲悲 …… 樂府雜錄曰 觱篥者 本龜玆國樂也 亦名悲篥 有類於笳也(『太平御覽』권584 樂部22 觱篥).

155 霍旭初, 1994 앞 책, 233쪽

156 疎勒安國高麗 並起自後魏平馮氏 及通西域得其伎也(『樂書』권158 樂圖論 胡部 安國).

157 燕王遣使入貢于魏 請送侍子 魏主不許 將擧兵討之 遣使來告諭. 夏四月 魏攻燕白狼城 克之. 王遣將葛盧孟光將衆數萬 隨陽伊至和龍 迎燕王. 葛盧孟光入城 命軍脫弊褐 取燕武庫精仗以給之 大掠城中. 五月 燕王率龍城見戶東徙 焚宮殿 火一旬不滅 令婦人被甲居中 陽伊等勒精兵居外 葛盧孟光帥騎殿後 方軌而進 前後八十餘里. 魏主聞之 遣散騎常侍封撥來令送燕王. 王遣使入魏奉表 稱當與馮弘 俱奉王化. 魏主以王違詔 議擊之. 將發隴右騎卒 劉絜·樂平王丕等諫之 乃止(『三國史記』高句麗本紀第6 長壽王 24년).

기를 5세기 중엽으로 보면 무난할 것이다.[158] 장천1호분에서 서역 구자국의 악기인 5현비파와 필률을 부는 악사가 보인다는 사실은 서역 계통의 음악이 북위를 거쳐 고구려에 전래되었음을 반증해주는 구체적인 증거일 뿐만 아니라 서역지방에서 유래된 백희잡기 역시 북위와 남북조를 거쳐 지속적으로 고구려에 전래되었음을 시사해주는 일측면으로 주목된다.

일본의 『신서고악도』에 고비인이 말을 끌고 있는 모습의 '入馬腹舞'가 보인다. 이것은 어린아이가 말의 항문으로 들어갔다가 춤추면서 말의 입으로 나오는 환술이다.[159] 일본에서도 서역계의 인물들이 馬戲를 공연하였음을 입증해주는 중요한 증거다. 장천1호분 백희기악도의 서역계 인물들 역시 중국을 통해서 고구려로 흘러들어 오거나 초원길을 통하여 서역에서 고구려로 직접 들어와서 馬上才를 연기하였음이 분명해 보인다.[160] 중국의 사례를 참조할 때, 그들은 여기저기 떠돌아다니며 여러 가지 백희잡기를 공연하였을 가능성도 상정해볼 수 있고, 그 가운데 일부는 일본에까지 건너간 것으로 추정되기도 한다. 고구려의 가무나 음악에서 서역 계통의 춤과 음악, 그리고 악기들이 중심을 이루고 있는 측면도 이와 무관치 않아 보인다.[161]

5~6세기의 신라 고분에서 裝飾寶劍, 象嵌琉璃玉 목걸이, 다양한 琉璃容器 등 이른바 서역계 물품이 다수 출토되었다. 이와 더불어 경주에서 노래하고 연주하는 2명의 서역인을 묘사한 토우와 일자로 쭉 뻗어 있는 커다란 코와 깊은 눈을

---

158 전호태, 2000 앞 책, 417쪽 〈표 10 고구려 벽화고분 편년 시안〉 참조.
159 正宗敦夫編纂, 『信西古樂圖』(日本古典刊行會, 1927); 박전열, 1996 앞 논문, 192~193쪽. 이밖에 『신서고악도』에는 서역계 인물이 飮刀子舞, 吐火, 抑肩倒立, 弄劍을 공연하는 그림이 보이고, 또 여기에 나오는 四人重立, 弄玉을 공연한 환인 역시 서역 계통의 인물일 가능성이 높다.
160 전경욱, 2004 앞 책, 111~112쪽.
161 이에 대해서는 뒤에서 자세하게 언급할 예정이다.

가진 전형적인 胡人(남편)을 묘사한 夫婦像土偶가 발견되었다.[162] 또한 최근에 월성 해자에서 6세기에 제작되었다고 추정되는 터번을 머리에 두르고, 허리가 잘록해 보이는 페르시아풍의 호복을 입은 소그드인 모습의 토우가 조사되었다.[163] 서역인이 5~6세기에 신라에 來往하였음을 이러한 토우들을 통하여 유추할 수 있다.

그림 9 노래하고 연주하는 서역인 토우(호림박물관 소장)

1987년에 경주시 황성동 524-1번지에 위치한 석실분을 발굴 조사하였는데, 이를 흔히 황성동 석실분이라고 부르며, 7세기 중·후반에 축조한 것으로 이해되고 있다.[164] 여기에서 胡人像을 비롯한 토용 여러 점이 발견되었다. 胡人俑은 뾰족한 모자를 쓰고 좁은 소매가 달린 團領袍와 바지를 입고 장화를 신고 있다. 투르판의 8세기 아스타나(Astana) 고분에서 胡人像과 胡人의 頭像이 발견되었다. 황성동 석실분에서 출토된 호인용과 마찬가지로 둘 다 모두 뾰족하게 솟은 모자를 쓰고 검은 콧수염이 있으며, 깊은 눈과 높은 코를 가졌는데, 모두 소그드인으로 알려졌다. 황성동 석실분에서 출토된 토용 역시 소그드인으로 보

그림 10 황성동 석실분 출토 토용(국립경주박물관 소장)

---

162 김인희, 2013「신라 토우장식장경호와 동오(東吳) 혼병(魂甁)을 통해 본 동중국해 사단항로 개척시기」, 『동아시아고대학』32, 224쪽.

163 「월성해자에서 나온 다양한 모양의 토우」, 연합뉴스, 2017년 5월 16일.

164 국립경주박물관·경주시, 1993 『경주 황성동 석실분』; 김대환, 2006「신라 왕경 고분의 분포와 체계 변화」, 『신라문화제학술논문집』27, 210~211쪽.

이며, 짧은 머리에 머리띠를 두르고 턱수염이 있는 深目高鼻의 괘릉 석인상 역시 소그드인과 관련이 있다고 추정된다.[165] 황성동 석실분 출토 胡人俑, 괘릉의 석인상은 7세기 중·후반 이래 신라에 서역인이 들어와 활동하였음을 짐작케 해주는 귀중한 자료이다.

현재 신라에 들어온 서역인들이 잠시 머물다가 다른 나라로 이동하였는지, 아니면 계속 신라에 머물렀는지에 대해서는 확인하기 어렵지만, 5~6세기 신라로 들어온 서역인들은 고구려 장천1호분 백희기악도에 보이는 서역인들과 마찬가지로 유랑악단의 일원으로서 신라에서 일정 기간 동안 공연하고, 그 이후에 다른 나라로 이동하였을 가능성이 높다고 보인다. 통일신라에서 서역계의 인물들이 백희잡기를 공연하였다는 구체적인 증거는 없다. 그러나 최치원이 지은 향악잡영에 서역 계통의 가무나 백희잡기를 묘사한 내용이 보이고, 이슬람계통의 문헌에 아랍인들이 신라에 거주하였음을 시사해주는 기록도 발견된다.[166] 기존의 연구에 따르면, 중국 동남해안지역에 무슬림들이 집단적으로 거주하였다고 한다.[167] 828년(흥덕왕 3) 장보고가 청해진을 설치한 이래 한반도와 일본, 중국 동남해안지역을 연결하는 무역로, 즉 남부 斜斷航路를 통하여[168] 해상무역이 활발하게 전개되었음은 널리 알려진 사실이다. 따라서 9세기 후반에 중국 동남해안지역에 정착한 무슬림들이 남부 횡단항로를 이용하여 신라에 진출하였고, 이들에 관한 내용이 이슬람문헌에 실렸을 가능성을 충분히 고려해볼 수 있다.[169] 게다가

---

165 김용문, 2006 「신 출토자료에 보이는 소그드 복식」, 『실크로드의 삶과 문화』, 사계절.
166 무함마드 깐수(정수일), 1992 『신라·서역교류사』, 단국대학교 출판부, 316쪽.
167 이희수, 1997 「이슬람교의 中國轉入과 회족공동체의 태동」, 『민족과 문화』5, 한양대 민족학연구소, 95~99쪽.
168 남부 사단항로는 나주의 會津에서 출발하여 흑산도를 거쳐 黑水洋을 지나 長江(양자강) 또는 折江 하구에 도착하는 루트를 가리킨다. 이 항로는 신라 하대에 이르러 널리 활용되었다고 이해하고 있다(권덕영, 1997 『고대한중외교사-遣唐使研究-』, 일조각, 204~205쪽).
169 김창석, 2006 「8~10세기 이슬람 제종족의 신라 來往과 그 배경」, 『한국고대사연구』44,

이색의 驅儺行이란 시에 고려시대에 서역에서 온 胡人들이 백희를 공연하였음을 시사해주는 구절이 보이고 있다. 또한 당대에 서역의 음악을 대표하던 安國伎, 高昌伎, 天竺伎가 고려에 존재했음이 확인되고 있다.[170] 이러한 여러 자료들을 참고할 때, 통일신라시대에도 서역 계통의 인물들이 백희잡기와 가무희를 연기했다고 볼 수 있을 것이다.

2. 서역음악의 전래

1) 서역가무의 전래

西域의 歌舞와 樂器가 고구려에 전래되었음은 앞에서 자세하게 살폈다.[171] 신라에도 서역의 가무와 악기가 전래되었는데, 崔致遠이 당대에 유행한 歌舞를 감상하고 지은 鄕樂雜詠 5首를 통해서 이것을 입증할 수 있다. 5수의 제목은 金丸, 月顚, 大面, 束毒, 狻猊이다. 먼저 金丸은 금색의 공을 가지고 재주를 부리는 곡예를 가리킨다. 이러한 곡예는 고구려의 고분벽화에 보이고,[172] 백제에서는 이를

113~116쪽.

『삼국유사』 권제2 기이제2 처용랑·망해사조에 헌강왕이 울산지역에 행차하였을 때에 처용을 만났다는 설화가 전한다. 조선시대의 『악학궤범』에서 그를 '넓은 이마, 무성한 눈썹, 우그러진 귀, 붉은 모양의 얼굴, 우뚝 솟은 코, 앞으로 튀어나온 턱, 앞으로 기울어진 어깨를 지닌 인물'로 묘사하였는데, 이에서 처용을 서역 계통의 인물로 인식하였음을 엿볼 수 있다. 실제로 기존에 처용을 唐代에 중국에서 신라로 온 이슬람계 인물로 이해한 견해가 제기되기도 하였다(이용범, 1969 「처용설화의 일고찰-唐代 이슬람상인과 신라-」, 『진단학보』32, 31~34쪽).

170 이에 대한 자세한 내용은 3장에서 자세하게 살필 예정이다.

171 이혜구, 1955 앞 논문: 1996 앞 책.

172 약수리고분벽화, 팔청리고분벽화, 수산리고분벽화에 여러 개의 공과 막대기를 번갈아 던

弄珠之戲, 대가야에서는 寶伎라고 불렸다. 고대 일본의 高麗樂 가운데 埴破가 이와 비슷한 歌舞에 해당한다. 이것을 一名 金玉舞, 또는 登玉舞, 弄玉, 五持舞라고 불렸으며, 음악의 반주에 맞추어 진흙으로 만든 玉丸을 가지고 재주를 부리는 곡예를 말한다. 식파는 삼국 가운데 어느 나라에서 전래되었는가를 정확하게 알 수 없다. 중국에서는 공을 가지고 재주를 부리는 곡예를 跳丸 또는 弄丸이라고 불렸다.[173] 물론 서역에서도 弄丸이 유행하였지만, 신라의 금환이 서역에서 직접 전래되었는가의 여부는 확실치 않다. 중국에서 전래되었을 가능성도 충분히 인정되기 때문이다.

月顚은 서역의 一國이었던 于闐(Khotan)을 가리키는 것으로, 束毒은 오늘날 우즈베키스탄의 타슈켄트와 사마르칸트에 위치한 粟特(Sogdiana)지역을 가리키는 것으로 이해한다. 따라서 월전과 속독은 모두 서역에서 유래되어 신라에 전해진 가무라고 볼 수 있다.[174] 우전국에서 전래된 월전은 대체로 가면을 쓴 경솔한 胡人이 酒席에서 술에 취하여 우스운 소리와 몸짓을 하는 輕喜劇이라고 이해하고 있다. 월전과 유사한 가무로 추정되는 것이 고대 일본 高麗樂의 하나인 胡德樂이다. 그런데 이것은 본래 唐樂이었다가 고려악으로 改作한 것에 해당한다. 이러한 음악을 渡物이라고 부른다. 『教訓抄』上 卷第5 高麗曲物語 壹越調曲 胡德樂條에 '본곡은 橫笛(唐樂)의 음악인데, 承和 연간(834~847년)에 勅令에 의하여 高麗笛(高麗樂)으로 常世가 改作하였다.'고 전하고 있다. 호덕악을 고려악으로 改作하기 이전에 코가 흔들리는 가면을 착용하였기 때문에 偏鼻胡德 또는 反鼻胡德이라고도 불렸다. 호덕악은 코가 긴 붉은 가면을 쓴 胡人 4인이 襲裝束을 착용하고 춤을 추며, 이밖에 무대에 唐冠과 雜面을 착용하고 笏

져 올리며 받는 곡예 모습이 보이고, 장천1호분 백희기악도에 弄丸이 보인다.
173 埴破에 대해서는 2부에게 자세하게 살필 예정이다.
174 이두현, 1959 앞 논문.

을 가진 勸盃, 즉 술을 권하는 사
람과 腫面을 착용하고 왼손에 잔,
오른손에 술병을 든 甁子取(술병
을 들고 있는 從子)가 등장한다. 主
客이 서로 술을 권하는 사이에 甁
子取가 몰래 술을 먹고 취해서 우
스꽝스러운 행동을 한다는 내용
의 滑稽 소작이다.[175]

그림 11 『악가록』에 전하는 胡德樂 가면

한편 胡人이 술에 취하여 공연을 하는 또 하나
의 舞樂이 唐樂 胡飮酒이다. 이것은 당나라 醉胡
子와 동일한 舞曲으로서 『敎訓抄』上 卷第4에 班
蠡(はんれい)가 제작한 것으로서 '胡國王(또는 胡
國人)이 술에 취하여 춤을 추는 모습을 보고 그것
을 모방하여 만들었다.'고 전하고, 또 '어떤 기록
에는 仁明天皇 承和 年間(834~848)에 춤은 大戶
眞繩이, 樂은 大戶淸上이 지었다.'고 전한다. 아
마도 후자는 호음주를 개작한 사실을 전하는 것
으로 봄이 옳을 듯싶다. 호음주에서 호국인이 술
에 취하여 춤을 출 때, 왼손에 酒杓를 상징하는
桴(북채)를 들었다고 한다.

그런데 호음주는 1인무이다. 반면에 최치원
은 월전에 대하여 '어깨를 높이고 목을 움츠리고

그림 12 『신서고악도』에 전하는
호음주

---

175 (財)古代學協會·古代學硏究所編, 1994a『平安時代史事典(上卷)』, 角川書店, 914쪽; 東儀
信太郎 등, 1998『雅樂事典』, 音樂之友社, 159~160쪽.

머리털은 뺏뺏(肩高項縮髮崔嵬), 팔소매를 걷은 군유가 술잔을 다툰다(攘臂群儒鬪酒盃).'라고 묘사하였다. 머리털을 뺏뺏하게 세운 사람들이 술잔을 다투며 여러 가지 익살스러운 행동을 하는 가무희임을 짐작할 수 있다. 여기서 공연을 하는 사람들은 胡人의 가면을 착용하였을 텐데, 머리털이 뺏뺏한 것은 호음주의 그것과 유사한 면이 보인다. 그러나 호음주가 1인무이기 때문에 群舞인 월전을 호음주와 유사한 가무로 보기는 어려울 듯싶다. 반면에 호덕악은 여러 명이 무대에 등장하여 술을 마시면서 우스꽝스러운 행동을 하는 가무로서 월전과 통한다. 다만 『악가록』에 전하는 호덕악 가면에 머리털이 보이지 않기 때문에 그것을 연주하는 舞人의 머리털이 뺏뺏하였는가의 여부는 확인할 수 없다. 호덕악과 호음주는 모두 唐樂이고, 더구나 후자는 736년(天平 8) 林邑國(현재의 베트남과 캄보디아 지방)의 승려 佛哲이 전해준 舞樂의 하나로 알려졌다. 월전은 우전국에서 직·간접으로 신라에 전래된 가무이고, 호덕악과 호음주는 서역에서 唐이나 林邑國에 전해졌다가 다시 일본에 전해진 것이다. 비록 호덕악과 호음주는 신라에서 일본에 전래된 舞樂은 아니지만, 월전과 호덕악, 호음주 모두가 서역에서 전래되고 舞人이 술에 취하여 춤을 추고 우스꽝스러운 행동을 하는 가무희라는 점이 공통적이다. 특히 월전과 호덕악은 群舞라는 공통점까지 지녀 월전의 원형을 추적할 때, 크게 참고가 된다.[176]

束毒은 일반적으로 일본에 전해진 舞樂 가운데 高麗樂(右方樂)의 走禿·走德·宿德과 같은 계통의 가무로 이해되고 있다.[177] 참고로 일본 舞樂에서 進走禿(走德·宿德)은 若舞(젊은 사람이 추는 춤), 退走禿(走德·宿德)은 老舞이며, 6인이 춤을 추는 형식이다. 신라의 속독에 대하여 대체로 4~6인의 群舞이고, 서역 계통의 胡騰舞

---

176 이혜구, 1967 『한국음악서설』, 서울대학교출판부, 59쪽에서 월전과 호덕악, 호음주, 당악의 酒胡子(또는 醉公子, 醉胡子)가 모두 동일 계통의 舞曲이라고 주장하여 참고된다.

177 印南高一, 1944 『朝鮮の演劇』, 北光書房에서 走禿, 走德, 宿德, 宿禿을 '束毒'의 轉寫라고 이해한 이래, 대부분의 학자들이 이에 동의하였다.

그림 13 『악가록』에 전하는 진숙덕 가면　　　　**그림 14** 『악가록』에 전하는 퇴숙덕 가면

와 연결시켜 이해하며, 종래에 이를 파란 얼굴에 쑥대머리를 한 주연자가 연회의 일행을 이끌고 뜰로 나와서 북장단에 맞추어 우아하고 느릿한 춤을 추다가 점점 동작을 빨리하여 아주 활발한 춤을 계속 추는 것으로 보기도 하였다.[178] 『樂家錄』에 전하는 퇴·진숙덕의 가면을 보면, 高鼻를 지닌 서역인의 형상을 하고 있어서 그것들이 서역에서 유래되어 전래된 가무임을 짐작케 한다. 그것의 구체적인 전래과정에 대해서는 다음 장에서 자세하게 살필 예정이다.

　향악잡영의 5首 가운데 하나인 狻猊는 獅子의 異稱인데, 결국 그것은 최치원이 사자춤을 보고 지은 詩를 가리킨다. 본래 중국의 중원지방에서는 사자가 살지 않는다. 한나라 때 張騫 일행이 서역과 통한 이후에 서역의 여러 나라에서 獅子를 獻上하였고, 그 후 비로소 중국에 사자의 존재가 널리 알려졌다. 그런데 이

---

178 양재연, 1978 「대면희고」, 『국문학연구산고』, 일신사, 196~209쪽.

때 사자춤이 함께 중원에 전래된 것은 아니었다. 890년 전후에 段安節이 지은 『樂府雜錄』에 五方獅子는 龜玆에서 長安으로 전래되었고, 사자춤을 출 때 사용되는 반주악기는 篳篥, 笛, 拍板, 四色鼓, 拍鼓, 羯鼓, 鸡婁鼓 등 구자의 악기가 주류를 이루었다고 전하며, 또한 최초 당나라 장안에서 사자춤을 공연할 때에 獅子郎은 모두 龜玆人이었다고 한다.[179] 吐魯番 阿斯塔那墓에서 2인이 사자탈을 쓴 모습의 獅子泥俑이 발견되었다. 서역에서 사자춤을 널리 추었음을 알려주는 증거의 하나다. 이러한 이유 때문에 唐代에 오방사자무는 龜玆部에 편제하였던 것이다. 대체로 사자춤은 페르시아나 중앙아시아에서 구자를 경유하여 중원에 전해진 것으로 이해한다.

향악잡영 5수 가운데 마지막으로 大面이란 시를 번역하면 다음과 같다.

> 황금빛 얼굴색이 바로 그 사람인데
> 구슬채찍 손에 들고 귀신을 부리네
> 빠른 걸음 느린 달음질, 우아한 춤 드러나니
> 마치 붉은 봉새가 태평성대에 춤추는 것 같구나

당나라 최영흠이 지은 『교방기』에서 대면을 다음과 같이 설명하였다.

> 大面은 北齊에서 나온 것이다. 蘭陵王 長恭은 성격이 대담하고 용감하였으나 생김새가 부인과 같아 스스로 적군을 위압할 수 없다고 여기고는 곧 나무를 깎아 가면을 만들어 가지고 陣地에 나가서는 그것을 썼다. 그래서 이 놀이가 이루어졌고, 또 가곡으로도 불렸다.[180]

---

179 王嶸, 1999 앞 책, 80쪽.
180 大面 出北齊蘭陵王長恭 性膽勇而貌婦人 自嫌不足以威敵 乃刻木為假面 臨陣著之. 因為

大面은 代面이라고도 표기하는데, 북제시대에 난릉왕 고사와 결합되면서부터 난릉왕이라고 부르는 것이 일반적이다. 『구당서』음악지에는 난릉왕 장공이 가면을 쓰고 周나라 군대를 金墉城 아래에서 물리쳤고, 제나라 사람들이 그를 기리기 위하여 춤을 만들어 그가 군사를 지휘하며 적을 치고 찌르는 형용을 나타냈으니, 그것

그림 15 吐魯番 阿那塔墓에서 출토된 蘭陵王像

을 蘭陵王入陣曲이라고 불렀다고 전한다.[181] 한편 『樂府雜錄』 鼓架部에서는 '난릉왕이 자색 옷을 입고, 금띠를 둘렀으며, 채찍을 들었다.'라고 밝혔다.[182] 이상의 여러 기록들을 참조할 때, 중국의 대면, 즉 난릉왕은 자색을 입고 금띠를 두른 사람이 가면을 쓰고 채찍을 들은 다음, 여러 부하들을 지휘하며 적을 무찌르는 모습을 기본으로 하는 가무극이었다고 볼 수 있다.

난릉왕설화는 분명히 중원의 故事이다. 원래 大面 또는 代面은 가면을 지칭하는 용어였다. 서역 구자국에서 자주 공연한 蘇莫遮라는 가무희에서 혹은 짐승의 얼

此戲 亦入歌曲(『敎坊記』大面).

181 代面 出於北齊. 北齊蘭陵王長恭 才武而面美 常著假面以對敵. 嘗擊周師金墉城下 勇冠三軍. 齊人壯之 爲此舞以效其指麾擊刺之容 謂之蘭陵王入陣曲(『舊唐書』卷29 志第9 音樂2).

182 戲有代面 始自北齊神武弟 有膽勇 善鬪戰 以其顏貌無威 每入陣卽著面具 後乃百戰百勝. 戲者衣紫腰金執鞭也(『樂府雜錄』鼓架部).
    이상 난릉왕과 관련된 내용은 김학주, 2001 앞 책, 189~190쪽을 참조하였다.

굴, 혹은 귀신의 형상을 본뜬 것 등 임시로 여러 가지 가면을 만들어 썼는데, 이러한 것들은 중국의 大面, 撥頭, 渾脫과 같은 종류의 가무희라는 기록이 전한다.[183] 북제에서는 龜茲의 가면을 쓰고 공연하는 가무희의 형식에 난릉왕설화를 假借하여 또 다른 가무희를 창작한 것으로 볼 수 있다. 중국에서 재창작된 난릉왕은 일본에까지 전해져서 舞樂 가운데 左方舞(唐樂)의 하나로서 후대까지 전승되었다.

앞에서 인용한 최치원의 大面이란 시에서 그것을 연희하는 사람의 모습을 황금색 얼굴이고 채찍을 들고 귀신을 부리고 있는 것으로 묘사하였다. 隋나라 薛道衡이 지은 '和許給事善心戱場轉韻詩'에 '龜茲曲에 맞추어 오랑캐 춤을 추네, 쓰고 있는 假面은 금은으로 장식했네'라는 표현이 보인다.[184] 대면에서 가무를 연희하는 자의 가면은 황금색일 가능성을 시사해주는 자료이다. 대면에서 가면을 쓰고 연희하는 자의 형상은 난릉왕의 그것과 유사하다고 볼 수 있는 여지가 전혀 없는 것은 아니다. 그러나 문제는 난릉왕은 군사를 지휘하며 적을 무찌르는 내용이 중심인 것에 비하여 신라의 대면은 귀신을 放逐하는 驅儺舞와 관련이 깊다는 사실이다. 이것은 신라의 대면을 난릉왕과 직접 연결시키기 어려운 대목이라 하겠다. 도리어 신라의 대면과 유사한 성격의 가무희는 일본에서 찾을 수 있다.

일본의 舞樂 가운데 右方樂(高麗樂)의 하나로 納蘇利(또는 納曾利:なそり)가 있다. 이것은 一名 雙龍舞이며, 雌雄의 용이 서로 즐겁게 노는 상태를 形容한 것으

183　蘇莫遮 西戎胡語也. 正云颯麿遮. 此戱本出西龜茲國 至今猶有此曲 此國渾脫大面撥豆之類也. 或作獸面 或象鬼神 假作種種面具形狀 或以泥水霑灑行人 或持罥索搭鉤捉人爲戱. 每年七月初公行此戱 七日乃停. 土俗相傳云 常以此法 攘厭駈趁羅刹惡鬼 食啗人民之災也(『一切經音義』卷41「大乘理趣六波羅蜜多經音義」).

184　羌笛隴頭吟 胡舞龜茲曲 假面飾金銀 盛服搖珠玉 宵深戱未闌 競爲人所謔 臥馳飛玉勒 立騎前銀鞍 縱橫旣躍劍 揮霍復跳丸 抑揚百獸舞 盤跚五禽戱 狻猊弄斑足 巨象垂長鼻 青羊跪復跳 白馬回旋馳 忽見羅浮起(『文苑英華』卷213 音樂2).
　　霍旭初, 1994 앞 책, 270쪽.

로 알려졌다.[185] 역시 가면을 쓰고 공
연하는 가무희로서 그것은 긴 이빨이
있는 무서운 짐승 모양이며 紺青, 綠
青의 두 가지 색이 있고, 연희자는 북
채〔桴〕를 들고 있다. 일반적으로 納蘇
利는 신라의 지명에서 유래된 것으로
보고 있다.[186] 무악 가운데 고려악의
하나이고, 신라의 지명에서 그 명칭이
유래하였다고 한다면, 納蘇利는 신라
에서 일본에 전해진 가무희라고 볼 수
밖에 없다. 그런데 흥미로운 사실은
納蘇利가 左方樂 羅陵王(蘭陵王)의 番
舞라는 점이다. 번무란 좌우악이 서

그림 16 『악가록』에 전하는 納蘇利(納曾利) 가면

로 互奏하여 짝을 이루는 것으로서 좌방이 먼저 추고, 우방이 나중에 추었다. 그
런 까닭에 좌방에 대하여 우방을 答舞라고 부르기도 한다. 번무는 대체로 서로
관련이 있는 무곡끼리 짝지워져 표리일체를 이루는 경우가 많은데, 納蘇利 역시
나릉왕과 그러하였기 때문에 서로 번무가 되었을 것이다.[187]

　나릉왕은 736년 8월에 林邑國의 승려 佛哲이 일본에 건너가 전해준 것 가운
데 하나다.[188] 이것은 나릉왕이 한반도를 거쳐 일본에 전해진 舞曲이 아니었음

185　한편 1인의 무인이 춤을 추는 것을 落蹲이라고 부른다(大槻如電, 1927 앞 책, 83쪽).
186　河竹繁俊著·이응수역, 2001 앞 책, 137쪽.
　　　한편 納曾利 또는 納蘇利(なそり)를 한국어 나(儺의 뜻), 소리(歌의 뜻)의 音讀으로 보는
　　　견해도 있다(이혜구, 1967 「納曾利考」, 『韓國音樂序說』, 서울대학교출판부, 35쪽).
187　이혜구, 위 논문, 39~41쪽.
188　河竹繁俊著·이응수역, 2001 앞 책, 98쪽.

그림 17 『악가록』에 전하는 나릉왕 가면

을 시사해주는 것이다. 그러나 그것의 番舞인 納蘇利는 한반도에서 전래된 것이다. 일본인들은 納蘇利가 나릉왕과 거의 동질적인 성격의 舞樂이기 때문에 그 둘을 番舞로 지정했다고 보인다. 이에서 納蘇利는 중국이나 일본의 난릉왕과 유사한 형식의 가무임을 추론할 수 있고, 그러한 형식의 가무를 신라에서 찾는다면 大面 밖에 없다. 결과적으로 신라에서 널리 공연된 구나무의 하나인 大面이 일본에 전래되어 納蘇利라고 불렀고, 그것이 후에 일본에 전해진 나릉왕의 番舞가 된 것으로 정리할 수 있을 것이다. 이러한 측면에서 納蘇利를 驅儺舞의 일종이라고 이해한 견해는 주목된다고 하겠다.[189]

신라의 대면이 일본 고려악의 하나인 納蘇利와 관련이 깊다고 할 때, 대면이 신라와 일본에 전래된 과정에 대하여 다음의 두 가지를 생각해볼 수 있다. 하나는 신라인들이 가면무희로서 중국에서 난릉왕을 받아들였으면서도 그것을 驅儺舞로 변형시켜 나름대로 재창조한 다음, 다시 그것을 일본에 전해주어 우방악의 하나인 納蘇利가 되었다고 보는 것이다. 또 다른 하나는 신라가 직접 또는 고구려 등을 거쳐 西域 龜茲地域에서 設行된 가면극을 수용하여 일본에 전해주었다고 보는 것이다. 만약에 전자의 추론이 맞는다고 한다면, 채찍을 들고 군사들을

---

189 종래에 龜茲地域의 驅儺舞인 大面이 중국에 들어와 난릉왕전설과 결합하여 난릉왕이라는 가무희로 재창조되고, 이것이 한국에 다시 영향을 미쳐 대면희와 劍舞, 구나적 성격의 處容舞가 성립되는 결정적인 계기가 되었을 것으로 이해하기도 하였다(이두현, 1992『한국의 가면극』, 일지사, 62~63쪽).

지휘하며 적을 무찌르는 용감한 난릉왕의 이미지가 신라에서는 모든 악귀를 驅逐하는 辟邪의 이미지로 전화되어 이해되었다고 보아야 한다. 현재 어느 추론이 맞는다고 단정하기 곤란하지만, 서역에 존재한 국가나 지역을 가리키는 月顚, 束毒을 가무희의 명칭으로 그대로 사용한 점, 중국의 난릉왕과 신라 대면의 내용에 약간 차이가 있는 점 등을 미루어 본다면, 후자의 추론에 더 높은 점수를 주고 싶다.

대면과 비슷한 사례는 서역에서 유래하여 중국에서 널리 성행한 蘇莫遮라는 가무희를 신라와 고구려에서 수용한 것에서도 찾을 수 있다. 고구려에서는 소막차를 수용한 무악을 吉簡이라고 불렀고, 신라에서는 蘇志摩利라고 불렀다. 두 무악은 고구려와 신라에서 일본에 전해져서 고려악곡의 하나로 정립되었다. 이밖에 일본 고대 고려악 가운데 서역에서 전래된 가무로서 長保樂과 歸德侯, 崑崙八仙, 地久 등을 들 수 있다. 이들 고려악곡에 대해서는 2부에서 자세하게 고찰할 예정이다.

2) 서역악기의 전래

앞에서 백희잡기와 가무의 공연에 반드시 음악 반주가 뒤따랐다고 언급하였다. 후한대까지 백희잡기와 가무의 伴奏樂器들을 살펴보면, 중국계통의 악기, 즉 琴과 瑟, 排簫, 塤, 竽, 建鼓, 笙 등이 중심을 이루고 있었다. 그러나 앞에서 살펴보았듯이. 위진남북조시대에 산악백희와 가무를 공연할 때에 완함이나 비파(4현과 5현비파), 공후 등이 추가되었음을 확인할 수 있다.

수나라의 七部伎 또는 九部伎에서 國伎(西涼伎)라고 명명된 것은 前秦에서는 秦漢伎, 북위와 북주에서는 國伎, 수·당대에는 西涼伎라고 불렀다. 383년에 前秦의 呂光이 符堅의 명으로 龜茲 등의 서역제국을 정복했을 때에 구자음악과 무용이 중원에 전래되었고, 그것에다가 전래의 중원음악을 결합하여 秦漢伎를 만들었으며, 그것이 수·당대의 서량기로 계승된 것이다. 그런데 서량기의 악대 편성을 보면, 鐘, 磬, 琴, 瑟, 擊琴, 琵琶, 箜篌, 筑, 箏, 節, 鼓, 笙, 笛, 簫, 簾塤 등 15종이다. 기본적으로 구자악기를 기초로 하고, 여기에 鐘, 磬, 箏 등이 추가된 것에 가깝다.[190] 서량기와 구자악에 공통적으로 들어가는 악기 가운데 비파와 篳篥이 주목된다. 왜냐하면 두 악기는 모두 인도와 서아시아에서 유래된 악기이기 때문이다.[191] 장천1호분의 고분벽화에 5현비파와 필률이 보이며, 그것은 수·당대 고구려음악의 필수적인 악기로 알려졌다.[192] 예를 들면 隋·唐代 七部伎, 九部伎, 十部伎의 하나인 高麗伎에 사용된 악기 가운데 臥箜篌와 竪箜篌, 그리고 비파(4현), 五絃(비파), 篳篥이 들어 있는 것에서 그 증거를 찾을 수 있다.

　5현비파는 서역 新疆省 쿠처지방의 키질벽화에 이른 시기부터 등장하며,[193] 수·당대에 중국에서 널리 사용되다가 이후 宋代에 중국에서 자취가 사라진 악기다.[194] 우리나라에서는 조선 초기의 악서『樂學軌範』에 향비파로 소개되어 있고, 『고려사』악지 속악조에서 비파를 소개하였는데, 5줄이라고 하였다.[195] 반면에 당악조에서 소개한 비파는 4현이라고 언급하였다.[196] 고려시대에 5현비파를 속악조

---

190 구자악의 악기 편성은 竪箜篌 琵琶 五絃 笙 笛 簫 篳篥 毛員鼓 都曇鼓 荅臘鼓 腰鼓 羯鼓 雞婁鼓 銅拔 貝 등 15종이다(霍旭初, 1994 앞 책, 194~195쪽).

191 인도계의 대표적인 악기로서 弓形箜篌, 5현비파와 각종 鼓樂을 들 수 있고, 서아시아계통의 악기로는 竪箜篌와 曲頸琵琶, 竪笛, 약간의 鼓樂을 들 수 있다(霍旭初, 위 책, 76쪽). 인도와 서아시아의 악기들은 서역제국을 통하여 중국에 전래되었다.

192 송방송, 1985「장천1호분의 음악사학적 점검」,『한국고대음악사연구』, 일지사.

193 4세기에 조성된 키질 제38굴의 天宮伎樂圖와 說法圖에 오현비파를 연주하는 天宮伎와 伎樂天人이 보이고 있다(中國音樂大系總編輯部, 1996 앞 책, 35~42쪽).

194 趙維平, 2002 앞 논문, 802쪽.

195 玄琴〈絃六〉琵琶〈絃五〉…… 觱篥〈孔七〉中笒〈孔十三〉小笒〈孔七〉拍〈六枚〉(『高麗史』卷71 志第25 樂2 俗樂).

196 方響〈鐵十六〉洞簫〈孔八〉笛〈孔八〉觱篥〈孔九〉琵琶〈絃四〉牙箏〈絃七〉(위 책, 樂2 唐樂).
　향비파는 5현의 直頸이고, 당비파는 4현의 曲頸이다.

에서 언급한 것으로 보건대, 당시에도 그것을 향비파라고 불렀다고 보아도 좋을 것이다. 한편 신라시대의 비파에 대하여 다음과 같은 기록이 있다.

향비파는 당나라의 제도와 대동소이한 것으로 역시 신라에서 시작되었으나 다만 누가 만들었는지 알 수 없다(『三國史記』雜志第1 樂).

『고려사』에서 당비파와 향비파를 구분한 것으로 보건대, 여기에 언급된 향비파는 당나라제도와 다른 것으로 판단되며, 그것은 5현비파를 말한다고 보아도 좋을 듯싶다.[197] 다만 여기서 문제가 되는 것은 향비파를 신라에서 처음 만들었다고 언급한 부분에 관해서다. 4~6세기 신라고분에서 비파를 연주하는 토우가 여러 점 발견되었다.[198] 토우에 표현된 비파의 현은 정확하게 알 수 없으나 현재 눈으로 확인할 수 있는 것은 2개 내지 3개이다.[199] 그러면 과연 4~6세기의 고분에서 출토된 비파 연주 토우를 근거로 신라에서 향비파를 만들었다고 주장하는 것이 가능할까? 그런데 명심해야 할 사항은 4현이든 5현이든 비파는 서역에서 유래하여 중국에 전해지고, 다시 한반도에 전래된 것이라는 점이다.

일반적으로 4현과 5현비파가 중국에 전해진 계기는 전진시대에 呂光이 龜茲

---

197 참고로 감은사 전각형사리함, 비암사 계유명전씨 아미타삼존석상, 봉암사 지증대사적
     조탑, 실상사 백장암 삼층석탑, 상주악천인상, 녹유주악비천문 전돌 등의 통일신라시
     대의 유물에서 曲頸 4현비파(당비파)를 연주하는 모습이 확인된다(경북대학교 박물관,
     2002『우리 악기 보고듣기』, 36~45쪽). 이는 통일신라시기에 신라인들이 당비파를 향비
     파보다 더 널리 사용하였음을 시사해주는 측면으로 이해된다.
198 경북대학교 박물관, 위 책, 32쪽에서 국립경주박물관, 호림박물관, 동아대학교 박물관에
     서 소장하고 있는 3점을 소개하고 있다.
199 김성혜, 2006 앞 책, 152~156쪽.
     한편 김성혜선생은 국립경주박물관과 호림박물관에 소장된 신라 토우만을 고찰의 대상
     으로 삼고, 동아대학교 박물관 소장의 비파를 연주하는 가야토기는 그 진위가 의심되어
     서 대상에서 제외시켰다.

國을 정복한 것에서 찾고 있다.[200] 그 후 남북조시대에 두 종류의 비파가 음악 반주에 널리 사용되는 경향을 보인다. 5현비파는 중국을 거쳐 고구려에도 전해졌음은 장천1호분의 벽화를 통하여 확인할 수 있다. 물론 비파 등이 중국에서 신라에 직접 전래되었다고 볼 수 있지만, 그러나 6세기 전반까지 신라는 중국과 교통하기가 쉽지 않았다. 4세기 후반에 신라가 고구려의 도움을 받아 前秦과 2차례 통교한 것이 확인되고,[201] 그 후 법흥왕 8년(521)에 백제의 도움을 받아 양과 통교하였다.[202] 이러한 사정을 감안할 때, 5세기 중엽 이후에 중국이 아니라 고구려가 신라에 5현비파를 전해주었다고 봄이 가장 합리적일 것이다.

그렇다면 비파를 연주하는 토우는 어떻게 설명할 수 있을까 하는 문제가 남는다. 4~6세기의 고분에서 서역 계통의 여러 가지 유물들이 출토되었다. 그러한 물건들이 신라에 유입되었을 때 혹시 비파류의 악기, 예들 들면 완함이나 4현비파 등이 함께 전래되었을 가능성도 충분히 생각해볼 수 있다. 다른 한편으로 5세기 중엽 이후에 축조된 고분에서 그러한 토우들이 출토되었을 가능성도 상정해볼 수 있다. 아무튼 이 문제는 앞으로의 과제로 남겨두기로 한다. 다만 여기서 분명하게 강조하여 두고자 하는 사항은 이른바 향비파라고 부른 5현비파는 신라에서 처음 만들었다는 언급은 분명하게 잘못되었다는 사실이다.

5현비파는 일본에도 전래되었다. 『文獻通考』에 왜국의 악기로 五絃과 琴, 笛이 있다고 언급하였고,[203] 『信西古樂圖』에도 그것에 관한 그림이 전한다.[204] 그리고

---

200 趙維平, 2002 앞 논문.

201 신라가 377년과 382년에 고구려의 도움을 받아 前秦에 사신을 파견한 적이 있었다.

202 遣使於梁 貢方物(『三國史記』新羅本紀第4 法興王 8년).
　　魏時曰新盧 宋時曰新羅 或曰斯羅. 其國小 不能自通使聘. 普通二年 王姓募名秦始使 使隨百濟 奉獻方物(『梁書』新羅傳).

203 其樂有五絃琴笛. 每至正月一日 必射戲飮酒爲樂. 隋大業中 嘗遣裵世淸使其國. 其國王設儀仗鼓角歌舞迎之(『文獻通考』卷148 樂考21 夷部樂 東夷 倭國).

204 여기에 그려져 있는 5현비파는 曲頸의 모습이어서(正宗敦夫編纂, 『信西古樂圖』), 正倉院

일본 나라시 東大寺 正倉院에서 5현비파의 실물이 발견되었다.[205] 이러한 자료들은 서역에서부터 전래된 5현비파가 중국과 한반도를 거쳐 일본까지 전래되어 4현비파와 더불어 음악 반주의 악기로 널리 사용되었음을 알려주는 증거들이다.

필률, 즉 피리는 龜玆國에서 창조한 대표적인 악기로서[206] 4세기 무렵에 중원에 전해졌다고 한다.[207] 남북조와 수·당대에 필률은 서량악, 고창악, 소륵악, 고려악, 구자악 등의 중심 악기로 편성되었다. 장천1호분의 앞방 왼벽 고임부벽화에 피리를 부는 기악천이 보이므로 그것 역시 5세기 중엽 무렵에 고구려에 전래되었다고 볼 수 있다. 이후 고려(고구려)악의 악기에 대필률, 소필률, 桃皮篳篥이 편입된 것에서 그것이 고구려에서 널리 사용되었음을 유추해볼 수 있다. 『신당서』예악지에서 백제의 악기에 桃皮篳篥이 있다고 언급하였고,[208] 충남 부여에서 발견된 금동대향로에 縱笛을 부는 인물이 보인다. 백제에서도 縱笛, 즉 篳篥이 널리 사용되었음을 시사해주는 자료들이다.

『삼국사기』에서 唐笛을 모방하여 新羅三竹을 만들었다고 언급하고, 또 이어서 신라에서 기원한 鄕三竹을 소개하고 있다. 향삼죽은 일반적으로 고구려의 橫笛에서 그 기원을 구하고 있다.[209] 횡적은 분명하게 필률과 구분되는 악기다. 4~6세기의 신라고분에서 縱笛을 부는 토우가 발견되고,[210] 또 충남 연기군 비암사

에 소장되어 있는 직경의 5현비파와 차이를 보인다.

205 財團法人菊葉文化協會, 1993『正倉院』, 日本寫眞印刷株式會社, 8쪽.

206 通典日 篳篥本名悲篥 出於胡中 其聲悲 …… 樂府雜錄日 篳篥者 本龜玆國樂也 亦名悲篥 有類於笳也(『太平御覽』卷584 樂部22 篳篥).

207 霍旭初, 1994 앞 책, 233쪽.

208 中宗時 百濟樂工人亡散 岐王為太常卿 復奏置之 然音伎多闕. 舞者二人 紫大襃裙襦章甫冠 衣履 樂有箏笛桃皮觱篥箜篌歌而已(『新唐書』卷22 志第12 禮樂).

209 송방송, 2002「고려 삼죽의 기원과 전승 문제」,『한국중세사회의 음악문화』(고려시대편), 민속원, 240쪽.

210 경북대학교 박물관, 2002 앞 책, 33쪽에서 縱笛을 연주하는 토우 4점을 소개하였는데, 김성혜, 2006 앞 책, 164~185쪽에서 여기에 보이는 縱笛은 笳로 보인다고 주장하였다.

의 계유명전씨 아미타삼존불상, 경북 문경시 가은읍 희양산에 위치한 봉암사 지증대사적조탑, 통일신라의 주악천인문 암막새 등에 縱笛, 즉 필률을 부는 모습이 묘사되어 있는 것으로 보건대,[211] 신라에서도 縱笛이 악기로 널리 사용되었음이 분명하다고 하겠다. 한편『高麗史』에서 구멍이 7개인 필률은 악지 속악조에다 기술하고, 구멍이 9개인 것은 당악조에 소개하였다. 이것은 당시에 우리나라 고유의 필률과 당의 그것을 구분하였음을 반증하는 것이다.『樂學軌範』에서 향필률(八孔)은 唐制를 모방하여 만들었다고 언급하였고, 이밖에 細觱篥과 唐觱篥(九孔)도 소개하고 있다.[212] 조선시대에 필률을 향필률과 당필률로 구분한 사례를 참조할 때,『高麗史』俗樂條에 언급된 구멍이 7개인 것은 당시에 향필률이라고 불렀다고 보아도 좋지 않을까 한다.

일본에서 필률은 笛과 함께 舞樂의 右方樂, 즉 고려악의 반주악기로 널리 쓰였다.[213] 삼국의 음악이 일본에 전해졌을 때, 필률도 함께 전래되었음을 이를 통하여 추정해볼 수 있다. 필률과 비슷한 일본의 악기가 바로 莫目(또는 莫牟)인데,『歌儛品目』에서는 舞樂의 高麗部에서 사용된 악기라고 언급하였다.[214]『古事類苑』에서는 高麗百濟 二部에서 사용된 악기이며, 三韓, 즉 삼국에서 전래된 것이라고 하였다.[215] 이와 관련하여 종래에 막목을 수·당대 高麗伎와 백제의 악기 가운데 하나로 언급되는 桃皮觱篥과 동일한 것으로 이해한 견해가 주목된다.[216] 반면에 당에서 일본에 전래된 尺八, 즉 洞簫는 주로 唐樂의 반주악기로 사용되어

---

211 경북대학교 박물관, 2002 앞 책, 41~45쪽.

212 조선시대 향필률과 당필률에 대한 설명과 관련하여 張師勛, 1986『韓國樂器大觀』, 서울대학교출판부, 36~43쪽이 참조된다.

213 凡高麗樂爲笛觱篥之曲 因雖音取及調子 不用笙聲也. 絃用琵巴耳 不用箏和琴也(『樂家錄』卷13 第20 奏高麗曲音取及調子之法;『古事類苑』樂舞部第2册 樂舞24 樂器通載).

214『歌儛品目』卷3 八音起源 竹類 莫牟.

215『古事類苑』樂舞部第2册 樂舞31 莫目.

216 이진원, 1999「莫目의 문헌적 재검토」,『한국음악사학보』22.

삼국에서 전래된 필률, 막목과 대조를 이루었다.[217]

이밖에 서역 계통의 악기로 竪箜篌, 弓形箜篌, 여러 가지 종류의 鼓 등이 있지만, 여기서 이것들의 전래에 대하여 살피지 못하였다. 그리고 중국 계통의 악기, 예를 들면 칠현금 등이 우리나라에서 음악 반주에 널리 사용되었음은 물론이다. 여기서 그에 대하여 자세하게 논급하지 않을 것이다. 다만 서역 계통의 악기 가운데 서역에서부터 중국, 우리나라와 일본 등에서 널리 사용된 악기가 직경의 5현비파와 필률이기 때문에 두 종류의 악기 전래 과정을 집중적으로 설명하는 데에 그쳤다. 특히 서역악기인 5현비파가 당비파(曲頸, 4현)와 구분되어 鄕琵琶로 불린 점은 그것이 중국이나 일본보다 우리나라에서 널리 오랫동안 사용되었음을 시사해주는 측면으로 주목을 끄는 바다. 더구나 필률, 즉 피리 역시 우리 민족이 널리 애용하던 악기였음은 주지의 사실이다. 5현비파와 필률은 서역의 음악이 우리나라의 생활문화 속에 얼마나 많이 용해되어 있었는가를 대변해주는 유력한 증거자료로서 유의된다고 하겠다.

3. 삼국음악의 융합과 향악의 정립

1) 향악의 개념과 내용

'향악(鄕樂)'이란 용어가 산견되는 고대의 문헌은 『삼국사기』뿐이다. 먼저 잡지제1 악조에 '최치원의 시에 鄕樂雜詠 다섯 수가 있으므로 지금 여기에 기록한

---

217 『古事類苑』樂舞部第2冊 樂舞部32 尺八.
　　여기서 尺八(洞簫)은 唐初에 呂才가 만들었으며, 주로 당악의 반주악기로 사용되었다고 언급하였다.

다.'라고 언급한 다음, 그가 金丸, 月顚, 大面, 束毒과 狻猊 등의 향악을 감상하고 느낀 소감을 시로서 표현한 내용을 소개하였다. 열전제4 김인문조에 그가 '어려서 학문을 시작하여 儒家의 책을 많이 읽었고, 겸하여 장자와 노자, 불교의 책도 읽었으며, 또한 隸書와 활쏘기, 말타기, 鄕樂을 잘하였다.'라고 전하며, 마지막으로 열전제5 박제상조에 '이전에 미사흔이 돌아올 때, (눌지왕은) 6부에 명하여 멀리까지 나가 맞이하게 하였고, 만나게 되자 손을 잡고 서로 울었다. 마침 형제들이 술자리를 마련하고 마음껏 즐길 때, 왕은 노래와 춤을 지어 자신의 뜻을 나타냈는데, 지금 향악의 憂息曲이 그것이다.'라고 전한다. 이 가운데 첫 번째와 두 번째 자료는 신라시대 향악에 관한 사실을 전하는 것이지만, 세 번째 자료는 그렇지 않다. 여기서 말하는 '지금(今)'은 바로 『삼국사기』를 편찬한 12세기 중반을 가리키기 때문이다. 따라서 세 번째 자료는 고려 중기에 우식곡이 향악의 하나였음을 알려주는 사료로 이해하는 것이 올바르다.[218]

위에서 언급한 세 번째 자료는 신라에서 사용한 향악이란 용어를 고려시대에서도 그대로 사용하였음을 알려주는 사료인데, 고려시대에 향악은 唐樂에 대칭되는 개념으로 쓰였다. 『宋史』 고려전에 大中祥符 8년, 즉 고려 현종 6년(1015)에 御事 民官侍郞 郭元이 송나라에 사신으로 가서 아뢴 글에 '음악은 두 종류가 있는데, 당악과 향악입니다.'라고 언급한 내용이 전하고, 거기에서 더 구체적으로 '음악은 매우 저급하여 金·石 계통의 音이 없고, (송나라에서) 악기를 하사한 이후에 비로소 좌·우 2部로 구분하였으니, 左部는 중국음악이며, 右部는 향악으로 그 (고려) 옛날부터 전해온 것이다.'라고 언급하였다.[219]

---

218 종래에 세 번째 자료를 주목하여 신라에서 눌지왕대, 즉 5세기 무렵부터 향악이란 용어를 사용하였다고 이해하기도 하였다(송방송, 1984a 「신라 삼현의 음악사학적 검토」, 『민족문화연구』18; 1985 『한국고대음악사연구』, 일조각, 79쪽).

219 (大中祥符) 八年 詔登州置館於海次以待使者. 其年 又遣御事民官侍郞郭元來貢. 元自言 …… 樂有二品 曰庫(唐의 誤字: 필자)樂 曰鄕樂. …… 樂聲甚下 無金石之音. 旣賜樂 乃分

『고려도경』권40 악률조에 고려의 음악에 대하여 더 자세하게 전한다. 이에 따르면, '지금 (고려의) 음악에 兩部가 있는데, 좌부는 당악이니, 중국의 음악이고, 우부는 향악이니 夷의 음악이다. 중국음악은 악기가 다 중국제도 그대로이다. 다만 향악에는 鼓·版·笙·竽·觱篥·箜篌·五絃琴·琵琶·箏·笛이 있어 그 形制가 약간씩 다르다.'고 한다.[220] 『고려사』악지에서는 고려의 음악을 크게 唐樂과 雅樂, 俗樂으로 구분하여 소개하였는데,[221] 속악은 또한 향악이라고 부르기도 하였다. 그리고 여기서 고려시대에 圜丘와 社稷에 제사할 때와 太廟, 先農, 文宣王廟에 제향할 때에 亞獻, 終獻 및 送神에 모두 향악을 연주하였다고 전하기도 한다.[222] 『송사』고려전과 『고려도경』의 기록을 통하여 고려시대에 중국의 음악을 당악, 그것에 대비된 고려의 음악을 향악이라고 불렀음을 살필 수 있다.[223] 이와 같은 고려시대 향악의 개념을 염두에 둘 때, 앞에서 소개한 첫 번째와 두 번째 자료를 근거로 신라에서도 중국의 음악과 대비된 신라의 음악을 향악이라고 불렀다고 추정할 수 있을 것이다. 실제로 이것은 신라에서 사용한 '鄕'자의 용례 검토를 통하여 방증할 수 있다.

爲左·右二部 左曰唐樂 中國之音也 右曰鄕樂 其故習也(『宋史』高麗傳).

220 今其樂有兩部 左曰唐樂 中國之音 右曰鄕樂 皆夷音也. 其中國之音 樂器皆中國之制 惟其鄕樂有鼓版笙竽觱篥箜篌五絃琴琵琶箏笛 而形制差異(『高麗圖經』卷40 樂律).

221 又雜用唐樂及三國與當時俗樂. 然因兵亂 鍾磬散失 俗樂則語多鄙俚 其甚者 但記其歌名與作樂之意 類分雅樂唐樂俗樂 作樂志(『高麗史』卷70 志第24 樂1).
『고려사』악지에서 향악을 속악이라고 표현한 것은 아마도 중국계 음악인 雅樂이나 唐樂에 비하여 향악을 속된 음악이라고 인식한 『고려사』찬자들의 慕華思想에 기인하였다고 이해한 견해가 있다(송방송, 1984a 앞 논문; 1985 앞 책, 81쪽).

222 祀圜丘社稷 享太廟先農文宣王廟 亞終獻及送神 並交奏鄕樂(위 책, 卷71 志第25 樂2 俗樂).

223 『태종실록』태종 11년 12월 신축조에 '禮曹에서 "前朝(고려)의 光王(광종)이 사신을 보내어 당나라 악기와 악공을 청하여 그 자손이 대대로 그 업을 지키게 하였다."고 上言하였다.'고 전하는 것으로 보아서 그것이 성립된 시기는 광종대로 추정된다.

『삼국사기』에 鄕人과 鄕樂, 鄕歌, 鄕琵琶, 鄕三竹이라는 표현이 보이고, 『삼국유사』에 鄕言, 鄕人, 鄕稱, 鄕俗, 鄕傳, 鄕古記, 鄕云, 鄕歌라는 표현이 보인다.[224] 두 사서는 모두 고려시대에 편찬된 것이다. 따라서 이들 사서에 보이는 향인 등의 용례는 고려시대의 인식을 반영한 것으로 보는 것이 타당하다. 고려시대에 중국에 대비하여 우리나라(고려)를 '향'으로 표현하였음을 알려준다고 하겠다. 이러한 이유에서 두 사서에 보이는 '향'자의 용례만을 근거로 신라에서도 그러하였다고 단정하기는 곤란하다. 신라 당대에 작성된 금석문이나 여타의 자료 등에 보이는 '향'자의 용례를 검토함으로써 이에 접근할 필요가 있겠는데, 가장 먼저 다음의 자료를 주목할 필요가 있다.

왕(성덕왕)이 표문(表文)을 올려 사례하여 아뢰기를, '엎드려 생각하건대, 폐하(唐 玄宗)께서 법을 잡고 나라를 열어 다스리니, 문(文)은 성스럽고 무(武)는 신묘하여 천년 동안 창성할 수 있는 운수에 순응하였으며, 만물의 상서로운 징조를 초치하였습니다. 〔이에〕 바람과 구름이 통하는 곳마다 모두 지극한 〔폐하의〕 덕화(德化)를 입게 되고, 해와 달이 비추는 곳마다 모두 〔폐하의〕 인자한 마음이 미치게 되었습니다. 신의 땅은 봉래(蓬萊)와 방호(方壺)로 막혀 있으나 황제의 자애로움은 먼 데까지 스며들었고, 우리나라〔鄕〕가 멀리서 중국〔華夏〕을 바라보기만 하였는데도 〔황제의〕 두터운 은혜는 그윽한 데까지 미쳤습니다.'라고 하였다(『삼국사기』 신라본기제8 성덕왕 32년 겨울 12월).

위의 기록은 733년(성덕왕 32) 겨울 12월에 일찍이 당 황제가 흰 앵무새 등을 왕에게 하사하자, 성덕왕이 그에 대한 답례로 조카 志廉을 당 사신으로 보내 올

---

224 『삼국사기』와 『삼국유사』에 보이는 '향'자의 용례는 장사훈, 1986 앞 책, 135~136쪽을 참조한 것이다.

린 表文 가운데 일부이다. 그런데 성덕왕이 올린 표문은 『册府元龜』 권975 外臣 部 褒異 開元 21년 12월조에도 전하고 있다. 『책부원구』는 1013년에 편찬되었으 므로 『삼국사기』 찬자가 그것을 그대로 전재하였다고 볼 수 있다. 따라서 위의 기록은 신라인들 스스로가 중국, 즉 華夏에 대비하여 신라를 '鄕'이라고 불렀음 을 알려주는 증거자료로서 손색이 없다고 하겠다.

중국과 대비하여 신라를 '鄕'으로 표현한 사례를 최치원의 글에서 자주 산견할 수 있다. 정강왕 2년(887)에 건립된 「쌍계사진감선사탑비」에 원화(元和) 5년(810) 에 진감선사가 崇山 少林寺에서 구족계를 받았을 때에 마침 鄕僧 道義를 만났다 는 내용이 전하는데,[225] 여기서 향승은 신라승, 즉 우리나라 승려라는 의미다. 또 한 진성여왕 7년(893) 무렵에 건립된 「鳳巖寺智證大師塔碑」에 '때는 양나라의 보 살황제(양무제)가 동태사에 간 지 한 해 만이요, 우리 법흥왕께서 율령을 마련하 신 지 8년째였다. 역시 이미 海岸에 즐거움을 주는 근본을 심어주었고, <u>해뜨는 곳의 고을(신라)에서 성장하는 보배(불교를 이름)가 빛났으며(日鄕耀增長之寶)</u>, 하 늘이 착한 소망을 들어주시고 땅에서 뛰어난 인연(이차돈의 순교를 가리킴)이 솟아 올랐다.'라는 내용이 전하는데,[226] 여기서 최치원이 자신의 나라, 즉 신라를 '鄕'이 라고 표현하였음을 살필 수 있다. 이때 '향'은 중국에 대비된 신라, 즉 우리나라를 지칭하는 표현이 된다.

한편 「숭복사비」에서는 신라인인 前進士 裵匡을 '我鄕人前進士裵匡'으로, 신 라 역사서를 '鄕史'라고 표현하였다.[227] 효공왕을 대신하여 작성한 「謝恩表」에서

---

225 元和五年 受具於崇山少林寺瑠璃壇 則聖善前夢 宛若合符. 旣瑩戒珠 復歸橫海 聞一知十 茜絳藍靑. 雖止水澄心 而斷雲浪跡. <u>粵有鄕僧道義</u> 先訪道於華夏 邂逅適願 西南得朋. 四遠 參尋 證佛知見. 義公前歸故國 禪師卽入終南 登萬仞之峯 餌松實而止觀寂寂者三年 後出紫 閣 當四達之道 織芒屨而廣施憧憧者又三年(「雙溪寺眞鑑禪師塔碑」).

226 時迺梁菩薩帝 反同泰一春 我法興王剙律條八載也. 亦旣海岸植與樂之根 <u>日鄕耀增長之寶</u> 天融善願 地聳勝因(「鳳巖寺智證大師塔碑」).

227 遂於咸通六年 天子使攝御史中丞胡歸厚 <u>以我鄕人前進士裵匡</u> 腰魚頂豸爲輔行 與王人田

왕의 祖父 凝(경문왕)이 '비록 公事에 바빠 겨를이 없었으나 학문을 즐겨 스스로 기뻐하여 中和 宣布의 노래로서 (당을) 공경하여 전철을 따르고, 태평 織錦의 作에서 전대를 景仰하다가 마침내 求賢才賦 한 편과 美皇化詩 六韻을 지었는데, 그 내용이 대개 전자는 餐和·柔遠의 덕을, 후자는 挺秀·登高의 才를 찬미하는 것이옵니다. 이를 鄕人에게 두루 보이고, 지금까지 家寶로 삼고 있습니다.'라고 하였는데,[228] 여기서 향인은 바로 신라의 백성을 가리키는 표현임이 분명하다. 이밖에 「上太尉別紙」에 '鄕使, 즉 신라사인 金仁圭員外'란 인물이 언급되어 있다.[229] 이상에서 살핀 것처럼 최치원이 신라를 중국과 대비하여 '향'이라고 표현하였음을 감안하건대, 최치원이 지은 시의 제목 '鄕樂雜詠'에서 향악은 바로 중국의 음악에 대비된 신라의 음악, 즉 우리나라 음악을 가리키는 용어로 볼 수 있을 것이다.

여기서 문제는 최치원만이 신라를 중국과 대비하여 '향'이라는 표현을 사용하였는가의 여부에 관해서다. 최치원은 신라 유교문화의 연원을 箕子에서 찾았다.[230] 주지하듯이 이와 같은 관념은 우리나라를 소중화로 인식하는 근거가 되었다. 최치원이 당 황제가 신라를 魯와 衛 나라에 비유하며 蕃服과 다르다고 언급

銛獻 來錫命曰 自光曆嗣續 克奉聲猷 俾彰善繼之名 允協至公之擧 是用命爾爲新羅國王. 仍授檢校太尉兼持節充寧海軍使 向非變齊標秀 至魯騰芬 則何以致飛鳳筆而寵外諸侯 降龍旌而假大司馬之如是矣. …… 嘗覽柳氏子珪 錄東國之筆 所述政條 莫非王道 今讀鄕史 宛是聖祖大王朝事蹟(「崇福寺碑」).

228 臣以亡祖贈太師凝 …… 雖在公無暇 而嗜學自娛 中和宣布之歌 欽承往哲 太平織錦之作 景仰前修 遂著求賢才賦一篇 美皇化詩六韻 蓋乃餐和柔遠之德 挺秀登高之才 示之鄕人 戢 爲家寶(『孤雲先生文集』卷1 表「謝恩表」).

229 某啓 昨以鄕使金仁圭員外已臨去路 尙闕歸舟 懇求同行 仰候尊旨 伏蒙恩造俯允卑誠 今則 共別淮城 齊登海艦 雖慙李郭之譽 免涉胡越之言 遠路無虞 不假琴高之術 巨川能濟 唯懷 傅說之恩 下情無任感戀之至云云(『桂苑筆耕集』卷第20 別紙 上太尉別紙).

230 (新羅)且夷齊之孤竹連疆 本資廉退 矧假九疇之餘範 早襲八條之敎源 言必畏天 行皆讓路 蓋稟仁賢之化 得符君子之名(『東文選』권제43 表箋「讓位表」).

하였다거나 또는 '九州의 바깥에 있으면서도 諸侯에 비길만하고 萬國 가운데 군자의 나라이다.'라고 언급한 사실을 특별하게 강조한 점 등과[231] 신라 유교의 연원을 기자에서 찾은 것에서 그가 신라를 소중화로 인식하였다고 추정해볼 수 있을 것이다. 이를 근거로 특별히 최치원만이 중국을 대중화의 나라라는 의미에서 '京'으로 인식하고, 신라를 소중화라는 의미에서 '鄕'이라고 표현하였다고 주장할 수도 있을 것이다. 그러나 『책부원구』에 실린 성덕왕의 上表에서 신라를 '鄕'이라고 표현한 점, 고려시대에 중국에 대비하여 우리나라를 '鄕'이라고 표현한 점 등을 참조하건대, 이러한 가정은 설득력이 있다고 보기 어렵다. 결국 최치원이 생존한 當代 신라인들이 일반적으로 중국의 변방 또는 지방 고을이란 의미에서 신라를 '향'이라고 표현하였다고 봄이 자연스러울 텐데, 향악이란 용어 역시 이러한 관점에서 접근하는 것이 순리일 듯싶다.[232]

『삼국사기』 악지에 鄕人이 기쁘고 즐거워서 지은 會樂을 비롯한 18곡의 명칭이 전한다.[233] 모두 신라인이 지은 것이다. 고려시대에 우식악이 향악의 하나였다고 하였으므로 신라시대에 이들 모두 향악으로 분류되었을 것이다. 통일 이후

---

231 至如開元御寓 海不揚波 類錫王言 誕敷文德 仍以臣先祖興光憲英父子但能慕善 累賜八分御札 莫不龍騰鳳翻 綵牋由是益光 神筆至今猶潤 分寶玉於伯叔之國 則嘗聞之 賜銀駒於夷狄之鄉 所未見也. 其詔旨則曰 殆比卿於魯衛 豈復同於蕃服. 又至大曆年中 天降語曰 在九州之外 可比諸侯 於萬國之中 乃爲君子 此皆愛忘譽過 小國之所不堪(『孤雲先生文集』 卷1 表「謝賜詔書兩函表」).

232 향악과 비슷한 용어가 鄕歌인데, 후자는 『삼국유사』에 14수, 『균여전』에 11수가 전한다. 대체로 후자는 우리나라의 노래란 의미로 해석되고, 전자는 노래와 춤, 악기 반주, 여기에다 연극적인 요소까지 포함된 우리나라의 악곡을 가리키는 개념으로 이해된다.

233 會樂及辛熱樂 儒理王時作也. 突阿樂 脫解王時作也. 枝兒樂 婆娑王時作也. 思內<一作詩惱>樂 奈解王時作也. 笳舞 奈密王時作也. 憂息樂 訥祗王時作也. 碓樂 慈悲王時人百結先生作也. 竿引 智大路王時人川上郁皆子作也. 美知樂 法興王時作也. 徒領歌 眞興王時作也. 捺絃引 眞平王時人淡水作也. 思內奇物樂 原郎徒作也. 內知 日上郡樂也. 白實 押梁郡樂也. 德思內 河西郡樂也. 石南思內 道同伐郡樂也. 祀中 北隈郡樂也. 此皆鄉人喜樂之所由作也. 而聲器之數 歌舞之容 不傳於後世(『三國史記』 雜志第1 樂).

에 고구려와 백제음악이 신라의 음악에 융합되었으므로 두 나라의 음악 역시 향악에 포함되었음이 확실시된다. 고구려와 백제의 여러 악곡이나 악기들이 신라에 전래된 사실을 통하여 이를 방증할 수 있을 것이다.[234]

그런데 신라의 향악에는 신라를 비롯한 삼국의 전통적인 음악만이 편성된 것은 아니었다. 최치원이 지은 향악잡영 5수는 이와 관련하여 특별히 유의된다. 5수는 金丸, 月顚, 束毒, 大面, 狻猊인데, 이 가운데 금환을 제외한 월전 등은 서역에서 전래된 가무였음을 앞에서 살핀 바 있다. 이럼에도 불구하고 최치원은 그것들을 향악의 범주 속에 편입시켜 이해하였다는 점이 유의된다.

신라의 향악에 서역 계통의 외래 음악이 포함되었음은 고대 일본 고려악의 분석을 통해서도 보완이 가능하다. 고려악 가운데 退宿德과 進宿德, 蘇志摩利, 桔槔, 長保樂, 歸德侯, 納蘇利, 崑崙八仙, 地久 등이 서역에서 삼국에 전래된 것으로 알려졌다. 고려악 가운데 상당수는 고구려와 백제에서 일본에 전래된 것이다. 따라서 고려악의 서역 계통 음악은 이미 삼국시대에 전래된 것일 가능성이 높다. 이들은 고구려와 백제음악에 내재되어 통일 이후에 자연히 신라의 음악에 흡수 융합되었다고 보이므로 향악잡영에 전하는 서역 계통의 음악 가운데 일부 역시 두 나라를 통하여 전래되었을 가능성도 완전히 배제할 수 없다. 물론 그것들도 향악의 범주에 포괄되었을 텐데, 실제로 속독의 경우 고구려를 통해서 신라에 전래되어 향악에 포함된 대표적인 사례에 해당한다. 이 문제는 통일 이후 고구려와 백제음악이 신라음악에 융합되는 과정과 밀접하게 연관성을 지니는데, 이에 대해서는 소절을 달리하여 구체적으로 논증하고자 한다.

---

234 이에 대한 구체적인 내용은 다음 소절에서 자세하게 살필 예정이다.

2) 고구려·백제음악의 수용

앞에서 고구려와 백제 백희잡기와 무악에 대해 자세하게 살폈다. 고구려와 백제 멸망 후에 두 나라 음악의 신라음악으로의 흡수 통합과 관련하여 중국측의 기록에 두 나라를 멸망시킨 당나라 장수들이 그들의 음악을 당 조정에 바쳤다는 내용이 전하는 점과 일본측의 기록에 백제유민들이 일본에서 고국의 풍속무를 자주 공연한 사실이 산견된다는 점이 유의된다. 이와 같은 측면은 고구려와 백제음악이 온전하게 신라에 전수되지 않았음을 시사해주는 것이기 때문이다. 이 점을 염두에 두고 신라에서 고구려와 백제음악을 수용한 양상을 살피는 것이 필요한데, 먼저 신라에서 고구려음악을 수용하였음을 시사해주는 사례로서 束毒을 주목할 필요가 있다.

일본 고려악의 퇴·진숙덕에서 숙덕(주독, 주덕, 숙독)은 속독의 轉寫였음을 앞에서 설명하였다. 그런데 고구려에서 서역의 가무를 활발하게 수용하였음이 확인된다. 高句麗歌曲에 芝栖가 있었고, 舞曲에 歌芝栖가 있었다. 그런데 동일한 명칭이 서역의 부하라지방에 위치한 安國의 음악에도 보이고 있다. 또한 당나라 십부기의 하나인 高麗伎에 胡旋舞가 있었다고 전하는데, 앞에서 언급하였듯이 호선무는 속특(Sogdiana)지역에 위치한 康國에서 유래된 춤이다. 이처럼 고구려에서 서역의 안국 및 강국의 가곡과 무곡, 호선무를 수용하였던 사정을 감안할 때, 속특지역의 악곡도 거의 동시기에 고구려에 전래되었다고 봄이 자연스럽다. 이것이 일본에 전해져서 진·퇴숙덕이라고, 신라에 전해져서 束毒이라고 명명되었을 것이다.

속독 이외에 신라에서 고구려와 백제의 악곡을 수용하였음을 알려주는 사례를 더 이상 찾을 수 없어 유감이다. 그러나 온전하지 않다고 하더라도 두 나라의 상당수 악곡이 신라에 전해졌다고 봄이 자연스러울 것이다. 통일 이후에 신라에서 고구려와 백제음악을 적극 수용한 실상은 악기의 사례를 통해 더 구체적으로 설명할 수 있다.

먼저 고구려악기로서 신라에서 각광을 받은 것은 거문고와 5현비파였다. 『세종실록』 세종 12년 2월 19일조에 박연이 '거문고 타는 법은 전하지만, 歌詞는 알지 못하는 것이 있으니, 嗺子·啄木·憂息·多手喜·淸平(淸平樂)·居士戀 등이 이것이다.'라고 언급하였는데, 『악학궤범』에서 최자는 속칭 하림조라고 부른다고 하였다.[235] 하림조는 우륵이 가야금을 연주한 河臨宮과 관련이 깊다고 이해되고 있다.[236] 본래 가야금의 음조였던 것이 후에 거문고의 악조로도 사용되었고, 거기에다 가사까지 있었음을 알려주는 것이다. 우식곡은 눌지왕이 제작한 악곡으로서 신라에서 거문고를 수용한 이후에 그것을 거문고로 연주하였음을 박연의 언급에서 유추할 수 있다. 이처럼 신라 고유의 악곡을 거문고로 연주한 사실은 신라인들이 고구려의 악기 거문고를 널리 애용하였음을 전제하지 않고서는 합리적으로 설명하기 어렵다.

『삼국사기』 악지에서는 玉寶高로부터 克宗에 이르기까지 거문고의 전수과정을 상세하게 기재한 후, 극종 이후에 거문고를 직업으로 삼는 자들이 많았다고 밝혔다.[237] 여기에 등장하는 允興이 경문왕대의 인물이므로[238] 9세기 후반에 이

---

235 嗺子調〈大簇宮界面調也. 調絃法文絃武絃爲太簇 兩淸遊絃爲林鐘 太絃爲黃鐘 卽俗稱河臨調也. 憂息調同〉(『악학궤범』 권7 현금).

236 송방송, 1981 「향악 하림조의 음악사학적 고찰」, 『대구사학』19, 59~66쪽.

237 羅人沙湌恭永子玉寶高 入地理山雲上院 學琴五十年 自製新調三十曲 傳之續命得 得之貴金先生. 先生亦入地理山不出. 羅王恐琴道斷絶 謂伊湌允興 方便傳得其音 遂委南原公事. 允興到官 簡聰明少年二人 曰安長·淸長 使詣山中傳學. 先生敎之而其隱微不以傳. 允興與婦偕進曰 吾王遣我南原者 無他 欲傳先生之技 于今三年矣. 先生有所秘而不傳 吾無以復命. 允興捧酒 其婦執盞膝行 致禮盡誠 然後傳其所秘飄風等三曲. 安長傳其子克相·克宗 克宗制七曲. 克宗之後 以琴自業者非一二. 所製音曲有二調 一平調 二羽調 共一百八十七曲 其餘聲遺曲 流傳可記者無幾 餘悉散逸 不得具載(『三國史記』 雜志第1 樂 玄琴).

238 伊湌允興與弟叔興·季興謀逆 事發覺 走岱山郡 王命追捕斬之 夷一族(위 책, 新羅本紀第11 景文王 6년 겨울 10월).

르러 거문고가 신라에 널리 퍼졌음을 알려준다고 하겠다. 거문고의 수용 시기와 관련하여『삼국유사』권제3 탑상제4 백률사조에 효소왕이 선왕(신문왕)께서 만파식적을 얻어서 짐에게 전하여 지금 玄琴, 즉 거문고와 함께 內庫에 간직해두었다고 언급한 내용이 주목된다.[239] 효소왕대에 이미 신라에 거문고가 전래되었음을 알려주는 자료이기 때문이다. 정확한 시기는 알기 어렵지만, 통일 이후에 거문고가 신라에 전래된 것으로 봄이 합리적일 듯싶다.[240]

고구려악기로서 신라인들에게 널리 사랑을 받은 또 하나의 악기가 바로 5현비파이다. 장천1호분의 고분벽화에 5현비파가 보이며, 그것은 수·당대 고구려음악의 필수적인 악기로도 알려졌다.[241] 예를 들면 수·당대 7부기, 9부기, 10부기의 하나인 고려기에 사용된 악기 가운데 臥箜篌와 竪箜篌, 그리고 비파(4현)와 더불어 五絃(비파)이 들어 있는 것에서 그 증거를 찾을 수 있다. 앞에서 5현비파는 중국 신장성 쿠처지방의 키질벽화에 이른 시기부터 등장하며, 남북조시대에 중국에 전래되어 수·당대에 널리 사용되다가 이후 송대에 중국에서 자취가 사라진 악기임을 살핀 바 있다.[242] 반면에 우리나라에서는『악학궤범』에 향비파로 소개될 정도로 조선시대까지 그대로 사용되었다. 신라에서도 5현비파를 향비파라고 불렀다. 종래에 거문고와 더불어 5현비파도 통일 이후에 고구려유민들이 신라에 전해주었다고 이해하였다.[243] 5현비파가 통일신라에서 당비파와 뚜렷하게

---

239 大王聞之 驚駭不勝曰 先君得神笛 傳于朕躬 今與玄琴藏在內庫. 因何國仙忽爲賊俘 爲之奈何〈琴笛事具載別傳〉. 時有瑞雲覆天尊庫 王又震懼使檢之 庫內失琴笛二寶(『三國遺事』卷第3 塔像第4 栢栗寺).

240 주운화, 2005「악을 통해서 본 신라인의 복속·통합 관념-가야금과 현금의 정치적 상징-」,『한국고대사연구』38, 184~193쪽에서 報德國 해체 후 고구려유민이 신라에 거문고를 전해주었다고 이해하였다.

241 송방송, 1984b 앞 논문; 1985 앞 책.

242 趙維平, 2002 앞 논문, 802쪽

243 송방송, 1984a 앞 논문; 1985 앞 책, 104쪽.

구분되어 신라 고유의 악기로 인식되기에 이르렀음은 고구려음악이 신라의 음악에 커다란 마찰 없이 융해되었음을 웅변해주는 대표적인 사례로 지적할 수 있겠다.

한편 신라에는 鄕三竹, 즉 大笒, 中笒, 小笒이 있었다. 唐笛을 모방하여 신라에서 제작하였고, 음조에는 平調, 黃鐘調, 雅調, 越調, 般涉調, 出調, 俊調가 있었다고 한다.[244] 여기서 당적은 橫笛을 가리키는데, 고구려와 백제에도 횡적이 있었다고 알려졌다. 그런데 고대 일본의 경우 당악의 반주에 사용된 횡적과 고려악에 사용된 횡적이 서로 달랐다. 전자를 龍笛이라고도 부르고, 후자를 통상 高麗笛이라고 불렀다. 고려적은 용적보다 더 가늘고 짧았으며, 음율도 2度 정도 높았다. 전자는 指孔이 6개였고, 후자는 7개였다.[245] 또한『일본삼대실록』권11 淸和天皇 貞觀 7년 10월 26일조에 '百濟笛師'란 표현이 보이므로 백제적의 존재도 상정해볼 수 있다.[246] 이것은 삼국의 음악이 고려악으로 통합 정리되면서 소멸되었을 것으로 추정되지만, 일단 백제에서 전래된 횡적의 실체를 알려준다는 점에서 주목된다.

향삼죽과 고려적, 백제적과의 관계를 밝힐 수 있는 직접적인 자료는 전해지지

---

244 三竹 亦模倣唐笛而爲之者也. …… 三竹笛有七調 一平調 二黃鐘調 三二雅調 四越調 五般涉調 六出調 七俊調. 大笒三百二十四曲 中笒二百四十五曲 小笒二百九十八曲(『三國史記』 雜志第1 樂).

245 용적과 고려적에 대해서 遠藤徹·笹本武志·宮丸直子, 2006『圖說 雅樂入門事典』, 柏書房, 186~188쪽이 참조된다.

246 廿六日甲戌 雅樂權大允外從五位下和邇部宿禰大田麿卒 大田麿者右京人也 吹笛出身 備於伶官 始師事雅樂權少屬外從五位下良枝宿禰淸上 受學吹笛 淸上特善吹笛 音律調弄皆窮其妙 見大田麿有氣骨可毂習 因加意而敎之 承和之初 淸上從聘唐使 入於大唐 歸朝之日 舶遭逆風 漂墮南海賊地 爲賊所殺 本姓大戶首 河內國人也 大田麿能受其道 莫不精究. 天長初 任雅樂百濟笛師 尋轉唐橫笛師 數年爲雅樂少屬 俄轉大屬 濟衡三年除權大允 貞觀三年正月卄一日授外從五位下 是日內宴也 大田麿伎術出群 故加殊獎 大田麿 本姓和禰部 後賜宿禰 卒時年六十八(『日本三代實錄』卷11 淸和天皇 貞觀 7년 10월).

않는다. 그러나 향삼죽 등이 모두 당적과 구별되었다는 측면에서 이들이 서로 밀접한 관계를 지녔다는 추론은 가능할 듯싶다. 이와 관련하여 고구려에 越調란 음조가 존재하였고, 백제의 가곡이 般涉調에 속하였다는 기록이 『악서』에 전하여 주의를 끈다. 앞에서 언급한 향삼죽의 7음조 가운데 평조, 황종조와 월조, 반섭조는 당나라 28음조에 속하는 것이다. 이 때문에 종래에 그것을 당나라에서 수용한 것으로 이해하기도 하였다.[247] 그러나 향삼죽이 당적과 분명히 구별되었고, 또 고구려와 백제에 월조와 반섭조가 존재하였음을 염두에 둔다면, 모든 음조는 아니지만, 향삼죽의 음조에 두 나라의 음조가 반영되었음을 충분히 예상해 볼 수 있다. 이에서 고려적과 백제적이 향삼죽의 성립에 직·간접으로 영향을 끼쳤다는 추론이 가능할 듯싶다.[248]

고구려와 백제악기, 즉 거문고와 오현비파, 고려적과 백제적이 신라에 전래됨과 동시에 두 나라의 歌曲 및 舞曲 등도 함께 전해져 신라의 음악에 융해되었을 것이다. 앞에서 고구려음악에 서역 계통의 음악이 포함되어 있었음을 밝힌 바 있다. 백제음악에도 역시 그러하였을 가능성이 높다고 여겨진다. 통일 후에 신라에서 두 나라의 음악을 수용할 때에 그 계통의 음악도 자연스럽게 포섭되어 삼국 각각의 전통적인 음악과 더불어 하나의 음악장르로서 자리매김하였을 것이다. 물론 그 가운데 일부는 통일 이후에 신라에 전래된 것도 있을 수 있지만, 이미 그 계통의 음악이 하나의 장르로서 존재한 상태였으므로 그것들이 쉽게 신라음악에 융해되었을 것으로 믿어지며, 실제로 9세기 말에 최치원이 서역 계통의 음악들을 '향악'의 범주로 분류했던 것에서 이러한 추정을 뒷받침할 수 있다. 향악의 정립은 당악이 신라에 널리 보급되었음을 전제로 하는 것인데, 그 시기

---

247 이혜구, 1976 「통일신라의 문화: 음악」, 『한국사』3, 국사편찬위원회.
248 송방송, 1988 「고려 삼죽의 기원과 전승문제」, 『고려음악사연구』, 일지사; 2002 『한국중세 사회의 음악문화』(고려시대편), 민속원에서 신라 삼죽의 기원을 고구려와 백제의 횡적에서 구해야 한다고 주장하였다.

에 대해서는 소절을 달리하여 살펴보도록 하겠다.

3) 당악의 수용과 향악의 정립

『구당서』 등에서 언급한 당나라 악곡, 『고려사』에 전하는 당악이나 고대 일본
의 당악을 신라에서 연주하였다는 직접적인 자료는 전해지지 않는다. 이에 반하
여 일본의 경우, 大寶 2년(702)에 당악의 하나인 五帝太平樂을 연주하였다는 기
록이 『속일본기』에 전하고,[249] 天平 3년(731)에 雅樂寮 雜樂生의 인원을 정하였는
데, 이때 唐樂生 39인을 두었으며, 본국 출신이든 蕃國 출신이든 가리지 않고 敎
習을 담당하는 자를 뽑았다고 한다.[250] 천평 7년(735)에 입당하였다가 귀국한 사
신 및 唐人이 唐國樂과 신라악 및 弄槍을 연주하였다고 전하기도 한다.[251] 위에
서 언급한 자료들은 8세기 전반에 당악이 일본에 전래되었음을 알려주는 자료이
다. 일본학계에서는 대체로 율령제와 관련시켜 7세기 후반 天武紀까지 소급이
가능하다고 이해하고 있다.[252]

신라에서도 7세기 후반에 당악을 수용했다는 기록이 『삼국사기』에 전한다. 문
무왕 4년(664) 3월에 星川과 丘日 등 28인을 熊津府城에 보내 당나라 음악을 배
우도록 하였다는 기록이 바로 그것이다.[253] 당시에 성천 등이 어떠한 내용의 당

249　宴群臣於西閣 奏五帝太平樂 極歡而罷 賜物有差(『續日本紀』 권2 文武天皇 大寶 2년 正月
　　　癸未).

250　定雅樂寮雜樂生員 大唐樂卅九人 …… 其大唐樂生不言夏蕃 取堪教習者 百濟高麗新羅等
　　　樂生 並取當蕃堪學者. 但度羅樂 諸縣 筑紫舞生 並取樂戶(위 책, 권11 聖武天皇 天平 3년
　　　가을 7월 乙亥).

251　天皇御北松林覽騎射. 入唐廻使及唐人奏唐國新羅樂弄槍 五位已上賜祿有差(위 책, 권12
　　　聖武天皇 天平 7년 5월 庚申).

252　荻美津夫, 1977 『日本古代音樂史論』, 吉川弘文館, 61쪽.

253　百濟殘衆據泗沘山城叛 熊州都督發兵 攻破之. 地震. 遣星川·丘日等二十八人於府城 學唐

악을 배웠는지 알 수 없다. 다만 종래에 신라에서 고대 일본의 당나라 악곡에 관한 기록이 전하지 않기 때문에 성천 등이 당시에 군악계통의 鼓吹樂을 배웠다고 추정한 견해가 이와 관련하여 참조된다.[254] 그렇다고 宴樂을 비롯한 당나라의 음악이 신라에 보급되지 않았다고 보기 어렵다. 이것은 여러 악기의 연주에 사용된 당악의 音調 및 당악기가 널리 보급된 사실을 통하여 입증이 가능하다. 먼저 당악의 음조가 신라에 전래되었음을 알려주는 대표적인 것이 향비파의 음조인 宮調와 七賢調, 鳳凰調 등이다. 궁조는 당악의 대표적인 음조이다. 칠현조는 竹林七賢과 관련이 있는 음조로 추정된다.[255] 봉황조는 일본에 전하는 비파 음조의 하나로 알려졌다. 즉『夜鶴庭訓抄』에 26개의 比巴調가 전하는데, 그 가운데 하나가 鳳凰調이다.[256] 26조에 黃鐘調, 林鐘調를 비롯한 중국의 음조가 대부분 포함된 것으로 보아서 봉황조 역시 중국 당악에서 수용된 음조로 추정된다. 이렇다고 한다면, 향삼죽의 음조는 모두 중국 당악의 그것을 수용한 것이었다고 평가할 수 있을 것이다.

향삼죽의 7음조 가운데 평조와 황종조, 월조와 반섭조는 당악의 음조와 일치한다. 그러나 고구려에 월조, 백제에 반섭조가 존재하였으므로 4음조 모두 당악의 음조와 관련시키는 것은 재고가 필요하다. 그러나 평조와 황종조는 당악의 대표적인 음조가 분명하므로 향삼죽의 음조에도 당악의 영향이 미친 것만은 부인할 수 없다. 거문고의 음조에도 당악의 영향이 끼쳤음을 알려주는 단서가 발

樂(『삼국사기』신라본기제6 문무왕 4년 3월).

254 송방송, 1984c「통일신라시대 당악의 수용과 그 의의」,『한국학보』37; 1985『한국고대음악사연구』, 일지사, 114쪽.

255 이혜구, 1976 앞 논문.

256 『야학정훈초』는『新校 群書類從』권제347 管絃部7에 전한다. 본서는 저자가 五音調子와 樂名에 관계되는 것 및 神樂, 催馬樂, 기타 관현에 관한 秘事心得을 기록하고, 그 아들에게 전수하여 庭訓으로 삼도록 한다는 내용이다. 저자와 편찬연대는 알 수 없다.

견된다. 옥보고가 지은 30곡 가운데 鴛鴦曲이 있다.[257] 그런데 『夜鶴庭訓抄』에 전하는 26개의 比巴調 가운데 鴛鴦調가 보인다. 옥보고가 당나라 비파의 음조인 원앙조를 참조하여 거문고의 원앙곡을 제작하였음을 엿보게 해준다.

당나라 악기 가운데 『삼국사기』 악지에 전하는 것이 바로 拍이다. 이것은 악곡 연주를 시작할 때 한 번 치고, 끝날 때 세 번 이상 침으로써 음악의 시작과 끝을 알려주는 데에 주로 사용하는 것이다. 이밖에 당비파를 비롯한 여러 당악기를 통일신라의 건축물이나 고고자료에서 산견할 수 있다. 앞에서 감은사 전각형사 리함 등에 4현비파(당비파)를 연주하는 奏樂像이 조각되어 있음을 살핀 바 있다. 당적이나 당필률(피리) 등도 여러 유물들에서 쉽게 발견할 수 있다.[258] 당나라 악 기의 수용은 바로 唐樂의 보급을 전제로 할 때 합리적인 이해가 가능할 것이다.

이상에서 통일신라기에 당나라 음악이 널리 수용된 실상을 살펴보았다. 그러 면 이제 언제 당악이 신라에 널리 보급되어 기존의 음악을 통괄하여 향악이라고 부르기 시작하였을까를 검토할 차례인데, 이 문제와 관련하여 우선 신라인들이 언제부터 일반적으로 신라를 중국과 대비하여 '鄕'이라고 표현하였는가를 추적 하는 것이 필요하다. 앞에서 성덕왕 32년(733)에 성덕왕이 스스로 신라를 '鄕'으 로 표현한 표문을 살핀 바 있다. 그러나 8세기 전반에 그러한 사실을 입증해주는 또 다른 자료를 찾을 수 없다. 신라를 '鄕'이라고 표현한 사례를 9세기 말에 쓰여 진 최치원의 글에서 여럿 확인할 수 있다. '鄕人', '鄕僧', '鄕史', '鄕使', '鄕樂' 등이 바로 그것이다. 최치원이 생존한 9세기 말에 이미 신라의 음악을 향악이라고 범 주화한 상태였음을 충분히 상정해볼 수 있다. 그러면 향악이 정립된 시기를 언 제까지 소급할 수 있을까가 궁금해진다. 현재 그러한 사실을 알려주는 직접적인

---

257 玉寶高所製三十曲 上院曲一 中院曲一 下院曲一 南海曲二 倚嵒曲一 老人曲七 竹庵曲二 玄合曲一 春朝曲一 秋夕息曲一 五沙息曲一 鴛鴦曲一 遠岵曲六 比目曲一 入實相曲一 幽谷 淸聲曲一 降天聲曲一. 克宗所製七曲 今亡(『삼국사기』 잡지제1 악).
258 당악기의 수용 양상에 관한 더 자세한 내용은 송방송, 1984c 앞 책; 1985 앞 책이 참조된다.

자료가 전하지 않으므로 에둘러 그 시기를 추정할 수밖에 없다.

당악의 수용은 당의 문물 및 예악의 수용과 불가분의 관계였다. 신라는 7세기 중반에 당나라의 藩屬國으로 자처하고, 대당외교에서 朝貢의 禮式을 충실하게 이행하였으며, 그 문물제도를 수용하려고 노력하였다. 나당전쟁 이후 한동안 신라와 당과의 관계가 소원해졌다가 732년 발해의 당나라 공격 이후 두 나라는 급속하게 친밀해졌다. 이때에 신라는 유교문화를 적극 수용하여 당으로부터 君子國이란 칭호를 들었고, 중국과 동등한 수준의 유교문화를 가진 국가라고 자부하였다.[259] 이와 같은 신라의 태도는 일본을 夷狄이라고 업신여기고 스스로 王城國이라고 자칭한 사실을 통하여 방증할 수 있다.[260] 이러한 분위기에서 경덕왕은 관명이나 지명을 唐式으로 개정하는 조치를 통하여 漢化를 한층 더 촉진시키려고 의도하였다. 그러나 경덕왕의 한화정책은 곧바로 혜공왕대에 반발에 부딪쳤다. 혜공왕대에 지명과 관명을 원래대로 복구하는 조치를 취함으로써 한화정책이 후퇴한 것이다.

하대에도 경문왕과 헌강왕대에 한화정책을 추진하였다. 「숭복사비」에 경문왕이 '궁벽한 나라의 습속을 바로잡아 깨끗하게 하셨습니다.'라는 내용이 보인다.[261] 경문왕이 신라의 습속을 중국의 습속으로 바꾸었다는 내용이다. 동일한

---

259 하일식, 2000 「당 중심의 세계질서와 신라인의 자기인식」, 『역사와 현실』37; 浜田耕策, 1983 「中代·下代の內政と對日外交-外交形式と交易をめぐつて-」, 『學習院史學』第21號 (2002 『新羅國使の研究』, 吉川弘文館).
　　浜田耕策은 8세기에 唐制를 참작하여 國制의 整備가 진전됨에 따라 신라인들의 自尊意識이 伸張되었고, 이에 힘입어 自國을 王城國이나 君子國이라고 自稱하였다고 보았다.

260 癸丑 遣中納言正三位多治比眞人縣守於兵部曹司 問新羅使入朝之旨. 而新羅國輒改本號曰王城國 因玆返却其使(『續日本紀』권12 聖武天皇 天平 7年 2월 癸丑).
　　이때 신라 사신이 신라를 왕성국으로 부른 구체적인 배경에 대해서는 전덕재, 2004 「신라의 대외인식과 천하관」, 『역사문화연구』20, 210~225쪽이 참조된다.

261 伏惟 先大王(경문왕:필자) 虹渚騰輝 鼇岑降跡 始馳名於玉鹿 別振風流 俄縮職於金貂 肅淸海俗(「崇福寺碑」).

내용은 효공왕을 대신하여 최치원이 작성한 「사은표」에도 전한다. '신의 亡祖 贈 大師 凝(경문왕)이 지난 咸通 연간에 (상국의) 교화를 널리 행하여 천하가 풍속을 같이하였습니다. …… 儒道를 널리 받들어 오직 노나라에 이르기를 기약하였습니다.'라고 전하는 내용이 바로 그것이다.[262] 천하가 풍속을 같이하였다는 언급은 신라가 중국의 문물제도를 받아들여 두 나라의 풍속이 같아졌음을 의미하는 것이다. 헌강왕도 경문왕을 이어서 한화정책을 추진하였는데, 「봉암사지증대사탑비」에 太傅大王이 '華風(중국의 풍속)으로서 弊風을 一掃하였다.'라고 전하는 기록에서[263] 이를 확인할 수 있다.

한화정책의 구체적인 내용은 관부명을 漢式으로 개칭한 것에서 잘 살필 수 있다. 司正府를 肅正臺로,[264] 洗宅을 中事省으로,[265] 영객부를 司賓府로[266] 개칭한 사실을 금석문이나 문헌에서 찾을 수 있다. 또한 관직명도 漢式으로 개칭하였으니, 집사부 차관 典大等을 집사시랑으로,[267] 병부대감과 大舍, 弩舍知를 兵部侍郎과 郎中, 司兵으로,[268] 창부경과 대사, 租舍知를 창부시랑과 낭중, 員外郎

---

262 臣以亡祖贈太師凝 頃遇咸通中 化行而天下同風 德被於海隅出日 東曬跼跡 北極馳心 守退蕃而莫遂觀周 奉儒道而唯期至魯(『孤雲先生文集』卷1 表「謝恩表」).

263 太傅大王(헌강왕;필자) 以華風掃弊(「鳳巖寺智證大師塔碑」).

264 893년(진성여왕 7) 무렵에 찬술된 「봉암사지증대사탑비」에 裴聿文의 관직이 肅正史로 나온다.

265 872년(경문왕 12)에 작성된 「황룡사구층목탑사리함기」에 姚克一이 春宮 中事省에 속한 관리임을 밝히고 있다.

266 『삼국사기』 신라본기제12 경순왕 6년 4월조에 司賓卿 李儒를 당나라에 副使로 파견했다는 기록이 보인다.

267 「봉암사지증대사탑비」와 「황룡사구층목탑사리함기」에 執事侍郎 金八元이 보인다. 798년(원성왕 14)에 건립된 영천 청제비 정원명에 典大等이란 관직명이 보인다. 이후에 집사부 차관을 전대등에서 시랑으로 개칭하였음을 엿볼 수 있다.

268 「봉암사지증대사탑비」에 최치원이 前守兵部侍郎, 김언경이 전병부시랑이었다고 전한다. 다만 「황룡사구층목탑사리함기」에 金李臣이 전병부대감이었다고 전하기도 한다. 886년(정강왕 1)에 건립된 「사림사홍각선사비」에 金蒍의 관직이 守兵部郎中이라고 전한다. 그

으로,[269] 패강진의 頭上大監을 都護로[270] 개칭하였던 것이다.[271] 한편 최치원이 작성한 四山碑銘을 비롯한 여러 글들을 보면, 그가 경덕왕대에 개정된 지명만을 사용하여 표기하였음을 발견할 수 있다. 그가 慕華主義者였기 때문에 일부러 그렇게 표기하였다고 볼 수도 있지만, 관명이나 관직명을 한식으로 개칭한 사례를 참조하건대, 경문왕과 헌강왕대 한화정책의 일환으로 지명도 한식으로 개칭하려는 시도가 있었다는 추론이 전혀 불가능하지 않을 듯싶다.[272]

당악의 수용과 보급은 바로 향악의 정립과 불가분의 관계였다. 앞에서 신라가 중대 경덕왕대와 하대 경문왕·헌강왕대에 당나라의 문물제도를 적극 수용하는 한화정책을 추진하였음을 살폈다. 자연히 중국의 음악도 한화의 일환으로 적극 수용하였음이 분명하다. 이에서 경덕왕대 또는 경문왕·헌강왕대에 그것에 대비된 신라의 음악을 향악이라고 통괄하여 범주화하였다는 추론이 가능하다. 그러면 두 시기 가운데 언제 이와 같은 조치를 취하였을까? 이 문제와 관련하여 신라

리고 『삼국사기』 신라본기제12 경애왕 4년 2월조에 후당에 파견한 사신단의 일원으로 부사 병부낭중 朴術洪이 나온다. 이밖에 939년에 건립된 「비로암진공대사탑비」에 진공대사의 아버지 確宗이 병부사병을 역임하였다고 전한다.

269 최치원이 지은 「新羅賀正表」, 「奏請宿衛學生蕃狀表」, 「遣宿衛學生首領等入朝狀」에 遣唐賀正使인 金穎의 관직이 창부시랑으로 전한다. 또 「고달사원종대사탑비」에 원종대사의 아버지가 창부낭중을 역임하였다고 전하며, 『삼국사기』 신라본기제12 경애왕 4년 2월조에 후당에 파견한 사신단의 일원으로 창부원외랑 李忠式이 포함되었다고 전하고, 『계원필경집』 권20 祭文 「祭巉山神文」에 金仁圭의 관직이 창부원외랑으로 전한다. 다만 「황룡사구층목탑사리함기」에 倉部卿 金丹書가 보이고 있다.

270 「황룡사구층목탑사리함기」에 패강진도호 金堅其가 보인다. 이밖에 다른 자료에서도 패강진도호란 관직명을 찾을 수 있다.

271 하대에 관부명이나 관직명을 漢式으로 개칭한 실상에 관해서는 이기동, 1984 「나말여초 근시기구와 문한기구의 확장」, 『신라골품제사회와 화랑도』, 일조각, 236~237쪽을 참조한 것이다.

272 경문왕과 헌강왕대에 추진한 한화정책에 대한 보다 자세한 내용은 전덕재, 2011 「신라 경문왕·헌강왕대 한화정책의 추진과 한계」, 『동양학』50이 참조된다.

에서 오현비파를 향악기로 인식한 시점을 눈여겨볼 필요가 있다.

　오현비파는 당대까지 널리 음악반주에 사용되다가 송대에 들어 거의 사라지다시피 하였다. 반면에 우리나라에서는 그렇지 않았다. 조선시대까지 널리 쓰여 4현비파(곡경비파)와 대비하여 향비파라고 불렀던 것이다. 그런데 당대까지 중국에서도 5현비파를 널리 사용하였으므로 그때에 그것을 신라의 고유 악기로 인식하기란 그리 쉽지 않았을 것이다. 자연히 그것을 신라의 고유악기, 즉 향악기로 명명한 시점은 오현비파가 중국에서 사라지기 시작한 唐末·五代에 해당하는 9세기말~10세기 초쯤으로 늦추어 보지 않을 수 없다.[273] 이처럼 5현비파를 향비파로 명명한 시점을 중대까지 소급하기 곤란하므로 향악기에 기초한 향악의 정립 시기 역시 그때까지 올려 보기는 어려울 것이다. 결과적으로 당악과 대비하여 신라의 음악을 향악이라고 범주화한 시기는 한화정책을 추진한 9세기 후반의 경문왕·헌강왕대였다고 이해하는 것이 합리적인 셈이 되는데,[274] 9세기 말에 일반적으로 신라인들이 중국의 변방 또는 지방 고을이라는 의미에서 신라를 '鄕'이라고 표현하였음을 통하여 이러한 추정을 보완할 수 있을 것이다. 결과적으로 9세기 후반에 신라 고유의 음악뿐만 아니라 고구려와 백제, 심지어 서역 계통의 음악까지 '향악'이란 범주로 통합 정리한 것은 신라인들이 고구려와 백제음악뿐만 아니라 서역 계통의 음악을 咀嚼消化하여 새로운 범주의 '우리 민족의 고유한

273　종래에 신라 하대에 당비파와 구분하기 위하여 오현비파를 향비파라고 명명하였다고 이해한 견해가 있었다(송방송, 1984a 앞 논문; 1985 앞 책, 106쪽).

274　『삼국사기』 열전제4 김인문조에 인문이 어렸을 때에 鄕樂을 잘하였다고 전한다. 김인문은 효소왕 3년(694) 4월 29일에 66세로 사망하였으므로 그의 출생연대는 629년(진평왕 51)이 된다. 신라가 비로소 664년 무렵에 당악을 배웠다고 하였으므로 그가 어렸을 때인 7세기 전·중반에 중국의 음악, 즉 당악에 대비된 신라의 모든 장르의 음악, 즉 서역 계통의 음악까지 포괄하는 것을 '鄕樂'이라고 불렀을 가능성은 희박하다고 봄이 사실에 가까울 것이다. 김인문이 잘 하였다고 하는 향악은 후대에 윤색된 표현이거나 또는 궁정음악과 대비된 민간음악 정도로 이해하는 것이 합리적일 듯싶다.

음악(신라음악)'을 창출하였음을 전제하는 것으로서 매우 커다란 역사적 의의를 지닌다고 평가할 수 있다.

9세기 말에 정립된 향악은 후삼국시기를 거쳐 고려에 대체로 계승되었을 것이다. 실제로『태종실록』태종 2년 6월 5일조에서 '예조에서 儀禮詳定所 提調와 함께 의논하여 樂調를 올리면서 아뢰기를 '신 등이 가만히 보건대, 前朝에서 삼국(후삼국) 말년의 음악을 이어받아 그대로 썼다.'라고 전하기도 한다. 당악의 경우, 후삼국시기에 크게 흐트러졌다고 사료되며, 이에 고려 광종이 그것을 보완하기 위하여 송나라에 당의 악기와 악공을 요청한 것으로 보인다. 이때에 비로소 당악의 체계가 제대로 갖추어져서 당악을 左部로, 향악을 右部로 하는 좌우 2부제가 확립되기에 이르렀던 것으로 보인다. 이것은 9세기 말에 새로 정립된 '우리나라 고유의 음악' 전통이 고려시대에 단절없이 계승 발전되었음을 의미하는 것으로 받아들여진다. 조선 초기에 당악까지 향악에 통합되어 외연이 확대되었고, 근대에 향악과 송·명나라에서 수입된 음악을 서양 음악에 대비된 國樂으로 범주화하여 통괄 정리되었다. 9세기 후반에 정립된 향악, 즉 새로운 범주의 '우리 민족 고유의 음악'이 오늘날 국악의 源流를 형성하였던 셈이 된다.

3장 : 고대 음악의 전승과 변용

1. 대가야음악의 전승

기존의 연구에 따르면, 우륵은 548년 또는 549년에 신라로 망명하였고, 진흥왕은 우륵과 그의 제자 尼文을 國原(충북 충주시)에 안치하였다고 한다.[275] 우륵은 진흥왕의 명을 받아 階古에게 가야금을, 法知에게 노래를, 萬德에게 춤을 가르쳤다. 진흥왕대 이후 우륵과 尼文, 계고 등의 동향을 알려주는 기록을 찾을 수 없다. 이럼에도 불구하고 우륵과 尼文을 통해 대가야의 음악이 신라에 전승되었음이 분명하다고 볼 수 있다.

668년 10월 25일에 문무왕이 고구려를 정벌하고 褥突驛에 이르렀을 때, 國原 仕臣 大阿飡 龍長이 사적으로 연회를 베풀었는데, 이때 奈麻 緊周와 그의 아들 能晏이 加耶의 춤을 추었다고 한다.[276] 우륵이 국원에 거주하면서 萬德에게 춤을 가르쳤다. 물론 우륵이 만덕 이외에 또 다른 인물에게 춤을 가르쳤을 가능성을 배제할 수 없다. 우륵이 가르친 대가야의 춤이 나마 긴주에게까지 전승된 것으로 짐작해볼 수 있다. 668년 10월 이후 언제까지 대가야의 춤이 전승되었는가를

---

275 전덕재, 2016「신라의 북진과 서북경계의 변화」,『한국사연구』173, 90~93쪽.

276 二十五日 王還國 次褥突驛 國原仕臣龍長大阿飡私設筵 饗王及諸侍從. 及樂作 奈麻緊周子 能晏 年十五歲 呈加耶之舞. 王見容儀端麗 召前撫背 以金盞勸酒 賜幣帛頗厚(『삼국사기』 신라본기제6 문무왕 8년 10월).

더 이상 알기 어렵다.

　대가야음악의 전승과 관련된 자료의 절대 다수는 가야금과 관계된 것이라고 보아도 과언이 아니다. 『삼국사기』잡지제1 악조에 인용된 羅古記에서 진흥왕이 계고 등이 가야금 등을 연주한 것을 듣고 매우 기뻐하자, 어떤 신하가 '가야에서 나라를 망친 음악이니, 취할 것이 못됩니다.'라고 아뢰었는데, 이에 대해 진흥왕은 '가야왕이 음란하여 스스로 멸망한 것이지, 음악은 죄가 없다.'고 말하면서 마침내 大樂으로 삼았다고 하였다. 경덕왕 16년에 音聲署를 大樂監으로 개칭하였다가 혜공왕대에 복구하였다. 당나라에는 太常寺 예하에 太樂署가 존재하였는데, 이것은 伎樂人과 더불어 국가의 祭祀와 燕饗에서 연주되는 음악을 관장하였다.[277] 신라의 음성서(대악감) 역시 마찬가지였을 것이다. 그러나 진흥왕이 가야금을 大樂으로 삼았다고 할 때, 大樂을 당나라의 太樂署, 또는 신라의 음성서(대악감)와 직결시켜 이해하기는 곤란할 듯싶다.

　『遼史』樂志에 '遼에는 國樂, 雅樂, 大樂, 散樂, 鐃歌, 橫吹樂이 있다. …… 정월 초하루 朝會에서 宮懸 雅樂을 사용하고, 元會에서는 大樂과 曲破를 사용하며, 이후에 散樂을 사용하며, 마지막으로 角觝로 끝맺는다. 이날 밤에 황제는 연회에서 國樂을 사용하였다.'라고 하였다.[278] 國樂은 요(거란)의 전통적인 음악을 가리키며, 曲破는 일반적으로 曲은 있으나 歌詞가 없는 歌舞戲를 가리킨다. 위의 기록을 통해 遼나라에서 大樂은 국가의례에 사용하는 음악으로서 雅樂보다는 약간 격이 떨어지지만, 元會(설날 아침에 행하던 大闕 안의 조회) 등의 국가행사에서 연주된 음악을 가리킨다는 사실을 엿볼 수 있다. 遼의 大樂을 염두에 둔다면, 진흥왕대 신라의 대악 역시 국왕이 참석하던 국가행사 또는 宴會에서 연주되는 음

277　太樂署 令一人從七品下 …… 太樂令掌教樂人 調合鍾律 以供邦國之祭祀饗燕(『唐六典』卷
　　14 太常寺).
278　遼有國樂有雅樂有大樂有散樂有鐃歌橫吹樂. …… 正月朔日朝賀 用宮懸雅樂 元會用大樂
　　曲破後 用散樂 角抵終之 是夜 皇帝燕飮 用國樂(『遼史』卷54 志第23 樂志).

악을 가리킨다고 봄이 합리적이지 않을까 한다.[279] 대악을 공연할 때에 가야금이 핵심적인 樂器였기 때문에 대가야의 음악을 신라의 대악으로 삼았다고 언급한 것으로 짐작된다. 이처럼 대악의 공연에서 가야금이 핵심적인 악기로 사용되었으므로, 대가야의 음악이 신라음악 속에 용해되어 신라 말기까지 면면히 계승되었다고 볼 수 있을 것이다.

그러면 진흥왕이 가야금을 대악 공연에서 사용된 핵심 악기로서 삼은 이유는 무엇이었을까? 먼저 진흥왕이 가야와 가야인을 배척하지 않고 신라에 융합시키려는 의도에서 가야금을 대악의 핵심 악기로 삼았다고 짐작해볼 수 있다.[280] 신라의 향악 가운데 郡樂이 여럿 포함되어 있었다.[281] 이것은 신라의 궁정에서 연주되었을 것이다. 신라에서 지방의 음악을 宮庭에서 연주한 배경에는 신라왕을 중심으로 하는 일원적인 지배체제 내로 지방민을 포섭하려는 정치적 의도가 깔려 있다고 보아야 한다. 삼국통일 후에 신라에서 고구려와 백제음악을 적극 수용한 것도 신라의 지배체제 내로 고구려와 백제유민을 적극적으로 포섭하기 위한 정치적 의도와 결코 무관하지 않았을 것이다. 동일한 맥락에서 진흥왕 역시 가야인들을 신라에 포섭하기 위해 대가야의 음악을 수용하였다고 볼 수 있을 것이다.

두 번째 이유와 관련하여 『三國史記』樂志에 '晉(東晉)나라 사람이 七絃琴을 고구려에 보냈는데, 고구려 사람들은 비록 그것이 악기인 줄은 알았으나 그 음악과 타는 법을 몰랐으므로 나라 사람 중에 그 음을 탈 수 있는 자를 찾으면서 후

---

279 최선자, 2017「신라 진흥왕의 정치사상 연구」,『신라문화유산연구』1, 64~65쪽.
　　최선자는 진흥왕대 대악은 중요한 국가의례에서 반드시 연주되어야 할 음악들을 체계적으로 정리하고자 하는 의도에서 성립되었다고 주장하였다.
280 김성혜, 2005「신라의 외래 음악 수용 양상-6~7세기를 중심으로-」,『한국음악사학보』35, 14~15쪽.
281 『삼국사기』악지에 內知, 白實, 德思內, 石南思內, 祀中이 日上郡과 押梁郡, 河西郡, 道同伐郡, 北隈郡의 음악이라고 전한다.

한 상을 걸었다. 그때에 第二相 王山岳이 그 본래 모양을 보존하면서 자못 法制를 고쳐서 만들고, 아울러 100곡을 제작하여 연주하였다. 이때 검은 학이 와서 춤을 추었으므로 드디어 玄鶴琴이라고 이름하였는데, 후에는 다만 玄琴이라고 하였다.'고 전하는 기록이 주목된다. 왕산악이 동진에서 전래된 칠현금을 개량하여 玄琴을 만들었음을 알려주는 자료이다. 거문고가 악기로서의 성능이 우수하였기 때문에 고구려와 신라인들에게 널리 사랑을 받은 것으로 짐작된다. 가야금 역시 동일한 맥락에서 이해할 수 있을 것이다. 대가야의 가실왕 역시 중국에서 전래된 箏을 개량하여 가야금을 만들었다. 5~6세기 신라 고분에서 출토된 토기에서 현악기를 연주하는 모습을 묘사한 토우를 다수 발견할 수 있다. 가야금이 전래되기 이전에 신라에도 현악기가 존재하였음을 알려주는 자료이다. 진흥왕대에 중국의 箏을 개량한 가야금이 신라의 전통적인 현악기에 비해 성능이 매우 뛰어났기 때문에 大樂을 공연할 때에 그것을 핵심 악기로 수용하였다고 이해할 수 있지 않을까 한다.

　물론 신라에서 대가야의 음악을 수용할 때에 그것을 그대로 수용하였다고 보기 어렵다. 이와 관련하여 階古 등이 '이것(우륵 12곡)은 번잡하고 음란하니 優雅하고 바른 것이라고 할 수 없다.'고 말한 다음, 12곡을 축약하여 5곡으로 만들었음이 주목된다. 우아하고 바른[雅正] 음악을 후대의 雅樂이라고 규정할 수 없지만, 이것은 계고 등이 토속적이고 음란한 내용의 우륵 12곡을 雅正한 음악으로 개편한 사실을 반영한 것으로 이해할 수 있다. 신라는 진흥왕 6년(545)에 國史를 편찬하였다. 국사의 편찬을 건의한 異斯夫는 '國史라는 것은 君臣의 선악을 기록하며 褒貶(잘잘못을 따지는 것)을 萬代에 보이는 것이니, 역사를 기록하여 책으로 꾸미지 않으면 후대에 가히 무엇을 보고 알겠습니까?'라고 말하였는데, 국사가 유교적인 이념에 기초하여 편찬되었음을 이를 통해 엿볼 수 있다.

　『삼국유사』 권제1 기이제2 지철로왕조에 '왕의 성기는 1尺 5寸이다.'라고 전하는 반면, 『삼국사기』 신라본기제4 지증왕 즉위년조에는 '왕의 몸체가 매우 컸다.'

라고 전하여 차이를 보인다. 전자에서는 왕의 신체적인 특징을 직설적으로 표현한 반면, 후자에서는 雅化한 표현을 사용하여 기술한 것으로 이해할 수 있다. 종래에 신라본기의 원전에는 지증왕의 성기가 1척 5촌이라고 서술되어 있었으나, 『삼국사기』 찬자들이 유교적 합리주의에 입각하여 '왕의 몸체가 컸다.'라고 改書하였다고 이해한 견해가 제기되었다.[282] 계고 등도 역시 유교적 이념을 공유하였을 가능성이 높다고 볼 수 있다. 따라서 계고 등이 고유한 토속적인 성격을 지니면서도 성에 대한 진솔한 인식이 반영된 대가야의 음악을 유교적 이념에 입각하여 이성적이면서도 정제된 내용으로 개편하였다고 이해할 수 있지 않을까 한다. 동일한 맥락에서 가야금곡을 중심으로 하는 대가야의 음악이 신라의 음악에 용해되는 과정에서 유교적 이념 또는 신라인의 관점에서 상당히 변개되었다고 봄이 자연스러울 것이다. 다만 대가야의 음악이 어떻게 변개되었는가에 대해서는 여기서 자세하게 검토할 수 없는데, 추후에 이에 대한 연구가 활발하게 이루어지기를 기대해본다.

　대가야의 음악이 신라음악에 용해되어 전승되었다는 자취는 가야금의 曲調에 河臨調가 존재하였고, 이것이 고려시대까지 전승되었던 사실을 통해서도 살필 수 있다. 『삼국사기』 잡지제1 악조에서 가야금에 嫩竹調와 河臨調가 있으며, 185곡이 전한다고 하였다. 여기서 하림조는 바로 551년(진흥왕 12) 3월에 河臨宮에서 우륵이 그의 제자 尼文과 함께 진흥왕 앞에서 새로 노래를 지어 연주한 가야금 곡조에서 유래하였다고 보인다. 『세종실록』 권47 세종 12년 2월 庚寅條에 朴墺이 세종에게 음악에 대해 아뢴 내용이 전하는데, 여기에서 박연이 '또한 伽倻琴에 속한 嫩竹調와 河臨調는 그 이름만 전하고, 그 聲音은 남아 있지 않는데, 이들 잃어버린 여러 편은 모두 기록할 수 없다.'고 언급하였음을 확인할 수 있다.

---

282 김철준, 1973 「고려 중기의 문화의식과 사학의 성격」, 『한국사연구』9; 1990 『한국사학사연구』, 서울대학교출판부, 258~261쪽.

고려시대까지 하림조의 聲音이 전해지다가 조선 초기에 이름만 남고 그 성음은 망실되었다고 볼 수 있다. 하림조의 성음이 고려시대까지 전승되었던 것에서 于勒과 尼文이 새로 지은 노래에서 유래된 가야금의 곡조가 신라에 전해져 널리 유행하였음을 다시금 상기할 수 있다.

대가야의 음악이 신라를 거쳐 후대까지 전승된 계기는 거문고, 비파와 함께 3현으로 불린 가야금이 신라인들에게 두루 사랑을 받아 널리 연주되었던 것에서 찾을 수 있다. 그런데 유감스럽게도 진흥왕대 이후에 신라인들이 가야금을 연주하였거나 또는 가야금 연주를 청취하였음을 알려주는 기록은 하나도 발견할 수 없다. 『東國李相國集後集』에서 李奎報(1168~1241)가 加耶琴을 즐겨 탔고, 그것은 秦箏과 비슷한 악기라고 언급하였다는 기록을 발견할 수 있다.[283] 고려 무신집권기에 고려인들이 가야금을 즐겨 연주하였음을 알려준다. 『고려사』권70 志25 樂2 俗樂條에 絃이 12줄인 伽倻琴에 관한 언급이 전한다. 이들 자료를 통해 신라에서도 가야금이 널리 연주되었음을 짐작해볼 수 있다. 실제로 다음에 제시한 기록을 통해 이와 같은 추정을 뒷받침할 수 있다.

伊飱 金周元이 처음에 上宰가 되었고, 왕(敬信)은 角干이 되어 二宰의 지위에 있었다. 꿈에 幞頭를 벗고 흰 갓을 쓰고 12絃琴을 잡고 天官寺 우물 속으로 들어갔다. 꿈에서 깨어나서 사람을 시켜 점을 치게 하니, '복두를 벗은 것은 失職할 징조이고, 현금을 잡은 것은 칼을 쓸 조짐이며, 우물에 들어간 것은 감옥

---

283 我欲乞殘身 得解腰間綬 退閑一室中 日用宜何取 時弄伽倻琴〈我國琴名 古秦箏 予好弄之〉
連斟杜康酒 何以祛塵襟 樂天詩在手 何以修淨業 楞嚴經在口 此樂若果成 不落南面後 耆奮
餘幾人 邀爲老境友(『東國李相國集後集』권제1 古律詩 有乞退心有作).
閉門永日不堪過 空聽園畦兩部蛙 見借秦箏〈加耶琴 秦箏類也〉言已重〈前日蒙見借之言〉
請君兼寄弄彈歌〈弄一作叶〉(『東國李相國集後集』권제4 古律詩 明日用此韻 寄朴學士借
伽倻琴).
이밖에 이규보가 지은 가야금에 관한 시문이 다수 전하고 있다.

에 들어갈 조짐입니다.'라고 하였다(『삼국유사』 권제2 기이제2 元聖大王).

위의 기록은 金敬信(元聖王)이 왕위에 즉위하기 전에 꾼 꿈에 관한 이야기이다. 여기에 전하는 12현금은 곧 가야금을 가리킨다고 보이므로, 위의 기록을 통일신라시대에 신라인들이 가야금을 널리 연주하였음을 시사해주는 증거로 이해하여도 무방할 것이다. 『삼국사기』 잡지제1 악지에서 思內琴, 碓琴 및 다양한 가무에 연주자로 참여한 琴尺에 관한 언급을 찾을 수 있다. 『삼국사기』 열전제8 백결선생조에 선생이 琴(현악기)을 뜯어 절구공이 소리를 냈다고 전하는데,[284] 여기서 '琴'은 거문고와 가야금 전래 이전의 신라 고유의 현악기로 이해할 수 있다. 그러면 사내금에서 '琴'은 어떤 현악기로 볼 수 있을까? 그리고 上·下辛熱舞, 小京舞, 韓歧舞, 美知舞 공연에 참여한 琴尺은 어떤 현악기의 연주자로 볼 수 있을까?

『삼국사기』 악지에 沙飡 恭永의 아들 玉寶高가 地理山 雲上院에 들어가 玄琴을 배운 지 50년 만에 新調 30곡을 만들어 續命得에게 전수하였고, 이어 속명득이 貴金先生에게 전수하였으며, 귀금선생이 지리산에 들어가 나오지 않자, 신라왕이 거문고의 이치와 타는 법(琴道)이 단절될까 우려하여, 이찬 允興에게 방편을 써서라도 그 음을 전할 수 있게 하라고 명령하매, 윤흥이 安長과 淸長을 선발하여 귀금선생에게 거문고를 전수받아 배우게 하였다는 내용이 전한다. 이처럼 거문고를 타는 법이 마치 秘法처럼 師弟間에만 전수되었던 점을 미루어 보건대, 신문왕과 애장왕 때에 공연된 가무에 사용된 琴은 일반적으로 가야금을 가리킨다고 보는 것이 합리적이라고 판단된다. 이와 관련하여 신라에서 국가행사나 연회 등에서 공연된 大樂의 핵심 악기가 바로 가야금이었다는 사실을 상기할 필요

---

284 百結先生 …… 歲將暮 鄰里春粟 其妻聞杵聲曰 人皆有粟春之 我獨無焉 何以卒歲. 先生仰天嘆曰 夫死生有命 富貴在天 其來也不可拒 其往也不可追 汝何傷乎. 吾爲汝 作杵聲以慰之. 乃鼓琴作杵聲 世傳之 名爲碓樂(『삼국사기』 열전제8 百結先生).

가 있을 것이다.

이상에서 진흥왕대 이후 국가행사 또는 국왕이 참석한 연회 등에서 공연된 大樂의 핵심 악기가 바로 가야금이었고, 고려시대까지도 가야금이 전승되어 널리 연주되었음을 살펴보았다. 그런데 가야금의 전승과 관련하여 주목할 필요가 있는 것이 바로 일본 나라시 東大寺 正倉院에 있는 3점의 新羅琴에 관해서이다. 신라금 3대의 크기는 약간 다르지만, 현이 12줄이고, 羊耳頭를 지닌 것이 특징적이다. 신라금이 756년(天平勝寶 8)에 정창원에 入庫되었다는 자료가 전한다.[285] 또한 현존하는 신라금 3대 가운데 2대는 823년에 정창원에 입고된 상태였음을 확인할 수 있다.[286] 따라서 신라금은 통일신라에서 일본에 전해진 것이라고 볼 수 있다. 한편『倭名類聚抄』에는 '신라금은 …… 12현이며, 그 명칭은 甲乙丙丁戊己庚申壬癸天地이다. 樂譜가 있다.'라고 하였다.[287]『倭名類聚抄』는『和名類聚抄』라고도 부르는데, 漢語를 분류하여 倭名(和名)을 注記한 사서로서 10권본과 20권본이 있다.[288]

---

285 聖武天皇(724~749)이 죽은 이후 王后 光明이 49齋日에 천황의 명복을 빌기 위해 천황이 평상시에 애용하던 600여 종의 물품을 東大寺에 헌납하였다. 이때 봉헌목록으로 獻物帳을 만들었는데, 그 가운데 악기에 관한 것을 기록한 것이 國家珍寶帳이다. 이것의 天平勝寶八載六月廿一日의 헌물장에 '新羅琴' 2대에 관한 기록(金鏤新羅琴一張 枕尾並染木 綠地畵月形 納纈臈袋綠裏 金鏤新羅琴一張 枕尾並桐木 緋地畵月形 納綠地袋緋裏)이 전한다. 이 기록에 보이는 신라금은 현존하지 않는다.

286 이에 대한 자세한 설명은 김성혜, 2006「정창원 신라금의 가야금 관련에 대한 일고찰」,『악성 우륵의 생애와 대가야의 문화』, 고령군·대가야박물관·계명대학교 한국학연구원, 196~198쪽이 참조된다.

287 新羅琴 本組格云 新羅琴師一人 <新羅琴 …… 有十二絃. 其名甲乙丙丁戊己庚辛壬癸天地 見譜>(『倭名類聚抄』권4 音樂部第10 琴瑟類第47).

288 편찬자인 源順이 序文에서 延長, 즉 醍醐天皇 第四公主(皇女: 勤子內親王)의 뜻을 받들어 편찬하였다고 전한다. 이에 근거하여 10권본은 承平 2년(931)에서 동 5년(934) 사이에 원순이 찬술한 것으로 이해하고 있다. 20권본에 대하여 원순 자신이 增補하였다는 설과 후인이 증보하였다는 설이 나뉘어져 있는데, 전자였을 경우에 그것은 天祿 원년(970) 이

『日本文德天皇實錄』嘉祥 3년(850) 11월조에 전하는 백제유민 興世書主의 卒傳中에 興世書主가 816년에 신라금의 명수인 신라인 沙良眞熊으로부터 신라금의 연주법을 傳習받아, 그 秘道를 얻었다는 내용이 보인다.[289]『續日本紀』卷36 光仁天皇 寶龜 11년 5월조에 武藏國 新羅郡人 沙良眞熊이 廣岡造라는 姓을 사여받았다고 전하는 것으로 보아, 沙良眞熊은 일본으로 이주한 신라유민이라고 말할 수 있다.[290] 興世書主는 和琴을 능숙하게 잘 타서 大歌所의 別當에 임명되었으므로 신라금의 연주법이 일본 和琴의 연주법에 영향을 끼쳤다고 짐작해볼 수 있다.[291] 또한『西宮記』臨時8 臨時樂「醍醐天皇御記」延喜 21년(921) 10월 18일조에 '新羅琴師 船良實'이란 인물이 보이는데,[292] 그는 雅樂寮 新羅樂의 琴師였

후 數年 사이에 증보된 것으로 보기도 한다. 20권본은 10권본의 내용을 약간 세분화하여 통합한 것이지만, 다만 音樂과 職官, 國郡, 鄕藥의 각 부는 완전히 증보한 것에 해당한다〔(財)古代學協會·古代學硏究所編, 1994b『平安時代史事典(下卷)』, 角川書店, 2771쪽〕.

289 從四位下治部大輔興世朝臣書主卒. 書主右京人也 本姓吉田連 其先出自百濟 祖正五位上 圖書頭兼內藥正相摸介吉田連宜 父內藥正正五位下古麻呂 並爲侍醫 累代供奉 宜等兼長 儒道 門徒有錄. 書主爲人恭謹 容止可觀. 昔者 嵯峨大上天皇在藩之時 殊憐其退退 廷曆廿 五年爲尾張少目 大同四年四月爲縫殿少允 弘仁元年正月遷爲內匠少允 四年五月遷爲左兵 衛權大尉 七年(816)二月轉爲左衛門大尉兼行撿非違使事 有傾遷爲右近衛將監 書主雖長 儒門 身稍輕捷 超躍高岸 浮渡深水 猶同武藝之士 能彈和琴 仍爲大歌所別當 常供奉節會. 新羅人沙良眞熊 善彈新羅琴 書主相隨傳習 遂得秘道(『日本文德天皇實錄』卷2 文德天皇 嘉祥 3년 11월 己卯).

290 甲戌 …… 武藏國新羅郡人沙良眞熊等二人 賜姓廣岡造. 攝津國豊鳥郡人韓人稻村等 一十八人 賜姓豊津造(『續日本紀』卷36 光仁天皇 寶龜 11년 5월).

291 遠藤徹, 2006「신라금과 일본 고대의 현악기」,『악성 우륵의 생애와 대가야의 문화』, 고령군·대가야박물관·계명대학교 한국학연구원, 268쪽.

292 雅樂屬船木氏有 著鷹飼裝束 臂鷯獨舞＜放鷹樂＞ 新羅琴師船良實 著犬飼裝束不隨犬(『西宮記』臨時8 臨時樂,「醍醐天皇御記」延喜 21년 10월 18일).
동일한 내용으로 추정되는 사료는『古事類苑』樂舞部 第2冊 樂舞25 琴 新羅琴에도 보인다. 다만 여기서 방응악 등을 공연한 연대를 延喜 28년이라고 하였으나 荻美津夫, 1977 앞 책, 39~40쪽 주 40번에서 연희 21년이 옳다고 고증하였다.

을 것이다. 이것은 延喜 21년(921)에도 신라금이 일본에서 계속 전승되었음을 알려주는 자료로서 유의된다.

일본 고대의 雅樂寮에 삼국악의 樂師 및 樂生이 소속되었다는 정보가 전하고 있다. 삼국악 악사 가운데 新羅樂師는 儛師와 琴師, 新羅樂生은 儛生과 琴生으로 구성되었다.[293] 여기서 琴師 또는 琴生은 바로 신라금 연주자를 가리키는 것으로 이해된다. 이를 통해 아악료에서 신라금을 체계적으로 傳習하였음을 엿볼 수 있다. 10세기 초 이후의 자료에서 신라금에 관한 정보를 더 이상 찾을 수 없다. 고대 일본에서 8세기 후반까지 삼국의 음악을 각기 공연하다가 그 이후부터 고려악만을 당악과 함께 또는 교대로 연주하는 사례가 두드러지게 증가하였으며, 村上天皇代(946~947)로부터 一條天皇代(986~1011)에 이르는 사이에 삼국악과 발해악을 기초로 하여 고려악이 정립되었다고 한다.[294] 삼국의 음악이 고려악으로 재편되면서 삼국의 독특한 현악기는 자취를 감추어버렸는데, 이러한 추세와 맞물려 신라금의 전승 역시 10세기 초 이후에 끊어졌던 것으로 짐작된다. 기존에 신라금이 가야금을 가리킨다고 보기 어렵다는 견해가 제기되기는 하였지만,[295] 대부분의 연구자는 신라금은 가야금을 가리킨다고 보는 것이 일반적이다.[296] 따라서 대가야의 음악이 가야금을 매개로 일본에도 영향을 끼쳤다고 볼 수 있지 않을까 한다.

293　高麗樂(高句麗樂), 百濟樂, 新羅樂에 관계된 아악료 관원구성과 그 변화에 대해서는 荻美津夫, 위 책, 212~213쪽, '第8表-(2) 雅樂寮官員の變遷-外來の樂舞の場合'가 참조된다.

294　이에 대해서는 2부에서 자세하게 논증할 예정이다.

295　김성혜, 2017 「정창원 신라금이 가야금이 아닌 이유」, 『한국고대사연구』88.

296　李惠求, 1978 「音樂 舞踊」, 『한국사』2, 국사편찬위원회, 357쪽; 송방송, 1984 『한국음악통사』, 일조각, 83~84쪽; 金英云, 1984 「伽倻琴의 淵源에 關한 試論」, 『韓國音樂研究』13·14, 韓國國樂學會.

2. 무애희의 전승

『삼국사기』악지에서 신라의 鄕樂에 대하여 소개한 다음, '그러나 악기의 수효와 가무의 모습은 후세에 전하지 않는다.'고 기술하였다. 『삼국사기』박제상열전에서 눌지왕이 미사흔의 귀국을 기념하여 만든 연회에서 그 기쁨을 노래와 춤을지어 자신의 뜻을 나타냈다고 기술한 다음, '지금 향악의 憂息曲이 바로 그것이다(今鄕樂憂息曲是也).'라고 하였다. 여기서 지금은 바로『삼국사기』편찬 시점인 12세기 중반을 가리킨다. 당시까지 향악의 하나로서 우식곡이 전승되어 왔음을 시사해준다는 점에서 주목된다. 우식곡은 啄木 등과 함께 조선 초기에 이르러 歌詞가 망실되고 玄琴으로 그것을 타는 법만이 전승되었다.[297] 御舞祥審은 고려시대까지 전승되었음이 확인되고, 『고려사』악지에 보이는 삼국의 속악 역시 마찬가지라고 볼 수 있다. 그런데 고대에 제작된 백희잡기 및 무악 가운데 조선 성종대에 편찬된『악학궤범』에 전하는 것은 겨우 處容戲와 無㝵 정도에 불과하다.[298]

무애희는 원효대사가 큰 박을 가지고 대중들을 포교하면서 노래 부르고 춤을추던 것에서 기원하였다. 고려시대에 무애희의 내용에 약간의 변화가 나타난다. 李仁老의『破閑集』卷下에 '옛날에 元曉大師가 천한 사람들 속에서 놀았다. 일찍이 목이 굽은 호로박을 어루만지며 저자거리에서 歌舞하고 이를 無㝵라고 불렀다. 이런 일이 있은 뒤에 好事者가 금방울을 위에 매달고 彩色 비단을 밑에 드리워 장식하고 두드리며 進退하니, 모두 음절에 맞았다. 이에 불경에 있는 偈頌

---

297 『세종실록』세종 12년 2월 19일조에 '玄琴에 속한 것으로 말하면, 그 타는 법은 알면서도 歌詞를 알지 못하는 것이 있으니, 嗺子, 啄木, 憂息, 多手喜, 淸平, 居士戀 등이 이것이다.'라는 내용이 전한다.

298 無㝵는「成宗朝 鄕樂呈才」에서 소개하지 않고,「高麗史 樂志 俗樂呈才」에서 소개하였다. 내용은『고려사』악지의 기술을 그대로 전재한 것이다. 한편 고대에 제작되었다고 추정되는 井邑詞의 가사가『악학궤범』에 전하나 그것이 고대부터 舞樂으로서 전승되었는가의 여부가 불확실하기 때문에 검토의 대상에서 제외하였다.

을 따서 무애가라 하니, 밭가는 늙은이도 이를 모방하여 遊戲로 삼았다.'고 전한다.[299] 원효대사가 입적한 뒤에 무애(박)를 장식하고, 항간에서 그것을 가지고 유희로 삼았음을 전해준다.

같은 자료에서 大覺國師 義天의 제자 無㝵智國師가 '이 물건(무애)은 오래도록 無用을 가지고 사용하였고, 옛 사람들은 도리어 不名으로써 이름이 났다.'고 언급하였으며, 이인로 자신도 無㝵舞를 보고 讚을 지은 내용이 거기에 전한다. 고려시대에 민간과 사원에서 무애무가 꾸준하게 공연되었음을 시사해준다. 아마도 이인로가 보았던 무애의 모습은 앞에서 언급한 바로 그것이었을 것이다. 그런데『고려사』악지에 전하는 무애희의 내용은 이것과 다르다. 여기서는 女妓 2명이 無㝵詞를 부른 다음, 무애를 가지고 춤을 추는 내용이라고 전하기 때문이다.[300] 무애무가 궁중 무용으로 전화되면서 나타난 변화를 반영한다고 한다. 이때 무애무는 포교의 수단이 아니라 순수한 불교적인 공연예술로서의 성격을 지녔음은 물론이다.

조선 세종 16년(1434) 4월에 양주 회암사에서 승려들이 無㝵戲를 공연하였는데, 이때 부녀자들이 옷을 벗어 시주하고, 상인의 부녀자들이 남자 옷을 입고 승방에서 같이 잠을 잤다고 한다.[301] 이 사건이 빌미가 되어 이 해 8월에 조정에서

---

299 昔元曉大聖 混迹屠沽中 賞撫玩曲項葫蘆 歌舞於市 名之日無㝵. 是後好事者 綴金鈴於上 垂彩帛下以爲飾 拊擊進退 皆中音節 乃摘取經論偈頌 號日無㝵歌 至於田翁亦效之以爲 戲. 無㝵智國(師)賞題云 此物久將無用用 昔人還以不名名. 近有山人貫休作揭云 揮雙袖以 斷二障 三擧足所以越三界 皆以眞理比之. 僕亦見其舞作讚 腹若秋蟬 頸如夏鼈 其曲可以從 人 其虛可以容物 不見窒於密石 勿見笑於葵壺 韓湘以之藏世界 莊叟以之泛江湖 孰爲之名 小性居士 孰爲之讚 隴西駝李(『破閑集』卷下).

300 舞隊樂官及妓 衣冠行次 如前儀. 妓二人 先出向北 分左右立 斂手足蹈而拜 俛伏擧頭 唱無 㝵詞 訖仍跪. 諸妓從而和之 鄕樂奏其曲. 兩妓俟樂終一腔 執無㝵 擧袖坐而舞 樂終二腔 起 舞足蹈而進 樂終三腔 弄無㝵從樂節次 齊行進退而舞 俟樂徹 兩妓如前 斂手足蹈而拜 俛伏 興退(『고려사』권71 志第25 속악 무애).

301 『세종실록』세종 16년 4월 10일과 5월 4일, 7월 7일조.

무애희를 궁중에서 공연해서는 안 된다는 주장이 제기되었고, 그 후 모든 賜樂에서 無㝵呈才가 금지되었다.[302] 이때 예조에서 賜樂 금지를 요청하면서, '무애정재는 오로지 佛家의 말을 써서 매우 虛誕하고 황망하다.'는 이유를 들었다. 무애정재의 금지는 일종의 억불정책 일환으로 이루어졌음을 반영한다. 회암사에서 무애희를 공연한 사실, 세종 16년에 무애희가 賜樂의 대상에서 제외된 사실 등을 통하여 당시까지 민간 및 사찰, 그리고 궁중에서 각기 무애희가 널리 공연되었음을 엿볼 수 있다.

이후 무애희가 다시 宮中宴饗에서 공연된 것은 효명세자가 대리청정을 하던 순조 29년(1829)이었다. 당시에 공연된 무애희는 무애를 들고 춤을 추는 元舞 2명과 挾舞 10~12명으로 구성된 群舞였다고 한다. 조선 전기에서 후기로 오면서 무애희의 舞人 구성과 내용에 변화가 나타난 것이다. 여기다가 無㝵詞의 내용에서 불교적인 색채가 거의 사라지고, 君王의 만수무강을 祝願하는 것으로 채워졌다.[303]

신라시대 원효가 처음으로 공연한 무애희는 시대와 이념적 지향에 따라 변천을 거듭하였다. 가무의 내용과 목적, 춤을 추는 무대도 그에 따라 변화되었음은 물론이다. 이럼에도 불구하고 변하지 않은 것은 무애라는 舞具를 가지고 춤을 춘다는 사실, 무애를 두드리고 進退하는 모습, 그리고 무애무가 원효가 포교를 목적으로 처음 공연하여 세상에 퍼뜨렸다는 사실 등이다. 무애희의 변천은 고대에 제작된 무악이 시대와 이념적 지향에 따라 어떻게 변모되어 전승되었는가를 보여주는 전형의 하나로서 주목된다고 하겠다.

---

302 『세종실록』 세종 16년 8월 18일조.
303 무애희의 변천에 대해서는 이두현, 1985 「無㝵戲와 空地念佛」 『신라문화제학술발표회논문집』6; 이흥이, 1992 「무애무고찰」 『무용학회논문집』14, 대한무용학회; 조경아, 2005 「무애무의 기원과 변천과정」 『온지논총』13, 온지학회가 참조된다.

3. 황창랑무의 공연과 내용

신라에서 나라를 위하여 목숨을 바친 젊은 花郎과 郎徒의 영웅적 행동을 기초로 하여 제작된 歌舞戲가 후대에 전승되는 과정에서 새롭게 각색되어 경주 일원에서 널리 공연된 것이 있었으니, 그것이 바로 黃昌郎舞이다. 黃昌은 黃倡이라고 표기하기도 한다. 朴琮이 1767년(영조 43) 9월에서 12월까지 李訥과 함께 39일 동안 경주를 유람하고 지은 「東都遊錄」(『鐘洲集』권15 遊錄)에 그가 경주에서 관람한 신라 10舞를 소개하였다. 신라 10무는 初舞, 牙拍, 響鈸, 舞童, 處容, 釘子, 蟠桃, 彩舟, 抛毬樂, 黃昌舞이다. 이 가운데 신라시대에 기원을 둔 것은 처용과 황창무라고 하였다. 황창무는 기생 한 명이 얼굴에 황창의 탈을, 머리에 벙거지〔戰笠〕를 쓰고, 군복을 입고서 처음에는 單劍舞를 하다가 나중에는 雙劍舞를 한다. 또 한 명의 기생은 이를 상대로 하여 역시 칼춤을 추면서 몸을 조아리고 꺾거나 굽히고 펴거나를 거듭하고 칼을 휘두르며 돌아가는 검무라고 소개하였다. 그러면서 이것은 본래 신라에서 만들어져 천 년을 전하여 온 것으로서 사람들은 이를 우리나라의 제일가는 춤이라고 인식하였다고 부연 설명하였다.[304]

18세기 후반에 경주지역에서 2명의 기생이 황창랑무를 공연하였음을 전하는데, 다른 여러 자료에서도 황창랑무를 관람하였다는 기록을 발견할 수 있다.[305] 한편 정약용이 1799년(정조 23) 黃州에 갔을 때에 안악군수 朴載淳이 춤추는 기녀 4명을 보내와 황창랑무와 포구락을 공연하게 하였다는 기록이 보인다.[306] 조

---

304 최철, 1982 「신라 10무에 대하여-朴琮이 본 신라의 춤-」, 『연세교육과학』21, 연세대 교육대학원.

305 황창무를 공연하였다는 내용은 『休翁集』 卷3 「海東樂府幷序」 黃昌郎, 『西浦先生集』 卷2 七言古詩 觀黃昌舞, 『柳下集』 卷1 詩 觀梅娘黃昌舞歌, 『艮翁先生文集』 卷5 詩 七言律詩 黃昌舞, 『石潭先生文集』 卷4 「雜著」 蓬山浴行錄에 전한다.

306 『다산시문집』 권14 黃州月波樓記.

선 후기에 경주뿐만 아니라 다른 지역에서도 황창랑무를 공연하였음을 알려주는 자료이다. 황창랑무는 고려시대에도 경주에서 공연되었음이 확인된다. 다음의 기록을 살펴보자.

> 李詹이 考證하기를, 乙丑年(1385) 겨울에 내가 鷄林에 客이 되었더니, 府尹 裵公이 鄕樂을 연주하여 나를 위로하는데, 탈을 쓰고 뜰에서 칼춤을 추는 童子가 있었다. 물어보았더니, 말하기를, '신라 때에 黃昌이라는 자가 있어서 나이 15·6세 때쯤 되어 칼춤을 잘 추었는데, 왕을 뵙고 아뢰기를, "신이 임금을 위하여 백제왕을 쳐서 임금의 원수를 갚고자 합니다."고 하니, 임금이 이에 허락하였다. (황창은) 곧 백제로 가서 市街에서 춤을 추니, 백제 사람들이 담처럼 빙 둘러 서서 구경하였다. 백제왕이 듣고, 궁중에 불러들여 춤추게 하고 구경하였다. 황창이 임금을 그 자리에서 찔러 죽이고, 드디어 좌우 신하들에게 살해되었다. 그의 어머니가 듣고 울부짖다가 드디어 눈이 멀게 되었다. 사람들이 그의 어머니를 위하여 눈이 다시 밝아지게 하려고 꾀를 내어 사람을 시켜서 뜰에서 칼춤을 추게 하고, 속여 말하기를, "황창이 와서 춤춘다. 황창이 죽었다는 전일의 말은 거짓이다."고 하니, 어머니가 기뻐 울며 즉시 눈이 다시 밝아졌다고 한다. 황창이 어려서 나라 일에 죽었으므로 鄕樂에 실어서 전해 내려온다.'고 하였다(『신증동국여지승람』 권21 경상도 경주부 인물).

이첨은 을축년, 즉 1385년(우왕 11)에 경주에 갔을 때에 황창랑무를 공연하는 것을 보았고, 그에 관하여 자세하게 설명한 글이다. 여기서 이첨은 황창은 필시 관창의 訛傳일 것이라고 주장하였다. 반면에 조선 성종대의 문신 김종직은 이에 대하여 이의를 제기하였다.

황창랑은 어느 시대 사람인지 알 수 없다. 세속에 전하는 말에 의하면, 8세의 童子가 신라왕을 위하여 백제에 원수를 갚으려고 백제의 시장에 가서 칼춤을 추자, 그것을 구경하는 시장 사람들이 담장처럼 둘러쌌는데, 백제왕이 그 말을 듣고는 그를 궁궐로 불러들여 춤을 추게 한 결과, 창랑이 그 자리에서 백제왕을 찔러 죽였다고 한다. 그리하여 후세에 그의 모습을 본떠 假面을 만들고, 處容舞와 함께 베푸는데, 史傳에 상고해보면 전혀 증거될 만한 것이 없다. 그런데 雙梅堂(李詹의 호)은 말하기를 '이는 昌郎이 아니라 곧 官昌이 와전된 것이다.'고 하며, 辨을 지어 주장하였다. 그러나 그 또한 臆說이므로 믿을 수가 없다. 지금 그 춤을 보면, 周旋하며 이리저리 돌아보고 언뜻언뜻 變轉하는 것이 지금도 늠름하여 마치 생기가 있는 듯하고, 또 그 절주[節]는 있으나 그 詞가 없으므로 아울러 賦하는 바이다(『점필재집』 3권 시 東都樂府 黃昌郎).

점필재 김종직은 황창랑의 나이가 15~16세가 아니라 8세라고 언급하고, 이첨이 황창을 관창의 와전이라고 주장한 것은 억설에 불과하다고 비판하였다. 그러면서 김종직은 황창이 죽은 후에 그를 본떠 가면을 만들었고, 처용무와 함께 공연하였으며, 당시(성종대?)에 節奏만 전하고 歌詞는 전하지 않는다고 하였다. 여기서 소개한 두 자료는 향후 황창의 나이가 15~16세인가, 7~8세인가, 또는 황창이 관창의 訛傳인가를 둘러싼 논쟁의 근거 자료로 활용된다. 앞의 자료에서 童子가 황창랑무를 추었다고 언급하여 조선 후기와 달리 고려시대에는 동자가 그것을 공연하였음을 알 수 있다.

현재 전하는 자료에 의거하건대, 황창랑무를 고려 후기에 공연하였음이 분명하다. 『삼국사기』와 『삼국유사』 등의 문헌에서 황창과 신라왕을 위하여 백제왕을 죽이고 피살당했다는 인물을 찾을 수 없다. 이는 황창랑무가 신라시대에 제작되었음을 의심케 해주는 측면으로 작용한다. 그러면 과연 황창랑무를 고려시대에 비로소 제작한 것으로 볼 수 있을까? 이 문제와 관련하여 金欽運과 奚論, 그리고 官昌을 주목할 필요가 있다. 이들 세 사람은 모두 백제군과 싸우다가 죽은 殉國志士이다. 관창은 화랑이었고, 김흠운은 화랑 文努의 낭도였다. 앞에서 이첨이 黃昌은 官昌의 訛傳이라고 이해하였음을 언급하였다. 그러나 관창은 백제왕을 죽이고 피살되지 않았기 때문에 황창을 관창의 訛傳이라고 보기 어려울 듯싶다. 황창랑무는 검을 가지고 춤을 추는 가무이다. 그런데 중국의 백희잡기 가운데 東海黃公이 동해에 사는 黃公이 붉은 칼을 가지고 술법을 써서 흰 호랑이를 죽이려다가 잡아먹히는 내용이다. 이것은 晉의 葛洪이 지은 『西京雜記』에 전한다.[307]

황창랑무와 東海黃公의 내용은 동일하지 않지만, 주인공이 검을 가지고 술법을 부리는 점에서 모티브가 통한다. 그리고 황창이 백제왕을 죽이고 신라왕의 원수를 갚는다는 내용은 관창의 억울한 죽음에 대하여 원수를 갚고 싶은 신라인의 심정과 통한다. 아마도 동해황공의 고사에 관창의 일화를 캡처하여 황창랑무의 스토리를 만들고, 이것을 검을 가지고 춤을 추는 내용의 가무로 제작하였으며, 이것이 고려시대를 거쳐 조선시대까지 전승되지 않았을까 한다. 전승과정과 관련하여 金歆運과 奚論이 백제군에게 죽임을 당한 이후에 신라인이 각기 陽山歌와 長歌를 지어 애도하였다는 점이 주목된다.[308] 현재 장가와 양산가의 내용이 전하지 않고, 그 전승과정도 알려지지 않았다. 다만 그 전승과정과 관련하여 고려시대에 팔관회에서 신숭겸, 김락, 하공진 등 국가를 위하여 목숨을 바친 영웅들의 偶像을 만들어 무대에 배치하고, 순국지사의 영웅적 행동을 劇化하여 공연하거나 또는 가무의 형태로 만들어 그들의 영혼을 위로하였음을 주목할 필요가 있다.

평산 신씨 문중에서 지은 「太師開國壯節公行狀」에 팔관회에서 태조가 結草하

---

307 김학주, 2001 앞 책, 126~129쪽.
308 김흠운의 죽음을 애도하여 陽山歌를 지었다는 내용은 『삼국사기』 열전제7 김흠운조에, 해론의 죽음을 애도하기 위하여 長歌를 지었다는 내용은 열전제7 해론조에 존한다.

여 신숭겸과 김락의 우상을 만들고 조복을 입히어 공신의 반열에 앉히고 함께 즐길 때에 우상에게 술과 음식을 하사하니, 술이 갑자기 마르고, 假像이 일어나 마치 산사람처럼 춤을 추자, 이로부터 樂庭에 배치하여 상례로 삼았다고 한다. 그리고 예종 15년(1120) 가을에 왕이 西都, 즉 평양을 순행하고 팔관회를 베풀 때에 假像 두 사람이 비녀가 꽂힌 관모를 쓰고 자줏빛 관복을 입고, 금빛 홀을 들고서 말을 타고 날뛰며 뜰 안을 돌아다녔다. 왕이 기이하게 여겨 좌우에게 물으니, 이는 태조가 삼한을 통일할 때 대신해서 죽은 신숭겸과 김락이라고 하면서 자초지종을 아뢰자, 후에 예종이 두 사람을 애도하여 시를 지었는데, 이것이 바로 悼二將歌라고 한다.[309] 한편 예종 5년(1110) 9월에 왕이 종친 및 宰樞들과 더불어 天授殿에서 연회를 베풀 때, 광대 한 사람이 유희를 통하여 선대의 功臣 河拱辰을 예찬하매, 왕이 하공진의 공로를 인정하여 그의 현손인 河濬을 閤門祗候로 임명하고, 그 자리에서 시를 지어 주었다는 일화가 전한다.[310] 하공진은 현종 1년(1010) 거란의 침입 때 스스로 볼모가 되어 거란에 끌려가서 절개를 지키다가 살해된 인물이다.

하공진놀이를 참조하건대, 신숭겸과 김락의 假像이 직접 움직인 것이 아니라 광대가 우상을 가지고 연극한 것으로 봄이 옳을 듯싶다. 고려시대에 팔관회에서 순국지사인 신숭겸, 김락, 하공진 등의 우상을 만들어 무대에 배치하여 놓고, 광대들이 그들의 영웅적인 행동을 재현함으로써 그들의 영혼을 위로하였다고 할

---

309 太祖常設八關會 與群臣交歡 慨念戰死功臣獨不在列 命有司結草造公(申崇謙)與金樂像 服以朝服隨坐班列上 樂與共之 命賜酒食 酒輒焦乾 假像起舞 猶生之時 自此排置樂庭 以爲常式也. …… 至睿宗大王 歲庚子秋 省西都設八關會 有假像二 戴簪服紫 執笏紆金 騎馬踊躍周巡庭上 奇而聞之. 左右曰 此神聖大王 一會三韓時 代死功臣申崇謙金樂也. 仍奏本末 上悄然感慨 問二臣之後. 有司奏曰 此都惟有金樂之孫 卽命召賜職賞. 暨還松都 徵公之高孫勁 引入寶文閣 親問祖宗原始 子孫男女之數 宣賜酒果及綾羅而各一十端 仍賜御題四韻一節端二章(『平山申氏族譜』「太師開國壯節公行狀」).

310 『高麗史』卷13 世家第13 睿宗 5년 9月조.

수 있다.[311] 신라의 팔관회에서 戰歿將兵을 위로하는 慰靈祭를 지냈고, 태조 왕건은 신라의 팔관회를 계승하였다. 이에서 신라의 팔관회에서도 전쟁터에서 순국한 이들의 영혼을 위로하는 어떤 의식을 치렀다고 추정해볼 수 있다. 즉 신라시대에 팔관회에서 김흠운과 해론의 우상을 만들어 무대에 배치하고, 그들의 영웅적인 행동을 연극이나 가무의 형태로 제작하여 공연하였을 것이라는 의미이다. 이때에 배우들이 부르는 노래가 바로 양산가와 장가였을 것이다.[312] 자료는 전하지 않지만, 관창의 경우도 역시 마찬가지였을 것이다. 이처럼 팔관회 등에서 화랑이나 낭도로서 15~16세에 순국한 인물의 우상을 만들어 무대에 배치한 다음, 그들의 영웅적 행동을 가무희로 제작하여 공연하였고, 그러한 것들이 후대에 여러 차례에 걸쳐 내용의 加減이 이루어지는 과정에서 황창랑무가 재창작되었으며, 그것이 고려를 거쳐 조선시대까지 전승된 것으로 추정된다. 특히 신라왕을 위하여 적국 백제왕을 살해하고 순국한 황창의 행동은 용감하게 義에 죽고 仁을 이룬 전형으로서 인식되어 조선시대 유학자들에게 널리 공감을 얻어 커다란 호응을 받았지 않았을까 한다.

4. 고려·조선시대 처용무의 공연

『삼국유사』 권제2 기이제2 처용랑 망해사조에 처용에 관한 일화가 전하는데, 그것을 소개하면 다음과 같다.

이때 (헌강)대왕은 開雲浦〈鶴城 서남쪽에 있는데, 지금의 蔚州이다〉에 出遊

---

311 윤광봉, 1992『한국의 연희』, 반도출판사, 196~199쪽.
312 전덕재, 2005「신라 화랑도의 무예와 수박」, 『한국고대사연구』38, 156~159쪽.

하였다. 왕이 바야흐로 還宮하려 하여 물가에서 낮 휴식을 취하였는데, 갑자기 구름과 안개가 깜깜하게 끼어 길을 분간할 수 없게 되었다. …… 東海의 龍은 기뻐하여 일곱 아들을 거느리고 왕 앞에 나타나 왕의 덕을 찬양하고 춤을 추며 음악을 연주하였다. 그 중 한 아들이 왕의 수레를 따라 서울에 들어와 王政을 보좌하였는데, 이름을 處容이라고 하였다. 왕은 아름다운 여인을 아내로 맞게 하여 그가 마음을 붙여 머물러 있기를 바랐고, 또 級干의 관등을 수여하였다. 그의 아내가 매우 아름다웠기 때문에 疫神이 그녀를 흠모해 사람으로 변하여 밤에 그의 집에 가서 몰래 함께 잤다. 처용이 밖에서 집에 돌아와 잠자리에 두 사람이 있는 것을 보고, 곧 노래를 부르고 춤을 추며 물러났다. …… 이때 역신이 본 모습을 나타내 처용 앞에서 무릎을 꿇고 말하기를, '제가 公의 부인을 부러워하여 지금 그녀를 범하였습니다. 공이 이를 보고도 노여움을 나타내지 않으니, 감동하고 아름답게 여겼습니다. 맹세코 이제 이후로는 공의 形容을 그린 것만 보아도 그 문에 들어가지 않겠습니다.'라고 하였다. 이로 인해 나라 사람이 문에 처용의 형상을 붙여서 邪鬼를 피하고 慶事를 맞아들이게 하였다.

위의 기록에서 신라인들이 처용의 형상을 그려서 문에 붙여서 辟邪進慶하였다고 하였다. 이와 비슷한 일화가 바로 鼻荊郎의 일화이다. 『삼국유사』 권제1 기이제2 桃花女 鼻荊郎條에 따르면, 귀신의 무리들이 鼻荊의 이름만 들어도 두려워 달아났으므로, 당시 사람들이 '聖帝魂生子 鼻荊郎室亭 飛馳諸鬼衆 此處莫留亭(성제의 혼이 낳은 아들, 비형랑의 집과 정자로다. 날고 뛰는 여러 귀신의 무리들아, 이곳에 머물지 말라)'이라는 글을 써 붙여서 귀신을 물리쳤다고 한다. 그런데 『삼국유사』에 신라인들이 비형랑의 일화를 바탕으로 歌舞를 제작하였다고 전하지 않는다.

위의 기록에서 處容이 疫神이 자기 부인과 잠자리를 같이 한 것을 보고, 노래 부르고 춤을 추며 물러났다고 언급하였을 뿐이고, 신라인들이 처용의 일화를 바탕으로 處容歌와 더불어 處容舞를 만들어 演行하였다고 언급하지 않았다. 이에 관한 내용은 『高麗史』 卷71 志第25 樂2 俗樂條와 『新增東國輿地勝覽』 卷21 慶尙道 慶州府 古蹟 月明巷條에 전한다. 이들 문헌에 따르면, 처용이 달 밝은 밤마다 市街에서 노래하고 춤추더니, 나중에 간 곳을 알지 못하였고, 세상 사람들이 그를 神이라고 생각하여 處容歌를 짓거나 또는 處容歌와 處容舞를 만들어서 가면을 쓰고 놀이를 하였다고 한다. 고려에서 處容舞를 연행한 것은 분명하지만, 그러면 과연 신라에서 처용가를 짓거나 처용무를 제작하여 공연하였는가가 궁금하다.

조선 성종대에 편찬된 『樂學軌範』에 處容舞와 無㝵가 전한다.[313] 이를 통해 무애와 더불어 처용무가 고려시대를 거쳐 조선시대까지 꾸준하게 전승되어 공연되었음을 엿볼 수 있다. 이 가운데 전승과 변용과정을 나름 추적해볼 수 있는 것이 바로 處容舞(處容戲)이다. 앞에서 소개한 『삼국유사』 권제2 기이제2 처용랑 망해사조에서 신라에서 處容의 일화를 바탕으로 處容舞를 제작하여 공연하였다는 언급을 찾을 수 없다. 여기에서 처용이 불렀다고 짐작되는 處容歌를 소개하였는데, 그러나 과연 이것을 신라인이 제작하였는가를 의심케 하는 내용이 보인다.

처용가의 첫 소절이 '東京明期月良'이다. 필자는 鄕札에 대한 전문지식이 없기 때문에, 향찰의 표기방식을 근거로 하여 이것을 신라 또는 고려시대에 제작하였는가를 考究하기 어렵다. 여기서 문제로 삼고자 하는 것은 바로 '東京'이란 표현이다. 元和 8년(헌덕왕 5; 813)에 건립된 「斷俗寺神行禪師碑」에서 신행선사의 俗姓은 金氏이고, 東京 御里人이라고 언급하였다. 坊과 里는 신라 왕경의 행정구역단위였으므로, 東京은 신라 왕경을 가리키는 표현이라고 볼 수 있다. 당나라 長安을 西京이라고 이해하고, 그에 대비하여 신라의 수도를 東京이라고 표현한

---

313 처용무는 成宗朝 鄕樂呈才(鶴蓮花臺處容舞合設)에, 무애는 『高麗史』 樂志 俗樂呈才에 전한다.

것으로 이해한 견해가 제기되었다.[314] 이외에 신라의 異稱인 海東의 서울[京]이라는 의미로서 신라 왕경을 東京이라고 표현하였을 가능성도 완전히 배제할 수 없다. 여기서 위의 두 가능성 가운데 어느 것이 맞는다고 단언하지 않을 것이다. 신라인이 신라 왕경을 동경이라고 불렀음을 확인할 수 있지만, 여기서 한 가지 유념할 사항은 고려시대에 慶州를 일반적으로 東京이라고 불렀고, 『삼국유사』에서도 그러한 사례를 발견할 수 있다는 점이다.

『삼국유사』 권제3 흥법제3에 '東京興輪寺金堂十聖'이란 표현이 보인다. 이것은 일연이 살았던 고려 후기에 東京, 즉 慶州의 興輪寺 金堂에 모신 十聖을 가리킨다. 권제3 탑상제4 三所觀音 衆生寺條에 統和 10년(성종 11; 992) 3월에 性泰가 衆生寺의 住持僧으로 있을 때, 金州(경남 김해시)에서 온 사람들이 중생사를 찾아와서, '지난번에 한 스님이 우리에게 찾아와서 말하기를, "東京 중생사에 오랫동안 있었는데, 네 가지의 어려운 일로서 緣化를 위해 여기(金州)에 왔습니다."라고 하므로, 이웃 마을에서 시주한 것을 거두어 쌀 여섯 섬과 소금 네 섬을 싣고 왔습니다.'라고 언급한 내용이 보이고 있다. 한편 천룡사조에 '東都의 南山', '東京 高位山 天龍寺'라는 표현이 보이는데, 東都와 東京 모두 고려시대 慶州의 이칭임은 물론이다. 이밖에 권제4 의해제5 圓光西學條에 東京 安逸戶長 貞孝의 집에 古本 殊異傳이 있다는 언급이 보이고, 寶壤梨木條에 庚寅年의 晉陽府貼에는 5道 按察使가 각 道의 禪敎寺院 창건 연월, 形止를 살펴서 帳籍을 만들 때, 差使員 東京掌書記 李僐이 살펴서 기록하였다는 내용이 보인다. 이상에서 살핀 것처럼 『三國遺事』에 보이는 東京이란 표현이 모두 고려시대의 경주를 가리키는 것임을 염두에 둔다면, 處容歌에 보이는 東京이란 표현 역시 동일한 맥락에서 이해하는 것이 합리적이라고 판단된다.

「大安寺寂忍禪師塔碑」와 「聖德大王神鍾銘」에 京師, 「沙林寺弘覺禪師碑」와 「我

---

314 주보돈, 2015 「신라의 '東京'과 그 의의」, 『대구사학』120.

道碑」에 京都, 「鳳巖寺智證大師塔碑」에 王都, 「深源寺秀澈和尙塔碑」에 都城, 「雙溪寺眞鑑禪師塔碑」와 「金立之撰 聖住寺碑」에 京邑, 「聖住寺朗慧和尙塔碑」에 玉京이란 표현이 보이고, 「關門城石刻」에서 金京, 天寶 14년(755; 경덕왕 14)에 작성된 「新羅 白紙墨字 大方廣佛華嚴經 寫經 跋文」에서 大京이라는 표현을 발견할 수 있다. 이밖에『삼국사기』에서 신라 國都를 王京, 王都, 王城이라고 표현한 사례를 찾을 수 있다. 만약에 처용가를 신라인이 제작하였다면, 東京이란 표현 대신 王京, 王都 또는 金京, 大京 등으로 표현하였을 가능성이 높다고 볼 수 있을 것이다. 이에 따른다면, 처용가는 고려시대에 비로소 제작하였거나 또는 고려시대에 처용가의 일부 표현을 改書하였음이 분명하다고 말할 수 있는데, 그렇다면 위의 두 가지 가정 가운데 어느 것이 사실에 부합하였을까가 궁금하다. 이와 관련하여 고려와 조선시대 사람들이 처용가를 新羅曲으로 이해하였다는 사실을 주목할 필요가 있다.

『陶隱集』卷2에 李崇仁(1347~1392)이 '11월 17일 밤에 功益이 부르는 新羅 處容歌를 듣고, 聲調가 비장해서 사람으로 하여금 느끼게 하는 바가 있었다.'라고 소회를 밝히고, 시를 지었는데, 여기에서 處容歌를 新羅曲이라고 언급하였음을 확인할 수 있다.[315] 또한 李穡은 驅儺行이란 詩에서 '新羅處容'이라고 표현하였고, 成俔은 조선 성종 14년(1483)에 지은 處容이란 시에서 '聖德을 노래하며 千年을 기원하였다', 또는 '鷄林(新羅)의 옛 일이 구름에 가린 듯 흐릿하고', '신라시대로부터 오늘에 이르기까지, 서로 다투어 그 용모를 분장하였다.'라고 표현한 것을[316] 발견할 수 있다. 이밖에『樂學軌範』卷5 時用鄕樂呈才圖說 鶴蓮花臺處容舞合設條에 處容歌의 맨 앞 구절이 '新羅聖代 昭盛代 天下泰平 羅候德 處容아바'라

---

315 夜久新羅曲 停杯共聽之 聲音傳舊譜 氣像想當時 落月城頭近 悲風樹杪嘶 無端懷抱惡 功益爾何爲(『陶隱集』卷2 詩).

316 李穡의 驅儺行이란 시는『牧隱詩藁』권21에, 成俔의 處容이란 시는『虛白堂詩集』권9 詩에 전한다.

고 전하고 있다. 고려 후기와 조선 성종대에 처용가와 처용무를 신라의 악곡 또는 무악으로 인식하였음을 알려주는 자료들로서 주목된다. 처용가와 처용무가 신라에서 제작되었다는 결정적인 근거는 없지만, 고려 후기와 조선 초기에 처용가와 처용무를 新羅 樂曲 또는 舞樂으로 인식하였음을 염두에 둔다면, 處容歌와 處容舞를 신라 말기에 제작하여 공연하였을 가능성을 충분히 상정해보아도 문제가 되지 않을 것으로 판단된다. 이에 따른다면, 처용가 앞 구절에 본래 신라 王京을 표현하는 용어가 있었는데, 고려시대에 그것을 慶州를 지칭하는 용어인 東京으로 改書하였다고 봄이 옳지 않을까 한다. 다만 고려시대에 가사의 내용도 일부 變改하였는가의 여부에 대해서는 현재로서 추적하기가 쉽지 않다.

『고려사』 권23 세가23 고종 23년(1236) 2월 壬寅 기록에 內殿에서 열린 작은 연회(曲宴)에서 '承宣 蔡松年이 아뢰기를, "僕射 宋景仁이 평소에 처용희를 잘합니다."라고 하니, 경인이 술에 취하였음을 기회로 하여 처용희를 공연하였는데, 조금도 부끄러운 기색이 없었다.'라고 전한다.[317] 이것이 고려시대에 처용희를 공연하였음을 알려주는 가장 빠른 자료에 해당한다. 이밖에 『고려사』에 전하는 처용희 공연 사례를 제시하면 다음과 같다.

III-① 원나라 사신 監丞 呑羅古가 宴會를 열어달라고 요청하자, 왕이 말하기를, '오늘은 妙蓮寺에서 즐기고자 한다.'고 하였다. 오라고가 먼저 이르러 기다렸고, 왕이 宮人 2명을 데리고 申時(오후 3시~5시 사이)에 미처 이르렀다. 사원의 북쪽 봉우리에 올라 음악을 연주하였다. 천태종의 승려 中照가 일어나 춤을 추니, 왕이 기뻐하였다. (왕이) 宮人에게 명령하여 같이 춤을 추게 하고, 왕 또한 일어나 춤을 추었다. 또한 左右에 명령하여 모두 춤을 추게

---

317 曲宴于內殿 承宣蔡松年奏 僕射宋景仁 素善爲處容戲. 景仁乘酣作戲 略無愧色(『高麗史』 권23 세가23 고종 23년 2월 壬寅).

하였고, 혹자는 處容戲를 演行하기도 하였다(『고려사』 권36 세가36 충혜왕 후4
년 가을 8월 庚子).[318]

Ⅲ-② 禑王이 壺串에서 사냥하고, 밤에 花園에 돌아와서 處容戲를 演行하였다
(『고려사』 권115 열전제48 辛禑3 辛禑(禑王) 11년 6월).[319]

Ⅲ-③ 禑王이 李仁任의 집에 있었는데, 인임의 처가 큰 잔을 올리면서 아뢰기
를, '오늘은 三元(元旦; 정월 초하루)이므로 삼가 長壽를 기원하며 잔을 올리옵
니다.'라고 하니, 우왕도 잔을 올리며 이에 희롱하며 말하기를, '짐은 한편으
로 곧 그대의 손자가 되고, 다른 한편으로 그대의 사위가 되는데, 지금 그대
와 마주 보고 술을 마시니, 失禮가 되지 않겠습니까?'라고 하고, 곧 이어 처
용가면을 쓰고 처용희를 (직접) 演行하며 기뻐하였다(『고려사』 권116 열전제49
辛禑(禑王) 12년 정월).[320]

위의 기록들과 고종 23년 2월 壬寅 기록이『고려사』에 처용희를 공연하였음을
전하는 자료의 전부이다. 『고려사』에 전하는 기록의 공통점으로서 국왕이 주최
한 小宴會 또는 모임에서 戲樂의 일종으로 개인이 처용희를 연행하였다는 사실
을 들 수 있다. 이를 통해서 고려 후기에 처용희가 각종 연회에서 종종 연행되었
고, 사람들이 그것을 매우 즐겼음을 엿볼 수 있다. 아울러 고려 후기에 처용희를
演行할 때에 처용가면을 착용하였던 사실도 확인할 수 있다.

---

318 元使監丞吾羅古 請享王. 王曰 今日須往妙蓮寺爲樂. 吾羅古先至候之. 王率二宮人 及晡乃
至 登寺北峯張樂. 天台宗僧中照起舞 王悅命宮人對舞 王亦起舞. 又命左右皆舞 或作處容
戲(『고려사』 권36 세가36 충혜왕 후4년 가을 8월 庚子).

319 禑畋于壺串 夜還花園爲處容戲(『고려사』 권115 열전제48 辛禑3 辛禑(禑王) 11년 6월 戊
戌).

320 禑在李仁任第 仁任妻進大爵曰 今日三元謹上壽. 禑進爵仍戲曰 吾一則爲孫 一則爲婢壻 今
乃對飮 得無失禮耶. 乃冒處容假面 作戲以悅之(『고려사』 권116 열전제49 辛禑(禑王) 12년
정월).

『고려사』이외에 李穡과 李崇仁의 文集에서 고려 후기에 處容舞를 공연하였거나 처용가를 불렀음을 알려주는 자료를 찾을 수 있다. 앞에서『陶隱集』에 이숭인이 어느 해 11월 17일에 功益이 부른 處容歌를 듣고 감흥을 받고 시를 지었음을 살핀 바 있다. 李穡(1328~1392)의 문집『牧隱詩藁』권21에 驅儺行이란 시가 전하는데, 이색은 '驅儺를 행한다는 사실을 듣고 삼가 써서 史官에게 올려 보냈다(驅儺行. 聞之 敬書上送史官).'고 밝혔다. 驅儺行이란 시에서 처용희를 공연한 모습을 묘사한 구절을 소개하면 다음과 같다.

新羅處容帶七寶　신라의 처용은 七寶를 두르고
花枝壓頭香露零　꽃가지를 머리에 꽂으니 이슬이 내리는 것처럼 향기가 흩
　　　　　　　　뿌리도다
低回長袖舞太平　머리를 숙이고 빙빙 돌며 긴 소매로 太平舞를 추는구나
醉臉爛赤猶未醒　술에 취해 얼굴은 붉게 빛났으니, 아직 취기가 가시지 않
　　　　　　　　은 것 같도다

그림 18『악학궤범』에 전하는 처용 그림

驅儺行이란 시는 14세기 후반에 거행된 驅儺儀式과 그것을 마친 후에 공연된 각종 伎樂百戲에 관해 묘사한 것이다. 이것을 통해서 고려 후기에 처용무의 공연 모습을 대략적이나마 엿볼 수 있다. 즉 처용무를 추는 연희자는 붉은 색의 처용가면을 쓰고, 머리에 꽃가지를 꽂고, 七寶를 몸에 두르고, 소매가 긴 舞服을 입고서 머리를 숙이고 빙빙 돌며 춤을 추었음을 연상할 수 있다.

한편『牧隱詩藁』권33에 전하는 山臺雜劇이란 시에 '처용의 적삼 소매, 바람에 따라 돌아가네(處容衫袖逐風廻)'란 구절이 보여, 처용무가 몸을 빙빙 돌며 추는 것이었음을 다시금 상기시켜 준다. 그리고 李齊賢(1287~1367)의 문집『益齋亂藁』권4에 실린 '小樂府'라는 시에 '옛날 신라의 처용 늙은이(新羅昔日處容翁), 듣는 바에 의하면 碧海에서 왔다고 하더라(見說來從碧海中), 조개 모양의 이빨, 붉은 입술로 달밤에 노래하고(貝齒頳唇歌夜月), 솔개 어깨 자주 소매로 봄바람에 춤췄다(鳶肩紫袖舞春風)'라고 전하는데, 여기서 鳶肩은 솔개가 웅크리고 앉을 때처럼 위로 치켜 올라간 어깨를 표현한 것인 바, 처용무를 공연하는 연희자가 자개 모양의 이빨과 붉은 입술을 묘사한 처용가면을 쓰고, 자주색 소매를 가진 舞服을 입은 다음, 머리를 숙이고 어깨를 위로 추켜세우고 춤을 추었던 모습을 묘사한 것으로 이해할 수 있다. 구나행 등에 묘사된 처용무 연희자의 모습은 대체로『악학궤범』에서 묘사한 그것과 비슷하였다고 추정되고 있어,[321] 고려 후기의 처용무가 조선 성종대에 대체로 계승되었음을 추측해볼 수 있다.

이색의 구나행이란 시에서 처용무가 驅儺儀式을 치른 후에 百戲 가운데 하나로서 공연되었음을 살필 수 있다. 조선 태종 8년(1408) 12월 20일에 국상중임에도 불구하고 除夜에 驅儺를 행하는 것은 慶事를 위한 것이 아니라, 邪鬼를 물리치는 것이라 하여 전대로 행하게 하였다고 전하고,[322] 또한 조선 태종 14년 12월 30일에 잠시 걸렸던 除夜의 驅儺를 다시 시작하였는데, 이때 태종이 '除夜의 前日 驅儺하는 것은 본조의 옛 풍습이나 옛 글에 어그러짐이 있다. 지금 이후로는 除夜

---

321 김수경, 2004 앞 책, 59쪽에서『악학궤범』에 전하는 처용가의 가사와 驅儺行에서 묘사한 처용무를 공연하는 연희자의 모습을 비교하여, 이와 같은 결론을 도출한 바 있다. 참고로『악학궤범』권9 處容冠服圖說에 '紗帽 위에 꽂는 모란꽃과 복숭아나무 가지는 고운 모시로 만들고, 복숭아 열매는 나무를 갈아서 만든다.'고 전하는데, 이색의 구나행이란 시에서 '꽃가지를 머리에 꽂는다.'고 언급한 것과 관련하여 참조된다고 하겠다.

322 命停正朝中外賀箋延祥詩 以國喪也. 唯除夜驅儺 非爲慶事 辟邪也 仍舊行之(『태종실록』권16 태종 8년 12월 癸巳).

日 初昏에 시행하여 夜半에 이르러 그치게 하는 것으로서 恒式을 삼고, 이어 中外로 하여금 두루 알게 하라.'라고 언급하였다고 한다.[323] 다만 태종대의 기록에서 구나의식을 거행할 때에 처용무를 공연하였다는 언급을 찾을 수 없다. 그런데 『세종실록』에 세종 7년(1425) 12월 甲午(29일) 밤에 儺禮儀式을 치렀는데, 이때 書雲觀에서 驅疫儀式을 관장하고, 典樂署에서 處容舞를 올렸다고 전한다. 이후에 구나의식을 치를 때에 일반적으로 처용무를 연행한 것으로 이해되고 있다.[324]

조선과 마찬가지로 고려에서도 除夜에 大儺儀式을 거행하였다. 『高麗史』卷64 志19 禮 軍禮 季冬大儺儀條에 따르면, 靖宗 6년(1040) 11월 戊寅에 내린 조서에서 섣달(季冬)에 儺禮를 행하였고, 또한 睿宗 11년(1116) 12월 기축(29일)에 대나의를 거행하였다고 한다. 이밖에 『고려사』권129 열전제41 叛臣 鄭仲夫條에 인종대에 除夕(섣달 그믐날)에 儺禮를 베풀었다고 전한다. 고려 전기에 제야에 儺禮를 거행하였음을 알려주는 자료들로서 주목된다. 고려 후기에도 역시 마찬가지였을 것으로 짐작된다. 다만 고려 전기에 驅儺儀式을 치를 때, 처용무를 공연하였다는 정보를 『고려사』에서 찾을 수 없다. 앞에서 고려 후기와 조선 초기에 제야에 驅儺禮를 거행할 때, 처용무를 공연하였음을 살핀 바 있다. 그렇다면, 고려 전기에 나례의식을 거행할 때에도 역시 처용무를 공연하였다고 볼 수 있을까가 궁금한데, 증명할 수 있는 직접적인 자료는 없지만, 그러하였을 개연성이 농후하다고 판단되는 정황 증거를 여럿 제시할 수 있다.

『고려사』 열전제41 叛臣 鄭仲夫條에서 인종대에 除夕에 儺禮를 베풀고 雜技를 올렸다고 언급하였다. 또한 예종 11년 12월 기축(30일)에 大儺儀를 거행하였는데, 이에 앞서 무릇 倡優와 雜伎, 그리고 이외에 外官(지방관청)의 遊妓에 이르

---

323 始以除夜驅儺. 上曰 除夜前日驅儺 是本朝舊俗 有乖古文. 今後除夜日初昏始行 至夜半而止 永爲式. 仍令中外周知(『태종실록』권28 태종 8년 12월 己亥).

324 전경욱, 2004 앞 책, 243~251쪽.

기까지 불러들이지 않은 자들이 없었다고 한다. 고려 전기에 나례를 거행하면서, 더불어 백희잡기를 공연하였음을 시사해주는 자료들이다. 이러한 전통은 고려 후기와 조선 전기에도 그대로 계승되었다. 뒤에서 자세하게 살필 예정이지만, 李穡의 驅儺行이란 시에서 나례를 거행할 때에 처용무를 비롯한 다양한 백희잡기를 공연하였음을 확인할 수 있고, 조선 성종대에 成俔이 지은 觀儺라는 시에서도 동일한 모습을 살필 수 있다. 성현이 지은 觀儺라는 詩를 제시하면 다음과 같다.

祕殿春光泛彩棚　　깊은 궁전 봄볕 아래 채붕을 높이 띄우고
朱衣畵袴亂縱橫　　붉은 색 옷을 입고 어지러이 縱橫으로 왔다 갔다 하네
弄丸眞似宜僚巧　　구슬을 가지고 재주를 부림은 宜僚의 기교에 견줄 수 있고
步索還同飛燕輕　　줄타기 묘기는 飛燕의 가벼운 몸매와 같도다
小室四旁藏傀儡　　조그만 방 네 문 곁에 괴뢰를 숨겨두고
長竿百尺舞壺觥　　百尺의 긴 장대 위에서 술병, 술잔을 돌리는구나
君王不樂倡優戲　　군왕은 창우의 유희를 좋아하지 않지만
要與群臣享太平　　여러 신하들과 더불어 태평을 누릴 뿐이네[325]

『성종실록』에 성종 17년(1486) 12월 庚子(29일)에 임금이 昌慶宮 仁陽殿에 나아가서 儺戲를 구경하고, 신료들에게 '觀儺'를 제목으로 하여 七言律詩를 짓도록 명령하였다고 한다. 위에서 소개한 시는 아마도 이때 성현이 지은 것으로 추정된다. 시에서는 백희를 공연하는 채붕을 설치하고, 거기에서 方相氏의 복장을 한 倡優들이 귀신을 쫓아내는 장면과 더불어 弄丸, 步索(줄타기), 傀儡(인형극), 長竿戲(솟대타기) 공연 모습을 묘사하였다. 비록 여기에서 처용무를 공연하였다고 언

---

325 『虛白堂集』詩集 권7 觀儺.

급하지 않았지만, 섣달 그믐날 거행된 儺禮戱에서 처용무를 공연하는 것이 일반적이었음을 염두에 둔다면, 성종 17년 나례의식을 거행할 때에 처용무를 공연하였음이 확실시된다고 하겠다. 성현은 '除夕'이라는 시에서 창문에 처용 머리를 걸어두어 역귀를 몰아내는 풍습에 대해 언급하였고,[326] 또한 성종 14년(계묘년; 1483)에 처용무를 공연하는 것을 관람하고 '處容'이란 시를 지은 사실도 확인된다.[327]

이상에서 살핀 바에 따르면, 조선 성종대에 나례의식을 거행할 때에 백희잡기를 공연하였는데, 그 종류에는 처용무를 비롯하여 弄丸, 步索, 傀儡, 長竿戱가 있었다고 정리할 수 있다. 고려 후기에 구나의례를 거행할 때에 처용무를 비롯하여 다양한 百戱를 演行하던 전통이 고스란히 조선시대에도 계승되었음을 엿볼 수 있는 대목으로 주목된다고 하겠다. 이와 같은 고려 후기와 조선 전기의 전통을 고려하건대, 고려 전기에 구나의례를 거행할 때에 공연한 여러 雜技 가운데 處容舞가 포함되어 있었을 가능성이 매우 높다고 볼 수 있지 않을까 한다. 더욱이 處容舞가 辟邪進慶을 목적으로 공연되었을 뿐만 아니라 조선시대에 섣달 그믐날에 驅儺儀禮를 거행할 때에 그것이 핵심적인 驅儺舞로서 演行되었음을 상기한다면, 이와 같은 추론을 결코 황당한 억측이라고 치지도외하기가 쉽지 않을 것이다.

한편 李穡이 지은 山臺雜劇이란 시에도 처용무에 관한 내용이 보인다. 이색은 동대문으로부터 대궐 문 앞까지 산대잡극의 무대가 펼쳐졌는데, 예전에는 보지 못하는 것이었다(自東大門至闕門前 山臺雜劇 前所未見也)라고 언급하면서 산대잡극이란 시를 지었다고 밝혔다. 이를 소개하면 다음과 같다.

山臺結綴似蓬萊　山臺를 얽어 만든 것이 봉래산과 비슷하구나

---

326 『虛白堂集』詩集 권2 除夕 二首에 이에 관한 내용이 보인다.
327 '處容'이란 시는 『虛白堂集』詩集 권9에 전한다.

獻果仙人海上來　과일을 바치는 仙人이 바다에서 오고
雜客鼓鉦轟地動　雜客의 북소리 징소리 땅을 온통 뒤흔들고
處容衫袖逐風廻　처용의 赤衫 소매, 바람에 따라 빙빙 도네
長竿倚漢如平地　긴 장대에 의지한 사나이는 평지처럼 놀고 있고
瀑火衝天似疾雷　하늘로 치솟는 폭죽은 번갯불처럼 빠르도다
欲寫大平眞氣像　태평시대의 이 氣像을 있는 그대로 묘사하고 싶지마는
老臣簪筆愧非才　老臣의 붓 솜씨 형편없어 부끄럽기만 하다[328]

　이색은 산대잡극이란 시에서 언제 山臺를 마련하고 잡극을 공연하였는가에 대하여 언급하지 않고, 다만 동대문에서 대궐 문 앞에서 산대잡극의 무대가 펼쳐졌다고만 언급하였다. 잡극의 구체적인 내용은 唐樂歌舞의 일종인 獻仙桃, 처용무, 長竿戲라고 언급하고, 잡극을 공연할 때에 폭죽놀이도 곁들여 하였다고 밝혔다. 이색은 장수들이 공을 세우고 개선하자, 巡軍府에서 산대잡극을 베풀어 환영하였음을 언급하고 시를 지었다.[329] 『고려사』 권113 열전제26 최영조에 우왕 대에 崔瑩이 鴻山戰鬪에서 왜구를 물리치고 개경으로 개선하자, 우왕이 宰樞들에게 교외에서 맞이하게 하였는데, 雜戲와 儀衛를 갖춘 것이 황제의 조서를 맞이하는 의례와 같았다고 전한다. 또한 권114 열전제27 羅世條에 나세가 우왕 6년(1380) 8월에 최무선과 함께 鎭浦戰鬪에서 왜구를 물리치고 귀환하자, 잡희를 크게 開設하여 환영하였고, 권126 열전제39 姦臣2 변안열조에 禑王 초에 변안열, 나세 등이 扶寧에서 왜구를 물리치고 개경으로 개선하자, 都堂에서 天水寺에까지 나가 儺戲를 개설하여 환영하였다고 전한다. 고려 후기에 왜구 등을 물리치고 귀환한 장군을 축하하기 위해, 채붕 또는 산대를 개설하고 잡희 또는 나

---

328 『牧隱詩藁』 권33 시 山臺雜劇.
329 『牧隱詩藁』 권26 諸將入城.

희를 공연하였음을 알려주는 자료들이다. 그러면 이색이 산대잡극이란 시에서 묘사한 잡극 역시 왜구 등을 물리치고 개선한 장군 등을 환영하는 자리에서 공연된 것이라고 볼 수 있을까? 이색이 동대문에서 대궐 문 앞까지를 무대로 하여 산대잡극을 공연하였다고 언급한 것으로 보아, 개선한 장군 등을 환영하기 위해 공연한 산대잡극을 보고 시를 지었다고 이해하기가 쉽지 않을 듯싶다.

산대잡극을 공연한 시기와 관련하여 고려에서 2월에 개최된 상원연등회, 11월 15일과 16일 이틀간에 걸쳐 개최된 팔관회에서 백희잡기를 공연하였다는 사실을 주목할 필요가 있다.[330] 『고려사』 예지에 연등회와 팔관회 행사 절차가 자세하게 전하는데, 여기에서 연등회와 팔관회 소회일 행사에 백희잡기를 공연하였다고 밝히고 있다. 앞에서 팔관회에서 四仙樂府를 공연하였다고 언급하였는데, 이와 같은 백희를 공연한 전통은 고려 후기까지 지속되었던 것으로 확인된다.[331] 『고려사』 권14 세가14 예종 15년 10월 辛巳 기록에 팔관회를 열고 왕이 雜戲를 관람하였는데, 그 가운데 國初의 功臣 金樂과 申崇謙의 모습을 본뜬 偶像이 있었으며, 왕이 이를 보고 감탄하여 시를 지었다고 전한다. 팔관회에서 김락과 신숭겸의 偶像을 가지고 잡극을 공연하였음을 시사해준다. 한편 숙종대에 朴浩가 올린 '賀八關表'에 '선왕의 유훈을 받들어 天竺의 도량을 장엄하게 배설하고, 漢代의 醮(천자가 베푸는 향연)를 본받아 魚龍百戲를 다투어 연출하였다.'라고 전하는데,[332] 이와 관련된 기록이 『漢書』 西域列傳에 전한다. 여기에서는 漢의 天子가 酒池肉林으로써 四夷의 사신들을 접대하고, 巴兪와 都盧·海中碭極·蔓延魚龍·角抵의 遊戲를 공연하여 관람케 하였다고 하였다.[333] 고려에서도 팔관회에서 다양한 백희잡기를

---

330 참고로 서경에서는 10월 15일, 16일에 팔관회를 개최하였다.

331 안지원, 2005 앞 책, 148~150쪽.

332 臣某等言 …… 辨竺設以莊嚴 效漢醮而宴衍 魚龍百戲 遞進於廣塲(『동문선』 권31 表箋 賀八關表).

333 天子負醺依 襲翠被 馮玉几 以處其中 設酒池肉林 以饗四夷之客 作巴兪都盧海中碭極蔓延

공연하였음을 박호가 위와 같이 표현한 것으로 이해된다.[334]

여기서 문제는 연등회와 팔관회 행사에서 처용무를 공연하였는가에 관해서이다. 앞에서 이색은 산대잡극이란 시를 지으면서, 雜劇을 동대문에서 대궐 앞까지 이어진 무대에서 공연하였다고 언급하였다. 이색이 직접적인 언급은 하지 않았지만, 동대문에서 대궐 문 앞까지 다양한 백희잡기를 공연한 행사로서 연등회와 팔관회, 구나의례 등을 추론해볼 수 있는데, 아마도 이색이 연등회와 팔관회 행사에서 공연된 산대잡극을 보고 산대잡극이란 시를 지었을 가능성이 높지 않을까 여겨진다. 만약에 이러한 추론이 잘못되었다고 하더라도, 국왕이 참석하는 소연회와 구나의례에서 처용무를 공연하였음을 감안하건대, 연등회와 팔관회 행사에서 백희잡기의 하나로서 처용무를 공연하였다는 사실 자체는 부정하기 어려울 듯싶다. 나아가 이를 통해서 처용희가 점차 대중화되면서 민간에서도 널리 연행되었음을 유추해볼 수 있다.[335] 『佔畢齋集』 권3 東都樂府에 金宗直이 黃昌郎에 대해 소개한 글이 전하는데, 여기에서 신라 사람 황창랑이 백제왕을 찔러 죽이고 죽자, 후세 사람들이 가면을 만들어 그를 상징하여 (황창랑이란 무악을) 처용무와 함께 공연하였다고 언급하였다. 김종직의 언급은 고려시대에 처용무를 민간에서 널리 공연하였음을 엿보게 해주는 사례로서 주목된다고 하겠다. 고려 후기에 국왕이 참석한 소연회에서 처용희를 공연한 사례 역시 민간에서 처용희가 널리 공연되었음을 상기시켜 주는 측면으로서 유의된다고 하겠다.

이상에서 고려시대에 除夜에 치른 驅儺儀禮, 연등회와 팔관회 행사 및 민간에

魚龍角抵之戲 以視觀之(『漢書』 권96下 西域列傳第27).

334 한편 『高麗史』 권71 지25 악2 用俗樂節度條에 문종 27년(1073) 11월 辛亥에 팔관회를 베풀고, 왕이 神鳳樓에 거둥하여 敎坊樂을 감상하였는데, 이때 여제자 楚英이 '새로 전습한 가무는 抛毬樂, 九張機別伎인데, 抛毬樂에는 弟子가 13인이고, 九張機에는 제자가 11인입니다.'라고 아뢰었다는 내용이 보인다. 이에서 팔관회 행사에서 당악인 포구락과 구장기별기 등을 공연하였음을 엿볼 수 있다.

335 안지원, 2005 앞 책, 179쪽.

서 처용무와 처용희를 널리 演行하였음을 살펴보았다. 한편 처용무 또는 처용희의 공연 내용도 고려시대를 거치면서 변화되었을 것으로 추정되는데, 이와 관련하여 成俔의 『용재총화』권1에 기술된 다음의 기록이 주목된다.

　　處容戲는 신라의 憲康王 때부터 시작되었다. 神人이 바다에서 나와 처음에는
　　開雲浦에 나타났다가 王都로 들어왔는데, 그 사람됨이 뛰어나게 훌륭하고 독특
　　해서 노래와 춤추기를 좋아하였다. …… 처음에는 한 사람에게 검은 베옷을 입
　　고 紗帽를 쓰고 춤을 추게 하였는데, 그 뒤에 五方處容이 나타나게 되었다. 世
　　宗이 그 曲節을 참작하여 歌辭를 改撰하여 鳳凰吟이라 불렀으며, 마침내 廟廷
　　의 正樂으로 삼았고, 世祖가 이를 확대하여 크게 樂을 合奏하게 하였다.[336]

　　成俔의 언급에 따르면, 처음에 處容戲는 한 사람이 검은 베옷을 입고 紗帽를 쓰고 춤을 추게 하는 모습이었다가 후에 五方處容으로 확대되었으며, 다시 세종대에 가사를 改撰하여 廟廷의 正樂으로 삼았다고 볼 수 있다. 실제로 『世宗實錄』에서 세종대에 驅疫儀式을 치르고 處容舞를 공연한 사실, 처용무의 舞人을 기생 대신 남자 才人을 쓰라고 지시한 내용, 處容呈才 3聲을 예습토록 지시한 내용 등이 전한다. 『악학궤범』에서 처용무는 학 및 연화대와 合設하여 공연하였다고 기록하였는데, 세조대에 처용무를 확대하였다는 것은 바로 이를 가리키는 것으로 보인다. 학·연화대·처용무 합설은 청학춤과 백학춤, 오방처용무, 연화대무로 구성되었고, 다양한 음악반주와 노래가 동원되는 종합가무극의 성격을 지녔다고 이해되고 있다.[337]

336　處容之戲 肇自新羅憲康王時. 有神人出自海中 始現於開雲浦 來入王都 其爲人奇偉倜儻 好
　　歌舞. …… 初使一人黑布紗帽而舞 其後有五方處容. 世宗以其曲折 改撰歌詞 名曰鳳凰吟
　　遂爲廟廷正樂. 世祖遂增其制 大合樂而奏之(『慵齋叢話』권1 處容戲).
337　전경욱, 2004 앞 책, 247~248쪽.

뒤에서 살펴볼 예정이지만, 이색이 지은 驅儺行이란 시에 五方鬼와 白澤이 춤을 춘다는 표현이 보인다. 적어도 고려 말에 오방처용무가 공연되지 않았음을 시사해주는 자료이다. 앞에서 세종대에 처용무를 궁중의 정악으로 개편하였다고 언급하였다. 이때 처용희의 歌詞를 改撰하였다고 하였는데, 개찬된 가사가 바로『악학궤범』에 전하는 그것이었을 가능성이 높다. 이 가사가 학·처용무·연화대 합설에 사용되었음을 감안하건대, 가사를 改撰한 세종대에 비로소 오방처용무를 공연하였다고 보는 것이 합리적이지 않을까 한다. 즉 고려시대에 연희자가 검은 베옷에 紗帽를 쓰고 처용무를 공연하다가 세종대에 오방처용무가 널리 공연되었다고 볼 수 있다는 의미이다.

處容舞 또는 處容戲와 관련하여 또 하나 주목할 사항은 기록마다 처용의 형상에 대한 묘사가 약간 차이가 있다는 점이다. 앞에서 이색이 구나행이란 시에서 처용의 얼굴이 술에 취한 듯 붉다고 표현하였음을 살핀 바 있다.『악학궤범』권9 處容官服圖說에 처용의 가면 모습을 구체적으로 묘사한 그림이 전하고, 또한 권5 成宗朝 鄕樂呈才圖說에 전하는 處容歌에서 처용이 '넓은 이마, 무성한 눈썹, 우그러진 귀, 붉은 모양의 얼굴, 우뚝 솟은 코, 앞으로 튀어나온 턱, 앞으로 기울어진 어깨'를 지녔다고 묘사하였다. 구나행이란 시에서 이색이 묘사한 처용의 형상과『樂學軌範』에 전하는 處容歌에서 묘사한 처용의 형상은 상통하는 면이 있다고 이해할 수 있다.

그런데 고려 말·조선 초의 자료에서 驅儺行이라는 시에서 묘사한 처용의 형상과 다른 내용을 살필 수 있다. 李齊賢은『익재난고』권4 小樂府에서 處容翁이라는 표현을 사용하였다. 또한 고려 말에 鄭誧(1309~1367) 역시 處容翁이라는 표현을 사용하였으며,[338] 徐居正이 지은『東人詩話』에 태조 3년(1394)에 朴信이 교주·강릉도 안렴사로 부임하였을 때, 府尹 趙云仡이 안렴사를 맞이하여 경포대에서

338『雪谷先生集』卷下 詩 蔚州八景 開雲浦.

뱃놀이를 하면서, 기생 홍장에게 몰래 화장을 곱게 하고, 고운 옷을 입게 한 다음, 별도로 배 한 척을 준비하여 늙은 관인으로서 수염과 머리가 희고, 모습이 처용과 비슷한 자를 골라 의관을 정중하게 하여 홍장과 함께 배에 실었다고 전한다. 그리고『세종실록지리지』경상도 울산군조에 '세상에서 전하기를, "신라 때에 어떤 사람이 그 위에서 나왔는데, 얼굴이 기괴하고 노래와 춤을 좋아하니, 그때 사람들이 處容翁이라고 일렀다."고 한다.'라는 기록도 전한다. 수염과 머리가 흰 처용의 이미지는 이색과『악학궤범』에서 묘사한 처용의 형상과 분명하게 차이가 있다.

處容翁이라고 표현한 자료 가운데『익재난고』를 제외하고 나머지는 모두 지방에서 전승된 사실을 기록하고 있다는 점을 주목할 필요가 있다. 이에 따른다면, 處容을 老人이라고 묘사한 자료들은 주로 지방에서 널리 전승된 사실을 반영한 것이라고 이해할 수 있기 때문이다. 이에서 한 걸음 더 나아가 국가에서 주최한 驅儺儀禮에서 사용된 처용의 가면은 구나행이란 시와『악학궤범』의 처용가에 전하는 것과 비슷한 모습이었고, 民間 또는 유희에서 사용한 처용의 형상은 수염과 머리가 하얀 노인의 모습이었을 것이라는 추론도 가능할 듯싶다. 신라와 고려 전기에 처용의 형상은 본래 구나행이란 시에 전하는 것과 비슷하였지만, 처용희가 점차 대중화되면서 처용가면을 노인의 모습으로 희화화하여 제작한 것으로 이해된다.

연산군대에 이르러 처용무, 즉 처용희의 공연에 약간의 변화가 나타났다. 일반적으로 처용무는 중요한 국가행사나 또는 구나의례를 거행할 때에 공연되었다. 그런데 연산군은 자주 연회에서 처용무를 공연하게 하였을 뿐만 아니라 그 자신이 처용가면을 쓰고 춤을 추기도 하여 국가의 기강을 크게 문란하게 만들었다.[339] 여기다가 남자 才人 대신 기생으로 하여금 처용무를 공연하게 하였을 뿐

---

339 이상의 내용은『연산군일기』연산군 3년 12월 28일조, 10년 5월 22일조, 10년 12월 30일

만 아니라[340] 처용의 사모관대를 泥金과 眞彩를 사용하여 화려하게 만들었고,[341] 처용가면을 여자의 얼굴같이 가볍고 편하게 만들도록 지시하기도 하였다.[342] 연산군대에 처용희는 女妓가 춤추는 것으로 바뀌었을 뿐만 아니라 처용희의 내용에서도 다분히 주술적인 내용이 크게 약화되고 宴樂舞로서의 성격을 강하게 지니게 되었다고 볼 수 있다.[343]

중종반정 후에 처용희는 부분적으로 연말에 구나의례를 거행할 때에만 공연되고,[344] 원칙적으로 연회에서 그것을 공연하는 것이 금지되었다. 그리고 중종 13년(1518) 4월 1일에 왕이 樂章 속의 淫詞나 釋教와 관련이 있는 말을 고치라고 명령함에 따라 處容舞·靈山會上을 새로 지은 壽萬年詞로 대치하였다.[345] 그러나 조선 후기에 이르러 궁중 연회에서 처용무를 공연하였음이 확인되고,[346] 지방에서 그것을 공연하기도 하였다.[347]

5. 구나의례와 신라 오기

고려와 조선에서 처용무 또는 처용희가 널리 공연된 것과 달리 이외의 신라

조, 11년 1월 1일조, 11년 4월 7일조, 11년 10월 9일조, 11년 12월 29일조에 전한다.
340 『연산군일기』 연산군 10년 12월 13일조.
341 『연산군일기』 연산군 10년 12월 15일조.
342 『연산군일기』 연산군 10년 12월 21일조.
343 전경욱, 2004 앞 책, 250쪽.
344 『중종실록』 중종 1년 12월 26일조.
345 『중종실록』 중종 13년 4월 1일조.
346 『숙종실록』과 『영종(영조)실록』에 처용희를 공연한 내용이 다수 전한다.
347 朴琮의 『鐎洲集』 권15 東都遊錄에 경주에서 처용무를 공연하였다고 전하고, 朴思浩의 『心田稿』 제1권 燕薊紀程 己丑年(1829) 3월 26일조에 黃州에서 처용무를 공연하였다고 전한다.

驅儺舞의 전승에 관한 자료를 찾기가 쉽지 않다. 신라의 구나무 가운데 처용무와 더불어 고려시대에도 여전히 계속 공연되었음이 확인되는 것이 바로 사자춤이다. 이에 관한 내용은 李穡의 驅儺行이란 시에서 살필 수 있다. 구나행의 앞부분은 구나의식을 행하는 이유와 그것의 구체적인 절차를 설명한 것이다. 이에 관해서는 이미 기존의 연구에서 자세하게 언급한 바가 있기 때문에 여기서 더 이상 언급하지 않을 것이다.[348] 구나행에서 앞에서 소개한 처용무를 제외한 백희잡기를 묘사한 부분을 소개하면 다음과 같다.

舞五方鬼踊白澤　　五方鬼가 춤을 추고 白澤이 뛰며 놀고 있고

吐出回祿吞靑萍　　불을 토해 내고 칼을 삼키네

金天之精有古月　　西域의 精靈은 胡人인데

或黑或黃目靑熒　　혹은 검고 혹은 누렇고 눈은 새파랗구나

其中老者傴而長　　그 가운데 노인은 등이 굽고 머리가 길도다

衆共驚嗟南極星　　무리들이 모두 놀라 南極星(壽星)이라고[349] 경탄하네

江南賈客語侏離　　강남의 장사꾼은 서쪽 오랑캐의 말을 하며

進退輕捷風中螢　　나아가고 물러남이 가볍고 민첩하여 바람에 날리는 반딧불 같도다

　　……

黃犬踏碓龍爭珠　　황견은 방아를 찧고 용은 여의주를 다투고

蹌蹌百獸如堯庭　　온갖 짐승이 요 임금의 뜰에서 춤을 추는 듯하다

---

348 이혜구, 1957 「牧隱先生의 驅儺行」, 『韓國音樂研究』, 국민음악연구소, 295~299쪽; 김학주, 2002 「당희를 통해서 본 이색의 구나행」, 『공연문화연구』4, 7~9쪽; 김수경, 2004 앞책, 54~58쪽.

349 일반적으로 南極星은 하얀 수염에 지팡이를 짚고 이마가 높이 솟은 노인으로 묘사되고 있다고 한다(안상복, 2002 「구나행의 나희와 산대놀이」, 『중어중문학』30, 422쪽).

위의 시에 보이는 五方鬼는 東·西·南·北·中을 수호하는 5방의 귀신을 가리키며, 白澤은 실체를 둘러싸고 논란이 많지만, 사자로 보는 것이 옳다고 보인다.[350] 오방귀 춤은 벽사와 관련이 깊고, 또한 일반적으로 사자춤이 벽사진경을 위해 널리 공연되었다는 점을 고려한다면, 白澤은 사자로 이해하는 것이 가장 합리적이라고 판단되기 때문이다. 따라서 구나행이란 시는 사자춤이 고려 후기에도 구나무로서 자주 공연되었음을 시사해주는 자료로서 주목된다고 하겠다. 回祿은 화재를 맡은 신을, 靑萍은 명검의 이름이다. 따라서 '吐出回祿吞靑萍'은 吐火와 吞刀라는 환술을 묘사한 것으로 볼 수 있다.

金天은 서쪽 하늘을 가리키므로, 서역을 이른다고 이해할 수 있다. 그리고 '或黑或黃目靑熒, 其中老者傴而長, 衆共驚嗟南極星'은 서역인이 고려에 와서 공연한 모습을 묘사한 것으로 짐작된다.[351] 『고려사』 권129 열전제42 叛臣 최충헌조

---

350 윤광봉, 1992 「한국 가면극의 형성과정」,『비교민속학』9, 97쪽; 김학주, 2002 앞 논문, 12쪽; 전경욱, 2004 앞 책, 187쪽.

351 『고려사』권72 지26 輿服2 儀衛 法駕衛仗條에 安國伎 일부, 雜伎 일부 각 40인, 高昌伎 일부 16인, 天竺伎 일부 18인, 宴樂伎 일부 40인이 있다고 전한다. 법가위장은 국왕의 어가 행차 때 갖추는 의장의 하나이다. 안국기와 잡기(雜劇伎)는 上元燃燈奉恩寺眞殿親幸衛仗과 西南京巡幸回駕奉迎衛仗幸衛仗에도 포함되었다고 한다. 안국기와 고창기, 연악기, 천축기는 모두 당나라 10부기에 해당한다. 천축기는 인도, 안국기는 현재 우즈베키스탄의 부하라(Bukhra), 高昌伎는 중국 신장성 투르판의 高昌國 음악을 연주하던 樂人으로 구성되었고, 宴樂伎는 중국의 전통 음악을 연주하던 樂人으로 구성되었다. 고려시대에 안국과 고창국은 존재하지 않았다. 고려에서 당나라 10부기를 모방하여 안국기, 고창기, 천축기, 연악기 등을 衛仗樂에 편성하였던 것으로 보이는데, 안국기와 고창기 등에 안국인이나 고창국인이 직접 소속되었는가에 대해서는 의문이 든다고 하겠다. 다만 고구려 약수리고분벽화와 팔청리고분벽화에 고분의 주인공이 행차할 때, 행렬 앞에서 여러 가지 곡예를 공연하는 伎人들의 모습을 발견할 수 있다. 위장악대에 편성된 雜伎(雜劇伎)들이 바로 御駕가 거동할 때, 행렬 앞에서 다양한 잡기를 演行하였던 것으로 이해된다. 당나라의 안국기에는 琵琶·五絃琵琶·豎箜篌·簫·橫笛·篳篥·正鼓·和鼓·銅鈸·箜篌 등이 있었고, 高昌樂에는 豎箜篌·琵琶·五絃·笙·橫笛·簫·篳篥·腰鼓·雞婁鼓·銅角 등이 있었다고 한다. 물론 천축기와 연악기에도 그 음악을 연주할 때에 필요한 악기가 별

에 희종 4년(1208)에 왕이 崔怡의 집으로 옮기자, 崔忠獻이 御駕를 영접하고 闊洞의 자기 집에서 왕의 장수를 기원하는 연회를 베풀었는데, 이때 胡漢이 雜戲를 공연하였다고 전한다. 여기서 말하는 胡는 당시 고려와 자주 교류하였던 여진 또는 거란족을 가리키는 것으로 추정된다. 원간섭기에 서역인을 총칭하는 色目人의 고려 이주가 활발하게 이루어져서 고려사회에 '回回家'가 존재했을 뿐만 아니라 '雙花店'에 '회회아비'가 등장하고 있음이 확인된다.[352] 따라서 이색의 구나행에 등장하는 서역인들은 바로 고려에 이주한 色目人 伎人으로 추정된다고 하겠다. 아마도 吐火와 呑刀 등의 잡기를 연행하였을 것으로 짐작된다. 侏離는 고대 중국에서 西戎의 음악 또는 알아듣기 어려운 오랑캐의 말을 뜻한다.[353] '江南賈客語侏離 進退輕捷風中螢'이란 구절은 강남에서 온 상인으로 분장한 伎人이 알아듣기 어려운 말을 하면서 몸을 재빠르게 움직이며 공연한 모습을 묘사한 것으로 추정되고, 동물들이 등장하는 '黃犬踏碓龍爭珠 蹌蹌百獸如堯庭'은 물고기가 용으로 변하고, 곰과 호랑이 등이 재주를 부리며, 공작새 등이 어정어정 걷고, 코끼리가 재주를 부리는 연희인 漢代의 魚龍蔓延之戲에 비견되는 잡희를 묘사한 것으로 이해된다.

그런데 구나의례에서 다양한 백희잡기를 공연한 관행은 이미 중국에서부터 유래되었음을 확인할 수 있다. 당 昭宗 乾寧 연간(894~897)에 段安節이 저술한 『樂府雜錄』驅儺條에 다음과 같은 기록이 전한다.

도로 존재하였다. 이에 따른다면, 안국기와 고창기 등은 주로 잡기들이 공연할 때에 필요한 음악을 연주하던 악단으로 규정할 수 있지 않을까 한다. 물론 그들이 모두 안국, 고창국 등에서 온 사람들이라고 보기 어렵고, 고려 또는 중국인들이 주로 악기를 연주하였을 가능성이 높다고 보인다.

352 김철웅, 2017「고려 후기 색목인의 이주와 삶」『동양학』68.

353 단국대학교 동양학연구소, 1991『한한대사전』1, 1084쪽.

(除夜) 열흘 전에 太常卿과 여러 관리가 本寺(太常寺)에서 먼저 나례를 점검하고, 아울러 두루 여러 음악을 점검하였다. 그 날에 크게 잔치를 벌였는데, 너 댓 관청의 관리와 朝廷大臣들의 집에서도 모두 樂棚 위로 올라가 그것을 구경하였다. 백성들도 또한 구경하였는데, 대단한 장관이었다. 태상경은 섣달 그믐날 하루 전에 右金吾의 龍尾道 아래에서 儺禮를 다시 점검하였는데, 다만 이때 음악을 사용하지 않았다.[354]

위의 기록은 섣달 그믐날에 치른 구나의례를 열흘 전과 하루 전에 사전 점검한 사실을 전한 것이다. 여기에 구나의례에서 다양한 백희잡기를 공연하였다는 언급은 보이지 않지만, 종래에 나례의식에 필요한 여러 음악(諸樂)을 散樂(雜技)까지 포함한 歌舞雜戲의 총칭으로 이해한 견해가 제기되어 주목된다.[355] 너 댓 관청의 관리와 조정대신들의 집에서 樂棚 위에 올라가 구경하고, 백성들도 또한 구경하여 대장관을 이루었다고 표현한 점을 주목하건대, 구나의례에서 다양한 백희잡기를 공연하였다는 사실은 의문의 여지가 없을 듯싶다. 이와 같은 당나라의 구나풍습이 고려에 전해졌음은 이색의 구나행이란 시를 통해서 엿볼 수 있음은 물론이다. 여기서 문제는 당나라의 풍습이 신라에도 전해졌을 가능성은 없었을까 하는 점이다. 이와 관련하여 최치원이 지은 鄕樂雜詠에 보이는 新羅 五伎가 주목된다고 하겠다.

구나행에서 驅儺와 직접 연관을 지닌 百戲는 五方鬼舞와 白澤舞(사자춤), 處容舞였고, 나머지는 고려 후기에 구나의례를 거행할 때에 공연한 백희잡기라고 볼 수 있다. 한편 성현의 觀儺라는 시에서는 구나의례를 거행할 때에 弄丸, 步索(줄

354 事前十日 太常卿並諸官於本寺先閱儺 並遍閱諸樂. 其日大宴三五署官 其朝寮家皆上棚觀之 百姓亦入看 頗謂壯觀也. 太常卿上此 歲除前一日 於右金吾龍尾道下重閱 即不用樂也 (『樂府雜錄』驅儺).

355 김학주, 1963「나례와 잡희-중국과의 비교를 중심으로-」, 『아세아연구』6-2, 106쪽.

타기), 傀儡(인형극), 長竿戲(솟대타기)를 공연하였음을 전해주고 있다. 고려 후기에도 이와 같은 잡기들을 구나의례 또는 연등회·팔관회 행사에서 공연하였다고 봄이 자연스러울 것이다. 최치원이 지은 향악잡영에 전하는 金丸은 弄丸에 해당한다. 月顚과 束毒은 서역에서 전래된 무악인데, 색목인으로 추정되는 西域人이 공연한 잡기에 대응시킬 수 있다. 앞에서 大面과 狻猊는 驅儺舞에 해당한다고 살핀 바 있다. 이것들은 구나행에 보이는 五方鬼舞와 處容舞, 白澤舞에 대응시킬 수 있다. 신라 오기 가운데 대면과 산예가 분명하게 구나무의 일종이었고, 고려 후기에 구나의례에서 다양한 백희잡기를 공연하였음을 염두에 둔다면, 향악잡영에 전하는 신라 오기는 바로 9세기 후반에 신라에서 당나라의 구나의례를 수용하여 儺禮儀式을 거행할 때에 공연된 驅儺舞와 百戲雜技였고, 이색, 성현 등과 마찬가지로 최치원 역시 구나의례에서 공연된 구나무를 비롯한 다양한 백희잡기의 공연을 관람하고, 그 감흥을 시로서 표현하였다고 추정해볼 수 있지 않을까 여겨진다.[356]

만약 필자의 추론에 잘못이 없다면, 9세기 후반에 儺禮儀式에서 대면과 산예가 중심적인 구나무로서 널리 공연되었다고 정리할 수 있다. 고려시대에 大面이란 舞樂을 구나의례에서 공연하였음을 살필 수 있는 자료는 전하지 않고, 대신 처용무가 널리 연행되었음이 확인된다. 그렇다면, 대면과 처용무의 관계는 어떻게 설명할 수 있을까가 궁금한데, 여기서 두 가지 가능성을 상정해볼 수 있다. 한 가지는 大面은 고려시대에 전혀 계승되지 않고, 대신 신라 말기에 제작된 처용무가 대면을 대신하여 구나의례에서 널리 공연되었을 가능성이고, 다른 한 가지는 大面이란 무악과 처용설화가 결합되어 새로운 무악인 처용무가 창출되었을

---

356 근래에 朴文玉, 2017 「关于新罗乐舞的几个问题」,『세계 속의 신라 樂』(제11회 新羅學國際學術大會 발표문), 경주시·신라문화유산연구원, 191쪽에서 束毒은 除夕에 거행하는 季冬의 大儺에서 공연된 儺舞였다고 추정하여 주목된다.

가능성이다. 중국에서 龜玆地域에서 전래된 大面(代面)이 북제의 蘭陵王說話와 결합되면서 새로운 가무희인 난릉왕으로 재창출되었음을 확인할 수 있다. 이와 같은 사례를 염두에 둔다면, 신라에서도 구나무의 일종인 대면이라는 舞樂에 처용설화를 결합하여 새로운 무악으로서 처용무를 만들었을 가능성도 충분히 고려해볼 수 있을 것이다.[357] 추론에 추론을 거듭한다면, 신라의 경우, 구나의례에서 대면과 산예라는 구나무와 더불어 다양한 백희잡기를 공연하였고, 고려시대에 이르러 신라의 대면이라는 무악과 처용설화가 결합되어 새로 창출된 처용무, 그리고 오방귀무와 백택무가 구나의례에서 널리 공연되었을 뿐만 아니라 당과 신라의 전통을 이어서 거기에서 다양한 백희잡기를 공연하였다고 볼 수도 있지 않을까 한다. 향후 더 많은 자료와 더불어 연구방법론이 개발된다면, 이에 대한 이해와 연구가 한층 더 진전될 것으로 기대된다.

---

357 종래에 龜玆의 驅儺舞인 大面이 중국에 들어와 난릉왕 전설과 결합하여 난릉왕이라는 가무희로 재창조되고, 이것이 한국에 다시 영향을 미쳐 대면희와 劍舞, 구나적 성격의 處容舞가 성립되는 결정적인 계기가 되었을 것으로 주장한 견해가 제기되어 참조된다(이두현, 1992 앞 책, 62~63쪽).

4장 : 고대사회의 백희잡기 및
무악의 사회적 기능

『삼국지』위서 동이전에 부여와 예에서 제천행사 기간 동안에 '밤낮으로 먹고 마시며 노래 부르고 춤을 추었다.'고 전한다. 삼한의 5월과 10월의 파종제 및 수확제에서도 역시 마찬가지였다. 동맹제 기간 동안 개최된 隧穴祭에서 고구려 건국신화를 祭儀로서 재현하였다. 그것을 주관한 고구려 왕실은 시조왕의 출생과 관련된 신화를 제의로 재현함으로써 자신들의 신성성과 존엄성을 재확인하였을 것이다. 거기에 참여한 각 부의 대표들은 고구려 왕실의 정당성을 인정하고, 아울러 그들에게 앞으로도 계속해서 충성하고 복속할 것을 맹세하였다고 보인다. 이런 점에서 동맹제는 각 부집단간의 유대의식을 높이고 고구려를 하나의 단일한 정치체로서 유지하게 만드는 내재적인 운영원리로서 작용하였던 셈이 된다. 당시 각 부마다 자체적으로 제천행사를 개최하였으므로 각 부 역시 이를 통하여 통합력을 제고하였음은 물론이다. [358]

삼한에서는 제천행사에 참여한 사람들이 집단적으로 群舞를 추어 흥을 돋구웠던 것으로 보아 그들 사이의 유대의식을 한결 공고하게 다지는 데에 가무가 중요한 역할을 수행하였음을 짐작해볼 수 있다. 당시 국가 또는 각 정치체의 지배자는 집단성과 공동체성을 특징으로 하는 歌舞를 매개로 하여 자신의 지배력을 한층 더 강화하는 한편, 국가 또는 각 정치체의 통합력을 제고시킬 수 있었을 것이다.

---

358 노태돈, 1999『고구려사연구』, 사계절, 158~164쪽.

한편 百戲와 舞樂은 국가와 국가, 그리고 중앙과 지방 사이의 통합을 강화시키는 데에도 일정한 역할을 수행하였다. 수나라의 7部伎와 9部伎, 당나라의 10部伎에 고려기를 비롯하여 주변 나라의 음악이 대거 포함되었다.[359] 수와 당에서 주변 나라의 음악을 7부기, 9부기, 10부기 등에 포섭하여 궁중의 燕樂으로 널리 공연한 목적은 중국 중심의 일원적인 세계질서 아래에 四夷를 복속시켜 중화와 주변 나라와의 융합을 꾀하기 위해서였다. 즉 四夷의 음악을 수와 당의 궁중에서 공연함으로써 중국 천자의 권위를 높일 뿐만 아니라 四夷가 賓服하여 천하가 태평하다는 점을 강조하기 위해서였던 것이다.

대가야의 嘉悉王이 중국의 악기를 보고 가야금을 만든 다음, '여러 나라의 방언이 각기 다르니, 聲音이 어찌 한결같을 수 있겠느냐.'고 말하고, 우륵에게 12곡을 짓도록 명령하였다. 12곡 가운데 師子伎와 寶伎를 제외하고, 나머지는 모두 가야 소국의 고유 음악을 토대로 하여 정리한 것이다. 가야연맹체의 맹주국인 대가야에서 우륵 12곡을 제정한 것과 수와 당나라에서 주변 여러 나라의 음악을 기초로 하여 7부기, 9부기, 10부기를 구성한 것은 맥락을 같이한다고 볼 수 있다. 12곡은 가야 소국의 지배자들이 정기적으로 참석하는 회의장소나 또는 궁중에서 정기적으로 연주되었을 것인데, 이럼으로써 연맹체 맹주국인 대가야왕의 권위를 높이고, 나아가 맹주국 대가야를 중심으로 하는 가야연맹의 유대가 한결 공고해졌을 것으로 기대된다.[360]

우륵이 신라에 망명한 후에 진흥왕은 그를 國原에 거주하게 하고, 계고와 법지, 만덕 등에게 가야금, 노래와 춤을 전수하도록 지시하였으며, 그 자신 우륵과

---

359 수나라의 7부기(7부악)는 國伎, 淸商伎, 高麗伎, 天竺伎, 安國伎, 龜玆伎, 文康伎로, 9부기(9부악)는 淸樂(청상기), 西凉, 구자, 천축, 康國, 疎勒, 안국, 고려, 禮畢(문강기)로 구성되었고, 당의 10부기(10부악)는 燕樂伎, 淸樂伎, 西凉伎, 天竺伎, 高麗伎, 龜玆伎, 安國伎, 疎勒伎, 高昌伎, 康國伎를 말한다.

360 주운화, 2005 앞 논문, 178~184쪽.

그의 제자가 연주한 가야의 음악을 듣고 크게 기뻐하였다. 그런데 어떤 신하가 '가야에서 나라를 망친 음악이니, (이는) 취할 것이 못 됩니다.'라고 간언하자, 진흥왕은 '가야왕이 음란하여 스스로 멸망한 것이지 음악이야 무슨 죄가 있겠는가. …… 나라의 다스려짐과 어지러움은 음악 곡조로 말미암은 것이 아니다.'라고 말하고, 마침내 그것을 널리 행하게 하여 大樂으로 삼았다고 한다. 가야금은 이후 신라인들에게 널리 사랑을 받아 거문고, 비파와 함께 신라 3대현악기로 자리 매김하였다. 진흥왕은 가야와 가야인을 배척하지 않고 신라에 융합시키려는 정치적 의도에서 대가야의 음악을 적극 수용하였던 것으로 보인다.[361] 신라의 향악 가운데 郡樂이 여럿 포함되어 있었다.[362] 이것은 신라의 궁정에서 연주되었을 것이다. 신라에서 지방의 음악을 宮庭에서 연주한 배경에는 신라왕을 중심으로 하는 일원적인 지배체제 내로 지방민을 포섭하려는 정치적 의도가 깔려 있다고 보아야 한다. 삼국통일 후에 신라에서 고구려와 백제음악을 적극 수용한 것도 신라의 지배체제 내로 고구려와 백제유민을 적극적으로 포섭하기 위한 정치적 의도와 결코 무관하지 않았을 것이다.

부여와 예, 삼한 등에서 제천행사 기간 동안에 노래를 부르고 춤을 추었다고 하였다. 본래 고대인들은 신이나 귀신도 五感을 가지고 있다고 생각하여 제사를 지낼 때에 맛있는 음식을 차려 놓고 歆饗하도록 하였다. 그리고 북과 종을 쳐서 음악을 연주하고, 노래를 부르고 춤을 추어서 신을 즐겁게 하면 복을 받는다고 생각하였다.[363] 갑골문에 등장하는 '樂'字는 나무막대기에 달린 손방울의 모습을 하고 있는데, 이를 흔들어서 그 소리로 신을 즐겁게 한다는 것이 본래의 뜻이라고 한다. 그리고 '喜'字도 신에게 기도를 드리면서 북을 쳐서 신을 즐겁게 한다는

---

361 김성혜, 2005 앞 논문, 14~15쪽.

362 『삼국사기』악지에 內知, 白實, 德思內, 石南思內, 祀中이 日上郡과 押梁郡, 河西郡, 道同伐郡, 北隈郡의 음악이라고 전한다.

363 김병준, 2004 「신의 웃음, 聖人의 樂」, 『동양사학연구』86, 32~33쪽.

뜻이라고 한다.[364] 아울러 巫師가 음악과 춤으로 降神을 유도하는 것이나, 은대의 음악과 춤을 담당하는 직관이 모두 제사의례 관련 관직이라는 것 등은 상고시대에 음악에 의한 즐거움이 모두 신과 관련되었음을 시사해주는 측면으로 이해되고 있다.[365]

부여의 경우, 초기에 가뭄이나 장마가 계속되어 五穀이 영글지 않으면, 그 허물을 왕에게 돌려 왕을 교체하거나 죽였다. 당시에 왕은 하늘을 섬기고, 즉 제사를 드리고 신의 계시를 받아 정치를 하는 巫的인 神異性을 지녔는데, 그 신이성이 상실되어 흉년이 들었다고 판단하여 왕을 교체하거나 죽였을 것이다. 신라 초기의 왕호 가운데 次次雄이 바로 巫的인 성격을 지녔으므로 신라에서도 부여와 같은 풍속이 있었음을 짐작해볼 수 있다. 부여와 신라 초기 지배자가 巫的인 성격을 지닌 측면과 중국 상고시대에 음악에 의한 즐거움이 모두 신과 관련되었음을 참조하건대, 제천행사를 치르고 난 뒤에 먹고 마시고 노래를 부르며 춤을 추는 내용의 축제는 제천행사의 일환으로 이해하는 것이 바람직할 듯싶다. 이때 축제에서 공연된 歌舞는 신의 즐거움, 즉 娛神을 위한 제사에 수반된 의례의 일종으로 이해될 수 있음은 물론이다. 당시 축제에서 天神이 유일한 관객이고, 제천행사에 참여하여 노래를 부르며 춤을 춘 모든 사람들은 신에게 즐거움을 주기 위하여 연기하는 배우였다고 말할 수 있다.

그러나 고대사회가 발전하면서 신을 즐겁게 하는 것만이 아니라 사람을 즐겁게 하는 백희와 무악이 등장하게 된다. 장천1호분의 백희기악도는 무덤의 주인과 그를 찾아온 손님이 다양한 음악과 백희를 공연하는 것을 관람하는 내용이다. 수산리고분벽화에는 墓主 부부가 곡예장면을 관람하는 장면이 묘사되어 있다. 4~5세기 고구려에 전문적인 교예기술을 가진 외국의 幻人이 들어오거나 자

---

364 白川靜, 1984『字統』, 平凡社, 111쪽 및 145쪽.
365 김병준, 2004 앞 논문, 34쪽.

체 양성한 伎人들이 사람들을 즐겁게 해주는 백희와 무악을 널리 공연하였음을 고분벽화를 통하여 살필 수 있다. 백희와 무악이 인간을 즐겁게 해주는 것으로 기능하면서 자연스럽게 오락성이 점차 강조되었음은 물론이다.

오락성이 가미된 백희와 무악을 보면, 우선 즐겁기 때문에 위로는 군왕으로부터 아래로는 천한 백성에 이르기까지, 男女老少를 구별하지 않고 모두가 그것을 관람하기를 좋아하게 되었을 것이다. 사람들은 百戲와 舞樂을 관람하며 웃고 즐기는 동안에 자연스럽게 일상 세계의 모든 위계질서나 규범을 일시나마 잊었던 것으로 보인다. 또한 지배계층과 피지배계층 사이의 대립과 갈등, 남녀와 노소 사이의 차별과 갈등 역시 백희가무를 감상하는 동안 사람들에게 특별한 의미를 지니지 않게 되었음은 물론이다. 게다가 고달픈 일상생활에서 벗어나 백희와 무악을 관람하며 마음껏 즐기는 동안에 여러 요인에 의하여 의식적, 무의식적으로 쌓였던 스트레스가 자신도 모르는 사이에 말끔하게 해소되고, 공연이 끝나면 새로운 삶의 활력소를 찾게 되지 않았을까 한다. 백희와 무악의 사회적 기능으로서 결코 이러한 측면을 간과해서는 안 될 것이다.

또 다른 백희와 무악의 사회적 기능으로서 辟邪進慶을 들 수 있다. 중국에서 일찍이 災殃을 제거하기 위한 祓除儀式을 거행하였다. 내용은 악귀를 몰아내는 공포분위기가 중심을 이룬다. 후대에 이것을 儺戲라고 불렀고, 나희를 주재하는 연희자는 가면을 쓰고 공연하는 것이 일반적이었다. 이때에 사용된 대표적인 가면이 바로 方相氏이다. 『주례』권31 夏官司馬條에 방상씨는 곰가죽을 뒤집어 쓰고, 黃金의 네 눈을 달고, 검은 저고리에 붉은 치마를 입고, 창과 방패를 들고, 또 여러 부하들을 거느리고 時儺를 행함으로써 집안을 뒤지며 역귀를 쫓아냈다고 한다.[366] 고대의 백희와 무악 가운데 방상씨와 비슷한 가면을 쓰고 공연한 것이 바로 최치원의 鄕樂雜詠에 전하는 大面이다. 최치원은 大面에서 '황금 빛 얼굴색

---

366 김학주, 2001 앞 책, 64~65쪽.

이 바로 그 사람인데, 구슬채찍 손에 들고 귀신을 부리네.'라고 표현하였다. 대면이 연희자가 황금가면을 쓰고 귀신을 放逐하는 내용으로 구성된 구나무의 일종이었음을 시사해준다. 종래에 황금가면을 방상씨와 동일하게 이해하기도 하였으나[367] 단정하기 어렵다.[368]

驅儺舞의 성격을 지닌 舞樂으로서 대표적인 것이 사자춤의 일종인 狻猊와 處容戲이다. 北魏의 楊衒之가 지은 『洛陽伽藍記』를 보면, 북위에서 매년 4월 4일 洛陽 長秋寺에서 불상을 밖으로 옮기는 행사가 있었는데, 이때에 '辟邪와 師子가 (춤을 추면서) 그 앞을 인도하며, 呑刀와 吐火같은 기예를 한편에서 요란하게 펼치고, 綵幢과 上索 같은 특이하고 괴상한 재주도 연출하였으며, 기이한 재주와 특이한 의복이 도시에서 으뜸이었다.'고 전한다.[369] 여기서 사자는 辟邪와 마찬가지로 악귀를 물리치는 역할을 수행하였던 것으로 이해된다. 백제인 味摩之가 일본에 전해준 伎樂에 治道, 獅子, 吳公 등 다양한 유형의 가면을 쓴 舞人이 등장한다. 여기서 사자는 기악의 행렬 앞부분에서 악마를 퇴치하는 역할을 수행하였다고 알려졌다.[370] 사자에 대한 이러한 이미지는 그대로 狻猊, 즉 사자춤에 반영되었을 것이다. 중국과 마찬가지로 우리나라에서 사자춤이 널리 공연된 이유는 그것이 驅儺와 밀접한 연관성을 지녔던 것에서 찾을 수 있지 않을까 한다. 처용희의 기원설화에서 신라인들이 문에 처용의 형상을 붙여서 辟邪進慶하였다고 분명하게 밝혔다.[371] 고려와 조선시대에 驅儺儀禮에서 처용무를 널리 공연하

---

367 이두현, 1959 앞 논문, 200쪽.

368 방상씨는 얼굴 전체를 황금색으로 칠한 것이 아니라 네 개의 눈만을 칠하였고, 손에 채찍이 아니라 창과 방패를 들었다.

369 『洛陽伽藍記』卷1 城內 長秋寺條.

370 河竹繁俊著·이응수역, 2001 앞 책, 89~90쪽.

371 時神現形 跪於前曰 吾羨公之妻 今犯之矣 公不見怒 感而美之. 誓今已後 見畫公之形容 不入其門矣. 因此國人門帖處容之形 以僻邪進慶(『삼국유사』권제2 기이제2 처용랑 망해사).

였다. 한편 고려악 가운데 대표적인 구나무가 納蘇利와 狛犬이다.[372] 이밖에 서역에서 蘇莫遮는 '禳災辟邪', 즉 驅儺의 성격을 지닌 가무희였다고 알려졌다. 소막차는 중국에 전해져 乞寒이라고 불렸고, 고구려에서는 桔簡으로, 신라와 고대 일본에서는 蘇志摩利라고 불렸다.[373]

고구려 고분벽화에 교예를 하는 서역인들이 여럿 보인다. 장천1호분 백희기악도에 등장하는 32인 가운데 9명이 高鼻人이다.[374] 이들은 馬戲나 도둑잡기 놀이의 演戲者였다. 이밖에 각저도와 수박도, 안악3호분 등에도 서역인이 등장한다. 唐代에 散樂(백희잡기)을 공연하는 자들이 마을을 돌아다니는 것을 금지시킨 적이 있었다.[375] 唐代에 백희잡기, 즉 산악의 공연을 전문으로 하는 유랑악단이 적지 않았음을 짐작케 해주는 자료이다. 唐代의 사례를 비추어 보건대, 고구려 고분벽화에 등장하는 서역인 역시 이곳저곳으로 유랑하며 백희를 공연하던 유랑악단의 단원이었을 가능성이 높다.

우즈베키스탄 사마르칸트의 아프라시압벽화에서 7세기 후반에 康國에 파견된 고구려 사신단의 모습을 발견할 수 있다. 고구려가 서역과 직접 교류하였음을 알려주는 중요한 증거이다. 경주 황성동 통일신라의 고분에서 서역계의 형상을 한 토용이 발견되었고, 괘릉의 무인상은 서역인의 모습이었다. 이밖에 5~6세기의 신라고분에서 서역에서 전래된 로만글라스, 장식보검, 서역여자가 묘사된 상감옥 목걸이 등이 발견되었다. 신라에서 서역과 활발하게 교류하였음을 시사해주는 자료들이다. 고구려에 舞曲 歌芝栖와 胡旋舞 등의 서역 무악이 전래되었음은 널리 알려진 대로이다.

---

372 이혜구, 1967 앞 논문.

373 이에 대한 자세한 내용은 2부에서 자세하게 검증할 예정이다.

374 전호태, 1993 앞 논문.

375 其年(開元二年)十月六日勅 散樂巡村 特宜禁斷. 如有犯者 幷容止主人及村正 決三十. 所由官附考奏 其散樂人 仍遞送本貫 入重役(『唐會要』卷34 樂論 雜錄).

백희와 무악은 東西古今, 신분의 貴賤과 男女老少를 망라하여 모든 사람들이 즐기는 것이었다. 고대사회에서 우리나라 사람들도 중국 또는 서역에서 전래된 백희가무나 서역인들이 직접 공연하는 것을 관람하고 즐겼음이 분명하다. 이 과정에서 고대인들은 서역인들을 직접 만나거나 또는 伎人이나 舞人들을 매개로 서역과 중국의 문화를 직·간접적으로 접하였을 것이다. 중국 및 서역과의 문화교류를 통하여 우리 문화는 한층 더 다채로워지고, 더욱 더 세련되고 고차원적인 것으로 변화 발전하였을 것이다. 나아가 고대인들은 이것을 다시 중국이나 일본 등에 전래하기도 하였는데, 대표적인 사례로서 중국 수·당대의 고려기, 고대 일본의 고려악을 들 수 있다. 주지하듯이 高麗伎와 高麗樂은 중국과 일본에서 널리 공연되었다. 특히 고구려의 춤은 중국인들에게 인기를 끌어 그것을 관람하고 감흥을 느껴 시를 짓거나 회합에서 중국인 관리가 직접 그것을 공연하기까지 하였다. 이것은 고려기가 중국인도 쉽게 접근하여 즐길 수 있는 보편성과 아울러 국제성을 지녔음을 반영한다. 물론 고려악이 일본에서 널리 인기를 끌었던 것 역시 동일한 맥락에서 이해할 수 있다.

우리 고대의 백희와 무악이 보편성과 국제성을 지니고 있었음은 서역에서 중국과 일본, 심지어 林邑國(현재의 베트남과 캄보디아 지방)까지[376] 전래된 소막차를 고구려와 신라에서도 수용한 사실을 통해서도 보완할 수 있다. 아울러 이러한 측면은 고대국가에서 외국의 문화에 대하여 개방적인 태도를 지녔고, 그것을 적극 포용하였음을 전제하는 것이기도 하다. 이와 같은 전통은 고려시대까지 대체로 계승되었던 것으로 보인다. 이처럼 고대의 백희와 무악은 문화교류의 傳道師로서의 역할을 수행하였을 뿐만 아니라 문화발전의 礎石으로서 기능하기도 하였던 것이다.

---

376 736년에 임읍국의 승려 佛哲이 일본에 蘇莫者(소막차) 등의 무악을 전해주었다.

2부 일본의 고대 무악 고려악

1장 : 고려악의 성립과 종류

1. 고려악의 성립과 전승

1) 고려악 관계 사료와 내용

高麗樂과 唐樂을 포함한 고대 일본의 舞樂에 관한 내용은 고대 및 중세에 편찬된 辭書類(또는 百科事典) 및 중세에 편찬된 樂書類에 전하고 있다. 고려악에 관하여 전하는 辭書 가운데 가장 이른 시기에 편찬된 것이 『倭名類聚抄』이다. 이것은 『和名類聚抄』라고도 부르는데, 漢語를 분류하여 倭名(和名)을 注記한 사서로서 10권본과 20권본이 있다. 편찬자인 源順이 序文에서 延長, 즉 醍醐天皇 第四公主(皇女: 勤子內親王)의 뜻을 받들어 편찬하였다고 전한다. 이에 근거하여 10권본은 承平 2년(931)에서 동 5년(934) 사이에 원순이 찬술한 것으로 이해하고 있다. 20권본에 대하여 원순 자신이 增補하였다는 설과 후인이 증보하였다는 설이 나뉘어져 있는데, 전자였을 경우에 그것은 天祿 원년(970) 이후 數年 사이에 증보된 것으로 보기도 한다. 20권본은 10권본의 내용을 약간 세분화하여 통합한 것이지만, 다만 音樂과 職官, 國郡, 鄕藥의 각 부는 완전히 증보한 것에 해당한다.[1] 당악과 고려악의 곡명은 20권본 가운데 완전히 증보한 부분인 4권 音樂部

---

1 (財)古代學協會·古代學硏究所編, 1994b『平安時代史事典(下卷)』, 角川書店, 2771쪽.

曲調類에 전하고 있다.

고려악의 악곡을 전하는 사서 가운데 두 번째로 오래된 것이 橘忠謙이 편찬한『色葉字類抄』이다. 현재 2권과 3권본이 전하며, 漢文 표기된 사물에 자음 및 釋讀을 イロハ순으로 배열한 辭書다. 2권본은 天養 연간에서 長寬 연간 사이(1144~1165)에 편찬하였다고 추측되고, 3권본은 2권본을 증보하여 治承 연간(1177~1181)에 완성하였다고 한다.[2] 3권을 다시 증보한 것이『伊呂波字類抄』(10권)이다. 간행시기는 분명하지 않으나 대체로 가마쿠라막부(1192~1333) 초기에 성립된 것으로 보고 있다.[3] 두 책에 전하는 고려악의 곡명은 대체로 일치하는 편이다. 다만『伊呂波字類抄』에 登天樂이 보이나,『色葉字類抄』에 그것이 보이지 않고, 또한 후자에 石川樂과 歸德侯가 보이나 전자에는 둘 다 보이지 않고 있음이 확인된다. 특히 후자에서 唐樂으로 분류한 登貞樂을 전자에서 高麗樂 盤涉調라고 언급한 점이 유의되는데, 다른 여타의 樂書에서 등정악을 당악으로 분류한 것을 감안하건대, 전자의 등정악은 登天樂의 오기로 추측된다.

이밖에도 사소하지만 표기상에서 약간의 차이를 발견할 수 있다. 예컨대『色葉字類抄』에서 頑徐(顏徐)와 王仁庭을 뭉뚱그려서 顏俆王仁庭이라고 표기하였음에 반하여『伊呂波字類抄』에서는 顏經王仁庭이라고 표기하였고, 후자에서 都鬱志를 '고려악 반섭조'라고 표기하였으나 전자에는 그러한 언급이 없다. 그리고 후에 長保樂으로 통합된 保曾路久勢利를 전자에서는 保曾路와 久勢利를 서로 분리하여 각기 기술하였음에 반하여 후자에서는 단지 保曾路久라고 기술한 것만이 확인될 뿐이다. 또한 전자에서는 啄木을 喙木이라고 표기하기도 하였다.

일종의 백과사전인『拾芥抄』에도 고려악의 곡명이 전한다. 이것은『略要抄』라고도 부르며, 편찬자와 편찬연대를 정확하게 알 수 없다. 다만 그 내용의 분석을

---

2 (財)古代學協會·古代學研究所編, 1994a『平安時代史事典(上卷)』, 角川書店, 190쪽.
3 水野俊平, 1997「敎訓抄에 나타난 高麗樂 曲名 表記에 대한 考察」『한국언어문학』38, 32쪽.

통하여 대략 가마쿠라막부(1192~1333) 중기에 그 原形이 성립되고, 그 후에 몇 번의 追記가 이루어져 유포되었다고 이해하고 있다.[4] 이 책 上末卷 音樂에서 新鳥蘇를 비롯한 29곡을 高麗壹越調, 林謌는 高麗平調, 蘇志摩利를 비롯한 4곡을 高麗雙調로 구분하여 소개하였다. 『왜명유취초』 등의 辭書類에 보이지 않는 高麗龍, 新河浦, 進曾利古, 桔槹, 常雄樂, 作物, 仁和樂, 白濱 등을 추가로 소개한 반면, 葦波와 鞘切, 啄木이 보이지 않는 것이 특징적이다. 그리고 保曾路久勢利와 賀利夜須 대신 그것들을 합쳐 제작한 長保樂만이 소개되어 있다. 1133년에 편찬된 『龍鳴抄』에 高麗禮龍(高麗龍) 등이 최초로 보이는 반면에 啄木 등은 보이지 않는다. 이후에 편찬된 樂書들도 비슷한 경향이었다. 10세기 후반에 편찬된 『왜명유취초』 20권본과 『용명초』에 전하는 고려악곡을 상호 비교할 때, 11세기 초에 고려룡 등이 고려악곡에 새로 추가되고, 탁목 등은 악곡이 단절되어 더 이상 전승되지 않았다고 유추해볼 수 있다. 다만 『용명초』보다 더 늦게 편찬된 『색엽자유초』와 『이여파자유초』에서 고려룡 등이 빠져 있고, 탁목 등을 소개한 이유를 명확하게 알기 어렵다. 현재로서 『색엽자유초』 등의 편찬자가 『왜명유취초』의 고려악곡을 참조하였다는 추측만이 가능할 뿐이다.

〈표 1〉 辭書와 百科事典類에 보이는 高麗樂曲

辭書 樂曲		『倭名類聚抄』 (20권)	『色葉字類抄』	『伊呂波字類抄』	『拾芥抄』
1	新鳥蘇	新鳥蘇	新鳥蘇	新鳥蘇	新鳥蘇 (大曲, シントリソ)
2	古鳥蘇	古鳥蘇	古鳥蘇	古鳥蘇	古鳥蘇 (大曲. コトリソ)
3	退宿德	退宿德 (宿音如鼠)	退宿德 (宿音如鼠)	退宿德 (宿音如鼠)	退宿德 (タイシヨウトク)

4 永仁 2년(1294)에 간행된 『本朝書籍目錄』에 『습개초』가 보이므로 그것은 그 이전에 편찬되었다고 볼 수 있다[(財)古代學協會·古代學硏究所編, 1994a 앞 책, 1162쪽].

辭書 樂曲	『倭名類聚抄』 (20권)	『色葉字類抄』	『伊呂波字類抄』	『拾芥抄』
4 進宿德	進宿德	進宿德	進宿德	進宿德 (シンシヨウトク)
5 狛鉾	狛鉾(古萬保古)	狛桙 (コマホコ)	狛桙	狛桙 (コマホコ)
6 俱論甲序	俱論甲序	俱論甲序	俱論甲序	俱論甲序 (クロガンシエ)
7 志岐傳	志岐傳	志岐傳 (シキテ)	志岐傳 (シキテン)	志岐傳 (シキテ)
8 埴破	埴破 (波爾和利)	揤破 (ハエウリ)	埴破 (ハエウリ)	垣破 (ハンサワイ)
9 歸德侯	歸德侯	歸德侯 (クキトフ)		歸德 (キトク)
10 都鬱	都鬱 (志與路岐)	都鬱志	都鬱志 (盤涉調)	都鬱 (志與召岐, ツウ)
		與路歧	與路歧	
11 阿夜岐理	阿夜岐理	阿夜岐理	阿夜岐理	阿夜岐理 (アヤキリ)
12 頑徐	頑徐	顏徐(徐?)王仁庭	顏經王仁庭	顏徐 (カンシヨ)
13 王仁庭	王仁庭	顏徐(徐?)王仁庭	顏經王仁庭	皇仁庭 (ワウニンテイ)
14 崑崙八仙	崑崙八仙 (久呂波世)	崑崙八仙 (久路也)	崑崙八仙 (久路也)	崑崙八仙 (コンロンハツセン)
15 酣醉樂	酣醉樂	酣醉樂 (カンスイ)	酣醉樂 (カンスイラク)	酣醉樂 (カンスイ)
16 保曾路久勢利	保曾路久勢利	保曾路	保曾路久	長保樂
		久勢利		
賀利夜酒	賀利夜酒	賀利夜須	賀利夜須	
17 延喜樂	延喜樂	延喜樂		延喜樂
18 新鞨鞨	新鞨鞨 (鞨鞨異音末曷蕃人出土 見唐韻)	新鞨鞨 (シンマカ)	新鞨鞨	新鞨鞨 (シンマツカ)
19 胡德樂	胡德樂	胡德樂	胡德樂	遍鼻胡德
20 狛犬	狛犬	狛犬	狛犬	犬
21 石川樂	石川樂		石川樂 (고려악이라고 표시 안함)	石川 (イシカハ)
22 胡蝶樂	胡蝶樂	胡蝶樂 (コテラク)	胡蝶樂	胡蝶 (コテフ)
23 納蘇利	納蘇利	納蘇利 (ナツソリ)	納蘇利 (ナツソリ)	納蘇利 (ナウソリ)

辭書 / 樂曲	『倭名類聚抄』(20권)	『色葉字類抄』	『伊呂波字類抄』	『拾芥抄』
24 高麗龍				高麗龍 (コマレウ)
25 新河浦				新河浦 (シカホ)
26 進曾利古				進曾利古 (シンソリコ)
27 桔桿				桔桿 (キフカン)
28 常雄樂				常雄樂
29 作物				作物
30 仁和樂				仁和樂 (ニンワ)
31 葦波	葦波	葦波鞘切	葦波鞘切	
32 鞘切	鞘切	葦波鞘切	葦波鞘切	
33 啄木	啄木	啄木 (タクホ)	啄木	
34 고려평조 林歌	臨河(或云 林歌)	臨河 (リンカ)	臨河 (リンカ)	林謌
35 고려쌍조 蘇志摩利	蘇志摩利	蘇志摩利 (ソシマ)	蘇志摩利 (ソシマリ)	蘇志摩利 (ソシマリ)
36 地久樂	地久樂 (卽歌有櫻人內曲是也)	地久樂 (チキウ)	地久樂	地久 (准大曲、チキウ)
37 登天樂	登天樂	登天樂		登天樂 (トウテン)
38 白濱				白濱
	※ 反鼻胡德은 당악으로 나옴.	※ 反鼻胡德은 당악으로 나옴.	※ 登貞樂(고려악 반섭조)	

　辭書類에는 고려악의 곡명만이 전할 뿐이고, 그것들의 유래와 연주법, 그것을 둘러싼 여러 가지 故事에 관해서는 일체 언급이 없다. 반면에 중세시대에 편찬된 樂書에 그것들에 관하여 상세하게 전하고 있어 고려악 연구에 크게 도움이 된다. 여러 악서 가운데 가장 이른 시기에 편찬된 것이 『龍鳴抄』이다.[5] 太神基政(1075~1138)이 長承 2년(1133)에 편찬한 橫笛書로서 『龍吟抄』라고 부르기도 한

---

5 『龍鳴抄』는 『新校 群書類從』卷第342 管絃部2에 전한다.

다.[6] 고려악곡은 唐樂 壹越調曲 다음에 狛樂目錄이라고 제목을 붙여 소개하였다. 사서류에 보이지 않는 高麗禮龍, 新河浦, 進蘇利古(進曾利古), 常武樂(常雄樂), 仁和樂, 白濱을 처음으로 여기에서 소개한 반면에 狛犬, 葦波, 鞘切, 啄木 등에 관해서는 언급이 없고, 다른 악서에 소개된 桔樟, 作物도 빠져 있다.

『용명초』에서 고려악곡과 관련된 口傳, 別稱, 拍子 및 演奏法, 曲의 규모(大曲, 中曲, 小曲 등), 악곡의 音調, 番舞에 대하여 매우 간결하게 소개하였다. 특히 顔徐, 常雄樂, 新河浦는 편찬 당시에 이미 그 실태가 불분명해졌고, 춤도 전하지 않는다고 언급한 점과 진소리고의 경우 同名의 曲은 없고, 退出音聲으로서 사용되었다고 언급한 사실이 유의된다.[7] 『용명초』에 소개되지 않은 위파와 초절, 탁목의 경우도 이러한 곡들과 사정이 비슷하였다고 추정해볼 수 있다. 한편 여기에 소개된 일부 악곡의 경우 표기상에서 특이한 점이 발견되는데, 예를 들면 歸德侯를 歸德隻으로, 阿夜岐理를 綾切로 표기한 것 등이 바로 그에 해당한다. 歸德隻은 歸德侯의 誤記로 추정되고, 아야기리를 능체로 표기한 전통은 이후에 편찬된 악서에도 그대로 계승되었다. 이밖에 사서류에서 反鼻胡德을 고려악인 호덕악과 별개인 당악으로 분류하여 소개한 것을 여기에서는 그것을 胡德樂의 별칭으로 표기한 점이 눈에 띈다. 그 이유에 대해서는 뒤에서 구체적으로 언급할 예정이다. 호덕악 다음에 傾勸杯를 악곡의 하나로 소개한 점도 특이한 사항인데, 이것은 한 사람이 춤을 추는 호덕악을 가리키는 별칭이라고 한다.[8]

平安時代의 箏譜인 『仁智要錄』과 琵琶譜인 『三五要錄』에도 고려악에 관한 정보가 전한다. 두 악서는 비파와 쟁의 名手인 藤原師長(1138~1192)이 찬한 것으로서 정확한 편찬연대는 알려지지 않았다. 두 악서는 平安時代 당악·고려악의 비

---

6 東儀信太郎 등, 1998『雅樂事典』, 音樂之友社, 286쪽.

7 (財)古代學協會·古代學研究所編, 1994a 앞 책, 1296쪽에서 악곡은 垣破(埴破)를 사용한다고 하였다.

8 東儀信太郎 등, 1998 앞 책, 48쪽.

파와 쟁 악보, 그때까지 전해진 由來 및 연주법을 간략하게 기술한 것으로서 당시 樂譜의 모습을 알려주는 귀중한 자료로 평가되고 있다.[9] 두 악서는 모두 12권으로 구성되었고, 고려악은 『삼오요록』 권제12, 『인지요록』 권제11에 수록되어 있다. <표 2>에서는 후자에 전하는 고려악곡만을 정리하였는데, 『삼오요록』에 전하는 그것과 약간의 차이점이 발견된다. 『삼오요록』에 소개되었으나 『인지요록』에 소개되지 않았거나 목차만 전하는 것이 俱倫甲序(黑甲序), 高麗龍, 顏徐, 常雄樂이다. 한편 전자에서는 胡德樂으로 소개한 것을 후자에서는 遍鼻胡德이라고 다르게 기술하였다. 이밖에 『拾芥抄』와 마찬가지로 狛犬을 단지 犬이라고만 표기한 점이 눈에 띈다.[10]

藤原孝道가 嘉祿 3년(1227)에 舞樂 39곡의 作法을 간략하게 소개한 『雜秘別錄』을 편찬하였는데, 여기에서 고려곡은 겨우 新鳥蘇, 古鳥蘇, 狛鉾, 胡蝶만을 소개하였다.[11] 唐樂과 高麗樂을 비롯한 雅樂과 樂器, 그밖의 음악과 관련된 내용을 종합적이고, 체계적으로 정리한 최초의 樂書가 바로 『教訓抄』이다. 이것은 狛近眞(1177~1242)이 天福 원년(1233)에 완성한 악서로서 당악과 고려악의 유래, 口傳, 연주법, 故事, 例話 및 舞樂, 管絃, 打物 등의 구전을 기록하였다. 특히 狛近眞이 左方舞(唐樂)의 家였기 때문에 그것에 대하여 비교적 상세하게 기술한 편이라고 한다.[12] 『교훈초』는 이후에 편찬된 『體源抄』와 『樂家錄』 등에 지대한 영향을 끼쳤다고 평가받고 있다.

고려악은 卷第5에 소개하였다. 앞에 신조소를 비롯한 高麗壹越調曲 19곡, 高

9 東儀信太郎 등, 위 책, 283~284쪽.

10 『삼오요록』과 『인지요록』에 전하는 고려악곡의 악보나 그 유래 등에 대해서는 이지선, 2005 「『삼오요록』과 『인지요록』의 고려악 연구-고려일월조를 중심으로-」, 『한국음악사학보』38; 金建民著·全仁平譯, 1993 「인지요록 중 고려곡의 해석과 고증」, 『중앙음악연구』4가 참조된다.

11 『雜秘別錄』은 『新校 群書類從』 卷第346 管絃部6에 전한다.

12 東儀信太郎 등, 1998 앞 책, 282쪽.

麗平調曲 1곡(林歌), 地久를 비롯한 高麗雙調曲 4곡의 명칭을 기재한 다음, 이어서 당시에 이미 춤이 전하지 않은 無舞曲을 적기하였다. 그리고 그 뒤에 고려악각 곡명에 대하여 비교적 상세하게 해설하였다. 참고로 여기에서 언급한 無舞曲은 都志, 甘(紺)醉樂, 狛龍, 吉簡, 進蘇利古, 顔徐, 新河浦, 黑甲序, 常雄樂, 狛犬, 造物(作物) 등 모두 11곡이다. 『용명초』에서 이미 12세기 초반에 顔徐, 常雄樂, 新河浦의 춤이 전하지 않는다고 전하였으므로 그때부터 『교훈초』가 편찬된 13세기 전반 사이에 都志를 비롯한 8곡 정도의 춤이 廢絶되었다고 말할 수 있다. 고려악의 각 악곡을 소개할 때에 裝束, 곡의 규모, 由來, 곡의 別稱, 박자와 연주법, 故事와 공연 用例 등의 순으로 정리하였다. 대체로 大曲에 해당하는 新鳥蘇와 古鳥蘇, 退·進宿德에 대한 정보가 풍부하게 전하는 편이고, 이밖에 狛桙, 埴破, 胡德樂, 胡蝶, 新靺鞨, 貴德, 納曾利, 地久 蘇志摩(利) 등도 비교적 많은 정보를 전하는 樂曲에 해당한다. 한편 卷第7에서 舞譜名目, 舞姿法, 舞出入作法, 舞番, 舞奏進樣을 소개하였다. 이를 통하여 연주방법을 비롯한 고려악에 관한 여러 가지 정보를 추가적으로 획득할 수 있다. 狛近眞의 손자 狛朝葛(1249~1333)이 『교훈초』의 내용을 보완하여 元亨 2년(1322) 경에 완성한 『속교훈초』도 고려악 연구에 참조된다.

일본 3대 악서의 하나인 『體源抄』는 豊原統秋(1450~1524)가 永正 9년(1512)에 완성한 것이다. 13권 20책으로 구성되었고, 古書를 광범하게 인용하면서 家業인 笙 및 雅樂에 관한 것 이외에 神道, 佛法, 軍事, 文藝 등에 대해서까지 두루 수록하였다.[13] 당악과 고려악을 비롯한 舞樂에 관해서는 卷第9에서 다루었는데, 여기에서 소개한 고려곡의 명칭은 『교훈초』에서 소개한 것과 대동소이하다. 다만 후자에서 垣破, 納曾利로 표기한 것을 각각 埴破, 納蘇利로 표기한 것만이 차이가

---

13 東儀信太郎 등, 위 책, 285쪽.
　　遠藤徹·笹本武志·宮丸直子, 2006 『圖說 雅樂入門事典』, 柏書房, 110쪽.

날 뿐이다. 각 악곡에 대해서 裝束, 곡의 규모, 곡의 別稱, 박자, 유래, 연주법, 故事, 악곡과 관련된 口傳, 공연 用例 등의 순으로 설명하였다. 그 내용은 대체로 『교훈초』의 것을 그대로 인용하였다고 볼 수 있고, 『교훈초』 편찬 이후에 추가로 전래된 전승이나 구전, 공연 用例 등을 수록하였으며, 이때 기존의 악서나 古書 등을 주로 인용하는 방법을 활용한 것이 특징적이다. 고려악곡을 개별적으로 소개한 다음에 이어서 『絲管要抄』에 전하는 '右舞作法'을 수록하였다.[14] 그 내용은 각 악곡을 연주할 때 춤을 추는 순서 및 방법, 그 박자에 관하여 정리한 것이다. 이밖에 卷第1에서 당악과 고려악의 활용법을 간략하게 소개하였는데, 예를 들면 당악과 고려악 가운데 어떤 악곡을 退出音聲, 供花樂, 競馬曲 등에 사용하였는 가를 서술한 것이다. 권12상에서도 고려악에 관한 일부 기록이 발견되고 있다.

豊原統秋가 永正 6년(1509)에 撰進한 또 하나의 악서가 『舞曲口傳』이다.[15] 여기에는 당악과 고려악의 裝束, 규모, 구전의 내용 등이 간략하게 수록되어 있다. 여기에 전하는 고려악의 곡명은 『체원초』의 그것과 대략 일치한다. 다만 『무악구전』에 造物만이 전하지 않을 뿐이다. 이밖에 찬자와 편찬연대가 알려지지 않은 『夜鶴庭訓抄』와 『舞樂要錄』에도 고려악에 관한 정보가 전한다.[16] 『夜鶴庭訓抄』는 五音調, 樂名 등에 관한 사항과 아울러 新樂, 催馬樂, 기타 管絃과 관련된 秘事 등을 수록한 악서다.[17] 여기에 다른 악서에 전하지 않는 악곡명이 여럿 언급되어 있다. 納序, 古彈, 保蘇呂(長保樂 破), 古蘇呂(長保樂 急), 歌良古蘇呂, 阿支波 등이

---

14 管絃에 관한 樂書로서 『絲管抄』 또는 『絲管要錄抄』라고도 부른다. 1294년에 간행된 『本朝書籍目錄』에 '10권 北院御室卿抄'라는 記載가 보여 守覺法親王이 편찬한 것임을 알 수 있다. 지금 완본은 전하지 않고 『梁塵秘抄口傳集』, 『神樂血脈』에 약간의 逸文이 남아 전한다〔(財)古代學協會·古代學硏究所編, 1994a 앞 책, 1069쪽〕.

15 『무곡구전』은 『新校 群書類從』 卷第346 管絃部6에 전한다.

16 『夜鶴庭訓抄』는 『新校 群書類從』 卷第347 管絃部7에, 『舞樂要錄』은 같은 책 卷第345 管絃部5에 전한다.

17 『新校 群書類從』 卷第15 解題, 23쪽.

바로 그것이다.

납서와 고탄은 新鳥蘇 앞에 연주하는 曲으로서 전자는 高麗笛과 篳篥의 合音取이고,[18] 후자는 고려적 독주곡을 가리킨다.[19] 보소려와 고소려는 保曾路久勢利와 관련이 깊고, 歌良古蘇呂는 加利夜須(賀利夜須)를 가리킨다고 보인다. 『무악요록』은 상·하 2권으로 구성된 악서로서 상권에는 무악을 행할 때 좌우 番舞의 組合을 열거한 다음, 延長 6년(928)부터 保元 연간(1156~1158)에 이르기까지 塔供養, 堂供養, 舞樂曼陀羅供, 御八講, 朝覲行幸, 御賀, 相撲節會 등에 실제로 공연된 무악의 용례를 기록하였고, 하권에는 應和 연간(961~963)부터 康治 연간(1142~1143)에 이르기까지 御八講, 塔供養, 堂供養, 一切經供養, 舍利會 등의 대법회에 공연된 調子音樂의 용례를 수록한 것이다.[20] 『무악요록』의 내용을 통하여 당악과 고려악의 番舞 및 고려악의 공연 용례를 살필 수 있다. 특히 延長 6년(928) 相撲節會 때에 공연한 고려악 가운데 渤海樂이 보이는데, 이것은 고려악에 발해악이 편입된 시기를 추측케 해주는 자료로서 주목된다고 하겠다.

3대 악서 가운데 고려악에 관하여 가장 풍부하고 다양한 정보를 제공해주는 것이 바로 『樂家錄』이다. 安倍季尙(1612~1708)이 元祿 3년(1690)에 편찬한 악서로서 安倍가 神樂篳篥의 家系이기 때문에 神樂, 人長(神樂을 진행하는 역할을 하는 자)에 대하여 상세하게 수록하였다.[21] 본서는 신악으로부터 雜篇에 이르기까지 50卷, 1803章으로 구성되었다. 악곡의 기원, 故事, 악기의 製法, 奏法, 舞樂, 系圖, 律呂, 式典, 逸話 등에 이르는 모든 雅樂에 관계된 사항을 총망라하여 정리하였

---

18 合音取는 三管(笙·篳篥·笛) 또는 笛, 필률이 합주하는 것과 같은 音取를 말한다. 여기서 音取는 曲을 본격적으로 연주하기 전에 차음의 악곡에 속하는 調子(音階, 旋法)의 분위기를 자아내게 함과 동시에 악기의 音程, 音高 등을 조율하는 뜻도 포함하고 있는 것을 말한다.

19 東儀信太郎 등, 1998 앞 책, 159쪽.

20 『新校 群書類從』卷第15 解題, 22쪽.

21 東儀信太郎 등, 1998 앞 책, 182쪽.

다. 羽塚啓明은『악가록』의 解題에서『교훈초』가 源泉이라면,『체원초』는 河川과 같고,『악가록』은 大海와 같다고 비유하였을 정도로 현재 당악과 고려악에 관하여 가장 심층적이고 폭넓은 내용을 담지하고 있는 악서로서 평가되고 있다.[22]

고려악은 권28 樂曲訓法, 권29 奏樂故實, 권30 奏樂分類, 권31 本邦樂說, 권36 番舞, 권37 舞에서 집중적으로 다루었다. 권28 樂曲訓法에서는 本朝曲(일본 고유의 악곡) 39곡, 皇華曲(唐樂) 108곡, 高麗樂 35곡, 雜聲 17곡의 명칭과 그것의 訓, 別稱에 관하여 기술하였고, 권29 奏樂故實에서는 각 악곡의 연주법에 대하여 서술하였다. 권28에 전하는 고려악 악곡의 수 및 그 명칭은『교훈초』에 전하는 것과 대동소이하다. 권30 奏樂分類는 音調別로 악곡을 분류한 부분에 해당하고, 권31 本邦樂說은 당악 및 고려악과 관련된 여러 가지 구전이나 異說을 모아서 정리한 부분에 해당한다. 권36 番舞와 권37 舞에서는 각 악곡의 番舞 및 여러 가지 故事와 服飾, 樂具와 舞臺 등에 관하여 여러 서책이나 악서 등을 인용하여 설명하였다. 특히 권37에서 江戶時代까지 曲과 舞가 온전히 전하는 악곡은 新鳥蘇를 비롯한 27곡이고, 曲과 舞 모두 폐절된 악곡은 都志와 醉醉樂, 狛龍, 進蘇利古이며, 舞가 폐절된 악곡은 黑甲序, 顏序, 新河浦, 常武樂이었다고 언급하여 주목을 끈다.[23] 이밖에 권39 舞面에서는 당악과 고려악을 연주할 때에 사용한 가면의 모습을 그림으로 그려 전하고 있다. 여기에 退宿德, 進宿德, 新鳥蘇, 皇仁, 八仙, 胡德樂, 綾切, 貴德, 納曾利, 地久의 가면을 소개하여서 각 악곡의 유래 및 성격을 이해할 때에 매우 유용한 정보를 제공해주고 있다. 권38 舞樂裝束과 권40 甲圖는 당악과 고려악곡의 服飾에 관계된 사항을 그림과 함께 소개한 내용에 해당한다.

---

22 羽塚啓明, 1936「樂家錄 解題」,『樂家錄』, 日本古典全集刊行會, 4쪽.

23 『교훈초』에서는 이것들 이외에 吉簡, 狛犬, 造物(作物)도 無舞曲이었다고 하였다. 13세기 전반 이후부터 17세기 후반 사이에 길간은 舞와 曲 모두를, 조물과 박견은 舞를 복원하였음을 추정해볼 수 있다.

樂書 樂曲	『龍鳴抄』	『仁智要錄』	『雜秘別錄』	『敎訓抄』	『舞曲口傳』	『體源抄』	『樂家錄』	『夜鶴庭訓抄』
1 新鳥蘇	新鳥蘇 (新とりそ)	新鳥蘇	新鳥蘇	新鳥蘇 (納序曲)	新鳥蘇	新鳥蘇 (納序曲)	新鳥蘇 (志车止利會)	納序, 古彈, 新鳥蘇
2 古鳥蘇	古鳥蘇 (ことりそ)	古鳥蘇	古鳥蘇	古鳥蘇 (高麗調子曲)	古鳥蘇	古鳥蘇 (高麗調子曲)	古鳥蘇 (古止利會)	古鳥蘇
3 退宿德	退走德 (だいそとく)	退宿德 (走禿)		退宿德 (走禿)	退宿德	退宿德 (走禿)	退走德 (太以志也字止具, 退走禿, 進宿德, 老舞)	退宿德
4 進宿德	進走德(しんそとく)	進宿德 (走禿)		進宿德 (走禿)	進宿德	進宿德 (走禿)	進走德 (志车志也字止具, 進走禿, 退宿德, 若舞)	進宿德
5 狛桙	狛桙 (こまぼこ)	狛桙 (狛鉾)	狛桙	狛桙 (執鉾舞)	狛桙	狛桙 (執鉾舞)	狛桙 (古眞保古, 狛鉾, 花釣樂, 掉持舞)	狛桙
6 俱論甲序	俱論甲序(くろかふそ)			黑甲序 (俱倫甲序)	黑甲序	黑甲序 (俱倫甲序)	黑甲序 (具呂加不志奧, 具呂加车志奧, 俱倫甲序)	俱倫甲序
7 志岐傳	敷手 (しきて)	志岐傳		敷手 (重來舞, 志妓傳)	敷手 (重來舞)	敷手 (重來舞, 志岐傳)	敷手 (志氣傳, 志岐傳, 志岐手, 重來舞)	志岐傳, 敷手
8 埴破	埴破 (はんわり)	埴破		垣破 (登玉舞)	埴破	埴破 (登玉舞)	垣破 (波牟奈利, 金玉舞, 登玉舞)	埴破
9 歸德侯	貴德隻(侯)(きとくといふべし)	歸德侯 (貴德)		貴德 (歸德侯)	貴德	貴德 (歸德侯)	貴德 (氣止具, 歸德隻)	歸德 叟
10 都鬱	都志 (つし)	都鬱志與呂岐 (都志)		都志 (鶴舞, 都鬱志與呂妓)	都志	都志 (鶴舞, 都鬱志與呂妓)	都志 (津志, 鶴舞, 都鬱志與呂岐〈津字志與呂氣〉)	
11 阿夜岐理	綾切 (あやきり)	阿夜岐理		綾切 (愛嗜女, 大鞁鞨, 阿夜岐理)	綾切	綾切 (愛嗜女, 大鞁鞨, 阿夜岐理)	綾切 (阿也氣利, 阿夜岐理, 愛嗜女, 高麗女, 大鞁鞨, 綾箱舞)	阿也岐理阿夜岐理
12 頑徐	顏徐 (かんぞといふ)			顏序 (顏徐)	顏序	顏序 (顏徐)	顏徐 (加车志奧, 顏序)	顏徐
13 王仁庭	皇仁庭	皇仁庭(王仁庭, 皇仁)		皇仁 (皇仁庭)	皇仁	皇仁 (皇仁庭)	皇仁庭 (和字仁车, 皇仁)	皇仁

樂書\樂曲	『龍鳴抄』	『仁智要録』	『雑秘別録』	『教訓抄』	『舞曲口傳』	『體源抄』	『樂家録』	『夜鶴庭訓抄』
14	崑崙八仙	崑崙八仙(こんろんといふべて)	昆侖八仙		八仙(鶴舞)	八仙(鶴舞, 崑崙八仙)	八仙(鶴舞, 崑崙八仙)	崑崙八仙(古車呂渡车, 古呂渡勢车, 鶴舞, 八仙)	昆崙八仙
15	酣醉樂	酣醉樂(かんすいらく)	酣醉樂		酣醉樂	酣醉樂	酣醉樂	酣醉樂(加车須以羅具)	酣醉樂
16	保曾路久勢利 賀利夜酒	長保樂(ちやうぼうら〈)	長保樂(長寶樂, 長浦樂, 保曾呂久世利, 加利夜須〈加利野須〉)		長保樂(長寶樂, 長浦樂, 泛野樂, 保曾呂久世利, 加利夜須〈加利野須〉)	長保樂	長保樂(長寶樂, 長浦樂, 泛野樂, 保曾呂久世利, 加利夜須〈加利野須〉)	長保樂(千也宇保羅具, 長寶樂, 長浦樂, 泛野樂)	長保樂 保蘇呂 (長保樂破), 古蘇呂 (長保樂急) 歌良古蘇呂
17	延喜樂	延喜樂(えんきらく)	延喜樂		延喜樂	延喜樂	延喜樂	延喜樂(江车氣羅具, 花榮樂)	
18	新鞨鞨	新鞨鞨(しんまか)	新鞨鞨		新末鞨	新末鞨	新末鞨	新鞨鞨(志车眞加)	新鞨鞨
19	胡德樂	胡德樂(反鼻胡德)(ことくらく) 傾勸杯	偏鼻 胡德		胡德樂(偏鼻胡德)	胡德樂(遍鼻胡德)	胡德樂(偏鼻胡德)	胡德樂(古止具羅具, 遍鼻胡德樂, 胡童樂)	遍鼻胡童樂(童作德)
20	狛犬	犬(狛犬)			狛犬	狛犬	狛犬	狛犬(古眞以奴, 古眞以车)	
21	石川樂	石川(ぜきといふ)	石川樂		石川	石川	石川	石川(勢津勢车)	石河
22	胡蝶樂	胡蝶(こてふ)	胡蝶樂	胡蝶	胡蝶	胡蝶	胡蝶	胡蝶(古傳字, 下加樂)	胡蝶
23	納蘇利	納蘇利(らくそんといふべし)	納蘇利		納曾利(落蹲)	納蘇利	納蘇利(落蹲)	納蘇利(奈津曾利, 落蹲, 雙龍舞)	納蘇利
24	高麗龍	高麗禮龍(こまろうといふ)			狛龍(高禮龍)	狛龍	狛龍(高禮龍)	狛龍(古眞禮宇, 高禮龍)	高麗龍
25	新河浦	新河浦(しんかふ)	新河浦		新河浦	新河浦	新河浦	新河浦(志车加不)	新河浦
26	進曾利古	進蘇利古(しんそりこ)	進曾利古		進蘇利古(竈祭舞)	進蘇利古	進蘇利古(竈祭舞)	進蘇利古(志车曾利古, 竈祭舞)	進曾利古
27	桔桿		桔桿		吉簡	吉簡	吉簡	吉簡(氣加车, 桔簡)	吉簡
28	常雄樂	常武樂(さうむらく)			常武樂(常雄樂)	常武樂	常武樂(常雄樂)	常武樂(志也宇不羅具, 常雄樂)	

	樂書 樂曲	『龍鳴抄』	『仁智要錄』	『雜秘別錄』	『敎訓抄』	『舞曲口傳』	『體源抄』	『樂家錄』	『夜鶴庭訓抄』
29	作物		作物		造物		造物	造物 (津具利毛乃)	
30	仁和樂	仁和樂 (にんわらく)	仁和樂		仁和樂	仁和樂	仁和樂	仁和樂 (仁車奈羅具)	
31	葦波								
32	鞘切								
33	啄木								
34	고려 평조 林歌	林歌 (りんか)	林歌		林歌	林歌	林歌	林歌 (利車加, 臨河)	林歌
35	고려 쌍조 蘇志摩 利	蘇志摩 (そしま)	蘇志 摩利		蘇志摩 (廻庭樂, 蘇志摩利)	蘇志摩	蘇志摩 (廻庭樂, 蘇志摩利)	蘇志摩利(曾志 眞理, 蘇志茂利, 長久樂, 廻庭樂 <一本敷手異名 也云云>, 蘇志摩利)	蘇志摩利
36	地久樂	地久	地久		地久	地久	地久	地久 (千氣宇, 圓地樂)	地久
37	登天樂	登天樂 (とうてんらく)	登天樂		登天樂 (登殿樂)	登天樂	登天樂 (登殿樂)	登殿樂 (止字傳车奈羅具, 登天樂)	登天樂
38	白濱	白濱 (ぼうひん)	白濱		白濱	白濱	白濱	白濱 (波宇非车, 榮圓樂)	白濱

　　樂書 가운데 비교적 늦은 시기에 편찬된 것이『歌儛品目』이다. 본서는 小川守中(生年未詳~1823)이 文政 5년(1822)에 편찬한 것이다. 일종의 雅樂辭典으로서 10권으로 구성되었다. 古歌舞名, 樂名, 音律, 樂器, 奏樂, 舞에 대한 名目을 제시하고, 그 아래에 史書, 악서 등으로부터 요점을 인용하여 附記하였다.[24] 고려악은 卷5下, 卷6, 卷9, 卷10에서 집중적으로 다루었으며, 그 내용은 기존 樂書의 것과 크게 차이가 없다. 본서 권10 말미에 小川이 지은『歌舞雜識』을 발췌하여 제시하였다. 여기서 吉簡이 곧 乞寒戱라고 주장하여 눈길을 끈다. 이밖에 고려악을 연구할 때에『明治撰定譜』,『大日本史』禮樂志,『古事類苑』樂舞部가 널리 활용되

24　小川守中 著·正宗敦夫 編, 1930『歌儛品目』(上·下), 日本古典全集刊行會.

고 있다. 『明治撰定譜』는 太政官 雅樂局에서 明治 3년(1870)에 편찬한 악곡보로서 당악과 고려악 각 악곡에 대한 악기마다의 악보를 총망라하여 편집한 것이다. 『大日本史』예악지(권343~349)는 明治 39년(1906)에 완성되었으며, 일본의 고전음악에 관한 백과전서적인 성격의 자료집이다. 『古事類苑』樂舞部는 2冊으로 구성되었는데, 1책은 明治 42년(1909) 6월, 다른 것은 그 다음 해 10월에 완성되었다. 현재 이것은 일본 음악의 핸드북으로서 평가되고 있다.[25] 辭書類와 樂書에 전하는 당악과 고려악 악곡의 관계 기록을 모두 발췌하여 편집하였기 때문에 일본 고대 舞樂 연구의 가장 기초적인 자료라고 말할 수 있다.

2) 고려악의 성립

고려악은 삼국시대부터 일본에 전래된 백제악, 신라악, 고구려악, 그리고 발해악을 기초로 하여 정비된 舞樂이다. 『일본서기』에서 삼국의 음악이 일본에 전래된 모습을 확인할 수 있다. 삼국 가운데 백제가 일본의 음악 전래에 가장 적극적이었다. 『일본서기』권19 欽明天皇 15년 2월조에 '백제가 下部의 扞率 將軍 三貴와 上部 奈率 物部烏 등을 보내 구원병을 요청하였다. 그리고 德率 東城子莫古를 바쳐 전에 番을 섰던 東城子言을 교대하고, 五經博士 王柳貴로 固德 馬安丁을 대신하고, 僧 曇慧 등 9인으로 僧 道深 등 7인을 교대하였다. 별도로 칙령을 받들어 易博士 施德 王道良, 曆博士 固德 王保孫, 醫博士 奈率 王有㥄陀, 採藥師 施德 潘量豊·固德 丁有陀, 樂人 施德 三斤·季德 己麻次·季德 進奴·對德 進陀를 모두 요청에 의하여 교대하였다.'라고 전한다. 6세기 전반에 백제에서 일본에 樂人을 파견하였음을 알려주는 자료이다. 악인들을 통하여 백제음악이 일본에

---

25 『대일본사』예악지와 『고사유원』악무부에 관해서는 平野健次 著·李知宣譯, 1997「日本音樂史序說」, 『韓國音樂史學報』19, 149~150쪽이 참조된다.

널리 전파되었음을 쉬이 짐작해볼 수 있다.

7세기 초에는 백제인 味摩之가 일본에 귀화하면서 伎樂을 전래하였는데, 그는 스스로 '吳나라에서 기악을 배워 춤을 출 수 있다.'고 말하였다. 이때 일본 조정은 櫻井에 그를 安置하고, 少年들을 모아 伎樂儛를 익히도록 하였으며, 이에 眞野首弟子와 新漢濟文 두 사람이 춤을 배워서 그것을 전승하였다고 전한다. 가면극의 성격을 지닌 기악은 吳樂이라고도 불렀다. 그것이 중국 남조에서 백제에 전해진 것에서 비롯된 별칭이다. 일반적으로 기악은 서역에서 유래하여 중국 남조를 거쳐 백제에 전해졌고, 7세기 초에 미마지가 일본에 전해준 것으로 이해한다. 伎樂(또는 妓樂)은 불교경전에 자주 보이는 말이고, 그것은 보살 등이 연주하는, 즉 부처를 공양하기 위한 음악이라는 의미를 담고 있다. 이 때문에 일본에서 기악은 주로 사원에서 공연되고 전승되었다고 알려졌다. 헤이안시대 중기에 당악과 고려악이 융성하면서 쇠퇴하였고, 현재 일본에 그 전통은 전해지지 않고 있다.[26] 다만 기악에 사용된 가면이 東大寺 正倉院이나 法隆寺 등에 전해지고 있다. 기악면의 종류에 治道, 사자, 吳公, 吳女, 迦樓羅, 金剛, 崑崙, 婆羅門, 大狐公, 醉胡 등이 있었다.[27] 백제의 기악이 우리나라에서 후대에도 전승되었다는 구체적인 문헌자료는 전해지지 않으나 일찍이 고대 일본의 기악 내용과 양주산대대감놀이 및 봉산탈춤의 내용을 비교 검토하여 그것이 연희로서 계승되어 전해졌을 것이라고 주장한 견해가 제기된 실정이다.[28]

이밖에도 백제음악이 일본에 전해졌을 것인데,『續日本紀』에 백제계 인물들이

---

26 百濟樂이 高麗樂에 통합되기 전에 伎樂이 廢絶되어 그것은 고려악에 편입되지 못하였다고 알려졌다.

27 일본의 기악에 대해서 植木行宣, 1981「東洋的舞樂の傳來」,『日本藝能史』第1卷(原始·古代), 法政大學出版局, 229~238쪽 및 박전열, 1996「日本 散樂의 연구」,『한국연극학』제18호, 연극학회; 이지선, 2012「기악(伎樂)의 변모 양상」,『국악원논문집』26이 참조된다.

28 이혜구, 1953「산대극과 기악」,『연희춘추』; 1996『한국음악연구』, 민속원; 장사훈, 1986『증보 한국음악사』, 세광음악출판사, 62~69쪽.

여러 차례에 걸쳐 백제 풍속무를 공연했다고 전하는 사실을 통하여 미루어 짐작할 수 있다. 예를 들어『속일본기』에 天平 12년(740)에 百濟王慈敬 등이 백제 풍속악을 연주하였다고 전하고,[29] 또 천평 16년(744)에도 백제왕자경 등이 백제악을 연주하였다고 한다.[30] 그리고 延曆 6년(787)과 10년(791), 天長 10년(833)에도 백제악과 백제풍속무를 百濟王玄鏡, 百濟王玄風과 百濟王勝義 등이 각기 연주하였다고 전한다.[31] 그것들은 후에 고려악에 편입되었을 것이고, 백제계통으로 인정되는 王仁庭과 進曾利古 등이 바로 백제계 유민들이 공연한 풍속무 가운데 하나였을 것이다.

고대 일본에서 삼국 및 발해음악이 궁극적으로 高麗樂에 통합되었듯이 고구려도 일본에 음악을 적지 않게 전해주었다고 볼 수 있다. 그런데『日本書紀』에는 推古天皇 26년(618) 가을 8월에 고구려에서 일본에 鼓吹와 쇠뇌, 抛石 등을 바쳤다는 기록만 전할 뿐이다.[32] 한나라에서 고구려에 鼓吹와 技人을 하사하였다는

---

29 丙子 百濟王等奏風俗樂. 授從五位下百濟王慈敬從五位上 正六位上百濟王全福從五位下(『續日本紀』卷13 聖武天皇 天平 12년 2월).

30 丙辰 幸安曇江遊覽松林. 百濟王等奏百濟樂 詔授无位百濟王女天從四位下 從五位上百濟王慈敬孝忠全福並正五位下(『續日本紀』卷15 聖武天皇 天平 16년 2월).

31 己亥 主人率百濟王等奏種種之樂 授從五位上百濟王玄鏡 藤原朝臣乙叡 並正五位下 正六位上百濟王元眞·善貞·忠信 並從五位下 正五位下藤原朝臣明子正五位上 從五位下藤原朝臣家野從五位上 无位百濟王明本從五位下 是日還宮(『續日本紀』卷39 桓武天皇 延曆 6년 10월).

  己亥 右大臣率百濟王等 奏百濟樂. 授正五位下藤原朝臣乙叡從四位下 從五位下百濟王玄風 百濟王善貞 並從五位上 從五位下藤原朝臣淨子正五位下 正六位上百濟王貞孫從五位下(『續日本紀』권40 桓武天皇 延曆 10년 10월).

  天皇御紫宸殿 賜侍臣酒 音樂之次 右京大夫從四位下百濟王勝義 奏百濟風俗舞(『續日本後紀』卷1 淳和天皇 天長 10년 4월 戊午朔).

32 高麗遣使貢方物. 因以言 隋煬帝 興卅萬衆攻我 返之爲我所破. 故貢獻俘虜貞公普通二人 及鼓吹弩抛石之類十物 幷土物駱駝一匹(『日本書紀』卷22 推古天皇 26년 가을 8월).

기록이 전하고,[33] 고분벽화의 행렬도에 고취악대가 연주하는 모습이 자주 산견된다.[34] 일찍부터 고구려에서 중국 고취악을 수용하여 널리 발전시켰음을 알려주는 자료들이고,『일본서기』의 기록은 그러한 전통이 7세기 초반까지 계승되었음을 알려주는 증거라고 말할 수 있다. 그러나 고취악은 軍樂의 성격이 강한 특수 음악으로 분류할 수 있다. 고구려에서 일반 음악, 특히 饗宴 등에서 연주되는 음악도 발달하였는데,[35] 수·당대의 燕樂(또는 宴樂)에 해당하는 수나라의 七部伎, 당나라의 9부기와 10부기에 高麗伎가 속하였던 것에서 그러한 사실을 입증할 수 있다.

고구려음악이 일본에 전해진 실상은 고려악 가운데 고구려 계통의 악곡을 통하여 입증할 수 있다. 다음 장에서 자세하게 살필 예정이지만, 일단 악곡명을 통하여 고구려 계통의 악곡으로 유추할 수 있는 것들은 狛鉾, 狛犬, 高麗龍 등이다. 이밖에 桔樺(吉簡), 退·進宿德, 阿夜岐理도 고구려에서 전래된 악곡일 가능성이 높은 것들이다. 이것들 가운데 일부는 통일신라를 통하여 일본에 전래되었을 가능성도 완전히 배제할 수 없지만, 그러나 대부분은 고구려에서 직접 전래되었다고 봄이 자연스러울 듯싶다.

통일 이전 신라의 음악이 일본에 전래되었음을 알려주는 유일한 자료가『日本書紀』권13 允恭天皇 42년 봄 正月條의 기록이다. 즉 '신라왕이 천황이 이미 죽었다는 소식을 듣고 놀라고 슬퍼하며 배 80척으로 조공하고 아울러 각종 樂人 80명을 바쳤다. 이들은 대마도에 도착하여 큰 소리로 울고 筑紫에 이르러 큰 소리로 울었다. 難波津에 이르러 모두 흰옷으로 갈아입었다. 조공물을 받들어 들

---

33 漢時賜鼓吹技人(『三國志』魏書 東夷傳 高句驪).
　武帝滅朝鮮 以高句驪爲縣 使屬玄菟 賜鼓吹伎人(『後漢書』東夷列傳 高句麗).
34 안악3호분과 약수리고분벽화, 팔청리고분벽화에 고취악대가 보인다.
35 楊蔭瀏著·이창숙역, 1999『중국고대음악사-상고시대부터 송대까지-』솔, 343쪽에서 7부기와 9부기, 10부기가 수·당의 대표적인 연악에 해당된다고 언급하였다.

고 또 여러 악기를 연주하며 난파로부터 서울에 이르기까지 울부짖기도 하고 춤추고 노래 부르기도 하였는데, 마침내 시신을 모셔둔 곳에 參禮하였다.'라고 전한다.[36] 가야금의 전래 이전 신라의 고유 악기에 관해서는 5~6세기 고분에서 출토된 토우에 부착된 것을 통하여 그 실상을 엿볼 수 있다. 현재까지 토우에서 발견된 악기들은 琴, 비파 모양의 현악기, 관악기 등이다. 그에 관하여 이미 구체적으로 검토한 논고가 있으므로 여기서 자세하게 언급하지 않도록 하겠다.[37] 삼국의 악기가 전래되기 이전의 일본에서 絃琴과 土笛 등이 주로 고고학 자료에서 확인되어 신라와 비슷한 양상이었음이 확인된다. 종래에 삼국의 음악이 일본에 본격적으로 전래되기 이전 일본의 음악은 주로 장례나 제사의례 및 농경의례, 가옥의 신축을 기념하는 의례를 비롯한 각종 의례에 사용되어 주술적인 성격을 강하게 지녔다고 지적하였는데,[38] 5세기 단계 신라의 음악 역시 그와 비슷한 성격으로 규정할 수 있지 않을까 한다. 위의 기록은 기년이나 구체적인 내용에서 약간의 윤색이 가해지긴 하였지만, 대체로 5세기 단계 신라에서 장례음악이 중시되었음을 유추케 해주는 자료로서 이해하여도 크게 문제가 되지 않을 듯싶다.

『삼국사기』 악지에 신라인이 제작한 고유의 18악곡이 전한다. 이것들은 통일 후에도 계속 연주되었고, 고려시대까지 鄕樂으로 계속 전승되었다. 종래에 신라의 고유악곡 가운데 郡의 음악을 각 지역의 정치세력이 신라에게 복속한다는 표시로서 제작하였을 것이라고 추정한 견해가 제기되기도 하였다.[39] 외래음악은 가

---

36 乙亥朔 戊子 天皇崩 時年若干. 於是 新羅王聞天皇旣崩 而驚愁之 貢上調船八十艘 及種種 樂人八十. 是泊對馬而大哭 到筑紫亦大哭 泊于難波津 則皆素服之 悉捧御調 且張種種樂器 自難波至于京 或哭泣 或儛歌 遂參會於殯宮也(『日本書紀』卷13 允恭天皇 42년 봄 정월).

37 김성혜, 2006『신라음악사연구』, 민속원, 125~185쪽.

38 고고학 자료에 보이는 고대 일본의 악기 및 삼국음악의 전래 이전 일본 음악의 성격에 대해서는 荻美津夫, 1977『日本古代音樂史論』, 吉川弘文館, 27~48쪽 및 荻美津夫, 2005『古代音樂の世界』, 高志書院, 15~47쪽이 참조된다.

39 여기현, 1999『신라 음악상과 사뇌가』, 월인, 119~140쪽.

야금의 전래와 함께 신라에 전해지기 시작하였다고 볼 수 있다. 우여곡절을 겪긴 하였지만, 가야금은 신라인들에게 널리 사랑을 받으면서 향악기의 대표적인 악기로서 자리매김하였다. 그것은 일본에 전해져 新羅琴이라고 불리기도 하였다. 가야금의 전래와 동시에 우륵이 지은 12곡도 함께 신라에 전해졌으므로 춤과 노래, 악기 반주가 수반되는 가야의 악곡도 동시에 신라에 전해졌을 것이다. 12곡 가운데 가야금의 반주에 맞추어 공을 가지고 재주를 부리는 악곡인 寶伎와 사자 춤을 추는 師子伎가 존재한 점을 통해서 그러한 사실을 입증할 수 있다. 隋代에 신라의 음악은 7부기에 속하지 못하고 잡기(잡악)로 분류되었다.

통일 이후 신라가 고구려와 백제의 음악을 수용하고, 여기다가 서역의 음악, 당악까지 널리 수용하면서 음악적 색채가 더 다채로워졌고, 下代에 이르러 서역과 고구려와 백제, 신라 고유의 음악을 鄕樂으로, 중국의 음악을 唐樂으로 분류하여 통합 정리하는 조치를 취하기도 하였다. 고려악 가운데 고구려와 백제계통의 악곡 상당수가 신라에 전해졌을 것으로 추정되고, 그 가운데 일부는 신라를 통하여 일본에 전래되었을 가능성도 충분히 상정할 수 있다. 물론 신라 고유의 음악도 일본에 전래되었음은 말할 필요조차 없을 것이다. 게다가 신라는 서역에서 수용된 음악을 일본에 전래하기도 하였는데, 그것의 대표적인 사례로서 고려악의 蘇志摩利나 納蘇利 등을 들 수 있다. 두 악곡의 성격과 그 전래에 관해서는 다음 장에서 자세하게 살필 예정이다.

일본에서 律令이 정비되면서 삼국의 음악은 治部省 管轄下의 雅樂寮에서 체계적으로 敎習, 傳授되었다. 『續日本紀』卷2 文武天皇 大寶 원년(701) 7월조에 아악료에 관한 기사가 처음 보인다.[40] 대보 원년은 大寶令이 반포되기 1년 전에 해당한다. 종래에 이에 근거하여 7세기 후반 天武紀 淨御原令에 아악료에 관한 규

---

40 又畵工及主計 主稅算師 雅樂寮諸師如此之類 准官判任(『續日本紀』卷2 文武天皇 大寶 元年 7월).

정이 포함되어 있었다고 이해하였다.[41] 현재 정어원령에 규정된 아악료 樂官의 구성은 정확하게 알 수 없다. 반면에 대보령에 규정된 그것이 전하고 있는데, 여기에 규정된 외국계 음악과 관련된 악관의 구성을 보면, 唐樂의 樂師는 12명, 樂生은 60명이고, 고려악과 백제악, 신라악의 경우 악사가 각기 4명씩이고, 악생은 각기 20명씩이다. 악사와 악생의 숫자는 시기에 따라 약간의 변동이 있는데, 대체적인 경향은 후대로 갈수록 줄어드는 추세를 보인다.[42]

아악료에 고려악, 백제악, 신라악에 관계된 樂師나 樂生이 존속되는 기간 동안에 삼국의 음악이 독립적으로 각기 교습되고 전수되었다고 볼 수 있다. 실제로 율령제 하에서 삼국의 악곡을 각기 공연한 실례가 여럿 발견된다. 특징적인 면은 앞에서 살폈듯이 백제악과 백제풍속무를 백제계 유민들이 주로 공연하였다는 사실이다. 대보령에서 雅樂寮에서 삼국음악은 蕃國人(本國人)에게 敎習하도록 규정한 것과[43] 관련이 있을 듯싶다. 이를 통하여 신라계와 고구려계 유민들도 각기 본국의 음악을 연주하는 것이 관행이었음을 유추해볼 수 있을 것이다.[44]

---

41 荻美津夫, 1977 앞 책, 206~209쪽.

42 외국계 음악에 관계된 아악료 관원구성과 그 변화에 대해서는 荻美津夫, 위 책, 212~213쪽, 第8表-(2) 雅樂寮官員의 變遷-外來의 樂舞의 경우가 참조된다.

43 乙亥 定雅樂寮雜樂生員 大唐樂卅九人 百濟樂廿六人 高麗樂八人 新羅樂四人 度羅樂六十二人 諸縣舞八人 筑紫舞廿人. 其大唐樂生不言夏蕃 取堪敎習者 百濟高麗新羅等樂生 並取當蕃堪學者. 但度羅樂 諸縣 筑紫舞生 並取樂戶(『續日本紀』卷11 聖武天皇 天平 3년 가을 7월).

44 甲戌 …… 武藏國新羅郡人沙良眞熊等二人 賜姓廣岡造. 攝津國豊鳥郡人韓人稻村等一十八人 賜姓豊津造(『續日本紀』卷36 光仁天皇 寶龜 11년 5월).
(弘仁) 七年(816)二月 轉爲左衛門大尉兼行撿非違使事 有傾遷爲右近衛將監 書主雖長儒門 身稍輕捷 超躍高岸 浮渡深水 猶同武藝之士 能彈和琴 仍爲大歌所別當 常供奉節會 新羅人 沙良眞熊 善彈新羅琴 書主相隨傳習 遂得秘道(『日本文德天皇實錄』卷2 文德天皇 嘉祥 3년 11월 초하루 己卯).
위의 두 기록을 통하여 武藏 新羅郡人 沙良眞熊이 816년 무렵에 新羅琴을 잘 타서 명성이 자자했고, 백제유민인 興世書主가 그것 타는 법을 배워서 전수하였음을 알 수 있다. 이들

그런데 아악료에서 교습된 외국계 음악은 궁극적으로 左方 唐樂, 右方 高麗樂으로 완전히 2분화되는 左右 兩部制로 정리되기에 이르렀다. 즉 나라별로 각기 樂師를 두어 그 음악을 敎習, 傳授하다가 궁극적으로 林邑樂과 일부 散樂을 唐樂에 통합시키고, 신라와 백제, 발해악을 高麗樂에 흡수 통합시켜 唐樂은 左方樂, 高麗樂은 右方樂으로 삼아 좌우 對稱의 新制를 정비하기에 이르렀다는 것이다. 여기서 문제로 제기되는 것은 좌우 양부제가 성립된 시기에 관해서다. 이에 대하여 일본 음악사학계에서 논란이 분분하였다. 처음 좌우 양부제의 성립을 平安朝 樂制改革과 결부시켰던 田邊尙雄은 그 시기를 仁明天王 때(833~849) 또는 嵯峨天皇代(809~822)로부터 仁明天皇代 前後라고 주장하였다가[45] 후에 仁明天皇承和 연간(834~848)에서부터 50~60년에 걸쳐 악제개혁을 단행하였을 것이라고 견해를 수정하였다.[46]

한동안 일본 음악사학계에서 田邊尙雄의 견해가 널리 수용되어 통설화되었다.[47] 그러나 근래에 들어 田邊尙雄의 견해가 사료상으로 實證하기 어렵다는 비판이 제기되면서 그것에 대한 수정이 이루어지고 있다. 먼저 林屋辰三郎은 田邊

통하여 신라계 유민들이 신라악을 연주하였음을 추측해볼 수 있을 것이다.

45 田邊尙雄, 1932 『日本音樂史』, 雄山閣, 125~177쪽
    여기서 田邊尙雄이 주장한 악제개혁의 요지는 외국계 음악을 당악과 고려악으로 통합 정리하고, 악기편성도 그에 맞추어 개편하며, 音階를 가까운 것끼리 모아서 새로 정리하며, 新曲을 제작하고, 폐절된 악곡을 復原하였을 뿐만 아니라 傳來曲 가운데 일부를 개작하였다는 것으로 정리될 수 있다. 특히 좌우 2부제의 성립과 관련하여 악제개혁을 추진하면서 임읍악을 당악에, 삼국과 발해악을 고려악에 편입시키고, 전자를 左方樂, 후자는 右方樂으로 서로 對峙시켜 교대로 각기 좌우 1곡씩 연주하는, 즉 番舞制를 시행하였으며, 그 악기도 당악에는 龍笛(橫笛)·필률·笙·비파·箏·大鼓·鉦鼓·羯鼓를 사용하고, 고려악에는 狛笛(高麗笛)·필률·大鼓·鉦鼓·三鼓를 사용하도록 조정하였다고 이해하였다.

46 田邊尙雄, 1963 『日本音樂史』, 東京電機大學出版局, 88쪽; 荻美津夫, 2007 『古代中世音樂史の硏究』, 吉川弘文館, 28쪽.

47 吉川英史, 1965 『日本音樂の歷史』, 創元社, 66~67쪽; 植木行宣, 1981 앞 논문, 257~265쪽.

尙雄의 주장을 뒷받침해줄 결정적인 논거가 없다고 비판하면서 左右 二部制, 즉 당악과 고려악 2부제의 성립시기를 衛府官人의 奏樂 관련 사료로부터 上限을 弘仁 10년(819), 下限을 天長 10년(833)으로 보아야 한다는 견해를 제출하였다.[48] 한편 林謙三은 嘉祥 원년(848) 九月二十二日付太政官符(『類聚三代格』권4)에 雅樂寮의 당악생, 고려악생, 백제악생, 신라악생에 관한 내용이 전하는 것을 근거로 林屋說은 문제가 있다고 비판한 다음, 좌우 2부제는 一擧에 성립되지 않고 성립까지 상당한 과정이 필요하였다고 주장하였다. 그에 따르면, 貞觀 3년(861) 3월 14일에 東大寺에서 행해진 大佛開眼供養會에서 左方에 고려악과 林邑樂의 樂屋을 설치하고, 右方에 당악의 악옥을 설치한 사실에서 당시까지 좌방은 당악, 우방은 고려악이라는 분류가 확실하게 이루어지지 않았음을 살필 수 있고, 결과적으로 그 성립 시기는 정관 3년 이후임이 분명하다는 것이다.[49]

井浦芳信은 여기에서 한 걸음 더 나아가 좌우 2부제는 단계적으로 정비되었으며, 최종적으로 그것은 村上天皇代(946~947)로부터 一條天皇代(986~1011) 사이에 완성되었다고 주장하였다. 그는 좌우 2부제의 문제를 단계적으로 접근하여 매우 세밀하게 분석하고, 좌방과 우방의 舞樂 2분법 성립의 문제를 고찰하였는데, 그에 따르면, 2분법이란 그 완성형태를 말하며, 당악을 중심으로 하는 것을 左舞, 고려악을 중심으로 하는 무악을 右舞라고 규정하여 각각 전문의 左方과 右方의 舞人·樂人을 세우고, 나아가 兩舞의 각 一曲을 짝지워 춤을 추게 하는 독특한 형식을 말한다고 한다. 8세기까지는 그것이 미분화되었고, 9세기 초로부터 醍醐·朱雀天皇代까지 당악과 고려악의 2대 계통으로 분류되기 시작하였으며, 村上天皇代로부터 완전 분화가 이루어져서 그때부터 一條天皇代 사이에 좌

---

48 林屋辰三郞, 1960『中世藝能史の硏究』, 岩波書店, 224~225쪽.
49 林謙三, 1968「信西古樂圖と平安初期の樂制について」『雅樂界』48.

우 2부제가 완성되었다는 것이다.[50] 근래에 고대 일본음악사를 정력적으로 연구한 荻美津夫가 井浦芳信의 견해에 공감을 표시하면서[51] 좌우 2부제의 단계적 성립설이 점차 일본 음악사학계의 지배적인 견해로 자리잡는 듯하다.

필자 역시 대체로 이와 같은 일본 음악사학계의 연구경향에 공감하는 입장이다. 다만 한 가지 아쉬운 점이 있다면, 구체적인 논거를 제시하면서 左右 兩部制의 성립과정을 검토한 논고가 없다는 점인데, 특히 백제와 신라악 및 발해악이 고려악에 흡수 통합되는 과정에 대해서는 더욱 그러하였다. 이 문제는 본고의 논지와 관련하여 관건적인 사항에 해당하므로 이제부터 그에 관하여 집중적으로 고찰하고자 한다. 일단 이와 관련하여 먼저 언제까지 신라와 백제악을 독립적으로 연주하였는가를 살펴볼 필요가 있다. 백제악이나 백제풍속무를 공연했음은 『續日本後紀』卷1 淳和天皇 天長 10년(833) 4월조를 마지막으로 더 이상 보이지 않는다. 『續日本紀』卷12 聖武天皇 天平 7년(735) 5월조의 기록에서 신라악을 공연했다고 전한 이후에[52] 그에 관한 기록은 더 이상 보이지 않는다. 반면에 고려악의 경우, 天長 10년(833) 이후에도 계속 공연하였다는 기록이 전하고 있어 대비된다. 天長 10년(833) 이후 어느 시기에 삼국의 음악을 독립적으로 공연하던 전통이 사라지고, 백제악과 신라악이 고려악에 통합되었음을 이를 통하여 유추해볼 수 있다.

그렇다면 이제 언제 백제와 신라 두 나라의 음악이 고려악에 통합되었는가를 살필 차례인데, 이를 위하여 먼저 아악료에 소속된 백제악·신라악의 樂師나 樂生에 관한 기록이 언제까지 보이는가를 규명할 필요가 있을 것이다.

---

50 井浦芳信, 1962 「舞樂二分法の形成」, 『東京大學校教養學部人文科學紀要 國文學·漢文學』26.

51 荻美津夫, 2007 앞 책, 31~34쪽.

52 庚申 天皇御北松林覽騎射. 入唐廻使及唐人奏唐國新羅樂弄槍 五位已上賜祿有差(『續日本紀』卷12 聖武天皇 天平 7년 5월).

太政官符

應減定雅樂寮雜色生二百五十四人事(減一百五十四人 定一百人)

倭樂生 百三十四人(減九十九人 定三十五人)

　歌人 二十人(元三十五人) 笛生 四人(元六人) 笛工 二人(元八人) 儛生 二人(元十

六人) 田儛生 二人(元二十五人) 五節儛生 二人(元十六人) 筑紫諸縣儛生 三人(元

二十八人)

唐樂生 六十人(減二十四人 定三十六人)

　歌生 二人(元四人) 横笛生 四人(不減) 尺八生 二人(元三人) 簫生 一人(元二人)

篳篥生 四人(不減) 合笙 四人(不減)　箜篌生 二人(元三人)　琵琶生 二人(元三

人) 箏生 二人(元三人)　方磬生 二人(元三人) 鼓生 四人(元十四人) 儛生 六人(元

十二人)

高麗樂生 二十人(減二人 定十八人)

　横笛生 四人(不減) 莫牟生 二人(不減) 篌生 三人(不減) 儛生 四人(元六人) 鼓生

四人(不減)　弄鎗生 二人(不減)

百濟樂生 二十人(減十三人 定七人)

　横笛生 一人(不減) 莫牟生 一人(不減) 篌生 一人(元二人) 儛生 二人(元四人 女十

人) 多理志古生 一人(不減) 歌生 一人(不減)

新羅樂生 二十人(減十六人 定四人)

　琴生 二人(元十人) 儛生 二人(元十人)

右被大納言正三位源朝臣信偁. 奉勅宜依件減省者. 今須選業稍成者卽充件

數. 餘並留省者

嘉祥元年九月二十二日(『類聚三代格』卷4 加減諸司官員幷廢置事).

위의 자료는 嘉祥 元年(848)에 아악료 雜樂生(雜色生)의 숫자를 크게 줄인다는
내용의 太政官符이다. 이에 따르면 원래 大寶令에서 규정한 인원을 크게 삭감하

여 왜악생은 35인, 당악생은 36인, 고려악생은 18인, 백제악생은 7인, 신라악생
은 4인으로 조정하였다고 볼 수 있다. 비록 악생의 수는 크게 줄어들었지만, 그
러나 위의 자료는 嘉祥 元年(848)까지 아악료에 고려악과 백제악, 신라악에 관계
된 樂官(樂生)이 존속하였음을 알려주는 유력한 증거이다. 이후 시기에 아악료
樂官을 대폭 조정하였다는 자료는 전하지 않는다. 다만『類聚三代格』에 齊衡 2
년(855) 8월 21일에 五節儛師를 폐지하고, 高麗鼓師를 둔다는 내용의 太政官符
와[53] 같은 해 12월 21일에 新羅儛師를 폐지하고 五節儛師를 둔다는 내용의 太政
官符가 전하고[54] 있음이 확인된다. 이 가운데 후자는 제형 2년(855)까지 신라악
에 관계되는 악생이 아악료에 존속하였음을 알려주어 유의된다.

더구나 다음의 기록은 10세기 전반에도 여전히 아악료에 신라악 관계 樂官이
존속하였음을 알려주기까지 한다.

> 雅樂屬船木氏有 著鷹飼裝束 臂鵠獨舞〈放鷹樂〉 新羅琴師船良實 著犬飼裝
> 束不隨犬(『西宮記』臨時8 臨時樂「醍醐天皇御記」延喜 21년 10월 18일).[55]

---

53 太政官符
  應停五節舞師 置高麗鼓師事
  右得治部省解偁 雅樂僚解偁 太政官去弘仁十年十二月二十一日 定舞師四人之內置 五節舞
  師一員 而件師 徒設其員 曾無其人. 今有高麗鼓生四人 習業之日 無有其師. 望請停彼舞師
  置此鼓師者 省依解狀 謹請官裁者. 右大臣(房尻)宣 奉 勅依請
  齊衡二年(855) 八月二十一日(『類聚三代格』卷4 加減諸司官員并廢置事).

54 太政官符
  應停新羅舞師 置五節舞師事
  右撿案內 依太政官去八月二十一日符 停五節舞師 彼高麗鼓師者. 今被右大臣(房尻)宣偁 奉
  勅 宜依件更令改置
  齊衡二年 十二月二十一日(『類聚三代格』卷4 加減諸司官員并廢置事).

55 동일한 내용으로 추정되는 사료는『古事類苑』樂舞部第2冊 樂舞25 琴 新羅琴에도 보인다.
  다만 여기서 방응악 등을 공연한 연대를 延喜 28년이라고 하였으나 荻美津夫, 2007 앞 책,
  39~40쪽 주 40번에서 연희 21년이 옳다고 고증하였다.

위의 자료에 보이는 新羅琴師 船良實은 雅樂寮 新羅樂의 琴師였을 것이다. 따라서 위의 자료는 延喜 21년(921)에도 아악료에 신라악 관계 악관이 존재했음을 알려주는 유력한 증거가 되는 셈이다. 결과적으로 신라악과 백제악이 고려악에 완전 편입된 것은 921년 이후였다고 볼 수밖에 없다. 물론 이렇다고 하더라도 8세기 후반 이후부터 삼국음악 가운데 고려악의 비중이 상대적으로 높아졌음은 嘉祥 원년(848) 삼국악의 樂生 수 비교를 통하여 충분히 인지할 수 있다. 당시 고려악의 악생은 18명이었음에 반하여 백제악과 신라악의 악생은 합쳐서 겨우 11명에 불과하였던 것이다. 9세기 후반 이후에 신라악과 백제악 공연 기록이 보이지 않는 대신에 당악과 함께 고려악을 자주 연주한 실례들을 통하여 이러한 추정을 보완할 수 있다.

貞觀 3년(861) 3월 14일 東大寺에서 개최된 大佛開眼供養會에서 東方, 즉 左方에 고려악과 임읍악의 樂屋을 설치하고, 西方, 즉 右方에 당악에 해당하는 新樂과 胡樂의 樂屋을 설치하여, 각각의 음악을 연주하였다고 전한다.[56] 左方 唐樂, 右方 高麗樂이라는 일반적인 관행과 약간 차이가 있지만, 정관 3년 무렵에 당악과 고려악이 짝을 이루어 교대로 연주하던 관행이 있었음을 이를 통하여 충분히 상정해볼 수 있다. 실제로 貞觀 연간(859~876)의 법회에서 左 唐樂, 右 高麗樂을 각기 1곡씩 연주하였음을 알려주는 자료가 전하고 있다.

讀師三拜 左右相分 就于高座 于時雅樂寮就座 各奏樂一曲(左唐樂 右高麗 諒闇之時 撤樂) 〔『(貞觀)儀式』卷5 正月八日講最勝王經儀〕.

---

56 十四日戊子 天晴 此日東大寺大佛開眼會也. …… 去儛臺東西四許丈 各立五丈楻三字也. 東西各二字者(子午爲妻) 各一字(卯酉爲妻) 東方一楻設高麗樂座 第二楻設林邑樂座 第三楻設諸大夫座. 西方第一楻設新樂座 第二楻設胡樂座 第三楻設親王幷行事大夫等座(『東大寺要錄』「御頭供養日記」).
荻美津夫, 1977 앞 책, 276~278쪽.

위의 기록은 정관 연간에 정비된 儀式으로서 正月 8일마다 개최된 講最勝王經儀에서 당악과 고려악을 연주하였음을 알려주는 자료이다. 여기서 諒闇은 임금이 先帝의 居喪 중에 있다는 의미이므로 이때에 음악을 연주하지 않았음을 살필 수 있다. 『일본삼대실록』에 貞觀 5년(863)에 대당과 고려악을 연이어서 연주하게 하였다고 전하고,[57] 이후 시기의 자료에서 '당악과 고려악을 함께 연주하거나 번갈아 연주하였다(遞奏).'라는 기록을 여럿 산견할 수 있다.[58] 이처럼 10세기 전반에 여러 행사나 법회에서 당악과 고려악을 교대로 연주하였음은 신라악·백제악의 고려악으로의 흡수 통합과 결코 무관하지 않을 듯싶다. 일본에서 자체적으로 고려악곡을 제작한 사실과 아울러 당악의 악곡에 대하여 고려악을 番舞로서 자주 연주하던 관행을 통해서도 9세기 후반~10세기 전반에 고려악을 중심으로 삼국의 음악을 재편하였음을 엿볼 수 있다.

仁和 연간(885~889)에 百濟貞雄이 光孝天皇의 勅令으로 고려악인 仁和樂을 만들었다.[59] 또 延喜 8년(908)에 胡蝶樂과 延喜樂을 제작하였다.[60] 일본 자체에서

---

57 廿日壬午 於神泉苑修御靈會 勅遣左近衛中將從四位下藤原朝臣基經 右近衛權中將從四位下兼行內藏頭藤原朝臣常行等 監會事 王公卿士赴集共觀 靈座六前設施几筵 盛陳花果 恭敬薰修延律師慧達爲講師 演說金光明經一部 般若心經六卷 命雅樂寮伶人作樂 以帝近待兒童及良家稚子爲舞人 大唐高麗更出而舞 雜伎散樂競盡其能(『日本三代實錄』卷7 淸和天皇 貞觀 5년 5월).

58 廿三日壬午 是日 詔於貞觀寺 設大齊會 以賀道場新成也. 以律師道昌爲導師 大僧都慧達爲咒願 延諸宗宿德僧百人以備威儀 雅樂寮唐高麗樂 大安寺林邑 興福寺天人等樂更奏(『日本三代實錄』卷25 淸和天皇 貞觀 16년 3월).
이밖에 『新儀式』제4 召雅樂寮物師等令奏音樂舞等事條에 921년(延喜 21)에 당악과 고려악을 교대로 연주하였다(遞奏)는 내용이 보이고, 『河海抄』若菜上에 인용된 『醍醐天皇御記』에도 延長 2년(924) 정월 25일 甲子에 당악과 고려악 각각 2곡을 교대로 연주하였다는 내용이 보이고 있다.

59 光武天皇御宇 眞〈一本眞作貞〉雄奉勅 仁和年中作 此曲以年號爲曲名(『樂家錄』卷31 本邦樂說 和仁樂).

60 延喜八年 亭子院前栽合 左近中將藤原忠房朝臣作 式部卿親王作舞(『體源抄』卷12上 延喜樂).

고려악곡을 창작하는 관행은 삼국의 舞樂을 고려악을 중심으로 하여 악기의 구성이나 音調 및 音階를 일정한 형식에 맞추어 재편하였음을 전제하는 것이다. 한편『교훈초』에 延喜 2년(902) 正月 25일에 唐樂 太平樂의 番舞로 고려악인 貴德을 연주하였다고 전하고,[61]『扶桑略記』에 연희 4년(904) 3월 26일에 당악(임읍악) 陵王(羅陵王)의 번무로 고려악 納蘇利를 연주하였다고 전한다.[62]『무악요록』에는 相撲節 때에 연주한 당악과 고려악에 관한 정보가 많이 전한다.[63] 延長 6년(928)에 당악, 즉 좌악의 번무로 고려악, 즉 우악을 연주한 내역이 전하는데, 이를 통하여 928년 무렵에 여러 행사나 법회에서 좌악의 번무로 우악을 연주하는 관

延喜八年 亭子院〈宇多〉童相撲之時 山城守藤原忠房朝臣所作也(『倭名類聚抄』卷4 音樂部 第10 曲調類第49 高麗樂曲 胡蝶樂).

61 延喜二年正月二十五日甲子 太上法皇(宇多) 御奉賀之日 此舞四人舞(向立) 太平樂ニ被合 舞ヤウアマタ侯アハザリケマ(『教訓抄』上 卷5 高麗曲壹越調 貴德).

62 延喜四年(904) 三月二十六日 宇多院供養圓堂 …… 同日勅差藏人頭仲平朝臣 率童舞樂工等 令奉此會. 先是去二十四日 於內裏有童舞 大納言國經朝臣之子舞陵王 中納言有穗朝臣之子 舞納蘇利 大臣奏 此兩舞童 宜被聽昇殿 勅依請 大臣卽仰兩父 令拜舞殿庭 侍臣持祿給之. 左 大臣(藤原時平)給御下襲 參議已上細長 已下小掛衣 樂工等 內藏寮給祿有差. 此間 左大臣間 舞庭中 更仰令推大鼓御階前 大臣打之 自餘親王公卿下侍庭中(『扶桑略記』권23 醍醐天皇).

63 『무악요록』에서 10세기 전반에 相撲節 때에 연주한 당악과 고려악을 발췌하여 정리하면 다음과 같다.

年代	區分	左樂(唐樂)-右樂(高麗樂)
延長 6년	召合	蘇合-古鳥蘇, 散手-貴德
(928)	拔出	皇帝-新鳥蘇, 萬歲樂-綾切, 秦王-狛桙, 三臺-皇仁, 太平樂-渤海樂, 陵王-納蘇利, 見蛇樂-狛犬
承平 3년	召合	抹兜-納蘇利
(933)	拔出	蘇合-古鳥蘇, 萬歲樂-皇仁, 不祥樂-新鞨鞨, 見蛇樂-崑崙, 狛犬
承平 4년	召合	抹兜
(934)	拔出	蘇合-古鳥蘇, 萬歲樂-阿那(耶孃)支利, 散手-貴德, 陵王-納蘇利, 褌脫-桔槹
承平 5년	召合	拔頭-納蘇利
(935)	拔出	皇帝-古鳥蘇, 秦王-弄槍, 太平樂-醉醉樂 見蛇樂-貴德
承平 6년	召合	抹兜
(936)	拔出	蘇合-古鳥蘇, 萬歲樂-綾切, 萬歲樂-敷手, 散手-貴德, 太平樂-新鞨鞨, 陵王-納蘇利, 猿樂-桔槹
天慶 6년	召合	
(943)	拔出	蘇合-古鳥蘇, 萬歲樂-綾切, 散手-貴德, 太平樂-醉醉樂, 陵王-狛犬, 雜藝-乞寒
天慶 7년	召合	拔頭-古鳥蘇, 蘇合
(944)	拔出	皇帝-新鳥蘇, 萬歲樂-敷手, 散手-貴德, 皇麞-弄槍, 還城樂-納蘇利, 猿樂-乞寒

행이 정착되었음을 엿볼 수 있다. 이를 근거로 920년대 후반에 백제악과 신라악이 고려악에 흡수 통합되어 그것이 당악과 뚜렷하게 대치되는 성격의 舞樂으로 定立되었다고 말하여도 무방할 것이다.

한편 발해악도 궁극적으로 고려악에 흡수 통합되었다. 여기서 문제는 언제 그렇게 되었는가에 관해서이다. 현재 발해악을 아악료에서 敎習하였다는 증거는 찾을 수 없지만, 그러나 수차례에 걸쳐 발해악을 공연하였음을 발견할 수 있다. 예를 들면, 天平 12년(740)에 발해사신이 본국악을 연주하였다는 기록과[64] 天平勝寶 원년(749) 12월에 大唐과 吳樂, 발해악을 연주하였다는 기록이 전하고,[65] 寶龜 8년(777) 5월에 발해사신이 본국의 음악을 연주하였다고 전하기도 한다.[66] 고려악 가운데 발해악으로 인정되는 新靺鞨에 대하여 『樂家錄』에서 '新靺鞨은 靺鞨國(渤海)의 樂曲인데, 춤은 그 나라로부터 中華(일본)에 와서 拜禮하며 춤을 추는 모습이라고 이른다.'라는 내용이 전한다.[67] 이 자료는 신말갈이 발해 사신이 일본에 와서 拜禮하며 춤을 추었던 것에서 유래하였음을 알려주는 것이다.[68] 그와 관련된 기록 가운데 가장 늦은 것이 元慶 7년(883)의 기록이다.[69] 따라서 고려

---

64 甲午 渤海郡副使雲麾將軍己珎蒙等 授位各有差 卽賜宴於朝堂 賜渤海郡王美濃絁卅疋 絹卅疋 絲一百五十絇 調綿三百屯 己珎蒙美濃絁廿疋 絹十疋 絲五十絇 調綿二百屯 自餘各有差. …… 丁巳 天皇御中宮閤門 己珎蒙等奏本國樂 賜帛錦各有差. 二月己未 己珎蒙等還國(『續日本紀』卷13 聖武天皇 天平 12년 봄 正月).

65 丁亥 八幡大神襧宜尼大神朝臣杜女〈其輿紫色 一同乘輿〉拜東大寺. 天皇 太上天皇 皇太后同亦行幸. 是日 百官及諸氏人等咸會於寺 請僧五千礼佛讀經. 作大唐渤海吳樂 五節田儛 久米儛(『續日本紀』卷17 天平勝寶 元年 12월).

66 丁巳 天皇御重閣門 觀射騎 召渤海使史都蒙等 亦會射場. 令五位已上進裝馬及走馬 作田儛於儛臺. 蕃客亦奏本國之樂. 事畢 賜大使都蒙已下綵粕各有差(『續日本紀』卷34 光仁天皇 寶龜 8년 5월).

67 新靺鞨者 靺鞨國之曲也 舞者自彼國來于中華爲拜禮蹈之體也云云(『樂家錄』卷31 本邦樂說新靺鞨).

68 이에 대해서는 다음 장에서 더 자세하게 논증할 예정이다.

69 三日戊辰 天皇御豊樂殿 賜宴渤海客徒 親王已下參議已上侍殿上 五位已上侍顯陽堂 大使已

악에 신말갈이 포함된 것은 적어도 883년 이후인 셈이다.

그런데 흥미로운 사실은 『舞樂要錄』에 延長 6년(928) 7월 8일의 相撲節 拔出時에 太平樂의 番舞로서 渤海樂을 연주하였다는 내용이 전한다는 사실이다.[70] 承平 3년(933) 7월 25일 相撲節 拔出時에 不祥樂의 番舞로서 신말갈을 연주하였다는 사실이 『무악요록』에 전한 이래, 이후에도 신말갈을 연주하였음이 발견되는 것에 반하여[71] 발해악을 연주하였음을 알려주는 자료는 더 이상 찾을 수 없다. 연장 6년(928) 相撲節 때에 연주한 발해악을 신말갈이라고 말할 수 없지만, 承平 3년(933) 이전에 신말갈이 고려악에 편입되었음은 분명한 듯하다. 여기서 연장 6년 상박절 때에 태평악의 번무로 연주된 무악을 '渤海樂'이라고 표현하였음이 눈길을 끄는데, 이후의 자료에서 발해악을 연주했다는 기록이 더 이상 보이지 않으므로 이를 통하여 연장 6년(928)까지 고려악과 별도로 발해악을 연주하다가 거기에서 멀지 않은 시기에 발해악마저 고려악에 흡수 통합되었다는 추론이 가능하기 때문이다. 이처럼 발해악이 궁극적으로 고려악에 흡수 통합됨에 따라 비로소 외국계의 舞樂이 左方 唐樂, 右方 高麗樂으로 완전히 2분화되기에 이르렀다고 평가할 수 있을 것이다.[72]

下廿人侍承歡堂 百官六位已下相分侍觀德明義兩堂 授大使文籍院少監正四品賜紫金魚袋裵頲從三位副使正五品賜緋銀魚袋高周封正四位下 判官錄事授五位 其次叙六位 已下各有等級 隨其位階賜朝衣 客徒拜舞退出 更衣而入 拜舞昇堂就食 雅樂寮陳鼓鍾 內敎坊奏女樂 妓女百冊八人遞出舞 酒及數杯 別賜御餘枇杷子一銀鋺 大使已下起座拜受 日暮 賜客徒祿各有差(『日本三代實錄』卷43 陽成天皇 元慶 7年 5月).

70 『新校 群書類從』卷345 「舞樂要錄」上, 相撲節, 403쪽.

71 예를 들면 承平 6년(936) 相撲節 때에 태평악의 番舞로 新鞨鞨을 연주하였다고 한다.

72 현재 왜 하필이면 신라악과 백제악을 고려악에 통합시켜 재편하였는가를 정확하게 말하기 어렵다. 다만 雅樂寮에서 삼국의 음악을 각기 敎習, 傳授하던 시기의 여러 사서에 삼국음악 가운데 고려악을 다른 나라의 음악보다 자주 더 연주하였음이 유의된다. 특히 752년 東大寺 大佛開眼會에서 당악 및 임읍악과 함께 고려악만을 연주한 이래 신라·백제악과 달리 고려악을 당악과 짝하여 연주하는 경향이 두드러지게 증가하였는데, 이것은 8세기 후반

일본 음악사학계에서는 일반적으로 당악과 고려악을 기초로 하는 좌우 2부제의 성립을 雅樂寮 機構의 축소, 衛府官人의 奏樂에의 진출과 수반하여 단계적으로 성립되었다고 이해한다. 특히 天曆 2년(948) 大內裏 桂芳坊에 樂所를 常設한 후에 樂人이 거기에 補任되어 左右로 고정되고, 좌악과 우악의 一者가 두어지면서[73] 비로소 좌우 2부제가 완전히 성립되기에 이르렀다고 강조하고 있다.[74] 이와 같은 일본 음악사학계의 연구동향을 염두에 둔다면, 일단 920년대 후반에서 930년대 전반에 걸쳐 雅樂寮에서 외국계의 음악을 左方 唐樂과 右方 高麗樂으로 재편하는 작업이 완료되었지만, 그러나 좌방악과 우방악을 전문적으로 연주하는 樂人들이 衛府官人에 補任되어 大內裏에 常設된 樂所에서 각각의 舞樂을 敎習, 傳授하고, 여러 행사나 법회에서 번갈아 좌악과 우악을 연주하며 對稱되는 성격을 지닌 그러한 의미에서의 左右 兩部制는 그 뒤에나 비로소 성립되었다고 말할

이후 일본에서 다른 나라의 음악에 비하여 고려악을 더 널리 교습, 전수하였음을 반영한 것으로 이해된다. 이러한 사실은 嘉祥 원년(848) 아악료 악관의 수에서 신라악과 백제악의 그것보다 고려악의 악관이 월등히 많았던 실례를 통해서도 방증할 수 있다. 이와 같은 측면을 감안하건대, 일본에서 백제악과 신라악을 고려악에 흡수, 통합시켜 삼국의 음악을 재편하였다고 봄이 가장 합리적이라고 말할 수 있지 않을까 한다. 종래에 삼국과 발해악을 포괄한 한국계 음악을 고려악이라고 通稱한 이유와 관련하여 일찍이 大槻如電이 高麗笛師 下春이라는 자가 고려악을 전하였기 때문에 그렇게 通稱하였다고 주장한 바 있고(大槻如電, 1927『新訂舞樂圖說』, 六合館, 79쪽), 田邊尙雄은 平安朝에 고려가 후삼국을 통일하여 한국을 대표하는 王朝였기 때문에 그렇게 불렀을 것이라고 추정하였다(田邊尙雄, 1932 앞 책, 135쪽). 한편 吉川英史와 荻美津夫는 당나라 十部伎가 일본에 전래되면서 一方의 음악을 당악으로, 他方, 즉 한국음악을 대표하는 것을 고려악이라고 불렀다고 보았다(荻美津夫, 1977 앞 책, 282쪽). 즉 한국음악 가운데 고려악으로 대표된 것은 당의 십부기 가운데 하나로서 東夷의 음악을 대표하는 고려악에서 유래되었다고 이해한 것이다.

73 一者는 樂所의 舞 또는 樂器의 首席演奏者를 가리킨다. 특히 舞 一者는 左樂은 狛氏, 右樂은 多氏로부터 배출되어 대규모 舞樂會의 경우 좌우 奉行(총감독)을 담당하였다(東儀信太郎 등, 1998 앞 책, 31쪽).

74 井浦芳信이 이러한 논지를 전개한 이래 荻美津夫가 이를 지지하면서 지금은 통설적인 견해로 자리잡았다고 평가할 수 있다.

수 있지 않을까 한다. 물론 이러한 성격을 지닌 좌우 양부제의 성립과정은 외국 계 아악의 日本化(和風化) 과정과 궤를 같이하여 진행되었다는 측면도 결코 간과 해서는 안 될 것으로 사료된다.

3) 고려악의 전승

앞에서 10세기 전·중반에 당악과 고려악을 기초로 하는 左右 2部制가 성립되었음을 살폈다. 『舞樂要錄』에 928년에서 944년까지 相撲節에서 공연한 당악과 고려악이 전하는데, 이 가운데 고려악의 악곡은 古鳥蘇, 歸德(貴德), 新鳥蘇, 綾切(阿那支利), 狛桙, 皇仁, 新靺鞨(渤海樂), 狛犬, 納蘇利, 崑崙, 桔橰(乞寒), 酣醉樂, 敷手 등이다. 延曆 20년(801) 11月 3日付 『多度神宮寺伽藍緣起流記資材帳』의 「樂具」 가운데 '高麗犬一頭 高麗冒子貳頭〈並白〉'가 보인다. 狛犬을 '高麗犬'이라고도 불렀다. 이것은 801년 이전에 박견(고려견)이 일본에서 널리 공연되었음을 알려주는 증거인 셈이다. 한편 寶龜 11년(780) 『西大寺資材流記帳』의 「高麗樂器 一具」 가운데 '大師子一頭〈頂在白木角形〉'라는 기사가 보인다. 일본의 神社나 寺院에 세운 狛犬의 형상은 일반적으로 머리에 뿔이 하나 있는 것이고, 반면에 사자의 모습은 뿔이 없는 것이다. 박견이 고려악의 하나였으므로 여기서 말하는, 즉 뿔이 있는 大師子는 狛犬의 공연에 사용된 樂具로 봄이 자연스럽다. 박견을 8세기 후반 이전에도 공연하였음을 알려준다. 貞觀 13년(871) 8月 17日付 『安祥寺伽藍緣起資材帳』의 「樂具」 가운데 '狛犬頭二面 同皮二面 同尾二支'가 보여 10세기 이전에 고대 일본의 여러 사찰에서 박견을 널리 공연하였음을 알려주기까지 한다.[75] 이밖에 『敎訓抄』上 권5에 延喜 2년(902)에 太平樂의 番舞로서 歸

---

75 『御堂關白記』長和 2년(1013) 8월 1일조와 寬仁 원년(1017) 9월 17일조에 犬舞를 공연하였다는 내용이 전한다. 그리고 『中右記』에 寬治 2년(1088) 7월 27일에 박견을 여러 舞樂과 함

德侯를 공연한 기록이 보이고,『古今著聞集』권6 管絃歌舞條에 延喜 21년(921)에 醡醉樂과 蘇志摩를 공연하였다는 기록도 발견된다.

10세기 후반에 공연되었던 고려악의 악곡은『倭名類聚抄』(20권)와『口遊』를 통해서 살필 수 있다. 전자는『倭名類聚抄』10권의 저자 源順이 지었다는 설과 후인이 증보하였다는 설이 전하는데, 만약에 원순이 지었다면, 그것은 天祿 원년(970) 이후 數年 사이에 증보된 것으로 보기도 한다.[76]『倭名類聚抄』卷第4 藝術部第9 曲調類第49에 高麗樂曲으로서 新鳥蘇, 古鳥蘇, 退宿德, 進宿德, 狛桙, 俱倫甲序, 志岐傳, 埴破, 歸德侯, 都鬱, 阿夜岐理, 葦波, 鞊切, 頑徐, 王仁庭, 崑崙八仙, 醡醉樂, 啄木, 保曾路久勢利, 賀利夜酒, 延喜樂, 新靺鞨, 胡德樂, 狛犬, 石川樂, 臨河, 胡蝶樂, 蘇志摩利, 登天樂, 地久樂, 納蘇利 등 31곡이 있다고 전한다.

『口遊』는 源爲憲이 天祿 원년(970)에 年少者를 위한 學習書로서 편찬한 것이다.[77] 여기에 고려악에 관한 내용이 보이는데, 당시까지 舞가 전해진 경우와 그렇지 않은 경우로 크게 구분하여 기록하였다. 여기에서 춤이 전한다고 언급한 고려악곡은 新鳥蘇, 古鳥蘇, 退宿德, 進宿德, 狛桙, 高麗(龍?), 阿也岐理(阿夜岐理: 重出), 歸德侯, 弄玉, 崑崙八仙, 保曾呂久世利, 賀利夜須, 新靺鞨, 遍鼻胡童樂(胡德樂), 林歌, 納蘇利, 蘇志磨利, 地久樂 등 18곡이고, 그렇지 않은 것은 保所呂, 俱倫甲序, 阿志波(葦波), 顔徐, 新河浦, 進曾利古, 石川樂, 登天樂, 白濱樂 등 9곡이다.[78]『口遊』에 啄木을 비롯하여 志岐傳(敷手), 都鬱(都志), 王仁庭, 醡醉樂, 延喜

께 공연한 사실이 전하기도 한다(『古事類苑』樂舞部第1冊 樂舞部9 高麗樂樂曲 狛犬).

76 (財)古代學協會·古代學研究所編, 1994b 앞 책, 2771쪽.

77 (財)古代學協會·古代學研究所編, 1994a 앞 책, 711쪽.
한편『口遊』는 續群書類從完成會에서 大正 15년(1926)에 편찬한『新校 群書類從』卷第930 雜部80에 전한다.

78『口遊』에서 納序, 古彈, 新鳥蘇는 細注로 '謂之高麗樂'이라고 표기하였을 뿐이고 舞의 有無에 대해서는 언급하지 않았다. 그러나 당시에 신조소가 널리 공연되었으므로 有舞曲이라고 봄이 옳을 듯싶다. 이밖에 여기에 亂聲, 大亂聲도 고려악으로 전하나 그 성격을 정확하

樂, 狛犬, 胡蝶樂, 桔椁, 常雄樂, 作物, 仁和樂, 鞨切 등의 고려악곡에 관한 언급이 보이지 않는다. 『무악요록』에 9세기 전반에 敷手, 황인(왕인정), 박견, 길고 등을 공연하였다는 사실이 전하는 바, 고려악곡의 전승에 관한 『口遊』의 기록이 정확하다고 말할 수 없다.

그러나 『무악요록』에서 俱倫甲序, 顏徐(頑徐), 阿志波, 新河浦, 進曾利古, 石川樂, 登川樂, 百濱樂을 공연하였다는 사실을 발견할 수 없기 때문에 970년 무렵에 이들 악곡의 공연은 거의 끊어져 춤의 구체적인 내용이 전하지 않았음이 분명한 듯싶다. 한편 『왜명유취초』 등의 辭書類에만 전하고, 악서에 전하지 않는 것이 바로 葦波와 鞨切, 啄木이다. 그런데 『구유』에서는 이들 3曲 가운데 유독 阿志波(葦波)에 대해 언급하였으면서도 啄木과 鞨切에 관하여 언급하지 않았다. 아마도 970년 당시에 이미 舞樂 鞨切과 啄木의 전승이 폐절되었기 때문에 그러하였다고 추정된다. 이러한 추정은 이후의 자료에서 고려악 鞨切과 啄木을 공연하였음을 알려주는 자료를 찾을 수 없는 것을 통하여 뒷받침할 수 있다.

이상에서 970년 무렵에 俱倫甲序, 阿志波(葦波), 顏徐, 新河浦, 進曾利古, 石川樂, 登天樂, 白濱樂, 鞨切, 啄木 등이 廢絶되어서 춤의 내용이 전하지 않았음을 살펴보았다. 여러 악서 가운데 가장 이른 시기에 편찬된 것이 바로 『龍鳴抄』이다. 太神基政(1075~1138)이 長承 2년(1133)에 편찬한 橫笛書로서 『龍吟抄』라고 부르기도 한다.[79] 여기에서 辭書類에 보이지 않는 高麗禮龍, 新河浦, 進蘇利古(進曾利古), 常武樂(常雄樂), 仁和樂, 白濱을 처음으로 소개한 반면에 狛犬, 葦波, 鞨切, 啄木 등에 관해서는 언급이 없고, 다른 악서에 소개된 桔椁, 作物도 빠져 있다. 특히 顏徐, 常雄樂, 新河浦는 편찬 당시에 이미 그 실태가 불분명해졌고, 춤도 전하지 않는다고 언급한 점과 진소리고의 경우 同名의 曲은 없고, 退出音聲으로서

게 알기 어렵다.
79 東儀信太郎 등, 1998 앞 책, 286쪽.

사용되었다고 언급한 사실이 유의된다.[80] 970년 이후부터 1133년 사이에 상웅악과 진소(중)리고의 춤도 폐절되었음을 엿볼 수 있다.

『舞樂要錄』에 928년부터 1176년까지 大法會, 曼荼羅供養, 朝覲行幸, 八講, 御賀, 相撲節에서 공연한 당악과 고려악의 악곡에 관한 내용이 전한다. 〈표 3〉은 연대별로 고려악 악곡의 공연 횟수를 정리한 것이다. 〈표 3〉을 통하여 1051년 이후에 무악의 공연 횟수가 크게 증가하였음을 살필 수 있는데, 실제로 그러한 사실을 반영한 것인지, 1050년 이전의 공연 내용이『무악요록』에 모두 전하지 않은 사실에서 비롯된 것인가의 여부를 정확하게 판단하기 어렵다.

〈표 3〉『舞樂要錄』에 전하는 高麗樂 樂曲의 공연 횟수

高麗樂 曲目	928~983년	1005~1050년	1051~1100년	1101~1176년
新鳥蘇	3	5	13	26
古鳥蘇	9	5	9	12
退宿德			3	6
進宿德			2	
狛桙	2	6	17	25
俱倫甲序(黑甲序)				
志岐傳(敷手)	2	3	2	9
埴破				5
歸德侯(貴德)	8	8	16	41
都鬱(都志)				
阿夜岐理(綾切)	5	1	2	1
頑徐(顏徐)				
王仁庭(皇仁)	2		2	9
崑崙八仙(八仙)	1	4	3	10
酣醉樂	3			
長保樂		1	2	8

---

80 (財)古代學協會·古代學研究所編, 1994a 앞 책, 1296쪽에서 악곡은 垣破(埴破)를 사용한다고 하였다.

高麗樂 曲目	928~983년	1005~1050년	1051~1100년	1101~1176년
延喜樂		1		6
新鞨鞨	2, 渤海樂 1	2	11	21
胡德樂				3
狛犬	3	4	5	1
石川樂				
胡蝶樂				
納蘇利	7	9	25	62
高麗龍(狛龍)				
新河浦				
進曾利古(蘇利古)				
桔桿(乞寒)	2, 乞寒 2	4	5	1
常雄樂(常武樂)				
作物(造物)				
仁和樂				
葦波				
鞨切				
啄木				
林歌(林哥)			6	14
蘇志摩利(蘇志摩)				3
地久樂	1	4	24	60
登川樂(登殿樂)				
白濱				
기타	弄槍 2			
합계	55	57	147	321

위의 <표 3>을 보면, 가장 두드러지게 눈에 띄는 현상으로 1051년 이후부터 納蘇利와 地久의 공연 횟수가 크게 늘어났다는 점을 지적할 수 있다. 이것은 1051년 이후 대법회와 만다라공양, 八講, 朝覲行幸, 御賀 등에서 舞樂을 공연할 때, 당악 萬歲樂과 고려악 地久를 가장 먼저 공연하고, 마지막으로 당악 陵王과 고려악 納蘇利를 공연하는 것을 관례화하면서 비롯된 현상이다. 어떠한 이유에서 처음에 만세악-지구를, 마지막에 능왕-납소리를 공연하는 것이 관행처럼 굳

어진 것인가에 대하여 현재 밝힐 수 없다. 추후의 과제로 남겨두고자 한다. 반면에 相撲節 拔出時 舞樂을 공연할 때, 처음에 당악 皇帝 또는 蘇合과 고려악 古鳥蘇를 공연하고, 마지막에 당악 還城樂-고려악 狛犬과 당악(散樂) 猿樂(또는 散更)-고려악 桔槹를 연이어 공연하는 것이 일반화되었다. 이밖에 고려악 가운데 비교적 널리 공연된 악곡이 新鳥蘇와 狛桙, 敷手, 歸德侯, 皇仁, 八仙, 長保樂, 新靺鞨, 林哥 등이었다. 지구, 납소리와 더불어 이러한 악곡들은 廢絶되지 않고 비교적 후대까지 계속 공연되었던 것으로 확인된다.

狛近眞(1177~1242)이 天福 원년(1233)에 완성한 악서인『敎訓抄』上 권5에서 고려악에 대하여 자세하게 설명하였다. 여기서 狛近眞이 新鳥蘇, 古鳥蘇, 退宿德, 進宿德, 狛桙, 埴破, 皇仁, 綾切, 敷手, 延喜樂, 仁和樂, 長保樂, 胡德樂, 石川, 胡蝶, 新靺鞨, 八仙, 貴德, 納蘇利, 林歌, 地久, 白濱, 蘇志摩利, 登天樂 등 24곡은 당시까지 춤이 전하고, 반면에 都志, 甘醉樂, 狛龍, 吉簡, 進蘇利古, 顔序, 新河浦, 黑甲序, 常雄樂, 狛犬, 造物 등 11곡은 無舞曲이라고 언급하였다.『구유』에서 970년 무렵에 石川樂, 登天樂, 白濱의 경우 춤이 전하지 않았다고 전하였다. 아마도 1233년 이전 어느 시기에 石川樂, 登天樂, 白濱 등을 再興하여 공연한 것으로 짐작된다.

安倍季尙(1612~1708)이 元祿 3년(1690)에 편찬한『樂家錄』권37에서 狛近眞의 손자 狛朝葛(1249~1333)이 元亨 2년경(1322)에 편찬한『續敎訓抄』에 게재된 唐樂(中華之曲) 86곡, 고려악 35곡 가운데 江戶時代까지 당악 39곡, 고려악 27곡만이 완전한 내용이 전할 뿐이고, 당악 28곡은 處處斷絶, 39곡은 완전 단절되었으며, 고려악 4곡은 완전 단절, 4곡은 舞는 없고, 단지 聲樂만이 남아 있다고 언급하였다. 여기서 완전한 내용이 전하는 고려악 악곡은 新鳥蘇, 古鳥蘇, 退走德, 進走德, 皇仁, 狛桙, 垣破(埴破), 綾切, 敷手, 貴德, 造物, 狛犬, 新靺鞨, 八仙, 石川, 胡蝶, 延喜樂, 吉簡, 胡德樂, 仁和樂, 長保樂, 納曾利(納蘇利), 林歌, 蘇志摩利, 地久, 登殿樂(登天樂), 白濱이고, 舞曲이 완전 단절된 것은 都志, 酣醉樂, 狛龍, 進蘇利

古이며, 舞는 폐절되고 聲樂만이 전하는 것은 黑甲序, 顏徐, 新河浦, 常武樂이라고 하였다. 『교훈초』에서 都志, 甘醉樂, 狛龍, 吉簡, 進蘇利古, 顏序, 新河浦, 黑甲序, 常雄樂, 狛犬, 造物 등 11곡을 無舞曲이라고 언급하였는데, 이 가운데 吉簡, 狛犬, 造物 등을 1690년 이전에 再興하였던 것으로 추정된다.

이후 明治 7년(1874)에 雅樂을 재정비하면서 京都, 南都(奈良), 天王寺 3樂所에 각기 전해지던 樂譜를 정리하여 새로운 악보〔新譜〕를 편찬하였고, 아울러 舞樂도 十番二十曲을 정하여 朝儀에서 연주하도록 조치하였다. 그 十番二十曲은 萬歲樂-延喜樂, 打毬樂-狛桙, 陵王-納蘇利, 北庭樂-八仙, 散手-貴德 太平樂-胡德樂 迦陵頻-胡蝶, 拔頭-還城樂, 春庭樂-白濱, 甘州-林歌이다. 이 가운데 환성악은 당악이므로 당시에 朝儀에서 공연된 고려악은 9개였다고 볼 수 있다. 明治 21년 (1888)에 雅樂所에 舊曲 再興의 명령이 내려졌고,[81] 1920년대부터 오늘날까지 좌우무악으로 연주되는 것은 모두 50여곡 정도라고 한다.[82] 大槻如電이 1920년대에 공연된 고려악의 악곡을 정리하여 『舞樂圖說』에 소개하였는데, 여기에서 소개된 것은 新鳥蘇와 古鳥蘇, 退走德과 進走德, 納蘇利, 長保樂, 胡蝶, 延喜樂, 蘇利古(竈祭舞), 綾切, 新鞨鞜, 敷手, 王仁庭, 貴德, 狛桙, 埴破(弄玉), 胡德樂, 崑崙八仙(鶴舞), 仁和樂, 林歌, 蘇志摩利(回庭舞), 登川樂, 白濱(榮圓樂), 地久(圓地樂) 등 24곡이다. 江戶時代까지 전해지던 狛犬과 吉簡(桔樟), 造物, 石川 등이 廢絶되고, 새로이 蘇利古를 再興하였음을 엿볼 수 있다. 현재 고려악의 대표적인 악곡으로 널리 알려진 것이 納蘇利이며, 崑崙八仙과 延喜樂, 狛桙 등도 비교적 널리 공연되고 있다.

---

81 明治天皇은 京都, 南都(奈良), 天王寺 계통의 樂人 중 일부를 東京에 집결시켜 宮內省 樂所에서 무악을 연구하게 하였고, 이러한 보호 조치에 힘입어 무악을 전문적으로 연주하는 가문들이 소생하였으며, 많은 악곡이 복원 또는 새로 만들어졌다고 한다(河竹繁俊著·이응수역, 2001 『일본연극사』상, 도서출판 청우, 107쪽).
82 大槻如電, 1927 앞 책, 9~10쪽; 河竹繁俊著·이응수역, 위 책, 107쪽.

2. 고려악의 종류와 계통

1) 고구려 계통의 고려악

辭書類나 樂書에 전하는 高麗樂의 악곡은 모두 38개이다. 이것을 音調에 따라 구분하면, 高麗壹越調는 新鳥蘇를 비롯한 33곡, 高麗平調는 林歌 1곡, 高麗雙調는 蘇志摩利와 地久樂, 登天樂, 白濱 등 4곡이 된다. 38곡 가운데 삼국과 발해에서 전래된 것이 新鳥蘇를 비롯한 32곡이고, 일본인이 제작한 것이 仁和樂과 延喜樂, 常雄樂, 胡蝶樂 등 4곡이며, 酣醉樂과 胡德樂은 본래 橫笛(唐樂)이었으나 高麗笛으로 연주하도록 고친 渡物의 高麗樂에 해당한다. 삼국 및 발해에서 전래된 32곡은 그 계통을 명확하게 알 수 있는 것과 그렇지 않은 것으로 구분된다.

먼저 악곡의 명칭에 고구려를 가리키는 '狛'자가 포함된 狛鉾, 狛犬은 고구려에서 전래된 것이라고 볼 수 있다. 물론 일명 狛龍이라고 불린 高麗龍도 역시 그러하였을 것이다. 먼저 박모는 狛桙, 棹持舞, 花釣樂, 執鉾舞라고 부르기도 한다. 『敎訓抄』上 卷第5 高麗曲物語 狛桙條에 따르면, 박모는 고구려에서 일본으로 배를 타고 건너올 때에 五色으로 칠한 삿대로 배를 저었는데, 후에 점차 4명이 삿대를 어깨에 메고 춤을 추기 시작한 것에서 유래하였다고 한다. 또한 龍頭鷁首 때에 童部가 蠻繪裝束을 하고 삿대를 취하였으므로 棹持舞라고도 불렀다고 전한다.[83] 『무악도설』에서는 神泉院大井川 등의 御遊時에 龍頭鷁首(천황이 타는 배)의 船頭에 童部가 蠻繪裝束을 하고 삿대를 조작하며

---

83 此舞ハ古人說云, 高麗ヨリ渡ケル時, 五色ニイロドリタル, 棹ニテ船ヲ指テタリケルヲ, ヤガテ四人肩ニ係テ舞始タリト申傳タリ, サレバ于今龍頭鷁首サスカジラノ童部著蠻繪裝束差此棹也, 謂之棹持舞云(『敎訓抄』上 卷第5 高麗曲物語 壹越調曲 狛桙).

춤을 추는 까닭에 棹持舞라고 불렀다고 부연하였다.[84] 고구려에서 험난한 항해를 안전하게 마치고 그것을 기념하기 위하여 연회를 베풀었을 것인데, 박모는 본래 그때에 공연한 가무의 일종이었을 것으로 추정되고, 그것이 일본에 전래된 후에 다시 棹持舞로 개작된 것이 아닌가 여겨진다.

그림 19 『신서고악도』 본문에 전하는 소방비

탈춤의 일종인 狛犬의 유래는 정확하게 전해지지 않는다. 다만 『續敎訓抄』에 탈의 모습은 당악의 하나인 蘇芳菲와 비슷하였다고 전하고 있다.[85] 그런데 소방비의 몸은 사자, 머리는 개의 머리와 유사하였다고 전하므로[86] 박견 역시 그러한 모습이었을 것이다. 박견에 대한 자세한 내용은 뒤에서 자세하게 살펴볼 예정이다. 고려룡은 狛龍, 高麗禮龍이라고도 부르는데,[87] 구체적인 유래나 그 모습은 전해지지 않는다. 다만 舞人이 小馬形을 타고 공연하였으며, 주로 五月節 때 천황의 어가가 출입할 적에 소방비의 番舞로 그 앞에서 공연하였다고 알려졌다.[88]

박모와 박견, 고려룡 이외에 고구려에서 유래되었다고 추정되는 악곡이 바

---

84 大槻如電, 1927 앞 책, 95쪽.

85 續敎訓抄曰 蘇芳菲之舞 似狛犬之貌 競馬行幸奏之云云(『樂家錄』卷37 舞 蘇芳菲之舞形).

86 此曲五月節會 舞御輿之御前 是從弘仁初 競馬行幸奏之 對右狛龍<小馬形乘> 蘇芳菲之身 師子之姿 頭如犬頭也(『續敎訓抄』卷第5 蘇芳菲).

87 『古事類苑』樂舞部第1冊 樂舞部9 高麗樂樂曲 狛龍.

88 件舞五月節 輿出入之間 於御前奏之 乘小馬形二人舞之<冠蠻繪著 右舞人中膈舞之>(『敎訓抄』上 卷第5 高麗曲物語 壹越調曲 狛龍).

로 阿夜岐理와 退·進宿德, 長保樂, 桔樌 등이다. 먼저 아야기리는 綾切, 愛嗜女, 高麗女, 大靺鞨, 綾箱舞라고 부르기도 하는데, 여자가 춤을 추는 것이 특징적이다.[89] 종래에 아야기리를 一名 大靺鞨이라고도 부른 사실을 주목하여 발해에서 전래된 악곡으로 추정하였다.[90] 그러나 이러한 견해는 재고가 필요할 듯싶다. 아야기리를 一名 高麗女라고 불렀다는 점, 『敎訓抄』에서 우리말의 아기에 해당하는 愛嗜女가 高麗女子의 이름이라고 한 점[91] 등을 이와 관련하여 유의할 필요가 있다. 물론 일본에서 발해를 고구려를 계승한 국가라는 의미에서 高麗라고 부르기도 하였기 때문에 애기를 발해(고려)여자로 볼 수 있는 가능성도 완전히 배제할 수 없을 것이다. 그러나 애기는 우리말의 아기와 통하고, 그 여자의 국적이 발해나 말갈이 아니라 고려라고 분명히 밝힌 점을 염두에 둔다면, 아야기리는 발해보다는 고구려에서 전래된 것으로 보는 것이 더 타당할 것이다.

筒井英俊이 撰한 『東大寺要錄』을 통하여 아야기리가 고구려에서 전래되었음을 보완할 수 있다. 여기에 752년 東大寺 大佛開眼會에서 연주한 음악에 관한 내용이 전한다. 이에 따르면, 唐古樂과 唐散樂, 林邑樂과 高麗樂, 唐女儛, 高麗女樂을 연주하였다고 한다. 여기서 주목되는 사항은 바로 고려악과 더불어 고려여악을 함께 연주하였다는 점이다. 그것이 바로 고려여자가 춤을 추는 아야기리를 가리키지 않을까 하는 추론이 가능하기 때문이다. 앞으로 아야기리의 계통에 대한 연구를 더 심화시켜 논지를 보완할 필요성은 인정되지만, 일단 여기서 필자는 아야기리는 발해가 고구려에서 유래되었을 가능성에 더 무게를 두고 싶다.

---

89 『古事類苑』樂舞部第1冊 樂舞部9 高麗樂樂曲 阿夜岐理.

90 大槻如電, 1927 앞 책, 90~91쪽에서 아야기리가 발해에서 유래되었다고 추정한 이래, 대다수의 학자들이 이를 수용하였다.

91 綾切 面〈女形 白色牟子 一說鳥甲〉 中曲 又愛嗜女云〈高麗女名歟〉 又大靺鞨〈舞人龜甲形立云〉 阿夜岐理云(『敎訓抄』上 卷第5 高麗曲物語 壹越調曲 綾切).

그림 20 『악가록』에 전하는 퇴숙덕 가면　　**그림 21** 『악가록』에 전하는 진숙덕 가면

　退·進宿德을 退·進走德, 宿禿, 走禿으로 표기하기도 한다.[92] 종래에 宿德 등은
최치원의 鄕樂雜詠에 보이는 束毒의 轉寫로 이해하였다.[93] 여기서 束毒은 지금
의 타슈켄트와 사마르칸트에 위치한 粟特(Sogdiana)지역을 가리키므로 신라의
속독이나 일본 퇴·진숙덕은 중앙아시아 粟特(Sogdiana)지역에서 유래된 것으로
볼 수 있을 것이다. 실제로『樂家錄』卷39 舞面에 퇴·진숙덕을 연주할 때에 사용
한 假面을 묘사한 그림이 전하는데, 그 모습이 코가 비교적 큰 서역인의 그것에
가까웠다는 사실을 통하여 이러한 추정을 보완할 수 있다.

　종래에 통일신라의 속독에 대하여 대체로 4~6인의 群舞이고, 서역 계통의 胡
騰舞와 연결시켜 이해하였다.[94] 참고로 일본에서 進宿德은 若舞, 退宿德은 老舞

92　『古事類苑』樂舞部第1冊 樂舞部9 高麗樂樂曲 進宿德 및 退宿德.

93　印南高一, 1944『朝鮮の演劇』, 北光書房에서 走禿, 走德, 宿德, 宿禿을 '束毒'의 轉寫라고 이
　　해한 이래, 대부분의 학자들이 이에 동의하였다.

94　이두현, 1959「新羅五伎考」,『서울대학교 논문집』9; 이두현, 1979『한국연극사』, 보성문화

이며, 6인이 춤을 추는 형식이었다고 한다. 여기서 문제는 퇴·진숙덕을 삼국 가운데 어느 나라에서 전래하였을까에 관해서다. 高句麗歌曲에 芝栖가 있었고, 舞曲에 歌芝栖가 있었다. 그런데 동일한 명칭이 서역의 부하라지방에 위치한 安國의 음악에도 보이고 있다. 또한 당나라 십부기의 하나인 高麗伎에 胡旋舞가 있었다고 전하는데, 이것은 속특(Sogdiana)지역에 위치한 康國에서 유래된 춤이다. 이처럼 고구려에서 서역의 안국 및 강국에서 유래된 歌曲과 舞曲, 胡旋舞를 수용한 사정을 감안할 때, 속특지역의 악곡도 거의 동시기에 고구려에 전래되었다고 봄이 자연스럽다. 이것이 일본에 전해져서 진·퇴숙덕, 신라에 전해져서 束毒으로 명명되었다고 추정된다.

長保樂은 長保 年間(999~1003년)에 保曾呂久世利와 加利夜須 2곡을 합성하여 만든 악곡에 해당한다. 一名 泛野樂으로 부르기도 한다.[95] 두 곡의 원뜻을 정확하게 알 수 없지만, 일본에서 曾呂久를 서역의 疏勒國을 가리키는 것으로 이해하여 장보악을 그 나라의 음악과 연관시켜 해석하고 있다.[96] 소륵국은 현재 중국 新疆省 서쪽의 카슈가르에 위치한 국가였다. 고구려에서 서역의 가무를 적극 수용하였음을 감안하건대, 保曾呂久世利와 加利夜須曲 역시 그러하였을 가능성이 높다고 보인다.

마지막으로 고구려에서 전래되었다고 추정되는 고려악곡이 바로 桔樺이다. 이를 桔桿, 桔簡, 吉干, 吉簡이라고 표기하기도 하는데, 蘇志摩利와 함께 서역의 蘇莫遮에서 유래한 악곡이다. 『舞樂要錄』에 9세기 전반 相撲節에서 桔樺를 연주

사; 전경욱, 2004『한국의 전통연희』, 학고재, 143~145쪽 및 148~149쪽.

95 長保樂〈千也宇保羅具〉一本作浦 一名長寶樂 又號泛野舞 舊記曰 當曲破與急本別曲也 破謂保曾呂久世利 急謂加利夜須也 然長保年中 以二曲爲之一曲 以年號爲曲名云云(『樂家錄』 卷28 樂曲訓法 長保樂).

96 按曾路久與疏勒國 讀相通 本曲疑疏勒樂也. 舊唐書云周武帝聘虜女爲后 西域諸國來媵 於是有龜玆疏勒等樂 新唐書亦有疏勒伎 蓋此曲也 姑附備考(『大日本史』禮樂15).
大槻如電, 1927 앞 책, 84쪽.

하였음을 전하고 있다. 承平 4년(934)에 길고는 褌脫의 番舞였고, 동 6년(936)에는 猿樂의 番舞로 연주되었다. 그런데 承平 6년(936) 雜藝의 번무로 연주된 것이 乞寒이었고, 동 7년에는 猿樂의 번무로 乞寒을 연주하였다고 전한다. 여기서 猿樂은 散樂과 동일한 용어이다. 본래 散樂은 散雜한 音樂이라는 뜻으로 골계희, 模擬才, 幻術, 기예 등을 음악 반주로써 연출하는 輕喜雜劇을 말한다. 일본에서는 이를 猿樂이라고도 불렀던 것이다.[97] 한편 雜藝는 잡다한 예능이라고 풀이되므로 원악과 동일한 의미를 지닌다. 따라서 桔樌나 乞寒은 모두 散樂의 番舞로 연주하는 것으로 그 성격이 산악에 가까웠다고 볼 수 있다. 乞寒이란 고려악은 존재하지 않는다. 다만 길고와 함께 원악(잡예)의 번무로 연주된 것으로 보아서 걸한과 길고는 밀접한 관계였으리라는 짐작이 가능하다. 뒤에서 걸한은 길고를 가리킨다는 사실을 구체적으로 논증할 예정이다. 또한 고려악의 蘇志摩利가 바로 소막차와 관련이 깊음을 논증할 예정인데, 이것은 신라에서 일본에 전래되었다고 알려졌다.[98] 신라에서 수용한 소막차를 소지마리라고 불렀으므로 그와 성격이 비슷한 길간은 중국에서 고구려나 백제가 수용하여 일본에 전해주었다고 봄이 합리적이라고 판단된다. 필자는 백제보다 서역의 가무가 널리 전래되었음이 확인되는 고구려에서 일본에 길간을 전해주었을 가능성에 무게를 두고 싶은 입장이다.

2) 백제와 신라, 발해 계통의 고려악

앞에서 백제계 유민들이 여러 차례에 걸쳐 백제 풍속무를 공연하였음을 살폈다. 그것은 궁극적으로 고려악의 일부로 흡수되었을 것인데, 현재 고려악 가운데

---

97 河竹繁俊著·이응수역, 2001 앞 책, 157~159쪽.
98 이에 대하여 뒤에서 자세하게 논증할 예정이다.

백제 계통으로 인정되는 악곡은 王仁庭과 進曾利古 뿐이다. 왕인정은 皇仁庭, 皇仁이라고 부르기도 한다.[99] 『大日本史』예악지에 따르면, 왕인정은 仁德天皇이 즉위할 때에 백제인 王仁이 難波津歌를 지어 (즉위를) 축하하였던 것에서 유래하였다고 전한다.[100] 주지하듯이 왕인은 阿直伎와 더불어 백제문화를 일본에 전해줌으로써 일본 고대문화의 발전에 크게 기여한 인물이다. 악곡의 명칭에서 그것이 왕인과 관련되었음을 쉬이 짐작해볼 수 있다. 물론 이렇다고 왕인이 인덕천황의 즉위를 축하하기 위하여 왕인정을 제작하였다는 기록을 그대로 신뢰하기는 곤란할 듯싶다. 아마도 왕인이 일본에 갔을 때에 백제의 풍속무를 일본인에게 전해준 것에서 그 명칭이 유래하였다고 봄이 사실에 더 가까울 듯싶다. 『教訓抄』에 春宮御元服에서 喜春樂의 番舞로 이 곡을 연주하였다고 전한다.[101]

진증리고는 進蘇利古, 또는 竈祭舞라고 부르는데, 부엌신, 즉 竈王을 제사지내는 백제의 풍속무로 알려졌다. 진증리고에 대해서는 뒤에서 자세하게 설필 예정이다. 『삼국지』위서 동이전 변진조에 '변한은 진한과 더불어 뒤섞여 살았다. …… 竈王을 모시는데, 모두 부엌문의 서쪽에 두었다.'라는 기록이 전한다. 마한의 경우에 조신을 모신다는 기록이 전하지 않으나 변진과 크게 다르지 않았을 것이다. 삼한 사회에서 조신을 모시고 제사지내는 풍속이 백제에도 그대로 이어졌을 것이고, 백제인이 그것을 다시 일본에 전해주어 진증리고가 성립되었을 것으로 사료된다. 고려악 가운데 그 계통을 알 수 없는 것들이 여럿 전하는데, 그 가운데 일부가 백제에서 유래된 것일 가능성은 있지만, 구체적으로 악곡명을 거명하기는 힘들다.

고려악 가운데 신라에서 전래된 것이 蘇志摩利와 納蘇利이다. 蘇志摩利는 4

---

99 『古事類苑』樂舞部第1册 樂舞部9 高麗樂樂曲 王仁庭.

100 仁德帝卽位 百濟人王仁作難波津歌賀之〈古今和歌集序 奧義鈔〉 此曲盖是也(『大日本史』禮樂15).

101 春宮御元服ニ奏此曲〈喜春樂ニ對シタリ〉(『教訓抄』上 卷第5 高麗曲物語 壹越調曲 皇仁).

人舞로서 舞人은 常裝束을 입고 唐冠을 모자로 쓰고 중간에 허리에 찬 도롱이를 입는다고 한다.[102] 또한 大旱魃에 비가 내리기를 기원하기 위하여 蘇志摩利를 공연하면 반드시 비가 내렸다고 전한다.[103] 蘇莫遮와 蘇志摩利를 공연할 때에 天氣가 寒冷해져서 눈이나 비가 내리기를 기원한다는 점,[104] 둘 다 공연할 때에 공통적으로 배우나 舞人들이 도롱이를 입는다는 점 등을 참고할 때, 소지마리는 소막차와 매우 관계가 깊다고 보지 않을 수 없다. 이에 대한 보다 자세한 내용은 뒤에서 살필 예정이다.

신라에서 전래된 또 하나가 바로 納蘇利(納曾利:なそり)이다. 이것은 雙龍舞이며, 雌雄의 용이 서로 즐겁게 노는 상태를 형상화한 것으로 알려졌다.[105] 가면을 쓰고 공연하는 가무희로서 그것은 긴 이빨이 있는 무서운 짐승 모양이며 紺靑, 綠靑의 두 가지 색이 있고, 연희자는 북채[桴]를 들고 있다. 일반적으로 납소리

---

102 王嶸, 2000 『西域文化的回聲』, 新疆靑少年出版社, 222쪽; 張龍群, 1992 「乞寒舞戱＜蘇莫遮＞」, 『新疆藝術』 1992년 第三期.
　　　한편 『古事類苑』 樂舞部第1册 樂舞9 高麗樂樂曲 蘇志摩에서 인용한 『樂家錄』 卷37 舞條에서는 '右舞 蘇志摩利＜舞人六人＞ 面帽子 常裝束＜裲裙＞ 簑笠＜持于手＞'이라고 하였다. 이것은 소지마리를 공연할 때에 가면과 모자를 쓰고 裲裙을 입으며, 삿갓을 손에 쥔다는 의미다.

103 此舞天下一同ノ大旱魃之時, 爲雨請舞之カナラズシルシアリテ雨下＜樂舞俱秘事ニテ侍ナリ＞(『教訓抄』 上 卷第5 高麗曲物語 雙調曲 蘇志摩).
　　　一說 蘇志摩利 未之祥. 天下旱魃時 舞此曲祈雨云云(『樂家錄』 卷31 本邦樂說 蘇志摩利).
　　　한편 『古事類苑』 樂舞部第1册 樂舞1 樂舞總裁上에 인용된 『教訓抄』에서 胡飮酒와 蘇莫者는 天下 大旱魃時에 春日御社에서 祈雨祭를 지낼 때에 공연되었고, 靑海破와 蘇志摩利 역시 마찬가지였다고 언급하였다.

104 蘇莫遮에서는 눈이 많이 내리기를 기원하였다.

105 한편 1인의 무인이 춤을 추는 것을 落蹲이라고 부른다(大槻如電, 1927 앞 책, 83쪽).
　　　『枕草子』에는 落蹲은 2인이 膝踏의 모양으로 춤을 추는 것이다라고 하여서 옛날에 2인이 춤을 추는 경우에도 낙준이라고 불렀음을 알 수 있다(遠藤徹·笹本武志·宮丸直子, 2006 앞 책, 222쪽).

는 신라의 지명에서 유래된 것으로 보고 있으므로[106] 그것은 신라에서 일본에 전해진 가무희라고 볼 수 있다. 앞에서 최치원의 鄕樂雜詠에 전하는 신라 향악의 大面이 일본에 전해진 것이 納蘇利임을 살폈다. 平安時代에 競馬, 相搏, 賭弓 등의 경기를 할 때에 좌우로 나누어서 경쟁하였는데, 좌방이 승리하면 陵王을, 우방이 승리하면 납소리를 공연하여 축하하였다고 한다. 현재 일본에서 납소리는 고려악의 가장 대표적인 것으로서 공연되고 있다고 알려졌다.

백제와 신라음악뿐만 아니라 발해악도 고려악에 흡수 편입되었다. 발해악으로 확실하게 인정되는 것이 바로 新靺鞨이다. 『교훈초』에 '이 곡은 或書에 이르기를 '靺鞨芋田人의 이름이다. 北土에서 出自하였다. 말갈은 국명이다. 이 춤은 그 나라로부터 出自한 것이어서 신말갈이라고 부른 것이다. 고려로부터 건너와서 일본으로 들어온 것이 아닐까?'라고 하였다.[107] 여기서 말갈은 발해를 가리키는데, 이것을 입증해주는 자료가 다음의 기록이다.

新靺鞨은 靺鞨國(渤海)의 樂曲인데, 춤은 그 나라로부터 中華(일본)에 와서 拜禮하며 춤을 추는 모습이라고 이른다.[108]

이 자료는 신말갈이 말갈인들이 일본에 와서 拜禮하며 춤을 추었던 것에서 유래하였음을 알려주는 것이다. 신말갈을 연주하는 舞人은 당나라 복식을 하고 배례하고 있는 모습이다. 그런데 흥미롭게도 고대 일본의 史書에 발해 사신

---

106 河竹繁俊著·이응수역, 2001 앞 책, 137쪽.
　　한편 納曾利 또는 納蘇利(なそり)를 한국어 나(儺의 뜻), 소리(歌의 뜻)의 音讀으로 보는 견해도 있다(이혜구, 1967 「納曾利考」, 『韓國音樂序說』, 서울대학교출판부, 35쪽).
107 此曲或書云 靺鞨芋田人名也 出北土靺鞨國名也 而件舞出彼國タリト申タリ, サレバ高麗ヨリ渡タル内ニアラザルカ(『教訓抄』上 卷第5 高麗曲物語 壹越調曲 新靺鞨).
108 新靺鞨者 靺鞨國之曲也 舞者自彼國來于中華爲拜禮踏之體也云云(『樂家錄』卷31 本邦樂說).

이 일본에 와서 拜禮하며 춤을 추었다는
기사가 여럿 보인다는 점이다. 예를 들
면 嘉祥 2년(849) 5월에 渤海使臣 및 首
領 등이 함께 拜禮하며 춤을 추었다고
전하고,[109] 또 貞觀 14년(872) 5월에도 발
해의 사신이 함께 拜禮하며 춤을 추었다
고 전한다.[110] 그리고 元慶 7년(883)에도
발해사신이 그러하였다고 전하고 있다.

그림 22 신말갈을 공연하는 舞人의 모습

앞의 인용문에 신말갈은 말갈인이 일본에 와서 拜禮하며 춤을 춘 것에서 기원
하였다고 전하는데, 이처럼 실제로 여러 사서에서 발해사신이 일본에 와서 拜
禮하면서 춤을 춘 것이 확인되므로 여기서 말하는 말갈인은 바로 발해인을 가
리킨다고 볼 수 있겠다. 신말갈은 발해사신을 통하여 일본에 전래된 악곡이었
던 것이다.

그런데 『교훈초』에서 신말갈은 근래에 散樂으로 공연되었다고 전하고 있다.[111]

---

109 乙卯 渤海國入覲使大使王文矩等 詣八省院 獻國王啓函 幷信物等. 丙辰 天皇御豊樂殿 宴
　　客徒等 宣詔日 天皇我詔旨良万止宣不勅命乎 使人等聞給倍与止宣久 國乃王差王文矩等進度
　　之 天皇我朝廷乎拜奉留事乎 矜賜比慈賜比弖奈毛 冠位上賜比治賜波久止宣布天皇我勅命乎
　　聞食倍与止宣 大使已下首領相共拜舞 訖授大使王文矩從二位<文矩去弘仁十三年叙正三位
　　故今增位叙從二位> 副使烏孝愼從四位上 大判官馬福山 小判官高應順 並正五位下 大錄事
　　高文信 中錄事多安壽 小錄事李英眞 並從五位下 自餘品官 幷首領等 授位有階(『續日本後
　　紀』卷19 仁明天皇 嘉祥 2년 5月 甲寅朔).
110 十九日戊子 勅遣參議正四位下行左大弁兼勘解由長官近江權守大江朝臣音人向鴻臚館 賜
　　渤海國使 授位階告身 …… 大使已下相共拜舞 訖授大使楊成規從三位 副使李興晟從四位
　　下 判官李周慶賀王眞並正五位下 錄事高福成高觀李孝信並從五位上 品官以下幷首領等授
　　位各有等級 及天文生以上 隨位階各賜朝服. …… 賜勅書 從五位上行少納言兼侍從和氣朝
　　臣彛範 正五位下守右中弁藤原朝臣良近 左大史正六位上大春日朝臣安守 付太政官牒 大
　　使已下再拜舞蹈 大使楊成規勝行而進(『日本三代實錄』卷21 淸和天皇 貞觀 14年 5月).
111 又云 新鞨鞨目出舞也 而近來偏ニ實ヲ不智 散樂ニ成タリ 淺猿事也(『敎訓抄』上 卷第5 高

실제로 『本朝文粹』卷第3 對策 辨散樂에 신말갈을 船太가 산악의 하나로서 공연하였다는 내용이 전하고 있다.[112] 이에 관한 기존의 연구에 따르면, 應和 3년(963)에 지은 散樂策問에 現今 船太가 공연하는 신말갈이라는 산악은 半蔀에서 말을 타고 채찍을 들고 휘두르는 모양이 대단히 힘이 없고 일체 어디로 도망가는 행동을 하는 모습이라고 한다.[113] 앞에서 발해악은 928년 이후부터 930년대 전반 사이에 고려악으로 편입되었다고 언급하였다. 그런데 963년 무렵에 그것은 雅樂이 아니라 散樂으로 변질되어 대중들의 인기를 끌었던 것이다. 일본 조정에서 산악을 한동안 금지시켰으므로 신말갈 역시 한동안 폐절되었다고 볼 수 있다. 『교훈초』에 法勝寺 供養會에서 白河帝(白川帝)의 칙령을 받아 俊綱朝臣이 신말갈을 지었다고 전하는데,[114] 『무악도설』의 저자는 永保 2년(1082) 법승사 大乘會에서 白河帝의 칙령을 받은 藤原俊綱이 폐절된 신말갈을 다시 복원한 것이라고 주장하였다.[115] 신말갈은 보통 大史 2인(赤衣), 小史 2인(紺袍) 즉 4인이 춤을 추며, 허리를 구부려 추는데, 拜禮舞蹈의 모양에 해당한다. 永保 2년(1082) 宮賀茂行啓

麗曲物語 壹越調曲 新靺鞨).

112 問散樂之興 其來尙矣. 俳優入魯 還當斷足之刑. 瀉滸來朝 自爲解頤之觀 仰尋前日之伎歌 俯察當今之風俗 不關周禮旄人之所學 亦殊漢來遠夷之所獻. 船太之新靺鞨 人爲美談 魚丸之世羅國 世稱妙舞. 未審 揚鞭騎半蔀 指何方而逃去 傍柱負胡鏢 爲誰人而裝備(『本朝文粹』卷第3 對策 辨散樂).

113 山路興造, 1981「都鄙の藝能」,『日本藝能史』1권, 法政大學出版局, 308~313쪽.
신말갈이라는 산악은 禁衛武士의 태만과 약체함을 묘사한 것이라고 한다. 즉 여러 관청에 도둑이 들고 반란이 일어났음에도 불구하고 금위무사들이 이를 제대로 처리하지 못하자, 그들이 도적이 들었을 때에 말을 타고 채찍을 휘두르며 힘없이 도망가는 모습을 묘사한 것이 바로 신말갈이라는 것이다.

114 中院入道云 此舞昔令著例冠也. 而法僧寺供養之時 俊綱朝臣奉白川院勅始作出也(『敎訓抄』上 卷第5 高麗曲物語 壹越調曲 新靺鞨).
한편 『樂家錄』권31 本邦樂說에서는 '一說 中院入道曰 此舞昔令著例冠也. 白河院御宇 法勝寺供養之時 奉勅俊綱朝臣作出之也云云'이라고 하였다.

115 大槻如電, 1927 앞 책, 90쪽.

때에 이것을 5인무로 만들었는데, 무인 이외에 紫袍 1인이 서 있었고, 이를 흔히 王이라고 부른다고 알려졌다.

3) 계통 不明과 일본인 제작 고려악

앞에서 주로 고구려와 백제, 신라 및 발해에서 전래된 고려악을 살펴보았다. 고려악에는 어디에서 전래하였는가를 알 수 없는 곡들이 여럿 전하는데, 新鳥蘇, 古鳥蘇, 歸德侯, 崑崙八仙, 地久, 埴破, 俱倫甲序, 志岐傳, 都鬱, 頑徐, 石川樂, 新河浦, 作物, 啄木, 葦波, 鞘切, 林歌, 登天樂, 白濱 등이 이에 해당한다. 이 가운데 啄木은 높은 장대 위에서 탁목(딱따구리)의 탈을 쓰고 연기하는 啄木橦伎에서 유래되었다. 이에 대해서는 뒤에서 자세하게 살펴볼 예정이다. 한편 大曲인 新鳥蘇와 古鳥蘇의 경우, 종래에 鳥蘇를 烏蘇로 이해하고, 이것을 연해주의 烏蘇利(우수리)地域과 연관시켜 양 곡을 발해에서 유래된 것으로 이해하였다. 이밖에 아야기리, 진·퇴숙덕, 貴德, 敷手, 八仙 등도 발해에서 전래된 것으로 추정하였으나 뚜렷한 근거를 찾을 수 없다.[116] 아야기리나 퇴·진숙덕은 도리어 고구려에서 전래되었을 가능성이 높다고 보이며, 나머지는 전래한 국가가 어디인지 확실치 않다고 보는 것이 바람직할 듯싶다. 이렇다고 하더라도 흥미로운 사실은 그 가운데 일부가 서역에서 유래되어 한국에 전래되었다고 인정된다는 점이다. 앞에서 살펴본 退·進宿德, 長保樂, 桔樔, 納蘇利, 蘇志摩利 등은 서역에서 유래하여 중국을 거치거나 또는 직접 한국에 전래된 것들에 해당한다. 이밖에 歸德侯, 崑崙八仙, 地久 등도 서역에서 유래되었다고 추정되는 악곡들이다.

귀덕후는 貴德, 貴德侯라고 표기하기도 하는데, 『敎訓抄』 등의 樂書에서는

---

116 大槻如電, 위 책, 79~92쪽.

그림 23 『악가록』에 전하는 貴德 假面

흉노 日逐王이 한나라에 항복하여 歸德侯라는 封號를 사여받은 것에서 기원을 찾기도 하고,[117] 또 大槻如電은 『舞樂圖說』에서 肅愼과 관련시켜 그 기원을 발해에서 찾기도 하였으나[118] 설득력이 약한 편이다. 귀덕은 당악인 散手의 番舞로서 널리 연주되었고, 춤추는 모습이 대략 후자와 거의 비슷하였다고 전한다.[119] 산수는 牽川明神이 신라군을 평정할 때에 군사를 지휘하던 모습을 모방하여 만든 것이라는 전설이 있지만,[120] 신뢰하기 힘들다. 일설에 석가 탄생 시에 師子喔王이 제작한 춤이라고 전하고, 또 다른 일설에는 中天竺 阿羅國의 음악이라고 하였다.[121] 귀덕과 산수는 모두 무인이 가면을 쓰고 춤을 추는 것이 공통적인데, 가면의 형상이 炬眼隆鼻 또는 鼻

---

117 漢書日 神爵中 匈奴日逐王先賢憚欲降漢 使人相聞逡詣京師 漢封日逐爲歸德侯〈用鯉口〉(『教訓抄』上 卷第5 高麗曲物語 壹越調曲 貴德).

118 大槻如電, 1927 앞 책, 93~94쪽에서 '仁智要錄(日本史 所引)에 阿志波世歸德侯라고 전하는데, 阿志波世란 숙신을 가리키고, 欽明紀에 숙신인이 佐波島에 표착하였다는 사실을 시초로 하여 齊明紀에는 阿夫比羅夫가 토벌하여 熊皮 등을 사로잡은 일이 있다. 숙신은 흑룡강 연안에서 일본 해안에 이르는 지방의 범칭이고 종족명이다.'라고 언급하여 귀덕 후의 기원을 숙신(말갈), 즉 발해와 관련시켜 이해하였다.

119 先欲舞出時 吹亂聲 執桙立 桙之間 作法〈大方如散手也〉桙立之後 在鎭詞 其詞日〈鯉口吐氣 天下太平 嘯萬歲政 世和世理〉(『教訓抄』上 卷第5 高麗曲物語 壹越調曲 貴德).

120 古老傳日 牽川明神平新羅軍 持悅之餘向新羅國 指麾而舞 時人見此姿摸之〈見船舳〉今寶冠散手是也(『教訓抄』上 卷第3 散手破陣樂).
牽川明神平新羅之軍 歡喜之餘 向新羅之方 持麾而舞 其形見船舳 時人見此姿摸之 今寶冠散手是也云云(『樂家錄』卷31 本邦樂說 散手).

121 一說 釋迦誕生之時 師子喔王作舞云云〈聲樂未考〉笛說日 陽班子破敵陣形也 興陽作聲樂 中天竺阿羅國樂也云云(『樂家錄』卷31 本邦樂說 散手).

梁甚大하였다고 전한다.[122] 얼굴의 형상은 서역인의 그것이었던 것이다. 이와 같은 가면의 형상을 참조하건대, 귀덕과 산수는 인도에서 유래하여 서역을 거쳐 중국 및 삼국에 전래된 것으로 봄이 합리적일 듯싶다.

崑崙八仙은 八仙이라고 부르기도 하고, 또한 鶴舞라고 부르기도 한다. 『교훈초』에서 이 춤은 神仙傳에 이르기를 '淮南王 劉安이 仙人을 좋아하였다. 八公이 이에 이르러 鬚眉가 허옇게 세었다.'라고 전

그림 24 『악가록』에 전하는 八仙의 假面

하고 있다.[123] 그리고 『악가록』에서는 '崑崙山의 仙人이 帝德에 교화되어 八人이 來朝하여 新曲의 춤을 연주하였는데, 이를 기뻐하여 이로 인하여 崑崙八仙이라고 지었다.'라고 전하고 있다.[124] 곤륜산의 仙人이 帝德에 교화되어 來朝하였다는 표현은 그대로 믿기 어렵지만, 그러나 곤륜산은 서역에 위치한 것이 분명하므로 곤륜팔선은 서역에서 전래된 가무를 기초로 하여 삼국에서 개작한 것일 가

---

122 又按釋日本紀 王舞面象 猿田彦神也. 凡舞樂稱王者 持散手歸德 其假面並鼻梁甚大 且散手以歸德爲答舞者 蓋擬猿田彦神奉迎皇孫 而下土歸德之狀也 而後人或傳以爲牽川神乎 附以備考(『大日本史』禮樂15).
　　大槻如電 1927 앞 책, 94쪽에서 가면 2개가 모두 '炬眼隆鼻'하다고 표현하였다.
123 此舞神仙傳云 淮南王劉安好仙 八公乃至 鬚眉皓略白(『教訓抄』上 卷第5 高麗曲物語 壹越調曲 八仙).
　　한편 『악가록』 권31 본방악설에 '一說 此舞神仙傳日 淮南王劉安好仙 八公乃至 鬚眉皓白云云'라고 전한다.
124 崑崙山之仙人化帝德 而八人來朝奏新曲舞悅之 因號之崑崙八仙云云(『樂家錄』卷31 本邦樂說).

능성이 높지 않을까 한다. 한편 地久의 경우, 그것을 연주할 때에 사용한 가면, 즉『악가록』권39 舞面에 전하는 가면 역시 코가 심대한 서역인의 형상이므로 그 것 역시 서역에서 전래된 가무와 관련되었다고 추정된다.

한편 埴破는 一名 金玉舞, 또는 登玉舞, 弄玉, 五持舞라고 부르는 것인데, 음악의 반주에 맞추어 泥丸으로 만든 玉을 가지고 재주를 부리는 곡예와 관련이 있다.『교훈초』에서는 '이것의 유래를 알 수 없다. 巴繪(소용돌이 치는 모양)를 5곳에 부착한다. 좌우의 팔꿈치, 좌우의 무릎, 이마의 한 가운데(眞甲)에 부착하며, 埴玉을 5곳에 넣어 두었다가 춤을 추는 중간에 꺼내어 갖고 논다.'고 전하고 있다.[125]『무악도설』에서는 '식옥이라는 것은 본래 泥丸이었으나 지금은 목제로 만든다. 童舞에는 時花를 옥이라고 가지고 논다. 생각하건대 체원초에 또한 말하기를 "혹 右舞人이 가진 옥 가운데에 부들의 初穗를 집어 넣었다."고 전하는데, 그 이유는 알 수 없다.'고 전하고 있다.[126]

그림 25『악가록』에 전하는 地久 假面

식파는 최치원의 향악잡영에 전하는 金丸과 통하는 것으로 추정되는데, 여기서 금환은 금색의 공을 가지고 재주를 부리는 곡예를 가리킨다. 최치원이 금환을 향악의 하나로 소개한 것을 보건대, 이것 역시 음악 반주에 맞추어 배우가 금색의 공(또는 옥)을 가지고 재주를 부렸던 것에 해당한다고 볼 수

---

125 コレガユライモミヘタル事ナシ トモ繪ヲ五ツ所ニ付タリ 左右ノヒヂ, 左右ノ膝 マツ向トニツクナリ ハニ玉ヲ五フトユロニモチテ舞ノ間ニトリイダシテ トモ繪ニアツルナリ 玉ヲ吹扱ト申メリ 或右舞人申侍シハ 玉ノ中ニガマト云草ノホヲコマベキナリトゾ申傳く不知其由〉(『敎訓抄』上 卷第5 高麗曲物語 壹越調曲 埴破).
126 大槻如電, 1927 앞 책, 97쪽.

있다. 이와 비슷한 곡예는 고구려의 고분벽화에 보이고, 백제에서는 이를 '弄珠之戲'라고 불렀으며, 가야에서는 '寶伎'라고 불렀다. 弄丸(金丸)은 중국에서 전한과 후한대에 널리 유행한 곡예로서 삼국시대에 우리나라에 전해진 것으로 보인다. 식파는 一名 金玉舞 또는 弄玉이라고 불렀던 것에서 그것의 원초적인 모습은 신라의 금환과 비슷하였음을 유추해볼 수 있다. 다만 『교훈초』 등에 전하는 埴破舞의 모습은 본래의 원형이 상당히 변질된 사실을 반영한 것으로 이해된다. 현재 식파는 삼국 가운데 어느 나라에서 전래되었는가를 정확하게 알 수 없다.

이밖에 삼국 및 발해에서 전래되었지만, 그 유래를 알 수 없는 것이 俱倫甲序, 志岐傳, 都鬱, 頑徐, 石川樂, 新河浦, 作物, 葦波, 鞘切, 林歌, 登天樂, 白濱 등이다. 한편 延喜樂은 一名 花榮樂이라고 부르는데, 『악가록』에서는 延喜 8년(908)에 樂은 藤原朝臣忠房 또는 和尒部逆麿가, 춤은 式部卿親王이 지었고, 연호로써 악곡의 이름으로 삼았다고 전한다.[127] 仁和樂도 일본에서 자체적으로 제작한 고려악의 하나인데, 仁和 연간(885~889)에 百濟貞雄이 지은 것으로 알려졌다.[128] 인화악 역시 연호를 곡명으로 삼은 것으로서 일본에서 당악과 고려악 가운데 가장 먼저 자체 제작한 곡으로 유명하다. 常武樂과 胡蝶樂도 일본에서 자체 제작한 곡에 해당한다. 먼저 상무악은 戸部常雄이 지은 것으로서 그 이름을 따서 곡명을 삼았다고 하며, 일명 常雄樂이라고 부른다고 한다.[129] 그리고 호접악은 『古

---

127 延喜八年 樂者左近衛權少將藤原忠房朝臣作之 〈一本笛師和尒部逆麿〉 舞者式部卿親王製作 而以年號爲曲名云云(『樂家錄』 卷31 本邦樂說 延喜樂).

128 光武天皇御宇 眞〈本眞作貞〉雄奉勅 仁和年中作此曲 以年號爲曲名(『樂家錄』 卷31 本邦樂說 仁和樂).

129 此曲早(戸의 誤記)部常雄作之 仍ヤガテ作者ヲ名付タリ 謂之常雄樂(『教訓抄』上 卷第5 高麗曲物語 壹越調曲 常武樂).
한편 『樂家錄』 卷31 本方樂說에는 '午部常雄作之 以己名號常武樂 亦名常雄樂云云'이라고 전한다.

그림 26 『악가록』에 전하는 胡德樂 假面

今著聞集』에 따르면, '延長 6년(928) 윤7월중에 六條院에서 童相搏의 일이 있었는데, 이때 二十番이 서로 연이어 춤을 연주하였고, 左는 蘇合, 右는 新鳥蘇를, 다음에 새로 지은 호접악을 연주하였다. 그 곡의 笛은 (藤原)忠房朝臣이, 춤은 式部卿親王이 지어 바쳤다.'고 한다.[130]

한편 胡德樂과 酣醉樂은 본래 당악이었으나 고려악으로 개작한 것에 해당한다. 이렇게 당악에서 고려악으로, 또는 고려악에서 당악으로 개작한 것을 渡物(樂)이라고 부른다. 호덕악은 『교훈초』에서 '본곡은 橫笛의 음악인데, 承和 연간(834~847)에 勅令에 의하여 高麗笛으로 常世가 改作하였다.'고 전한다.[131] 호덕악은 一名 偏鼻胡德 또는 反鼻胡德이라고도 부른다. 그런데 『倭名類聚抄』나 『色葉字類抄』에서 反鼻胡德을 唐樂으로 분류하였고, 호덕악을 고려악이라고 분류하였다. 반면에 1133년에 편찬된 『龍鳴抄』부터 호덕악을 一名 반비호덕 또는 편비호덕이라고 불렀다고 전하고 있다. 아마도 본래 반비호덕은 당악이었는데, 이것을 고려적으로 개작한 것이 호덕악이었으나 후에 당악 반비(편비)호덕은 폐절되고 고려악 호덕만이 남아 전하자, 호덕악을 반비호덕 또는 편비호덕이라고도 불렀다고 전한 것이 아닌가 한다.

호덕악은 鼻長, 朱面에 襲裝束을 착용한 4인의 舞人과 唐冠에 藏面을 하고 홀

---

130 『古事類苑』樂舞部 第1冊 樂舞9 高麗樂樂曲 胡蝶樂.
131 此曲本是橫ノ笛樂ナリシヲ 承和御時依勅定爲高麗笛 常世改作之(『敎訓抄』上 卷第5 高麗曲物語 壹越調曲 胡德樂).
　　『樂家錄』卷31 本邦樂說에는 '胡德樂曲本橫笛之曲也 承和御時 依勅高麗曲 而常世改作之 云云 又曰此舞斷絶 因今所用舞用飮酒樂也云云'이라고 전하고 있다.

을 가진 勸盃 이외에 腫面을 한 甁子와 盃를 가진 甁子取가 무대에 올라 주객으로 술을 권하는 사이에 병자취가 몰래 술을 먹어서 취한다는 내용으로 滑稽한 소작이라고 한다.[132] 이와 비슷한 내용이 최치원의 향악잡영에 전하는 月顚이다. 이것은 대체로 가면을 쓴 경솔한 胡人이 酒席에서 술에 취하여 우스운 소리와 몸짓을 하는 輕喜劇이라고 이해되고 있다.[133] 호덕악을 연주할 때에 가면을 사용하는데, 그 가면의 모습이 『악가록』권39 舞面에 전한다. 그 모습은 코가 길쭉한 서역인의 모습이다. 월전과 호덕악을 연주할 때에 모두 胡人, 즉 서역인이 무인으로 등장한다는 점, 술을 매개로 한 輕喜劇이라는 점에서 둘은 공통적이다. 다만 내용상에서 약간의 차이가 인정되지만, 위와 같은 공통점을 감안하건대, 두 악곡은 월전, 즉 서역의 一國이었던 于闐(Khotan)에서 유래하여 중국과 한국에 전래되고, 다시 그것이 일본에 전래되었던 것으로 추정해볼 수 있을 것이다. 당악 가운데 이와 비슷한 악곡이 바로 胡國의 사람이 술에 취하여 곡을 연주라는 胡飮酒이다.[134] 만약에 호덕악이 월전과 관계가 없다고 한다면, 호음주와 관련을 지을 수도 있을 것이다. 마지막으로 감취악도 橫笛의 악곡을 高麗笛으로 개작한 것에 해당하며,[135] 이와는 반대로 본래 고려악인 林歌를 당악의 管絃曲으로 改作한 사례도 발견된다.[136]

---

132 (財)古代學協會·古代學硏究所編, 1994b 앞 책, 914쪽.

133 이두현, 1959 앞 논문.

134 東儀信太郎 등, 1998 앞 책, 162쪽.

135 酣醉樂樂曲未之詳 度于橫笛之曲 長者殿下春日詣之次日 鹿園院而進餲飿之時 渡于笙笛而小損益之 擊鞨敲爲之新樂云云(『樂家錄』권31 本邦樂說 酣醉樂).

136 東儀信太郎 등, 1998 앞 책, 198~199쪽.

2장 : 고려악의 내용과 유래

1. 狛犬과 新羅狛

1) 무악 박견과 신라박의 내용

일본 古代 舞樂인 狛犬과 新羅狛은 曲名을 통해 고구려와 신라에서 전래된 것임을 짐작할 수 있다. 狛犬에 관한 기록은 『倭名類聚抄』를 비롯한 辭書類와[137] 『龍鳴抄』, 『敎訓抄』, 『體源抄』, 『樂家錄』등의 樂書에 전한다. 가장 이른 시기에 편찬된 辭書가 『倭名類聚抄』인데, 10권본과 20권본이 있다. 20권본은 10권본의 내용을 약간 세분화하여 통합한 것이지만, 다만 音樂과 職官, 國郡, 鄕藥의 각 부는 완전히 증보한 것에 해당한다.[138] 狛犬을 비롯한 高麗樂의 곡명은 10세기 후반에 편찬되었다고 추정되는 20권본 가운데 완전히 증보한 부분인 4권 音樂部 曲調類에 전하고 있다. 문헌 가운데 『倭名類聚抄』 20권본에 狛犬이 처음 전하지만, 그것은 10세기 후반 이전에 한반도에서 전래된 舞樂이었다. 실제로 나라시대에 박견이 널리 공연된 모습은 다른 자료를 통하여 살필 수 있다.

먼저 延曆 20년(801) 11月 3日付 『多度神宮寺伽藍緣起流記資材帳』의 樂具 가

---

137 이밖에 『色葉字類抄』, 『伊呂波字類抄』(10권), 『拾芥抄』등의 辭書에도 狛犬이 보인다.
138 (財)古代學協會·古代學硏究所編, 1994b 앞 책, 2771쪽.

운데 '高麗犬一頭 高麗冒子貳頭〈並白〉'가 보인다. 狛犬을 '高麗犬'이라고도 불렀다. 이것은 801년 이전에 박견(고려견)이 일본에서 널리 공연되었음을 알려주는 증거인 셈이다. 한편 寶龜 11년(780)『西大寺資材流記帳』의「高麗樂器 一具」가운데 '大師子一頭〈頂在白木角形〉'라는 기사가 보인다. 뒤에서 살펴볼 예정이지만, 神社나 寺院에 세운 狛犬의 형상은 일반적으로 머리에 뿔이 하나 있는 것이고, 반면에 사자의 모습은 뿔이 없는 것이다. 박견이 고려악의 하나였으므로 여기서 말하는, 즉 뿔이 있는 大師子는 狛犬의 공연에 사용된 樂具로 봄이 자연스럽다. 8세기 후반 이전에도 박견을 공연하였음을 알려준다. 貞觀 13년(871) 8月 17日付『安祥寺伽藍緣起資材帳』의 樂具 가운데 '狛犬頭二面 同皮二面 同尾二支'가 보여 고대 일본에서 여러 사찰에서 박견을 널리 공연하였음을 알려주기까지 한다.[139]

박견의 구체적인 공연 모습은 狛近眞이 1233년에 편찬한 『教訓抄』上 卷第5에 전하고 있다.

相搏節 때에 연주한다. 춤을 추기에 앞서 먼저 亂聲〈大亂聲〉을 분다. 打毬할 때에 右方은 이것을 勝負樂으로 사용하였다. 이로 인하여 매번 공을 취하여 출발하였다. 춤을 추는 사람이 2인이고, 儷(고삐)을 사용하는 사람이 2인이다〈右近將 이하, 府生 이상이 사용한다〉.

춤을 추려고 할 때에 횃불을 입에 물고 들어간다. 음악에 破·急·亂聲이 있다.[140] 박견이 나오면 난성을 분다. 엎드리면 파를 분다. 때에 벌떡 일어나 달

---

139 『御堂關白記』長和 2년(1013) 8월 1일조와 寬仁 원년(1017) 9월 17일조에 犬舞를 공연하였다는 내용이 전한다. 그리고『中右記』에 寬治 2년(1088) 7월 27일에 박견을 여러 舞樂과 함께 공연한 사실이 전하기도 한다(『古事類苑』樂舞部第1冊 樂舞部9 高麗樂樂曲 狛犬).

140 樂曲은 序, 破, 急으로써 一具를 이룬다. 序는 第一樂章에 해당하는데, 無拍節인 것과 도

리며 춤을 추면 急을 분다. 횃불을 집어 삼키고 춤을 추며 들어가 종료한다<
이상은 多賫忠日이 기록한 것이다>.

古譜에 이르기를, 난성을 불고 시작하는 곡이다. 개가 나와서 엎드릴 때에
序를 분다.[141] 다음에 大眞人이 출현하고, 얼마 후에 개가 따라 가서 대진인을
깨물 때에 난성을 분다. 파를 불고 들어간다고 하였다고 한다. 지금 생각하건
대, 序는 破여야 한다. 破는 또는 急이여야 한다<이상의 상황은 제4권 注에 있
다>.

박견은 相搏節과 打毬할 때에 주로 공연되었음을 알려준다. 첫 번째 자료에서
狛犬의 탈을 쓰고 춤을 추는 사람이 2명, 고삐를 들고 공연하는 사람이 2명이었
다고 하였다. 이러한 사실은『安祥寺伽藍緣起資材帳』에서 狛犬의 머리와 가죽이
2面, 꼬리가 2개였다고 전하는 것을 통해서도 증명할 수 있다. 종래에『多度神宮
寺伽藍緣起流記資材帳』에서 高麗冒子 2頭가 있다고 언급한 내용을 근거로 蘇芳
菲와 마찬가지로 박견 역시 새끼가 어미를 따라 다니며 공연하였을 가능성이 높
다고 추정하였는데,[142] 여기서 말하는 2인의 舞人도 이와 관련이 깊지 않을까 한
다.『西宮記』臨時8 臨時樂「醍醐天皇御記」延喜 21年(921) 10月 18日條에 雅樂
寮의 樂官인 船木氏가 鷹飼의 裝束을 하고 放鷹樂을 공연하자, 新羅琴師 船良實
이 犬飼의 裝束을 하고 춤을 추었다고 전하고 있다.[143] 이때에 개는 따라 나오지
않았다고 하였는데, 이에서 狛犬의 고삐를 잡은 사람의 裝束이 犬飼의 그것이었

중에 拍節을 수반하는 것이 있다. 破는 破碎의 뜻으로서 대부분 無拍節인 序의 악장을 잇
고, 小拍節로 구성되었다. 急은 최종 악장으로서 破보다 拍節이 빠르다. 亂聲은 舞樂 曲
種 명칭으로 橫笛과 太鼓, 鉦鼓가 合奏한다.

141 여기서 序吹는 樂章의 序로 대표되는 것처럼 拍節없이 緩急으로 연주하는 奏法을 말한다.

142 坂元義種, 1995「狛犬の原像について」,『日本古代國家の硏究』上卷, 愚文出版社, 452쪽.

143 雅樂屬船木氏有 著鷹飼裝束 臂鵑獨舞<放鷹樂> 新羅琴師船良實 著犬飼裝束不隨犬(『西
宮記』臨時8 臨時樂「醍醐天皇御記」延喜 21년 10월 18일).

음을 추론해볼 수 있다.

그런데 두 번째와 세 번째 자료는 狛犬 공연 때에 반드시 두 마리가 아니라 한 마리가 공연하는 경우도 있었음을 알려준다. 실제로『西大寺資材流記帳』에 大師子 1頭가 있었다고 전하고 있다. 공연 주체에 따라 박견이 2마리 또는 1마리였음을 유추케 해준다. 두 번째와 세 번째 자료에 전하는 공연 모습에도 약간 차이가 발견된다. 전자는 박견이 횃불을 들고 공연하는 모습이고, 후자는 박견이 大眞人, 즉 道士를 깨무는 내용이다. 세 번째에서 古譜에 이와 같은 모습이 전한다고 하였으므로 후자가 이른 시기에 널리 공연되었다고 추정된다.

狛犬의 모습은 蘇芳菲를 통하여 엿볼 수 있다.『續教訓抄』에서 소방비의 춤추는 모습은 박견의 그것과 비슷하였다고 전한다.[144]『教訓抄』上 卷第4에 소방비의 공연 모습이 자세하게 전한다.

　　이 곡은 5월의 節會에 御輿 御前에서 춤을 춘다. 이것은 弘仁(810~823) 초
　부터 시작되었으며, 競馬의 行幸에도 이것을 연주한다. 右方의 狛龍〈小馬形
　을 탄다〉을 番舞로 한다.[145] 소방비의 몸은 사자 모습이고, 머리는 개의 그것
　과 같다〈입이 뾰족하고 얼굴은 길다〉. 中實(동물의 탈을 쓰고 공연하는 사람)의
　裝束은 左의 乘尻〈騎手〉의 裝束과 같다〈木冒子, 踏懸(襲裝束의 舞人이 다리에
　걸치는 장식), 絲鞋(악곡을 연주하는 사람이 신는 신)가 있다〉. 새끼 두 마리가 있
　는데, 裝束은 개와 같다〈假面, 帽子가 있고 신은 신지 않았다〉. 이것의 中實은

---

144 續教訓抄曰 蘇芳菲之舞 似狛犬之貌 競馬行幸奏之云云(『樂家錄』卷37 舞 蘇芳菲之舞形).
145 狛龍은 高麗龍 또는 高麗禮龍이라고도 부르며, 구체적인 유래나 그 모습은 전해지지 않는다. 다만 舞人이 小馬形을 타고 공연하였으며, 주로 五月節 때 천황의 어가가 출입할 적에 소방비의 番舞로 그 앞에서 공연하였다고 알려졌다〔件舞五月節 輿出入之間 於御前奏之 乘小馬形二人舞之〈冠蠻繪著 右舞人中蒭舞之〉(『教訓抄』上 卷第5 高麗曲物語 狛龍)〕.

樂所의[146] 末者가 담당한다. 새끼들은 각각 (어미를) 따라 나온다. 乘尻 앞에서 參向한다. 當曲을 연주한다. 御車로 가서 행차를 뒤따른다. 춤추는 모습은 먼저 몸을 떨고 왼쪽으로 걷고, 오른쪽으로 걷는다. 다음에 절을 두 번 한다. 무릎을 꿇고 기어가다가 어가 앞에서 일어선다. 御車의 御所에 모여 끝마친 후에 다시 앞에서와 같이 걸어갔다. 還列(歸遷)할 때, 즉 세 번의 박자를 더 하였다.

古記에 이르기를 이 춤은 弘仁(810~823) 초로부터 시작하였다. 競馬의 行幸에 이것을 연주한다. 이 춤의 모습은 사자와 같다. 머리에 뿔이 하나 있고, 머리 색깔은 金色이다. 그 몸의 색깔 역시 마찬가지이다. 詠者 2인의 假面은 약간 돌출한 듯하며, 색깔은 희다. 紺色의 모자를 쓴다. 개와 같이 기어 다닌다.

여기서 소방비의 몸은 사자, 머리는 개의 그것과 같다고 하였다. 그리고 古記에서 머리에 뿔이 있다고 하였다. 특히 입이 뾰족하고 얼

그림 27 『신서고악도』 추가별기에 전하는 소방비

굴은 길다고 하였는데, 이와 같은 소방비의 모습은 『신서고악도』의 追加別記에 묘사되어 있다.[147] 追加別記는 책의 끝부분에 추가로 첨가한 8가지 舞樂을 말한다. 본문의 그림과 畵風이 달라 일반적으로 本文에 소개한 것보다 후대에 공연한 모습을 반영한 것으로 이해되고 있다. 〈그림 27〉에서 보듯이, 그 모습은 어

---

146 樂所는 衛府의 官人이 雅樂을 연주하던 곳을 말한다. 村上天皇 天曆 2년경(948)에 桂芳坊에 설치되었으며, 樂舞의 傳習, 연주를 담당하는 곳이었다.
147 坂元義種, 1995 앞 논문, 436쪽.

미 한 마리가 가운데에 있고, 새끼 한 마리가 뒤에서 어미를 따르고, 한 마리가 앞에서 뒤로 어미를 뒤돌아보는 것이다. 中實 두 사람이 어미의 탈을 쓰고 있고, 중실 1인이 각기 새끼의 탈을 쓰고 있다. 어미의 이마에 Y자형의 뿔이 하나 있고, 입이 뾰족하며 얼굴이 긴 편이다. 새끼들은 신을 신지 않았고, 이마에도 뿔이 보이지 않는다. 소방비의 머리는 개, 몸체는 털이 없는 사자의 그것과 비슷하다.

일본에서 神社나 寺院에 狛犬과 獅子像을 배치하였다. 일반적으로 박견은 입을 다물고 머리에 뿔이 있는 모습이었다. 『신서고악도』의 추가별기에 전하는 소방비의 모습에서 뿔이 있는 박견을 쉬이 연상할 수 있다. 그런데 여기서 한 가지 주의할 사항이 있다. 1322년에 편찬된 『속교훈초』에서 박견과 소방비의 춤추는 모습이 비슷하다고 전하고, 또 『신서고악도』의 추가별기도 헤이안시대 이후의 공연 모습을 전한 것으로 이해된다는 점이다.[148] 더구나 古記에서 弘仁(810~823) 초부터 이와 같은 소방비의 춤이 시작되었다고 하였다. 그러면 그 이전 시기 소방비는 어떠한 모습이었을까?

『신서고악도』의 본문에 또 다른 소방비의 그림이 전한다. 소방비의 탈은 몸은 사자, 얼굴은 개의 그것과 비슷한 모습이다. 다만 개의 얼굴은 추가별기 소방비의 그림에 묘사된 개의 그것과 차이가 있다. 뿔도 없고, 입은 뾰족하지도 않고 긴 편도 아니다. 소방비 옆에 이것과 마주보고 있는 작은 동물이 그려져 있는데, 어미와 새끼의 관계로 추정된다. 그런데 새끼의 이마에 뿔이 묘사되어 있다. 어미 한 마리와 새끼 한 마리가 소방비를 공연하는 모습을 묘사한 것으로 추정된다. 소방비의 모습은 추가별기에 전하는 것과 분명하게 차이가 있다. 소방비 역시 공연 주체에 따라 그 모습을 달리하였음을 엿볼 수 있다. 752년 東大寺 大佛開眼

---

148 追加別記는 平安時代 이후의 舞樂 공연 모습을 추가로 첨가한 것으로 보인다. 이에 관해서는 신명숙, 2001 「신서고악도에 나오는 신라 사자무에 관한 연구」, 『체육사학회지』8, 3~4쪽이 참조된다. 다만 여기서 신명숙선생은 소방비를 사자춤으로 분류하였다

供養 때에 소방비와 더불어 2명의 새끼가 함께 나와서 춤을 추었음을 『正倉院寶物銘文集成』167의 '素方皮 衫'과 168의 '蘇芳皮兒布衫 二領'이라는 기록을 통하여 살필 수 있다.[149] 이때 소방비의 모습이 본문, 또는 추가별기의 그것에 가까웠는지에 대해서 알 수 없다. 그러나 대체로 추가별기에 묘사된 소방비의 공연은 弘仁 초부터 시작되었다고 이해하고 있으므로 후자의 그것과 비슷하였다고 보기 어렵다. 본문에 묘사된 소방비의 모습은 나라시대부터 널리 공연된 소방비의 그것을 전한 것으로 봄이 자연스러운데,[150] 이에서 소방비의 모습이 후대에 점차 狛犬의 그것과 비슷한 모습으로 변화되었음을 추론할 수 있다. 이 때문에 『속교훈초』에서 소방비의 춤이 박견의 그것과 유사하였다고 기술하였을 것이다.

狛犬은 고대 일본 高麗樂의 하나였으나 新羅狛은 그렇지 않다. 이것은 오직 『신서고악도』에만 전하고 있다. 『신서고악도』의 맨 앞부분에 腰鼓, 揩鼓, 揭鼓, 篳篥, 奚婁, 簫, 箏, 橫笛, 五絃, 尺八, 琵琶, 笒笙, 筌篌, 方磬 등 14악기의 연주모습을, 계속해서 舞樂 唐樂인 按摩, 皇帝破陣樂, 蘇合香, 秦

그림 28 『신서고악도』 본문에 전하는 소방비

王破陣樂, 打毬樂, 柳花苑, 採桑老, 返鼻胡童, 弄槍, 胡飮酒, 放鷹樂, 案弓子, 拔頭, 還城樂, 蘇莫子의 공연 모습과 蘇芳菲, 新羅狛, 사자춤을 소개하였다. 특히 사자춤을 그린 부분에 사자의 고삐를 잡은 1명과 2명의 舞童을 함께 그렸으며,

---

149 坂元義種, 1995 앞 논문, 452쪽.
150 소방비의 새끼는 공연할 때마다 1마리 또는 2마리로 약간씩 달랐던 것으로 보인다.

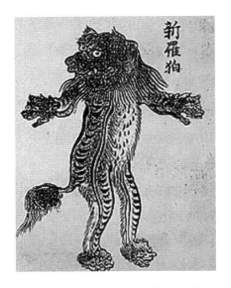

그림 29 『신서고악도』에 전하는 신라박

그 다음에 10여 명으로 구성된 악대를 그려 넣었다. 그 뒤에 羅陵王, 林邑樂(14명으로 구성된 악대), 迦陵頻과 新羅樂 入壺舞, 猿樂通金輪, 飲刀子舞, 四人重立, 吐焰舞, 抑格倒立, 神娃登繩弄玉, 弄劍, 三童重立, 抑肩倒立, 弄玉, 臥劍上舞, 入馬腹舞 등의 散樂 공연 장면을 소개하였다. 마지막으로 畵風이 다른 8가지의 唐樂 공연 모습을 그렸는데, 곡명을 표시하지 않았으나 대체로 團亂旋, 太平樂, 倍臚, 胡飲酒, 蘇莫者, 二舞, 採桑老, 太平樂, 蘇芳菲 등으로 이해되고 있다. 여기에 唐樂에 포함되지 않았으면서도 소개된 것이 바로 新羅狛이다.

新羅狛은 한 사람이 어떤 짐승탈을 쓰고 있는 모습이다. 특이한 점은 양 손과 양 발에도 짐승의 머리를 표현하였다는 사실이다. 결과적으로 신라박은 한 사람이 5頭를 가진 짐승의 탈을 쓰고 춤을 추는 것이라고 정의할 수 있다. '狛'은 이리와 비슷하며 머리에 뿔이 난 동물을 가리킨다. 그런데 『신서고악도』의 신라박 그림의 머리나 몸은 사자의 그것과 비슷하다. 그리고 머리에 뿔도 보이지 않는다. 이에서 신라에서 전래된 사자춤의 일종을 일본에서 '新羅狛'이라고 명명하였다고 볼 수 있다. 『신서고악도』에 신라박은 소방비와 사자춤 사이에 위치하였다. 소방비의 머리는 개의 그것에 가깝지만, 그 몸은 사자의 그것과 유사하였으므로 소방비도 사자춤의 일종이라고 볼 수도 있다. 실제로 앞에서 인용한 자료의 古記에서 소방비의 춤이 사자의 그것과 같다고 하였다. 신라박을 소방비와 사자춤 사이에 그렸는데, 이것은 일본인들이 신라박도 사자춤의 일종으로 인식하였음을 엿보게 해주는 측면이다. 신라박이 唐樂에 속하지 않았으면서도 이처럼 사자춤의 일종으로 인식되었기 때문에『신서고악도』에 소개한 것으로 추정된다. 그렇다면 일본인들이 신라에서 전래된 사자춤의 일종을 '新羅狛'이라고 명명한 이유는 무엇이었을까?

新羅狛이란 곡명에서 狛犬을 쉽게 연상할 수 있다. 여기서 물론 狛犬의 '狛'은 상상의 동물 '狛'을 가리키는 것이 아니라, 고마(コマ), 즉 고구려를 가리키는 뜻이다. 다시 말하여 狛犬은 '고구려의 개'로 풀이할 수 있다. 그런데 흥미로운 사실은 박견을 공연할 때에 종종 사자탈을 사용하기도 하였다는 점이다. 앞에서 寶龜 11년(780)『西大寺資材流記帳』의「高麗樂器 一具」가운데 이마에 뿔이 있는 大師子 1頭가 있는데, 그것이 바로 박견의 탈을 가리킨다고 언급하였다. 박견을 사자와 비슷한 모습으로 표현하였음을 알려준다.『正倉院寶物銘文集成』에 天平勝寶 4년(753) 4月 9日付의 '東寺狛樂師師(子?)布衫(214)', '東寺狛樂 師子二人(224)'의 銘文이 있다고 전한다. 전년, 즉 752년 東大寺 大佛開眼供養에서 공연한 師子舞와 관련된 銘文이다. 여기서 狛樂은 高麗樂을 가리키므로 당시에 사자무가 고려악에 포함되었음을 알려주는 것이다. 그런데『倭名類聚抄』를 비롯한 辭書類나『敎訓抄』를 비롯한 樂書類에 사자무가 고려악의 하나였다는 언급은 보이지 않는다. 이마에 뿔이 있는 사자탈의 존재를 염두에 둔다면, 752년에 공연한 사자무 역시 박견과 관련이 깊지 않을까 한다. 본래 사자의 모습에 가까운 소방비가 후대에 점차 박견의 그것과 비슷한 모습으로 변화되었음을 앞에서 살폈다. 그런데 이에서 狛犬의 경우는 역으로 사자의 그것과 비슷한 모습으로 변화되었음을 유추할 수 있다. 박견의 본래 모습을 간직하고 공연하는 전통도 계속 이어졌음은 앞에서 살핀 바와 같다.

신라에서 전래된 사자춤의 일종을 신라박이라고 명명한 배경과 관련하여 狛犬을 공연할 때에 사용한 탈의 일부가 사자의 그것과 비슷한 모습으로 변화된 사실이 주목을 끈다. 본래 박견은『신서고악도』추가별기에 보이는 소방비의 모습과

그림 30 南殿(紫宸殿) 賢聖障子의 狛犬·獅子圖

비슷한 개의 탈을 쓰고 춤을 추는 舞樂이었지만, 일부 공연에서 사자탈을 쓰고 공연하던 전통이 생기게 되면서 신라에서 전래된 사자춤의 일종을 개와 비슷한 종류의 동물인 '狛'과 연관시켜서 '新羅의 狛'이라고 불렀다는 추정이 가능하기 때문이다. 본래 박견과 사자상은 약간 달랐다. 그러나 후대에 갈수록 둘 다 모두 사자의 모습으로 조각하고, 입의 모양만을 啊形과 吽形만으로 구분하는 경우가 흔하였으며, 그것들을 모두 박견(고마이누)이라고 부르는 관행이 일반화되기도 하였다.[151] 이와 같은 추세를 염두에 둔다면, 고대 일본에서도 박견과 사자를 명확하게 구분하여 인식하지 않았던 것도 크게 이상한 일이 아닐 것이다. 따라서 신라에서 전래된 사자춤을 마치 고구려에서 전래된 狛犬과 유사한 舞樂으로 이해하여 新羅狛이라고 명명한 사실도 합리적으로 이해할 수 있지 않을까 한다.

2) 박견·신라박의 성격과 그 유래

고대부터 일본인들은 박견과 더불어 사자상을 宮中이나 神社, 寺院에 배치하였는데, 기존의 연구에 따르면, 玉座의 左右를 守護裝飾하는 鎭子彫刻像으로서 처음 만들어지고, 나아가 障子의 그림에도 묘사되기에 이르렀으며,[152] 마침내 宮

---

151 狛犬의 모습과 그 변천에 관해서는 上杉千郷, 2008『日本全國 獅子·狛犬ものがたり』, 戎光陽出版이 참조된다.

152『禁秘抄』南殿(紫宸殿)條에 '북쪽의 障子는 賢聖障子라고 부른다. …… 御帳 사이의 門扉에 師子와 狛犬를 그렸다.'라고 전한다. 天皇의 자리가 남쪽으로 향해 있는데, 그 배후의

中에서 나와 神社나 寺院에 그것들을 배치하는 데에까지 발전하였다고 한다. 이때 박견과 사자는 신사나 사원을 수호하는 靈獸로 인식되었다.[153] 헤이안시대의 『類聚雜要抄』에 '左獅子 於黃色 口開 右胡麻犬 於白色 不開口 有角'이라고 기술되어 있다. 신사와 사원에 박견과 사자를 짝을 이루어 세울 때에 오른쪽에 사자를, 왼쪽에 호마견을 배치하되, 그 모습은 전자는 황색에 입을 벌린 형상으로, 후자는 흰색에 입을 다물고 이마에 뿔이 있는 형상으로 조각하였다는 것으로 해석된다. 여기서 胡麻는 고려 또는 狛의 일본 음인 '고마(コマ)'를 音借한 표기로 볼 수 있다. 호마견은 고마견, 즉 狛犬의 音借인 셈이다.

중국이나 한국에서 獅子를 佛法을 守護하는 猛獸로 인식하여 佛像이나 佛塔에 널리 배치하였다. 그와 같은 관행이 일본에도 전래되어 신사나 사원 등에 사자를 배치하였다고 볼 수 있다. 그런데 문제는 중국과 한국에서 狛犬을 불상이나 탑, 그리고 사원 등에 배치한 전통은 찾을 수 없다는 점이다. 狛犬을 특별한 靈力을 지닌 靈獸로서 惡鬼를 물리칠 수 있는 守護神으로 믿고 사원이나 신사에 배치한 것은 일본에서만 볼 수 있는 전통인 것이다. 다만 박견을 악귀를 물리치는 靈獸로 인식하는 전통이 한국에서 유래하였음을 알려주는 존재가 바로 고구려에서 전래된 舞樂 狛犬이다.

종래에 平安 中期에 天皇이 行幸할 때에 사자와 박견을 짝을 이루어 공연하였고, 그러한 전통이 박견과 사자상을 조각하여 宮中을 수호하는 鎭座로서 사용하기에 이르렀다고 이해하였다.[154] 狛犬像의 유래를 舞樂 狛犬의 이미지에서 찾은 것이다. 고대 일본에서 御駕가 행차할 때에 사자와 박견을 공연한 것은 이들

북쪽 障子에는 중국의 충신, 공신 등 소위 賢聖한 사람들을 그리고, 그 중앙에 帝德을 칭송하는 거북이를 묘사하였는데, 이것을 賢聖障子라고 불렀다.

153 木村春太郎, 1922 「狛犬の由來に就いて」, 『史學雜誌』33-6; 井上井, 1974 「狛犬」, 『神道考古學講座』 제4권(神道歷史期), 雄山閣.

154 坂元義種, 1995 앞 논문, 428~432쪽.

춤이 惡鬼를 물리치는 내용과 관련이 깊었기 때문이었을 것이다. 이러한 측면은 狛犬과 사자춤의 성격을 이해하는 데에 커다란 참고가 될 뿐만 아니라 狛犬과 新羅狛의 유래를 추적할 때에도 유용한 정보가 된다고 볼 수 있다. 실제로 사자 춤이 驅儺舞의 성격을 지녔음이 확인된다.

본래 중국의 중원지방에서는 사자가 살지 않는다. 한나라 때 張騫 일행이 서역과 통한 이후에 서역의 여러 나라에서 獅子를 獻上하였고, 그 후 비로소 중국에 사자의 존재가 널리 알려졌다. 그런데 이때 사자춤이 함께 중원에 전래된 것은 아니었다. 890년 전후에 段安節이 지은 『樂府雜錄』에 五方獅子는 龜茲에서 長安으로 전래되었고, 사자춤을 출 때 사용되는 반주악기는 篳篥, 笛, 拍板, 四色鼓, 拍鼓, 羯鼓, 鷄婁鼓 등 구자의 악기가 주류를 이루었다고 전하며, 또한 최초 당나라 장안에서 사자춤을 공연할 때에 獅子郎은 모두 龜茲人이었다고 한다.[155] 吐魯番 阿斯塔那墓에서 2인이 사자탈을 쓴 모습의 獅子泥俑이 발견되었다.[156] 서역에서 사자춤을 널리 추었음을 알려주는 증거의 하나다. 이러한 이유 때문에 唐代에 오방사자무는 龜茲部에 편제하였던 것이다. 대체로 사자춤은 페르시아나 중앙아시아에서 구자를 경유하여 중원에 전해진 것으로 이해한다.

구자의 음악과 악기가 중원에 전해진 것은 前秦時代에 呂光이 龜茲國을 정복한 것에서 찾고 있다.[157] 사자춤 역시 이때나 그 이후에 중원에 전해졌을 것이며, 실제로 南北朝時代에 사자춤을 추었음을 알려주는 자료가 발견된다. 『樂府詩集』 권51 淸商曲辭에 502~549년 동안 재위한 武帝와 周捨(469~524)가 지은 「上雲樂」이란 시가 실려 있는데, 이 가운데 주사의 작품인 「老胡文康辭」에 상운악이란 가무희의 연출 모습을 묘사한 내용이 전한다. 이 가무의 주인공은 늙은 胡人인 文

155 王嶸, 2000 앞 책, 80쪽.
156 穆舜英·祁小山·張平主篇, 1994『中國新疆古代藝術』, 新疆美術撮影出版社, 156쪽.
157 趙維平, 2002「琵琶的歷史」, 『韓國音樂史學報』29.

康인데, 그는 많은 종자들을 거느리고, 또 봉황과 사자도 데리고 다닌다고 한다. 시 구절 가운데 '봉황새는 늙은 오랑캐 집안의 닭이요(鳳凰是老胡家鷄), 사자는 늙은 오랑캐 집안의 개라네(獅子是老胡家狗)'라는 구절이 보이는데, 문강이 봉황과 사자탈을 쓴 舞人과 함께 춤을 추는 장면을 묘사한 것과 관련되리라고 추정된다. 참고로 상운악의 핵심 내용은 胡人 文康이 梁나라 天子의 聖德을 전해 듣고 멀리 중국을 찾아와 종자들을 거느리고 胡舞를 추고 奇樂을 연주하며 祝壽를 기원하는 것이라고 한다.[158]

북위의 楊衒之가 지은『洛陽伽藍記』를 보면, 북위에서 매년 4월 4일 洛陽 長秋寺에서 불상을 밖으로 옮기는 행사가 있었는데, 이때에 '辟邪와 師子가 (춤을 추면서) 그 앞을 인도하며, 呑刀와 吐火같은 기예를 한편에서 요란하게 펼치고, 綵幢과 上素 같은 특이하고 괴상한 재주도 연출하였으며, 기이한 재주와 특이한 의복이 도시에서 으뜸이었다.'고 전한다.[159] 북위시대에 불교행사에서 사자탈을 쓰고 춤을 추면서 행렬을 인도하였음을 알려준다. 남북조시대에 사자춤이 서역에서 전해져 공연되었음을 알려주는 또 하나의 자료다. 唐代에 사자무를 공연한 모습은 李白이 지은 「上雲樂」이란 시에 전하고 있다. 여기에 '오색의 사자와(五色師子) 九彩의 봉황은(九苞鳳凰) 늙은 오랑캐의 개와 닭 같은 것(是老胡鷄犬), 궁정 안을 돌면서 춤추고 나서는데(鳴舞飛帝鄕), 너풀너풀 너울너울(淋灕颯沓), 나아갔다 물러갔다 자연스런 절도 있네(進退成行).'라는 구절이 보인다. 白居易가 지은

---

158 김학주, 2001『중국 고대의 가무희』, 명문당, 167~177쪽.

159 長秋寺劉騰所立也. 騰初為長秋令卿 因以為名. …… 四月四日此像常出 辟邪師子 導引其前 呑刀吐火 騰驤一面 綵幢上索 詭譎不常 奇伎異服 冠於都市(『洛陽伽藍記』卷1 城內 長秋寺).
김학주, 위 책, 194쪽에서 辟邪師子를 '사악함을 물리치는 사자'로 번역하였고, 임영애, 2007「중국 고분 속 鎭墓獸의 양상과 불교적 변형」,『미술사논단』25, 48~49쪽에서도 이와 같이 해석하였다. 그러나 여기서 벽사와 사자는 별개의 동물을 가리키는 표현으로 보는 것이 옳다.

「西涼伎」란 시에도 가면 쓴 胡人과 가짜 사자가 등장하여 춤을 추는 장면이 묘사되어 있다.[160]

五方獅子에서 5방은 각 방위, 즉 東西南北中을 가리키며, 각 사자의 탈은 각 방위의 색인 靑, 白, 赤, 玄, 黃色을 띠었다. 그러면 남북조시대에도 5방색의 탈을 쓰고 사자무를 공연하였을까? 『南齊書』권26 열전제7에 王敬則이 五色獅子를 타는 꿈을 꾸었다고 전한다.[161] 南齊代에 각 방위 색에 해당하는 靑, 白, 赤, 玄, 黃色의 사자탈을 쓰고 춤을 추었음을 이를 통해서 유추해볼 수 있다. 이러한 추정은 고대 일본에 전래된 伎樂의 내용을 통해서도 보완할 수 있다. 『日本書紀』권22 推古天皇 23년(612) 是歲條에 백제인 味摩之가 귀화하여 吳나라에서 배운 伎樂의 춤을 전해주었다는 내용이 전한다.[162] 기악은 가면무용극의 일종으로서 治道, 獅子, 吳公 등 다양한 유형의 가면을 쓴 舞人이 등장한다. 이때 사자는 기악의 행렬 앞부분에서 악마를 퇴치하는 역할을 수행하였다고 한다.[163] 그런데 『法隆寺伽藍緣起幷流記資財帳』의「法分雜物四種」가운데 하나인 伎樂面壹十壹具에 '師子貳頭<五色毛 在袴四腰>'가 보인다. 사자의 탈이 오색이었고, 다리가 4개이므로 두 사람이 탈을 쓰고 춤을 추었음을 알려주는 자료이다. 7세기 전반에 미마지가 일본으로 귀화하였으므로 그가 기악을 배운 吳나라는 중국 南朝의 어느 나라를 가리킨다고 봄이 합리적일 것이다. 남북조시대에 오색의 사자탈을 쓰고 춤을 추는 전통이 있었음을 기악의 전래를 통해서도 엿볼 수 있다. 현재 남북조시대의 문헌에 오방사자무에 대한 기록이 전하지 않는다. 수·당대에 오색사자

---

160 이상의 내용은 김학주, 2001 앞 책, 219~227쪽을 참조하여 정리한 것이다.

161 王敬則 晉陵南沙人也 …… 敬則年長 兩腋下生乳 各長數寸 夢騎五色獅子(『南齊書』卷26 列傳第7 王敬則).

162 是歲 …… 又百濟人味摩之歸化日 學于吳 得伎樂儛. 則安置櫻井 而集少年 令習伎樂儛. 於是 眞野首弟子·新漢濟文 二人習之傳其儛 此今大市首·辟田首等祖也(『日本書紀』卷22 推古天皇 20년 是歲).

163 植木行宣, 1981 앞 논문, 234쪽; 河竹繁俊著·이응수역, 2001 앞 책, 89~90쪽.

무가 오방사자무로 발전하였을 개연성을 생각하게 한다.

사자탈의 5색과 5방색이 상징하는 것은 무엇일까? 일본의 伎樂에서 사자는 악귀를 쫓는 역할을 수행하였다. 北魏 洛陽의 長秋寺 불교행사에 등장하는 벽사와 사자 역시 마찬가지였을 것이다. 그것들이 惡鬼를 쫓는 靈獸로 인식되었기 漢代부터 陵墓의 石獸나 鎭墓獸로도 널리 제작되었는데, 後漢代에 御史中丞을 지낸 宗資(?~187)의 묘 앞에 세운 石獸 膊上에 '一曰天祿(鹿) 二曰辟邪'라고 기록되어 있어 후한대에 이미 천록과 벽사를 무덤 앞에 鎭墓의 기능을 하는 石獸로 세웠음을 알게 해준다.[164] 漢代에 천록과 벽사 이외에 사자를 진묘수로 세우는 경우도 있었다. 산동성 가상현 동남쪽에 위치한 武氏祠堂石闕에 석사자 한 쌍이 조각되어 있는 것이 대표적 사례이다.[165]

南北朝時代에 이르러 陵墓에 天祿·辟邪와 아울러 麒麟도 石獸로 세웠음이 확인된다. 당시 능묘의 석각은 3종 6건으로 구성되었는데, 3종은 石獸와 石柱, 石碑를 말하고, 6건은 그것들이 각각 쌍으로 세워져 있는 것을 이른다. 석수 가운데 뿔이 2개인 것은 천록이고, 뿔이 하나인 것은 기린이라고 보며, 일반적으로 王·侯의 무덤 앞에는 뿔이 없는 辟邪를 세웠다고 한다. 물론 兩角, 獨角을 가진 石獸를 麒麟, 뿔이 없는 石獸를 辟邪로 이해하는 견해도 제기되었다. 반면에 北朝에서는 묘지명과 함께 남조 능묘의 석수에 해당하는 진묘수를 무덤 안에 넣는 것이 일반적이었다고 한다.[166]

---

164 集古錄 漢宗資墓 天祿辟邪字 在墓石獸膊上 一曰天祿 一曰辟邪 篆書 墓在今鄧州 南陽界中(『續禮通考』卷第99 石獸).
　　윤무병, 1978「무녕왕릉 석수의 연구」,『백제연구』7, 22~23쪽.

165 이밖에 四川省 鴉安縣 高頤墓에 석사자 1쌍이 있었다고 한다(권강미, 2006「통일신라시대 사자상의 수용과 전개」,『신라의 사자』, 국립경주박물관, 212쪽).

166 南北朝 陵墓의 石獸에 대해서는 박한제, 2003『강남의 낭만과 비극』, 사계절, 195~204쪽; 권오영, 2006「무령왕릉 출토 진묘수의 계보와 사상적 배경」,『무령왕릉 학술대회』, 국립공주박물관, 72~83쪽이 참조된다.

그런데 6세기 이후 北朝부터 鎭墓獸를 사자의 모습으로 제작하기 시작하였음이 주목을 끈다. 종래의 연구에 따르면, 대체로 6세기 북위시대 이전까지 뿔과 날개가 있는 말이나 호랑이의 모습에 가까운 神獸를 鎭墓獸로 조각하였다가 6세기 이후 북위에서 사자의 모습을 본떠 진묘수를 만드는 관행이 일반화되었다는 것이다. 나아가 그러한 변화는 바로 불상을 비롯한 불교조각품에 불법의 수호자인 사자가 함께 조각되는 것에서 찾았다.[167] 이러한 추세에 짝하여 唐代에 天祿, 天馬와 더불어 실제 모습에 가까운 獅子를 陵墓의 石獸로 배치하는 사례가 많아졌다고 한다.[168]

이처럼 북위시대에 불교의 영향을 받아 벽사와 마찬가지로 사자가 악마를 퇴치하는 靈獸로 인식되었기 때문에 사자춤 역시 儺禮戱와 관련하여 널리 수용되었을 것으로 짐작된다. 이에서 오색의 사자탈을 쓰고 사자무를 추거나 5방의 색을 띤 사자탈을 쓰고 오방사자무를 공연할 때, 사자가 각 방위의 악귀를 퇴치한다는 의미가 거기에 담겨 있음을 유추해볼 수 있지 않을까 한다. 『樂學軌範』에 조선시대에 儺禮에서 五方處容이 5방위를 상징하는 靑, 赤, 黃, 白, 黑色의 의상에 처용가면을 쓰고 사방의 잡귀를 물리치는 춤을 추었다고 전하는 점이 이와 관련하여 참고된다.[169]

고구려와 신라에서도 불탑이나 불상 앞에 사자상을 세워 두었다. 신라의 분황사탑에 사자상을 안치한 것은 널리 알려진 사실이다. 고구려의 장천1호분 벽화에 사자좌 위에 앉아 있는 부처 앞에 예불하는 사람의 그림이 묘사되어 있는데, 바로 사자좌 좌우에 혀를 내밀고 꼬리는 위로 들어 올린 사자의 모습이 보인다.[170] 고구려에서도 5세기대에 불상이나 불탑에 사자상을 배치하였음을 짐작케

---

167 임영애, 2007「중국 고분 속 鎭墓獸의 양상과 불교적 변형」,『미술사논단』25.
168 권강미, 2006 앞 논문, 212쪽; 권오영, 2006 앞 논문, 82~83쪽.
169 전경욱, 2004 앞 책, 411쪽.
170 국립경주박물관, 2006『신라의 사자』, 10~11쪽.

해준다. 물론 사자가 단순하게 불법을 수호하는 상징으로만 이해된 것은 아니다. 당나라의 능묘제도가 도입된 통일신라시대에 괘릉 앞이나 성덕왕릉 또는 흥덕왕릉 주위에 사자장을 배치하였음이 확인되기 때문이다. 이때 사자상은 辟邪의 기능을 가진 石獸로서의 성격을 지녔음은 물론이다. 이와 같은 사자의 이미지는 사자춤의 그것에도 그대로 반영되었을 것이다.

于勒이 지은 加耶琴 12곡 가운데 師子伎가 있다. 이것을 지명으로 보는 견해도 있지만,[171] 대체로 사자춤을 가리키는 것으로 이해한다. 진흥왕대에 우륵이 신라에 망명하였으므로 사자기가 이미 6세기 중반에 신라에 전해졌다고 볼 수 있다. 물론 가야는 고구려 또는 백제에서 사자춤을 수용하였다고 보이므로 두 나라에서도 6세기 중반에 사자춤이 널리 공연되었을 것으로 추정된다. 한편 통일신라시대에 사자춤이 널리 공연된 사정은 최치원이 사자춤을 감상하고 지은 鄕樂雜詠 5首 가운데 하나인 狻猊라는 시를 통하여 살필 수 있다.[172]

신라인들의 사자에 대한 인식과 관련하여 于山國(울릉도)이 지세가 험한 것을 믿고 항복하지 않자, 異斯夫가 나무로 사자를 만들어 위협하여 항복시켰다는 『三國史記』新羅本紀第4 智證王 13년(512)條의 기록이 주목된다.[173] 당시에 울릉도 사람들이 사자를 직접 보았을 가능성은 적다. 그럼에도 불구하고 그들은 사자가 猛獸로서 사람들에게 위협적인 존재임을 알았던 것이다. 실제로 사자를 보지 못한 사람들이 그 이미지만으로도 상당히 위협감을 느꼈음은 미지의 맹수

---

171 田中俊明, 1992 『大加耶連盟の興亡と任那-加耶琴だけが殘った-』, 吉川弘文館, 109쪽에서 師子伎를 옛 지명이 三岐(또는 三支)인 경남 합천군 대병면으로 비정하였다. .

172 崔致遠詩有鄕樂雜詠五首 今錄于此. …… 狻猊 遠涉流沙萬里來 毛衣破盡着塵埃 搖頭掉尾 馴仁德 雄氣寧同百獸才(『三國史記』雜志第1 樂).

173 于山國歸服 歲以土宜爲貢. 于山國在溟州正東海島 或名鬱陵島. 地方一百里 恃嶮不服. 伊飡異斯夫爲何瑟羅州軍主 謂于山人愚悍 難以威來 可以計來. 乃多造木偶師子 分載戰船 抵其國海岸. 誑告曰 汝若不服 則放此猛獸踏殺之. 國人恐懼 則降(『三國史記』新羅本紀第4 智證王 13년 여름 6월).

에 대한 신비화와 아울러 사자가 모든 악귀를 물리칠 수 있는 辟邪의 靈獸로 이미지화되었음을 의미하는 것으로 받아들여진다.[174] 이러한 이미지는 사자춤에도 그대로 반영되었을 것이다. 후대의 경우이긴 하지만, 북청사자놀이에서 사자가 집안 곳곳을 돌면서 귀신을 쫓는 의식이 중시되었다. 또한 고려시대에 이색이 지은 「驅儺行」이란 시에 '오방귀 춤추며 白澤(사자)이 뛰놀며'라는 구절이 보이는데, 나례희에 사자춤이 포함되었음을 알려준다.[175] 후대의 사례를 감안하건대, 신라시대의 사자춤 역시 儺禮戲와 직접 연관되었다고 보아도 좋을 것이다.

신라에서 오색사자무와 오방사자무를 추었다는 직접적인 기록은 전하지 않는다. 그러나 고려시대에 나례희에서 五方鬼와 함께 사자가 춤을 추는 나례희가 공연되었으므로 신라에서도 5방사자무 또는 5색사자무가 공연되었을 가능성을 완전히 배제할 수 없을 것이다. 그러한 전통은 삼국시대까지 소급이 가능한데, 백제인 미마지가 일본에 전해준 伎樂에 오색의 사자가 등장한다는 점이 참고된다. 결과적으로 사자춤은 서역에서 유행하여 龜玆를 통하여 중원지방에 전해졌고, 중국에서 그것이 儺禮와 밀접하게 연관되어 더욱 더 발전하였으며, 나아가 중국의 사자춤이 삼국과 통일신라에 전래되어 널리 공연되었다고 정리할 수 있다.

나례희와 관련이 깊은 사자춤의 일종이 신라에서 일본에 전래되었고, 그것을 일본인들은 新羅狛이라고 불렀다. 天皇의 御駕가 行幸할 때에 박건과 더불어 사자춤을 공연하였음이 확인되는데, 이때 공연된 사자춤 역시 驅儺舞의 성격을 지녔다고 봄이 합리적일 것이다. 신라박을 천황이 行幸할 때에 공연한 것은 아니었지만, 중국이나 한국, 일본에서 사자춤이 驅儺舞와 관련이 깊었으므로 신라박역시 마찬가지였다고 말할 수 있지 않을까 한다. 박건과 더불어 사자를 신사나사원의 수호신으로 믿고, 그들 경내에 조각상을 배치한 배경으로서 이와 같은

---

174 원종세·이덕경, 1991 「사자춤에 나타난 象徵性」, 『논문집』15, 건국대학교 교육연구소, 50~51쪽.
175 전경욱, 2004 앞 책, 186~187쪽 및 442~443쪽.

성격을 지닌 사자춤의 존재를 충분히 염두에 두지 않을 수 없을 것이다. 물론 중국이나 한국에서 사자가 불법을 수호하거나 또는 악귀를 물리치는 鎭獸로서 널리 인식된 점도 크게 작용하였을 것으로 믿어 의심치 않는다.

사자춤은 서역의 龜茲를 거쳐 중국과 한국에 전래되고, 다시 일본까지 전래되었다. 반면에 狛犬의 경우는 고구려에서 일본에 전래된 舞樂이었음을 추정할 수 있을 뿐이다. 사자춤과 달리 박견도 중국에서 고구려로 전래된 舞樂이었는가를 살피기 어렵다. 앞에서 일본의 高麗樂 狛犬이 惡鬼를 물리치는 내용이었다고 추정하였다. 그것의 유래를 추적하고자 할 때, 무엇보다도 먼저 이 점을 유의할 필요가 있을 것이다. 우리의 토종개로 삽살개가 있다. 여기서 삽은 없앤다 또는 쫓는다는 뜻이고, 살은 귀신 또는 액운을 뜻한다. 그러므로 삽살개는 '귀신(액운)을 쫓는(없애는) 개'라는 뜻으로 풀이할 수 있다. 그래서 '삽살개 있는 곳에는 귀신도 얼씬 못한다'라는 이야기가 생기기까지 하였다.[176] 도둑이나 귀신을 驅逐할 용도로 그린 民畵 가운데 개 그림, 즉 神狗圖가 있다. 칠흑같이 어두운 밤, 귀신을 물리치기 위하여 네 개의 눈, 2개 이상의 귀를 가진 모습으로 묘사하였다고 한다.[177] 외부 사람을 알아보고 적대적 행동을 하는 개의 특성을 주목하여 개를 집을 지키고 잡귀와 액운을 물리치는 동물로 인식하였던 것이다.[178]

그런데 중국에서도 개를 祥瑞를 불러오거나 惡鬼를 물리치는 靈驗한 능력을 지닌 동물로 인식하였음이 확인된다. 예를 들어 『廣博物志』에 '흰색에 새 대가리와 같은 모습을 가진 개는 사람으로 하여금 재물을 얻게 하고, 흰색에 검은 색의 꼬리를 가진 개는 사람으로 하여금 대대로 수레를 타게 하고, 검은 색에 흰색의 귀를 가진 개는 주인이 그것을 기르면 부귀를 누리게 하고, 검은 색에 앞다리가 흰색인 개는 자손을 번창하게 하고, 황색에 흰색의 꼬리를 가진 개는 대대로

176 하지홍·임인호, 1993『한국의 토종개』, 대원사, 53~54쪽.
177 윤열수, 1995『민화이야기』, 디자인하우스, 142쪽.
178 천진기, 2002「한국 띠동물의 상징체계 연구」, 중앙대학교 대학원 박사학위논문, 234쪽.

벼슬살이를 하게 한다.'라고 전하고,[179] 또『本章綱目』에 '術家들은 개를 地厭으로 삼았다. 一切의 邪魅와 妖術을 물리칠 수 있기 때문이다.'고 하였다.[180] 이와 같은 중국과 조선시대의 개에 대한 인식을 염두에 둔다면, 고구려에서도 개를 악귀를 물리치는 靈獸로 인식하였을 가능성이 높다. 이러한 인식이 狛犬을 주인공으로 하는 驅儺舞를 만드는 하나의 배경이 되었을 것이다.

그러나 여기서 한 가지 유의할 사항은 고대 일본에 전래된 狛犬이 머리에 뿔이 하나 있는 모습이라는 점에 관해서이다. 일본에 전래되기 이전 고구려의 박견 역시 이와 같은 모습이었을 것이기 때문이다. 그렇다면 이제 이마에 뿔이 있는 狛犬의 모습은 어디에서 유래하였을까 하는 점이 문제로 제기된다. 중국에서 辟邪의 기능을 지닌 개와 관련된 가무의 존재를 찾을 수 없다. 다만 辟邪의 기능을 지니면서도 뿔을 가진 동물 歌舞戲가 발견된다. 辟邪伎가 바로 그것이다.『魏書』卷第109 志第14 樂5에 '(魏 道武帝) 天興 6년(403) 겨울에 太學에 命을 내려, 鼓吹를 총괄하여 정리하고 잡기를 增修케 하여, 五兵, 角觝, 麒麟, 鳳凰, 仙人, 長蛇, 白象, 白虎 및 여러 畏獸, 魚龍, 辟邪, 鹿馬仙車, 高絙百尺, 長蹻, 緣橦, 跳丸, 五案을 만들어 百戲를 갖추었다.'고 전한다. 북위에서 백희 가운데 하나로 辟邪伎를 정비하였음을 알려준다. 또한 宋나라 陳暘이 편찬한『樂書』에도 雜樂의 하나로 벽사기를 소개하였다.[181] 이밖에『隋書』卷第13 音樂志上에 三朝 때, 즉 설날 아침 궁중의 연회에서 공연하던 음악과 잡기의 순서가 기록되어 있는데, 41번째로 辟邪伎를 공연하였다고 하였다.

---

179 白犬烏頭 令人得財 白犬黑尾 令人世世乘車 黑犬白耳 犬主畜之 令人富貴 黑犬白前兩足
    宜子孫 黃犬白尾 令人世世衣冠〈襟五行書〉(『廣博物志』卷第47 鳥獸第2〈獸下〉).
    『廣博物志』는 明나라 董斯張이 편찬한 책으로서 모두 50권으로 구성되었다.
180 時珍曰 術家以犬爲地厭 能禳辟一切邪魅妖術(『本章綱目』卷50上 獸1).
    『本章綱目』은 明나라 때에 李時珍이 편찬한 것으로서 52권으로 구성되었다.
181 『樂書』卷第187 樂圖論 俗部 雜樂에서 辟邪伎를 비롯한 다양한 百戲歌舞를 소개하였다.

李白이 지은 「設辟邪伎鼓吹雉子班曲辭」란 제목의 시가 전한다. 王琦는 『李太白集注』卷 4에서 辟邪伎는 辟邪라고 불리는 동물이 춤을 추는 것이라고 설명하였다.[182] 벽사기는 상상의 동물인 辟邪가 춤을 추는 내용의 가무희였던 것이다. 漢代에 벽사를 많이 만들었는데, 그 실물이 臺灣의 고궁박물관에 소장되어 있다. 머리를 쳐들고 입을 벌려 포효하고 있는 모습으로 몸통은 날개가 있는 사자의 모습이다. 河南省 洛陽市 漢魏洛陽城 東郊石橋 16號墓 出土 後漢時代 辟邪形插座(灰陶)에서도 이와 비슷한 형상의 벽사를 발견할 수 있

그림 31 河南省 偃師城 杜樓村 漢墓 출토 鎭墓獸

다.[183] 後漢代에 皇后의 步搖簪에 공작과 벽사, 천록 등을 장식하였는데,[184] 종래에 벽사의 모양을 날개가 있는 사자의 모습이라고 이해한 견해가 제기되었다.[185] 步搖簪에 장식한 벽사의 모습 역시 옥각의 벽사와 비슷하였던 것이다. 고궁박물원 소장의 玉辟邪는 머리에 뿔이 없는 형상이지만, 河南省 偃師城 杜樓村 漢墓 출토 鎭墓獸는 옥벽사와 비슷하나 머리에 兩角이 있는 것이 특징이다.[186] 漢代에 벽

---

182 辟邪伎者 盖假爲辟邪獸之形而舞者也(『李太白集注』권4 樂府 37首).

183 大阪市立美術館·讀賣新聞大阪支社, 1999 『よみがえる漢王朝-2000年の時をこえて-』, 讀賣新聞社, 109쪽.

184 皇后謁廟服 …… 假結步搖簪珥 步搖以黃金爲山題 貫白珠爲桂枝相繆 一爵九華 熊 虎 赤 羆 天鹿 辟邪 南山豊大特六獸 詩所謂副笄六珈者 諸爵獸皆翡翠爲毛羽 金題白珠璫繞 以翡翠爲華云(『後漢書』輿服志第30 輿服下).

185 黃能馥·陳娟娟, 2004 『中國服飾史』, 上海人民出版社, 187쪽.

186 鄭州市文物研究所, 2003 『中國古代鎭墓神物』, 文物出版社, 55쪽.

사를 만들 때에 머리에 뿔을 표현하는 경우도 있음을 알려준다. 실제로 후대에 사람들은 벽사가 뿔이 두 개였다고 이해하였음이 확인된다. 『漢書』卷96上 西域傳 大月氏國條에 그 나라에 桃拔과 사자, 犀牛가 있다고 기술한 다음, 그 注에 다음과 같이 기록하였다.

　　孟康이 말하기를 '桃拔은 一名 符拔이라고도 부르며, 사슴과 비슷하며 꼬리
　가 길다. 뿔이 하나인 것은 혹은 天鹿이라고 하고, 뿔이 두 개인 것은 辟邪라
　고 한다.

맹강은 曹魏時代의 인물이다. 당시에 천록은 뿔이 하나, 벽사는 뿔이 2개인 동물로 인식하였음을 알려준다. 맹강의 인식은 후에 커다란 영향을 끼쳤다.[187] 唐代에 白居易가 貘에 대해서 코끼리의 코, 犀牛의 눈, 소의 꼬리, 호랑이의 발을 가진 동물로서 辟邪의 모습과 비슷하다고 언급하였다.[188] 唐代에 벽사를 어떻게 이해하였는가를 알려주는 하나의 자료이다.

벽사는 글자 그대로 '邪惡한 惡鬼를 퇴치하는 동물'이라는 뜻으로 풀이된다. 이러한 이유 때문에 鎭座나 鎭墓獸로 널리 만들어졌던 것이다. 나아가 그 동물을 주인공으로 하는 가무희를 제작하였는데, 그것이 바로 辟邪伎이다. 南朝에서

　　이와 비슷하면서도 뿔이 없는 前漢時代 진묘수가 陝西省 西安馬呼陀制鍋廣西漢墓에서도 출토되었다(鄭州市文物研究所, 위 책, 57쪽).

187　근래에 천록의 원형을 서역에 서식하는 角羚(antelope, 영양의 일종으로 뿔이 2개), 벽사는 뿔이 하나인 서역의 犀牛에서 찾을 수 있고, 한대에 전자는 鎭宅의 용도로, 후자는 鎭墓의 용도로 널리 활용되었다고 주장한 견해가 제기되었다(林海村, 1998 『漢唐西域與中國文明』, 文物出版社, 98~99쪽). 이를 따른다면, 전자는 뿔이 2개, 후자는 뿔이 하나라고 볼 수도 있다.

188　貘者 象鼻 犀目 牛尾 虎足 生南方山谷中 寢其皮辟溫 圖其形辟邪(白居易, 「貘屛讚幷序」, 『文苑英華』卷784 圖畵).

뿔이 없는 벽사를 제작하기도 하였지만, 그러나 曹魏時代에 孟康이 辟邪가 뿔이 2개라고 언급하였고, 魏晋南北朝와 隋·唐代의 무덤에서 뿔이 있는 鎭墓獸가 많이 출토되었음을 참고하건대,[189] 鎭墓獸와 관련이 깊은 辟邪 머리에 뿔을 하나 또는 두 개 표현하는 것이 일반적이었을 것이다. 辟邪伎에서 공연하는 辟邪 동물의 모습 역시 뿔이 있는 형상이었지 않았을까 여겨진다.

벽사기가 고구려에 전래되었음을 알려주는 자료는 전하지 않는다. 그런데 驅儺舞의 성격을 지닌 가무희로서 고구려에 狛犬이 있었다. 佛像 臺座의 좌우에 사자를 묘사한 장천1호분 벽화와 사자가 앞에서 행렬을 인도하는 내용의 伎樂이 南朝에서 백제에 전래된 사실을 참조하건대, 5~6세기대에 불교행사에서 辟邪와 師子가 악귀를 물리치면서 가두행렬을 앞에서 인도하는 내용의 北魏 儀禮를 고구려에서 수용하였을 가능성을 충분히 고려해볼 수 있지 않을까 한다. 벽사와 박견 모두 머리에 뿔이 있다는 점, 그것들이 모두 사악한 악귀를 퇴치하는 靈獸로 인식된 점, 박견과 벽사를 주인공으로 하는 驅儺舞가 널리 공연된 점 등을 통하여 이러한 추정을 보완할 수 있다. 필자의 추론에 커다란 잘못이 없다면, 고구려에서 벽사의 존재를 충분히 인지하고 있었고, 그것을 고대 일본의 狛犬과 비슷한 모습으로 묘사하였다고 추론해볼 수 있을 것이다.[190]

벽사라는 동물을 鎭墓獸로 만드는 중국의 전통이 辟邪伎라는 가무희를 제작하는 데에까지 발전하고, 이것이 고구려에 전래되어 舞樂 狛犬의 원류를 형성하였다고 보인다. 그리고 다시 그것이 일본에 전래되어 高麗樂의 하나로 정착되었

---

189 鄭州市文物研究所, 2003 앞 책에 戰國時代에서 唐代까지 중국의 여러 무덤에서 출토된 鎭墓獸의 사진을 정리하였다. 여기에 소개된 魏晋南北朝와 隋·唐代의 獸·魚·禽型, 多獸同體型, 人獸同體型 鎭墓獸 150여 종 가운데 뿔이 있는 것이 무려 120여 종에 달하였다.

190 鄭州市文物研究所, 위 책, 134쪽에 山西省博物館 所藏의 개 모양 진묘수, 陝西省 陽師專 7호묘 출토 개 모양 진수묘를 소개하였다. 唐代의 것으로서 귀를 쫑긋 세우고 있는 모습인데, 이것은 마치 뿔을 두 개 표현한 것처럼 느껴진다. 개 모양의 진묘수는 고구려 박견의 원류를 추적할 때에 크게 참고가 되지 않을까 한다.

을 것이다. 나아가 고구려의 박견이 중국의 벽사와 비슷한 성격을 지녔기 때문에 고구려에서 전래된 舞樂 狛犬이 천황이 行幸할 때에 사자와 짝을 이루어 공연되었다고 추정되며, 이와 같은 박견의 이미지 때문에 古代 일본인들이 사자와 더불어 그것의 조각상을 鎭座 또는 鎭獸로서 제작하여 宮中이나 神社, 寺院에 설치하였지 않았을까 한다.

2. 蘇志摩利와 吉簡

1) 서역과 중국의 蘇莫遮 공연

(1) 서역의 소막차 공연

蘇莫遮는 서역에서 유행하여 중국, 한국, 일본 등에 전래된 歌舞이다. 현재 서역의 여러 나라 가운데 중국 신장성(新疆省) 위구르자치구 쿠처에 위치하였던 龜玆國, 우즈베키스탄 사마르칸트에 위치하였던 康國, 그리고 신장성 위구르자치구 투르판분지에 위치하였던 高昌國에서 소막차라는 가무희를 공연하였다고 알려졌다. 먼저 『酉陽雜俎』에 다음과 같은 내용이 전한다.

> 龜玆國에서 元日에 소와 말, 낙타와 싸우는 것을 7일에 걸쳐 戱樂으로 삼았는데, 勝負를 보고 1년 양과 말의 감소 및 증가를 점쳤다. 婆羅遮는 모두 개머리와 원숭이 가면을 쓰고, 男女가 밤낮을 가리지 않고 노래 부르고 춤추며 즐기는 것이다(『酉陽雜俎』卷4 境異).[191]

---

[191] 龜玆國 元日鬪牛馬駝為戱七日 觀勝負 以占一年羊馬減耗繁息也. 婆羅遮 並服狗頭猴面 男女無畫夜歌舞(『酉陽雜俎』卷4 境異).

『유양잡조』는 당나라 段成式(803?~863)이 지은 筆記小說의 대표적인 작품이다. 따라서 위의 기사는 9세기 단계 구자국에서 婆羅遮라는 가무희를 열었음을 알려주는 자료로 이해할 수 있다. 이와 비슷한 내용은 승려 慧林이 지은『一切經音義』에서도 확인할 수 있다.

蘇莫遮는 西戎 오랑캐의 말이며, 정확하게 颯磨遮를 이른다. 이 놀이는 본래 西龜玆國에서 出自하여 지금까지도 여전히 이 樂曲이 존재한다. 이것은 나라(중국)의 渾脫, 大面, 撥頭와 같은 종류(의 가무희)이다. (가무희에서) 혹은 짐승의 얼굴, 혹은 귀신의 형상을 본뜬 것 등, 임시로 여러 가지 모습의 가면을 만들었다(만들어 썼다). 혹은 진흙이 섞인 물을 行人에게 뿌려 적시게 하거나, 혹은 올가미를 가지고 사람을 얽어매어 끌어 당겨 잡는 것을 놀이로 삼기도 하였다. 매년 7월 초에 공개적으로 이 놀이를 진행하여 7일째에 이르러 멈추었다. 土俗에서 서로 전하여 이르기를, '항상 이러한 방법으로써 사악한 재앙을 물리치고, 羅刹과 惡鬼를 쫓아버려 人民들의 災害를 없앤다.'고 하였다(『一切經音義』卷41 大乘理趣六波羅密多經 音義).[192]

혜림(734~820)은 西域의 疎勒(중국 신장성 위구르자치구 카슈가르) 사람으로 長安大興善寺의 法師를 지냈으며, 783년부터 807년에 걸쳐『一切經音義』100권을 찬

---

192 蘇莫遮 西戎胡語也 正云颯磨遮. 此戲本出西龜玆國 至今由有此曲. 此國渾脫大面撥頭之類也. 或作獸面 或象鬼神 假作種種面具形狀 以以泥水霑灑行人 或持羂索搭鉤捉人爲戲. 每年七月初公行此戲 七日乃停. 土俗相傳云 常以此法 攘厭駈趁羅刹惡鬼 食啗人民之災也 (『一切經音義』卷41 大乘理趣六波羅密多經 音義).
번역에 王嶸, 2000a「多文化背景下的苏莫遮」,『西域文化的回声』, 新疆省青少年出版社, 213쪽; 여승환, 2012「潑寒胡戲의 유래와 唐代 금지 상소를 통해 살펴본 연출 상황 고찰」,『중국문학연구』49, 4~5쪽; 김광영, 2013「蘇莫遮研究-축제적 성격과 외래문화 수용 양상을 중심으로-」,『중국어문학지』42,, 24~25쪽을 참조하였다.

술하였다.[193] 이에 따른다면, 구자국 소막차에 관한 정보는 9세기 초반 이전 시기의 것을 반영한다고 볼 수 있을 것이다. 본래 위의 기사는 般若三藏 등이 漢譯한 『大乘理趣六波羅密多經』卷1에 전하는 '蘇莫遮帽'에 대한 註解에 해당하는 것이다. 『大乘理趣六波羅密多經』에 전하는 '소막차모'와 관련된 기사를 소개하면 다음과 같다.

또한 蘇莫遮帽와 같은 것은 사람의 얼굴과 머리에 뒤집어씌운 것인데, 諸有情, 즉 衆生으로 하여금 보게 한즉, 戲弄하였다. 老蘇莫遮 역시 또한 이와 같이 하였다. 이 고을에서 저 고을에 이르기까지 모든 衆生이 쇠약한 노인의 모습을 하고 있는 소막차모를 보면, 모두 희롱하였다.[194]

『大乘理趣六波羅密多經』은 大乘佛敎의 槪要를 기술한 經典으로서 印度 罽賓國 沙門 般若三藏 등이 德宗 貞元 4年(788)에 漢譯하였다고 알려졌다. 『大乘理趣六波羅蜜多經』에서 언급된 소막차모 관련 내용은 고대 인도에 관한 풍습으로 추정될 뿐이고, 더 이상의 정보를 얻을 수 없다. 다만 이를 통하여 고대 인도에서 소막차모를 쓴 무인을 희롱하는 내용의 가무희를 공연하였다는 사실을 추론할 수 있지 않을까 한다.[195]

---

193 艾菲, 2009 「慧琳『一切經音義』의 음운 현상-『切韻』과의 비교를 중심으로-」, 고려대학교 대학원 중어중문학과 석사학위논문, 22쪽.
한편 일설에는 810년에 『일체경음의』를 완성하였다고 전하기도 한다.

194 又如蘇莫遮帽 覆人面首 令諸有情見 即戲弄. 老蘇莫遮 亦復如是. 從一城邑至一城邑 一切衆生 被衰老帽見皆戲弄(『大乘理趣六波羅密多經』卷1).

195 이와 관련하여 종래에 소막차는 고대 인도의 종교의식인 蘇摩祭에서 기원하였다거나(김광영, 2013 앞 논문, 10~11쪽) 또는 일본의 舞樂 蘇莫者는 고대 인도 여신인 kalī(shāmā)의 모습을 본떠 무용으로 만든 고대 인도 예능을 기원으로 한다고 주장한 견해(黑田佳世, 1987 「蘇莫者起源説話考」, 『椙山國文學』11, 椙山女學園大學國文學會, 62~64쪽)가 제기

혜림이 찬술한『일체경음의』는 783년에서 807년 사이에 구자국에서 소막차라는 가무희를 매년 7월에 개최하였음을 알려주는 중요한 자료로 볼 수 있다. 물론『酉陽雜俎』에 전하는 婆羅遮는 바로『一切經音義』에 전하는 소막차를 가리키는 것으로 이해된다. 한편『酉陽雜俎』에서는 현재 중국 신장성 焉耆縣 동쪽에 위치하였던 焉耆國에서 元日과 2月 8日에 婆摩遮를 거행하였다고 전하는데,[196] 여기서 婆摩遮는 婆羅遮의 轉寫로서, 소막차를 가리킨다고 짐작된다.[197] 이에 따르면, 서역에 위치한 언기국에서도 구자국의 소막차와 유사한 가무희를 정월 초하루와 2월 8일에 거행하였다고 볼 수 있을 것이다.

『유양잡조』와『일체경음의』에 전하는 내용을 바탕으로 정리하면, 8~9세기에 구자국에서 매년 7월 초에 7일간에 걸쳐 邪惡한 災殃을 물리치고, 羅刹과 惡鬼를 驅逐하여 인민의 災禍를 없애기 위한 목적으로 개와 원숭이를 비롯한 여러 짐승 및 귀신 형상을 한 가면을 쓰고 남녀가 밤낮을 가리지 않고 노래 부르고 춤을 추었으며, 이때에 진흙이 섞인 물을 행인에게 뿌려 적시게 하거나 올가미를 씌워 사람을 잡는 퍼포먼스(performance)를 거행하였다고 볼 수 있다. 구자국에서 개최된 소막차의 구체적인 공연 모습은 1903년 일본 大谷光瑞探險隊가 쿠처(庫車) 蘇巴什(Subashi) 古寺(昭怙厘佛寺)에서 발견한 舍利函에 표현된 樂舞圖를 통하여 엿볼 수 있다.

악무도에는 모두 21인으로 구성된 樂舞團이 묘사되어 있는데, 이 가운데 악기를 연주하는 樂人이 8인이고, 나머지 13인은 춤을 추는 舞人이다. 舞人은 대체로 갑옷과 유사한 모양의 彩色 舞踊服을 입었고, 공통적으로 두 갈래로 갈라진 제

되어 주목된다.

196 焉耆國 元日 二月八日 婆摩遮 三日 野祀 四月十五日 遊林 五月五日 彌勒下生 七月七日 祀先祖 九月九日 牀撒 十月十日 王爲厭法 王出首領家 首領騎王馬 一日一夜 處分王事 十月十四日 作樂至歲窮(『酉陽雜俎』卷4 境異).

197 霍旭初, 1994「龟兹舍利盒乐舞图」,『龟兹艺术研究』, 新疆人民出版社, 243쪽.

비꼬리 모양의 장식을 달았다. 두 사람은 깃발이 달린 지팡이 모양의 舞具를 들고 있는데, 이 가운데 한 사람은 왼손에 원숭이 모양의 가면을 들고 있다. 이밖에 흰색 얼굴 모양의 가면을 쓴 무인, 黃色의 관과 검은 수염이 무성한 흰색 가면을 쓴 무인, 황금 귀걸이를 하고 쫑긋 세운 귀를 가진 흑색의 짐승 가면을 쓴 무인(2인), 검은색 饅頭形의 모자를 쓰고 흰 가면을 쓴 무인, 毛皮로 만든 털옷을 입고, 헬멧 모양의 붉은 색 모자와 노인 모습의 가면을 쓴 무인, 그리고 커다란 황색의 귀, 붉은색의 눈썹, 커다란 입을 가진 짐승 가면을 쓰고 긴 막대기를 든 무인(2인)이 악무도에 묘사되어 있다.[198] 8인의 악인은 각각 큰 북과 竪箜篌, 弓型箜篌(鳳首箜篌) 또는 琵琶나 阮咸, 排簫, 羯鼓, 銅角 등을 연주하고 있다. 이 가운데 鼓手는 2명의 어린이가 받쳐 들고 있는 큰 북을 양 손에 채를 들고 연주하고 있다. 악인들은 공통적으로 벽화에 보이는 龜玆의 의복을 입고 있다.[199]

사리함에 묘사된 악무도는 악인들이 큰 북과 공후, 도고, 배소, 동각 등의 악기를 연주하고, 이에 짝하여 다양한 짐승과 여러 사람의 모습을 형상화한 가면을 쓰고 춤을 추는 무인으로 구성되었다. 여기에 묘사된 짐승 가면에 원숭이 모양의 가면, 쫑긋 세운 귀를 가진 짐승 가면이 존재하였는데,『유양잡조』에서 婆羅遮를 공연할 때에 개머리와 원숭이 가면을 썼다고 언급한 것으로 보건대, 사리함 악무도에 보이는 쫑긋 세운 귀를 가진 짐승 가면은 개를 상징하는 것으로 이해하는 것이 합리적이라고 판단된다. 다만 악무도에서는 행인에게 물을 뿌리거나 올가미를 가지고 사람을 잡는 퍼포먼스와 관련된 그림은 보이지 않는다. 쿠

---

198 한편 무인 13인 가운데 3인은 어린아이이다. 이들은 짐승가면을 쓰고 오른손에 막대기를 들고 있는 무인을 좌우에서 둘러싸고 있다.

199 사리함에 묘사된 樂舞圖의 구체적인 내용에 대해서는 熊谷宣夫, 1957「クチャ將來の彩畵舍利容器」,『美術資料』191, 東京國立文化財研究所, 247~250쪽 및 霍旭初, 1994 앞 논문, 239~243쪽; 王嶸, 2000b「龟玆昭怙厘佛寺舍利盒乐舞图文化解读」,『西域文化的回声』, 新疆省青少年出版社, 201~205쪽이 참조된다.

그림 32 昭怙厘佛寺에서 발견된 舍利函 樂舞圖 模寫

처의 昭怙厘佛寺에서 발견된 舍利函을 언제 제작하였는가에 대하여 考究하기 어렵지만, 대체로 5세기에서 7세기 사이에 만든 것으로 이해하고 있다.[200] 따라서 사리함 악무도는 적어도 7세기 무렵의 소막차 공연 모습을 반영한 것으로 이해하여도 크게 잘못이 아닐 것이다.

뒤에서 자세하게 살필 예정이지만, 康國이나 중국에서 물을 뿌려서 추위를 구하였다고 하였다. 그런데 『유양잡조』와 『일체경음의』에 이에 대한 언급이 보이지 않는다. 다만 이와 관련하여 진흙이 섞인 물을 행인에게 뿌려 적시게 하거나 올가미를 가지고 사람을 잡는 퍼포먼스를 거행한 사실을 주목할 필요가 있다. 올가미를 가지고 사람을 얽어매어 잡는 퍼포먼스는 바로 나찰과 악귀를 驅逐하는 것을 상징하는 것으로 이해되고 있다. 즉 그들이 도망가지 않으면 그들과 싸워 올가미에 얽어매어 잡아서 쫓아낸다는 상징적인 의미가 담겨 있었던 것이다. 종래에 물 뿌리기 행위에 대해서는 두 가지 해석이 제기되었다. 첫 번째는 물 뿌

---

200 熊谷宣夫, 1957 앞 논문, 265쪽.

리기 행위를 비가 내리기를 기원하는 의식 또는 추위를 구하는 의식과 연결시켜 이해하는 것이고, 두 번째는 깨끗한 聖水를 뿌려 더럽고 사악한 것을 씻어내는 의식과 연결시켜 이해하는 것이다.[201] 소막차가 사악한 재앙을 물리치고, 나찰과 악귀를 驅逐하는 辟邪儀式과 관련된 가무희였음을 감안하건대, 물 뿌리기 퍼포 먼스를 후자와 관련시켜 이해하는 것도 가능하다고 보인다. 그러나 일반적으로 부정풀이에 사용되는, 즉 더럽고 탁한 주변 세계를 정화할 때에 사용되는 성수를 淨化水라고 부르는데, 이것은 至高의 깨끗함과 맑음을 본체로 하고 있다.[202] 그런데 구자국의 소막차에서는 泥水, 즉 진흙이 섞인 물을 행인에게 뿌렸다고 하여 그러한 퍼포먼스를 부정풀이와 연결시켜 이해하기도 그리 쉽지만은 않다. 이에 따른다면, 구자국의 물 뿌리기 퍼포먼스 역시 강국이나 중국과 마찬가지로 추위를 구하는 상징적인 의식으로 이해하는 것이 옳지 않을까 한다. 아마도 가장 무더운 7월에 추위를 구하여 비가 내리기를 기원하거나 날씨가 서늘해지기를 기원하기 위해서 물 뿌리기 의식을 거행한 것으로 이해된다.

소막차는 우즈베키스탄 사마르칸트에 위치한 康國에서도 공연되었다. 『舊唐書』西戎列傳과 『樂書』에 다음과 같은 기록이 전한다.

Ⅰ-① 11월에 이르러 북을 울리고 춤을 추며 추위를 기원하였는데, 물을 뿌리면서 성대하게 戱樂으로 삼았다.[203]

Ⅰ-② 乞寒은 본래 西國 外蕃 康國의 음악이다. 그 악기에는 大鼓, 小鼓, 琵琶, 五弦, 箜篌, 笛이 있다. 그 음악은 大抵 11월에 알몸으로 형체를 드러내고, 가로(衢路)에서 물을 뿌리며, 북을 치고 춤을 추며 팔짝팔짝 뛰면서 추위를

---

201 김광영, 2013 앞 논문, 17~18쪽.
202 이에 대해서는 다음 장에서 자세하게 살필 예정이다.
203 至十一月 鼓舞乞寒 以水相潑 盛為戱樂(『舊唐書』卷198 列傳第148 西戎 康國).

찾았다.[204]

　위의 자료들에 따르면, 唐代에 康國에서는 11월에 추위를 구하기 위하여 사람들이 알몸을 드러내고 거리에서 서로 물을 뿌리는 퍼포먼스를 거행하였다고 한다. 이때 사람들이 나체로 북을 울리고 춤을 추면서 즐겼다고 하였는데, 구자국의 경우처럼 舞人들이 짐승 가면을 쓰고 공연하였다는 언급은 보이지 않는다. 『악서』에서는 강국에서 공연된 街頭歌舞戱를 乞寒이라고 명명하였지만, 그러나 唐에서 소막차를 흔히 乞寒이라고 불렀음을 염두에 둔다면, 그대로 신뢰하기 어렵다. 강국에서도 구자국의 경우와 마찬가지로 가두가무희를 蘇莫遮라고 불렀을 가능성이 높다고 보인다.[205]

　唐代에 강국에서 공연된 가두가무희, 즉 소막차가 辟邪儀式과 연결되었다는 직접적인 기록은 전하지 않는다. 구체적인 기록은 전하지 않더라도 강국에서도 역시 소막차 공연이 벽사의식과 밀접한 관련성을 지녔을 가능성이 높지 않았을까 한다. 이러한 추정은 10세기 후반 투르판분지에 위치한 高昌國의 사례를 통해서도 보완할 수 있다.『宋史』外國列傳 高昌傳에 다음과 같은 기록이 전한다.

---

204 乞寒 本西國外蕃康國之樂也. 其樂器有大鼓小鼓琵琶五弦箜篌笛. 其樂大抵 以十一月 倮露形體 澆灌衢路 鼓舞跳躍而索寒也(『樂書』卷158 樂圖論 胡部 歌 四夷歌 西戎).

205 중국 신장성지역은 기온이 높고, 비가 거의 내리지 않는 지역이다. 그 지역에서는 천산산맥이나 곤륜산맥에 쌓인 만년설이 녹아내린 물을 여러 가지 방법으로 끌어들여 농사를 짓고 목축을 할 수밖에 없다. 농사와 목축을 이롭게 하기 위해서는 매년 눈이 많이 내려 물을 풍부하게 공급해야 한다. 강국이 위치한 사마르칸트지역은 제랍샨 강 하류에 위치하여 비교적 물이 풍부한 지역이지만, 사막의 오아시스에 위치한 도시였다는 점에서 11월에 눈이 많이 내리도록 하기 위하여 추위를 구하는, 즉 天氣가 寒冷해지기를 기원하는 가무희로서 소막차를 개최하였을 가능성도 충분히 상정해볼 수 있지 않을까 한다(王嶸, 2000a, 앞 논문, 215~216쪽).

풍속은 말타기와 활쏘기를 좋아한다. 부녀들은 油帽(기름모자)를 (머리에) 쓰는데, 그것을 蘇幕遮라고 부른다. (고창인들은) 開元曆을 사용하고, 3월 9일을 寒食 節期(節日)로 하였으며, 二社(春社와 秋社: 봄과 가을에 토지신에게 제사하던 날)와 冬至도 역시 그러하였다. 은이나 鍮石으로 大筒을 만들어서 물을 채웠다가 세게 뿜어 서로 쏘거나 혹은 물을 서로 뿌리고 놀기도 하였는데, 陽氣를 눌러 병을 없앤다고 한다.[206]

위의 기록에 전하는 풍속은 王延德이 宋 太宗 雍熙 元年(984) 고창국을 방문하였을 때 見聞한 사실을 적기한 것이다. 고창국에서 은이나 鍮石으로 만든 大筒에 물을 담았다가 세게 뿜어 서로 쏘거나 물을 서로 뿌린다고 하였는데, 이것은 구자국과 강국에서 개최된 소막차의 물 뿌리기 퍼포먼스와 맥락을 같이한다. 여기다가 물 뿌리기 퍼포먼스를 거행하여 陽氣를 누르고 병을 없앤다고 하였는데, 이것은 구자국의 소막차 공연이 辟邪儀式과 연결되었던 것과 맥락을 같이한다고 볼 수 있다. 따라서 10세기 후반에 고창국에서도 소막차를 공연하였다고 이해하여도 좋을 것이다.

위의 기록에서는 언제 소막차를 공연하였다고 분명하게 언급하지 않았다. 다만 고창국에서 寒食과 二社, 冬至를 節日로 삼았던 바, 이때에 소막차를 공연한 것이 아닌가 한다. 고창국에서 油帽를 소막차라고 불렀다고 전하는데, 舞人들이 油帽를 착용하고 소막차에서 공연하였고, 10세기 후반에 이러한 모자가 고창국에서 널리 유행하게 되면서 아예 그 모자를 소막차라고 불렀지 않았을까 한다.

이상에서 서역의 구자국, 강국, 고창국에서 소막차를 공연한 사실을 살펴보았

---

206 俗好騎射 婦人戴油帽 謂之蘇幕遮. 用開元七年曆 以三月九日為寒食 餘二社 冬至亦然 以銀或鍮石為筒 貯水激以射 或以水交潑為戱 謂之壓陽氣去病(『宋史』卷490 列傳第249 外國 6 高昌).

다. 공연 시기와 그 내용은 나라마다 약간 차이가 있었지만, 각 나라의 소막차 공연이 공통적으로 추위를 구하는 의식과 연결되었음을 고찰할 수 있었다. 그리고 구자국과 고창국, 강국 등에서 그것이 辟邪儀式과 연결되었음을 인지할 수 있었다. 여기서 문제는 서역에서 언제부터 소막차라는 가두가무희를 공연하기 시작하였는가에 관해서이다.

北周의 大象 元年(579)에 乞寒戲를 공연하였다는 기록이 전하므로, 서역에서는 늦어도 6세기에는 소막차를 널리 공연하였다고 보아야 한다. 서역에서 소막차를 공연하기 시작한 시기와 관련하여 『大乘理趣六波羅密多經』에 '蘇莫遮帽'란 표현이 전하는 사실을 주목할 필요가 있다. 이를 통하여 고대 인도에서 소막차 모를 쓴 舞人을 희롱하는 내용의 가무희가 공연되었고, 나아가 일찍부터 인도와 활발하게 교류하였던 서역지방에 이른 시기에 소막차라는 가무희가 전래되었음을 추론할 수 있기 때문이다. 그러나 현재로서 구체적인 시기를 考究하기가 어려운 실정이며, 향후 이에 대한 심층적인 고찰이 필요하다고 사료된다. 서역의 여러 나라에서 공연된 소막차는 중국에 전래되어 널리 유행하였는데, 이에 대해서는 다음 소절에서 자세하게 살펴보도록 하겠다.

(2) 중국의 전래와 변용

서역의 여러 나라에서 공연된 소막차는 중국에 전래되어 궁중과 민간에서 공연되었다. 먼저 중국에서 소막차를 공연한 사실을 알려주는 자료를 제시하면 다음과 같다.

Ⅱ-① (大象 元年〈579〉 12월) 甲子에 (황제께서) 궁으로 돌아왔다. 正武殿에 나아가 百官과 宮人, 內外命婦들을 모아 놓고, 妓樂을 크게 펼쳤다. 또한 胡人들을 풀어 놓아 추위를 구하게 하였는데, (이것은) 물을 뿌리는 것으로써 戲

樂으로 삼은 것이다.[207]

Ⅱ-② (神龍 원년〈705〉 11월) 己丑에 (中宗이) 洛陽城 南門 누각에 나아가 潑寒
胡戲를 관람하였다.[208]

Ⅱ-③ (景龍 3년〈709〉 12월) 乙酉에 (中宗은) 여러 관사의 장관들로 하여금, 醴
泉坊에 가서 潑胡王乞寒戲를 관람하게 하였다.[209]

Ⅱ-④ (景雲 2년〈711〉 12월) 丁未에 潑寒胡戲를 공연하였다.[210]

일부 학자가 『宋書』卷41 列傳第1 明恭王皇后傳에 나오는 '寒乞' 및 '裸婦人形
體'라는 구절에[211] 근거하여 乞寒이 劉宋代에 전래되었다고 보기도 하였으나,[212]
'寒乞'은 '乞寒'과 전혀 다른 의미, 즉 '(황후의 성격이) 대범하지 않고 인색하다'는
뜻으로 이해되기 때문에[213] 그대로 신뢰하기 어렵다. 『舊唐書』卷97 列傳第47 張
說條에 則天武后 末年부터 季冬에 潑寒胡戲를 공연하였는데, 中宗은 일찍이 누
각에 나아가 관람하였다고 전한다.[214] 그러나 Ⅱ-① 기록에 北周에서 이미 乞寒
戲를 공연하였다고 전하므로, 북주 또는 그 이전 시기에 소막차가 전래되었다고

---

207 甲子 還宮 御正武殿 集百官及宮人內外命婦 大列妓樂. 又縱胡人乞寒 用水澆沃為戲樂(『周
書』卷7 帝紀第7 宣帝 大象 元年 12월).

208 己丑 御洛城南門樓 觀潑寒胡戲(『舊唐書』卷7 本紀第7 中宗 神龍 元年 11월).

209 乙酉 令諸司長官 向醴泉坊 看潑胡王乞寒戲(『舊唐書』卷7 本紀第7 中宗 景龍 3년 12월).

210 丁未 作潑寒胡戲(『新唐書』卷5 本紀第5 睿宗 景雲 2년 12월).

211 上嘗宮內大集 而裸婦人觀之 以為歡笑 后以扇障面 獨無所言. 帝怒曰 外舍家寒乞 今共為
笑樂 何獨不視. 后曰 為樂之事 其方自多 豈有姑姊妹集聚 而裸婦人形體 以此為樂 外舍之
為歡適 實與此不同(『宋書』卷41 列傳第1 明恭王皇后).

212 柏红秀·李昌集, 2004「泼寒胡戏之入华与流变」,『文學遺產』2004年 第3期; 김광영, 2013 앞
논문, 15~16쪽.

213 여승환, 2012 앞 논문, 9~10쪽.

214 自則天末年 季冬為潑寒胡戲. 中宗嘗御樓 以觀之(『舊唐書』卷97 列傳第47 張說).

봄이 옳을 것이다.[215]

서역에서 공연된 소막차의 핵심 내용이 물을 뿌려서 추위를 구하는 것이기 때문에 중국에서는 이를 추위를 구하는 희악이라는 의미에서 통상 '乞寒' 또는 '乞寒戲'라고 부르거나 물을 뿌려 추위를 구하는 戲樂이라는 점과 서역에서 전래된 점 및 호인들이 공연한다는 점 등을 두루 주목하여 '潑寒胡戲'라고 命名하였던 것이다. 물론 공연에 '胡王'이 등장하는 사실을 추가적으로 유의하여, '潑胡王乞寒戲'라고 부르기도 하였음을 살필 수 있다.

앞의 여러 기록을 통하여 중국에서는 걸한희를 겨울 11월 또는 12월에 공연하는 것이 관례였음을 살필 수 있는데, 이는 강국의 소막차 공연을 수용한 것으로 이해된다. 한편 걸한희를 공연한 장소를 살펴보면, 北周 長安城의 正武殿, 洛陽城 南門 앞, 醴泉坊이었음을 알 수 있다. 예천방은 당나라 수도 장안의 서북쪽에 위치한 구역으로, 근처에 西市가 있었다. 唐代에 西市는 돌궐인, 페르시아인, 소그드인, 쿠처인, 回紇人 등 胡人들의 주된 생활근거지로서 기능하였고, 그 근처에 위치한 布政坊과 醴泉坊, 普寧坊, 義寧坊 등에는 조로아스터교, 마니교, 네스토리우스교(景敎) 등 당시 중동과 중앙아시아에서 유행하였던 다양한 종교의 사원들이 세워졌으며, 특히 이들 지역에서 가끔씩 胡戲가 공연되었다고 알려졌다.[216] 아마도 709년 12월 乙酉日에 서역인들이 예천방에서 潑寒胡戲를 공연하자, 이것을 좋아한 중종이 여러 관사의 장관들로 하여금 예천방에 가서 발한호희를 관람하도록 명령한 것으로 보인다.

그런데 당대에 발한호희는 궁중과 예천방뿐만 아니라 민간에서도 널리 공연되었음이 확인된다. 이와 관련된 기록을 제시하면 다음과 같다.

---

215 이와 관련하여 『資治通鑑』 卷173 陳紀7 太建 11년(579) 12월 甲子 기록에 '처음으로 乞寒胡戲를 공연하였다.'고 전하여 참조된다.

216 김상범, 2007 「당대 후반기 양주의 발전과 외국인사회」, 『중국사연구』48, 115쪽.

신이 근래에 坊邑을 보건대, 연이어 渾脫隊를 공연하고 있습니다. 駿馬를 타고 胡服을 입었는데, 이를 蘇莫遮라고 부릅니다. 깃발을 들고 북을 울리며 서로 맞서는 것은 軍陣의 형세이며, 날뛰고 뒤쫓으며 시끄럽게 구는 것은 전쟁의 형상입니다. 비단에 수놓는 것을 뽐내는 것은 女工을 해치는 일이고, 貧弱한 사람에게 거두는 것을 독려하는 것은 정치의 도리를 손상시키는 것입니다. 胡服을 입고 서로 환호하는 것은 우아한 음악(雅樂)이 아닙니다. 혼탈이라고 부르는 것도 아름다운 이름이 아닙니다. 어찌 예의를 갖춘 王朝에서 오랑캐의 풍속을 본받겠습니까? …… 하필 알몸의 신체를 드러내고 거리에서 물을 뿌리며 춤을 추고 북을 울리며 팔짝팔짝 뛰면서 추위를 찾아야만 합니까?[217]

위의 기록은 中宗 神龍 2년(706) 3월에 幷州 淸原縣尉 呂元泰가 올린 時政에 대한 上疏文이다. 이를 통하여 중종 연간에 醴泉坊을 비롯한 여러 城邑에서 연이어 渾脫隊, 즉 蘇莫遮를 공연하였음을 엿볼 수 있다. 실제로 玄宗이 太子 시절에 微服 차림으로 거리에서 공연된 발한호희를 관람하였다는 기록이 발견되고 있어 참조된다.[218] 그러나 당나라의 수도와 지방 곳곳에서 걸한희를 공연하였다고 보기는 곤란하고, 아마도 서역인들이 집단적으로 거주하는 곳에서 주로 공연되었다고 보는 것이 사실에 가까울 것이다.

여원태의 시정상소문에서 蘇莫遮를 渾脫隊라고 불렀다고 언급하였다. 渾脫은

---

217 比見坊邑 相率為渾脫隊 駿馬胡服 名曰 蘇莫遮. 旗鼓相當 軍陣勢也 騰逐喧譟 戰爭象也. 錦繡誇競 害女工也 督斂貧弱 傷政體也. 胡服相歡 非雅樂也 渾脫為號 非美名也 安可以禮義之朝 法胡虜之俗. …… 何必裸形體 灌衢路 鼓舞跳躍而索寒焉(『新唐書』卷118 列傳第43 宋務光).

218 朝宗 初歷佐拾遺 睿宗詔作乞寒胡戲 諫曰 昔辛有過伊川 見被髮而祭 知其必戎 今乞寒胡 非古不法 無乃為狄 又道路籍籍 咸言皇太子微服觀之 且匈奴在邸 刺客卒發 大憂不測 白龍魚服 可深畏也 況天象變見 疫癘相仍 厭兵助陰 是謂無益. 帝稱善 特賜中上考.(『新唐書』卷118 列傳第13 韓朝宗).

脊椎動物의 가죽을 의미할 뿐만 아니라 毛皮製 혹은 革製의 囊袋, 즉 포대를 이르는 말이었다. 한편 長孫無忌가 검은 양의 털로 渾脫氈帽를 만들었는데, 당시 당나라 사람들이 그것을 모방하였고, 이를 趙公渾脫이라고 불렀다는 기록이 전한다.[219] 또한 羊頭渾脫, 玉兎渾脫이란 舞樂이 존재하였는데,[220] 전자는 양 머리 모양의 가면이나 모자를 쓰고 공연하는 舞樂이고, 후자는 玉兎冠을 쓰고 공연하는 舞樂을 이른다. 한편『구당서』에 709년에 將作大監 宗晉卿이 중종과 군신 앞에서 渾脫을 공연한 사실과 765년(代宗 永泰 2년) 國子監에서 雜技인 竿木과 함께 혼탈을 공연하였다고 전한다.[221] 당대에 1인이 渾脫舞를 공연하였고, 궁중에서 그것을 잡기와 함께 공연하였음을 알려주는 자료이다. 종진경이 공연한 渾脫은 渾脫帽 또는 혼탈이라고 불리는 가면을 착용하는 舞樂이었을 것으로 짐작된다.[222]

呂元泰는 時政上疏文에서 渾脫隊를 소막차라고 부른다고 하였다. 그러면서

---

219 太尉長孫無忌 以烏羊毛爲渾脫氈帽 人多效之 謂之趙公渾脫 近服妖也(『新唐書』卷34 志第 24 五行志 服妖).

참고로 전모는 조선시대에 여자들이 나들이할 때 쓰던 모자의 하나로서, 대나무로 삿갓 모양의 테두리를 만들고, 여기에 종이를 발라 기름에 결어 만든 것을 이른다.

220 唐鼓架部 樂有笛拍板搭鼓搊腰鼓也兩杖鼓 戲有代面 撥頭 蘇郎中 踏揺娘 羊頭渾脫 九頭師子 弄白馬 意錢 尋橦 跳丸 呑刀 吐火 旋盤 觔斗之屬(『樂書』卷188 樂圖論 俗部 雜樂 鼓架部).

玉兎渾脫 舞衣四色繡羅襦 銀帶 玉兎冠. 唐天后末年 劒器入渾脫 始爲犯聲 劒器宮調 渾脫角調 以臣犯君 不可以訓 非中正之雅也(『樂書』卷184 樂圖論 俗部 舞 玉兎渾脫).

221 時中宗數引近臣及修文學士 與之宴集 嘗令各效伎藝 以爲笑樂. 工部尚書張錫爲談容娘舞 將作大匠宗晉卿舞渾脫 左衛將軍張洽舞黃麞 左金吾將軍杜元琰誦婆羅門呪 給事中李行言唱車駕西河 中書舍人盧藏用效道士上章. 山惲獨奏曰 臣無所解請歌古詩兩篇(『舊唐書』卷189下 列傳第139 郭山惲).

二十四日 於國子監上. 詔宰相及中書門下官諸司常參官六軍軍將送上. 京兆府造食 內教坊音樂 竿木渾脫 羅列於論堂前(『舊唐書』권24 禮樂志).

222 渾脫에 대해서는 那波利貞, 1941「蘇莫遮攷」,『紀元二千六百年記念史学論文集』, 京都帝國大學文學部, 468~474쪽; 王頲, 2012「績氈助舞-唐迄元的渾脫舞與渾脫」,『西域南海史地研究』4集; 여승환, 2012 앞 논문, 13~15쪽이 참조된다.

혼탈대가 깃발을 세우고 북을 울리며 서로 맞섰으며, 날뛰고 뒤쫓으며 시끄럽게 굴었다고 언급하였는데,[223] 여원태는 이것을 흡사 軍陣의 형세, 전쟁의 모습과 유사하다고 표현하였다. 그런데 여원태의 이와 같은 묘사와 관련하여 쿠처의 昭怙厘佛寺에서 발견된 舍利函의 악무도가 유의된다. 악무도의 舞人 가운데 2인이 깃발을 단 지팡이 모양의 舞具를 들고 있음을 살필 수 있고, 또한 무인 대부분이 갑옷과 유사한 무용복을 입었는데, 중국 학자는 일부 舞人을 英俊武士, 威武將軍이라고 묘사하기도 하였다.[224] 악무도에 보이는 舞人들의 모습을 통해, 그들이 깃발을 세우고 북을 울리면서 서로 맞서는 장면을 연출하였을 뿐만 아니라 날뛰고 뒤쫓으며 시끄럽게 굴었던 장면도 연출하였음을 충분히 유추할 수 있을 것이다. 이러한 측면에서 여원태가 언급한 渾脫은 바로 구자국의 소막차를 수용하여 공연한 것이라고 정리하여도 크게 문제가 되지 않을 것이다. 나아가 여원태가 소막차를 혼탈이라고 표현한 사실을 통하여 舞人들이 다양한 가면을 착용하였거나 또는 다양한 모습의 모자를 썼음도 추론할 수 있을 것이다. 그런데 구자국의 경우, 소막차 공연에서 舞人이 말을 타고 공연하였다는 사실을 언급한 자료는 찾을 수 없다. 서역에서도 일반적으로 무인들이 말을 타고 공연하였으나, 기록이 전해지지 않았을 가능성이 높다고 판단된다.

한편 713년에 張說은 '諫潑寒胡戲疏'에서 '또한 潑寒胡戲는 典故에 전한다는 것을 듣지 못하였습니다. 알몸을 드러내고 춤을 추는 것을 어찌 盛德으로 볼 수 있을 것이며, 물을 뿌리고 진흙을 던졌으니, 어찌 예의를 잃음이 이것보다 더 심

---

223 한편 712년에 韓朝宗이 '諫作乞寒胡戲表'에서 '갑자기 소리치고 뛰어다니는 순간에 (미복을 입고 관람하던 太子를) 습격한다면, 미리 대비할 수 없어서 큰 소란을 겪을 수 있으니, 이러한 憂患은 예측할 수가 없습니다(或憂卒然奔波掩襲 無備邂逅驚擾 則憂在不測(『册府元龜』권545 諫諍部 直諫第12 韓朝宗))'라고 언급한 내용이 보여 참조된다.
224 霍旭初, 1994 앞 논문, 240쪽.

할 수 있겠습니까?'라고 언급하였다.[225] 장열의 언급을 통하여 중국에서 걸한희
를 공연할 때에 무인들이 나체로 춤을 추고, 서로 물을 뿌리고 진흙을 던졌음을
엿볼 수 있다. 중국에서 공연된 걸한희의 공연 모습을 가장 잘 묘사한 것은 張說
이 지은 '蘇莫遮'라는 시이다. 원문과 번역문을 제시하면 다음과 같다.

摩遮本出海西胡	마차(소막차)는 본래 海西의 오랑캐에서 나왔으니
琉璃寶服紫髥鬍	유리 보배 같은 눈과 자주색 수염을 지녔네
聞道皇恩遍宇宙	황제의 은혜 온 세상에 두루 미쳤다는 소식을 듣고
來時歌舞助歡娛	來朝하여 노래하고 춤추며 기쁨과 歡樂을 돋구었네
億歲樂	만만년 즐기세

繡裝帕額寶花冠	수놓은 옷을 입고 이마에 두건을 두르고, 머리에 보배로운 화관을 썼네
夷歌騎舞借人看	오랑캐 노래에 말을 타고 춤추어 사람들의 구경거리를 만드는 구나
自能激水成陰氣	스스로 능히 물을 뿌려 음기를 이루네
不慮今年寒不寒	금년 추울지 안 추울지 걱정하지 않는다
億歲樂	만만년 즐기세

臘月凝陰積帝臺	섣달의 응어리진 음기 황제의 누대에 쌓이어
豪歌擊鼓送寒來	호쾌한 노래와 격렬한 북소리에 추위가 실려 오네
油囊取得天河水	기름 자루에 은하수 물 가득 담아서

---

225 且潑寒胡 未聞典故 裸體跣足 盛德何觀 揮水投泥 失容斯甚(『舊唐書』卷97 列傳第47 張說).

將添上壽萬年杯　장차 축수하는 만년 잔에 더 보태네

億歲樂　　　　만만년 즐기세

寒氣宜人最可憐　찬 기운이 사람의 마음에 드는 것은 가장 즐거운 일이라

故將寒水散庭前　일부러 찬물을 뜰 앞에 흩뿌리네

惟願聖君無限壽　오직 성군께서 무한히 장수하시기를 바라노니

長取新年續舊年　영원히 새해로 낡은 해 이으소서

億歲樂　　　　만만년 즐기세

昭成皇后帝家親　소성황후는 황제의 어머니

榮樂諸人不比倫　영예와 즐거움은 사람들과 비교할 수 없는 것

徃日霜前花委地　지난 날 서리 앞에 꽃이 떨어졌으나

今年雪後樹逢春　금년에는 눈이 온 뒤 봄을 맞이하는 나무 같도다

億歲樂　　　　만만년 즐기세[226]

　　張說의 '蘇莫遮'라는 시를 통하여 唐代에 중국에서 공연한 걸한호회의 모습을 구체적으로 살필 수 있다. 먼저 詩에서 걸한호회, 즉 소막차를 공연하는 무인이 푸른 눈의 자주색 수염이 무성한 서역인이었고, 그가 수놓은 비단 옷을 입고 이마에 두건을 두르고, 머리에 寶冠을 썼음을 알 수 있다. 아마도 이 무인이 '潑胡王乞寒戱'의 주인공인 바로 胡王이었을 것으로 짐작된다. 그리고 시를 통하여 무인들이 말을 타고 북소리에 맞추어 서역의 노래를 부르고 춤을 추며, 기름 자루에 물을 담아, 그것을 뿌리며 陰氣, 즉 추위를 구하였음도 엿볼 수 있다. 장열의

---

226 張說의 詩 '蘇莫遮' 원문은 『御定全唐詩』 卷28 雜曲歌辭에서 인용하였고, 번역은 여승환, 2012 앞 논문, 23쪽 및 김광영, 2013 앞 논문, 21~22쪽을 참조하였다.

시에서 묘사한 소막차의 공연 모습은 여원태가 시정상소문에서 묘사한 것과 대동소이하였다고 볼 수 있다.

이상에서 북주에서 당대에 걸쳐 중국에서 공연된 소막차의 내용에 대하여 정리하였다. 그 결과 중국에서는 강국의 경우와 마찬가지로 주로 11월이나 12월에 걸한호회를 공연하였고, 공연 내용은 구자국 소막차의 그것과 매우 유사하였음을 인지할 수 있었다. 아울러 걸한호회를 공연하는 무인들은 대체로 서역인들이었고, 그들이 집단적으로 거주하는 지역을 중심으로 하여 걸한희가 자주 공연되어 당나라 사람들의 관심을 끌었다는 사실도 살필 수 있었다. 당에서 공연된 소막차의 내용 가운데 가장 중요한 것은 바로 추위를 구하는 내용, 즉 알몸을 드러내고 물을 뿌리는 퍼포먼스였다고 보이지만, 그러나 중국에서 이러한 퍼포먼스가 辟邪儀式과 직접적으로 연결되었음을 시사해주는 자료를 찾을 수 없다. 이처럼 중국인들에게 소막차는 매우 흥미롭고 즐거움을 주는 娛樂性의 戱樂으로만 인식되었고, 게다가 그것이 중국의 전통적인 미풍양속을 해치는 夷俗이었기 때문에 韓朝宗, 呂元泰, 張說 등이 소막차의 공연을 금지시킬 것을 건의하였으며, 결국 현종은 그들의 건의를 수용하여 開元 元年(713) 겨울에 소막차 금지 칙령을 내려 그것의 공연을 금지시켰다. 이에 대해서는 전에 자세하게 살핀 바 있기 때문에 더 이상의 언급을 자제할 것이다.[227]

현종이 소막차 공연을 금지시킨 후에도 소막차가 전혀 공연되지 않은 것은 아니다. 현종은 街頭歌舞戱의 성격을 지닌 소막차 공연만을 금지시킨 것이었고, 713년 겨울 이후에도 소막차의 구성 요소인 音樂과 舞蹈 등은 약간의 변용을 거쳐 당에서 여전히 공연되었던 것이다. 소막차 공연 금지 이후 天寶 13년(754)에 太樂署에서 당시의 供奉音樂 가운데 胡曲에 해당하는 것을 중국식으로 개명하였는데, 이때 金風調 蘇莫遮는 感皇恩으로, 太簇宮 沙陀調 소막차는 萬宇淸으로

---

227 여승환, 위 논문; 김광영, 위 논문, 27~34쪽.

이름을 바꾸었고, 南呂宮 水調 소막차는 그대로 소막차라고 불렸다. 이름을 개정한 후 소막차는 주로 궁중에서 舞樂의 형식으로 공연되었고, 그 내용은 대체로 황제의 은혜에 감사하는 것으로 재편되었다고 한다.[228] 감황은은 청나라 때까지 연주되었고, 특히 宋代에는 大曲에 속하는 法曲部의 형식으로 연출되었는데, 악조와 사용된 악기를 보면, 이미 완전하게 중국화되어 漢族의 음악인 淸樂 계통과 비슷하며 조용하고 우아한 분위기를 냈다고 알려졌다.[229]

『高麗史』樂志 唐樂條에 感皇恩令의[230] 歌詞가 전하는데,[231] 趙企(趙循道)가 찬한 것과 찬자를 알 수 없는 것 등 두 개의 宋代 가사가 그것이다.[232] 그리고 『고려사』에서 고려 악인들이 충렬왕대에 두 차례에 걸쳐 감황은을 공연하였다는 기록을 발견할 수 있다.[233] 이에 따른다면, 고려에 전래된 감황은은 바로 宋代의 詞

---

228 常樂, 2009「潑寒胡戲在唐代的禁斷與流變」, 『Popular Science』 6期, 585쪽.
　　한편 宋代에 소막차는 感皇恩이라는 이름으로 詞牌(詞를 부를 때의 곡조명)로 사용되고, 元代에는 曲牌(詞를 짓거나 악보를 만들 때 사용되는 곡조 이름)로 사용되었다고 알려졌다(김광영, 2013 앞 논문, 34~35쪽).

229 박은옥, 2006 『고려사 악지의 당악 연구』, 민속원, 83쪽.

230 感皇恩令은 후에 人南度, 疊蘿花 등으로 別稱되었다.

231 騎馬踏紅塵 長安依前到 人面依前似花好 舊懽才展 又被新愁分了 未成雲雨夢 巫山曉 千里斷腸 關山古道 回首高城似天杳 滿懷離恨 付與落花啼鳥 故人何處也 青春老. / 和袖把金鞭 腰如束素 騎介驢兒過門去 禁街人靜 一陣香風滿路 鳳鞋弓樣小 彎彎露. 驀地被他 回眸一顧 便是令人斷腸處 願隨鞭鐙 又被名韁勒住 恨身不做介 閑男女(『고려사』 권71 志25 樂2 唐樂 感皇恩).

232 '騎馬踏紅塵 …… 青春老'는 趙企가 지은 것이고, '和袖把金鞭 …… 閑男女'는 작자 미상이다. 한편 차주환, 1976 『唐樂研究』, 汎學圖書, 148쪽에서는 후자의 경우도 조기가 지은 것이라고 추정하였다.

233 癸卯 王辭歸 帝使悧薛旦安禿丘護送 至北京. 又遣脫脫兒等三官人 祖送東門外 命金方慶隨王還國. 皇太子亦遣人餞之 皇子脫歡皇女忙哥夕皆至. 諸官人 以達達歌舞侑觴 王使忽赤能歌者 歌感皇恩曲 以酬之(『고려사』 권28 세가28 충렬왕 4년 7월).
　　壬辰 王與公主詣闕 世子以白馬 納幣于帝 尙晉王之女. 是日宴 皆用本國油蜜果. 諸王公主及諸大臣 皆侍宴 至晚酒酣 令本國樂官 奏感皇恩之調. 旣罷 王與公主詣隆福宮 太后設氈

牌라고 보는 것이 합리적이라고 볼 수 있다. 서역에서 유래된 소막차가 중국에 전래되어 널리 공연되다가, 713년 겨울 이후 궁중에서 공연되는 舞樂으로 변용되어 명맥이 이어졌으며, 宋代에 중국화된 감황은이 고려에까지 전래되어 공연되었다고 정리할 수 있다.

2) 고려악 길간·소지마리의 유래와 성격

현재 한국과 중국의 문헌에서 소막차가 삼국시대와 통일신라시대에 전래되어 공연되었다는 기록을 찾을 수 없다. 그러나 소막차가 삼국과 통일신라에 전래되었음을 시사해주는 자료가 전혀 없는 것은 아니다. 고대 일본의 雅樂 가운데 舞樂은 크게 唐樂과 高麗樂으로 구분된다. 당악은 대체로 중국계통의 무악, 고려악은 대체로 삼국시대부터 일본에 전래된 백제악, 신라악, 고구려악, 그리고 발해악을 기초로 하여 성립된 것이다. 그런데 고려악 가운데 소막차와 관계가 깊은 무악이 존재하였는데, 그것이 바로 吉簡과 蘇志摩利이다.

吉簡은 『倭名類聚抄』, 『色葉字類抄』, 『伊呂波字類抄』 등의 辭書類에 보이지 않고, 백과사전적인 성격을 지닌 『拾芥抄』에 보이고 있다. 이것은 『略要抄』라고도 부르며, 편찬자와 편찬연대를 정확하게 알 수 없다. 다만 그 내용의 분석을 통하여 대략 가마쿠라(1192~1333) 중기에 그 原形이 형성되었고. 그 후에 몇 번의 追記가 이루어졌다고 이해되고 있다.[234] 여기서 吉樿라고 표현하면서, 그 발음은 'キフカン'이라고 표기하였다. 이러한 측면에서 吉樿는 吉桿의 誤記로 추정된다.[235]

帳置酒 入夜乃罷(『고려사』 권31 세가31 충렬왕 22년 11월).

참고로 위의 기록들에는 감황은을 모두 중국에서 고려 악인들이 연주한 것으로 전한다.

234 永仁 2년(1294)에 간행된 『本朝書籍目錄』에 『拾芥抄』가 보이므로 그것은 그 이전에 편찬되었다고 볼 수 있다((財)古代學協會·古代學硏究所編, 1994a 앞 책, 1162쪽).

235 藤原師長(1138~1192)이 찬한 平安時代의 箏譜인 『仁智要錄』에는 吉桿, 狛近眞(1177~

源高明이 大納言時代 후반인 天德·應和 연간(957~964)에 그 原形을 찬술한 것으로서 晚年에 加筆한 것으로 알려진『西宮記』에[236] 相撲御覽日에 種種 雜藝를 공연하였다고 전하는데, 잡예에는 左舞로서 見蛇樂과 散樂, 右舞로서 狛犬과 吉干이 있다고 전한다.[237] 한편 928년부터 1176년까지 大法會, 曼茶羅供養, 朝覲行幸, 八講, 相撲節에서 공연한 당악과 고려악에 대한 자세한 내용이『舞樂要錄』에 전한다. 여기에 承平 4년(934)과 6년, 寬弘 2년(1005), 寬仁 3년(1018), 治安 3년(1023), 長元 元年(1028), 長曆 2년(1038), 永承 6년(1051), 康平 5년(1062), 承保 2년(1079), 承曆 2년(1079), 寬治 2년(1088)과 5년, 保元 3년(1158) 相撲節에 右舞로서 吉椊를 공연하였다고 전한다. 현재까지 확인한 자료에 의하면, 承平 4년(934)이 吉簡을 공연한 가장 빠른 시기에 해당한다고 볼 수 있다.『무악요록』에서는 吉椊를 右舞였다고 분명히 명시하였음을 살필 수 있다. 이럼에도 불구하고 이른 시기에 편찬된『倭名類聚抄』등에 吉簡이 고려악의 하나로서 언급되지 않은 이유를 정확하게 알 수 없다.『拾芥抄』와『仁智要錄』,『教訓抄』등에 길간이 고려악으로 전하므로, 그것이 삼국 또는 통일신라에서 전래된 舞樂이었던 사실만은 부인하기 어렵지 않을까 한다.[238]

吉簡의 성격과 관련하여『무악요록』에 天慶 6년(943)과 7년에 右舞로서 乞寒을 공연하였다고 전하는 점이 주목된다. 그 바로 앞과 뒤의 기록, 즉 承平 6년

1242)이 天福 원년(1233)에 완성한 악서인『教訓抄』와 豊原統秋(1450~1524)가 永正 9년(1512)에 완성한 악서인『體源鈔』, 豊原統秋가 永正 6년(1509)에 撰進한 악서인『舞曲口傳』, 찬자와 편찬연대가 알려지지 않은『夜鶴庭訓抄』에는 吉簡, 安倍季尙(1612~1708)이 元祿 3년(1690)에 편찬한 악서인『樂家錄』에는 吉簡 또는 吉椊, 平安時代에 源高明(914~983)이 撰述한 有職故実·儀式書인『西宮記』에는 吉干이라고 전한다.

236 (財)古代學協會·古代學研究所編, 1994a 앞 책, 965~966쪽.

237 種々雜藝左見蛇樂散樂右狛犬吉干(『西宮記』七月).

238 이와 관련하여 고구려에서 전래된 高麗龍, 백제에서 전래된 進曾利古도『倭名類聚抄』등에 보이지 않다가『拾芥抄』에 보이고 있다는 사실이 참조된다.

(936)과 寬弘 2년(1054) 기록에는 右舞로서 공연된 것이 吉樟라고 적기되어 있다. 이와 같은 『무악요록』의 기록 순서를 감안하건대, 吉樟와 乞寒은 매우 밀접한 관계였을 가능성이 높다고 볼 수 있다. 이러한 측면에 주목하여 일찍이 新井白石은 그가 1711년에 저술한 『樂考』에서 吉簡은 바로 乞寒의 假借라고 언급한 다음, 그것은 西域 康國에서 유래하여 중국에 전해졌다고 언급하였다.[239]

吉簡이 乞寒의 音借였다는 사실은 『敎訓抄』에서 吉簡은 劍器褌脫의 番舞로서 공연되었고, 무인은 王 2人과 陪從 10인으로 구성되었다고 언급한 사실을 통해서도 보완할 수 있다.[240] 앞에서 중국에 전래된 蘇莫遮를 乞寒戲, 潑寒胡戲, 潑胡王乞寒戲라고 불렀다고 언급하였다. 그리고 張說의 '蘇莫遮'란 시에서 소막차를 공연할 때에 胡王이 등장하였다는 사실도 확인할 수 있었다. 아울러 당에서 걸한희를 공연할 때에 다수의 舞人이 등장하였음도 살필 수 있었다. 그런데 일본에서 吉簡을 공연할 때에 王 2인과 10인의 陪從이 무인으로 등장한다고 언급한 점으로 미루어 보아, 결국 당에서 공연된 潑胡王乞寒戲의 내용과 길간의 내용이 매우 유사하였음을 짐작해볼 수 있을 것이다. 이에서 길간이 바로 중국에서 궁중과 민간에서 널리 공연된 乞寒을 가리킨다는 사실을 다시금 상기할 수 있음은 물론이다.

『교훈초』에서는 13세기 전반에 狛龍(高麗龍), 進蘇利古 등과 함께 吉簡은 無舞曲이었다고 전하는데, 保元 3年(1158) 이후에 무악 길간이 전승되지 않았음을 엿볼 수 있다. 한편 元祿 3년(1690)에 편찬된 『악가록』 권37에서 新鳥蘇, 古鳥蘇 등과 함께 吉簡을 완전한 내용이 전하는 고려악 악곡의 하나로 소개하였다. 1690년 이전 어느 시기에 吉簡을 再興하였음을 알려주는 자료이다. 이후 明治 7년(1874)에 雅樂을 재정비하면서 京都, 南都(奈良), 天王寺 3樂所에 각기 전해지던 樂譜를

---

239 『古事類苑』 樂舞部第1冊 樂舞部9 高麗樂樂曲 桔樟.
240 이에 관한 내용은 『敎訓抄』 上 卷第5 高麗樂物語 壹越調曲 簡吉條에 전한다.

정리하여 새로운 악보〔新譜〕를 편찬하였고, 아울러 舞樂도 十番二十曲을 정하여 朝儀에서 연주하도록 조치하였는데, 20곡 가운데 길간은 포함되지 않았다.

이상에서 일본 고대 고려악 악곡의 하나인 吉簡이 바로 乞寒을 가리킨다는 사실과 아울러 그것의 전승과정에 대하여 살펴보았다. 당에서 胡王을 비롯한 다수의 무인들이 공연하는 소막차, 즉 걸한희를 713년에 금지시켰다. 그런데 吉簡의 공연에 王과 10여 인의 陪從이 등장하였다고 전하는 사실을 감안하건대, 그것은 713년 이전에 공연된 소막차와 밀접한 연관성을 지녔다고 볼 수밖에 없다. 따라서 길간이 일본에 전래된 시기는 적어도 713년 이전이었을 가능성이 높다고 하겠다. 그런데 뒤에서 언급할 예정이지만, 고대 일본에 唐樂으로서 蘇莫者란 舞樂이 존재하였다. 또한『舞樂要錄』에 承平 4년(934) 相撲節에 右舞 吉槹의 番舞로서 左舞 褌脫을, 長元 원년(1028)에 吉槹의 番舞로서 劍器褌脫을 공연하였다고 전하는데, 당에서 소막차를 渾脫이라고도 불렀다는 사실은 앞에서 언급한 바 있다. 劍器褌脫은 唐에서 樂曲인 劍器와 舞蹈인 渾脫이 결합하여 하나의 무악으로 성립된 것을 이른다.[241] 이처럼 唐樂의 舞樂으로서 蘇莫者가 존재하고, 吉簡(吉槹)의 番舞로서 소막차와 관계가 깊은 褌脫(渾脫)이 공연된 실정을 미루어 보건대, 713년 이전에 唐에서 吉簡이 전래되었다고 이해하기가 그리 쉽지만은 않을 것이다. 10세기 전반에 분명히 吉簡은 右舞였다고 전하고, 아울러『拾芥抄』와 여러 악서에 그것이 고려악의 악곡이었다고 전하는 사실을 참조할 때, 吉簡은 고구려와 백제, 신라에서 일본에 전래된 舞樂이었다고 정리하는 것이 합리적이라고 판단된다. 결국 713년 이전에 삼국 가운데 어느 나라가 중국에서 乞寒戲를 수용하였고, 다시 그것을 일본에 전해준 것으로 정리할 수 있다.

길간과 더불어 소막차와 관련되었을 가능성을 상정해볼 수 있는 무악이 바로 고려악 蘇志摩利이다.『倭名類聚抄』와『色葉字類抄』,『伊呂波字類抄』,『拾芥抄』

---

241 王頲, 2012 앞 논문; 여승환, 2012 앞 논문, 14~15쪽.

에는 각각 蘇志摩利(ソシマ 또는 ソシマリ), 『龍鳴抄』와 『教訓抄』등의 악서에는 蘇志摩(そしま), 蘇志摩利라고 전한다. 그리고 일부 악서에서 소지마리를 蘇志茂利, 長久樂, 廻庭樂이라고[242] 부르기도 한다고 하였다. 大槻如電은 廻廷舞는 庭巡舞라고도 부르는데, 이것은 雩祭(祈雨祭) 때에 舞人들이 庭上에서 춤을 추며 巡廻하였던 것에서 비롯되었을 것이라고 추정하였다.[243] 나라시대인 寶龜 11년(780)에 작성된 「西大寺資財流記帳」에 고려악기와 무용구 가운데 蘇志麻理懸笠三蓋〈各皂羅衣〉가 존재하였다고 전한다.[244] 이것은 일본에서 적어도 780년 이전에 소지마리가 공연되었음을 알려주는 중요한 자료로서 주목된다.

太神基政(1075~1138)이 長承 2년(1133)에 편찬한 橫笛書인 『龍鳴抄』上 狛樂目錄條에 '志摩(そしま)는 蘇莫者와 짝을 이룬다. 도롱이를 걸치고, 삿갓을 쓰고 춤을 춘다.'고 전한다. 한편 『教訓抄』에서도 '(蘇志摩利는) 도롱이와 삿갓을 착용하고 추는 춤이다(著蓑笠舞).'라고 언급하였다. 그리고 『樂家錄』권37에서는 소지마리는 舞人이 6인이고, 가면과 모자를 쓰며, 도롱이를 걸치고 삿갓을 쓰는데, 삿갓은 손에 쥐고 있다고 하였다.[245] 12~13세기와 17세기에 소지마리를 공연하는 舞人이 도롱이를 걸치고 머리에 삿갓을 썼으며, 17세기에 무인 6인이 소지마리를 공연하였음을 알 수 있다. 한편 『교훈초』에서는 天下 一同의 大旱魃 때에 비를 청하기 위하여 소지마리라는 무악을 공연하였으며, 반드시 應驗이 있어 비가 내렸다고 언급하였다.[246] 이에서 일본에서 소지마리는 祈雨祭 때에 널리 공연

---

242 한편 『악가록』에서는 廻庭樂은 一本에서 敷手의 異名이라고 이른다고 전한다고 하였다.
243 大槻如電, 1927 앞 책, 107쪽.
244 竹內理三編, 1972(訂正版) 『寧樂遺文』(中卷), 東京堂出版, 426쪽.
　　김상현, 2003 「일본에 전해진 고구려악과 그 의복-正倉院의 狛樂用具와 西大寺資材帳을 중심으로-」, 『고구려연구』15, 212쪽.
245 蘇志摩利〈舞人六人〉面帽子 常裝束〈掛裾〉蓑笠〈持于手〉(『樂家錄』卷37 舞).
246 此舞天下一同ノ大旱魃之時, 爲雨請舞之, カナラズシルシアリテ雨下〈樂舞倶秘事ニテ侍ナリ〉(『教訓抄』上 卷第5 高麗曲物語 雙調 蘇志摩).

되었음을 엿볼 수 있음은 물론이다.

일본에서 소지마리는 780년 이전부터 공연되었고, 13세기 전반의 사람인 伊賀守橘成季가 編纂한 世俗説話集인『古今著聞集』권6 管絃歌舞條에 延喜 21년 (921) 10월 18일에 醍醐天皇이 雅樂寮舞人이 공연한 蘇莫者, 泔州, 胡飮酒, 輪臺, 酣醉, 蘇志摩利 등을 관람하였다고 전한다. 921년에 소지마리를 공연하였음을 알려준다. 그런데『教訓抄』에 다음과 같은 기록이 전한다.

> 古記에 이르기를, '이 춤은 中古에 廢絶되었다. 그런데 天曆 연간(947~957)에 (천황께서) 多好茂에게 소지마리를 공연하도록 명령을 내렸는데, 好茂가 폐절되었다는 이유로 再三 거절하겠다고 아뢰었으나, 거듭하여 춤을 추도록 재촉하였기 때문에 立案하여 춤을 추었다. 後人인 藥師寺 舞人 味曾府生<多助於主>이 形에 따라 학습하였다<지금까지 전하고 있다>.'고 하였다.[247]

위의 기록에 따르면, 10세기 중반 이전에 폐절되었던 무악 소지마리를 多好茂가 재흥하였다고 볼 수 있다. 이에 관한 자세한 내용은 가마쿠라 初期인 1219년에 편찬된 説話集인『續古事談』卷5 諸道條에 전하는데, 그것을 소개하면 다음과 같다.

> 宇治殿(藤原賴通)의 三十講 때에, (右兵衛의 尉) 玉手公近이[248] 蘇志摩라는 춤

一說 蘇志摩利 未之詳. 天下旱魃時 舞此曲祈雨云云(『樂家錄』卷31 本邦樂說 蘇志摩利).
한편『教訓抄』上 卷第1 羅陵王條에서 胡飮酒와 蘇莫者는 天下 大旱魃時에 春日御社에서 祈雨祭를 지낼 때에 공연되었고, 青海破와 蘇志摩利 역시 마찬가지였다고 언급하였다.

247 古記云 此舞中古絶了. 而天曆御時 被仰多好茂可仕之由 好茂絶由再三辭申 重押許可舞之由 依被責案立舞之. 後人藥師寺味曾府生<多助於主> 如形傳學習之<于今相傳云>(『教訓抄』上 卷第5 高麗樂物語 雙調 蘇志摩利).

248『今昔物語集』卷19 第36話 藥師寺舞人玉手公近值盗人存命語條에 '今昔 藥師寺に有し

을 추는 것을 관람하였다. (이때) 多正方(多政方: 多好用<茂>의 아들)이 이 춤을 보고, '이 춤은 얼렁뚱땅(적당히) 만든 것이다. 아버지 多好用이 天曆 연간 (947~957)에 천황께서 관람할 때에 이 춤이 단절되었다고 아뢰었지만, (굳이) 宣旨를 내리셨기 때문에 (이에) 새롭게 만들어 춤을 추었으나, 그 후 다시 전수되지 않았다.'고 하였다. 左方의 선두에는 (狛)則高, 光季, 右方 선두에는 (多)時助(節資, 時資), 時忠(資忠)이 섰는데, 모두 부자간이었다. 보는 이들이 모두 대단한 일이라고 하였다.

宇治殿(藤原賴通)의 三十講은 法華三十講을 말하는데, 法華経 28品에 開結 2経을 더하여 30日間에 걸쳐 강하는 講讚을 말한다. 長元 8日(1035) 5월에 太政大臣 藤原賴通邸, 즉 宇治殿에서 法華三十講이 개최된 것으로 알려졌는데, 이때에 玉手公近이 소지마를 공연하였고, 多好茂의 아들 多正方이 그것을 보고 아버지가 天曆 연간에 폐절된 소지마리를 정확한 근거 없이 적당하게 다시 再興한 사실을 언급하였다고 이해할 수 있다. 이때에 玉手公近이 狛則高 부자 및 多時助 부자와 함께 소지마리를 공연하였으므로, 당시에는 소지마리를 공연한 舞人이 5인이었음을 알 수 있다.

源爲憲이 天祿 원년(970)에 年少者를 위한 學習書로서 편찬한 『口遊』에서 당시까지 고려악 가운데 古鳥蘇와 退宿德, 蘇志磨利 등 17곡의 춤이 전한다고 언급하였던 바, 10세기 후반에도 多好茂가 再興한 소지마리가 여전히 공연되고 있음을 살필 수 있다. 『教訓抄』에서는 天曆 年間 이후에 多氏는 춤이 끊어져 지금은 공연하지 않고, 紀氏의 舞人이 근래에 춤을 추었다가 그 성씨도 또한 춤을 잃어버린 후에 지금(13세기 전반)은 大神氏의 舞人이 춤을 추고 있다고 밝혔다. 1690년에 편찬된 『樂家錄』에서 고려악 악곡 가운데 춤이 완전히 전하는 것에 소

舞人 右兵衛の尉玉手公近'이라고 전한다.

지마리가 포함되었다고 언급하였는데, 여기서 舞人이 6인이었다고 밝혔음은 앞에서 언급한 바 있다. 이후 다시 소지마리는 폐절되었다가 明治 연간(1868~1911)에 무악으로서 재흥되었다고 한다.[249] 明治 7년(1874)에 아악을 정비하면서 무악 10番 20曲을 朝儀에서 연주하도록 조치하였는데, 여기에 소지마리는 포함되지 않았으므로 그 후에 소지마를 재흥하였다고 볼 수 있다.[250] 현재 소지마리는 高麗雙調이고, 舞踊은 平舞, 舞人은 4인이며, 푸른 풀색의 옷을 입고 도롱이를 걸치며 唐冠에 车子를 쓰고, 곡 도중에 허리에 맨 삿갓을 쓰는 형식으로 공연되고 있다.[251]

이상에서 蘇志摩利의 내용과 그 전승과정에 대하여 살펴보았는데, 여기서 문제는 多好茂가 再興한 蘇志摩利가 780년 이전 西大寺 등에서 공연한 것과 과연 어떠한 차이가 있었겠는가에 관해서이다. 구체적인 자료가 전하지 않아서 비교할 수 없지만, 780년 무렵에 서대사에 소지마리 공연에 사용된 懸笠 3개가 전하는 것으로 보건대, 多好茂가 재흥하기 이전에 삿갓을 쓰고 춤을 추었음을 추론할 수 있다. 삿갓과 도롱이가 雨裝을 구성하는 핵심이었던 바, 780년 무렵에도 역시 舞人들이 삿갓을 쓰고 도롱이를 걸치고 춤을 춘 사실만은 부정하기 어려울 듯싶다. 다만 당시에 무인 몇 명이 소지마리를 공연하였는가에 대해서는 정확하게 알기 힘들다고 하겠다.

『樂家錄』卷31 本邦樂說條에 '蘇志摩利는 一名 曾尸茂利라고 하는데, 이것은 新羅國의 악곡이며, 邊方의 땅을 악곡의 명칭으로 삼은 것이다.'라고 전한다.[252]

---

249 (財)古代學協會·古代學硏究所編, 1994a 앞 책, 1422쪽.

250 현재 1905년 제2차 한일협약(을사보호조약) 한국통감부 설치 기념으로 林廣繼가 재흥하였다는 설과 1911년에 芝葛鎭이 재흥하였다는 설이 있다(정지영, 2012「일본의 궁중악무 연구-고마가쿠 소시모리(蘇志摩利)를 중심으로-」,『민족무용』16, 90쪽).

251 東儀信太郎 등, 1998 앞 책, 178쪽; 정지영, 위 논문, 93쪽.

252 蘇志摩利 一名曾尸茂利 是新羅國之曲也 以邊地名之云云(『樂家錄』卷31 本邦樂說).

曾尸茂利라는 지명은 『日本書紀』에 보인다. 그와 관련된 내용을 소개하면 다음과 같다.

素戔嗚尊의 하는 짓이 매우 버릇이 없으므로 여러 신들이 千座置戸의 벌을
[253] 내리고 마침내 쫓아내었다. 이때 素戔嗚尊은 그의 아들 五十猛神을 데리고 新羅國에 내려가 曾尸茂利(そしまり)란 곳에 살았다. 이에 말하기를, '이 땅에서 나는 살고 싶지 않다.'고 하고는, 찰흙으로 배를 만들어 그것을 타고 동쪽으로 바다를 건너 出雲國 簸川 가에 있는 鳥上峰에 도착하였다.[254]

위의 기록에 曾尸茂利라는 신라 지명이 보인다. 曾尸茂利를 'そしまり'라고 讀音하였는데, 蘇志摩利(そしまり)의 그것과 일치한다. 아마도 蘇志摩利를 曾尸茂利라고도 불렀다고 하는 것은 이와 관련이 깊지 않을까 한다. 『樂家錄』의 저자 安倍季尙이 소지마리를 신라의 지명으로 전하는 曾尸茂利라고도 불렀다는 사실을 주목하여, 소지마리를 신라국의 악곡이라고 언급하였을 가능성을 배제할 수 없지만, 그러나 소지마리가 고려악의 악곡이었던 점을 염두에 둔다면, 그 이전에 이미 소지마리는 신라에서 전래된 것이라는 전승이 있었기 때문에 그가 그것을 신라국의 악곡이었다고 기술하였다고 보는 편이 보다 더 합리적이지 않을까 판단된다.

한편 新井白石은 『樂考』 高麗調曲에서 '이 곡은 舞人이 도롱이를 걸치고 삿갓을 쓰고 춤을 춘다고 확인되는데, 神代에 進雄尊(素戔嗚尊)이 여러 신에게 쫓겨나

---

253 신에게 잘못을 빌기 위하여 많은 祭物을 바치고 속죄하는 것을 이르며, 千位置戸라고도 한다.
254 一書曰 素戔嗚尊所行無狀 故諸神 科以千座置戸 而遂逐之. 是時 素戔嗚尊 帥其子五十猛神 降到於新羅國 居曾尸茂梨之處. 乃興言曰 此地吾不欲居 遂以埴土作舟 乘之東渡 到出雲國簸川上所在 鳥上之峯(『日本書紀』권1 神代上).

靑草를 묶어 도롱이와 삿갓을 만들어 着用하고 신라에 이르러 曾尸茂利라는 곳에서 거처한 일이 國史에 보인다. 이 일을 모방하여 춤으로 만들었을 것이다.'라고 언급하였다. 그런데『일본서기』에서 素戔嗚尊이 曾尸茂利에서 靑草를 엮어 도롱이와 삿갓을 만들어 착용하였다는 기록을 찾을 수 없다.『일본서기』神代紀에서는 '여러 신이 책망하여 말하기를, "素戔嗚尊의 所行이 심히 無賴하다. 그런 까닭에 天上에 거처할 수 없다. 또한 葦原中國에 거주해서도 안 된다. 급히 底根의 國으로 가거라."라고 하고, 이에 함께 (素戔嗚尊을) 쫓아버려 내려가게 하였다. 이때에 장마가 져서 素戔嗚尊이 靑草를 엮어 도롱이와 삿갓을 만들어 착용하고 여러 신에게 잘못을 빌려고 하였다.'고 전하였던 것이다.[255] 이에 따른다면, 新井白石은 사실 관계를 제대로 파악하지 않고 소지마리가 素戔嗚尊의 故事에서 유래되었다고 부회한 셈이 된다. 이에 반하여 大槻如電은 위의 고사를 채용하여 舞曲을 만들고, 신라의 地名을 樂名으로 삼았다고 이해하였다.[256] 물론 大槻如電의 견해 역시 본래 신라에서 전래된 소지마리를 素戔嗚尊의 故事와 연결시켜 부회하였다는 측면에서 新井白石의 경우와 크게 다르지 않았다고 말할 수 있다.

길간과 달리 소막차(걸한희)가 중국을 거쳐 일본에 전해져 무악의 하나로 정립된 것이 바로 蘇莫者이다.『악가록』권28 舞曲訓法條에서 蘇莫者는 中華曲으로서 一本에 蘇幕遮라고 전한다고 하였다. 명칭상에서 소막자는 바로 소막차를 가리킨다는 사실을 쉬이 인지할 수 있다.『龍鳴抄』下 盤涉調條에서 '(蘇莫者의 舞人은) 金色을 띤 원숭이의 모양이다. 桴를 왼손에 가지고 있으며, 黃色의 도롱이를 걸치고 있다.'라고 하였다. 즉 소막자는 單獨舞이며, 舞人이 황색의 도롱이를 착용한 금색 원숭이의 가면을 썼음을 알려준다. 12세기 전반에 생존한 일본인 藤

---

255 旣而諸神 嘖素戔嗚尊曰 汝所行甚無賴 故不可於天上 亦不可居於葦原中國 宜急適於底根之國 乃共逐降去. 于時霖也 素戔嗚尊結束靑草 以爲簑笠 而乞宿於衆神(『日本書紀』卷1 神代上).

256 大槻如電, 1927 앞 책, 106쪽.

原通憲(1106~1159)의 그
림책으로 알려진『信西
古樂圖』에 두 개의 소막
자 공연 모습이 전한다.
두 그림 모두 무인이 도
롱이를 착용하고 있고,
가면은 뿔이 한 개와 두
개가 달린 귀신(도깨비)
의 형상이다. 正倉院所
藏 蘇莫者面의 경우, 뿔
이 하나가 달린 귀신의 형상이다.[257]

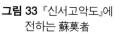

그림 33 『신서고악도』에 　　그림 34 『신서고악도』에
전하는 蘇莫者　　　　　　전하는 蘇莫者

중국에서 공연된 소막차, 즉 걸한은 가두가무희의 성격을 지녔다. 그런데 일
본의 고대 舞樂 소막자는 1人舞였다. 소막차가 일본에 전래되면서 변용되었음
을 엿볼 수 있다. 여기다가 소막자가 일본화되는 과정에서 그 기원과 관련하여
두 가지 설이 전하고 있다. 하나는 役行者가 大峯에서 피리를 불자, 산신이 나타
나 그것에 맞추어 춤을 추다가 役行者에게 들키자, 깜짝 놀란 산신이 익살스럽
게 혀를 내밀어 민망함을 달랬고, 사람들이 산신이 나타나 춤을 춘 봉우리를 蘇
莫者峯이라고 불렀으며, 산신이 춤 춘 모습을 본떠 소막자라는 무악을 만들었다
는 것이다. 또 하나는 聖德太子가 河內의 龜瀨를 지날 때, 말 위에서 尺八을 불
었는데, 그때 산신이 나타나 그것에 맞추어 춤을 추었으며, 그 춤추는 모습을 형
상화한 것이 바로 소막자라는 것이다. 일반적으로 전자의 설화가 먼저 만들어졌
고, 1000년 전후하여 蘇莫者가 四天王寺의 춤으로 정착된 이후에 사천왕사를 창

---

257 黑田佳世, 1987 앞 논문, 60~62쪽.

건한 성덕태자와 관련시킨 설화가 제작되었다고 이해되고 있다.[258]

이처럼 소막자가 일본화되는 과정에서 그에 대한 기원설화가 새롭게 제작되었듯이, 소막차가 일본에 전래된 이후에 그것이 單獨舞로서 변용되었다고 봄이 자연스러울 것이다. 그런데 앞에서 서역과 중국에서 소막차를 공연할 때에 원숭이와 개 가면 및 귀신 형상의 모습을 한 가면을 쓰고 공연하였다고 언급한 바 있다. 소막자를 공연한 舞人이 원숭이 또는 귀신(도깨비) 가면을 썼던 것은 바로 서역과 중국 소막차의 그것을 수용한 一側面으로 이해할 수 있을 것이다. 『體源鈔』권1에서 拔頭와 陪臚, 鳥, 菩薩, 胡飮酒, 蘇莫者, 劍器褌脫, 輪敲褌脫 등이 林邑樂이며, 이것들을 佛哲이 전해주었다고 하였다. 일반적으로 임읍국의 승려 불철 등이 736년 8월에 임읍 8곡을 전해주었다고 이해하고 있다.[259] 한편 일부 학자는 750년대에 당에서 일본으로 돌아간 鑑眞和尙이 소막차를 일본에 전래했을 가능성이 높다고 보았다.[260] 현재 정확한 기록이 전하지 않는 상황에서 두 가지 설 모두 그대로 신뢰하기 어렵다. 아마도 713년 이전 어느 시기에 중국에서 일본으로 소막차가 전래되었고, 그 후 그것이 변용되었다고 봄이 자연스럽지 않을까 한다.

『교훈초』에서는 天下 大旱魃時에 春日御社에서 祈雨祭를 지낼 때에 胡飮酒와 蘇莫者를 공연하였다고 언급하였다. 일반적으로 비가 올 때에 도롱이를 걸치고 삿갓을 썼다. 따라서 무인들이 도롱이를 걸치고 삿갓을 썼거나 또는 도롱이를 걸쳤다는 것은 그들이 雨裝을 하고 춤을 추었다는 의미로 해석될 수 있다. 이러한 이유 때문에 기우제 때에 소지마리와 소막자를 공연하였다고 볼 수 있을 것이다.

---

258 박태규, 2016 「일본 연향악의 자국 내 재형성에 관한 연구-부가쿠(舞樂) 소마쿠샤(蘇莫者)를 중심으로-」, 『한림일본학』28, 60~81쪽; 黑田佳世, 위 논문, 64~72쪽.

259 河竹繁俊著·이응수역, 2001 앞 책, 98쪽.

260 王嶸, 2000a 앞 논문, 222쪽.

『무악요록』에 永治 元年(1141) 2월 歡喜光院 供養 때, 久安 2년(1146) 10월 美福門院御八講 때, 元永 3년(1120) 2월 朝觀行幸 때에 蘇莫者의 番舞로서 蘇志摩를 공연하였다고 전한다. 물론 이밖에도 소막자는 八仙, 林歌 등의 번무로 공연되기도 하였지만, 『교훈초』와 『악가록』에서는 소막자의 번무는 분명하게 소지마리고 언급하였음을 확인할 수 있다.[261] 번무는 대체로 서로 관련이 있는 무곡끼리 짝지어서 표리일체를 이루는 것이 일반적이다. 소지마리와 소막자가 모두 舞人이 도롱이를 입고 춤을 추며, 둘 다 기우제 때에 공연된 무악이었기 때문에 소막자의 번무로서 소지마리가 채택된 것으로 추정된다.

소막자는 서역의 소막차가 중국을 거쳐 일본에 전래된 무악이었다. 그런데 소막자와 소지마리 모두 舞人이 도롱이를 입고 춤을 추며, 기우제 때에 공연하였기 때문에 소지마리가 소막자의 番舞로 채택되었다. 소막자와 소지마리가 매우 밀접한 관련성을 지녔다는 사실은 확인할 수 있지만, 그러나 소막차가 신라에 전해지고, 그것을 신라에서 자기화한 다음, 다시 그 무악을 일본에 전해주어 고려악 소지마리로 정립되었다고 단정하기는 곤란할 것이다. 소막차와 소지마리를 연결할 수 있는 결정적인 고리가 발견되지 않는다면, 앞으로도 계속 소지마리를 소막차와 직접 연결시켜 이해하는 것은 숙제로 남겨둘 수밖에 없을 것이다. 그러나 삼국에 걸한희가 전래되었고, 다시 삼국이 그것을 자기화하여 일본에 전해주어 고려악 길간으로 정립되었음이 확인되고, 게다가 서역에서 유래된 신라의 束毒과 삼국에서 일본에 전래되어 고려악 악곡으로 정립된 退·進宿德이 밀접한 연관성을 지닌 무악이었던 점 등을 두루 고려하건대, 중국 또는 서역에서, 고구려 또는 백제에 乞寒戱가 전해지고, 또 다시 중국 또는 고구려나 백제에서 걸한희가 신라에 전해져서 소지마리라는 새로운 무악이 창출되었고, 이것이

---

261 『敎訓抄』下 卷第7 舞番樣에서 蘇莫者의 番舞가 蘇志摩利라고 언급하였고, 『樂家錄』卷36 番舞에 소막자의 번무는 蘇志摩이며, 혹은 八仙, 林歌였다고 전한다.

일본에 전해져서 고려악 소지마리로 정립되었을 가능성을 완전히 배제하기 어렵지 않을까 하는 추정도 가능하다고 보인다. 필자는 일단 길간은 고구려에서, 소지마리는 신라에서 일본에 전해주었을 가능성이 높다고 보는 입장임을 밝혀두고자 한다.

서역과 중국에서 유행하였던 소막차, 즉 걸한희가 삼국에 전해졌고, 삼국은 그것을 나름대로 咀嚼消化하여 자신들의 무악으로 변용시킨 이후, 다시 그것이 일본에 전래되어 고려악 악곡으로 정립되었으며, 길간, 그리고 소지마리는 일본에서 시간의 경과에 따라 점차 일본화 과정을 거쳐 후대까지 전승되어 공연되었다고 정리할 수 있을 것이다. 이러한 측면에서 서역의 소막차, 고려악 소지마리와 길간, 당악 소막자는 고대 사회에서 한중일 음악교류, 나아가 문화교류의 대표적 사례로서 주목될 뿐만 아니라 각 국에서 외국에서 수용한 문화를 어떻게 변용하여 자기화하였는가를 잘 보여주는 시금석으로서 매우 유의된다고 하겠다. 길간 등은 통일신라에서 고려로 전해지지 않았던 것으로 짐작되며, 다시 고려에는 중국화된 소막차, 즉 感皇恩이 전래되어 공연되었던 것으로 확인된다.

3. 進曾利古와 竈王信仰

1) 일본 고대의 무악 진증리고의 성격

高麗樂과 唐樂을 포함한 고대 일본의 舞樂에 관한 정보는 고대 및 중세에 편찬된 辭書類(또는 百科事典)와 樂書類에 전한다. 고려악의 악곡에 관하여 전하는 辭書 가운데 가장 이른 시기에 편찬된 것이 『倭名類聚抄』이지만, 여기에 進曾利古에 관한 언급은 보이지 않는다. 사서류 가운데 진증리고가 언급된 것은 일종의 백과사전인 『拾芥抄』이다. 이것은 『略要抄』라고도 부르며, 편찬자와 편찬연대를 정확하게 알 수 없다. 다만 그 내용의 분석을 통하여 대략 가마쿠라막부 (1192~1333) 중기에 그 原形이 성립되고, 그 후에 몇 번의 追記가 이루어져 유포되었다고 이해하고 있다.

사서류와 달리 여러 악서에 공통적으로 진중리고에 대한 언급이 보인다. 진중리고가 전하는 樂書 가운데 가장 이른 시기에 편찬된 것이 『龍鳴抄』이다. 太神基政(1075~1138)이 長承 2년(1133)에 편찬한 橫笛書로서 『龍吟抄』라고 부르기도 한다. 고려악 악곡은 唐樂 壹越調曲 다음에 狛樂目錄이라고 제목을 붙여 소개하였다. 여기에서 사서류에 보이지 않는 進蘇利古(進曾利古)를 비롯하여 高麗禮龍, 新河浦, 常武樂(常雄樂), 仁和樂, 白濱을 처음으로 소개한 반면에 狛犬, 葦波, 鞨切, 啄木 등에 관해서는 언급이 없고, 다른 악서에 소개된 桔槹, 作物도 빠져 있다. 이후에 편찬된 『仁智要錄』, 『三五要錄』, 『教訓抄』, 『舞曲口傳』, 『體源抄』, 『樂家錄』, 『夜鶴庭訓抄』 등에도 진중리고에 관한 정보가 전한다.

大槻如電은 『舞樂圖說』에서 天王寺所傳에 進蘇利古(進曾利古)와 蘇利古(曾利古) 兩曲이 並存한다고 전하는데, 두 춤은 모습에서 커다란 차별은 보이지 않았다고 언급하였다.[262] 한편 東儀信太郎 등이 편찬한 『雅樂事典』에서 蘇利古와 進蘇利古를 별도의 무악으로 소개하였다. 여기서 두 악곡은 동일한 춤을 추지만, 전자는 高麗壹越調 狛桙의 曲, 후자는 高麗壹越調 埴破의 曲에 의거하였다고 하였다. 『歌儛品目』 卷9에서 舊記를 인용하면서 蘇利古는 본래의 명칭이 新蘇利古라고 언급하였고, 또한 樂曲으로서 狛桙 또는 埴破를 사용하였으며, 근대에 와서 狛桙를 사용하였다고 하였다.[263] 고려악 가운데 新鳥蘇와 古鳥蘇가 있고, 또 進宿德(若舞)과 退宿德(老舞)이 있다. 마찬가지로 본래 蘇利古를 약간 변형한 舞

---

262 大槻如電, 1927 앞 책, 87쪽.

263 舊記曰 蘇利古 本名新蘇利古也. 依舞曲及調子 秘曲用狛桙惑埴破等也云云. 近代所用狛桙也(『歌儛品目』 권9 小曲 高麗壹越調 蘇利古).

樂을 新蘇利古 또는 進蘇利古라고 불렀다고 추정되며, 후대에 춤추는 모습은 비슷하지만, 연주하는 曲名을 달리하는 것으로서 양자를 구분하게 된 것으로 이해된다.

『教訓抄』와 『體源抄』, 『仁智要錄』, 『樂家錄』에서 진소리고(진중리고)를 竈祭舞라고 부르기도 한다고 전한다. 특히 『仁智要錄』에서는 『長秋卿譜』를 인용하여 그에 관하여 밝히고 있다. 여기서 『長秋卿譜』는 『長秋卿竹譜』, 『長秋卿笛譜』, 『長竹譜』, 『博雅笛譜』 등으로 別稱되는 『神撰樂譜』를 가리킨다. 이것은 康保 3년 (966)에 源博雅가 지은 平安時代의 笛譜인데, 현존하는 적보 가운데 最古로 알려졌다.[264] 『장추경보』에 진중리고가 소개된 사실을 통하여 平安時代에 진중리고가 竈祭舞로 인식되어 자주 공연되었음을 엿볼 수 있다. 이러한 전통은 나라시대부터 계승되었을 것으로 짐작된다. 종래에 진중리고의 由來와 관련하여 다음의 기록을 주목하였다.

『古事記』를 보건대, 應神朝에 百濟人 須須許利가 來朝하여 술을 빚어 헌상하였다고 전한다. 須須許利와 進蘇利古는 음이 서로 비슷하므로 아마도 樂曲名稱은 이에서 비롯된 것이 아닌가 한다. 옛날에 술을 빚을 때에 반드시 먼저 우물 및 부엌의 신에게 제사를 지냈다. 造酒司에서 제사지내는 神의 9座 가운데 4座가 竈神을 모시는 것이었다.[265] 제사지낼 때에 혹은 춤을 추었는데, 이런 까닭에 竈祭舞라고 칭한 것이 아닐까?(『大日本史』 禮樂 15).

『大日本史』 禮樂志(권343~349)는 明治 39년(1906)에 완성된 것으로서 일본의

---

264 (財)古代學協會·古代學研究所編, 1994b 앞 책, 1916쪽; 東儀信太郎 등, 1998 앞 책, 284쪽.

265 참고로 9座 가운데 나머지 2座는 酒彌豆男神, 酒彌豆女神의 것이고, 그밖의 3座는 大邑刀子, 小邑刀子, 次邑刀子의 것이다(『延喜式』卷第40 造酒式 祭神九座).

고전음악에 대한 백과사전적인 성격의 자료집이다. 편찬자들은 應神朝에 술을 빚어 천황에게 헌상한 백제인 須須許利와 進蘇利古가 음이 서로 비슷하고, 게다가 술을 빚을 때에 우물과 부엌의 신에게 제사를 지낸 사실을 참조하여 진소리고(진중리고)가 백제에서 전래된 竈祭舞라고 추정한 것이다. 大槻如電도 『舞樂圖說』에서 『대일본사』 편찬자들의 견해를 수용하였고,[266] 이후 진중리고는 수수허리가 일본에 전파한 백제의 風俗舞라는 이해가 널리 받아들여졌다.

『古事記』 中卷 品陀和氣命(應神天皇)條에 '秦造의 祖, 漢直의 祖, 그리고 술을 양조하는 사람으로서 이름이 仁番 또는 須須許利라고 불리는 사람 등이 (일본에) 건너왔다. 이 수수허리는 술을 빚어 바쳤다.'라고 전한다.[267] 平安時代 中後期 이전에 성립되었다고 추정되는 『日本決釋』에는 應神天皇代에 백제인 須曾已利(이름은 酒公)가 일본에 건너와서 처음 술을 빚는 일을 습득하였다고 전한다.[268] 여기서 수증이리는 수수허리와 동일 인물로 이해한다.[269] 한편 『新撰姓氏錄』 第5卷 右京皇別下條에 '酒部公은 大足彦忍代別天皇(景行天皇) 皇子의 3世孫인 足彦大兄王의 후손이다. 大鷦鷯天皇(仁德天皇) 御代에 韓國으로부터 건너온 사람들이 있는데, 兄 曾曾保利(えそそほり), 동생 曾曾保利(おとそそほり) 2명이다. 天皇이 어떤 재주가 있느냐고 勅하매, 모두 술을 빚는 재주가 있다고 진언하였다. 御酒

---

266 大槻如電, 1927 앞 책, 86~87쪽.

267 又秦造之祖 漢直之祖 及知釀酒人 名仁番 亦名須須許利等參渡來也. 故是須須許利 釀大御酒以獻(『古事記』 中卷 品陀和氣命 〈應神天皇〉).

268 應神天皇之代 百濟人須曾已利〈人名酒公〉參來 始習造酒之事(『日本決釋』逸文).
『日本決釋』逸文은 『古事記』 裏書 및 『本朝月令』 六月朔日造酒正獻醴酒事條에서 인용된 것이다. 『日本決釋』은 平安時代 中後期 이전에 성립되었다고 이해되고 있다(佐伯有淸, 1982 『新撰姓氏錄の硏究』 考證篇2, 吉川弘文館, 220쪽; 井上滿郎, 1997 「酒と渡來人」, 『古代の日本と渡來の文化』, 學生社, 56쪽).

269 佐伯有淸, 1983 『新撰姓氏錄の硏究』 考證篇5, 吉川弘文館, 241~242쪽; 井上滿郎, 1997 앞 논문, 56쪽.

를 만들게 하였다.'라는 내용이 전한다.[270] 여기서 酒部公은 品部인 酒部를 引率하는 책임을 지는 씨족과 관계가 깊다. 그런데 주부공은 도래인이 아니라 황족의 후예라고 언급하였다. 종래에 증증보리는『고사기』에 나오는 수수허리와 동일 인물이고, 酒造의 기원은 수수허리라는 渡來人에서 찾을 수 있지만, 平安時代에 그 기술을 현재 계승하고 있는 것은 酒部氏라는 皇別氏族이었음을 위의 기록은 반영하고 있다고 이해하기도 하였다.[271]

백제인 須須許利가 일본에 술을 빚는 기술을 전해주었다고 전하는『古事記』의 기록은 여러 자료를 통하여 방증할 수 있으므로 역사적 사실로 인정하여도 좋을 것이다. 다만 수수허리가 일본에 건너간 시기에 대하여 기록마다 應神天皇 또는 仁德天皇 때로 약간의 차이를 보인다. 그러나『대일본사』편찬자의 견해처럼, 여러 기록에 수수허리가 백제의 風俗舞인 進曾利古(竈祭舞)를 일본에 전해주었다는 사실은 전하지 않는다. 사실『대일본사』의 편찬자들이 수수허리와 진소리고(진증리고)의 음이 비슷한 측면에 주목하여 수수허리가 진증리고를 일본에 전해주었다고 주장하였으나 두 단어의 음이 相似하였는가에 대해서는 단정키 어렵다.[272]

---

270 酒部公 同皇子三世孫足彦大兄王之後也. 大鷦鷯天皇之御代 從韓國参来人 兄曾曾保利 弟曾曾保利二人. 天皇勅有何才 皆有造酒之才 令造御酒. 於是賜麻呂号酒看都子 賜山鹿比咩号酒看都女 因以酒看都為氏(『新撰姓氏録』第5卷 右京皇別下).

271 井上滿郞, 위 논문, 57~58쪽.
이밖에『新撰姓氏録』第24卷 右京諸蕃下條에 道祖史氏의 조상으로 전하는 百濟國 主孫許利公 또는 主挨許利公,『日本三代實錄』卷10 清和天皇 貞觀 7년 5월 12일조에 보이는 道祖史永生의 시조 백제국 王孫許利(또는 主孫許利) 역시 須須許利와 동일 인물로 이해하였다(佐伯有淸, 1983 앞 책, 240~242쪽).

272 平城宮跡出土木簡에 '須須保利', 正倉院文書에 '須保利'가 보이는데, 종래에 '須須保利(須保利)'가 술(酒)을 가리키는 우리말의 '수울(수불 : supur)'과 관련이 있다고 이해하였다. 須須許利를 須曾已利, 曾曾保利, 主孫許利(主挨許利)라고 別稱하였고, 수수허리가 술을 만드는 기술을 일본에 전래해주었다는 사실 등을 참조하건대, 須須許利(曾曾保利) 역시 우리말의 '수울(수불)'에서 유래한 人名이라고 유추할 수 있지 않을까 한다(佐伯有淸, 1982 앞 책, 220~221쪽).

뒤에서 인용한 글에서 보듯이『樂家錄』에서 진중리고를 공연할 때에 사용하는 舞具인 白楚, 즉 拂子와 비슷한 모양의 桴(북채)를 蘇利古(曾利古)라고 불렀고, 이 것을 가지고 춤을 추었기 때문에 악곡의 명칭을 소리고(증리고)라고 불렀다는 견 해를 소개하였다. 즉 진중리고의 곡명이 나무로 만든 북채 또는 拂子와 비슷한 舞具의 이름에서 유래하였다는 것이다. 현재 수수허리와 진소리고(진중리고)의 음이 相似하였다고 단정키 어려운 정황임을 참조하건대,『악가록』에 소개한 견 해가 진중리고의 유래와 관련하여 보다 더 합리적일 가능성이 높지 않을까 여겨 진다. 더구나 진중리고가 竈王을 제사할 때에 추었던 舞樂인 점을 감안하건대, 그것은 술을 양조하는 것보다는 竈王信仰 및 그것과 관계된 한반도 風俗舞와 연 관성을 지녔다고 봄이 자연스럽지 않을까 한다. 이러한 추정을 뒷받침해주는 내 용이『樂家錄』에 전하고 있다.

　舊記에서 蘇利古를 取하여 춤을 추었다고 기록한 것은 바로 이 桴를 이름이 다. 무릇 桴는 圓木으로 만드는데, 直徑 6~7分 정도, 길이 2尺 정도이고, 앞부 분이 약간 휘어졌으며 拂子와 모양이 비슷하다(이상은 五色彩로 이루어졌다). 소 위 휘어진 부분의 入口는 直徑 길이 4寸 정도, 너비는 2寸 정도이다. 입구 부 분에 길이 8寸 정도의 白糸 1束을 붙여 아래로 늘어뜨렸다. 舊記에서 이 桴는 砂水의 法을 본뜬 것이라고 이르렀다. 대개 자루 부분은 白楚를 象徵하고, 白 糸는 물을 象徵한다고 하며, 曲名을 불러 蘇利古라고 이름하였다. 그 후에 소 리고의 곡을 공연할 때에 직접 白楚를 가지고 춤을 추었는데, 砂水의 法을 나 타낸 것이라고 한다(『樂家錄』권37 舞 舞第17 後參桴之名 取蘇利古之說).[273]

273　舊記取蘇利古舞之記者 此桴之謂也. 凡桴制圓木徑六七分許 長二尺許 而先少曲如拂子也 　　〈已上五色彩〉. 所謂曲口之徑長四寸許 廣二寸許 而其口附下長八寸許 白糸一束也 舊記 　　曰 此桴摸砂水之法 蓋以柄象于白楚 以白糸象水 而呼曲名 號蘇利古也(『樂家錄』권37 舞 　　第17).

그림 35 『악가록』에
전하는 桴 모양

위의 기록은 진중리고를 공연할 때에 사용하는 舞具인 桴에 관하여 설명한 것이다. 여기서 설명한 桴의 구체적인 모습은 『악가록』 권38 舞樂裝束에서 살필 수 있다(〈그림 35〉 참조). 이에 따르면, '古鳥蘇는 後參桴를 가지고 공연한다. 그 형체는 拂子와 흡사하다. 길이는 2尺이고, 본래의 直徑은 4分 정도이며, 先端(末端) 부분으로 갈수록 점점 더 크게 만들었다. 그 앞쪽 입구의 4寸 정도 휘어진 부분에 꽃모양을 彩色하였고, 그곳으로부터 白毛系가 나왔는데, 길이가 1尺 정도이다.'라고 한다.[274] 後參桴란 표현은 고조소를 공연할 때에 4인의 舞人이 나와서 춤을 춘 후에 下﨟(4인 가운데 뒷줄에서 공연하는 舞人) 2인이 樂屋으로 들어간 다음, 다시 桴를 가지고 나와 上首(上﨟이라고 부르기도 하며, 앞줄에서 공연하는 舞人)에게 전해주고 계속 춤을 추었던 것에서 유래하였다. 『舞樂圖說』에서는 新·古鳥蘇, 進宿德(進走禿), 地久를 공연할 때에 後參桴를 가지고 춤을 추며, 後參舞는 高麗樂에만 보이고, 左方樂, 즉 唐樂에는 보이지 않는다고 하였다.[275]

그런데 『악가록』에서는 拂子와 유사한 桴뿐만 아니라 단순히 棒 모양의 桴를 소개하기도 하였다. 이에 따르면, '曾利古는 백초를 가지고 공연하는데, 본래 定法이 없다. 껍질을 제거한 흰색의 桴를 좋은 것으로 여기며, 길이 1尺 6寸 정도, 直徑 3分 쯤으로 한다.'라고 하였다. 그리고 『體源抄』를 인용하면서 唐樂(左方樂)

---

274 古鳥蘇持後參桴 其形如拂子〈名後參之桴者 古鳥蘇舞 四人出而後 下﨟二人 入于樂屋 持桴出
 而授之上首 亦令之舞 故謂尒〉. 長二尺 本徑四分許 末漸大作. 其先四寸許之間曲之 而其
 先作花形彩色〈彩色交大中小筋 令纏之〉而自花形之中 出白毛絲 其長一尺許(『樂家錄』 권
 38 舞樂裝束 古鳥蘇).

275 大槻如電, 1927 앞 책, 11쪽.

인 皇麞에서도 역시 白楚를 가지고 춤을 춘다고 하였다.[276] 『舞樂事典』에서는 蘇利古를 공연할 때에 사용되는 舞具인 白楚의 現行 형태는 後參桴와 동일하게 拂子와 같은 모습이며, 다른 설에서는 棒과 유사한 형태라고 이르기도 한다고 설명하였다.[277] 桴에 관하여 설명한 『樂家錄』의 여러 기록을 참조하건대, 일본 중세시대에 진증리고 또는 증리고(소리고)를 공연할 때에 불자와 비슷한 모양의 桴 또는 棒 모양의 부를 가지고 춤을 추었음을 짐작해볼 수 있다. 물론 현재에는 주로 전자를 사용하는 것으로 정리된 듯싶다. 고대에 棒 모양의 백초를 가지고 춤을 추다가 점차 拂子 형태의 桴를 가지고 춤을 추는 방향으로 나아갔다고 짐작된다.

進曾利古가 竈祭舞임을 상기할 때, 거기에서 竈王信仰의 단면을 엿볼 수 있는 것은 바로 舞具인 白楚, 즉 桴가 상징하는 내용일 것이다. 『악가록』에서 소리고를 공연할 때에 백초를 가지고 춤을 추는 것은 砂水의 法을 나타낸 것이라고 하였다. 그리고 桴의 형태가 拂子와 비슷한 모습으로 轉化되었을 때에 자루 부분은 白楚를, 거기에 딸린 白糸는 물을 상징한다고 언급하였다. 진증리고를 공연할 때에 직접 물을 사용하지 않았다고 하더라도 춤의 소재로 물이 등장하였음을 엿볼 수 있다. 이것은 竈王을 제사할 때에 물이 중시되었음을 짐작케 해주는 측면이기도 하다. 여기서 문제는 '砂水의 法'의 내용에 관해서이다. 砂水는 사전적인 용어로 모래에 밭은 물, 즉 모래로 거른 물을 가리킨다. 흔히 모래와 자갈은 오염된 물을 정화시킬 때 여과제로서 널리 이용된다. 따라서 砂水의 法은 물을 정화하는 것과 관련이 깊다고 볼 수 있다. 이를 통하여 물을 모래로 걸러 깨끗한 淨化水를 얻고, 그것을 竈王에게 제사지낼 때에 이용하였음을 추론할 수 있다.

---

276 曾利古之白楚 本無定法 去皮以白爲佳. 長二尺六寸許 三分餘乎〈體源抄曰 皇麞亦持白楚舞 云云〉(『樂家錄』 권38 舞樂裝束 曾利古).
277 東儀信太郎 등, 1998 앞 책, 135~136쪽.

일찍이 중국에서 유래한 竈王信仰은 한국, 일본에도 널리 전파되었다. 고대에도 竈王을 믿었다는 기록이『삼국지』위서 동이전 변진조에 전하는데, 그에 따르면, '귀신을 제사함에 (辰韓과) 차이가 있었으니, 竈王은 모두 출입문 서쪽에 차려 놓았다(施竈皆在戶西).'고 한다.[278] 조왕신앙은 오늘날에도 널리 믿는 가정신앙의 하나로서 알려졌으며, 그 내용이나 성격은 지방마다 커다란 차이를 보인다. 중국이나 일본과 다른 우리나라의 특징적인 조왕신앙을 지적할 때, 흔히 물을 竈王의 身體로 삼는 측면을 주목하고 있다.[279] 특히 조왕신앙이 강하게 남아 있는 전라도와 충청도에서 가장 보편적으로 나타나는 조왕의 신체를 조왕중발이라고 한다. 이것은 물과 물을 담는 용기로 이루어지는데, 용기의 형태와 재질은 지방이나 가정에 따라 다양하다고 한다.[280]

조왕에 대한 일상적인 祭儀는 주부가 매일 새벽에 우물이나 샘에 가서 세수를 하고 물을 떠다가 정화수를 올리는 것이다. 대체로 이전에 중발에 있던 정화수는 부뚜막과 솥뚜껑, 부엌 아궁이의 잿더미, 물항아리 등에 붓는다. 또한 정기적으로 조왕에게 제사를 지내기도 하는데, 정월 보름, 유두, 백중과 추석, 섣달그믐의 명절과 24절기, 부모 제삿날 등이 그에 해당한다.[281] 정기적으로 제사를 지낼 때에는 정화수 이외에 다양한 제물을 차려놓기도 하며, 지역에 따라 제의과정이 비교적 복잡한 경우도 적지 않다. 그런데 흥미로운 사실은 조왕제 제의과정의

---

278 여기서 '竈'를 단순하게 '부엌'으로 해석할 수도 있다. 그러나 앞에 '祠鬼神'이라는 표현이 보이므로 '竈'는 부엌을 관장하는 신, 즉 竈王(竈神)을 상징하는 어떤 실체를 가리킨다고 이해하는 것이 합리적일 듯싶다. 참고로『欽定滿洲源流考』卷18 國俗3 祭祀條에 竈는 음식을 삶을 때에 所用되는 것을 제사함을 이른다고 하였다.

279 김광언, 2000「중·한·일 세 나라의 주거민속 연구(Ⅳ)-조왕(竈王)-」,『문화재』33, 국립문화재연구소, 185쪽; 최인학, 1990『이웃집 굴뚝사정』, 문학아카데미, 118쪽.

280 조왕중발의 성격이나 지방색에 대해서는 신영순, 1993「조왕신앙연구」, 영남대학교 대학원 문화인류학과 민속학전공 석사학위논문, 29~33쪽이 참조된다.

281 신영순, 위 논문, 117쪽.

하나로서 제사를 주관하는 무당 등이 祭床에 올린 정화수 그릇을 들고 마당과 부엌 구석구석에 조금씩 뿌린다는 점이다. 이것은 지금까지 불러들인 신들 가운데에서 부정한 신을 깨끗하게 하는 것으로서 이를 '부정캔다'고 부른다.[282]

정화수는 至高의 깨끗함과 맑음을 본체로 한다. 따라서 정화수는 더럽고 탁한 주변 세계를 淨化시키는 역할을 수행하게 된다. 조왕을 비롯한 여러 신령들에게 정화수는 최고의 제물임과 동시에 인간계가 지닌 더러움을 씻어내는 최고의 상징물로서 기능한 것이다. 이 때문에 정화수를 不淨을 없애는 역할을 수행하는 '부정물'로 널리 사용하기도 한다.[283] 조왕제를 행할 때에 무당 등이 제상에 올린 정화수 그릇을 들고 마당과 부엌 구석구석에 뿌리는 것은 거기에 깃든 부정한 신령이나 더러운 것을 없애고 정화시키는 상징적 의미를 지닌다고 말할 수 있다. 그런데 부정물로 사용되는 정화수가 담긴 그릇에 숯과 고추를 띄워놓는 사례가 여럿 발견되어 주목을 끈다.

安宅은 집안을 맑게 해달라고 기원하는 가정신앙 의례를 말한다. 안택은 무속인이[284] 북을 두드리면서 經文을 읽는 것으로서 대체로 정월에 하는 경우 보름 안에 행하는 것이 보통이라고 한다. 안택은 해질 무렵에 시작하여 새벽에 끝나는데, 처음 시작하는 의례는 부정치기이다. 경남지방에서는 부정치기를 위한 제

---

282 참고로 무당이 주관하는 제주도 조왕제의 제의과정을 간략하게 소개하면 다음과 같다. 제사를 지내기 위하여 먼저 택일을 하고, 제를 행하기 일주일 전이나 3일 전부터 정성을 드린다. 정성을 드리는 것은 집안을 청결하게 하거나 대문에 금줄을 쳐서 외부인과 부정인의 출입을 막는 것 등을 이른다. 제사를 지내는 날에 무당(심방)은 부뚜막을 향해 무릎을 꿇고 앉아 오늘을 택하여 제사를 지내는 이유를 설명하고, 이어서 제사를 지내는 집이 어느 고을 누구 네라고 알린다. 그리고 계속해서 간곡한 축원을 하고 상에 올린 정화수 그릇을 들고서 마당과 부엌 구석구석에 물을 조금씩 뿌린 다음, 문전 본풀이를 구송하고 상위에 올렸던 소지를 불사른다(신영순, 위 논문, 87~88쪽).

283 이필영, 2008 「우물신앙의 본질과 전개양상-민속학 자료를 중심으로-」, 『역사민속학』26, 261~263쪽.

284 지역에 따라 태사, 화랭이, 점바치라고 부른다.

상에 황토무더기와 숯을 물에 띄워놓았고, 무속인(화랭이)은 댓가지에 물을 적셔 집안 곳곳의 부정한 기운을 물리친 뒤 마당에 짚자리를 펴고 부정경을 외운다고 한다.[285] 충남 서천지역에서 안택 의례를 행할 때, 물이 담긴 바가지에 재, 숯, 붉은 고추를 넣어 부정물을 만들고, 바가지를 들고 부엌부터 시작하여 집을 한 바퀴 돌면서 곳곳에 부정물을 뿌리며, 대문 밖으로 나가면 부정물을 모두 쏟아 버리고 바가지는 대문 옆에 두었다. 그리고 다음날 안택이 끝나면 가지고 들어왔다고 한다.[286]

또한 충남 태안지역에서 안택 의례를 행할 때, 부엌으로 가서 부정을 풀고 조왕경을 읽었는데, 이때에 부뚜막에 짚을 일자로 가지런히 깔고 그 위에 시루, 淸水, 삼색실 등을 놓고 불밝이 쌀에 촛불을 밝힌다고 한다. 청수를 담은 바가지에 고추와 숯을 세 개씩 띄워놓고 이를 조왕 앞에 놓은 후에 법사가 부정경을 읽었으며, 이때 제의를 주관하는 법사에 따라서 부정경과 더불어 六戒呪, 善心經, 千手經, 百煞經 등을 조왕경과 함께 읽기도 하였다. 법사는 조왕상 앞에 앉아서 '충청남도 태안군 아무 가정에서 오늘 안택을 하는데, 혹 부정이 있을지 모르므로 부정을 칩니다.'고 여러 집안 신령들에게 선고를 한 후에 대문 바깥으로 나가서 부정물을 버리고 들어온다고 한다.[287] 한편 대전지역에서 안택 의례를 행할 때, 가장 먼저 부엌을 관장하는 신인 조왕에게 청배하였는데, 이때 안택을 위하여 부엌 부뚜막 위에 제물을 陳設하였다. 제물은 상에 차리지 않고 그릇째 혹은 시루째 부뚜막 위에 올려놓았고, 그 후에 물을 담은 바가지나 사발에 거멍(숯) 세 개, 소금 세 숟가락을 넣고 솔가지를 꺾어다가 솔잎에 그 물을 묻혀서 사방에 뿌렸다고 한

285 박성석, 2007「경남지역 가정신앙의 특징」,『한국의 가정신앙』(경상남도편), 국립문화재연구소, 635쪽.
286 서천군지편찬위원회, 2009『서천군지』4, 71~72쪽.
287 임승범, 2005「충남 태안지역의 安宅과 病經」,『한국의 가정신앙』(하), 민속원, 404~405쪽.

다.[288] 이러한 사례 등에서 보듯이 부정물을 담은 바가지나 그릇에 숯과 고추 등을 띄우는 부정풀이의 풍습은 일반적으로 널리 행해졌던 것으로 알려졌다.[289]

부정풀이 또는 부정치기를 행할 때, 부정물을 담은 바가지나 그릇에 숯이나 고추를 띄우는 이유는 무엇이었을까? 불이나 태양을 연상시키는 붉은 고추의 붉은 색이 부정을 정화하고 매운맛과 불에 탈 때의 독한 맛이 부정을 쓸어 없앤다고 믿었다. 이러한 이유 때문에 부정물에 고추를 넣었던 것으로 이해된다. 한편 숯은 물과 공기의 정화능력이 뛰어난 물질이다. 특히 수돗물을 정화할 때에 숯을 사용하는데, 숯을 물통 속에 넣어두면 몸에 해로운 수돗물의 잔류성분이 깨끗이 제거되며 물맛이 좋고 잘 변질되지 않으며 물이 알칼리성으로 되어 몸의 산성화를 막아준다고 한다. 따라서 부정물에 숯을 띄우는 것도 바로 이와 같은 숯의 정화 기능을 염두에 두었다고 볼 수 있을 것이다.

부정물을 담은 바가지나 그릇에 숯이나 고추를 띄우는 풍습은 현대의 민속학적 조사에 의하여 확인된 것이다. 전근대, 또는 고대에도 그러하였다고 단정키 어렵다. 그런데 앞에서 진중리고를 공연할 때에 桴를 가지고 춤추는 것을 '砂水의 法'을 나타낸 것이고, 구체적으로 砂水의 법은 물을 모래로 걸러 至高의 깨끗함과 맑음을 본체로 하는 정화수를 얻는 것과 관련이 깊다고 언급하였다. 한편 진중리고를 공연할 때 사용하는 巫具인 桴가 후대에 拂子와 같은 형태로 변질되었는데, 흥미로운 사실은 자루 부분은 白楚를, 白糸 부분은 물을 상징한다는 점이다. 그런데 본래 먼지나 모기, 파리 등을 쫓아내는데 사용했던 생활용구에서 유래한 불자는 불교에서 더럽고 나쁜 것을 털어버리는 상징적 의미를 지닌 持物로 인식되고 있다. 진중리고를 공연할 때에 불자와 비슷한 桴를 가지고 춤을 춘

---

288 박혜정, 2005 「대전의 앉은 굿 음악 연구-신석봉법사의 안택굿을 중심으로-」, 『문화재』38, 12쪽.
289 신영순, 1993 앞 논문, 31쪽.

다고 할 때, 그것을 휘두르거나 움직인다는 것은 부정한 것을 쓸어 없애는 행위를 상징한다고 추론할 수도 있다. 나아가 불자에 딸린 白系가 물을 상징하므로 그것은 백초에 부정물을 묻혀 뿌려 부정한 것을 없애는 행위를 상징한다고 유추해볼 수도 있을 것이다.

정화수를 조왕에게 供物로 바치는 것이 우리나라 조왕신앙의 가장 특징적인 면모로 지적되고 있다. 고려악의 하나인 진중리고는 고대 한반도에서 전래된 舞樂이다. 그것은 竈祭舞의 別稱이므로 거기에 한국 고대 조왕제의 의례가 반영되어 있다고 보아야 한다. 진중리고를 공연할 때에 '砂水의 法'을 나타낸다고 하였는데, 이에서 정화수가 조왕 제사의 주요 소재로 활용되었음을 엿볼 수 있다. 정화수를 공물로 바치거나 또는 부정물을 가지고 부정을 쓸어 없애는 의례가 포함된 오늘날 조왕제의 제의과정을 염두에 둘 때, '砂水의 법'은 고대 한국이나 일본에서 숯이나 모래 등으로 물을 정화시켜 至高의 깨끗함과 맑음을 본체로 하는 정화수를 만들고, 그것을 竈王에게 祭物로 바치는 의례 또는 竈王에게 제사지낼 때에 정화된 부정물을 뿌려서 不淨을 없애는 부정풀이 의례와 밀접하게 연관성을 지녔다고 볼 수 있을 것이다. 이러한 측면에서 진중리고에 반영된 '砂水의 法'은 고대 한국 조왕신앙의 내용이 오늘날까지 그 원형이 크게 훼손되지 않고 전승되었음을 엿보게 해주는 귀중한 자료로서 주목된다고 하겠다.

진중리고는 고대에 한국에서 일본에 전래된 무악이다. 이것은 조왕신앙의 일본 전래와 밀접한 연관성을 지닐 수밖에 없다. 즉 조왕신앙과 함께 그것을 제사할 때에 추었던 춤이 함께 전래되었다고 봄이 순리적이라는 의미이다. 앞에서 須須許利가 진중리고를 일본에 전해주었다고 주장한 『대일본사』 편찬자들의 주장은 문제가 있음을 지적하였다. 그렇다면 누가 진중리고를 일본에 전해주었을까가 궁금해지는데, 이것은 일본에 우리나라의 조왕신앙을 전해준 사람들과 밀접하게 연관되었다고 볼 수 있을 것인데, 이에 대해서는 소절을 바꾸어 자세하게 검토하려고 한다.

2) 백제 조왕신앙의 일본 전래

백제의 竈王信仰에 대하여 알려주는 기록은 전해지지 않는다. 그러나 진증리고가 백제에서 일본에 전해졌다고 추정되는 竈祭舞의 별칭이었으므로 고대 일본 조왕신앙의 성격을 분석하면, 역으로 백제 조왕신앙의 일면을 파악할 수 있지 않을까 기대된다. 고대 일본에서 竈神을 'へつい(또는 へつひ, へつっい)'라고 부르거나 'かまど神(かまどのかみ)'이라고 불렀다. 『伊呂波字類抄』에서 竈神을 'ヘツイ'라고 부른다고 하였다. 여기서 'へつい 또는 'へつひ'는 'へ(竈)+つ+ひ(火 또는 靈)'가 합쳐진 단어라고 한다. 이때 'つ'는 우리말의 '의'와 같은 소유격 조사이다.[290]

『古事記』上卷에 大年神이 天知迦流美豆比賣를 취하여 奧津日子神(おきつひこのかみ)과 奧津比賣神(おきつひめのかみ)을 낳았는데, 사람들이 이를 竈神으로 숭배하였다고 전한다.[291] 그런데 奧津比賣神을 또한 大戶比賣神(おほべひめのかみ)이라고 부른다고 하였다. 大戶比賣神에서 大는 稱辭, 戶(へ)는 借字로서 '甌塪(へ)'를 가리킨다고 한다.[292] かまど라고 부르는 것과 형태를 달리하는 竈를 일본에서 'へ'라고 불렀고, 竈神을 'へつい 또는 へつひ'라고 부른 것은 바로 이에서 연유하였다고 볼 수 있다.

『箋注倭名類聚抄』에 '竈'를 倭名으로 '加万'이라고 부른다고 전한다.[293] 本居宣

---

290 김광언, 2000 앞 논문, 174쪽.

291 大年神 …… 娶天知迦流美豆比賣〈訓天如天 亦自知下六字以音〉生子奧津日子神 次奧津
比賣神 亦名大戶比賣神 此者諸人以拜竈神者也(『古事記』上卷).
奧津日子神이나 奧津比賣神에서 奧는 燠字에서 火를 생략하였거나 또는 借字였다고 이해
하고, 근대 일본에서 炭火를 於支(オキ)라고 부른 사실에 주목하여 奧津日子神이나 奧津比
賣神의 명칭은 부뚜막에서 불을 지피는 곳, 즉 아궁이의 불에서 유래하였다고 주장한 견해
가 제기되어 참고된다(『古事類苑』神祇部第1册 神祇部17 第宅神 竈神[竈神祭考]).

292 『古事類苑』神祇部第1册 神祇部17 第宅神 竈神[竈神祭考].

293 四聲字苑云 竈く則到反與躁同加万 昌平本有和名二字 顯宗紀同訓 推古紀訓加万止 加万止見

長은 저서『古事記傳』에서 竈는 加麻라고 訓하고, 加麻度는 竈處, 즉 부뚜막을 가리킨다고 언급하였다.[294]『箋注倭名類聚抄』는 江戶時代에 狩谷掖齋가『倭名類聚抄』를 註釋한 것이다.『萬葉集』권5 貧窮問答歌에 '可麻度'라는 표현이 보이는데,[295] 貧窮問答歌는 山上憶良(660~733)이 노년기에 지은 長歌로 알려졌다. 따라서 이것은 적어도 8세기 전반 일본에서 '竈'를 'かまど'라고 불렀음을 알려주는 자료로 볼 수 있다. 그렇다면 일본에서 언제부터 '竈'를 'かまど'라고 부르기 시작하였을까? 이와 관련하여『延喜式』에서 여러 제의에 사용된 이동식 부뚜막을 韓竈 (からかま)라고 부른 사실을 주목할 필요가 있다.

『延喜式』에 鎭魂祭 등의 궁정제사, 春日과 大原野, 牧岡, 平野 등의 大祀 祭料로서 韓竈가 사용되었다고 전하고, 이밖에 神饌의 炊餐, 神酒의 양조 등에도 역시 이용되었다고 한다.[296] 韓竈라는 표현에서 이것이 본래 한반도에서 전래되었음을 유추할 수 있다. 그런데 이동식 부뚜막, 즉 竈形土器는 일본의 古墳時代 中期(5세기)에 九州와 畿內를 중심으로 하는 지역에서 보이기 시작하고, 고분시대 후기(6세기)에는 西日本을 중심으로 關東地域을 비롯한 東日本까지 분포하는 특징을 지닌다. 여기서 竈形土器란 前面에 불을 지피는 아궁이가 있고, 윗면에 구멍이 있는 Dome형의 토기를 말하며, 뒷부분에 연기가 배출되는 구멍이 있기도 한다. 일반적으로 부뚜막 위에 얹어놓아 조리할 때에 사용되는 長胴甕이나 鍋, 甑과 세트를 이루어 출토되는 경우가 많다. 대체로 실용적인 조형토기는 높이 40cm 정도

萬葉集竹取物語 今俗呼同 或呼倍都比 見神樂歌及枕冊子> 炊爨處也(『箋注倭名類聚抄』卷第4 燈火部13 燈火器66 竈).

294 『古事類苑』神祇部第1冊 神祇部17 第宅神 竈神[古事記傳].
　　『古事記傳』(44권)은 本居宣長이 1764년부터 시작하여 1798년에 완성한『古事記』의 註釋書이다.

295 貧窮問答歌 가운데 이와 관련된 부분은 '可麻度柔播 火気布伎多弖受'이다. 이것을 우리말로 해석하면, '부엌(부뚜막)에는 火氣가 일지 않아'이다.

296 松前健, 1974「古代宮廷竈神考」,『古代傳承と宮廷祭祀』, 塙書房, 359쪽.

의 대형이고, 고분시대 후기(6세기) 이후에 높이 10cm 전후의 소형 미니어쳐부뚜막을 만들어 石室墳 등에 부장하기도 하였다. 시대나 지역에 따라 형태는 다양하지만, 이동식 부뚜막이 발견된 곳에서 韓式系 토기가 함께 조사되는 사례가 많아서 그것은 일반적으로 한반도로부터 전래된 것으로 이해되고 있다.[297]

고대 일본에서 竈를 'かまど'라고 불렀는데, 'ど'는 'かま'가 있는 장소를 일컫는 말이다. 여기서 'かま'는 어원적으로 우리말의 가마솥을 가리키는 '가마'에 연결된다.[298] 1447년(세종 29)에서 1449년 사이에 간행된 『석보상절』에 가마솥을 '가마'라고 표현한 내용이 보인다. 후대에 가마에 솥을 더하여 일반적으로 '가마솥'이라고 일컬었다. 15세기의 문헌에서 가마솥을 '가마'라고 불렀지만, 그 이전에도 그러하였음을 알려주는 자료는 전해지지 않는다. 그런데 적어도 8세기 전반 일본에서 竈를 'かま'라고 불렀다. 그리고 古墳時代에 이동식 부뚜막을 '竈'라고 표현하였을 가능성이 높다. 또한 그것을 계승하였다고 추정되는 韓竈를 'からかま'라고 불렀다. 이와 같은 여러 측면들을 종합하여 참조하건대, 고대 일본 사람들이 한반도에서 전래된 이동식 부뚜막을 '가마'라고 불렀고, 그것은 한반도에서 이주한 사람들이 부르는 명칭을 그대로 따른 것이라는 추정이 가능하다. 나아가 삼국시대에 한국 사람들도 가마솥, 그리고 가마솥이 놓여있는 부엌, 정확하게 말하면 이동식 부뚜막까지 망라하여 '가마'라고 불렀다고 유추해볼 수 있다.

이동식 부뚜막의 전래와 더불어 그것과 관련된 여러 俗信도 일본에 전래되었을 것인데, 이와 관계가 가장 밀접한 신앙이 바로 竈王을 숭배하는 것이다. 삼국시대 조왕

---

297 일본 고대 竈形土器에 대해서는 (財)大阪府文化財センター・日本民家集落博物館, 2004『シリーズ ここまでわかった考古學, 企劃展示 竈形土器の語るもの』를 참조하여 정리한 것이다. 이밖에 권오영, 2007「住居構造와 炊事文化를 통해 본 백제계 이주민의 일본 畿內地域 정착과 그 의미」『한국상고사학보』56, 81~88쪽에서 기내지역의 이동식 부뚜막은 백제계 이주민이 전파한 것이라는 견해를 주장하여 참조된다.

298 김광언, 2000 앞 논문, 174쪽.

신앙의 일본 전래를 추적할 수 있는 단서는 平野神社의 祭神에서 찾을 수 있다. 『延喜式』에 山城國葛城郡(현재 京都市北區鎭座)에 所在하는 平野社에서 모시는 祭神은 今木神, 久度神, 古關神, 相殿比賣神이라고 전한다.[299] 平野社는 延暦 年間(782~806)에 창건되었다고 알려졌으며, 구체적으로 延暦 13년(794) 平安京遷都 前後로부터 20년 사이였다고 이해되고 있다.[300] 平野社의 祭神 가운데 主神은 今木神이다.

『續日本紀』에 平野社 창건 이전인 桓武天皇 延暦 元年(782) 11월에 田村後宮의 今木大神에 대하여 從四位上의 神階를 敍位하였다고 전한다.[301] 여기서 田村後宮은 『續日本紀』에 田村舊宮으로도 전하며,[302] 일반적으로 山部親王(桓武天皇)이 潛邸時에 어머니인 高野新笠과 함께 거주한 곳으로 추정되고 있다.[303] 이에 근거하여 今木神을 田村後宮의 주인인 高野新笠의 가문에서 祭祀하던 神으로 이해하고 있으며,[304] 山部親王은 즉위한 후에 곧바로 外家에서 奉祀하던 今木神에게 神階를 敍位하였던 셈이 된다. 그런데 종래에 高野新笠 가문에서 제사하던 今木神의 실체를 둘러싸고 일본 학계에서 논란이 분분하였다.

첫 번째 견해는 今木神을 高野新笠의 祖上神으로 이해하는 것이다. 桓武天皇의 母인 高野新笠은 延暦 8년(789) 12월 乙未에 사망하였고, 다음해에 大枝山陵

---

299 平野神四座祭〈今木神 久度神 古關神 相殿比賣神〉(『延喜式』卷第1 四時祭上).
　　古關神(古関神)은 板本에 따라 古開神 또는 古開(關의 異字體로 추정)神으로 전하기도 한다(虎尾俊哉, 2000 『譯註 日本史料 延喜式』上, 集英社, 726쪽).

300 平野社의 창건 연대에 대한 자세한 사항은 岡田莊司, 1994 「平安前期 神社制度의 公式化-平安初期의 公祭에 대하여一」 『平安時代의 國家와 祭祀』, 續群書類從完成會, 71쪽이 참조된다.

301 丁酉 敍田村後宮 今木大神從四位上(『續日本紀』卷37 桓武天皇 延暦 元年 11월).

302 己未 置酒田村舊宮 群臣奉觴上壽 極日盡歡 賜祿有差(『續日本紀』卷33 光仁天皇 寶龜 6년 3월).
　　癸丑朔 置酒田村舊宮 賜祿有差 授外從五位下 內藏忌村全成從五位下(『續日本紀』卷34 光仁天皇 寶龜 8년 3월).

303 岡田莊司, 1994 앞 논문, 76쪽.

304 西田長男, 1957 「平野祭神新說」 『神道史의 研究』第2, 理想社; 林陸朗, 1977 「高野新笠을 めくって」 『折口博士記念古代研究所紀要』3.

에 장사지냈다. 『續日本紀』에서 이와 같은 사실을 기록한 다음, 그녀의 略傳을 간략하게 기술하였다. 이에 따르면, 그녀의 아버지는 贈正一位 乙繼이고, 어머니는 贈正一位 大枝朝臣眞妹이며, 선조는 백제 武寧王의 아들 純陁太子였다고 한다. 그리고 그녀는 寶龜 年間(770~780)에 高野朝臣 姓을 사여받았으며, 桓武天皇의 즉위와 더불어 皇太夫人으로 推尊되었고, 延曆 9년에 尊號를 높여 皇太后라고 불렀다고 언급한 다음, 그녀의 遠祖 都慕王은 河伯의 딸이 日精에 감응되어 낳은 인물이라고 하였다.[305]

『新撰姓氏錄』卷第22 左京諸蕃下에 和朝臣이 百濟國 都慕王 18世孫 武寧王의 후손이라고 전한다.[306] 여기서 和朝臣은 高野新笠의 父를 가리킨다. 和朝臣의 본래 이름은 弟嗣였고, 氏名은 和史였으며, 그의 딸이 高野朝臣이라는 姓을 사여받은 이후에 그 역시 동일한 姓을 追贈받은 것으로 보인다. 다만 高野朝臣이라는 姓은 新笠 개인에 한하여 사여되었기 때문에 和乙繼의 후손들은 여전히 和(또는 和史)라는 氏名을 계속 사용하였다.[307] 今木神을 高野新笠의 祖上神으로 이해할 때, 주목되는 인물이 백제 무령왕의 아들인 純陁太子이다. 종래에 伴信友는 純陁太子를 聖明王으로 이해하고, 今木神은 바로 聖明王을 가리킨다고 주장하였다.『日本書紀』卷16 武烈天皇 7년 여름 4월조에 百濟王이 斯我君을 보냈으며, 그의 아들 法師君이 倭君의 先祖가 되었다고 전하는데,[308] 伴信友는 斯我君이 바

---

305 壬子 葬於大枝山陵 皇太后姓和氏 諱新笠. 贈正一位乙繼之女也 母贈正一位大枝朝臣眞妹 后先出自百濟武寧王之子純陁太子. 皇后容德淑茂 夙著聲譽 天宗高紹天皇龍潛之日 娉而納焉. 生今上 早良親王 能登内親王. 寶龜年中 改姓爲高野朝臣 今上即位 尊爲皇太夫人. 九年追上尊號 曰皇太后 其百濟遠祖都慕王者 河伯之女 感日精而所生 皇太后即其後也. 因以奉謚焉(『續日本紀』卷40 桓武天皇 9년 正月).

306 和朝臣 出自百濟國都慕王十八世孫 武寧王之後也(『新撰姓氏錄』第22卷 左京諸蕃下).

307 和乙繼에 대한 자세한 설명은 佐伯有淸, 1983 앞 책, 15~18쪽이 참조된다.

308 百濟王遣斯我君進調. 別表曰 前進調使麻那者非百濟國主之骨族也 故謹遣斯我 奉事於朝. 遂有子 曰法師君 是倭君之先也(『日本書紀』卷16 武烈天皇 7년 여름 4월).

로 백제 聖明王, 즉 純陁太子의 아들이며, 和乙繼의 先祖였다고 이해하고, 今木神을 聖明王과 연결시켰던 것이다.[309]

　두 번째 견해는 今木神을 大和國 今來郡(高市郡)에 거주하던 백제계 歸化人이 奉齋하던 신으로 이해하는 견해이다.[310] 이에 따르면, 今木은 大和의 今來郡을 가리키는 지명이고, 금목신은 거기에 거주한 和史氏를 포함한 東漢系 歸化人의 氏神으로 제사하였던 존재였다고 한다. 이 견해를 제기한 연구자는 和史氏가 본래 낮은 신분의 귀화인이었다는 점을 주목하여 이들이 후대에 그의 가계를 백제 무령왕의 아들 순타태자에 假託하였다고 주장하기도 하였다. 세 번째 견해는 今木神=백제 聖明王說과 더불어 今木=地名說을 비판하고, 今木神을 백제계 渡來民인 和氏가 渡來 이래 계속하여 奉齋한 신으로 이해하는 견해이다.[311] 이에 따르면, 今木은 今來=新來와 같은 뜻이고, 결과적으로 今木神=今來神은 '새로 渡來한 이래 현재에 이르기까지 (우리들이) 奉齋하여 왔던 神'으로 해석된다고 한다.

　和乙繼가 백제 성명왕, 즉 순타태자의 아들 斯我君 후손이라는 주장은 사아군의 아들 法師君이 倭君氏의 선조가 되었다고 언급한 것을 참고하건대, 그대로 따르기 어렵다. 더구나 和乙繼가 백제 무령왕의 아들 순타태자의 후손이었는가에 대하여 의문이 제기되었으므로 그들이 백제 왕족으로부터 出自하였다는 사실조차도 단정하기 어려울 듯싶다. 그러나 후대에 설혹 가계를 백제 왕족에 假託하였다고 하더라도 그들이 백제에서 도래한 귀화인이었다는 사실 자체는 부

309　伴信友, 1907「蕃神考」『伴信友全集』2권, 國書刊行會.

310　平野邦雄, 1969「今來漢人」『大和前代社會組織の研究』, 吉川弘文館, 244~250쪽.

311　義江明子, 1986「平野社の成立と變質」『日本古代の氏の構造』, 吉川弘文館, 189~190쪽.
　　다만 이 논고의 필자는 今木神이 처음부터 和氏의 氏神(=桓武外戚神)이라는 성격을 지녔던 것이 아니라 承和 연간(834~847)에 相殿比賣神이 平野社에 合祀되면서 大江·和 兩氏의 평야사 제사에 대한 참석 규정이 생겼고, 그로부터 본격적으로 今木神이 和氏의 氏神으로서의 성격을 지니게 되었다고 주장하였다. 아울러 필자는 이때부터 평야사의 外戚神化가 진행되어 그 자체의 성격도 변질되기 시작하였다고 논급하였다.

정하기 힘들 것이다. 따라서 高野新笠이 거주하던 田村後宮에서 奉祀하던 今木神은 和氏 가문이 일본으로 渡來하기 이전부터 섬기던 신과 어떤 연관성을 지녔지 않았을까 추정하여도 크게 문제가 되지 않을 것이다.

그런데 이와 관련하여 눈길을 끄는 사항은 『續日本紀』에서 高野新笠의 略傳을 기술하면서, 그녀의 遠祖 都慕王을 河伯女가 日精의 감응을 받아 낳은 인물이라고 언급한 점이다. 『續日本紀』 卷40 桓武天皇 延曆 9년(790) 가을 7월조에서는 百濟 太祖 都慕王이 日神이 靈威를 내려주어 扶餘를 지배하고 나라를 개국하게 되었고, 天帝의 圖籙(미래의 吉凶禍福을 예언하는 글)을 받아 諸韓을 총괄하여 왕을 칭하게 되었다라고 언급하였다.[312] 여기서 도모는 鄒牟, 즉 朱蒙을 가리킨다. 백제 멸망 후 일본으로 이주한 백제유민이 추모의 아들 온조를 시조로 인식한 사실을 반영한 것이다. 백제계 渡來人들은 일본에 정착한 이후에도 시조인 도모왕, 즉 추모(주몽)에 대하여 지속적으로 奉祀하였을 것으로 짐작되며, 今木神은 이와 어떠한 연관성을 지녔다고 보지 않을 수 없다. 물론 여기서 今木神이 바로 도모왕을 가리킨다고 단정적으로 논급하지 않을 것이다. 다만 앞으로 이러한 방향으로 적극적인 검토가 이루어지기를 바라 마지않는다. 하여튼 현재로서 今木神=도모왕이라고 단정하기 어렵다고 하더라도 그것이 백제계 귀화인인 和氏가 渡來하기 이전부터 전통적으로 奉祀하던 祖先神이었다는 사실 자체는 어느 정도 신빙하여도 좋지 않을까 한다.[313]

高野新笠이 거주하던 田村後宮에서 今木神을 奉祀하다가 平野社 창건 후에

---

312 辛巳 左中弁正五位上兼木工頭百濟王仁貞 治部少輔從五位下百濟王元信 中衛少將從五位下百濟王忠信 圖書頭從五位上兼東宮學士左兵衛佐伊豫守津連眞道等上表言. 眞道等本系出自百濟國貴須王 貴須王者百濟始興第十六世王也. 夫百濟太祖都慕大王者 日神降靈 奄扶餘而開國 天帝授籙 惣諸韓而稱王. …… 伏望 改換連姓 蒙賜朝臣. 於是 勅因居賜姓菅野朝臣(『續日本紀』 卷40 延曆 9年 가을 7월).

313 일본인들은 백제계 귀화인이 奉祀하던 신을 蕃神이라고 표현하였다.

거기로 옮겨져 그곳의 主神이 되었다. 그런데 평야사 창건 때에 거기에 함께 옮겨 合祀시킨 신이 바로 久度神과 古關神이다. 이 가운데 일본 학계의 주목을 크게 받았던 신이 바로 久度神이다. 『續日本紀』卷37 桓武天皇 延曆 2년(783) 12월조에 大和國 平群郡 久度神에게 神階 從五位下를 敍位하고, 官社로 삼았다는 기록이 전한다.[314] 이것은 평야사 창건 이전에 구도신을 奉齋하던 신사가 존재하였고, 이때에 비로소 구도신에게 神階를 敍位하고 격을 높여 官社로 삼았음을 알려준다. 이러한 조치는 前年에 田村後宮의 今木神에게 神階를 수여한 것과 밀접한 연관성을 지녔을 것이다. 平野社 창건 이후에 久度神을 거기에 合祀하여 奉齋한 사실을 통하여 백제계 도래민 후손인 和氏가 전통적으로 久度神을 숭배하여 왔고, 그것을 奉祀하기 위하여 平群郡에 久度社를 창건하였다는 유추가 가능하다. 아마도 이러한 이유 때문에 桓武天皇은 즉위 이후에 구도신에게 神階를 敍位하고, 그것을 官社로 삼았지 않았을까 한다.

이제 구도신의 성격을 살필 차례인데, 『箋注倭名類聚抄』에서 '窓(窓=窓)은 竈 뒤에 있는 구멍이라고 정의하였고, 和名(倭名)으로 久度라고 부른다고 하였다.[315] 여기서 竈, 즉 부뚜막 뒤에 있는 구멍은 바로 연기를 배출하는 굴뚝을 가리킨다. 종래에 『倭名類聚抄』의 기록에 근거하여 久度는 우리말의 굴뚝에서 유래한 단어로 해석하기도 하였다.[316] 앞에서 구도신을 百濟系 渡來民인 和氏 가문에서 숭배하던 신이었다고 언급하였는데, 이 점에 유의한다면, 久度가 우리말 굴뚝에서 유래하였다는 견해는 충분히 긍정하여도 좋지 않을까 한다. 이처럼 久度가 굴뚝

---

314 丁巳 大和國 平羣郡 久度神 叙從五位下 爲官社(『續日本紀』권37 桓武天皇 延曆 2년 12월).

315 文字集略云 窓〈七紅反和名久度 ……〉 竈後穿也(『箋注倭名類聚抄』卷第4 燈火部13 燈火器66 竈).

316 義江明子, 1986 앞 논문, 196쪽.
　　　필자는 '굴뚝'에서 末尾의 ㄹ·ㄱ을 탈락시키면 '구뚜'가 되는데, 이것은 久度(くど)와 음이 극히 가깝다고 이해하였다.

을 가리키는 일본어이므로 久度神은 부뚜막 뒤에 붙어 연기가 새어 나가는 부분을 신격화하여 숭배한 神으로 이해할 수 있다.

근래에 한국에서는 조왕과 별도로 굴뚝신을 모셨다. 예를 들어 경기도 강화에서는 마당에 벼락장군을 모시고, 굴뚝에는 구대장군을 모셨다. 한편 태백에서는 굴뚝신을 蠶神이라고 부르거나 장군신이라고 불렀다. 집안에 나쁜 귀신이 굴뚝을 통하여 들어온다고 믿고, 이곳을 지키는 신을 장군신이라고 불렀던 것이다.[317] 그러나 한국의 경우 온돌이 보편적으로 보급된 이후에 부뚜막과 굴뚝이 방 사이를 두고 서로 멀리 떨어져 존재하였기 때문에 조왕과 굴뚝신을 별도의 신격으로 숭배하게 되었음을 결코 간과해서는 안 된다. 물론 한반도에서 이주한 삼국의 유민들이 일본에서 온돌, 특히 쪽구들을 사용하지 않은 것은 아니었다.[318] 그러나 그것은 일본에서 널리 보급되지 않았다. 일본에서 발견된 이동식 부뚜막, 즉 조형토기의 경우, 대체로 아궁이와 연기가 배출되는 굴뚝이 가까이에 위치하여 하나의 세트를 이루는 사례가 흔하였다. 일본에 영향을 끼쳤다고 추정되는 삼국의 이동식 부뚜막도 비슷한 모양이었다.

안악3호분 벽화에 아궁이에 가마를 걸고 그 위에 시루를 얹어 놓은 모습의 부엌이 묘사되어 있는데, 굴뚝은 벽체 바깥에 위치한 것으로 그려져 있다. 한편 고구려의 무덤에서 명기로 사용된 이동식 부뚜막이 여러 개 발견되었다. 대표적인 것으로 용호동 1호분에서 출토된 철제 부뚜막을 들 수 있다. 우측에 아궁이와 솥을 거는 구멍이 있고, 좌측에 경사지게 구부러진 굴뚝이 달려 있다. 다른 무덤에서 발견된 고구려의 이동식 부뚜막 역시 한쪽에 아궁이, 그 반대쪽에 굴뚝을 배치한 모양이다.[319]

---

317 강영경, 2005 「만신전(萬神殿)으로서의 가정신앙-강화도를 중심으로-」, 『한국의 가정신앙』하(지역적양상), 민속원, 111~113쪽.

318 우재병, 2006 「5~6세기 백제 住居·暖房·墓制文化의 倭國 傳播와 그 背景」, 『한국사학보』 23, 70~79쪽.

319 궁성희, 1990 「고구려무덤들에 보이는 부뚜막에 대하여」, 『조선고고연구』 1990-1.

그림 36 운산 용호동 1호분 출토
철제 고구려 부뚜막

그림 37 익산 왕궁리유적
이동식 부뚜막 모양 토기

백제 유적에서도 이동식 부뚜막이 발견되었는데, 대표적인 것으로 군산 여방리유적과 익산 왕궁리유적에서 출토된 것을 들 수 있다. 먼저 전자는 한쪽에 아궁이가 있고, Dome형의 윗부분에 솥걸이가 있으며, 다른 반대쪽에 배연시설로 연통이 설치된 모습이다.[320] 한편 익산 왕궁리유적에서 조사된 이동식 부뚜막은 정중앙에 솥걸이 구멍이 있고, 아궁이의 반대편에 截頭牛角形의 연통이 길게 돌출되어 있는 모습이다.[321]

고구려와 백제 유적에서 조사된 이동식 부뚜막의 모습을 참조하건대, 삼국과 고대 일본 사람들이 굴뚝과 부뚜막을 분리하고, 각각을 신격화하여 숭배하였다고 이해하기는 곤란하지 않을까 한다. 즉 굴뚝도 부뚜막(竈) 또는 부엌의 일부분이었으므로 굴뚝신과 竈神을 서로 분리하여 숭배하였다고 보기 어렵다는 의미이다. 이 점은 平野社 久度神의 실체를 밝힐 때에 매우 유의되는 사항이라고 하겠다. 『延喜式』권30 大藏省式 및 卷31 宮內省式에서 忌火와 庭火, 平野竈神에게 제사지낼 때에 필요한 제물의 수령에 관한 내용을 적기하였

---

320 최완규, 1996 「군산 여방리 기린마을 고분군 발굴조사 개보」, 『호남고고학』3; 한국도로공사·원광대박물관, 2001 『군산여방리고분군』, 215~216쪽.

321 국립부여문화재연구소, 2006 『왕궁리-발굴조사보고Ⅴ-』, 147~148쪽; 권오영, 2007 앞 논문, 85쪽.

다.[322] 그리고 卷16 陰陽寮式에 庭火와 平野竈神의 神座가 각각 6座라고 전하고 있다.[323] 여기서 忌火와 庭火竈神은 淸淨한 불을 피워 神饌이나 고귀한 사람의 食物을 조리하기 위하여 지은 건물의 竈神을 가리킨다. 11월의 新嘗祭 및 6월과 12월 神今食祭[324] 때에 忌火殿屋에서 忌火를 피워 조리하였고, 평소 御飯은 庭火屋에서 조리하여 제공하였다. 제사는 內膳司가 주관하였는데, 매달 朔日 및 新嘗祭와 6월·12월 神今食祭 다음날에 행하였다.[325]

　본래 宮廷의 內膳司에서 忌火와 庭火竈神을 제사하여 오다가 平野社 창건 이후에 거기에 平野竈神이 추가되었다고 이해하고 있다.[326] 그렇다면 궁중의 內膳司에서 주관하여 제사한 平野竈神의 실체는 무엇이었을까?『日本紀略』에 天德 4년(960) 內膳司 忌火庭火 등의 御神을 다른 곳으로 옮겼는데, 그것이 구체적으로 平野의 釜 2口, 庭火의 錡 1口였다는 기록이 전한다.[327] 또한 永觀 원년(983)에 內膳司 平野와 庭火御竈를 도둑맞아서 새로 御釜를 鑄造하여 대체하였다고 전한다.[328] 두 기록을 통하여 庭火 및 平野竈神의 神座는 부뚜막(かまど) 그 자체가 아니라 이것과 세트를 이루는 釜(鼎)였음을 엿볼 수 있다.[329] 비록 平野竈神의 神座가 釜였다고 하더라도 그것 자체보다는 그것을 포함한 부뚜막 자체를 신격화하

322　凡御幷中宮御贖 及祭忌火庭火御竈神 平野御竈神料雜物 神祇官所受 待彼官移文充之(『延喜式』卷30 大藏省 및 卷31 宮內省).

323　庭火幷平野竈神<坐二內膳司一> 神座十二前<各六前>(『延喜式』卷16 陰陽寮).

324　天皇이 6월과 12월 月次祭 때의 밤에 中知院의 神嘉殿에 나아가 天照大神과 함께 제공된 神饌을 食事하는 의식을 말한다.

325　(財)古代學協會·古代學硏究所編, 1994a, 앞 책, 184~185쪽.

326　義江明子, 1986 앞 논문, 194~195쪽.

327　(天德四年十一月) 十九日乙卯 今夜坐內膳司忌火庭火等御神 奉遷冷泉院內膳 仍權大納言 師尹卿已下奉遷之. 平野謂釜二口也 庭火謂錡一口也. 各有臺長櫃等 衛士持之 奉移院乾 方新屋 庭火平野別屋也. 安置之後 宮主申祝詞(『日本紀略』後篇4 村上天皇).

328　(永觀元年)十月一日癸未 卯刻內膳司平野庭火御竈被盜取了. …… 十二月二十五日丙午內 膳司平野御釜如元置本司 件釜先日被盜取畢 仍新所鑄也(『日本紀略』後篇7 圓融天皇).

329　松前健, 1974 앞 논문, 362쪽.

여 숭배하였다고 봄이 자연스럽다. 이동식 부뚜막이나 전통적인 일본의 부뚜막에 굴뚝이 딸려 있었음을 감안하건대, 연기가 배출되는 굴뚝을 신격화하여 숭배하는 신앙과 竈王信仰을 분리하여 이해하기는 곤란하지 않을까 한다.[330] 이러한 측면에서 일본 학계의 통설적 견해처럼 平野社의 祭神인 久度神과 內膳司에서 奉祀한 平野竈神은 동일한 실체를 가리키는 것으로 보아도 좋을 것이다.[331]

平野社의 祭神 가운데 하나인 古關神(古開神)의 성격을 살필 수 있는 자료가 충분히 전해지지 않아 이에 대한 연구는 미진한 편이다. 대체로 平野社 창건 때에 久度神과 古關神이 함께 合祀되었다는 사실을 주목하여 두 신 모두 竈神의 성격을 지녔다고 이해하는 것이 지배적이다. 물론 이에 대하여 異見을 제기한 경우도 없지 않지만, 여기서 그에 관하여 더 이상의 논급은 자제하기로 하겠다.[332] 한편 또 다른 祭神인 相殿比賣神은 承和 年間(834~847)에 平野社에 새로 合祀된 것으로 이해되고 있다.[333] 이것은 竈神과 직접적인 연관성을 지니지 않았으므로 여기서 그에 관해서도 더 이상 언급하지 않겠다.

지금까지 平野社의 祭神인 久度神이 竈神과 동일한 실체였음을 논증하였다. 물론 이것은 백제계 도래민인 和氏 가문에서 숭배한 久度神 역시 竈神의 성격을 지녔음을 의미하는 것이기도 하다. 久度神社는 奈良縣北葛城郡王寺町久度4丁目에 위치한다. 그런데 흥미로운 사실은 一名 久度寺로 불린 西安

---

330 이와 관련하여 오늘날 京都 등에서 くど(竈)가 かまど(竈) 자체의 의미로 사용되고 있다는 점이 참조된다[ja.wikipedia.org/wiki/竈_(くど)].

331 水野正好, 1972「外來系氏族と竈の信仰」,『大阪府の歷史』第2號; 松前健, 1974 앞 논문, 361~366쪽; 義江明子, 1986 앞 논문, 194~197쪽.
한편 林陸朗은 久度를 倭史乙繼(和乙繼)가 거주하던 곳의 지명으로 이해하고, 乙繼가 奉祀하였던 祖神이 竈神(久度神)이 되었다고 주장하였다(林陸朗, 1977 앞 논문).

332 久度神과 古關神을 둘러싼 여러 견해에 대해서는 義江明子, 1986 앞 논문과 岡田莊司, 1994 앞 논문, 71~83쪽 및 虎尾俊哉, 2000 앞 책, 936~937쪽이 참조된다.

333 義江明子, 위 논문, 197~199쪽.

寺가[334] 거기에서 남동방면으로 약 1.5km 정도 떨어진 곳에 위치한다는 점이
다. 현재 西安寺의 遺趾는 北葛城郡王寺町王寺 근처에 위치한 舟戶神社 境內
로 추정되고 있다. 한편 和乙繼의 무덤으로 추정되는 牧野墓는[335] 北葛城郡廣
陵町馬見北8丁目에 위치한 牧野古墳群 內에 위치한 것으로 이해되고 있다.[336]

그림 38 久度神社와 西安寺, 牧野墓, 百濟寺의 위치

---

334 癸未太政官處分 在大和國廣湍郡西安寺〈俗號 久度〉宜令僧綱攝之(『續日本後紀』卷2 仁
   明天皇 天長 10년 가을 윤7월).

335 牧野墓〈太皇太后之先和氏 在大和國廣瀨郡 兆域東西三町 南北五町 守戶一烟〉(『延喜式』卷
   21 諸陵式).

336 岡田莊司, 1994 앞 논문, 81쪽.

여기서 남동방면으로 1.5km 떨어진 곳에 百濟寺가 위치하고, 百濟라는 地名이 있다(<그림 38> 참조). 본래 구도신사와 백제사 등이 위치한 지역은 고대에 平群郡과 葛下郡, 廣瀨郡의 접점에 해당하는 곳이었다. 和乙繼의 무덤 위치 및 백제사, 백제라는 지명 등을 통하여 이들 지역에 백제계 도래민들이 집중적으로 거주하였음을 추정해볼 수 있다. 바로 그와 같은 지역에 해당하는 오늘날 王寺町 지역에 久度神社나 久度寺(西安寺)가 건립된 것에서 백제계 도래민들이 굴뚝을 신격화하여 숭배하는 竈王信仰을 널리 공유하였음을 추론할수 있다. 그들의 후손이 확실시되는 和乙繼 가문에서 숭배하던 今木神을 국가차원에서 祭享하기 위하여 平野社를 창건한 이후, 거기에 久度神을 옮겨 合祀시킨 배경도 바로 이에서 찾을 수 있을 것이다.

백제계 도래민이 숭배한 조왕신앙의 성격과 관련하여 연기가 배출되는 굴뚝을 신격화하여 숭배하였다는 점을 상기할 필요가 있다. 竈神과 굴뚝의 관계가매우 긴밀하여서 조신을 굴뚝신, 즉 久度神이라고 命名하였다고 추정되기 때문이다. 중국에서 처음에 竈神은 火神과 연관되어 숭배되었다. 그러다가 가마솥의발명과 함께 '찌고 익히는' 요리를 하게 됨으로써 竈神은 火神의 한 부류가 아닌음식과 관련된 신으로 거듭나게 되었다. 그리고 나아가 조신은 한 가정의 모든일을 관장하는 신으로 그 역할이 확대되기에 이르렀다고 한다.[337] 이처럼 사람들이 竈神이 인간의 生老病死뿐만 아니라 家宅의 平安 등에 깊이 관계한다고 믿게되면서 민간신앙에서 그것이 차지하는 위상이 두드러지게 높아지게 되었다.[338]

---

[337] 정연학, 2005 「중국의 가정신앙-조왕신과 뒷간신을 중심으로-」, 『한국의 가정신앙』상(역사·무속·인접민족), 민속원, 388쪽.

[338] 대체로 戰國時代까지 竈神은 火神의 일종으로 이해되어 五祀 혹은 七祀의 대상으로 취급되다가 漢代에 이르러 독사적인 위상을 지닌 신격으로 격상되어 민간에서 널리 숭배되었다고 이해되고 있다(蕭放著·김지연·박미경·전인경역, 2006 『중국인의 전통생활풍습』, 국립민속박물관, 346~353쪽).

이후 도교사상의 영향으로 竈神이 司命의 역할을 수행하게 되면서 조신(조왕) 신앙의 성격도 크게 변화되었다. 본래 司命은 조신과 별개인 文昌官 星神으로서 인간의 수명을 관장하는 신으로 숭배되었고, 漢代에 荊巫가 그에 대한 제사를 주관하였다. 司命에 대하여 제사를 지낼 때에 땔나무를 태웠기 때문에 사람들은 그 불꽃과 연기를 보며 그것을 조왕과 연계하여 생각하게 되고, 이에 따라 조왕신앙이 점차 사명신앙을 흡수하게 된 것으로 이해되고 있다.[339] 조신이 사명의 역할을 수행한다고 믿었음을 알려주는 최초의 기록이 『抱朴子』이다. 여기에 매월 마지막 날이 되면 竈神이 하늘로 올라가 사람들의 죄상을 알려 과실이 많은 사람은 300일(紀), 과실이 적은 사람은 3일(算)의 수명을 빼앗았다고 하였다.[340] 이것은 東晉 때 사람 葛洪의 저술이므로 당시에 이미 중국 사람들이 조왕이 사명의 역할을 수행한다고 믿었다고 볼 수 있다. 이후 10세기에 이르면, 12월 23일 또는 24일에 조신이 昇天하여 玉皇上帝에게 각 집안의 세세한 일을 보고한다고 믿게 되었을 뿐만 아니라 심지어 옥황상제가 인간을 감시하기 위하여 보낸 스파이라는 인식까지 생기게 되었다. 이러면서 조왕에 대한 제사는 臘日祭祀로 굳어지게 되었다.[341]

부뚜막에서 연기가 배출되는 굴뚝을 신격화하여 숭배하는 조왕신앙의 성격을 살피고자 할 때, 우선 조왕이 사명의 역할을 수행한다고 믿은 사실을 상기할 필요가 있다. 일반적으로 사람들이 부뚜막에 머물던 조왕이 매달 또는 매년 1번씩 하늘로 올라갈 때에 연기가 빠져나가는 굴뚝을 통로로 이용한 것으로 믿었다고 파악되기 때문이다.[342] 부뚜막의 한 부분인 굴뚝을 신격화하는 조왕신앙이 파

---

339 蕭放著·김지연·박미경·전인경역, 위 책, 353~354쪽.
340 又月晦之夜 竈神亦上天白人罪狀 大者奪紀 紀者 三百日也 小者奪算 算者 三日也(『抱朴子』內篇 微旨).
341 중국 조왕신앙에 대해서는 김광언, 2001 「중·한·일 세 나라의 주거민속 연구(Ⅵ)-조왕(竈王)」, 『文化財』34 및 蕭放著·김지연·박미경·전인경역, 2006 앞 책, 그리고 정연학, 2005 앞 논문이 참조된다.
342 김광언, 2001 앞 논문, 343쪽.

생된 배경을 바로 이에서 찾을 수 있고, 나아가 백제계 도래민이 竈神을 久度神이라고 명명한 것은 역설적으로 그들이 竈神이 사명의 역할을 수행한다고 믿고 숭배하였음을 반증해주는 증거로 볼 수 있을 것이다. 고대 일본 사람들이 조신이 사명의 역할을 수행한다고 믿은 사실은 여러 자료를 통해서 방증할 수 있다. 奈良와 平安時代의 集落遺跡에서 조사된 竈가 인위적으로 파괴된 사례가 여럿 발견되는데, 이것은 住居廢絶時에 남겨진 竈에 머물던 조신이 하늘에 올라가 家人의 악행을 보고하는 것을 두려워하여 파괴한 것으로 이해되고 있다. 또한 千葉縣佐原市馬場遺蹟에서 竈內에 4매의 土師器杯가 엎어져 쌓인 상태로 출토되었고, 그 맨 위 토사기배 體外에 거꾸로 '上'이라고 쓴 묵서가 있었다. 이러한 행위는 조왕이 하늘로 올라가 집안 사람들의 악행을 보고하는 것을 봉쇄하기 위한 조치로 해석되고 있다.[343] 백제계 도래민이 전해준 조왕신앙이 일본에서 민간신앙으로 널리 수용되었음을 엿보게 해주는 자료들이다.

和乙繼는 무령왕의 아들 순타태자로부터 出自하였다고 주장하였다. 和乙繼의 출자의식을 그대로 신뢰하기 어렵다고 하더라도 대체로 그들의 조상이 5~6세기에 일본으로 이주하였음을 이를 통하여 유추해볼 수 있을 것이다. 한편 앞에서 이동식 부뚜막이 5세기에 한반도에서 일본에 전래되었음을 살폈다. 이러한 자료들을 참조하건대, 竈神이 司命의 역할을 수행한다고 믿는 신앙이 일본에 전래된 것 역시 그 무렵으로 봄이 타당할 듯싶다.[344] 5~6세기에 백제는 동진 및 남조와 활발하게 교류하였다. 이때에 조신이 司命의 역할을 수행한다고 믿는 신앙이

---

343 荒井秀規, 2005「神に捧げられた土器」,『文字と古代日本』4(神佛と文字), 吉川弘文館, 13
 ~17쪽.

344 水野正好는 5세기경에 새로운 炊飯具로서 竈, 釜, 甑 3者가 세트를 이루었고, 이것은 한국이나 중국에서 귀화한 자들에 의하여 보급되었다고 이해하고, 이에 수반한 다양한 俗信과 함께 조왕신앙도 전래된 것으로 보인다는 견해를 피력하여 참조된다(水野正好, 1972 앞 논문).

중국에서 백제에 전해졌을 것으로 믿어진다. 이러한 추정은 고고학적인 자료를 통하여 보완할 수 있다.

종래에 백제권역에서 부뚜막의 핵심인 아궁이를 감싼 아궁이테가 조왕신앙의 대상이었다고 추정하고, 그 근거로 아궁이테가 수로나 수혈 등 모종의 제의가 이루어지는 유구에서 출토되거나 주거지에서 발견될 경우 인위적으로 파쇄한 듯 파편으로만 조사된다는 사실을 주목한 견해가 제기되었다.[345] 앞에서 고대 일본 사람들이 住居廢絶時에 남겨진 竈에 머물던 竈神이 하늘에 올라가 家人의 악행을 보고하는 것을 두려워하여 竈(부뚜막)를 인위적으로 파괴하였다고 언급하였다. 마찬가지로 백제인들도 조왕이 하늘로 올라가 家人의 죄상을 알리는 것을 봉쇄하기 위하여 인위적으로 아궁이테를 포함한 부뚜막을 破碎하였다고 추론할 수 있다. 앞으로 더 많은 고고학적인 조사를 통하여 이에 대한 보완이 필요하다고 사료되지만, 그러나 백제에서 조왕이 司命의 역할을 수행한다고 믿는 신앙이 수용되어 보급되었다는 사실 자체는 어느 정도 긍정하여도 좋지 않을까 한다. 따라서 5~6세기에 백제인들이 사명신의 성격을 지닌 조왕을 숭배하는 신앙을 일본에 전해주었다고 보아도 하등 문제가 되지 않을 것이다. 이때에 조왕을 제사할 때에 추웠던 춤도 함께 전해주었을 텐데, 그것이 바로 앞에서 자세하게 살핀 進曾利古였을 것이다.[346]

---

345 권오영, 2007 앞 논문, 88쪽.

346 그런데 이와 같은 추정을 머뭇거리게 하는 사항이 하나 있다. 그것은 平野社에 모신 신들에 대하여 제사할 때에 추웠던 춤의 내용이 진증리고의 그것과 차이를 보인다는 점이다. 평야제의 구성은 매우 복잡하지만, 핵심 내용은 皇太子가 神祇官이 제공한 神麻를 끌고 鹽水를 뿌리며 祭場에 이른다는 것, 山人이 賢木을 집고 神壽詞를 고하며 산인에게서 현목을 받은 炊女들이 祭場 내에서 춤을 춘다는 것, 祭儀의 진행 과정에서 琴師와 笛工이 악기를 연주하고, 가수가 노래를 부르며, 산인을 비롯하여 제의에 참석한 사람들이 함께 춤을 추는 것으로 정리할 수 있다(三宅和朗, 2008「平野祭の基礎的考察」,『古代の王權祭祀と自然』, 吉川弘文館). 그런데 이와 같은 내용의 平野祭는 일본 고유의 전통적인 祭儀

4. 啄木의 내용과 전승

1) 고대 일본의 고려악 탁목과 그 전승

(1) 고려악 탁목의 내용과 전승

고대 일본의 舞樂 啄木에 관한 기록은『倭名類聚抄』를 비롯하여『色葉字類抄』,『伊呂波字類抄』,『胡琴敎錄』등에 전한다. 辭書類에 해당하는『倭名類聚抄』와『色葉字類抄』,『伊呂波字類抄』에는 단지 고려악의 악곡 啄木이 존재하였다고 언급하였을 뿐이고, 또 다른 언급은 전혀 보이지 않는다.『敎訓抄』를 비롯한 樂書에 여러 고려악에 대하여 소개하였지만, 高麗樂 啄木에 대한 정보는 거기에서 찾을 수 없다. 舞樂 啄木의 내용과 그 전승에 관한 간략한 설명이 中原有安의[347] 談話를 集成한 琵琶 作法書인『胡琴敎錄』에 전한다.

묻기를, 啄木曲은 俗에 테라쯔쯔키〔啄木鳥〕라고 말합니다. 本說입니까? 答하기를, 桂少輔譜에 …… 뿐만 아니라 그것(啄木)을 연주할 때, 모두 그 새의 모습을 묘사한다. 그런데 이 곡은 右의 雅樂에 있다. 아득히 높은 나무의 끝에 올라가 이 춤을 춘다라고 云云하였다. (桂少輔)譜에 있다고 말하지만, 그 전승은 이미 끊어졌다. 옛날에 끊어졌지만, 위태롭게 테라쯔쯔키의 춤을 추는 것이 사람의 눈마저 어지럽게 한다고 말해지는 것이 바로 이것이다. 묻기를, 이

를 수용한 것이라고 이해되고 있다(義江明子, 1986 앞 논문, 213~214쪽). 더구나 平野祭는 단시 久度神을 제사하기 위한 것이 아니라 금목신을 비롯한 4신 모두를 제사하기 위하여 거행되었다. 즉 평야제는 결코 竈神祭가 아니었던 것이다. 따라서 평야제 때에 추웠던 춤과 진중리고의 내용이 서로 달랐다고 하여서 후자를 和氏를 비롯한 백제계 渡來民들이 전해준 竈祭舞가 아니라고 주장하기는 곤란할 듯싶다.

347 中原有安은 平安末期의 音樂家로서 建久 6년(1195) 3월 東大寺 供養에서 太鼓를 담당하고, 建久 8년(1197) 이전에 사망하였다고 추정된다. 九條兼実과 鴨長明의 琵琶 스승이다.

舞樂과 지금의 曲은 같은 것입니까? 답하기를, 이 譜(를 가지고) 지금 헤아리기 어렵다(『胡琴教錄』上 手第13).

『胡琴教錄』은 應保 원년(1161) 또는 仁安 원년(1166)에서 建久 3년(1192) 사이에 中原有安과 그의 제자 鴨長明이[348] 琵琶에 관하여 대화한 내용을 정리한 것이다.[349] 여기서 中原有安은 桂少輔譜에 啄木은 雅樂의 右樂, 즉 고려악에 속하고, 그 내용은 啄木鳥의 탈을 썼다고 추정되는 技人이 아주 높은 나무의 끝에 올라가 춤을 추는 모습으로 기술되어 있다고 언급하였다. 『歌儛品目』卷6 亡失曲名 高麗壹越調 啄木條에서는 '생각하건대, 啄木舞는 또한 緣撞의 技藝이다. 그런데 文獻通考에 전하는 所謂 啄木橦技란 것이 아마도 곧 이것이 아닌가 한다. 즉 胡琴教錄에 그에 대한 설명이 대략 있다. 그렇다면, 이는 散樂 中에 속하는 것임을 알 수 있다.'라고 기술하였다.[350]

여기서 緣撞은 都盧尋橦,[351] 緣橦, 橦末伎라고도 부르는 것으로 장대 위에 올라가 묘기를 부리는 기예를 말한다. 緣撞을 후대에 唐銻(唐梯), 拍竿, 木熙(木戲)라고도[352] 불렀고, 우리나라에서는 이를 솟대타기라고 부르기도 한다. 緣撞, 즉 都盧

---

348 鴨長明(1155~1216)은 平安時代 末期부터 鎌倉時代에 이르는 시기에 걸쳐 활동한 歌人이자 수필가이다.

349 石田百合子, 1983 「胡琴教錄の舞臺と人物」, 『上智大學國文學論文集』16, 上智大學國文學會; 森下要治, 1993 「胡琴教錄の基礎的問題-成立時期·編者·編纂態度-」, 『國文學攷』140, 廣島大學國語國文學會.

350 按啄木舞 亦緣撞之技. 而文獻通考所謂啄木橦技ナル者 疑クハ卽是レ矣ト. 卽チ胡琴教錄ニ 其說略モヘタリ. 然レバ是モ散樂ノ中ニ屬スルフ知ルベシ(『歌儛品目』卷6 亡失曲名 高麗壹越調 啄木).

351 都盧는 國名으로서 미얀마 버간(Bagan)지역에 있는 간푸토루우를 가리킨다. 橦은 竿(장대)의 의미이고, 尋橦은 장대가 높이 서 있는 것을 지칭한다(김시덕, 2003 「솟대타기 연희의 기원과 전개 양상」, 『한국민속학』38, 97~99쪽).

352 木熙는 木戲를 가리키는데, 높은 장대 위에서 펼치는 아슬아슬한 곡예를 지칭한다고 한

尋橦은 漢代부터 널리 유행하였고, 漢代 화상석에서 그것을 공연하는 모습을 여럿 발견할 수 있다.[353]『文獻通考』에 南朝의 梁나라에서 三朝 때, 즉 설날 아침 궁중의 연회에서 49개의 음악과 잡기를 공연하였는데, 이 가운데 9가지가 장대곡예에 해당하였다고 전한다. 그것을 차례로 제시하면, 23번째 刺長追華橦伎, 32번째 靑絲橦伎, 33번째 纖華橦伎, 34번째 雷橦伎, 35번째 金輪橦伎, 36번째 白虎橦伎, 38번째 獼猴橦伎, 39번째 啄木橦伎, 45번째 五案橦祝願伎 등이다.[354] 東晉의 陸翽가 撰한『鄴中記』에는 石虎가 연회를 개최할 때, 額上橦, 齒上橦, 馬橦 등 3종류의 장대곡예를 공연하였다고 전한다.[355]

白虎橦伎는 이마나 치아 위에 장대를 세우고 재주를 부리는 장대곡예의 일종으로서 南齊의 東昏侯 蕭寶卷이 이에 능하였고, 사람들 앞에서 직접 그것을 공연하기도 하였다고 알려졌다.[356] 纖華橦伎는 사람 위에 사람이 서는 장대곡예이고, 五案橦祝願伎는 책상 위에서 공연하는 頂竿技를 가리키며, 獼猴橦伎는 장대에 올라가 원숭이의 흉내를 내는 기예이다. 그리고 靑絲橦伎와 金輪橦伎는 靑

다(諸橋轍次, 1985〈수정판〉『大漢和辭典』6, 大修館書店, 3쪽 및 안상복, 2006「중국의 전통 장대곡예(竿技) 그 기원과 역사 전개」,『중국문학』47, 한국중국어문학회, 72쪽).

353 김시덕, 2006 앞 논문, 100~101쪽 및 안상복, 위 논문, 71쪽에서 화상석에 전하는 都盧尋橦의 사례를 소개하여 참조된다.

354 至梁時 設三朝大會四十九等 其二十三刺長追華橦伎 三十二靑絲橦伎 三十三一纖華橦伎 三十四雷橦伎 三十五金輪橦伎 三十六白虎橦伎 三十八獼猴橦伎 三十九啄木橦伎 四十五案橦呪願伎. 雖有異名 要之 同為緣橦之一戱也. 唐日竿木 今日上竿 蓋古今異名而同實也 (『文獻通考』권147 樂考20 散樂百戲 都盧伎).

355 虎(越王石虎) 正會 殿前作樂 高絙 龍魚 鳳凰 安息五案之屬 莫不畢備. 有額上緣橦 至上鳥飛左回右轉. 又以橦著口齒上 亦如之. 設馬車 立木橦其車上 長二丈 橦頭安橫木 兩伎兒 各坐木一頭 或鳥飛 或倒掛. 又衣伎兒 作獼猴之形走馬上 或在脅 或在馬頭 或在馬尾 馬走如故 名為猿騎(『鄴中記』).

356 帝有膂力 能擔白虎幢 自製雜色錦伎衣 綴以金花玉鏡衆寶 逞諸意態 所寵羣小黨與三十一人 黃門十人 …… 屈此萬乘 躬事角抵 昂首翹肩 逞能橦木 觀者如堵 曾無怍容(『南齊書』권7 本紀第7 東昏侯).

絲나 金輪(수레바퀴) 등을 가지고 장대에서 기예를 펼치는 것에 해당한다.[357] 獼猴橦伎의 성격을 참조하건대, 啄木橦伎 역시 技人이 啄木鳥의 탈을 쓰고 장대에 올라가 재주를 부리는 장대곡예의 일종이라고 정리할 수 있을 것이다. 이와 관련하여 주목되는 사항이 『鄴中記』에 技人이 장대 끝에 걸친 횡목 위에 올라가 새가 날듯이 좌우로 회전하며 춤을 추거나〔鳥飛〕, 장대에 걸친 橫木 위에서 아래로 떨어지다가 발등으로 걸어서 공중에 거꾸로 매달려 있는 묘기, 즉 倒掛를 연출하였다고 전

그림 39 沂南漢墓中室東壁橫額畫像의 장대 곡예

하는 점이다. 구체적인 모습은 沂南漢墓中室東壁橫額畫像의 百戲圖에서 볼 수 있다(<그림 39> 참조).[358] 啄木橦伎는 나무를 쪼는 탁목조의 독특한 행동을 묘사하는 것이 주요 내용이었지만, 그것도 새의 일종이라는 점에서 새처럼 나는 모습을 형상화하여 춤을 추는 내용이 거기에 포함되었을 가능성이 높다고 추정되기 때문이다.

---

357 김시덕, 2003 앞 논문, 104쪽.

358 中國畫像石全集編纂委員會, 2000『中國畫像石全集』1(山東漢畫像石), 山東美術出版社·河南美術出版社, 152~153쪽,

『胡琴敎錄』에서는 高麗樂 啄木은 장대 끝에 技人이 올라가 춤을 추는 舞樂이라고 설명하면서 장대 끝에서 위태롭게 춤을 추었기 때문에 사람들의 눈을 어지럽게 만든다고 부연하여 언급하였다. 탁목이 장대곡예의 일종이면서 장대 끝에서 아찔한 묘기를 연출하였기 때문에 이렇게 표현하였던 것으로 보인다. 이러한 측면에서 남북조시대에 공연되었던 啄木橦伎와 고려악 啄木은 相通하였다고 정리할 수 있고, 『歌儛品目』에서 고려악 탁목을 『文獻通考』에 전하는 啄木橦伎와 연결시켜 散樂의 일종으로 언급한 것은 正鵠을 찔렀다고 말할 수 있을 것이다.

　　앞에서 인용한 『胡琴敎錄』에서 師, 즉 中原有安이 지금 고려악 啄木의 전승이 끊어졌다고 언급하였다. 여기서 桂少輔譜에 탁목에 관한 내용이 기술되어 있다고 하였는데, 桂少輔譜는 12세기 전·중반에 활동한 源信綱이 지은 비파의 악보로 추정되고 있다.[359] 그러나 桂少輔譜에 탁목에 관한 내용이 전한다고 하여서 12세기 전·중반까지 그것이 계속 이어져 공연되었다고 보기 어렵다. 太神基政(1075~1138)이 長承 2년(1133)에 편찬한 橫笛書인 『龍鳴抄』에 전하는 高麗樂에 탁목이 포함되어 있지 않기 때문이다. 고려악 탁목은 12세기 전반 이전에 그 전승이 끊어졌음이 분명하다.

　　탁목에 관하여 전하는 辭書 가운데 가장 먼저 편찬된 것이 『倭名類聚抄』이다. 이것은 10권본과 20권본이 전하는데, 고려악에 관한 내용은 20권본에 전한다. 10권본은 承平 2년(931)에서 동 5년(934) 사이에 源順이 찬술한 것으로, 20권본은 대체로 天祿 원년(970) 이후 數年 사이에 증보된 것으로 이해되고 있다. 그렇다면 970년 무렵까지 고려악 탁목을 계속 공연하였다고 볼 수 있을까? 『口遊』는 源爲憲이 天祿 원년(970)에 年少者를 위한 學習書로서 편찬한 것이다. 여기에 고

---

359 源信綱은 源基綱(1049~1116)의 막내아들로서 兵部少輔從五位上에 이르렀기 때문에 桂少輔라고 불렀다. 妙音院藤原師長의 琵琶 스승이다〔(財)古代學協會·古代學硏究所編, 1994b 앞 책, 2437쪽〕.

려악에 관한 내용이 보이는데, 당시까지 舞가 전해진 경우와 그렇지 않은 경우로 크게 구분하여 기록하였다. 여기에서 춤이 전한다고 언급한 고려악곡은 古鳥蘇, 退宿德, 進宿德, 狛桙, 高麗(龍?), 阿也岐理(阿夜岐理: 重出), 歸德侯, 弄玉, 崑崙八仙, 保曾呂久世利, 賀利夜須, 新鞨鞨, 遍鼻胡童樂, 林歌, 納蘇利, 蘇志磨利, 地久樂 등이고, 그렇지 않은 것은 保所呂, 俱倫甲序, 阿志波, 顏徐, 新河浦, 進曾利古, 石川樂, 登天樂, 白濱樂 등이다. 춤이 전하거나 그렇지 않은 고려악곡 가운데 탁목에 관한 언급은 보이지 않는다. 탁목과 마찬가지로『倭名類聚抄』와『色葉字類抄』,『伊呂波字類抄』등의 사서류에만 전하고, 樂書에 전하지 않는 고려악곡이 葦波와 鞘切이다.『口遊』에서는 葦波를 阿志波라고 표기하였으며,[360]『夜學庭訓抄』에서도 역시 마찬가지였다.[361] 다만『口遊』에서 阿志波의 춤이 전하지 않는다고 표기한 것으로 보아 당시에는 그 음악만이 전해졌을 가능성이 높지 않을까 여겨진다.

『口遊』에 啄木을 비롯하여 志岐傳(敷手), 都鬱(都志), 王仁庭, 酣醉樂, 延喜樂, 狛犬, 胡蝶樂. 桔槹, 常雄樂, 作物, 仁和樂, 鞘切 등의 고려악곡에 관한 언급이 보이지 않는다.『中右記』에 寬治 2년(1088) 7월 27일에 犬, 吉干(桔槹), 敷手 등을 공연하였다는 기록이 보인다.[362] 이로 보아 고려악곡의 전승에 관한『口遊』의 기록이 정확하다고 말할 수 없다. 그러나 여기에 辭書類에만 전하는 고려악 3曲 가운

---

360 『歌儛品目』권6 亡失曲名 高麗壹越調 葦波條에서 '口遊作阿志波'라고 하였다.

361 皇仁 吉簡 長保樂 納序 古彈 新鳥蘇 古鳥蘇 退宿德 進宿德 保蘇呂〈長保樂急〉狛桙 俱倫甲序 高麗龍 志岐傳 阿志波 阿也岐理〈童作德〉歌良古蘇呂 埴破 顏徐 新河浦 歸德叟 進曾利古 阿夜岐理 新鞨鞨 酣醉樂 遍鼻胡童(德)樂 石河 林歌 納蘇利 蘇志磨利 登天樂 胡蝶 地久 白濱 敷手 崑崙八仙〔續群書類從完成會, 1927『新校 群書類從』卷第347 管絃部7 夜鶴庭訓抄 高麗狛樂〕.

362 (中右記) 寬治二年七月十七日 有御覽儀存先規 未一點御出 …… 追相撲出 其後亂聲 振桙之後 奏舞曲 …… 日晩主殿寮炬火 敷手〈十人〉還城樂 犬〈龍二人〉遠樂〈中有雜藝〉吉干事了還御(『古事類苑』樂舞部第1册 樂舞9 高麗樂樂曲 狛犬).

데 유독 阿志波(葦波)에 대해 언급하였으면서도 啄木과 鞨切에 관하여 언급하지 않은 것은 결코 가볍게 보아 넘기기 어렵지 않을까 한다. 이에서 970년 당시에 舞樂 鞨切과 啄木의 전승이 폐절되었음을 유추해볼 수 있기 때문이다. 실제로 이후의 자료에서 고려악 鞨切과 啄木을 공연하였음을 알려주는 자료를 찾을 수 없다. 이와 관련하여 10세기 중반 무렵에 琵琶의 秘曲 탁목을 연주하였음을 알려주는 자료가 전하는 점을 주목할 필요가 있을 것이다. 이에 관해서는 소절을 달리하여 살펴보고자 한다.

(2) 고려악 탁목과 비파 비곡 탁목과의 관계

『今昔物語』에 源博雅(918~980)가 村上天皇(재위 946~967) 때에 蟬丸으로부터 비파의 秘曲 流泉과 啄木을 연주하는 법을 전수받았다고 전한다.[363] 『今昔物語』는 1120년으로부터 멀리 떨어지지 않은 白河法皇(1053~1129)과 鳥羽法皇(1103~1156)에 의한 院政期에 찬술된 것으로 추정된다. 源博雅가 비파의 秘曲 啄木과 流泉을 전수받았다는 일화가 전하는 가장 이른 시기의 자료가 『江談抄』이다. 이것은 漢詩文, 公事, 音樂 등 다방면에 걸친 師中納言 大江匡房(1041~1111)의 談話를 進士藏人 藤原実兼이 筆記한 것으로서 長治 연간(1104~1106)으로부터 嘉承 연간(1106~1108) 사이에 찬술된 것으로 추정되고 있다.

『拾芥抄』上末 樂器 名物條에 延喜 9년(909) 琵琶의 목록이 전한다. 여기에 전하는 비파의 名器는 賢圓, 齋院, 師子, 象, 白龍, 大鳥, 流泉, 巖, 黃菊, 無名琵琶五

---

363 源博雅好音樂. 今昔物語 (蟬丸)後隱居會坂 琵琶有流泉啄木二曲 世希知之者. 博雅聞蟬丸
傳之 欲就學之 使人勸移家京師 蟬丸不答. 博雅每夜造其廬覘之 如此三年 不得聞其曲. 會
秋夜月明 博雅意今夜彼必彈祕曲 乃又往. 蟬丸撥絃獨言曰 世復有與我同申志者哉 冀俱
賞此良夜. 博椎突入曰 我是源博雅也. 因敘其懇款 遂以二曲授之 其篤志如此(『大日本史』
卷之九十三 列傳第二十 皇子八).
참고로 『今昔物語』卷第24 第23話에서 蟬丸이 會坂에 은거한 시기가 村上天皇代라고 언
급하였다.

面, 無名琵琶三面 등이다. 이 가운데 일부는 다른 자료에도 보인다.[364] 여기서 소개한 名器中에서 주의를 끄는 것이 바로 流泉이다. 비파의 名器를 전제로 하여 그와 관련된 악곡을 제작하였을 가능성이 높다고 추정되는데, 이러한 추정에 잘못이 없다고 한다면, 延喜 9년(909) 이후에 流泉이란 樂曲이 제작되었을 가능성이 높지 않았을까 여겨진다. 『江談抄』나 『今昔物語』에서는 단지 비곡을 流泉, 啄木이라고 표기하였음에 반하여 이것들보다 더 늦게 편찬된 『夜鶴庭訓抄』, 『胡琴教錄』, 『教訓抄』 등에서는 石上流泉, 啄木으로 표기하였다. 그런데 石上 역시 비파의 악곡이었음이 확인된다. 『樂家錄』 권9 琵琶 琵琶秘曲之名目條에 '上玄, 石象, 이 두 곡은 62대 村上天皇이 비파로 연주할 때에 廉承武의 혼령이 나타나 받들어 전수하였다고 이른다.'는 기록이 전한다. 『古事談』 제6 村上天皇彈玄上廉承武聽聞事條에서 村上天皇이 염승무의 혼령으로부터 上玄과 石上(石象)曲을 전수받았다는 내용을 매우 상세하게 서술하였다.[365] 이밖에 『吉野吉水院樂書』, 『河海抄』 등에서는 上玄, 石上流泉을 전수받았다고 기록하였다.[366]

『고사담』에서 염승무의 魂靈이 村上天皇에게 전수한 비파곡이 上玄, 石上이라고 하였다가 후대에 편찬된 자료에서는 上玄, 石上流泉이라고 표기하였던 것이다. 본래 석상과 유천이 별도의 악곡이었지만, 어느 시기엔가 하나로 합쳐져서 연주되었음을 시사해준다. 村上天皇은 946년에 즉위하여 967년에 사망하였다. 비록 설화적인 내용이긴 하지만, 이러한 자료들을 통하여 石上이란 비파곡이 처음으로 연주된 시기의 상한은 村上天皇代였다고 추정해볼 수 있을 것이다. 流泉

---

364 『教訓抄』下 卷第9 管絃 琵琶條에서 비파의 명기로 소개한 것 가운데 齋圓이 보이고, 『體源抄』 권8 비파조에 비파의 보물로서 大鳥가 있다고 전하며, 『樂家錄』 권41 音樂珍器 琵琶條에서 비파의 珍器로서 大鳥, 巖 등이 있다고 언급하였다.

365 『古事談』은 建曆 2년(1212)에서 建保 3년(1215) 사이에 刑部卿 源顯兼이 編述한 것이다.

366 이에 관해서는 佐藤辰雄, 1986 「廉承武傳承の考察」, 『日本文學誌要』34, 法政大學國文學會, 35~37쪽이 참조된다.

을 '石上流泉'이라고도 불렀듯이, 석상과 유천은 긴밀한 관계였을 것이다. 이러한 사실과 909년에 流泉은 비파 名器의 명칭이었다는 점을 고려한다면, 유천이란 비파 악곡이 제작된 시기 역시 비파곡 石上이 제작된 10세기 중반에서 크게 벗어났다고 보기 어려울 것이다.

이처럼 流泉이란 비파 악곡을 제작한 시기를 10세기 중반 이전으로 소급하기 어렵다고 한다면, 여러 자료에서 항상 유천과 함께 세트로 비파의 비곡이라고 전하는 啄木曲의 제작 시기 역시 10세기 중반 무렵이었을 가능성이 높지 않을까 한다. 이러한 추정은 앞에서 언급하였듯이 村上天皇代에 源博雅가 蟬丸으로부터 비파 秘曲인 유천과 탁목곡을 전수받았다는 사실을 통해서 보완할 수 있을 것이다.

그렇다면 이제 高麗樂 啄木과 源博雅가 蟬丸으로부터 전수받았다고 전하는 琵琶의 秘曲 啄木은 어떠한 관계였을까에 관해서 살필 차례인데, 이와 관련하여 먼저 唐나라 사람으로부터 비파의 비곡을 전수받았다고 전하는 자료들을 검토할 필요가 있을 것이다. 仁安 3년(1168)~安元 3년(1177) 사이에 편찬된 『夜鶴庭訓抄』에 比巴秘物로서 石上流泉〈返風香調引〉, 啄木〈返風香調〉, 楊眞操〈風香調〉가 있으며,[367] 또한 比巴 26調 가운데 啄木調가 있다고 전한다.[368] 이것들은 이전까지 탁목을 返風香調로 연주하다가[369] 12세기 후반 이전의 어느 시기에 탁목

---

367 〈 〉은 細註에 해당한다. 이하에 보이는 〈 〉 역시 마찬가지이다.

368 比巴秘物等 石上流泉〈返風香調引〉啄木同調 楊眞操〈風香調〉. …… 比巴調等 壹越調 索性(壹越性調: 『教訓抄』) 雙調 沙陁調 平調 大食調 乞食調 小食調 道調 黃鐘調 水調 般涉調 風香調 返風香調 林鐘調 淸調 殺孔調 難調 仙寫(鶴)調 鳳凰調 鴛鴦調 南呂調 玉神調 碧玉調 啄木調 仙女調(『夜鶴庭訓抄』; 續群書類從完成會(1933년) 『新校群書類從』卷 347).

369 한편 『江談抄』에서는 啄木을 본래 般涉調로 연주하였다고 하였다(流泉 啄木〈右二曲 以返風香之調彈之. 一本啄木本以般涉調彈之 江談抄之說〉(『樂家錄』卷9 琵琶 琵琶秘曲之名目).

을 연주하는 樂調로서 啄木調가 성립되었음을 알려준다. 탁목조에 관한 내용은 藤原師長(1138~1192)이 편찬한 『三五要錄』과 天福 원년(1233)에 狛近眞이 편찬한 『教訓抄』에도 보인다.[370] 『夜鶴庭訓抄』에서 楊眞操를 비파의 비곡으로 추가하여 제시하였고, 『胡琴教錄』과 『教訓抄』를 비롯한 이후의 여러 자료에서도 이를 따르고 있다. 특히 『教訓抄』에서는 楊貴妃가 楊眞操를 지었다고 언급하였을 뿐만 아니라[371] 처음으로 비파의 秘曲 流泉과 啄木은 胡渭州의 樂曲이라고 언급하기도 하였다.[372] 『十訓抄』, 『絲竹口傳』에서도 탁목과 유천, 양진조가 바로 胡渭州의 曲이라고 기록하였다.[373]

명나라 胡震亨이 撰한 『唐音癸籤』 卷14 樂通3에서 당나라의 비파곡에 대하여 기술하였는데, 이 가운데 胡渭州가 포함되어 있다.[374] 당 開元(712~741) 중

---

370 啄木調는 『三五要錄』 卷2 調子品下와 『教訓抄』 下 卷第8 琵琶條에 전한다.

371 秘事者 石上流泉〈返風香調彈之〉 啄木〈同調彈之 此曲彈時 無猪目撥彈云云〉 楊眞操〈風香調彈之〉. 楊貴妃所作云〈楊姓眞名也 自作之 賜太上博士也 謂三曲〉(『教訓抄』 下 卷第8 琵琶).

372 『教訓抄』 下 卷第8 琵琶條에 流泉과 啄木을 胡渭州의 堆良秘曲이라고 표현한 내용이 보인다.

373 琵琶の秘曲には 上玄石上 流泉白子 揚眞操 啄木也. これを名付て胡渭州三曲とはいふ也 (『十訓抄』 第10 藤原資通琵琶上手事幷玄象琵琶事).
琵琶ニハ石上流泉, 啄木, 楊眞操, 是ヲ胡渭州ノ三曲トハ云也(『絲竹口傳』 管絃秘曲; 續群書類從完成會, 1933 『新校群書類從』 卷348).
『十訓抄』는 편찬자는 未詳이고 建長 4년(1252)에 편찬된 것이며, 『絲竹口傳』은 嘉曆 2년 (1327) 3월 15일에 天王寺 승려 俊鏡이 편찬한 것이다.

374 琵琶曲 勝蠻奴 火鳳 傾盃樂〈貞觀中 裴神符作 此三曲 聲度清美 太宗深悅之 盛行於時〉 鬱輪袍〈王維覓解 岐王引入 公主第彈此曲〉 …… 大呂調 曲涼州 伊州 胡渭州 甘州 綠腰莫軪 傾盆樂 安公子 水牯子 阿濫泛 湘妃怨 哭顏回〈王蜀節使王保義女 適荊南高從誨子保節 嘗夢異人 授琵琶諸調 其曲自涼州下二百餘 因刊石以傳事 見北夢瑣 言意王素善琵琶 托諸夢 以神之 如前王沂耳 所異者 徵調中有湘妃怨 哭顏回 世人琵琶 多不彈 徵調未解為何〉(『唐音癸籤』 卷14 樂通3).
당나라 비파곡은 『太平廣記』 卷205 琵琶 王氏女條에도 전한다.

에 樂工 李龜年, 鶴年 형제가 渭州라는 악곡을 제작하였다고 한다. 당에 2개의 渭州가 있었다. 하나는 關内에, 또 다른 하나는 隴右에 속하였다. 唐代에 邊地를 악곡의 명칭으로 삼는 관행이 있었는데, 이구년 형제가 지은 위주는 바로 농우의 위주를 가리킨다. 이처럼 악곡 위주가 변지에 위치한 농우의 위주를 가리키므로 이를 관내의 위주와 구별하여 胡渭州라고 불렀던 것이다.[375] 天寶 연간 (741~756)에 樂人 및 閭巷에서 호위주를 唱하기를 좋아하였다는 기록도 전한다.[376] 楊眞操가 楊貴妃가 지은 것이고, 또한 비파의 비곡인 탁목과 유천, 양진조가 호위주의 3곡이라고 한다면, 탁목은 당에서 전래된 비파의 악곡이라고 볼 수 있으며, 이에 의거하건대 고려악 탁목과 비파의 비곡 탁목은 관계가 없다고 정리할 수 있다.

그러나 탁목 등이 호위주의 곡이었다고 전하는 내용은 『교훈초』에 처음 보이고, 그 이전 시기에 편찬된 자료에 전혀 보이지 않는다. 특히 탁목에 관하여 비교적 자세하게 전하는 『胡琴教錄』에서도 啄木 등이 호위주의 곡이었다고 분명하게 기록하지 않았다. 이러한 사실을 미루어 보건대, 탁목 등이 당나라 胡渭州의 곡이었다는 전승을 사실 그대로 신뢰하기가 그리 쉽지 않을 듯싶다. 물론 양귀비가 양진조를 지었다는 전승 역시 마찬가지이다. 그런데 탁목 등이 당에서 전래되었다는 전승은 후대에 이르러 藤原貞敏이 당의 廉承武로부터 그것을 傳習하여 일본에 전래하였다는 것으로 확대 재생산되었다.

藤原貞敏이 비파곡 啄木과 流泉, 楊眞操를 廉承武로부터 傳習하였다는 내용

---

375 胡渭州〈商調曲 唐有兩渭州 一屬關内 一屬隴右 此出隴右 渭州為近邊地 故以胡渭州別之 開元中樂工李龜年鶴年兄弟 尤妙製渭州 五行志云 天寶樂曲 多以邊地為名 其曲遍繁聲名 破安史亂 西幸後 其地盡為吐蕃所沒破 乃其兆也 洪容齋曰 今樂府所傳大曲 皆出于唐而以州名者五 伊凉熙石渭也 凉州今轉為梁州 唐人已多誤用 按唐地理志 凉州屬隴右道 盡古雍梁二州之境 用之非誤〉(『唐音癸籤』卷13 唐曲).

376 天寶中 樂人及閭巷好唱胡渭州 以回紇為破 後逆胡兵馬 竟被回紇擊破 國風興廢 潛見於樂音 時兩京小兒 多將小錢攤地 於穴中更爭勝負 名曰投胡(『太平廣記』卷140 徵應6 僧一行).

은『文机談』및『源平盛衰記』에 전한다.[377] 전자는 文永 9년(1273)에서 멀지 않은 시기에, 후자는 鎌倉時代(1185~1333) 말기에서 南北朝에 이르는 시기에 편찬되었다. 특히『源平盛衰記』권30 靑山琵琶流泉啄木事條에서 유천과 탁목 등의 별칭 및 유래에 대하여 자세하게 언급하여 주목된다. 이에 따르면, 流泉曲은 都率內院의 秘曲이며, 彌勒菩薩이 항상 이 曲을 연주하여 聖衆의 보리심을 불러일으키기 때문에 菩提樂이라고도 불렀을 뿐만 아니라 漢 武帝가 仙을 구하려고 할 때, 內院의 聖衆이 하늘에서 내려와 무제의 앞에서 이 곡을 연주하였고, 당시 龍王이 몰래 와서 南庭의 泉底에 숨어 머물면서 이 곡을 들었는데, 庭上에 샘이 흘러 가득차자, 이 곡을 流泉이라고 불렀다.'고 한다. 그리고 啄木은 본래 天人의 음악으로서 이 曲을 들으면, 生死解脫의 마음이 생긴다고 하여 本名을 解脫曲이라고 부른다고 언급한 다음, 그 유래에 대해서 '震旦의 商山에[378] 仙人이 많이 모여서 몰래 이 곡을 연주하자, (그들이 갑자기) 山神虫으로 변하였는데, 그 모습이 마치 나무를 쪼는 모양과 같았으므로, 이것을 들고 (해탈곡을) 啄木이라고 불렀다.'고 설명하였다.『樂家錄』권9 琵琶秘曲之名目條에서 '또한 舊記 가운데 그(流泉·啄木) 전승에 관해 附會한 說이 있는데, 족히 믿을 수 없다. 그 설에 대해서는 생략한다.'고 기술한 것에서 보듯이,[379] 이와 같은 전승은 13세기에 비파의 비곡 유천·탁목의 유래를 부회한 사실과 관련이 깊다고 추정된다. 비록 후대에 부회한 것이라고 하더라도 이를 통하여 중세 일본인들이 탁목이란 비파곡이 啄木鳥와 관련이 깊다고 인식하였음을 엿볼 수 있음은 물론이다.

---

377 『文机談』과『源平盛衰記』에 藤原貞敏이 염승무로부터 비파곡 탁목 등을 전수받았다고 전하는 내용에 대해서는 佐藤辰雄, 1986 앞 논문, 28~29쪽이 참조된다.

378 震旦은 中國을 달리 이르는 말이다. 印度 사람이 中國을 치나스타나(China-sthana) 또는 치니스탄(Chinistan)이라고 불렀던 것에서 유래되었다. 商山은 中國 陝西省 商縣 동쪽에 있는 산으로서 四皓가 秦나라의 亂離를 피하여 숨은 곳으로 알려졌다.

379 流泉 啄木〈右二曲 以返風香調之調彈之…… 亦舊記之中 雖有其傳附會之說 而不足信焉 其說略之〉(『樂家錄』권9 琵琶秘曲之名目).

藤原貞敏이 唐使로 파견되어 唐人으로부터 琵琶를 배우고 琵琶譜를 가지고 귀국하였다는 기록은 그가 활동한 當代의 자료에 보인다. 먼저 제자 貞保親王이 撰한『伏見宮本琵琶譜』에 藤原貞敏이 직접 쓴 記文이 전하는데, 여기서 그는 開成 3년(837)에 唐의 揚州 開元寺의 北水館에서 85세의 廉承武로부터 琵琶調子를 傳習하였고, 아울러 琵琶譜를 받았다는 내용이 전한다.[380] 이에 반하여『日本三代實錄』卷14 清和天皇 貞觀 9년(867) 10월 4일조에서는 承和 5년(838)에 唐使臣으로서 上都에 도착한 貞敏이 能彈琴者 劉二郎에게 砂金 200兩을 주고 2~3개월 간 비파곡을 傳習한 다음, 琵琶譜 수십 권을 증여받고, 귀국할 때에 또한 紫檀紫藤琵琶 각 1면을 추가로 증여받았다고 전한다. 또한 여기서 貞敏이 중국에서 유이랑의 딸과 혼인하여 그녀로부터 箏을 배웠다고 언급하였다.[381] 당에서 貞敏에게 비파를 傳習해주고 琵琶譜를 증여한 인물 및 그 장소에 대하여 두 자료가 차이를 보이고 있다. 전자는 貞敏이 揚州에서 廉承武로부터, 후자는 上都(長安)에서 劉二郎으로부터 비파를 傳習하고, 비파보를 증여받았다고 기록한 것이다. 한

---

380 大唐開成三年戊辰八月七日壬辰 日本国使作牒状 付勾当官銀青光録大夫檢校太子庶事王友真 奉揚州観察府 請琵琶博士. 同年九月七日壬戌依牒状 送博士州衙前第一部廉承武<字廉十郎 生年八十五>則揚州開元寺北水館而伝習弄調子 同月廿九日学業既了. 於是博士承武送譜 仍記耳. 開成三年九月廿九日判官藤原貞敏記(『伏見宮本琵琶譜』跋: 佐藤辰雄, 1985「貞敏の琵琶樂傳習をめぐつて」『日本文學誌要』32, 法政大學國文學會, 14쪽에서 재인용).

381 四月己巳 從五位上行掃部頭藤原朝臣敏卒. 貞敏者 刑部卿從三位継彦之第六子也. 少耽愛音楽 好学鼓琴 尤善弾琵琶. 承和二年為美作掾兼遣唐使准判官. 五年到大唐 達上都 逢能弾琵琶者劉二郎. 貞敏贈砂金二百両. 劉二郎曰 禮貴往来 請欲相傳 即授両三調 二三月間 盡了妙曲 劉二郎贈譜曲十卷. 因問曰 君師何人 素学妙曲乎. 貞敏答曰 是我累代之家風 更無他師. 劉二郎曰 於戲昔聞謝鎮西 此何人哉. 僕有一少女 願令薦枕席. 貞敏答曰 一言斯重 千金還軽 既両成婚礼 劉娘尤善琴箏 貞敏習得新声数曲. 明年聘礼既畢 帰都. 臨別 劉二郎設祖筵 贈紫檀紫藤琵琶各一面. 是歳 大唐大中元年 本朝承和六年也. …… 卒時年六十一. 貞敏無他才芸 以能弾琵琶 歴仕三代 雖无殊寵 声価稍高焉(『日本三代實錄』卷14 清和天皇 貞觀 9년 10월 4일).

편『續日本後紀』卷8 仁明天皇 承和 6년(839) 겨울 10월조에 藤原貞敏이 仁明天皇 앞에서 비파를 연주하였다는 내용이 보인다.[382]

염승무와 유이랑 모두 중국의 자료에 보이지 않는다. 여기서 藤原貞敏이 비파를 배운 이에 대하여 더 이상 考究하지 않을 것인데, 아무튼 위에서 제시한 여러 자료를 보건대 藤原貞敏이 唐使로 파견되어 琵琶를 傳習하고, 琵琶譜를 가지고 귀국하였다는 사실만은 그대로 믿어도 좋을 듯싶다.[383] 그런데『伏見宮本琵琶譜』,『續日本後紀』,『日本三代實錄』에 전하는 藤原貞敏 관계 기록에서 그가 중국에서 비파의 비곡 탁목 등을 배우고 귀국하였다는 언급을 전혀 찾을 수 없다. 반면에『倭名類聚抄』에서는 藤原貞敏이 당에서 비파곡 賀殿을 배우고 그것을 일본에 전하였으며, 林眞倉이 勅令을 받아 賀殿舞를 지었다고 전한다.[384] 貞敏이 廉(簾)承武로부터 비파곡 賀殿을 전수받아 일본에 전래하였다는 전승은『教訓抄』上 卷第1,『仁智要錄』권4,『文机談』권2,『舞曲口傳』등에도 전한다.[385]

이상의 검토에 따른다면, 830년대에 藤原貞敏이 唐使로 파견되어 唐人으로부터 琵琶를 배우고, 琵琶譜를 가지고 歸國하였는데,『倭名類聚抄』가 편찬된 10세기에 들어 貞敏이 당에서 배워 일본에 전해준 비파곡이 구체적으로 賀殿이었다고 附會되었고, 그 후에 다시 그것을 廉承武로부터 전수받았다는 전승이 더 추

---

382 冬十月己酉朔 天皇御紫宸殿 賜群臣酒. 召散位從五位下伴宿禰雄堅魚 備後權掾正六位上伴宿禰須賀雄於御床下 令圍碁 並當時上手也<雄堅魚下石二路>. 賭物新錢廿貫文 一局所賭四貫 所約惣五局<須賀雄輸四籌贏籌>. 亦令遣唐使准判官正六位上藤原朝臣貞敏彈琵琶 群臣具醉 賜祿有差(『續日本後紀』卷8 仁明天皇 承和 6년 겨울 10월).

383 藤原貞敏이 중국에서 비파를 배우고 귀국한 내용에 대한 보다 자세한 사항은 佐藤辰雄, 1985 앞 논문이 참조된다.

384 賀殿<古老傳承云 承和遣唐判官藤原貞敏 以琵琶傳曲 林眞倉奉勅作此舞>(『倭名類聚抄』권4 曲調 壹越調曲).

385 佐藤辰雄, 1986 앞 논문, 28쪽.

가되었으며,[386] 나아가 13세기에 들어 비파의 秘曲 啄木과 流泉, 楊眞操를 廉承武로부터 傳受받았다는 내용으로 윤색하였다고 정리할 수 있다. 여기다가『교훈초』에서 볼 수 있듯이 啄木 등이 胡渭州의 曲이고, 楊貴妃가 楊眞操를 지었다는 전승도 13세기 초반에 추가되었음이 확인된다. 탁목 등이 호위주의 곡이라는 전승이 만들어지고, 게다가 탁목 등도 아예 당에서 전래되었다는 전승까지 추가된 사실을 통하여 당에 비파곡 啄木이 존재하였다고 짐작해볼 수 있지만, 그러나 탁목 등을 藤原貞敏이 염승무로부터 배워 그것을 일본에 전하였다는 전승이 13세기에 만들어졌음을 고려한다면, 당의 비파곡 탁목과 비파 秘曲 啄木을 직결시켜 이해하는 것은 매우 신중할 필요가 있지 않을까 한다.

앞에서 인용한『胡琴教錄』의 기록에 따르면, 탁목곡을 테라쯔쯔키〔啄木鳥〕라고 부르고, 桂少輔譜에서 비파곡 탁목을 연주할 때에 모두 그 새, 즉 啄木鳥의 모습을 묘사하였다고 한다. 비파곡 탁목이 啄木鳥와 관련이 깊었음을 말해주는 자료이다. 이러한 이유 때문에 후대에 仙人들이 많이 모여서 몰래 解脫曲을 연주하다가 山神虫으로 변하였는데, 그 모습이 마치 나무를 쪼는 모양이어서 그것을 탁목이라고 명명하였다는 기원설화가 만들어졌다고 추측된다. 日本 나라시 東大寺 正倉院에 소장되어 있는 彈弓에 다양한 散樂 공연 장면이 묘사되어 있다. 이것을 흔히「彈弓圖」라고 부른다. 탄궁은 중국에서 전래된 것으로 보고 있지만, 그러나 거기에 묘사된 산악을 실제로 일본에서 공연하였을 가능성도 완전히 배제하지 않고 있는 실정이다.[387] 여기에 技人이 장대 위에서 곡예를 펼치는 장면이 묘사되어 있고, 북과 비파, 피리, 징을 연주하는 樂人들도 보인다. 악인들은 技人들이 재주를 부릴 때에 그에 맞추어 음악을 연주하였을 것인데,

---

386 賀殿이 후대에 부회되었음을 시사해주는 자료로서 '或書에 이르기를, (賀殿은) 大宋人이 (전해주었다)라고 云云하였다'라고 전하는『教訓抄』上 卷第1 賀殿條의 기록이 주목된다.
387 박전열, 1996 앞 논문, 181~182쪽.

고려악 탁목 역시 무악이면서도 散樂의 성격에 가까웠으므로 그것을 공연할 때에 다양한 악기로 연주하는 것이 수반되었음이 분명하다. 여기에 비파라는 악기가 포함되었음은 물론이다. 『三五要錄』은 당악과 고려악의 비파 악보, 그때까지 전해진 여러 악곡의 유래 및 연주법을 간략하게 소개한 樂書이다.[388] 비록 『삼오요록』에 고려악 탁목의 비파 악보가 전하지 않지만, 옛날에 탁목을 공연할 때에 연주하는 악기 가운데 비파가 포함되었음을 유추하기에는 그리 어려움이 없을 듯싶다.

뒤에서 살피듯이 新羅의 樂曲 憂息이 고려를 거쳐 조선에 전래되는 과정에서 춤과 가사는 모두 폐절되고 단지 玄琴으로 타는 법만이 전해져서 조선 성종대에 현금의 樂調로 정립되기에 이르렀다. 이와 같은 憂息曲의 전래과정을 염두에 둔다면, 장대 위에서 啄木鳥의 모습을 흉내내는 내용으로 구성된 춤이 폐절되었다고 하더라도 고려악 탁목을 공연할 때에 수반되었던 음악 그 자체는 후대에 전승되었을 가능성이 높다고 보아야 한다. 桂少輔譜에서 고려악 탁목을 소개한 것은 그러한 음악의 전승을 전제로 할 때 합리적으로 이해할 수 있기 때문이다. 더구나 비파곡 탁목이 당에서 전래되었을 가능성이 매우 낮고, 10세기에 일본 자체에서 그것을 제작하였을 가능성이 높았음이 확인된다. 이와 같은 여러 정황을 근거로 하여 고려악 탁목의 음악이 비파곡 탁목의 정립에 영향을 끼쳤거나 또는 비파곡 탁목이 바로 고려악 탁목의 음악을 계승하였다라고 상정해볼 수도 있지 않을까 한다.

『胡琴敎錄』에서 제자 鴨長明이 이 舞樂(고려악 탁목)과 지금의 曲(琵琶의 秘曲 啄木)이 같으냐고 질문하자, 스승인 中原有安은 그에 관하여 지금 정확하게 헤아리기 힘들다고 대답하였다. 『胡琴敎錄』편찬 당시에 이미 고려악 탁목의 전승이 끊

---

388 참고로 현재 일본에서는 高麗樂의 공연에 비파 등의 현악기를 사용하지 않는다고 한다 (遠藤徹·笹本武志·宮丸直子, 2006 『雅樂入門事典』, 柏書房, 147~153쪽).

어졌기 때문에 그것과 비파의 비곡 탁목과의 관계를 中原有安은 정확하게 헤아리기 힘들다고 답변한 것으로 이해된다. 이미 12세기 후반에 두 악곡의 관계를 명확하게 설명할 수 없었다고 언급하였음을 염두에 둔다면, 현재 상황에서 비파곡 탁목이 고려악 탁목을 계승한 것이라고 단정적으로 규정하는 것도 바람직하지 않을 듯싶다. 앞으로 두 악곡의 관계에 대하여 규명할 수 있는 자료가 새로이 발견되기까지 하나의 가능성으로만 제기하는 선에서 만족할 수밖에 없다는 의미이기도 하다.

2) 고대의 탁목과 고려·조선의 탁목과의 관계

앞에서 高麗樂 啄木은 技人이 啄木鳥의 탈을 쓰고 장대의 끝에 올라가 나무를 쪼거나 나는 모습을 춤으로 표현한 舞樂이었음을 살폈다. 탁목 역시 다른 고려악과 마찬가지로 삼국 또는 통일신라에서 일본에 전래된 것으로 보인다. 그런데 고대의 문헌에 탁목을 공연하거나 또는 그 전승에 관하여 알려주는 어떠한 기록도 찾을 수 없다. 다음의 자료가 탁목에 관한 최초의 기록이다.

박연이 또 말하기를, '樂書를 편집하는 한 가지 일은 신이 매우 염려하는 바입니다. 이제 우리나라에서 쓰는 三部의 음악을 자세히 살펴보면 모두 정제되지 못하였는데, 그 중에 雅樂部가 더욱 심합니다. …… 또 그 唐樂 一部는 곧 중국 俗部의 音인데, 그 음악은 모두가 1백여 篇이 되나, 우리나라의 工人들이 解得하는 것은 겨우 30여 曲뿐이고, 그 나머지는 모두 이해할 수 없는 것입니다. 그러나 譜法이 분명하여 찾아서 깨우칠 도리는 있으나, 다만 빠르고 느린 節調를 알지 못하는 것이 한스러울 뿐입니다. 아직은 일단 그대로 함께 두어 음률을 아는 사람을 기다려야 하겠습니다. …… 우리나라의 樂에 이르러서는 그 器物의 제도와 歌詞의 曲折이 또한 매우 복잡하고 세밀하여, 비록 예전의 譜法이

있더라도 寫本이 전하여 내려오다가 잘못 적은 글자를 거듭 이어받아 眞을 잃
게 되어, 옛적의 음악은 거의 다 잃어버리고 겨우 남은 것이 40여 曲뿐입니다.
이제 玄琴에 속한 것으로 말씀드리면, 그 타는 법은 알면서도 歌詞를 알지 못하
는 것이 있으니, 唯子·啄木·憂息·多手喜·淸平·居士戀 등이 이것이고, 또 譜法은
함께 다 있어도 그 빠르고 느린 節調를 이해하지 못하며, 또 겸하여 歌詞까지도
잃은 것이 있으니, 露中仙·賞春光·望春天·樂春天·喜春苑·賞春曲·長河篇·陳鴉
羽·天雙鳥·春桂引·雲仙曲·壽仙曲·實相曲·朽木狗墓篇 등이 이것입니다.'라고 하
였다(『세종실록』세종 12년 경술 2월 19일).

위의 기록에서 세종 12년(1430)에 玄琴으로 타는 법만 전하고, 가사가 전하지
않는 것으로서 唯子·啄木·憂息·多手喜·淸平·居士戀 등을 거명하였다.[389] 한편
『세종실록』세종 18년(1436) 병진 윤6월 23일조에 '의정부에서 예조의 첩정에 의
하여 아뢰기를, "唯子·啄木·憂息은 바로 우리나라의 古樂인데, 지금 慣習都監에
서 모두 이를 시험해 선발하지 않고 있어 장차 폐지되어 없어질 지경에 이르고
있사오니, 아울러 연습하게 하는 것이 어떠합니까?"라고 하니, 그대로 따랐다.'
고 전한다.[390] 성종대에 편찬된『악학궤범』에는 玄琴의 악조로 唯子調·啄木調·

---

389 居士戀은 고려의 俗樂, 淸平(樂)은 唐樂에 속하였다고 전한다. 그리고 多手喜는 다른 기
　　록에 전혀 전하지 않아 그 성격을 알 수 없다. 다만 다수희가 삼국의 속악이나 당악이었
　　다는 기록이 전하지 않는 것으로 보아서 고려의 속악일 가능성이 높지 않을까 여겨진다.
　　居士戀은『고려사』악지에 악곡을 제작한 유래와 더불어 李齊賢의 시를 소개하였다.『고
　　려사』편찬 당시에 가사는 전하지 않았던 것으로 추정된다.『세종실록』에서 청평의 가사
　　가 전하지 않는다고 하였지만,『고려사』악지에 가사가 전하므로 세종대 이후에 가사를
　　복원하였음을 엿볼 수 있다. 唐代 崔令欽이 편찬한『敎坊記』에 청평악이 전하고, 宋代에
　　春秋聖節三大宴에서 그것을 연주하였다고 알려졌다(박은옥, 2006 앞 책, 103~104쪽).
390 戊子 議政府據禮曹呈啓 唯子啄木憂息 乃是本國古樂 今慣習都監不幷試取 將至廢絶 幷令
　　肄習何如. 從之(『세종실록』세종 18년 병진 윤 6월 23일).

憂息調가 있다고 전한다. 세종 18년에 현금으로 최자·우식·탁목을 연주하는 법을 傳習하도록 조치하였고, 그것이 성종대에 현금을 연주하는 악조로 정립되었음을 알려주는 자료이다. 본래 고려시대에 최자와 啄木, 우식은 玄琴의 연주에 맞추어 歌詞를 唱하는 聲樂曲이었는데, 조선시대에 이르러 가사가 망실되어 기악곡으로 변질되었고, 그 타는 법은 악조로서 정립되어 후대에 전승되었던 것이다.

성종대에 악조로 정립된 최자·탁목·우식 가운데 그 유래가 확실하게 전해지는 것은 우식뿐이다. 『삼국사기』 樂志에서 憂息樂은 눌지왕 때에 지은 것이라고 전하고, 『삼국사기』 박제상열전에 '이전에 미사흔이 돌아올 때, (왕은) 6부에 명하여 멀리까지 나가 맞이하게 하였고, 만나게 되자 손을 잡고 서로 울었다. 마침 형제들이 술자리를 마련하고 마음껏 즐길 때 왕은 노래와 춤을 스스로 지어 자신의 뜻을 나타냈는데, 지금 향악의 憂息曲이 그것이다.'라고 전한다. 가사는 망실되고 현금으로 타는 법만이 전한다고 하는 악곡 가운데 『고려사』 악지와 『악학궤범』, 왕조실록 등에 자주 등장하는 것이 바로 최자이다. 먼저 『고려사』 악지에 唐樂 獻仙桃를 공연할 때에 獻天壽令, 金盞子令, 瑞鷓鴣慢을 연주하였고, 그리고 악곡마다 뒤를 이어 각기 獻天壽令〈嗺子〉, 金盞子令〈嗺子〉, 瑞鷓鴣慢〈嗺子〉을 연주하였다고 전한다. 그리고 蓮花臺를 공연할 때에 五雲開瑞朝引子, 衆仙會引子, 白鶴子, 헌천수령〈만〉을 연주하고, 이어서 헌천수령 日暖風和詞를, 최자령을 연주할 때에 嗺子令 閬苑人閒詞를 唱하며, 三臺令, 賀聖朝, 班賀舞, 五雲開瑞朝引子를 연이어 연주한다고 한다. 한편 『악학궤범』에서는 헌선도의 경우, 동일한 순서로 이들 악곡을 연주하고, 그 다음에 반드시 獻天壽嗺子詞, 金盞子嗺子詞, 瑞鷓鴣嗺子詞를 唱하였다고 하였으며, 연화대의 경우는 단지 前引子, 衆仙會引子, 獻天壽慢, 반하무, 後引子를 연주하고, 微臣詞를 창한다고 전하여 『고려사』 악지의 기록과 약간 차이를 보인다.

헌선도의 경우, 『고려사』 악지에서는 '嗺子詞'라고 표현하지 않고, 다만 이들 악곡의 연주를 마치면 '詞'를 창하였다고 전할 뿐인데,『악학궤범』에 전하는 '~최자사'와『고려사』악지에 전하는 '詞'는 내용이 동일하다. 연화대를 공연할 때에, 헌천수령 日暖和詞, 嗺子令 閬苑人間詞를 唱하였는데, 헌선도에서 헌천수만, 獻天壽令〈嗺子〉을 연주할 때에 唱한 詞와 동일하다. 이것으로 보아 연화대에 나오는 최자령은 헌천수령〈최자〉을 가리키는 것으로 봄이 옳을 듯싶다. 여기서 詞는 이들 음악에 맞추어 부른 가사로 이해할 수 있을 것이다. 앞에서 인용한『세종실록』의 기사에서 최자의 가사는 망실되었다고 언급하였으므로 '~嗺子詞'는 고려시대에 최자곡의 연주에 맞추어 부르던 가사 그 자체를 가리키는 것으로 보기 어렵다.

한편『고려사』악지에서는 五羊仙을 공연할 때에 처음에 五雲開瑞朝引子를 연주하고, 口號致語를 연이어 한 다음, 다시 五雲開瑞朝引子를 연주하며, 그것을 이어서 계속 萬葉熾要圖令〈慢〉, 嗺子令, 中腔令, 步虛子令中腔, 중강령, 破子令, 중강령을 연주하였다고 한다. 여기서 '嗺子令'을 細註로 표기하지 않은 점을 주목할 필요가 있다.『세종실록』세종 10년(1428) 5월 26일조에 예조에서 聖澤呈才의 의식에 대하여 설명한 내용이 전한다. 이에 따르면, 聖澤呈才의 의식에[391] 樂官이 千年萬歲曲引子, 嗺子曲, 賀聖朝曲, 黃河淸縵曲, 中腔曲을 연주하는 내용이 포함되어 있다고 한다.[392]『악학궤범』에 전하는 聖澤呈才의 儀式은 黃河淸縵曲이 獻天壽慢으로 바뀌었을 뿐 그 내용은 거의 비슷한 편이다. 이들 자료는 세종 10년에 제정한 성택정재 의식에 최자곡을 연주하는 내용이 포함되었음을,『악학궤범』은 그러한 전통이 이후에도 계속 계승되었음을 알려준다.『악학궤범』에서는 聖澤 이외에 五羊仙, 金尺, 觀天庭, 受明命, 荷聖明, 六花隊를 공연할 때에도 嗺子令, 嗺子를

---

391 聖澤呈才는 중국의 사신을 위로하기 위하여 공연한 呈才로서 중국 황제의 은덕을 흠모한다는 내용이다.

392 『세종실록』세종 10년 5월 26일조.

연주하였다고 전한다.[393] 세종 10년 이후에 嗺子曲(嗺子令, 嗺子)을 당악정재에서 널리 연주하였음을 알려주는 증거들이다. 세종 29년(1447) 6월 4일에 여러 악곡들을 俗樂으로 삼았다고 전하는데,[394] 여기에 嗺子가 포함되었다. 이것 역시 조선 초기에 최자곡이 악곡의 명칭이었음을 알려주는 증거 자료로 들 수 있다.[395] 그러나 최자를 단지 악곡의 명칭이라고만 단정하는 것은 문제가 있다. 고려와 조선 초기에 嗺子는 악곡의 명칭임과 동시에 '빠른 템포로 연주하는 어떤 기법'을 가리키는 개념으로 사용되었기 때문이다.[396]

그런데 『악학궤범』에는 嗺子調는 향악기인 현금의 악조로 전한다. 반면에 '嗺子'는 당악정재에서 연주하던 악곡이거나 당악을 연주하는 하나의 기법을 가리키는 개념에 해당한다. 당악의 경우는 唐樂器로 연주하였다. 송나라 궁중에서 청평악을 비롯한 大曲 13곡을 연주할 때에 악기로서 琵琶, 箏, 笙, 觱栗, 笛, 方

---

393 荷皇恩을 공연할 때에 樂官이 金嗺子, 瑞嗺子를 연주하는 내용이 포함되어 있는데, 여기서 금최자는 金盞子〈嗺子〉, 서최자는 瑞鷓鴣〈嗺子〉의 略稱으로 추정된다(이혜구, 2000『신역 악학궤범』, 국립국악원, 281쪽).

394 又定俗樂 以桓桓曲 亹亹曲 維皇曲 維天曲 靖東方曲 獻天壽 折花 萬葉熾瑤圖 唯子(嗺子) 小抛毬樂 步虛子 破子 淸平樂 五雲開瑞朝 衆仙會 白鶴子 班賀舞 水龍吟 無㠶 動動 井邑 眞勺 履霜曲 鳳凰吟 滿殿春等曲 爲時用俗樂 有譜一卷(『세종실록』세종 29년 6월 4일).
위의 기록에서 嗺子를 唯子라고 잘못 표기하였다.

395 『宋史』高麗傳과『高麗圖經』에서 고려에 鄕樂과 唐樂 2部가 있다고 전하고,『고려사』악지에 唐樂과 雅樂, 俗樂이 있다고 전한다. 당악이나 아악은 중국 계통의 음악, 속악은 삼국 및 통일신라의 음악이 중심이었을 것으로 짐작된다. 고려 이전에 수용된 당나라의 음악 역시 고려시대에 속악(향악)의 범주에 포함시켜 이해하였는가에 관해서는 앞으로 세밀하게 고찰할 필요가 있을 듯싶다. 조선시대에 이르러 음악을 크게 雅樂과 鄕樂(俗樂)으로 구분하였다. 삼국과 통일신라시대, 고려의 고유 음악뿐만 아니라 고려시대의 당악을 포함하여 향악(속악)이라고 불렀다. 최자는 본래 고려시대에 당악에 속하였지만, 조선시대에 속악(향악)의 범주에 속한 대표적인 사례로 지적할 수 있다.

396 차주환, 1983『고려 당악의 연구』, 동화출판공사 106쪽; 박은옥, 2006 앞 책, 59~60쪽.

響, 杖鼓, 羯鼓, 大鼓, 拍板 등을[397] 사용하였다고 전한다.[398] 고려시대에 당악이었던 최자곡 역시 이러한 악기들을 가지고 연주하였고, 최자라고 불린 연주기법역시 당악기의 그것과 관련이 있음은 물론이다. 그러나 『악학궤범』에서 당악기의 악조 가운데 최자조가 있다는 언급을 찾을 수 없다. 당악기로 연주하는 기법의 하나인 '최자'가 당악기의 악조로 정립되지 못한 사정을 반영한 것인지, 아니면 또 다른 사정이 숨겨 있는지의 여부를 판단하기 어렵다. 아무튼 이 문제는 향후의 과제로 남겨둘 수밖에 없을 것이다. 嗺子는 『고려사』 악지에 헌천수 등과 마찬가지로 唐樂呈才에서 연주되었다고 전하므로 고려시대에 당악의 범주에 속하였음이 분명하다. 박연은 세종 12년에 그것을 향악기인 玄琴으로도 연주하였다고 언급하였는데, 이에서 고려시대에 최자를 비롯한 당악 가운데 일부를 향악기인 玄琴으로 연주하기도 하였음을 엿볼 수 있다.[399] 그러면 비록 가사는 망실되었지만, 세종대에 최자, 우식과 더불어 현금으로 타는 법을 연습하여 전승시킨 啄木의 경우는 어떠하였을까? 주지하듯이 『고려사』 악지에 탁목에 관한 기록이 전혀보이지 않는다. 그러나 『세종실록』과 『악학궤범』 등에 의거하건대, 고려시대에 가사가 있는 탁목곡을 현금으로 연주하였음은 분명하다고 말할 수 있다. 이에 의거하여 탁목의 전래에 대한 두 가지 가능성을 상정해볼 수 있지 않을까 한다. 첫 번째는 古代의 舞樂 啄木이 통일신라와 고려를 거치면서 춤과 가사는 망실되고, 현

---

397 雲韶部者 黃門樂也. 開寶中平嶺表 擇廣州內臣之聰警者 得八十人 令於教坊習樂藝 賜名簫韶部 雍熙初 改曰雲韶 每上元觀燈上巳端午觀水嬉 皆命作樂於宮中 遇南至元正清明春秋分社之節 親王內中宴射 則亦用之. 奏大曲十三 一曰中呂宮萬年歡 …… 十三日仙呂調采雲歸. 樂用琵琶箏笙觱栗笛方響杖鼓羯鼓大鼓拍板. 雜劇用傀儡 後不復補 鈞容直 亦軍樂也(『宋史』 권142 樂志第95 樂17).

398 조선시대에도 여전히 고려시대에 당악을 연주할 때에 사용하던 악기를 唐樂器라고 불렀고, 우리 고유의 악곡을 연주할 때에 사용하던 악기를 鄕樂器라고 불렀다.

399 고려시대에 唐樂인 清平, 賞春光 등도 향악기인 현금이나 가야금으로 연주한 사례에 해당한다.

금으로 연주하는 법만이 조선에 전래되었을 가능성이다. 두 번째는 고대 무악 탁목에 대한 傳承이 끊어지고, 唐과 宋나라의 啄木曲이 고려에 전래되어 嗩子처럼 향악기인 玄琴으로 연주되었고, 고려를 거치면서 가사는 망실되고 연주하는 법만이 조선에 전승되었을 가능성이다.

南朝 梁나라에서 散樂의 일종인 啄木幢伎를 공연하였으므로 隋唐代에도 그것이 전승되어 공연되었다고 유추해볼 수 있다. 그런데 과문인지 모르지만, 중국의 문헌에서 唐代에 散樂 啄木(幢)伎를 공연하였음을 알려주는 자료를 찾을 수 없다. 白居易가 지은 '啄木曲'이란 시가 전한다.[400] 詩에 악곡 啄木과 관련된 언급이 전혀 보이지 않지만, 제목을 통하여 그가 어떤 악기로 탁목곡을 연주하는 것을 듣고 시를 지었다고 추정해볼 수 있다. 송나라에서 琵琶로 탁목곡을 연주하였다는 기록이 여럿 전하는 것을[401] 염두에 둔다면, 그 악기는 비파였을 가능성이 높지 않았을까 한다. 『삼국사기』악지에 당악기의 악조에 대한 설명은 없고, 향악기의 그것에 대한 언급이 전한다. 향악기 가운데 향비파의 악조로 宮調, 七賢調, 鳳皇調가 있다고 전하고, 『악학궤범』에 당비파의 악조로 平調, 界面調, 上調와 下調가 있다고 하였다. 앞에서 소개한 고대 일본의 비파조 26조 가운데 조선 당비파 악조와 공통되는 명칭은 평조뿐이다.[402] 그리고 唐代의 비파곡에도 우리나라 향비파 및 당비파의 악조 명칭과 동일한 것이 전하지 않는다. 따라서 우리나라 향비파 및

---

400 莫買寶剪刀 虛費千金直. 我有心中愁 知君剪不得. 莫磨解結錐 徒勞人氣力. 我有腸中結 知君解不得. 莫染紅絲線 徒誇好顏色. 我有雙淚珠 知君穿不得. 莫近紅鑪火 炎氣徒相逼. 我有兩鬢霜 知君銷不得. 刀不能剪心愁 錐不能解腸結. 線不能穿淚珠 火不能銷鬢雪. 不如飲此神聖杯 萬念千憂一時歇(『御定全唐詩』卷444 白居易 啄木曲).

401 비파로 탁목을 연주하였다는 내용은 『錦繡萬花谷』前集卷34 琵琶, 『傳家集』〈宋 司馬光撰〉卷2 古詩1 酬胡侍講先生〈瑗字翼之〉見寄, 『宛陵集』〈宋 梅堯臣撰〉 卷22 次韻和永叔飲予家詠枯菊, 『兩宋名賢小集』〈宋 陳思編〉 卷42 寒食南宮夜飲에 보인다.

402 일본 고대의 악조 平調와 조선 및 당나라의 平調가 동일한 선법이었는지의 여부는 정확하게 알 수 없다. 차후에 이에 대한 비교 검토가 필요할 듯싶다.

당비파의 악조와 고대 일본, 당의 비파조 명칭 및 비파곡을 상호 비교하여 당대 비파곡 탁목이 신라에 전해졌다고 추정하기가 그리 쉽지만은 않을 듯싶다.

한편 송나라에서 琵琶로 탁목곡을 연주하였음이 확인되고, 金 章宗 (1190~1208) 때에 董解元이 지은 『西廂記諸宮調』에 黃種宮 가운데 啄木兒가 있다고 전하기도 한다.[403] 여기서 諸宮調는 송과 금, 원대에 유행한 大形說唱을 가리키는 것이다. 歌詞를 說唱할 때, 일반적으로 기악 반주가 수반되었다. 탁목아의 가사는 高明(1305?~1359)이 편찬한 『琵琶記』에 전하고,[404] 또한 金代에 王喆이 지은 탁목아의 가사가 여럿 전한다.[405] 그러면 송과 금, 원나라의 비파곡 탁목과 제궁조 탁목아가 고려에 전래되었을까가 궁금하다. 『고려사』 악지에 고려시대에 탁목이 당악의 하나였다고 전하지 않는다. 조선시대에 嗺子·憂息과 더불어 啄木을 우리나라의 古樂이라고 불렀고, 최자조와 우식조, 탁목조를 鄕樂으로 분류하였음이 확인된다. 고려시대에 본래 唐樂이었지만, 조선시대에 俗樂으로 분류된 嗺子 등의 사례를 감안하건대, 기록에 전하지 않지만, 탁목이 고려시대에 당악의 하나였을 가능성도 완전히 배제할 수 없다. 하지만 신라의 음악 우식곡의 경우, 조선시대까지 玄琴으로 타는 법이 전해졌음을 감안하건대, 이렇다고 단정하기에도 주저되는 면이 없지 않다. 탁목이 고려악의 하나였던 것에서 삼국 및 통일신라에서 탁목이란 舞樂을 연주하였다고 유추해볼 수 있다는 점, 고려시대에

---

403 楊蔭瀏著·이창숙역, 1999 앞 책, 490~497쪽.

404 啄木兒 何湏慮〈句〉 不用焦〈韻〉 人世〈上〉 離多歡會少〈韻〉 大丈夫〈當〉 萬里封侯〈句〉 肯守〈著〉 故園空老〈韻畢境〉 事君事親一般道〈韻〉 人生怎全忠和孝〈韻不見〉 母死王陵歸漢朝〈韻〉(琵琶記)

啄木鸝 啄木兒聽言語〈句教我〉 悽愴多〈韻〉 料想他每〈也〉 非是假〈韻〉 他那里既有妻房〈句〉 取〈將〉 来怕不相和〈韻但〉 得他似你能捱把〈韻我〉 情願待他居他下〈韻〉 黃鶯兒只愁他〈韻〉 程途〈上〉 苦辛〈句〉 教人望巴巴〈韻此〉(同前)〔『御定曲譜』권9 黃鍾宮引子〕.

405 『重陽全真集』권4 詞에 王喆이 지은 啄木兒 가사가 여럿 전한다.

향악기인 玄琴으로 탁목을 연주하였다는 점 등을 두루 고려한다면, 조선시대의 탁목을 唐·宋의 비파곡 탁목 또는 宋과 元代 제궁조의 탁목아와 연결시켜 이해하기도 그리 쉽지 않을 듯싶다.[406]

그러면 이제 첫 번째 가능성을 살필 차례인데, 이에 대해서 고려시대의 탁목은 歌詞가 있는 聲樂曲이고, 고대의 탁목은 舞樂曲이므로 양자를 상호 연결시키기가 곤란하다는 반론이 우선 제기될 수 있다. 碓樂은 신라 자비왕대에 백결선생이 琴으로 연주하며 제작한 것이다. 그런데 애장왕 8년(807)에 碓琴舞를 공연하였다는 기록이 전한다.[407] 대악이 단순히 기악곡, 또는 성악곡이 아니라 舞樂이었음을 알려준다. 신라 향악 가운데 思內樂이 있는데, 신문왕 9년에 新村에서 思內舞를 공연하고, 애장왕 8년(807)에 思內琴을 연주하였다고 전한다. 대악과 사내악의 사례를 참조하건대, 눌지왕대에 제작된 憂息樂의 경우도 노래와 춤, 기악연주가 어우러진 舞樂이었을 가능성이 높다. 그런데 우식악은 고려에 전승되면서 먼저 춤이 망실되고, 이어서 가사마저 망실되어 조선 초기에 현금으로 타는 법만 남게 되었다. 우식의 추이를 염두에 두건대, 고대의 무악 탁목도 후대에 전승되면서 장대 위에서 啄木鳥의 흉내를 내는 내용의 춤과 춤 출 때에 唱하는 가사는 亡失되고, 악기로 타는 법만 잔존하였을 가능성을 완전히 배제할 수 없기 때문에 고려시대에 탁목이 성악곡이라는 이유를 들어 고대 무악 탁목이 전승되지 않았다고 주장하는 것은 논리적으로 설득력이 약하다고 볼 수 있다.

만약에 첫 번째 가능성이 높다고 하더라도, 그것이 본래 우식악의 경우처럼

---

406 참고로 『세종실록』 세종 12년 2월 19일조에서 '그 唐樂 一部는 곧 중국 俗部의 음인데, 그 음악은 모두가 1백여 篇이 되나 우리나라의 工人들이 解得하는 것은 겨우 30여 曲뿐이고, 그 나머지는 모두 이해할 수 없는 것입니다.'라고 박연이 언급하였다. 당의 비파곡 탁목은 혹 우리나라에서 해득할 수 없다고 언급한 당악에 해당하였다고 추정해볼 수도 있지 않을까 한다.

407 哀莊王八年 奏樂. 始奏思內琴 舞尺四人青衣 琴尺一人赤衣 歌尺五人彩衣 繡扇並金鏤帶. 次奏碓琴舞 舞尺赤衣 琴尺青衣(『三國史記』雜志第1 樂).

삼국의 고유 舞樂이었는가, 아니면 南北朝와 隋·唐代 啄木橦伎가 우리나라에 전래되어 무악 탁목의 성립에 커다란 영향을 끼쳤는가가 문제로 남는다. 후자와 관련하여 종래 한국 음악사학계에서 『악학궤범』의 啄木調 散形에 5음계 이외에 無射音이 추가된 사실을 주목하여 본래 탁목조는 당악계 음악에 쓰였던 악조였는데, 오랜 동안 우리나라 음악에서 사용됨으로써 결국 향악화된 악조로 변질되었다고 이해한 연구성과가 제기되었음이 주목을 끈다.[408] 이에 따르면, 탁목조의 속칭인 宮調가 중국 五調의 宮調가 아니라 오히려 통일신라시대 향비파에서 사용되어 樂調化된 宮調와 역사적으로 관련이 있을지도 모르며, 이렇다고 한다면 탁목조가 향악화된 시기를 통일신라시대까지 소급할 수도 있다고 한다. 남북조 및 수와 당대의 散樂 啄木伎가 삼국 및 통일신라시대에 우리나라에 전래되었다고 본다면, 당악계의 음계가 우리나라 탁목의 연주에 활용되었다고 보아도 크게 문제가 되지 않을 것이다.[409] 그러나 이것은 추론에 추론을 거듭하여 얻은 결론이기 때문에 확정적으로 단언하기 곤란할 듯싶다. 여기서는 여러 가지 가능성 가운데 하나로서 제기하여 두는 선에서 그치고자 한다.

---

408 송방송, 1981「향악 河臨調의 音樂史學的 考察」,『대구사학』19, 45~47쪽.
    한편 남상숙, 2002『악학궤범의 악조연구』, 신아출판사, 175~176쪽에서도 탁목조가 본래 당악계였다고 주장하였다.
409 비파로 탁목을 연주하다가 당악 최자를 향악기로 연주하는 사례에서 보듯이 고려시대에 이르러 현금 등으로 그것을 연주하는 관행이 새로 생겼지 않았을까 한다.

결 론

이상 본문에서 한국 고대 음악과 일본 고대 무악 고려악에 대하여 살펴보았다. 본문에서 살핀 내용을 정리하는 것으로서 결론을 대신하고자 한다. 고분벽화 가운데 手搏과 씨름(角抵) 그림은 안악3호분과 각저총(씨름무덤), 무용총, 장천1호분에서 찾을 수 있다. 또한 장천1호분의 백희기악도에는 씨름뿐만 아니라 원숭이놀이, 말타고 재주부리기, 공을 던져 올렸다가 다시 되받는 곡예〔弄丸〕, 곤봉 같은 도구로 작은 바퀴를 위로 던져 올리며 돌리는 곡예〔舞輪〕, 한 사람이 채찍같은 것을 들고 다른 사람을 쫓는 놀이 등이 보인다. 또한 팔청리와 수산리, 약수리고분벽화에는 나무다리 곡예, 말타고 재주부리기, 칼재주부리기, 여러 개의 막대기와 공을 엇바꾸어 던져 올리며 받는 곡예〔弄丸〕, 바퀴를 튕겨 올렸다가 받는 곡예〔舞輪〕 등을 그린 것이 전하고 있다. 이러한 자료들은 고구려인들이 일상생활에서 수박과 씨름 및 다양한 백희잡기를 즐겼음을 입증해주는 증거다.

고대의 문헌에 전하는 고구려의 歌舞劇으로서 10월에 개최한 東盟祭 기간 중에 건국신화를 재현하는 祭儀가 주목된다. 『樂書』에 고구려에서 인형을 가지고 공연하는 백희를 가리키는 傀儡戲를 공연하였다고 전하고, 『구당서』와 『신당서』에서 고구려인들이 投壺와 博奕(바둑), 蹴鞠을 즐겼다고 하였다. 또한 고구려에서 왕과 신료, 일반 백성들이 매년 초에 浿水 가에 모여 겨루기 형식의 遊戲로서 水石戰을 개최하였으며, 서역에서 胡旋舞와 歌曲 芝栖 및 舞曲 歌芝栖 등이 고구려에 전래되었음을 확인할 수 있다. 또한 『樂書』에 고구려의 악기에는 竪箜篌·

臥箜篌·琵琶·彈箏·五絃·笙·簫·橫笛·小篳篥·桃皮篳篥·腰鼓·齊鼓·擔鼓·銅鈸貝 등 14종이 있고, 1部는 28人으로 구성되었으며, 측천무후 때에 歌曲이 25章이었다고 전하기도 한다. 이와 더불어 일본 고대 무악의 하나인 고려악 가운데 狛鉾와 高麗龍, 狛犬, 阿夜岐理, 退·進宿德, 長保樂, 桔槹 등이 고구려에서 전래되었던 것으로 추정되고 있다.

중국에서 백희잡기를 공연할 때에 반드시 악대의 반주가 곁들여졌다. 백희잡기의 공연에 사용되는 음악을 흔히 散樂이라고 부른다. 고구려에서도 악대의 반주에 맞추어 백희잡기를 공연한 사례를 발견할 수 있다. 물론 일부 벽화에는 악대의 반주없이 백희잡기를 공연하는 장면이 보인다. 고구려에서 백희잡기를 공연할 때 반드시 악대의 반주가 곁들여지지 않았음을 반영하는 것이다. 후한대까지 산악의 반주에 琴(또는 瑟)과 簫, 塤, 竽, 鼗鼓, 建鼓, 笙 등이 주로 사용되었고, 간혹 磬, 鐸, 節, 拊, 鐘, 笛 등도 사용되곤 하였다. 반면에 위진남북조시대에 산악을 연주하는 악기의 구성에 변화가 나타나는데, 그것은 서역 계통의 완함이나 비파(4현과 5현), 공후 등이 추가된 것으로 요약된다. 고구려의 고분벽화에는 완함 반주에 맞추어 춤을 추거나 백희잡기를 연기하는 장면이 발견되고 있다. 완함은 서진대부터 널리 퍼졌고, 위진시대의 벽화부터 완함이 산악백희 연주악기의 하나로 부각되기 시작하였다. 이러한 추세를 감안할 때, 완함의 반주에 맞추어 춤을 추거나 백희잡기를 공연하는 전통은 漢代의 그것이 아니라 魏晉時代 이후의 그것이 수용된 것이라고 볼 수 있겠다. 특히 羌胡들이 중원을 차지한 5호16국시대에 백희잡기와 더불어 서역의 악기들이 고구려에 전래되었을 것으로 짐작된다. 장천1호분 벽화에 서역 구자국의 악기인 5현비파와 필률이 보인다. 북위가 馮弘을 평정한 436년 이후에 고구려가 서역과 교류하였을 때에 전래된 것으로 추정되는데, 서역지방에서 유래된 백희잡기와 악기 등이 남북조를 거쳐 지속적으로 고구려에 전래되었음을 이를 통해 엿볼 수 있다.

장천1호분의 백희기악도 등에 백희잡기를 공연하는 서역 계통의 인물들이 여럿 보인다. 이들은 중국을 거치거나 초원길을 통하여 직접 고구려로 들어온 것으로 추정된다. 그들은 이곳저곳을 流浪하면서 백희잡기를 공연하였고, 그들 가운데 일부는 신라와 백제로 가기도 했으며, 또 일부는 일본에까지 건너간 것으로 보인다. 이들과 함께 서역지방의 문화, 특히 음악과 가무, 악기 등도 함께 전래되었다. 서역 계통의 5현비파와 篳篥(피리)은 수·당대 高麗伎의 중심적인 악기가 되었고, 서역 安國의 가무나 康國의 호선무가 고구려에서 유행하였다. 또한 고대 일본 舞樂(부카쿠)의 右樂을 高麗樂(三韓樂)이라고도 부르는데, 삼국에서 전래된 음악을 기초로 하여 정립된 것이다. 이 가운데 서역지방에서 고구려에 전래되고, 다시 고구려에서 일본으로 전래되어 右樂의 하나가 된 것이 여럿 있다.

고려악의 退走德·進走德은 최치원의 鄕樂雜詠에 나오는 束毒과 관련이 깊다. 束毒은 중앙아시아의 타슈켄트와 사마르칸트에 위치한 粟特(Sogdiana)을 가리키므로 그것은 서역에서 유래하여 고구려를 거쳐 신라와 일본에 전래된 가무희라고 볼 수 있다. 고려악의 하나로 長保樂이 있는데, 이것은 중국 新疆省의 카스카르에 있었던 疏勒國의 음악과 관련이 깊다. 또 고려악 가운데 서역에서 널리 공연된 蘇莫遮가 중국을 거쳐 고구려에 전래되어 桔槹(桔桿, 桔簡, 吉干)라고 불렀다. 물론 고구려음악이 절대적으로 서역 계통 음악의 영향만을 받은 것은 아니었다. 중국의 영향도 매우 컸기 때문이다. 여기다가 서역의 문화는 불교문화와 더불어 중국을 거쳐 전래되었다는 측면도 결코 간과해서는 안 될 것이다.

고구려는 서역지역의 음악을 흡수한 위진남북조시대의 중국음악, 그리고 한대의 전통적인 중국문화를 적극적으로 수용하여 그들 나름의 독특한 고구려음악을 재창조하였을 뿐만 아니라 그것을 중국이나 일본에 다시 전해주기까지 하였던 것이다. 隋·唐代에 高麗伎는 중국음악의 중심인 七部伎와 九部伎, 十部伎의 하나로서 각광을 받았을 뿐만 아니라 唐代에 중국인들이 고구려춤을 흉내내거나 그것을 보고 시를 지었던 것은 고구려음악과 춤이 중국인들에게 강한 인상을 남겼음을 반증해주는 증거들이다. 일본에 전래된 고구려음악은 당악과 더불어 일본 고대 舞樂의 양대 축을 이룰 정도로 일본인들에게 널리 수용되기까지 하였다. 고구려음악과 춤이 중국과 일본인들에게 널리 수용된 측면은 고구려인들이 그들 고유의 음악이나 춤 동작에 중국과 서역의 음악이나 춤 동작을 잘 혼합하여 고구려만의 독특한 음악과 춤을 재창조했음을 전제로 할 때 합리적인 이해가 가능하다.

『삼국사기』 신라본기에 신라에서 이른 시기부터 8월 보름, 즉 추석에 歌舞百戲를 演行하였는데, 그것을 嘉俳라고 이르렀다고 전하며, 이와 같은 전통은 하대에까지 그대로 계승되었음을 圓仁의 『入唐求法巡禮行記』를 통해 확인할 수 있다. 이와 더불어 신라에서는 5월의 파종제, 10월의 수확제, 4계절의 시조묘제사 때에 국가 차원에서 가무백희를 연행하였고, 일찍부터 馬戲를 널리 공연하였다. 『三國史記』 樂志에 통일 이전에 鄕樂으로 會蘇曲(會樂), 辛熱樂, 突阿樂, 枝兒樂, 思內樂(詩惱樂), 笳舞, 憂息樂, 碓樂, 竿引, 美知樂, 徒領歌, 捺絃引, 思內奇物樂, 內知, 白實, 德思內, 石南思內, 祀中 등이 있었다고 전한다. 鄕樂 가운데 창작 유래가 전하는 것은 會樂과 憂息樂, 碓樂뿐이며, 笳舞와 竿引, 捺絃引은 관악기와 현악기의 연주에 맞추어 노래 부르고 춤을 추는 내용의 악곡으로, 徒領歌와 思內奇物樂은 郎徒가 지은 것으로 추정된다. 아울러 內知와 白實, 德思內, 石南思內, 祀中은 본래 지방의 음악이었지만, 후에 왕경과 궁중에서 널리 연주된 것이었다. 이들 향악은 악기의 연주에 맞추어 노래 부르고 춤을 추는 舞樂의 일종이었다.

한편 신라에서는 나라를 위해 殉國한 사람들을 조문하거나 애도하는 長歌와 陽山歌와 같은 악곡을 다수 만들어서 신라인들의 애국심을 고취하는 데에 활용하였다. 통일신라에서 가장 유명한 伎樂百戲가 바로 최치원이 지은 鄕樂雜詠에 전하는 金丸, 月顚, 束毒, 大面, 狻猊이며, 『삼국유사』에서 御舞詳審(또는 御舞山神, 霜髯舞), 玉刀鈐, 處容舞, 無㝵歌舞, 負簣歌舞 등이 신라에서 공연되었다고 하였다. 일본에 신라의 백희로 新羅狛과 新羅樂 入壺舞가 전해졌는데, 新羅狛은 한 사람이 양 손과 양 발에도 짐승의 머리를 표현한 탈을 쓰고 있는 사자춤의 일종이고, 新羅樂 入壺舞는 두 개의 항아리에 하반신과 상반신이 분리되어 있는 모습으로, 新羅樂이 연주되는 동안에 幻人이 한쪽 항아리로 들어가서 다른 항아리로 나오는 幻術이다. 일본 고대 고려악곡 가운데 蘇志摩利, 納蘇利는 신라에서 전래된 것으로 알려졌다. 마지막으로 『고려사』 악지에 신라의 東京(雞林府), 東京, 長漢城, 利見臺가 있다고 전하는데, 동경(계림부)과 동경 두 악곡은 신라를 미화하는 내용으로 추정되고, 長漢城은 신라의 북경인 한강 상류에 위치한 성이었으나, 고구려에게 빼앗기게 되자, 다시 신라군이 장한성을 공격하여 고구려군에게서 탈취한 내용을 기념하여 제작하였다고 알려졌으며, 이견대는 만파식적을 얻게 된 사연과 더불어 신문왕의 업적을 칭송한 내용으로 짐작된다. 또한 백제의 속악으로 전하는 禪雲山, 方等山, 井邑, 智異山 등은 통일신라 또는 후백제에서 제작한 악곡일 가능성이 높다고 보인다.

『周書』와 『隋書』에 백제에 공을 가지고 재주를 부리는 곡예인 弄珠와 더불어 投壺·圍棊·樗蒲·握槊이 있다고 전하고, 『樂書』에는 백제에 악기로서 箏과 笛, 桃皮篳篥, 箜篌 등이 있었으며, 가곡은 般涉調에 속한다고 하였다. 『일본서기』에 6세기 중반에 樂人이 교대로 일본에 파견되었다는 내용이 전하고, 7세기 초에는 味摩之가 일본에 가면극의 일종인 伎樂을 전하였다는 기록도 보인다. 기악은 중국 남조에서 백제에 전해진 것이기 때문에 吳樂이라고도 불렀으며, 일본에서 주로 사원에서 널리 공연되고 전승되었다. 백제의 기악은 후대에 양주산대대감놀이 및 봉산탈춤으로 계승되었다고 이해되고 있다. 『속일본기』에 백제계 유민들이 백제 풍속무를 여러 차례 공연했다는 기록이 전하여 백제 멸망 후에 그 유망민에 의하여 백제의 음악을 일본에 전래하였음을 엿볼 수 있다. 일본 고대 고려악 가운데 백제에서 유래된 것이 바로 進曾利古와 王仁庭(皇仁庭)이었다.

발해에서 일본에 전해준 舞樂이 新靺鞨인데, 이것은 拜禮하며 춤을 추는 내용이었다. 『金史』와 『宋史』를 통해, 발해 멸망 후에 발해 가무가 금나라와 송나라에서 공연되었음을 확인할 수 있다. 또한 발해의 풍속에는 歲時마다 사람들이 모여 노래를 부르며 노는데, 먼저 노래와 춤을 잘 하는 사람들을 여러 명 앞에 내세우고, 그 뒤를 士女들이 뒤따르면서 서로 화답하며 노래 부르고 빙빙 돌며 구르고 하였으므로, 이를 踏鎚라고 부른다고 하였다. 발해에 강강수월래와 유사한 가무가 있었음을 알려준다.

우륵 12곡 가운데 師子伎는 사자춤, 寶伎는 황금색을 칠한 공을 가지고 재주를 부리는 곡예를 가리킨다. 上·下加羅都는 대가야를 상·하로 구분한 것을 가리키고, 達已는 경남 합천군 쌍책면 성산리에 위치한 옥전고분군 축조 세력, 즉 㖨國(㖨己呑)으로, 沙八兮는 경남 합천군 초계면의 옛 지명인 草八兮로, 思勿은 경남 사천시의 옛 지명인 史勿로, 爾赦는 오늘날 경남 의령군 부림면에 위치한 斯二岐國으로, 居烈은 경남 거창, 勿慧는 전남 광양, 上·下奇物은 전북 남원과 장수, 임실에 위치한 己汶으로 비정된다. 따라서 우륵 12곡은 사자기·보기와 같은 곡예, 즉 백희잡기와 가야연맹을 구성한 여러 나라의 음악으로 구성되었다고 정리할 수 있다. 사자춤을 추거나 공을 가지고 재주를 부릴 때에 가야금을 비롯한 여러 악기의 반주가 뒤따랐는데, 중국에서는 백희잡기를 공연할 때에 연주되는 음악을 散樂이라고 불렀다. 사자기와 보기뿐만 아니라 나머지 우륵 10곡도 散樂의 성격을 지녔음은 그것들이 가야금 반주와 어떤 스토리를 반영한 노래, 춤이 한데 어우러진 가무희의 성격을 지녔고, 우륵에게 가야금 등을 전수받은 階古와 法知, 萬德 등이 우륵 12곡에 대해 '번잡하고 음란하며 우아하고 바른 것이라고 할 수 없다.'고 언급한 사실을 통해 뒷받침할 수 있다. 여기다가 계고 등이 우륵 12곡에 대해 '번잡하고 음란하다'고 평가한 사실을 통해 우륵 10곡이 가야연맹을 구성하는 각 나라의 고유한 토속적인 내용을 담고 있으면서도 가야인들의 성에 대한 진술한 인식을 직설적으로 반영한 가무희의 성격을 지녔음을 추론할 수 있다.

于勒이 적어도 20세가 넘어 가야금 12곡을 제작하였고, 그가 562년까지 생존한 점과 우륵 12곡 가운데 상·하기물, 즉 己汶이 516년에 가야연맹에서 이탈하여 백제에 부용되었던 사실 등을 염두에 둔다면, 가실왕은 500년에서 516년 사이에 樂師인 우륵에게 가야금 12곡을 짓도록 명하였다고 추론할 수 있다. 가실왕은 대가야의 음악을 중심으로 가야 여러 나라의 문화와 음악을 통합하고자 하였다. 이와 더불어 가실왕은 대가야를 가야지역에서 왕도의 위상을 지닌 것으로 提高시켜 대가야왕의 권위를 높이고, 가야연맹에 소속된 여러 나라를 지방의 위상을 지닌 존재로 규정하여 대가야를 중심으로 하는 가야연맹의 결속과 유대를 한층더 공고하게 다지기 위해 우륵에게 가야금 12곡을 짓도록 명하였다는 사실도 확인할 수 있는데, 514년에 대가야가 백제와 신라의 가야지역 진출에 대해 강력하게 대응하였다는 점을 미루어 보건대, 가실왕이 514년에서 516년 사이에 우륵에게 가야금 12곡을 짓도록 명하였을 가능성이 높다고 짐작된다.

戰國時代에 무예를 익히는 여러 가지 예법을 戲樂으로 만들었고, 秦代에 이들을 통칭하여 角抵라고 불렀다. 한나라에서 기존의 무예를 유희화한 것과 더불어 서역에서 들어온 갖가지 교예와 가무극을 망라한 다양한 유희를 통칭하여 角抵라고 부르기 시작하였다. 漢代 이후부터 당대까지 여러 가지 묘기를 기본으로 하는 각저의 묘희, 즉 雜戲가 더욱 발전되었고, 後漢代부터 이들을 통칭하여 百戲라고 불렀다.

중국에서 백희잡기가 성행한 계기는 한대 이전까지 중국인들이 접할 수 없었던, 즉 환상적이고 뛰어난 교예 기술을 가진 서역인들이 직접 중원에 들어가 활발하게 공연하게 된 것에서 찾을 수 있다. 서역인 가운데 이집트인과 로마인도 있었다. 따라서 전한과 후한대에 중국인들은 이들이 연기한 백희잡기를 매개로 서양의 문화를 접하였다고 볼 수 있다. 즉 백희잡기를 매개로 동서문화의 교류가 이루어졌다고 말할 수 있는 것이다. 수박을 비롯한 각저류를 제외하고, 나머지 백희잡기는 춤과 마찬가지로 음악과 곁들여서 공연하는 것이 원칙이었으며, 중국에서는 이를 散樂(雜樂)이라고 불렀다. 후한대까지 산악에 琴(또는 瑟)과 簫,

塤, 竽, 鼗鼓, 建鼓, 笙 등이 주로 사용되었고, 간혹 磬, 鐸, 節, 拊, 鐘, 笛 등도 사용되곤 하였다. 위진대에 이르러 산악을 연주하는 악기에 서역지방에서 유래된 완함이나 비파(4현과 5현), 공후 등이 추가되었고, 隋와 唐代에도 역시 비슷한 추세를 보였다.

이집트인과 로마인이 한반도까지 도달하였는가는 확인하기 어렵다. 그러나 많은 서역인들이 고구려와 신라에 왔다는 사실을 여러 자료를 통해 입증할 수 있다. 장천1호분의 백희기악도와 안악3호분, 각저총, 무용총에서 서역인을 찾을 수 있다. 일본의 『信西古樂圖』에 高鼻人이 말을 끌고 있는 모습의 入馬腹舞가 보인다. 이것은 어린아이가 말의 항문으로 들어갔다가 춤추면서 말의 입으로 나오는 환술이다. 일본에서도 서역계의 인물들이 馬戲를 공연하였음을 입증해주는 중요한 증거다. 장천1호분 백희기악도의 서역계 인물들 역시 중국을 통해서 고구려로 흘러들어 오거나 초원길을 통하여 서역에서 고구려로 직접 들어왔을 것이다. 그들은 여기저기 떠돌아다니며 여러 가지 백희잡기를 공연하였을 가능성이 높고, 그 가운데 일부는 일본까지 건너간 것으로 보인다.

5~6세기의 신라 고분에서 노래하고 연주하는 2명의 서역인을 묘사한 토우와 일자로 쭉 뻗어 있는 커다란 코와 깊은 눈을 가진 전형적인 胡人(남편)을 묘사한 夫婦像土偶가 발견되었다. 또한 월성 해자에서 페르시아풍의 호복을 입은 소그드인 모습의 토우가 조사되었다. 이러한 토우들을 통해 서역인이 5~6세기에 신라에 來往하였음을 유추할 수 있다. 황성동 석실분에서 출토된 胡人俑과 괘릉의 석인상은 7세기 중·후반 이래 신라에 서역인이 들어와 활동하였음을 짐작케 해주는 자료로 주목된다. 5~6세기에 신라로 들어온 서역인들은 고구려 장천1호분 백희기악도에 보이는 서역인들과 마찬가지로 유랑악단의 일원으로 신라에서 일정 기간 동안 공연하고, 그 이후에 다른 나라로 이동하였을 가능성이 높다. 최치원의 향악잡영에 서역 계통의 가무나 백희잡기를 묘사한 내용이 보이는데, 통일신라시대에서도 서역 계통의 인물들이 백희잡기와 가무희를 연기했음을 시사해

주는 자료로 이해할 수 있다.

崔致遠의 鄕樂雜詠에 소개된 歌舞 가운데 月顚과 束毒, 大面, 狻猊가 西域에서 유래된 것에 해당한다. 月顚은 서역의 于闐國을 가리킨다. 따라서 그것은 거기에서 전래된 가무라고 할 수 있다. 大面은 역신을 쫓아내는 驅儺舞의 일종인데, 이것 역시 서역에서 유래된 가면가무희였고, 일본에 전해져서 納蘇利라고 불렀다. 한편 束毒은 오늘날 우즈베키스탄의 타슈켄트와 사마르칸트지역을 가리키는 粟特(Sogdiana)의 가무였고, 그것은 일본에 전해져서 宿德(朱禿)이라고 불렀다. 마지막으로 狻猊는 서역 龜玆에서 中原地方에 전래되었고, 다시 중국에서 신라에 전래되어 주로 儺禮戲에서 공연된 사자춤을 가리킨다.

이밖에 서역에서 매년 거행되던 街頭歌舞戲, 즉 蘇莫遮를 비롯한 다양한 서역 가무가 신라에 전래되었다. 먼저 소막차는 중국에 전래되어 乞寒戲라고 불렀고, 그것을 고구려가 수용하여 吉簡이라고 불렀다. 신라에서 소막차를 수용하여 蘇志摩利라고 불렀으며, 이것은 다시 일본에 전해져서 高麗樂의 하나로 편입되었다. 고대 일본 고려악 가운데 長保樂, 歸德侯, 崑崙八仙, 地久의 기원을 추적한 결과, 그것들이 서역에서 유래되어 우리나라를 거쳐 일본에 전래된 악곡임을 입증할 수 있었다. 각 악곡이 삼국 가운데 어느 나라에서 전래된 것인지 밝힐 수 없지만, 삼국통일 이후 고구려와 백제의 음악이 신라의 음악에 융합되었으므로 이들 악곡 역시 신라에 전래되었다고 봄이 합리적일 듯싶다.

서역의 가무뿐만 아니라 악기도 전래되었다. 대표적인 사례로 5현비파와 篳篥(피리)을 들 수 있다. 5현비파는 중국 新疆省 쿠처지역의 4세기 단계 키질벽화에 보이고, 5세기 중엽에 중국을 거쳐 고구려에 전래되었다. 이후 그것은 신라에 전래되어 曲頸의 4현비파(당비파)와 구분되어 鄕琵琶라고 불렀다. 한편 서역 龜玆國에서 창조한 필률(피리)은 4세기에 중국에 전래되고, 5세기 중엽에 고구려에 전래되었으며, 이후 신라와 백제를 거쳐 일본까지 전래되어 널리 애용되었다. 고려시대에 구멍이 7개인 필률을 9개인 당나라의 필률과 구별하여 향필률이라고 부르기도 했으며, 삼국의 필률은 일본에 전해져서 舞樂의 하나인 右方樂, 즉 고려악의 반주악기로 널리 사용되었다. 특히 고구려와 백제의 악기인 桃皮篳篥은 일본에 전래되어 莫目 또는 莫牟라고 불린 바 있다.

『삼국사기』악지에 鄕人이 기쁘고 즐거워서 지은 會樂을 비롯한 18곡의 명칭이 전하며, 『삼국사기』박제상열전에 憂息曲이 고려의 鄕樂이라고 전한다. 고려시대에 우식악이 향악의 하나였으므로 신라시대에 회악을 비롯한 여러 樂曲 역시 鄕樂으로 분류되었을 것이다. 그런데 신라의 향악에는 신라를 비롯한 삼국의 고유 음악만이 편제된 것이 아니었다. 통일 이후에 고구려와 백제음악이 신라의 음악에 융합되었다. 고구려와 백제악기, 즉 거문고와 오현비파, 고려적과 백제적이 신라에 전래됨과 동시에 두 나라의 歌曲 및 舞曲 등도 함께 전해져 신라의 음악에 융해되었다. 고구려음악에 서역 계통의 음악이 포함되어 있었고, 백제음악에도 역시 그러하였을 가능성이 높다. 통일 후에 신라에서 두 나라의 음악을 수용할 때에 고구려와 백제음악에 용해된 서역 계통의 음악도 쉽게 신라음악에 융해되었을 것이다.

한편 鄕樂雜詠 5수 가운데 月顚, 束毒, 大面, 狻猊가 서역에서 전래된 가무였음에도 불구하고 최치원은 그것들을 鄕樂으로 분류하였다. 삼국시대 또는 삼국통일 직후에 신라에 전래된 月顚 등의 歌舞는 신라에서 자주 공연되었을 것이고, 게다가 전래된 지 상당한 기간이 지났기 때문에 완전히 新羅化된 가무로 변질되었을 가능성이 높다. 때문에 9세기 후반에 최치원을 비롯한 신라인들이 그것들을 외래의 음악이 아닌 신라의 전통적인 음악으로 분류한 것으로 이해된다. 결국 서역에서 유래된 음악도 신라 고유의 음악 및 고구려와 백제음악과 함께 향악에 포함되었다고 정리할 수 있다.

신라에서 7세기 후반에 당악을 수용했다는 기록이 『삼국사기』에 전한다. 문무왕 4년(664) 3월에 星川과 丘日 등 28인을 熊津府城에 보내 당나라 음악을 배우도록 하였다는 기록이 바로 그것이다. 여러 자료를 통해 신라에서 여러 악기의 연주에 사용된 당악의 音調 및 당악기가 널리 보급된 사실을 확인할 수 있다. 신라에 唐樂이 널리 보급되면서, 이것과 대비된 신라의 음악을 鄕樂이라고 불렀을 것이다. 『삼국사기』 악지에서 5현비파를 鄕琵琶라고 표현하였다. 조선시대에도 역시 오현비파를 4현비파(곡경비파)와 대비하여 향비파라고 불렀다. 그런데 당대까지 중국에서도 5현비파를 널리 사용하였으므로 그때에 그것을 신라의 고유 악기로 인식하기란 쉽지 않았을 것이다. 자연히 5현비파를 신라의 고유악기, 즉 향비파로 명명한 시점은 오현비파가 중국에서 사라지기 시작한 唐末·五代에 해당하는 9세기 말~10세기 초쯤으로 늦추어 볼 수밖에 없다. 9세기 후반 경문왕·헌강왕대에 한화정책을 추진하였는데, 이때 唐樂과 대비하여 신라의 음악을 鄕樂이라고 범주화하였던 것으로 추정된다. 9세기 후반에 신라 고유의 음악뿐만 아니라 고구려와 백제, 심지어 서역 계통의 음악까지 '鄕樂'이란 범주로 통합 정리한 것은 신라인들이 고구려와 백제음악뿐만 아니라 서역 계통의 음악을 咀嚼消化하여 새로운 범주의 '우리 민족의 고유한 음악(신라음악)'을 창출하였음을 전제하는 것으로서 커다란 역사적 의의를 지닌다고 평가할 수 있다.

우륵은 548년 또는 549년에 대가야가 정치적으로 혼란해지자, 가야금을 들고 그의 제자 尼文(泥文)과 함께 신라에 투항하였다. 진흥왕은 우륵과 尼文을 國原(충북 충주)에 안치한 다음, 우륵에게 階古와 法知(注知), 萬德 등에게 가야금과 노래, 춤을 가르치도록 하였고, 계고 등은 우륵 12곡을 5곡으로 개편하여 진흥왕 앞에서 연주하여 칭찬을 받았으며, 마침내 진흥왕은 대가야의 음악을 중요한 국가 행사나 연회에서 가야금을 핵심 악기로 하여 공연하는 大樂으로 삼았다. 668년 10월에 奈麻 緊周와 그의 아들이 가야춤을 공연하였고, 우륵이 河臨宮에서 연주한 가야금곡에서 유래한 河臨調가 고려시대까지 전승되었다. 또한 신라와 고려에서 가야금을 즐겨 연주하였음을 알려주는 기록을 확인할 수 있다. 이와 같은 여러 사실을 통해 대가야의 음악이 신라에 전래되어 신라 말기까지 전승되었음을 엿볼 수 있다. 물론 신라인들은 대가야의 음악을 유교적 이념 또는 자신들의 관점에서 변개하여 수용하였는데, 신라의 음악 속에 용해된 대가야의 음악은 통일신라와 고려를 거쳐 오늘날까지 면면히 전승되었다고 말할 수 있다. 고대 일본에서 널리 연주된 新羅琴은 加耶琴을 가리킨다고 보는 것이 일반적이다. 따라서 대가야의 음악은 신라를 거쳐 고대 일본에도 영향을 끼쳤다고 볼 수 있다.

고려시대에 원효대사가 큰 박을 가지고 대중들을 포교하면서 노래 부르고 춤을 추던 것에서 기원한 무애희를 항간에서 유희로 삼은 바 있다. 『고려사』 악지에 女妓 2명이 無㝵詞를 부른 다음, 무애를 가지고 춤을 추었다고 전하는데, 고려시대에 무애무가 포교의 수단이 아니라 순수한 불교적인 공연예술로서 공연되었음을 엿볼 수 있다. 조선 세종 16년(1434) 4월에 양주 회암사에서 승려들이 無㝵戱를 공연하였는데, 이때 부녀자들이 옷을 벗어 시주하고, 상인의 부녀자들이 남자 옷을 입고 승방에서 같이 잠을 잤다고 한다. 이 사건이 빌미가 되어 이후 한동안 모든 賜樂에서 無㝵呈才가 금지되었다. 무애희가 다시 宮中宴饗에서 공연된 것은 효명세자가 대리청정을 하던 순조 29년(1829)이었다. 이때에 공연된 無㝵詞의 내용에서 불교적인 색채가 거의 사라지고, 君王의 만수무강을 祝願하는 것으로 채워졌다고 한다. 신라시대 원효가 처음으로 공연한 무애희는 시대와 이념적 지향에 따라 가무의 내용과 목적, 춤을 추는 무대도 그에 따라 변화되었음을 살필 수 있다. 이럼에도 불구하고 무애라는 舞具를 가지고 춤을 춘다는 사실, 무애를 두드리고 進退하는 모습 등은 그대로 견지되었다. 무애희의 변천은 고대에 제작된 무악이 시대와 이념적 지향에 따라 어떻게 변모되어 전승되었는가를 보여주는 사례의 하나로서 주목된다.

黃昌郞舞는 검을 가지고 춤을 추는 劍舞의 일종인데, 그 내용은 신라인 황창이 국왕의 원수인 백제왕을 칼로 찔러 죽이고 자신도 죽임을 당한다는 이야기로 구성되었다. 黃昌을 官昌의 訛傳이라고 이해하기도 하나, 관창은 백제왕을 죽이고 피살되지 않았기 때문에 그렇게 보기가 어렵다. 동해에 사는 黃公이 붉은 칼을 가지고 술법을 써서 흰 호랑이를 죽이려다가 잡아먹히는 내용의 중국의 백희잡기가 바로 東海黃公이다. 이것은 晉의 葛洪이 지은『西京雜記』에 전한다. 황창랑무와 東海黃公의 내용은 동일하지 않지만, 주인공이 검을 가지고 술법을 부리는 점에서 모티브가 통한다. 그리고 황창이 백제왕을 죽이고 신라왕의 원수를 갚는다는 내용은 관창의 억울한 죽음에 대하여 원수를 갚고 싶은 신라인의 심정과 통한다고 볼 수 있다. 이러한 측면에서 동해황공의 고사에 관창의 일화를 캡처하여 황창랑무의 스토리를 만들고, 이것을 검을 가지고 춤을 추는 내용의 가무로 제작하였으며, 이것이 고려시대를 거쳐 조선시대까지 전승되었다는 추정이 가능할 듯싶다.

『삼국사기』에 金歆運과 奚論이 백제군에게 죽임을 당한 이후에 신라인이 각기 陽山歌와 長歌를 지어 애도하였다고 전한다. 고려시대에 팔관회에서 순국지사인 신숭겸, 김락, 하공진 등의 우상을 만들어 무대에 배치하여 놓고, 광대들이 그들의 영웅적인 행동을 재현함으로써 그들의 영혼을 위로하였다. 신라의 팔관회에서 戰歿將兵을 위로하는 慰靈祭를 지냈고, 태조 왕건은 신라의 팔관회를 계승하였다. 이에서 신라시대에 팔관회에서 김흠운과 해론의 우상을 만들어 무대에 배치하고, 그들의 영웅적인 행동을 연극이나 가무의 형태로 제작하여 공연하였고, 이때에 배우들이 부르는 노래가 바로 양산가와 장가였다고 추론할 수 있다. 자료는 전하지 않지만, 관창의 경우도 역시 마찬가지였을 것이다. 이처럼 팔관회 등에서 화랑이나 낭도로서 15~16세에 순국한 인물의 우상을 만들어 무대에 배치한 다음, 그들의 영웅적 행동을 가무희로 제작하여 공연하였고, 그러한 것들이 후대에 여러 차례에 걸쳐 내용의 加減이 이루어지는 과정에서 황창랑무가 재창작되었으며, 그것이 고려를 거쳐 조선시대까지 전승되었지 않았을까 한다.

『삼국유사』에 處容이 疫神이 자기 부인과 잠자리를 같이 한 것을 보고, 노래 부르고 춤을 추며 물러났고,『고려사』악지와『新增東國輿地勝覽』에 처용이 달 밝은 밤마다 市街에서 노래하고 춤추더니, 나중에 간 곳을 알지 못하였고, 세상 사람들이 그를 神이라고 생각하여 處容歌를 짓거나 또는 處容歌와 處容舞를 만들어서 가면을 쓰고 놀이를 하였다고 전한다. 고려시대에 驅儺儀禮에서 처용무를 공연하였을 뿐만 아니라 연등회와 팔관회 등에서도 연행하였음을 확인할 수 있다. 처용무가 국가의 공식적인 행사에서 널리 공연되면서 대중들의 인기를 끌었고, 이에 따라 각종 소모임과 연회에서 戱樂으로서 처용희를 자주 演行하였던 사실도 살필 수 있다.

成俔은 『용재총화』에서 처음에 處容戱는 한 사람이 검은 베옷을 입고 紗帽를 쓰고 춤을 추게 하는 모습이었다가 후에 五方處容으로 확대되었으며, 다시 세종대에 가사를 改撰하여 廟廷의 正樂으로 삼았다고 밝혔다. 실제로 『世宗實錄』에서 세종대에 驅疫儀式을 치르고 處容舞를 공연한 사실, 처용무의 舞人을 기생 대신 남자 才人을 쓰라고 지시한 내용, 處容呈才 3聲을 예습토록 지시한 내용 등이 전한다. 『악학궤범』에서 처용무는 학 및 연화대와 合設하여 공연하였다고 기록하였는데, 세조대에 처용무를 확대하였다는 것은 바로 이를 가리키는 것으로 보인다. 학·연화대·처용무 합설은 청학춤과 백학춤, 오방처용무, 연화대무로 구성되었고, 다양한 음악반주와 노래가 동원되는 종합가무극의 성격을 지녔다고 이해되고 있다.

李穡이 驅儺行이란 시에서 처용의 얼굴이 술에 취한 듯 붉다고 표현하였고, 『악학궤범』에서 처용의 모습을 '넓은 이마, 무성한 눈썹, 우그러진 귀, 붉은 모양의 얼굴, 우뚝 솟은 코, 앞으로 튀어나온 턱, 앞으로 기울어진 어깨'를 지녔다고 묘사하였다. 그런데 李齊賢은 『익재난고』에서 處容翁이라는 표현을 사용하였다. 이밖에 여러 자료에서 처용의 가면을 노인의 모습으로 묘사한 것을 발견할 수 있다. 신라와 고려 전기에 처용의 형상은 본래 구나행이란 시에 전하는 것과 비슷하였지만, 처용희가 점차 대중화되면서 처용가면을 노인의 모습으로 회화화하여 제작한 사실과 관련이 있다고 보인다.

연산군은 자주 연회에서 처용무를 공연하게 하였을 뿐만 아니라 그 자신이 처용 가면을 쓰고 춤을 추기도 하였다. 여기다가 남자 才人 대신 기생으로 하여금 처용무를 공연하게 하였을 뿐만 아니라 처용의 사모관대를 泥金과 眞彩를 사용하여 화려하게 만들었고, 처용가면을 여자의 얼굴같이 가볍고 편하게 만들도록 지시하기도 하였다. 연산군대에 처용희는 女妓가 춤추는 것으로 바뀌었을 뿐만 아니라 처용희의 내용에서도 다분히 주술적인 내용이 크게 약화되고 宴樂舞로서의 성격을 강하게 지니게 되었던 것이다. 중종반정 후에 처용희는 부분적으로 연말에 구나의례를 거행할 때에만 공연되고, 원칙적으로 연회에서 그것을 공연하는 것이 금지되었다. 중종 13년(1518) 4월 1일에 왕이 樂章 속의 淫詞나 釋敎와 관련이 있는 말을 고치라고 명령함에 따라 處容舞·靈山會上을 새로 지은 壽萬年詞로 대치하였다. 그러나 조선 후기에 이르러 궁중 연회에서 처용무를 공연하였음이 확인되고, 지방에서 그것을 공연한 사실도 발견된다.

신라의 무악 가운데 處容舞, 大面과 狻猊, 高麗樂의 樂曲인 納蘇利와 蘇志摩利 등이 驅儺舞의 성격을 지녔다. 이것들 가운데 처용무와 더불어 고려시대에도 계속 공연된 것이 바로 사자춤이다. 李穡이 驅儺行이란 시에서 고려 후기에 구나의례를 거행할 때에 사자춤을 추었다고 언급한 것을 통해 입증할 수 있다. 그런데 구나행이란 시를 통해 구나의례에서 사자춤 이외에 吐火와 呑刀를 비롯한 다양한 백희잡기를 공연하였음을 확인할 수 있다. 한편 조선 성종대에 成俔은 觀儺라는 시에서 弄丸, 步索(줄타기), 傀儡(인형극), 長竿戲(솟대타기) 공연 모습을 묘사하였는데, 구나의례에서 다양한 백희잡기를 공연하던 전통이 조선시대에도 계승되었음을 엿볼 수 있다. 당나라에서도 구나의례에서 다양한 백희잡기를 공연하였음을 확인할 수 있다. 당나라의 전통이 고려와 조선시대에 이어졌다고 볼 수 있다. 신라에서도 당나라의 풍습을 수용하였을 가능성이 높다고 볼 수 있을 것이다.

고려 후기에 구나의례에서 다양한 백희잡기를 공연하였음을 염두에 둔다면, 향악잡영에 전하는 신라 오기는 바로 9세기 후반 신라에서 당나라의 구나의례를 수용하여 儺禮儀式을 거행할 때에 공연된 驅儺舞 및 百戲雜技와 대비시켜 이해할 수 있고, 이색, 성현 등과 마찬가지로 최치원 역시 구나의례에서 공연된 구나무를 비롯한 다양한 백희잡기의 공연을 관람하고, 그 감흥을 시로서 표현하였다는 추론이 가능할 것이다. 그런데 고려시대에 신라 오기 가운데 驅儺舞에 해당하는 大面이란 舞樂을 구나의례에서 공연하였음을 살필 수 있는 자료는 전하지 않고, 대신 처용무가 널리 연행되었음이 확인된다. 고려시대에 이르러 신라의 대면이라는 무악과 처용설화가 결합되어 새로 창출된 처용무가 五方鬼舞 및 白澤舞(사자춤)와 함께 구나의례에서 널리 공연되었음을 이를 통해 추정해볼 수 있다.

삼국 초기에 국가 또는 각 정치체의 지배자는 집단성과 공동체성을 특징으로 하는 歌舞를 매개로 하여 자신의 지배력을 한층 더 강화하는 한편, 국가 또는 각 정치체의 통합력을 제고시켰다. 또한 百戲와 舞樂은 국가와 국가, 그리고 중앙과 지방 사이의 통합을 강화시키는 데에도 일정한 역할을 수행하였다. 그리고 삼국 초기에 축제 행사 기간 동안에 娛神을 목적으로 群舞를 추었는데, 이때 天神이 유일한 관객이고, 제천행사에 참여하여 노래를 부르며 춤을 춘 모든 사람들은 신에게 즐거움을 주기 위하여 연기하는 배우였다고 말할 수 있다. 그러나 고대사회가 발전하면서 신을 즐겁게 하는 것만이 아니라 사람을 즐겁게 하는 백희와 무악이 등장하였다. 4~5세기 고구려에 전문적인 교예기술을 가진 외국의 幻人이 들어오거나 자체 양성한 伎人들이 사람들을 즐겁게 해주는 백희와 무악을 널리 공연하였음을 고분벽화를 통하여 살필 수 있다. 백희와 무악이 인간을 즐겁게 해주는 것으로 기능하면서 자연스럽게 오락성이 점차 강조되었음은 물론이다.

오락성이 가미된 백희와 무악을 보면, 우선 즐겁기 때문에 위로는 군왕으로부터 아래로는 천한 백성에 이르기까지, 男女老少를 구별하지 않고 모두가 그것을 관람하기를 좋아하게 되었을 것이다. 사람들은 百戲와 舞樂을 관람하며 웃고 즐기는 동안에 자연스럽게 일상 세계의 모든 위계질서나 규범을 일시나마 잊었던 것으로 보인다. 또한 지배계층과 피지배계층 사이의 대립과 갈등, 남녀와 노소 사이의 차별과 갈등 역시 백희가무를 감상하는 동안 사람들에게 특별한 의미를 지니지 않게 되었음은 물론이다. 게다가 고달픈 일상생활에서 벗어나 백희와 무악을 관람하며 마음껏 즐기는 동안에 여러 요인에 의하여 의식적, 무의식적으로 쌓였던 스트레스가 자신도 모르는 사이에 말끔하게 해소되고, 공연이 끝나면 새로운 삶의 활력소를 찾게 되었을 것으로 믿어진다.

또 다른 백희와 무악의 사회적 기능으로서 辟邪進慶을 들 수 있다. 최치원의 鄕樂雜詠에 전하는 大面과 사자춤의 일종인 狻猊, 그리고 處容戱는 驅儺舞의 성격을 지닌 舞樂이었다. 처용희의 기원설화에서 신라인들이 문에 처용의 형상을 붙여서 辟邪進慶하였다고 분명하게 밝혔다. 이러한 이유 때문에 고려와 조선시대에 驅儺儀禮에서 처용무를 널리 공연하였다고 볼 수 있음은 물론이다. 한편 고려악 가운데 대표적인 구나무가 納蘇利와 狛犬이다. 이밖에 서역에서 蘇莫遮는 '禳災辟邪', 즉 驅儺의 성격을 지닌 가무희였다고 알려졌다.

고구려 고분벽화에서 교예를 하는 서역인들을 다수 발견할 수 있다. 이들은 이곳저곳으로 유랑하며 백희를 공연하던 유랑악단의 단원이었을 것이다. 백희와 무악은 東西古今, 신분의 貴賤과 男女老少를 망라하여 모든 사람들이 즐기는 것이었다. 고대사회에서 우리나라 사람들도 중국 또는 서역에서 전래된 백희가무나 서역인들이 직접 공연하는 것을 관람하고 즐겼음이 분명하다. 이 과정에서 고대인들은 서역인들을 직접 만나거나 또는 伎人이나 舞人들을 매개로 서역과 중국의 문화를 직·간접적으로 접하였을 것이다. 중국 및 서역과의 문화교류를 통하여 우리 문화는 한층 더 다채로워지고, 더욱 더 세련되고 고차원적인 것으로 변화 발전하였을 것이다.

나아가 고대인들은 이것을 다시 중국이나 일본 등에 전래하기도 하였는데, 대표적인 사례로서 중국 수·당대의 고려기, 고대 일본의 고려악을 들 수 있다. 주지하듯이 高麗伎와 高麗樂은 중국과 일본에서 널리 공연되었다. 특히 고구려의 춤은 중국인들에게 인기를 끌어 그것을 관람하고 감흥을 느껴 시를 짓거나 회합에서 중국인 관리가 직접 그것을 공연하기까지 하였다. 이것은 고려기가 중국인도 쉽게 접근하여 즐길 수 있는 보편성과 아울러 국제성을 지녔음을 반영한다. 물론 고려악이 일본에서 널리 인기를 끌었던 것 역시 동일한 맥락에서 이해할 수 있다. 아울러 이러한 측면은 고대국가에서 외국의 문화에 대하여 개방적인 태도를 지녔고, 그것을 적극 포용하였음을 전제하는 것이기도 하다. 이와 같은 전통은 고려시대까지 대체로 계승되었던 것으로 보인다. 이처럼 고대의 백희와 무악은 문화교류의 傳道師로서의 역할을 수행하였을 뿐만 아니라 문화발전의 礎石으로서 기능하기도 하였던 것이다.

高麗樂과 唐樂을 포함한 고대 일본의 舞樂에 관한 내용은 고대·중세에 편찬된 辭書類 및 중세에 편찬된 樂書에 전한다. 고려악에 관하여 전하는 가장 오래된 辭書가『倭名類聚抄』이고, 악서 가운데 가장 오래된 것이 1133년에 太神基政이 편찬한『龍鳴抄』이다. 이밖에 고려악에 관하여 전하는 辭書로서『色葉字類抄』와 그것을 증보한『伊呂波字類抄』가 있다. 일종의 百科事典으로서 가마쿠라막부 중기에 원형이 성립된『拾芥抄』에도 高麗樂 曲名이 전하고 있다. 중세시대에 편찬된 3대 樂書가『敎訓抄』(狛近眞, 1233년)와『體源抄』(豊原統秋, 1512년),『樂家錄』(安倍季尙, 1690년)이다.『교훈초』는 13세기 전반까지 전래된 당악과 고려악에 관한 사실을 체계적으로 정리한 악서로서,『악가록』은 양 무악에 대하여 가장 심층적이며 광범한 내용을 담지하고 있는 악서로서 평가되며, 일본 舞樂 연구에 가장 기초적인 자료들로서 널리 활용되고 있다.『仁智要錄』과『三五要錄』,『雜秘別錄』,『夜鶴庭訓抄』,『舞樂要錄』등에도 고려악에 관한 중요한 정보가 전한다. 사서류와 악서에 전하는 고려악은 모두 38곡이며, 이 가운데 葦波와 鞨切, 啄木은 11세기 전반에 이미 폐절되었고,『교훈초』등의 악서에 전하는 것은 35곡뿐이다. 이들 가운데 일부는 중세의 이른 시기에 曲과 춤 모두 또는 하나가 廢絶되어 온전하게 전수되지 못하였고, 納蘇利를 비롯한 일부 악곡은 오늘날에도 널리 공연되고 있다.

고려악은 삼국시대부터 일본에 전래된 백제악과 신라악, 고려악(고구려악), 발해악을 기초로 하여 정비된 것으로서 궁극적으로 고려악에 다른 나라의 음악이 흡수 통합되는 형식을 띠었다. 7세기 후반 淨御原令 반포 이후 일본조정은 雅樂寮에서 삼국인들을 樂師나 樂生으로 삼아 각 국가의 음악을 각기 敎習, 전수하는 정책을 폈다. 대체로 8세기 후반까지 고려악과 더불어 백제악이 널리 공연되다가 그 이후부터 고려악을 당악과 함께 또는 교대로 연주한 사례가 두드러지게 증가하는 경향을 보인다. 8세기 후반 이후에 삼국 가운데 고구려음악이 일본에서 커다란 비중을 차지하였음을 반증하는 것이다. 嘉祥 元年(848) 이후 아악료의 百濟樂 樂官에 관한 기록은 보이지 않지만, 신라악 악관에 관한 기록은 延喜 21년(921)의 자료에도 보이고 있어 백제악과 신라악이 고려악에 완전히 흡수 통합된 시기는 그 이후임을 알 수 있다. 한편『舞樂要錄』에 延長 6년(928) 相撲節 때에 太平樂의 番舞로서 발해악을 연주하였다는 내용이 전하므로 발해악이 고려악에 흡수 통합된 시기는 그 이후임이 확실시된다. 928년 이후 자료에 백제악과 신라악, 발해악을 공연하였다는 기록이 전하지 않으므로 백제와 신라, 발해의 음악이 고려악에 흡수 통합된 시기는 928년에서 930년대 전반 사이였다고 추정해볼 수 있다. 이럼에 따라 左方 唐樂, 右樂 高麗樂, 즉 左右 二部制가 성립될 수 있는 토대가 마련되었고, 완전한 의미의 좌우 이부제는 村上天皇代(946~947)로부터 一條天皇代(986~1011)에 이르는 사이에 완성된 것으로 알려졌다.

10세기 전반에 古鳥蘇, 歸德(貴德), 新鳥蘇, 綾切(阿那支利), 狛桙, 皇仁, 新鞨鞨(渤海樂), 狛犬, 納蘇利, 崑崙, 桔槹(乞寒), 酣醉樂, 敷手 등을 여러 행사에서 공연하였다. 대체로 相撲節에서 처음에 당악 皇帝 또는 蘇合과 고려악 古鳥蘇를 공연하고, 마지막에 당악 還城樂-고려악 狛犬과 당악(散樂) 猿樂(또는 散更)-고려악 桔槹를 연이어 공연하는 것이 일반적이었으며, 11세기 중반 이후부터 여러 행사에서 唐樂 萬歲樂과 高麗樂 地久를 가장 먼저 공연하고, 마지막으로 당악 陵王과 고려악 納蘇利를 공연하는 것이 관례화되었다. 이밖에 당시에 고려악 가운데 비교적 널리 공연된 악곡이 新鳥蘇와 狛桙, 敷手, 歸德侯, 皇仁, 八仙, 長保樂, 新鞨鞨, 林哥 등이었다. 지구, 납소리와 더불어 이러한 악곡들은 廢絶되지 않고 비교적 후대까지 계속 공연되었던 것으로 확인된다. 나머지 악곡의 경우, 여러 행사에서 가끔 공연되다가 전승이 단절되는 사례가 빈번하였고, 후대에 폐절된 악곡을 再興하여 다시 공연하는 사례도 다수 발견된다.

사서류나 악서에 전하는 38개의 고려악곡 가운데 고구려계통은 狛鉾와 狛犬, 高麗龍, 退·進宿德, 阿夜岐理, 長保樂, 桔槹 등인데, 이 가운데 狛犬은 동물 탈춤의 일종으로서 고구려에서 일본과 신라에 각기 전해졌다가 다시 신라에서 그것을 일본에 전하여 新羅狛이라고 불렀고, 桔槹는 龜玆 등에서 매년 개최된 군중 가무희인 蘇莫遮(乞寒)가 고구려에 전래되었다가 다시 일본에 전해진 것이다. 백제계통은 王仁庭과 進曾利古인데, 후자는 竈王에게 제사를 올리며 춤을 추던 백제의 풍속무에서 유래된 것이다. 納蘇利와 蘇志摩利는 신라, 新鞨鞨은 발해계통의 악곡에 해당하였다. 소지마리와 납소리는 신라에서 西域의 소막차와 大面(代面)을 수용하였다가 다시 일본에 전해준 것이고, 新鞨鞨은 발해사신이 일본에 와서 拜禮하며 춤을 추웠던 것에서 유래한 악곡이었다. 仁和樂과 延喜樂, 常雄樂, 胡蝶樂은 일본에서 자체 제작한 것이고, 酣醉樂과 胡德樂은 본래 橫笛(唐樂)이었으나 高麗笛으로 연주하도록 고친 渡物의 高麗樂이었다. 新鳥蘇를 비롯한 나머지 고려악곡은 한국에서 전래되었으나 그 계통을 알 수 없는 것들이다. 고려악 가운데 진·퇴주덕, 소지마리와 납소리, 길간, 그리고 歸德侯와 崑崙八仙, 地久 등은 서역에서 전래된 것이었는데, 이처럼 삼국의 음악에 서역 계통의 음악이 적지 않았음은 고대문화의 성격을 연구할 때에 크게 참조가 될 것이다.

박견은 고대 일본 舞樂 高麗樂의 하나였기 때문에 여러 辭書類와 樂書類에 그에 관한 내용이 전하는 반면에 新羅狛은 오직『信西古樂圖』에만 전하고 있다. 신라박이 신라에서 전래된 사자춤의 일종이었기 때문에 다른 사자춤과 더불어 여기에 소개한 것으로 보인다. 고구려에서 전래된 高麗樂 狛犬은 개의 탈을 쓴 舞

人이 햇불을 들고 춤을 추거나 그가 大眞人을 깨무는 내용의 舞樂이었다. 『信西古樂圖』追加別記에 머리에 뿔이 있으며, 입이 뾰족하고 긴 얼굴의 蘇芳菲가 전하는데, 박견 역시 이와 비슷한 형상이었을 것이다. 그런데 『신서고악도』 본문에 머리는 개, 몸은 사자의 모습인 또 다른 소방비가 전하여서 소방비의 형상이 사자에서 점차 박견과 비슷한 것으로 변화되었음을 추론할 수 있다. 이와 반대로 일부 자료에서 박견의 탈을 사자의 탈이라고 기재한 경우가 발견되어 박견의 모습이 점차 사자의 그것과 유사한 형상으로 변화되었음을 엿볼 수 있다. 이러하였기 때문에 신라에서 전래된 일종의 사자춤을 狛犬과 연관시켜 이리와 비슷하며 머리에 뿔이 난 동물의 이름을 넣어 '新羅狛'이라고 명명한 것으로 추정된다.

고대 일본에서 사자와 박견의 조각상을 鎭護獸로서 神社나 寺院에 배치하였다. 이와 같은 사자와 박견의 이미지는 舞樂 사자춤과 박견에 등장하는 사자·박견의 이미지에서 비롯되었다. 사자춤은 서역을 거쳐 중국과 한국에 전래되었다. 北魏의 불교행사에서 辟邪와 사자가 가두행렬을 引導하였다. 이때 벽사와 마찬가지로 사자 역시 惡鬼를 물리치는 역할을 수행하였다. 백제인 味摩之가 일본에 전해준 伎樂에 등장하는 사자도 그와 비슷한 역할을 수행하였다. 南北朝時代와 唐代에 五色獅子舞와 五方獅子舞가 널리 공연되었다. 여기서 五色이나 五方獅子는 각 방위의 악귀를 물리치는 靈獸로서의 성격을 지녔음은 물론이다. 사자를 이와 같이 인식하였기 때문에 자연히 사자춤은 驅儺舞的인 성격을 지니게 되어 민간에서 널리 공연되었다고 볼 수 있다. 구나무적인 성격의 사자무가 삼국과 통일신라에 전래되어 널리 공연되었을 뿐만 아니라 그러한 성격을 지닌 사자춤의 일종인 新羅狛이 일본에도 전래되었음이 확인된다.

일찍이 인도와 중국, 한국에서 사자를 佛法을 守護하는 靈獸로 인식하여 佛像이나 佛塔에 사자상을 배치하였다. 한편 중국에서 이른 시기부터 사자를 능묘를 鎭護하는 靈獸로 인식하여 그 조각상을 거기에 배치하였고, 통일신라에서도 그러한 전통을 수용하였다. 그러나 박견을 鎭護獸로서 神社나 寺院에 배치한 전통은 일본에서만 발견된다. 일본인들이 박견을 惡鬼를 물리치는 靈獸로 인식하였음을 반영하는 것이다. 나아가 고구려에서도 박견을 그렇게 인식하였다는 추론이 가능할 것이다. 벽사의 기능을 지니면서도 개가 등장하는 가무희를 중국에서 찾을 수 없다. 다만 박견과 마찬가지로 辟邪의 기능을 지니면서 머리에 뿔이 달린 동물이 등장하는 가무희가 존재하였다. 그것이 바로 辟邪伎이다.

漢代에서 唐代까지 뿔이 달린 辟邪와 天祿을 陵墓의 石獸나 鎭墓獸로 많이 제작하였다. 辟邪伎는 邪惡한 惡鬼를 물리치는 상상상의 동물인 辟邪가 등장하여 춤을 추는 歌舞戲였는데, 北魏時代에 불교행사에서 벽사와 사자가 나란히 앞장서서 街頭行列을 引導하기도 하였다. 5세기대에 조영된 장천1호분의 벽화에서 사자를 불상에 배치한 그림을 발견할 수 있다. 이러한 사실과 7세기 무렵에 사자가 행렬을 인도하는 伎樂을 백제에서 수용한 측면을 참조하건대, 5~6세기에 벽사와 사자가 가두행렬을 인도하는 北魏의 불교의례를 고구려에서 수용하였을 가능성을 한번 상정해볼 수 있지 않을까 한다. 만약에 이러한 추론에 잘못이 없다면, 고구려인들이 뿔이 달린 辟邪의 모습을 고대 일본의 狛犬과 비슷한 모습으로 형상화하였고, 그것이 등장하는 舞樂의 이름을 狛犬이라고 명명하였을 것이라는 추정도 결코 허황된 억측만을 아닐 것으로 사료된다. 중국의 辟邪伎를 기초로 하여 성립된 고구려의 舞樂 狛犬이 일본에 전래되어 널리 공연되었고, 결과적으로 고대 일본인들이 舞樂에 등장하는 박견의 이와 같은 이미지를 鎭座 또는 鎭獸로서 제작하여 宮中이나 神社, 寺院에 설치하였다고 정리할 수 있다.

進曾利古는 고대와 중세에 편찬된 辭書와 樂書에 전하며, 특히『仁智要錄』에서 平安時代에 源博雅가 지은『長秋卿譜』를 인용하여 진증리고가 竈祭舞의 別稱이라고 밝혔다.『大日本史』禮樂志 편찬자들은 백제인 須須許利가 釀造技術과 진증리고를 일본에 전해주었다고 주장하였으나 근거가 약하다.『樂家錄』에 진증리고를 연주할 때에 사용하는 舞具인 蘇利古에서 곡명이 유래하였고, 拂子와 비슷한 모양의 蘇利古 자루 부분은 白楚를, 앞부분에 딸린 白糸는 물을 상징하며,

그것을 가지고 춤을 추는 것은 '砂水의 法'을 나타낸다고 전한다. 여기서 砂水란 모래에 거른 물을 이르는 말이며, 沙水의 法은 근래에 竈王祭나 安宅儀禮를 거행할 때에 바가지나 중발에 물을 담고 거기에 고추나 숯을 띄워 淨化水를 만드는 것과 相通한다. 『악가록』의 기록을 통하여 진중리고의 내용이 至高의 깨끗함과 맑음을 본체로 하는 정화수를 만들고, 그것을 竈王에게 祭物로 바치는 의례 또는 竈王에게 제사할 때 정화된 부정물을 뿌려서 不淨을 없애는 부정풀이 의례와 밀접한 연관성을 지녔음을 살필 수 있다.

고대 일본에서 竈神(竈王)을 'かまど神(かまどのかみ)'이라고 불렀다. 'かま'는 우리말의 가마솥을 의미하는 가마에서 유래하였고, 고대 일본에서는 한반도에서 전래된 이동식 부뚜막을 'かまど'라고 命名하였다. 이와 더불어 그것과 관련된 다양한 俗信이 전래되었을 것인데, 그 가운데 대표적인 것이 竈王信仰이다. 백제계 渡來人의 후손인 和乙繼 가문에서 전통적으로 久度神을 숭배하였고, 延曆 연간(782~806)에 平野社를 창건한 후 거기에 和氏의 祖先神으로 추정되는 今木神과 더불어 久度神 등을 함께 옮겨 合祀시켰다. 여기서 久度는 굴뚝을 가리키므로 久度神은 연기가 빠져나가는 굴뚝을 신격화하여 숭배하는 신앙과 관련되었다고 볼 수 있다. 東晉 때부터 중국인들은 조왕이 하늘에 올라가 家人들의 죄상을 알리는 司命의 역할을 수행한다고 믿었는데, 이때 사람들은 조왕이 굴뚝을 통로로 이용하였다고 인식하였다. 굴뚝을 신격화하는 조왕신앙은 바로 이러한 인식에서 파생되었고, 역설적으로 백제계 도래민이 竈神을 久度神이라고도 命名한 것에서 백제에서 司命의 역할을 수행하는 竈王을 널리 숭배하였고, 백제인들이 그러한 내용의 조왕신앙을 일본에 전달하였음을 추론할 수 있다. 물론 이때 竈王信仰과 더불어 竈王을 제사할 때에 추웠던 춤도 함께 전해주었을 텐데, 그것이 바로 진중리고였다.

街頭歌舞戲인 蘇莫遮는 인도에서 發源하여 이른 시기에 西域에 전래되었고, 9~10세기에 龜玆國에서는 7월에, 康國에서는 11월에, 高昌國에서는 寒食과 二

社, 冬至 등의 節日에 蘇莫遮를 공연하였다. 구자국에서는 원숭이와 개, 귀신과 사람 얼굴 모양의 가면을 쓰고 거리에서 서로 진흙물을 뿌리거나 올가미를 가지고 사람을 잡는 퍼포먼스를 거행하였는데, 소막차 행사에 참여한 樂人과 舞人의 모습을 昭怙厘佛寺에서 발견된 舍利函 樂舞圖를 통하여 살필 수 있다. 강국에서는 소막차에서 舞人들이 나체로 거리에서 서로 물을 뿌리면서 노래 부르고 춤을 추었고, 고창국에서도 거리에서 물을 뿌리는 퍼포먼스를 거행하였다. 서역 사람들은 소막차라고 부른 가두가무회를 개최하여 災殃이 없어지기를 기원하였다.

579년 이전 남북조시대에 서역의 소막차가 중국에 전래되었고, 11월이나 12월에 주로 서역인들이 집단적으로 거주하는 곳에서 소막차가 널리 공연되었다. 중국에서도 서역과 마찬가지로 거리에서 舞人이 말을 타고 짐승과 귀신 형상의 가면을 착용하고 서역의 노래와 춤을 추며 소막차를 공연하였는데, 중국에서도 역시 물을 뿌리며 추위를 구하는 내용이 중심이었기 때문에 그것을 乞寒戲 또는 潑寒胡戲, 潑胡王乞寒戲라고 불렀다. 서역에서는 물을 뿌리며 추위를 구하는 퍼포먼스가 辟邪儀式과 연결되었지만, 중국에서는 그렇지 않았고, 그것은 단지 흥미롭고 즐거움을 주는 娛樂性을 강하게 지닌 夷國의 戲樂으로만 인식되었다. 이러한 이유 때문에 韓朝宗, 呂元泰, 張說 등이 소막차의 공연을 금지시킬 것을 건의하였고, 결국 현종은 그들의 건의를 수용하여 開元 元年(713) 겨울에 가두가무희인 소막차 금지 칙령을 내려 그것의 공연을 금지시켰다. 이후 소막차는 주로 궁중에서 舞樂의 형식으로 공연되었고, 그 내용은 대체로 황제의 은혜에 감사하는 것으로 변용되었으며, 중국화된 소막차, 즉 感皇恩이 고려에 전래되어 공연되었다.

고대 일본 고려악의 악곡인 吉簡은 乞寒의 音借로 이해되며, 王 2인과 10인의 陪從으로 구성된 舞人들이 공연하였다고 알려졌다. 780년 이전에 西大寺 등에서 고려악 악곡의 하나인 蘇志摩利를 공연하였음이 확인되고, 여러 자료에서 多好茂가 10세기 전반에 廢絶된 소지마리를 再興하여 공연하였음을 살필 수 있다.

이후 中世에 蘇志摩利는 6人의 舞人들이 도롱이를 걸치고 삿갓을 쓰고 춤을 추며, 기우제 때에 널리 공연된 舞樂으로 정립되었다. 소지마리의 番舞로 널리 공연된 唐樂의 하나인 蘇莫者는 1인의 舞人이 원숭이 또는 귀신 형상의 가면을 쓰고 도롱이를 걸치고 춤을 추는 무악인데, 이것은 중국에서 전래된 소막차에서 유래되었다고 이해되고 있다. 蘇志摩利와 蘇莫者 모두 舞人이 도롱이를 걸치고 춤을 추는 무악이면서 둘 다 기우제 때에 널리 공연되었기 때문에 소막자의 번무로 소지마리가 채택된 것으로 보인다. 현재 소막차가 신라에 전래되었고, 다시 그것이 일본에 전래되어 고려악 소지마리로 정립되었는가를 입증할 수 있는 결정적인 근거가 없기 때문에 소지마리가 서역에서 유래되었다고 단정하기 어렵다. 그러나 삼국에 걸한희가 전래되었다는 점, 서역에서 유래된 束毒이 일본에 전래되어 고려악 退·進宿德으로 정립되었던 점을 감안하건대, 소지마리와 소막차가 어떤 연관성을 지녔을 가능성도 완전히 배제하기 어렵지 않을까 한다.

소지마리는 신라에서 전래된 무악이었고, 吉簡은 고구려에서 전래된 것이었다. 이에 따른다면, 서역과 중국에서 유행한 소막차, 즉 걸한희가 삼국에 전해졌고, 삼국은 그것을 나름대로 咀嚼消化하여 자기들의 舞樂으로 변용시킨 이후, 다시 그것을 일본에 전해주어 고려악 악곡으로 정립되었으며, 두 무악은 일본에서 시간의 경과에 따라 점차 일본화과정을 거쳐 후대까지 전승되어 공연되었다고 정리할 수 있다. 소지마리와 길간은 통일신라에서 고려로 전해지지 않았고, 단지 고려에는 중국화된 소막차, 즉 感皇恩이 전래되어 공연되었던 것으로 확인된다.

고대 일본의 고려악 탁목에 관해서는 『倭名類聚抄』 등의 辭書類와 『胡琴教錄』에만 전한다. 전자에는 주로 탁목곡이 존재하였다는 간단한 언급만이 전할 뿐이고, 후자에 탁목은 啄木鳥의 탈을 썼다고 추정되는 技人이 매우 높은 장대의 끝에 올라가 춤을 추는 내용의 무악이며, 이미 그 전승이 끊어졌다고 전하고 있다. 970년에 편찬된 『口遊』에 탁목에 관한 정보가 전하지 않는 것으로 보아 그 이전 어느 시기에 그것의 전승이 끊어졌음을 살필 수 있다.

村上天皇(재위 946~967) 때에 源博雅가 蟬丸으로부터 비파의 비곡 탁목 등을 전수받았고, 遣唐使 藤原貞敏이 唐의 廉承武로부터 비파곡 탁목을 배워서 일본에 전래하였다는 전승이 후대에 부회되었으며, 啄木과 함께 항상 세트로 비파의 비곡으로 전하는 流泉을 10세기 중반에 제작하였을 가능성이 높다는 점을 고려하건대, 비파곡 탁목이 처음 제작되어 연주된 시기는 대체로 10세기 중반 무렵으로 추정된다.『胡琴教錄』에서 中原有安이 고려악 탁목과 비파의 비곡 탁목과의 관계를 헤아리기 어렵다고 언급하였지만, 고려악 탁목의 춤이 비록 폐절되었다고 하더라도 그것을 공연할 때에 연주한 음악이 전승되었을 가능성이 높다는 점과 고려악 탁목의 전승이 끊어질 무렵에 비로소 비파곡 탁목이 제작되어 연주되기 시작하였다는 사실을 상호 연계하여 추론하건대, 매우 조심스럽긴 하지만, 고려악 탁목이 비파의 비곡 탁목에 영향을 끼쳤거나 후자가 전자를 계승하였다고 상정해볼 수도 있지 않을까 한다.

한편『세종실록』세종 12년(1430) 2월 19일조에 嗺子, 憂息과 더불어 啄木이란 악곡의 가사가 폐절되고, 玄琴으로 그것들을 타는 법만이 전승되었다고 전한다. 우식은 신라 눌지왕대에 제작되어 고려와 조선 초기까지 전승된 鄕樂인데, 그 과정에서 춤과 가사는 폐절되고 현금으로 타는 법만이 전승되었던 것이다. 嗺子는 고려시대 唐樂 樂曲의 명칭이면서 당악을 연주하는 하나의 技法을 가리키는 용어였다. 고려시대에 당악인 최자를 향악기 玄琴으로도 연주하였고, 그러한 전통이 조선 초기까지 전승되었다. 우식과 최자의 사례를 참조하여, 고대의 舞樂 啄木이 통일신라와 고려를 거치면서 춤과 가사는 망실되고, 현금으로 타는 법만이 조선에 전래되었을 가능성과 고대의 무악 탁목의 전승이 끊어지고, 唐·宋의 탁목곡이 고려에 전래되어 嗺子의 경우처럼 향악기로 연주하는 관행이 정립된 다음, 그것이 조선에 전승되었을 가능성을 추론해볼 수 있다.

현재 唐·宋의 琵琶曲 啄木 및 宋·金·元代에 유행한 諸宮調, 즉 大形說唱에 포

함된 啄木兒가 고려에 전래되었음을 입증해주는 자료가 전하지 않는다. 다만 조선 초기의 啄木調가 5음 음계가 아니라 唐樂系 음악에 주로 사용된 6음계였다는 점에 의거하여 南北朝와 隋·唐代에 공연된 장대곡예의 일종인 散樂 啄木이 삼국 또는 통일신라에 전래되고, 그것이 다시 일본과 고려에 전래되었다고 추론해볼 수 있다.

이상이 본서에서 살핀 핵심 내용이다. 한국 고대의 백희잡기와 무악 가운데 서역에서 유래된 경우, 서역에서 중국에 전래되고, 다시 중국에서 삼국 및 일본에 전래되면서 상당한 변용이 이루어졌고, 또한 각국에서 자기화과정을 거치면서 또 다시 변용되는 것이 일반적이었다. 우리나라 고유의 백희잡기와 무악 역시 후대로 전승되면서 상당히 변질되었음은 물론이다. 고대의 백희잡기와 무악에 관한 자료가 매우 零星한 상황에서, 오늘날까지 전승되어 공연된 백희잡기와 무악을 근거로 하여 고대의 백희잡기와 무악을 복원하는 것은 사실상 불가능에 가깝다고 봄이 자연스러울 것이다. 더구나 전승과정에서 廢絶된 백희잡기와 무악의 경우는 더 더욱 그러하다고 볼 수 있다.

백희잡기와 무악 가운데 춤과 노래, 악기 연주 등이 한데 어우러진 종합가무극의 성격을 지닌 경우가 대부분인데, 고대의 악보와 악기 등이 제대로 전해지지 않은 현실을 고려한다면, 사실 고대의 백희잡기와 무악을 복원하여 공연하려는 시도 자체는 무모하기 그지없다고 판단할 수도 있을 것이다. 그러나 이럼에도 불구하고 고대의 백희잡기와 무악을 복원 또는 재현하려는 노력 자체는 계속 경주될 필요가 있다는 것이 필자의 판단이다. 비록 고대 백희잡기와 무악을 완벽하게 복원 또는 재현할 수 없지만, 그러나 그러한 노력을 기울이는 과정에서 고대 사람들의 문화와 생활 모습에 대한 이해를 한층 더 심화시킬 수 있는 계기를 마련할 수 있을 뿐만 아니라 고대에서 유행한 기악백희의 단편적인 고찰을 통해 고대인들의 고단한 삶의 궤적, 문화교류의 양상, 그리고 당시 사회에서 백희잡희가 지닌 사회적 기능 등을 엿볼 수 있기 때문이다.

우리 민족의 문화는 이웃 나라와의 교류과정에서 부단하게 변화, 발전하였다. 오늘날에도 여전히 외국의 문화가 우리나라에 소개되어 새로운 문화가 생성되고, 발전하고 있다. 예를 들어 현재 洋樂이 분명한 트로트를 힙합, 랩, 발라드, 락 등과 같은 서구의 다양한 음악 장르와 대비하여 우리의 전통가요라고 부르기도 하는데, 현재에도 우리의 음악과 외국의 음악이 융합되어 또 다른 우리의 음악을 창출하는 과정이 계속 진행되고 있음을 반증하는 사례로 들 수 있다. 마찬가지로 고대의 기악백회 역시 역사의 흐름과 외국과의 활발한 교류에 힘입어 계속해서 새로운 백회잡기로 거듭났다고 볼 수 있다. 이러한 측면을 염두에 둔다면, 고대의 백회잡기와 무악을 현대식으로 재해석하여 재현하려는 시도 역시 나름대로 역사적 의의를 지닌 것으로 평가하여도 좋을 것이다. 이 과정에서 고대의 백회잡기와 무악에 대한 철저한 고찰과 더불어 현대적 해석이 적절하게 조화를 이룬다면, 고대의 백회잡기와 무악의 재현은 새로운 문화 창달의 시금석으로서 널리 주목받을 것으로 기대된다. 필자는 본서가 바로 이와 같은 우리들의 노력에 조금이라고 도움이 되었으면 하는 바람을 가지고 있다.

보론
신라 화랑도의 무예와 수박

머리말

일반적으로 태권도는 전통무예인 手搏을 근대적인 스포츠로 발전시킨 것이라고 보고 있다. 이 때문에 태권도의 역사는 수박의 역사와 동일시 여기는 경향이 강하였다.[1] 필자 역시 이러한 종래의 경향에 대해서 공감하는 입장을 가지고 있다. 그런데 문헌기록을 근거로 수박의 역사를 살필 때, 고려 이전으로 소급하기가 곤란해진다. 왜냐하면『삼국사기』나『삼국유사』, 그리고 여타의 외국사서와 금석문에서 수박 관련 기사를 찾을 수 없기 때문이다. 이러한 한계는 고대인이 남긴 유적과 유물을 통하여 보완할 수밖에 없는데, 종래에 고구려의 고분벽화에 보이는 수박 장면을 근거로 고구려에서 그것이 널리 성행하였음을 강조하였다. 한편 신채호선생이『조선상고사』에서 신라의 화랑들이 '手搏, 擊劍, 射藝, 턱견이, 깨금질, 騎馬, 씨름' 등을 수련하였다고 언급한 사실,[2] 경주 석굴암의 금강역사상이나 분황사 석탑 출입문 좌우에 부조된 인왕상, 분황사탑 동

---

1 이규석, 1986「우리나라의 태권도 역사에 관한 고찰」,『한국유도대학논문집』2-1; 김극로·김희주, 1989「태권도 발전과정에 대한 사적 고찰」,『군산대학교논문집』16; 최충환, 1999「삼국시대 수박의 발달과정에 관한 고찰」,『체육연구』12; 김광성·김경지, 1988『한국태권도사』, 경운출판사.
2 신채호저·이만열주석, 1983『朝鮮上古史』(下), 단재신채호선생기념사업회, 326쪽.

남쪽의 폐사지에서 발견된 금강역사상, 국립경주박물관에 있는 동조 금강역사상의 자세가 오늘날 태권도의 품새와 유사하다는 사실 등을 근거로 신라의 화랑과 낭도들이 수박을 즐기면서 발전시켰다고 이해하고, 고구려의 수박이 신라의 화랑도를 통하여 고려시대에 전래되고 조선시대까지 계승 발전된 것으로 파악하였다.[3]

종래의 연구에서 가장 커다란 문제는 신라 화랑과 낭도들이 수박을 무예로 익혔음을 신채호선생의 언급과 금강역사상의 동작 등을 근거로 하여 주장한 것이라 할 수 있다. 신채호선생의 언급은 사실 구체적인 근거를 가지고 입증하기가 곤란하다. 대략 어림짐작으로 그러하였을 것이라는 추정에 가깝다고 보는 편이 좋을 것이다. 한편 금강역사상 등의 동작이 오늘날 태권도의 품새와 유사하다고 하여 당시 신라 화랑과 낭도들이 수박을 즐겼다고 주장하는 것도 근거가 약하다. 인도나 중국, 일본에서 조각된 금강역사상이나 인왕상의 모습이 경주에서 발견된 금강역사상이나 인왕상의 모습과 크게 다르지 않기 때문이다.[4] 따라서 이들 자료들을 근거로 신라에서 수박이 성행하였다고 주장하는 것은 재검토의 여지가 있다고 하겠다.

이렇다고 하여 신라 화랑과 낭도들이 무예의 하나로 수박을 익히고, 그것을 유희화하여 즐기지 않았다는 의미는 아니다. 고구려에서 수박희를 즐겼고, 고려시대의 문헌자료에 고려인들이 수박희를 즐겼다는 기록이 전하는 것으로 보건대, 논리적으로 그 중간시기에 해당하는 통일신라시대에도 역시 수박의 전통이 계승 발전되었다고 추론할 수 있기 때문이다. 그러면 여기서 문제는 그것을 어떻게 증명할 수 있을까 하는 점인데, 필자는 이와 관련하여 고려와 신라의 팔관회에서 잡희(백희)를 공연하였다는 점을 주목하고자 한다. 고려시대 팔관회의 의

---

3 김광성·김경지, 1988 앞 책, 130~139쪽.
4 다만 금강역사상 등의 동작은 통일신라 手搏의 동작을 참조한 것으로 생각된다.

레는 신라의 것을 계승하였다. 그런데 고려시대 팔관회에서 백희를 공연하였다고 전하고 있다. 신라의 경우도 역시 마찬가지였을 것이다. 백희는 중국에서 전래된 것이고, 진한대에서 당송대까지 그 종류는 시대에 따라 약간 다르긴 하지만, 그러나 시종일관 거기에 반드시 수박희나 각저희가 포함되는 것이 상례였다. 고구려에서도 백희를 공연하였는데, 여기에 수박과 각저가 포함되었음을 고분벽화를 통하여 살필 수 있다. 고려시대에 수박희를 즐겼으므로 백희에 수박희도 포함되었다고 보아야 하고, 나아가 팔관회에서 백희를 공연할 때에 거기에 수박희나 각저희 역시 포함되었다고 보아야 자연스럽다. 고려 팔관회의 의례는 신라의 것을 계승하였으므로 신라 팔관회에서도 역시 백희를 공연하였고, 거기에 수박희가 포함되었다는 논리적 추론이 가능하다. 더구나 화랑과 낭도들이 신라 팔관회의 의례를 주도하였던 점을 감안한다면, 한 걸음 더 나아가서 화랑과 낭도들이 수박희나 각저희를 즐겼다고 추정해도 좋을 것이다. 이것이 바로 필자가 본고에서 밝히려는 핵심 내용이다.

1. 手搏의 유래와 전승

수박은 두 사람이 손으로 서로 쳐서 기예를 겨루는 무예(운동)이고, 角抵는 두 사람이 서로 잡고 달려들어 힘을 겨루는 운동으로 이해되고 있다. 이에 따라 수박은 오늘날 태권도와 연결되며, 각저는 씨름으로 계승 발전되었다고 본다. 그러나 중국 고대사회에서 수박과 각저는 엄밀하게 분리된 것이라기보다는 서로 통하는 무예(또는 운동)나 유희의 일종으로 인식되었고, 나아가 '각저'는 수박희를 비롯한 여러 가지 곡예를 통칭하는 용어로 사용되기도 하였다. 『문헌통고』에서 백희의 하나인 角力戲를 '장사들이 웃통을 벗고 서로 치며 승부를 겨루는 유희'

라고 설명하였고,[5] 『漢書』卷第6 武帝紀第6 元封 3년조에 나오는 角抵戲에 대하여 應劭는 '角은 기예를 겨루는 것을 말하고, 抵는 서로 부딪치는 것을 이른다.'는 의미로, 文穎은 '이 음악을 이름하여 각저라고 한 것은 두 사람이 서로 맞붙어서 힘과 기예, 그리고 활쏘기와 말타기를 겨루었기 때문에 각저라고 하였다. 대개 雜技樂인데, 巴兪戲, 魚龍蔓延의 종류에 속한다. 한나라에서 후에 이름을 고쳐 平樂觀이라고 하였다.'라고 설명하였다.[6] 문영의 설명은 각저는 두 사람이 힘과 기예, 그리고 활쏘기와 말타기, 즉 여러 가지 무예를 겨루는 유희를 통칭하는 표현임을 시사해주는 것인데, 『남제서』에서 말타기 기술을 겨루는 무예를 통상 각저잡회의 종류라고 언급한 것도[7] 이와 맥락이 통하는 것이다.

『漢書』 刑法志에 '춘추시대 후에 강국은 약국을 멸하고 대국은 소국을 병탄하여 나라마다 싸우는 형국이 되었는데, 이때에 무예를 익히는 예법이 점점 늘어나자 그것을 戲樂으로 삼아 서로 자랑하며 뽐내게 되었다. 진나라에서 명칭을 고쳐 角抵라고 하였다.'라고 전한다.[8] 이 기록은 전국시대에 무예를 익히는 여러 가지 예법을 戲樂으로 만들었고, 진대에 이들을 통칭하여 각저라고 불렀음을 알려주고 있다. 실제로 진의 2세 황제가 甘泉에서 각저희의 공연을 관람하였다는 기록이 발견된다.[9] 文穎이 힘이나 기예, 활쏘기와 말타기 등을 겨루는 유희를 각

---

5 角力戲 壯士裸袒相搏 而角勝負 每群戲旣畢 左右軍雷大鼓而引之. 豈古者習武而變歟(『文獻通考』권제147 樂考20 散樂百戱).

6 春作角抵戲＜應劭曰 角者角技也 抵者相抵觸也. 文穎曰 名此樂爲角抵者 兩兩相當 角力角技藝射御 故名角抵 蓋雜技樂也 巴兪戲魚龍蔓延之屬也. 漢後更名平樂觀＞ 三百里內皆來觀(『漢書』권제6 武帝紀第6 元封 3년).

7 九月九日馬射 或設云 秋金之節 講武習射 像漢立秋之禮 史臣曰 案晉中朝元會 設臥騎倒騎顚騎 自東華門馳往神虎門 此亦角抵雜戲之類也(『南齊書』卷第9 志第1 禮上).

8 春秋之後 滅弱吞小 並爲戰國 稍增講武之禮 以爲戲樂 用相夸視 而秦更名角抵(『漢書』卷23 刑法志第3).

9 是時 二世在甘泉 方作觳抵優俳之觀(『史記』권87 李斯列傳제27).

저라고 부른다고 언급한 것은 이에 근거한 것이다.

그런데 한대에 여러 가지 무예를 戲樂으로 만들어서 즐기던 각저류의 유희에 커다란 변화가 나타났다. 변화는 서역과 활발하게 교통한 후에 그 지역에서 여러 가지 曲藝가 전래되면서 비롯되었다. 前漢代의 사람 張衡은『西京賦』에서 평락관의 넓고 평탄한 광장 앞에서 角觝의 妙戲를 연출하였다고 묘사했는데, 각저의 묘희에는 지금의 서커스 비슷한 기예와 더불어 여러 가지 짐승들의 재주부리기, 여러 가지 요술, 노래, 음악과 춤 및 환상적 무대연출이 포함되어 있었다.[10] 한나라는 기존의 무예를 유희화한 것과 더불어 서역에서 들어온 갖가지 교예와 가무극을 망라한 다양한 유희를 통칭하여 '角抵'라고 불렀던 것이다. 한나라에서는 이러한 각저희를 외국 사신을 위하여 자주 공연하였는데,[11] 그 가운데 후한 順帝 永和 원년(서기 136)에 京師에 來朝한 부여왕을 위하여 각저희를 베풀어 대접하였다는 내용도 포함되어 있다.[12]

한대부터 당대까지 여러 가지 묘기를 기본으로 하는 각저의 묘희, 즉 雜戲가 더욱 발전되었고, 후한대부터 이들을 통칭하여 百戲라고 불렀다.[13] 여기에 중국 고유의 전통무예를 유희화한 각저류도 포함되었음은 물론이다. 後漢代의 古墳 壁畵나 畵像石 및 畵像塼에서 角抵 또는 角抵戲라고 명명된 그림들이 적지 않게

---

10 金學主, 2001『중국 고대의 가무희』, 명문당, 115~120쪽.
    한편 李尤의『平樂觀賦』에도 이와 비슷한 묘사가 보인다.
11 『漢書』권96下 西域列傳제66下에 '四夷之客' 또는 '外國君長'을 위하여 각저희를 베풀었다는 기록이 보이고 있다.
12 順帝永和元年 其王來朝京師. 帝作黃門鼓吹角抵戲 以遣之(『後漢書』東夷列傳第75 夫餘).
13 後漢天子臨設軒設樂 舍利獸 從西方來 戲於殿前 激水化成比目魚 跳躍嗽水 作霧翳日 而化成黃龍 長八丈 出水遊戲 輝輝日光 以兩繩繫兩柱 相去數丈 二倡女對舞 行於繩上 切肩而不傾 如是雜變 總名百戲(『文獻通考』권147 樂考20 散樂百戲).
    한편 중국에서는 백희를 散樂이라고도 부르는데, 이것은 산잡한 음악이라는 뜻으로 골계희, 模擬才, 幻術, 기예 등을 음악 반주로써 연출하는 輕喜雜劇을 말한다.

발견되는 것이 이와 관련하여 주목을 끈다.[14] 이후부터 唐代까지도 꾸준히 백희 가운데 각저희(수박희)가 포함되어 있었으며, 게다가『구당서』나『신당서』의 기록을 통하여 당나라 사람들이 각저희를 즐겼음을 살필 수 있다. 그런데 한 가지 흥미로운 사실은 이들 사서에 '角抵'나 '角抵戲'로 기록된 표현을 宋代에 편찬된『通鑑紀事本末』,[15] 청대에 편찬된『御批歷代通鑑輯覽』에서는[16] '手搏' 또는 '手搏戲'라고 달리 표현하고 있다는 점인데,[17] 이것은 후대인들이 당나라의 각저희를 오늘

---

14 대표적인 고분벽화의 수박도로서 하남 밀현타호정고분벽화에 보이는 그림을 들 수 있다 (安金槐·王與剛, 1972「河南密縣打虎亭漢代畵像石墓和壁畵墓」,『文物』1972年 10期; 魏殿臣, 1983「密縣漢畵簡述」,『中原文物』1983年 特刊). 그리고 화상석과 화상전에 보이는 각저 그림과 관련하여 趙建中, 1983「淺談南陽漢畵像石中的角抵戲」,『考古與文物』1983년 第3期; 廖奔, 1983「論漢畵百戲」,『漢代畵像石硏究』, 文物出版社; 임영애, 1998「고구려 고분벽화와 고대중국의 西王母신앙~씨름그림에 나타난 '西域人'을 중심으로」,『講座美術史』10 등이 참조된다. 화상석이나 화상전에 角抵 또는 角抵戲라고 명명된 그림에는 두 사람이 서로 마주보며 수박을 하는 모습, 사람과 짐승이 서로 대결하는 모습, 짐승과 짐승이 서로 싸우는 모습 등이 모두 망라되어 있다. 특히 河南省 南陽市 출토 화상석에는 머리에 뿔 모양의 모자나 가면을 쓰고 창과 같은 무기를 들고 싸우는 모습도 포함되어 있는데, 이 것을 통하여 후한대에 각저라는 용어가 단지 씨름이나 수박하는 모습만을 지칭하는 것이 아니라 사람들이 무기를 가지고 기예를 겨루는 유희를 지칭하는 용어로 사용되었음을 살 필 수 있다.

15 『通鑑紀事本末』은 南宋의 袁樞가 사마광의『자치통감』기사를 항목별로 분류해서 다시 안 배한 것이다.

16 『御批歷代通鑑輯覽』은 청나라 乾隆 33년(1768)에 편찬한 것이다.

17 『舊唐書』권16 本紀제16 穆宗 元和 15년 2월 丁亥條의 '幸左神策軍 觀角抵及雜戲 日昃而 罷'라는 기사를『通鑑紀事本末』권35上에서는 '丁亥上幸左神策軍 觀手搏雜戲'라고 기록하 였고,『御批歷代通鑑輯覽』권60에서는 '又幸左神策軍 觀手搏'이라고 기록하였다. 한편『舊 唐書』권17上 本紀제17上 敬宗 寶歷 2년 2월조의 '甲子上御三殿 觀兩軍敎坊內園分朋驢鞠 角抵戲 酣有碎首折臂者 至一更二更 方罷'라는 기사를『通鑑紀事本末』권35上에서는 '甲子 上御三殿 令左友軍敎坊內園爲擊毬手搏雜戲 酣有斷臂碎首者 夜漏數刻乃罷'라고 기술하였 다. 한편『新唐書』권148 田弘列傳의 '凡三日設角抵戲 引魏博使 至廷以爲歡'이라는 기사를 『通鑑紀事本末』권34下에서는 '三日則敎軍中壯士手搏 與魏博使者 庭觀之'라고 기술하였음 이 확인된다.

날 씨름과 같은 놀이가 아니라 두 사람이 서로 떨어져서 기예를 겨루는 유희, 즉 수박희로 이해했음을 반증하는 것으로 볼 수 있다.

중국 고대의 유희는 우리나라에도 전래되었다. 후한대에 부여왕이 중국 京師에 來朝하여 각저류를 관람하였음을 살폈다. 이것은 이미 부여 사람들이 각저류의 유희를 인지하고 있었음을 입증하는 증거이다. 고구려 역시 마찬가지였는데, 구체적인 증거는 고분벽화를 통하여 확인할 수 있다. 각저류의 유희를 전하는 고분벽화로 안악3호분과 각저총(씨름무덤), 무용총, 장천1호분 벽화를 들 수 있다. 안악3호분의 앞방 왼벽에 높은 상투를 뒤로하고 나체에 가까운 두 장사가 대련 자세를 취하고 있는 모습이 보인다. 이 장면은 왼벽 상단에 보이고, 아래쪽에는 斧鉞手의 행렬 모습이 그려져 있다. 수박 장면은 무용총의 널방 천장부 고임 안쪽 벽화에도 보이고 있다. 이곳에는 주로 하늘세계를 표현하였는데, 해와 달, 천마, 연꽃 등 천지간의 각종 사물 형상과 선인들이 그려져 있다. 수박 장면은 긴 머리를 틀어 올려 끈으로 동여매고, 저고리와 바지를 벗어제친 반나체의 두 사람이 금방이라도 상대방을 공격할 듯한 대련자세를 취하고 있는 모습이다.

한편 오늘날 씨름과 유사한 모습을 그린 그림은 각저총과 장천1호분의 벽화에서 확인할 수 있다. 먼저 각저총의 널방 왼벽 벽화에 그려진 장면은 네 마리의 검은 새가 앉아 있는 나무 아래에서 우람한 체격의 두 사람이 서로 목을 맞대고 허리를 맞잡고 있으며, 그 옆에 한 노인이 심판을 보고 있는 듯한 모습이다. 한 사람은 전통적인 고구려인의 얼굴이고, 다른 한사람은 서역 계통의 인물로 보인다. 널방 왼벽은 가운데에 나무를 두고 왼편에는 부엌건물과 사람을, 오른편에는 씨름하는 장면을 그린 것이다. 장천1호분 앞방 왼벽 벽화에 그려진 씨름 장면은 두 사람이 서로 상대방의 왼쪽 어깨에 머리를 대고, 오른쪽 어깨는 상대의 왼편 갈빗대에 맞댄 채 두 손을 뻗어 상대방 등쪽의 바지 허리춤을 잡고 왼쪽 허벅

지는 상대의 사타구니 아래에 이르게 한 자세이다.[18]

안악3호분이나 무용총의 수박도, 각저총의 씨름그림은 벽면에서 차지하는 비중이 매우 높은 편이다. 반면에 장천1호분의 씨름그림은 백희기악도의 일부분에 불과하였던 것이다. 이 벽면에는 갖가지 유희를 그렸는데, 씨름그림은 바로 그 가운데 하나였다. 여기에 그려진 유희의 종류로는 원숭이 가면 놀이, 오현금 연주와 춤, 가축 도둑 붙잡기, 놀랜 말 달래기, 손놀리기, 발놀리기, 칼부리기 등이다. 한편 씨름이나 수박 장면은 보이지 않지만, 여러 가지 곡예를 소재로 한 벽화들이 팔청리와 수산리, 약수리고분벽화에도 보인다. 구체적인 내용은 본서의 1부 1장에서 살핀 바 있다.

그런데 여기서 흥미로운 사실은 비교적 이른 시기에 축조된 고분벽화에 백희의 내용은 보이지 않고, 다만 씨름이나 수박하는 장면만을 크게 부각시켰다는 점이다. 안악3호분은 357년에 축조된 무덤이고, 무용총과 각저총은 4세기에서 5세기 초반에 축조된 것으로, 그리고 장천1호분은 5세기 중반에 축조된 것으로 이해하고 있다. 그리고 팔청리고분은 5세기 전반에서 6세기 초반 사이에 축조된 무덤으로 추정하고, 약수리와 수산리고분은 각각 5세기 초반에서 후반 사이, 5세기 후반에 축조되었다고 이해되고 있다.[19] 현실적으로 각각의 벽화고분 축조 시기를 추정할 수 있는 독자적인 편년 시안을 내놓는 것은 필자의 능력 밖이지만, 기존의 편년안을 참조할 때, 백희기악과 여러 가지 곡예 장면을 그린 벽화고분들이 씨름이나 수박 장면을 크게 부각시킨 벽화고분보다 후대에 축조되었다는 경향성을 어느 정도 인정할 수 있지 않을까 한다.

앞에서 한대에 중국의 전통적인 무예를 유희화한 것과 서역 계통의 다양한 곡

---

18 전호태, 2000 『고구려 고분벽화연구』, 사계절, 48~52쪽; 력사과학연구소, 1975 『고구려문화』, 사회과학출판사(1988, 논장).

19 벽화고분의 편년에 대한 제견해는 전호태, 위 책, 417~419쪽의 〈고구려 벽화고분 편년 시안〉을 참조하였다.

예나 가무극을 통칭하여 '각저희' 또는 '각저잡희'라고 불렀음을 살핀 바 있다. 그런데 각저라는 표현은 본래 두 사람이 힘과 기예를 겨루는 놀이를 지칭하였다가 한대에 백희를 통칭하는 용어로 그 개념이 확장된 것이다. 이러한 측면과 관련하여 비교적 이른 시기의 고분벽화에 씨름이나 수박 장면이 크게 부각되었고, 그것들보다 후대에 축조된 벽화고분에서 여러 가지 곡예를 소재로 하여 백희를 묘사한 그림이 발견된다는 점이 주목을 끈다. 이것은 고구려인들이 중국 백희가 수용된 초기에 각저희나 수박희를 중심으로 즐기다가 점차 다양한 곡예와 놀이를 즐기는 추세로 나아갔음을 시사해주는 측면이기 때문이다.[20]

백제와 신라에서 각저나 수박희를 즐겼다는 구체적인 기록은 전하지 않는다. 다만 삼국의 영향을 받은 고대 일본에서 相搏(수박)의 풍습이 유행하였음이 주목된다. 『日本書紀』卷6 垂仁天皇 7년 가을 7월조에 當麻邑 사람 當摩蹴速과 出雲國 출신 野見宿禰가 상박을 겨루어 野見宿禰가 승리하였다는 기록이 전한다.[21] 또 皇極天皇 원년(642) 가을 7월조에 '백제 사신을 위하여 향연을 베풀고, 健兒에게 명령을 내려 翹岐 앞에서 상박을 하도록 하였고, 향연이 끝나자 백제

---

20 중국에서 백희를 각저라고 표현한 것을 감안한다면, 고구려에서도 초기에는 각저희가 백희의 중심이었을 가능성이 높다. 이 때문에 비교적 이른 시기의 고분벽화에 고구려인들이 즐긴 대표적인 유희(놀이)로서 각저희나 수박희를 묘사했을 것이다. 시기가 지나면서 중국에서 다양한 곡예나 놀이 등이 전래되었고, 이때부터 백희에서 각저희나 수박희가 차지하는 비중이 줄어들고, 상대적으로 여러 가지 곡예를 즐기는 경향이 두드러졌을 것이며, 그러한 경향성이 고분벽화의 백희 표현에도 그대로 반영되었을 것인데, 장천1호분 등의 백희 표현은 그와 관련이 깊다고 보인다.

21 左右奏言 當麻邑有勇悍士 日當摩蹴速. 其爲人也 强力以能毀角申鉤. 恒於衆中日 於四方求之 豈有比我力者乎 何遇强力而不期死生 頓得爭力焉. 天皇聞之 詔群卿曰 朕聞 當摩蹴速者天下之力士也 若有比此人也. 一臣進言 臣聞 出雲國有勇士 日野見宿禰 試召是人 欲當于蹴速. 卽日遣倭直祖長尾市 喚野見宿禰. 於是野見宿禰自出雲至 則當摩蹴速與野見宿禰令搏力. 二人相對立 各舉足相蹴 則蹴折當摩蹴速之脇骨 亦踏折其腰而殺之 故奪當摩蹴速之地 (『日本書紀』卷6 垂仁天皇 7년 7월 己巳朔 己亥).

사신이 물러났다.'고 전하고 있다.[22] 이밖에 상박에 관한 기록은 天武天皇 11년 (683) 7월조와 持統天皇 9년(695) 5월조에도 보인다. 『일본서기』에 보이는 상박 은 오늘날 일본 스모의 기원을 이루었다고 보이지만, 대체로 무용총과 안악3호 분에 보이는 수박의 모습과 유사하였다고 여겨진다. 이에서 중국에서 유래된 각저류의 유희가 고구려에 전해지고, 또 그것을 백제와 신라도 받아들여 삼국인 들이 일본에까지 전래하였음을 추측해볼 수 있다. 한편 신라에서 화랑과 그 낭 도들이 수박희를 즐겼다는 사실에 대해서는 뒤에서 보다 구체적으로 논증할 예 정이다.

　수박희와 각저희는 삼국과 통일신라를 거쳐 고려시대에도 성행하였다. 『고 려사』에 수박희와 각저희에 관한 기록이 여럿 전하는 것에서 이를 입증할 수 있 다. 수박과 각저에 관한 기록은 무신집권기와 그 이후 시기에 집중되고 있다. 먼 저 의종 24년(1170)에 왕이 무신들에게 五兵手搏戱를 공연하도록 명하였다는 기 록이 전한다.[23] 이밖에 이의민이 수박에 능숙하여 의종의 총애를 받았다는 사 실,[24] 최충헌이 重房의 힘이 있는 자에게 수박을 시켜 승리한 자에게 校尉, 隊 正 등을 포상으로 제수하였다는 기록,[25] 충혜왕이 수박희와 각저희를 관람하였 다는 기록,[26] 杜景升을 수박하는 자가 발탁하여 伍로 삼았다는 기록[27] 등이 전하 고 있다. 수박과 관련된 기록에서 공통되는 특징은 그것이 무인들과 밀접한 관 련성을 지녔다는 점이다. 수박이 군인들의 무예 수련으로 널리 활용되어졌음을 짐작케 해주는 측면으로 주목된다. 고려 전기의 기록에서 수박 관련 내용을 찾

---

22 乙亥 饗百濟使人大佐平智積等於朝. 乃命健兒相搏於翹岐前. 智積等 宴畢而退 拜翹岐門(위 책, 卷24 皇極天皇 元年 가을 7월).

23 『高麗史』권128 列傳第41 逆賊2 鄭仲夫條.

24 위 책, 李義旼條.

25 『高麗史』권129 列傳第42 逆賊3 崔忠憲條.

26 『高麗史』권36 世家第36 忠惠王 後3년과 4년조

27 『高麗史』권100 列傳第13 杜景升條.

을 수 없다. 당시에도 물론 수박이나 각저가 널리 성행하였을 것이다. 고려 초기부터 팔관회에서 백희를 공연하였는데, 여기에 수박희나 각저희도 포함되었던 것에서 이를 입증할 수 있다. 이에 관해서는 다음 장에서 보다 자세하게 논증하도록 하겠다.

『조선왕조실록』에서 수박에 관한 십 수여 개의 기록을 발견할 수 있다. 수박기사를 검토한 연구에 따르면, 수박은 방패군이나 갑사와 같은 무사 선발시험의 일종으로 활용되었을 뿐만 아니라 중요한 행사의 酒宴 시에 관람용으로 공연되기도 하였다고 한다. 그리고 임금이 행차하여 벌이는 군사훈련 후에 무사들의 사기를 북돋고 격려하기 위하여 수박희를 개최하는 경우도 종종 발견된다고 한다. 조선 전기에 수박이 성행하였음을 알려주기에 충분한 자료들이다. 수박에 관한 기록은 대체로 조선 전기에 집중되며, 조선 후기의 문헌에서 그와 관련된 기록은 찾아보기 힘들다.[28] 그렇다고 조선 후기에 사람들이 수박을 즐기지 않았던 것은 아니다. 당시의 풍속화에 씨름과 수박(태견) 장면이 소재로 등장하고 있음에서 그러한 면모를 충분히 짐작할 수 있기 때문이다.[29] 일반적으로 조선 후기의 수박은 명나라 戚繼光의 『紀效新書』에 소개된 권법을 참조하여 한 단계 더 발전되었을 것으로 이해하고 있다.[30] 당시 수박, 즉 권법을 체계적으로 정리한 것이 바로 이덕무의 『무예도보통지』(1790년)이다. 여기 拳法譜에 소개된 권법 자세는 오늘날 태권도의 품새와 거의 유사하다. 근·현대 태권도의 품새는 권법보에 소개된 자세를 기초로 再定立한 것이라고 주장하여도 크게 틀리지 않을 것이다.

---

28 『朝鮮王朝實錄』에 보이는 수박 관련 기사와 그 분석에 대해서는 나영일, 1997 「조선시대 수박과 권법에 대하여」 『무도연구』8-2, 용인대학교가 참조된다.

29 단원 김홍도의 씨름도가 있고, 유숙의 작품으로 전해지는 大快圖 가운데 씨름과 수박 그림이 있다.

30 허인욱, 2002 「수박희에 대한 고찰」 『체육사학회지』10.

2. 高麗 八關會의 百戲와 手搏戲

고구려와 고려에서 수박희와 각저희가 성행하였으므로 그 중간에 해당하는 통일신라에서 그러한 유희들이 성행하였음을 추측해볼 수 있다. 다만 이를 문헌 기록을 통하여 입증하기는 곤란하다. 물론 이렇다고 하여 그것을 논증할 방법이 전혀 없는 것은 아니다. 필자가 이와 관련하여 주목한 자료가 바로 팔관회이다. 팔관회는 신라시대에 시작하여 고려시대까지 계속 이어졌다. 고려 팔관회의 의례 내용은 대체로 신라의 그것을 계승하였다고 전하며, 더구나 그것을 주관한 주체를 화랑과 연결시켜 설명하고 있기까지 하다. 따라서 고려시대 팔관회의 의례 내용을 구체적으로 검토하면, 화랑들이 주관한 신라시대 팔관회의 의례 내용과 그 성격을 부분적이나마 추적할 수 있을 것으로 기대된다. 나아가 팔관회의 의례 내용을 분석하면, 신라 화랑도의 무예에 대한 단편적인 정보를 얻을 수 있지 않을까 한다.

태조 왕건은 훈요십조에서 연등회는 부처를 섬기는 것이고, 팔관회는 天靈과 五嶽, 명산, 大川, 龍神을 섬기는 것이라고 언급하고, 대대로 이를 금지하지 말고 시행하라고 훈계하였다.[31] 훈요십조에 기초하여 대체로 연등회는 불교적인 것, 팔관회는 토속적인 신앙에 기초하여 개최된 국가적 행사로 이해하고 있다. 팔관회는 태조 왕건의 즉위년(918)부터 개최되었는데, 『고려사』세가에서는 '(이 해) 11월에 팔관회를 열고, 儀鳳樓에 나가서 이를 관람하였다.'고 전하며, 이어서 '이 때부터 해마다 상례적으로 이 행사를 개최하였다.'고 하였다.[32] 팔관회는 최승로의 건의를 받아들여 성종 6년(987)에 폐지되었다가 현종 즉위년(1009)에 다시 복

---

31 其六日 朕所至願 在於燃燈八關 燃燈所以事佛 八關所以事天靈及五嶽名山大川龍神也. 後世姦臣建白加減者 切宜禁止. 吾亦當初誓心會日不犯國忌 君臣同樂宜 當敬依行之(『高麗史』卷2 世家第2 太祖 26년 여름 4월).

32 『高麗史』卷1 世家第1 太祖 元年條.

구되었고, 그 이후 고려 멸망 때까지 개경과 서경에서 매년 개최되었다.[33]

팔관회의 의례는 靖宗代에 비로소 공식적으로 정리되었으며, 그 이후 의례의 내용은 약간의 가감이 있었다고 알려지고 있다. 의례의 구체적인 내용은『高麗史』禮志 嘉禮雜儀 仲冬八關會儀條에 자세하게 전한다. 이에 따르면, 팔관회는 小會日과 大會日로 나누어 이틀간에 걸쳐 개최되었다고 한다. 11월 14일에 열린 소회일 행사는 鑾駕出宮儀式과 坐殿受賀儀式으로 구분되는데, 특히 후자의 의식이 중시되었다. 이것은 儀鳳樓에서 설행되었고, 구체적으로 국왕에 대한 태자 이하 종실들과 중앙의 모든 관리들의 朝賀-지방관들이 파견한 持表員들의 朝賀-百戲 공연-차 마시기-음악 공연-술과 음식을 먹는 순서로 진행되었다. 15일에 열린 대회일 행사는 난가출궁의식, 외국인 朝賀儀式, 연회의 순서로 진행되었다. 각 의례의 구체적인 내용에 대해서 이미 상세한 연구가 진행되었기 때문에 여기서 그에 관하여 다시 논급치 않으려고 한다.[34] 다만 소회일 행사에 백희를 공연하였다는 점을 부각시켜 주목하고자 하는데, 그 이유는 고려 전기에 수박희나 각저희가 성행하였음을 이를 통하여 방증할 수 있다고 여겨지기 때문이다. 팔관회에서 공연된 백희와 관련하여 우선 다음의 기록을 주목할 필요가 있다.

11월에 팔관회를 베풀었다. 유사가 아뢰기를 '전 임금(궁예)이 매년 仲冬에 八關齋를 크게 베풀어 복을 빌었으니, 그 제도를 따르시기를 원하옵니다.'라고 하니, 왕이 이르기를 '짐이 덕이 없는 사람으로서 왕업을 지키게 되었으니, 어찌 불교에 의지하여 국가를 편안하게 하지 않으리오.'라고 하였다. 그리하여 毬庭 한 곳에 輪燈을 설치하고 香燈을 벌여놓으니 밤이 새도록 광명(불빛)

---

33 다만 원 간섭기인 충선왕 즉위년(1308), 충선왕 3년(1311), 충숙왕 6년(1319), 우왕 3년(1376) 네 차례에 걸쳐 정지된 경우가 있었다(안지원, 2005「고려의 국가 불교의례 연구와 문화-연등·팔관회와 제석도량을 중심으로-」, 서울대학교출판부, 193~195쪽).
34 고려시대 팔관회의 의례 절차와 그 내용에 대해서는 안지원, 위 책, 166~195쪽이 참조된다.

이 가득하였다. 또 綵棚(재목을 가지고 가설하고 오색의 비단으로 감싼 가무잡희를 하는 무대)을 두 곳에 설치하였는데, 각각 높이가 5丈이었고, 모양은 蓮帶와 같아서 바라보면 아른아른하였다. 그 앞에서 백희와 가무가 벌어졌는데, 四仙樂部와 龍鳳象馬車船은 모두 신라 때의 옛 행사를 본 딴 것이다(『高麗史節要』卷1 太祖 元年 11월).

태조 즉위년(918)에 개최된 팔관회에 대해서는 『고려사』禮志에도 자세하게 전하며, 내용은 위의 기록과 대동소이하다. 여기서 백희의 공연은 毬庭에 설치된 높이가 5장인 綵棚 앞에서 이루어지며, 그 내용은 신라시대의 것을 그대로 본 딴 것이었음을 살필 수 있다. 용봉상마거선은 용과 봉황, 코끼리, 말 모양을 하거나 그러한 동물들의 형상을 실은 배 모양의 수레를 가리키는 것으로 보인다.[35] 한편 사선악부와 관련하여 이인로의 『破閑集』에 나오는 다음 기록이 주목을 끈다.

계림의 옛 풍속에 風姿가 아름다운 남자를 선발하여 구슬과 비취로 장식하고, 이를 화랑이라 불렀다. 나라 사람들이 이를 받들어 그 무리가 3천여 명에 이르렀는데, 原·甞·春·陵이 선비를 양성한 것과 같아서 그 중에서 재능이 뛰어난 사람을 조정에 발탁하여 썼으니, 유독 四仙의 문도가 가장 번성하여 비를 세우기까지 하였다. 우리 태조께서 등극하여 古國의 유풍이 아직도 바뀌지 않았다고 하고 겨울에 팔관회를 베풀어 良家의 자제 4인을 뽑아 霓衣를 입혀 열을 지어 뜰에서 춤을 추게 하였다(『破閑集』卷下).

위의 기록에 보이는 사선을 일반적으로 仙郎이라고 불렀다.[36] 앞에서 언급한

---

35 안지원, 위 책, 145쪽.
36 古人有詩云 千里山河輕孺子 兩朝冠劒恨焦周. 盖謂焦周爲蜀大臣勸 後主納土於魏 爲千古

사선악부는 아마도 4명의 선랑이 용과 봉황, 코끼리와 말의 형상을 본 땄거나 그러한 동물들의 형상을 실은 배 모양의 수레에 올라타서 춤을 출 때에 연주되던 음악이 아닐까 한다. 이러한 행사는 기본적으로 신라 때의 풍습을 그대로 본 땄다고 전하므로 신라 역시 동일한 모습의 행사를 치렀을 것으로 추정해볼 수 있다.

앞의 기록에서 분명하게 선랑들이 주관한 행사 역시 백희의 하나였다고 언급하였다. 이밖에 백희를 구성하는 여러 가지 유희에 대하여 자세하게 설명한 문헌기록을 찾을 수 없다. 다만 현재 단편적인 기록을 통하여 그 일부를 추정해볼 수 있을 뿐이다. 『고려도경』에 '柘枝와 抛毬의 기예도 있다. 그들의 백희는 수백인인데, 듣기로는 다들 민첩하기가 대단하다고 한다.'라는 기록이 전한다.[37] 자지(연화대)와 포구는 가무의 하나로서 『高麗史』樂志에 그 내용이 전한다.[38] 이밖에 팔관회 때에 설행된 가무로서 九張機別伎와[39] 처용무도 전해진다. 이것들은 모두 가무로서 백희와 매우 밀접한 관련이 있었다고 보인다. 한편 李穡의 「山臺雜劇」이란 시에 긴 장대 위에서 평지처럼 재주를 부리는 솟대장이를 묘사한 내용이 보이는데,[40] 이러한 곡예는 고구려의 고분벽화에서도 찾을 수 있다.

한편 숙종대에 朴浩가 올린 「賀八關表」에 '선왕의 유훈을 받들어 天竺의 도량을 장엄하게 배설하고, 漢代의 酺(천자가 베푸는 향연)를 본받아 향연을 베풀고 魚

所笑也. 請以金銀寶器賂遜寧 以觀其意. 且與其輕割土地弃之敵國 曷若復行先王燃燈八關
仙郎等事 不爲他方異法 以保國家致大平乎(『고려사』권94 열전제7 서희).

37 『宣和奉使高麗圖經』제40권 樂律條.

38 자지는 대규모의 가무회이고, 포구(락)는 공던지기의 운동을 가무화한 것이다.

39 구장기별기는 아홉 개의 기구를 가지고 묘기를 벌이는 기악을 말한다.

40 「산대잡극」의 전문(번역)을 소개하면 다음과 같다
오색비단으로 장식된 산대의 모양은 봉래산과 같고, 바다에서 온 선인이 과일을 올린다.
속악을 울리는 북과 징소리는 천지를 진동하고, 처용의 춤추는 소맷자락은 바람에 휘날린다.
솟대장이는 긴 장대 위에서 평지처럼 재주를 부리고, 폭발하는 불꽃이 번개처럼 번적인다.

龍百戲를 다투어 연출한다.'는 표현이 보이고 있다.[41] 이와 관련된 기록이『漢書』
西域列傳에 전한다. 여기에서는 漢의 天子가 酒池肉林으로써 四夷의 사신들을
접대하고, 巴兪·都盧·海中碭極·蔓延魚龍·角抵의 유희를 공연하여 관람케 하였다
고 하였다.[42] 박호의 언급은 고려의 백희가 중국의 백희와 서로 통하였음을 시사
해주는 자료로 주목을 끈다.

여러 가지 동물과 도구를 이용하여 재주를 부리는 곡예와 가면극이 중국 백희
의 주류이지만, 다만 여기서 한 가지 유의할 사항은 여기에 蹴掬戲뿐만 아니라 角
力戲 또는 각저희도 포함되어 있었다는 사실이다.[43] 이와 같은 중국의 백희가 고
구려에 전래되었는데, 장천1호분의 百戲伎樂圖에서 이를 입증할 수 있다. 심지어
그것을 일본에까지 전해주기까지 하였다. 게다가『고려사』에 수박희 또는 각저희
라는 표현이 보인다. 고려시대에 수박이나 각저를 유희로서 즐겼음을 추측케 해
주는 자료이다. 이처럼 중국의 백희에 각저(또는 수박)희가 포함되었고, 그러한 전
통이 고구려와 일본에까지 그대로 전래되었던 점을 미루어 볼 때, 팔관회의 백희
공연에 여러 가지 도구나 동물을 이용한 곡예뿐만 아니라 각저희나 수박희도 포
함되었다고 보아야 하지 않을까 한다. 앞에서 고려 전기의 문헌기록에서 수박 관
련 기사를 발견할 수 없다고 언급하였다. 이렇다고 하여 당시에 수박이나 각저희
를 고려인들이 즐기지 않았다고 보기는 어렵다. 왜냐하면 고려 후기에 수박 관련
기사가 자주 눈에 띠기 때문이다. 고려 후기에 무인들이 수박을 중시하였고, 또
수박희를 자주 공연하였다고 한다면, 그러한 전통은 고려 전기에도 존속되었다
고 보지 않을 수 없을 것이다. 이렇다고 할 때, 개경과 서경에서 매년 개최된 팔관

---

41 『東文選』권31 表箋 賀八關表.

42 天子負黼依 襲翠被 馮玉几 以處其中 設酒池肉林 以饗四夷之客 作巴兪·都盧·海中碭極·蔓
延魚龍·角抵之戲 以視觀之(『漢書』권96下 西域列傳제27).

43 『文獻通考』에 소개된 대표적인 당송대의 산악백희는 代面·撥頭·窟礧子·排闥戲·角力戲·瞋
面戲·衝狹戲·蹴掬戲·踏毬戲·絚戲·劇戲·五鳳戲 등이다.

회에서 공연된 백희에 수박희 또는 각저희가 포함되었다는 측면은 매우 의미심장하다. 팔관회의 행사에 구경꾼들이 도성으로 모여들어 밤낮으로 즐겼다고 언급한 사실을 보건대,[44] 백희의 공연 역시 일반 백성들에게 개방되었다고 보는 편이 자연스럽다. 이때 물론 일반 백성들은 채붕 앞에서 공연된 각저희와 수박희를 관람하였을 것인데, 이런 측면을 통하여 군인들뿐만 아니라 일반 백성들도 각저희와 수박희를 즐겼을 가능성을 엿볼 수 있기 때문이다.

3. 新羅 八關會의 儀禮와 花郎徒의 武藝

신라에서 팔관회를 처음 개최한 시기는 진흥왕 12년(551)이다. 이때 거칠부의 회유로 신라에 망명한 고구려의 승려 惠亮法師를 僧統으로 임명하고, 百座講會와 八關의 법을 시작하였다고 전한다.[45] 팔관회는 그 후 진흥왕 33년(572) 10월 20일에 또 개최하였는데, 이때 전쟁에서 죽은 士卒을 위로하기 위해서 그것을 개최하였다고 하였다.[46] 즉 팔관회에서 전몰장병의 위령제를 지낸 것이다. 이후 신라에서 팔관회를 개최하였다는 기록은 전하지 않으나 고려시대에 팔관회를 매년 개최하였고, 그 의례는 신라의 것을 그대로 따랐다는 사실을 감안해볼 때, 신라에서도 정기적으로 팔관회를 개최하였을 가능성이 높다고 하겠다.[47]

---

44 十一月設八關會. 有司言 前王每歲仲冬 大設八關會 以祈福乞導其邦家 …… 百官袍笏行禮 觀者傾都 晝夜樂焉(『高麗史節要』권1 太祖 元年).

45 至是 惠亮法師領其徒出路上 居柒夫下馬 以軍禮揖拜 進曰 昔遊學之日 蒙法師之恩 得保性命 今邂逅相遇 不知何以爲報. 對曰 今我國政亂 滅亡無日 願致之貴域. 於是 居柒夫同載以歸 見之於王 王以爲僧統 始置百座講會及八關之法(『삼국사기』 열전제4 거칠부).

46 冬十月二十日 爲戰死士卒 設八關筵會於外寺 七日罷(위 책, 신라본기제4 진흥왕 33년).

47 『三國遺事』卷第3 塔像第4 皇龍寺九層塔條에 神人이 황룡사에 9층탑을 세우고 팔관회를 베풀고 죄인을 사면하면 외적이 침해하지 못할 것이라고 말한 내용이 보인다. 이것은 신라

본래 팔관회는 인도에서부터 유래하였다. 거기에서는 八戒齋라고 불렀고, 그 것은 액막이 풍습에서 유래하였다고 한다. 그 내용은 재가 신도들이 지켜야 할 계율, 즉 8계를 수시로 지키기가 곤란하므로 육재일만이라도 그것을 지키는 것이라고 한다. 인도의 팔계재는 중국에 전해지면서 그 성격이 약간 변질되었다. 중국에서는 八關이라는 전통적인 액막이 관념에 근거하여 용어를 八關齋로 고쳐 사용하였고, 재액을 막기 위해서, 그리고 治兵·救命을 바라거나, 죽은 이가 욕계육천, 특히 그 중에서도 도솔천에 왕생하기를 기원하는 위령제의 하나로 그것을 설행하는 것이 일반적이었기 때문이다. 이런 측면에서 진흥왕대에 전몰장병을 위로하기 위하여 팔관회를 개최한 것은 바로 중국의 영향을 받은 것이라고 할 수 있다.[48]

신라시대의 문헌에서 팔관회의 의례를 참고할 수 있는 자료는 찾을 수 없다. 그렇지만 고려시대의 팔관회는 신라시대의 전통을 계승하였다고 하였으므로 의례의 단편을 추적하는 것이 어느 정도 가능하다. 사선악부 관련 행사는 모두 신라 때의 옛 것을 그대로 계승하였음을 앞에서 언급하였다. 그런데 종래에 이러한 행사의 기원을 전륜성왕설화와 연결시킨 견해가 있어 주목을 끈다.

중국에서 팔관회는 미륵신앙과 관련이 깊었다. 신라 역시 마찬가지였을 것이다. 즉 팔관회에서 전몰장병을 위로할 때, 그 핵심은 바로 그들이 도솔천에 다시 태어나기를 기원하는 내용이었을 것이라는 의미이다. 이러한 신앙을 미륵상생신앙이라고 한다. 반면에 전륜성왕설화는 미륵하생신앙과 연결된다. 이것은 도솔천에 계신 미륵불이 용화수 아래에 내려와서 인간을 구제해준다는 신앙이다. 그런데 미륵삼부경 가운데 미륵하생신앙을 설명하고 있는 『불설미륵하생경』과 『불설미륵대성불경』에서 미륵이 도솔천에서 하생해 올 때 이 세상을 正法으로 다스리

에서 팔관회를 개최하였음을 시사해주는 하나의 자료이면서 동시에 팔관회가 호국적인 성격을 지녔음을 알려주는 증거로서 주목을 끈다.

48 이에 대한 보다 자세한 내용과 관련하여 안지원, 2005 앞 책, 146~148쪽이 참조된다.

는 왕이 바로 蝶佉王이라는 전륜성왕이라고 기술하였다. 이들 경전에서 양거왕은 4종의 군사를 거느리고 있으나 무력으로 세상을 다스리지 않으며, 그에게는 일곱 가지의 보배가 있는데, 금륜보, 象寶, 馬寶 등이 그것이며, 이들은 모두 네 개의 큰 곳간에 보관하며 4마리의 용이 그것을 지키고 있다고 설명하였다. 종래에 四仙을 蝶佉王이 거느린 4종의 군사와 연결시키고, 상보와 마보, 그리고 4개의 곳간을 지키는 용을 龍鳳象馬車船과 연결시켜 이해하려고 하였다.[49] 진흥왕 스스로가 통치이념으로 전륜성왕설화를 적극 활용하였음을 참조할 때,[50] 그가 팔관회 행사 때에 蝶佉王이 다스리는 용화세계를 상징적으로 표현하려고 하였을 가능성이 높았을 것이라는 점에서 위의 견해는 매우 긍정적으로 받아들일 수 있겠다.

한편 고려시대에 팔관회를 주관한 사람들을 四仙, 또는 仙郎이라고 불렀는데, 여기서 사선이나 선랑 등은 신라의 화랑에서 유래한 명칭들이다. 이인로는『파한집』에서 태조 왕건이 신라 화랑의 전통을 본받아 양가의 자제 4인을 뽑아 사선(또는 선랑)으로 삼고 그들에게 팔관회에서 춤을 추게 하였다고 언급하였는데, 이것은 신라시대에 팔관회의 의례를 화랑들이 주관하였음을 시사해주는 결정적 증거라고 하겠다. 이밖에도 이를 보완해주는 증거들이 더 있다. 의종은 '옛날 신라 때에는 仙敎가 성행하였다. 그래서 하늘이 기뻐하고 백성들이 모두 편안하였던 것이다. 이런 까닭에 우리 선조 때부터 그것을 숭상한 지가 오래되었다. 근래에 兩京(개경과 서경)의 팔관회가 날이 갈수록 옛 격식이 줄어들고 이전 풍속이 점차 쇠퇴하였다. 이제부터 거행하는 팔관회는 살림이 풍족한 양반가를 미리 선택하여 仙家로 정하고 옛날 풍속대로 집행하게 하라. 그러면 사람들과 하늘이 모두 기뻐할 것이다.'라고 언급하였다.[51] 의종의 언급에서도 신라시대에 팔관회

---

49 안지원, 위 책, 144~145쪽

50 진흥왕은 전륜성왕설화에서 이름을 따서 아들들의 이름을 金輪(金輪), 銅輪이라고 지었다.

51 昔新羅仙風大行. 由是 龍天歡悅 民物安寧. 故祖宗以來 崇尙其風久矣 近來兩京八關之會
   日減舊格 遺風漸衰. 自今八關會 預擇兩班家産饒足者 定爲仙家 依行古風 致使人天咸悅

를 화랑들이 주도하였음을 엿볼 수 있다. 郭東珣의「八關會仙郎賀表」에서도 신라의 옛 제도를 계승하여 팔관회를 設行하였으며, 신라시대에 화랑들이 팔관회와 관련이 깊었음을 시사해주는 구절이 보인다.[52]

화랑제도는 진흥왕대에 성립되었다. 이후 어느 시기부터 팔관회의 의례를 화랑들이 주도하였다고 추정해볼 수 있다. 이런 추정은 또 다른 측면을 통해서 보완할 수 있다. 화랑은 미륵신앙과 관계가 깊었다. 진지왕대에 國仙인 未尸郎은 하생한 미륵으로 간주되었고,[53] 김유신은 15세에 화랑이 되었는데, 당시에 그의 무리를 龍華香徒라고 불렀다고 전한다.[54] 미륵은 용화수 아래에 하생한다고 하였으므로 용화향도란 명칭에서 화랑과 미륵신앙과의 연관성을 가히 짐작해볼 수 있다. 위의 자료들은 화랑이 미륵신앙과 관계가 깊었음을 입증해주는 증거인데,[55] 이렇다고 할 때, 전몰장병에 대한 위령제를 지낸 팔관회가 미륵신앙에 기초하였다는 점을 다시금 상기할 필요가 있겠다. 하생한 미륵으로 간주되는 화랑

(『고려사』권18 세가제18 毅宗 22년 3월).

52 伏義氏가 천하의 왕이 된 뒤로부터 最高는 우리 太祖의 三韓이요, 저 藐姑射山에 있다는 神人은 바로 우리 月城의 四子(신라의 대표적인 네 화랑)인가 하나이다. 風流가 역대에 전해 왔고, 制作이 本朝에 와서 更新되었으니, 조상들이 즐겼고 上下가 화목하였나이다. …… 우리 태조께서 水德 末年에 義勇을 奮發하시어 東明 옛 터에 큰 터를 창업하실새, …… 鷄林의 仙籍을 상고하니 위는 東月, 아래는 西月로서, '내가 만든 이 법을 규범으로 삼아서 해마다 한 번씩 일부러 상례로 삼거라.'고 자손에게 물려주시니, 史冊에 뚜렷이 실려 있나이다(『東文選』권31 表箋 八關會仙郎賀表).

53 及眞智王代 有興輪寺僧眞慈 每就堂主彌勒像前發原誓言 願我大聖化作花郎 出現於世. …… 慈奉宸旨 會徒衆 遍於閭閻間物色求之. 有一小郎子 斷紅齊具 眉彩秀麗 靈妙寺之東北路傍樹下 婆娑而遊. 慈迓之驚曰 此彌勒仙花也. 乃就而問曰 郎家何在 願聞芳氏. 郎答曰 我名未尸 兒孩時爺孃俱歿 未知何姓. 於是肩輿而入見於王 王敬愛之 奉爲國仙. 其和睦子弟 禮義風教 不類於常. 風流耀世幾七年 忽亡所在(『三國遺事』卷第3 塔像第4 彌勒仙花 未尸郎 眞慈師).

54 公年十五歲爲花郎 時人洽然服從 號龍華香徒(『三國史記』列傳第1 金庾信).

55 三品彰英, 1974『新羅花郎の硏究』, 平凡社, 245~259쪽.

들은 전몰장병을 도솔천으로 인도하는 가장 적임자로 인식되었을 것이고, 이런 내용이 포함된 팔관회를 그들이 주관하는 것은 어쩌면 당연지사로 받아들여졌다고 믿어지기 때문이다.

한편 팔관회의 또 다른 의례와 관련하여 본서 1부 3장에서 살핀 바와 같이 이색의 「산대잡극」이란 시에 고려 팔관회에서 처용무를 공연하였음을 시사해주는 점이 주목을 끈다. 신라 말기에 처용무가 만들어졌으므로 팔관회에서 잡희의 하나로서 그것을 공연한 전통은 신라시대까지 소급이 가능할 듯싶다. 이와 더불어 신라시대 팔관회에서 공연된 또 하나의 雜戲와 관련하여 다음의 기록이 주목된다.

신사일에 팔관회를 열었다. 왕이 雜戲를 구경하였는데, 거기에 국초의 공신 金樂과 申崇謙 등의 偶像이 있었다. 왕이 이 우상들을 보고 감개가 무량하여 시를 지었다(『고려사』 권14 세가제14 예종 15년 겨울 10월).

위에서 예종이 잡희를 구경하다가 그것을 공연하는 무대에 김락 등의 우상이 놓여 있는 것을 보고 감개가 무량하여 시를 지었다고 전한다. 김락과 신숭겸은 927년 공산성전투에서 태조 왕건을 구하고 전사한 인물들이다. 그들의 우상을 잡희를 공연하는 무대에 그냥 놓아두었던 것은 아니었을 것이다. 이와 관련하여 예종 5년(1110) 9월에 왕이 宗親, 宰樞들과 더불어 天授殿에서 연회를 베풀 때, 광대 한 사람이 유희를 통하여 선대의 공신 河拱辰을 예찬하매, 왕이 하공진의 공로를 인정하여 그의 현손인 河濬을 閣門祗候로 임명하고 그 자리에서 시를 지어 주었다는 일화가 눈에 띤다.[56] 하공진은 현종 1년(1010) 거란의 침입 때 스스

---

56 甲戌 宴諸王宰樞于天授殿 達曙乃罷 各賜侑幣. 王賦詩命儒臣和進賜物有差. 有優人 因戲稱 美先代功臣河拱辰 王追念其功 以其玄孫內侍衛尉注簿濬 爲閣門祗候 仍製詩 一絶賜之(『高麗史』卷13 世家第13 睿宗 5년 9월).

로 볼모가 되어 거란에 끌려가서 절개를 지키다가 살해된 인물이다. 하공진놀이는 국가를 위하여 목숨을 바친 사람을 예찬하기 위하여 만든 유희였다는 점에서 잡희를 공연하는 무대에 놓여있는 김락 등의 우상 역시 그들을 주인공으로 하는 유희에 사용되었을 것이라는 추정이 가능하다. 즉 고려시대 팔관회에서 순국지사의 영웅적 행동을 극화하여 공연하거나 또는 歌舞의 형태로 만들어 공연하여 그들의 영혼을 위로하였을 것이라는 의미이다.

여기서 신라시대 팔관회에서 전몰장병을 위로하는 위령제를 지냈다는 측면을 다시금 환기시키고자 한다. 아마도 당시 팔관회에서 전쟁터에서 殉國한 이들의 영혼을 위로하는 어떤 의식을 진행하였다고 추정해볼 수 있다. 이와 관련하여 우선 어떤 화랑의 고사를 소재로 하여 舞劇化한 黃昌郎舞의 존재가 주목을 끈다. 본서 1부 3장에서 황창랑무는 나라를 위하여 순국한 화랑의 고사를 가무극으로 재구성한 것이었을 가능성이 높다고 추정한 바 있다. 이밖에『삼국사기』에 나라를 위하여 殉國한 화랑과 낭도들을 기리는 노래들이 전한다. 예를 들어 김흠운의 순국을 기리기 위하여 '陽山歌'를 지었고,[57] 진평왕대에 해론이 순절하자 '長歌'를 지어 위문하였다고 한다.[58] 추측컨대 황창랑무는 순국한 어떤 화랑의 영혼을 위로하는 팔관회에서 공연되었을 가능성이 높다고 하겠다. 마찬가지로 양산가나 장가에 맞추어 김흠운이나 해론을 소재로 한 가무나 유희 역시 그들의 영혼을 위문하는 팔관회에서 공연하였다고 볼 수 있지 않을까 한다. 이런 측면에서 고려시대에 순국지사들을 소재로 하는 유희나 가무를 팔관회에서 공연한

---

57 大王聞之傷慟 贈歆運·穢破位一吉湌 寶用那·狄得位大奈麻. 時人聞之 作陽山歌以傷之(『三國史記』列傳第7 김흠운).

58 至建福三十五年戊寅 王命奚論爲金山幢主 與漢山州都督邊品興師襲椵岑城 取之. 百濟聞之 擧兵來 奚論等逆之. 兵旣相交 奚論謂諸將曰 昔 吾父殞身於此. 我今亦與百濟人戰於此 是我死日也. 遂以短兵赴敵 殺數人而死. 王聞之 爲流涕 贈賉其家甚厚. 時人無不哀悼 爲作長歌吊之(『三國史記』列傳第7 奚論).

관행은 바로 이와 같은 신라시대의 전통을 계승한 것으로 보지 않을 수 없다.

이처럼 신라시대 팔관회에서 순국 화랑이나 낭도를 소재로 하는 가무나 유희를 공연하였다는 사실 자체는 사선악부와 관련된 자료와 더불어 고려시대 팔관회의 의례와 신라시대의 그것이 크게 다르지 않았음을 유추케 해주는 적극적인 논거로 서 활용될 수 있다. 특히 두 사례 모두 잡희(또는 백희)와 관련이 깊었으므로 이것 들은 팔관회에서 백희를 공연하는 관행이 바로 신라시대의 전통을 계승한 것이라 는 논거로도 적극 활용될 수 있을 것이다. 여기서 문제는 신라와 고려의 팔관회에 서 공연된 백희의 내용이 과연 동일하다고 볼 수 있느냐 하는 점이다. 이색의 「산 대잡극」이란 시를 통하여 고구려의 고분벽화에 보이는 나무다리 곡예와 비슷한 것이 고려시대 팔관회에서도 그대로 공연되었음을 이미 살핀 바 있다. 고구려의 백희가 고려에 계승되었음을 이에서 추정해볼 수 있다. 더구나 고려시대에 중국 의 백희를 수용한 측면도 박호의 글에서 발견할 수 있었다.

그런데 신라에서도 역시 중국과 서역의 백희를 수용하였다. 따라서 팔관회에 서 공연된 백희의 구성 역시 고려 초기의 경우와 커다란 차이가 없었다고 보아 야 하지 않을까 한다.[59] 전국시대에 무예를 익히는 예법을 戱樂으로 만들어서 즐 겼고, 한대 이후에 서역 계통의 다양한 유희가 소개되어 잡희가 복잡하고 다양 해졌지만, 그러나 여전히 각저류의 유희는 계승 발전되는 양상을 보였다. 唐代 에 諸藩의 酋長을 위하여 敎坊에서 백희를 공연하였는데, 여기에 角觝와 戱馬 가 포함되어 있었던 사실, 『문헌통고』에 소개된 당송대의 백희에 각력희가 포함 되어 있었던 사실, 당대에 각저희(수박희)를 즐겼음을 알려주는 기록들에서 이를 엿볼 수 있다. 이처럼 진한대부터 당송대까지 잡희(백희)의 하나로서 각저희(또

---

59 앞에서 인용한 의종의 언급을 참조할 때, 고려 중·후기에 팔관회의 의례에 약간의 변화가 나타났다고 볼 수 있고, 백희의 구성에서도 역시 마찬가지였다고 추정된다. 이에 대한 구 체적인 검토는 차후의 과제로 남겨두기로 한다.

는 수박희)가 꾸준히 계승되었다고 할 때, 고구려나 고려와 마찬가지로 신라의 백희에 각저나 수박희도 포함되었고, 그것들을 역시 팔관회에서 공연했을 것이라고 유추해도 크게 틀리지 않을 것이다.[60]

사실 신라 팔관회의 의례에 대한 구체적인 기록이 전하지 않기 때문에 거기에서 화랑과 낭도들이 각저희나 수박희를 직접 공연하였다고 단정하기 곤란하다고 주장할 수 있는 여지가 전혀 없는 것은 아니다. 그러나 이와 관련하여 팔관회의 의례를 화랑들이 주관하였다는 사실을 다시금 환기할 필요가 있다. 화랑도는 삼한의 청년조직에서 기원하였고, 전사단으로서의 성격도 그대로 계승하였다고 본다.[61] 이것은 진흥왕이 '나라를 흥하게 하려면 반드시 風月道를 먼저 해야 한다고 생각하여 다시 명령을 내려 좋은 가문 출신의 남자로서 덕행이 있는 자를 뽑아 (명칭을) 고쳐서 화랑이라고 하였다.'라고 전하는 기록을[62] 통해서도 보완할 수 있다. 당시 나라를 흥하게 하고자 할 때, 일차적으로 군사력을 키우는 것이 필요하고, 진흥왕은 그것을 위하여 화랑제도를 창설하였다고 볼 수 있다. 즉 화랑과 낭도들을 전사단으로 적극 편성하여 군사력을 키우겠다는 의도였다는 의미이다. 김대문이 『화랑세기』에서 '어진 보필자와 충신이 이로부터 나왔고, 훌륭한

---

60 팔관회의 백희 가운데 오늘날 서커스와 비슷한 곡예 등은 전문 연희자가 공연했을 것으로 추정된다. 다만 각저나 수박은 전문 연희자가 아니라 그것을 무예로 익히고, 나아가 그것들을 음악과 곁들여 유희의 일종으로 즐겼던 화랑과 낭도들이 직접 공연했을 가능성이 높아 보인다. 이러한 추정은 화랑들이 팔관회의 의례를 주관하고 그 四仙樂部 등의 행사에 직접 참가했다는 점, 화랑 출신으로 추정되는 김유신과 김춘추가 蹴鞠을 직접 하였다거나 또는 김인문이 활쏘기와 말타기, 향악을 잘 하였다고 전하는 사실 등을 통하여 보완할 수 있다.

61 三品彰英, 1974 앞 책; 이기동, 1984 「신라 화랑도의 기원에 대한 고찰」, 『신라 골품제사회와 화랑도』, 일조각.

62 王又念欲興邦國 須先風月道 更下今選良家男子有德行者 改爲花娘(『三國遺事』卷第3 興法第3 彌勒仙花 未尸郎 眞慈師). 여기서 花娘은 花郎의 오기로 보인다.

장수와 용감한 병졸이 이로부터 생겼다.'라고 언급하였는데,[63] 이것은 진흥왕의 의도대로 전사단으로서의 화랑도가 크게 활약하여 삼국통일의 밑거름이 되었음을 암시해주는 자료라 하겠다.

통일 이전에 신라국가는 백제, 고구려와 치열한 각축전을 전개하였다. 국가의 사활이 걸린 전쟁에서 화랑과 낭도들이 목숨을 초개처럼 버린 경우가 적지 않았다. 그런데 그들이 전쟁에 나아가 잘 싸우기 위해서는 무예의 단련이 필수적이다. 당시 가장 기본적인 무예가 바로 검술과 수박, 활쏘기, 말타기였을 것이다.[64] 김유신은 難勝에게서 전승한 비법을 바탕으로 열박산에서 검술을 익혔다고 하고,[65] 또 김인문은 어려서 예서에 밝았을 뿐만 아니라 활쏘기와 말타기, 鄕樂을 잘 하였다고 하였다.[66] 이들뿐만 아니라 다른 화랑이나 낭도들도 검술과 활쏘기, 말타기를 익혔을 것이다. 통일신라기에 무사들이 수박을 무예로 익혔던 사실은 경주시 용강동 횡혈식석실에서 발견된 수박 자세를 취한 토용을 통해서 입증할 수 있다.[67]

---

63 故金大問花郎世記曰 賢佐忠臣 從此而秀. 良將勇卒 由是而生(『三國史記』新羅本紀第4 眞興王 37년).

64 참고로 중국에서도 수박을 무예의 하나로서 중시하였는데, 漢 成帝代에 任宏이 정리한 병서에 手搏 6편(元代 郝經이 편찬한 『續後漢書』卷90上 兵條에 전함)이 포함되어 있었던 사실을 통하여 이를 입증할 수 있다.

65 老人曰 吾無所住 行止隨緣 名則難勝也. 公聞之 知非常人 再拜進曰 僕新羅人也 見國之讐 痛心疾首 故來此 冀有所遇耳. 伏乞長者憫我精誠 授之方術. 老人黙然無言. 公涕淚懇請不倦 至于六七. 老人乃言曰 子幼而有幷三國之心 不亦壯乎. 乃授以秘法曰 愼勿妄傳 若用之不義 反受其殃. 言訖而辭行二里許 追而望之不見 唯山上有光 爛然若五色焉. 建福二十九年 鄰賊轉迫 公愈激壯心. 獨携寶劍 入咽薄山深壑之中 燒香告天祈祝 若在中嶽誓辭. 仍禱天官垂光 降靈於寶劍. 三日夜 虛角二星 光芒赫然下垂 劍若動搖然(『三國史記』列傳第1 金庾信).

66 幼而就學 多讀儒家之書 兼涉莊老浮屠之說. 又善隷書射御鄕樂(『三國史記』列傳第4 金仁問).

67 문화재연구소·경주고적발굴조사단, 1990 『경주 용강동고분 발굴조사보고서』에서 토용은 武士像으로서 매우 사실적인 전투 또는 운동시합 모습을 표현한 것이라고 서술하였다. 한

그림 40 용강동 횡혈식석실분에서 출토된 수박 자세를 한 토용

그런데 흥미로운 사실은 고구려의 고분벽화에서 이들 무예를 유희화한 자취를 발견할 수 있다는 점이다. 덕흥리고분벽화에서 마사회 장면을 볼 수 있다. 이는 말을 타고 활을 쏘아 승부를 겨루는 일종의 유희로 말타기와 활쏘기를 결합한 것이다. 한편 팔청리고분벽화에는 두 사람의 남자가 검을 가지고 겨루는 장면이 보이는데, 오른 손에 긴 검을 잡은 사람은 무릎을 굽히고 몸을 낮추어 이마에 손을 대고 상대편을 겨누고, 왼손에 긴 검을 잡은 사람은 칼을 곧추세우고 칼끝을 쳐다보고 있는 모습이다. 안악3호분 벽화에도 칼부림재주를 하는 장면이 보이는데, 두 사람의 남자가 타고대 앞에서 오른손에는 환두대도를 약간 뒤로 높이 치켜들고 왼손에는 굽은 활같이 생긴 것을 쥐고 앞으로 내밀어 칼부림재주나 칼춤을 추는 것 같은 몸짓을 취하고 있는 모습이다.[68] 중국에서 무예를 익히는 예법을 유희로 만든 것을 진한대에 각저희라고 불렀다. 여기에는 힘과 기예, 말타기와 활쏘기를 겨루는 유희가 모두 포괄되어 있었다. 후한대의 고분벽화나

편 국립경주박물관, 1991 『경주이야기』에서는 '택견(수박)을 하는 인물상'으로 소개하였다.
68 력사과학연구소, 1975 『고구려문화사』, 사회과학출판사(1988, 논장), 264~266쪽.

화상석 등에 수박을 하는 그림이 여럿 보이는 것으로 판단하건대, 각저류의 유희에 수박이 포함되어 있었음은 두말할 나위조차 없을 것이다.

고분벽화에 보이는 씨름과 유사한 각저나 수박 장면은 고구려에서도 중국 각저류의 유희를 수용하여 즐겼음을 입증해준다. 신라에서도 馬戲를 즐겼다는 기록이 전하고 있어[69] 신라인 역시 일찍부터 고구려인과 마찬가지로 말타기를 유희화하였음을 확인할 수 있다. 이와 아울러 검술이나 활쏘기, 수박 등의 무예들도 모두 유희화하였을 것으로 짐작된다. 이점과 관련하여 화랑과 그 낭도들이 '노래와 음악으로 서로 즐겼다.'는 사실을[70] 재음미해볼 필요가 있다.

화랑과 낭도들은 산과 물을 찾아 노닐고 멀리 이르지 않은 곳이 없다고 하였는데, 진흥왕대 화랑제도를 창설할 당시부터 그들이 과연 이러하였다고 볼 수 있느냐에 대해서는 지극히 회의적이다. 통일 이전에 화랑도는 기본적으로 전사단으로서의 성격이 강하였을 것이다. 따라서 당시에 화랑과 낭도들이 산과 물을 찾아다니면서 한가롭게 노닐며 즐기기는 그리 쉽지 않았을 터이다. 그러나 통일 이후에 삼국 간 전쟁이 종식되면서 화랑도의 성격이 변하였을 것이다. 아마도 전쟁의 종식으로 전사단에서 점차 산수를 遊娛하며 풍류를 즐기는 집단으로 바뀌었을 것으로 짐작된다. 이러면서 화랑과 낭도들은 '가락으로 서로 즐기는 것'을 더욱 강조하였을 듯싶다.[71] 이때 노래와 음악으로서 서로 즐긴 측면과 신라인들이 무예를 유희화하여 즐긴 것은 서로 연관성을 지녔다고 보아야 하겠다.

김인문이 향악을 잘 하였던 것에서 유추할 수 있듯이 화랑과 낭도들은 향악, 즉 향가를 즐겨 불렀다고 보여진다. 나아가 그들은 가무나 잡희를 아울러 즐겼

---

69 智度路王時 爲沿邊官 襲居道權謀 以馬戲誤加耶國取之(『三國史記』 列傳第4 異斯夫).

70 其後 更取美貌男子 粧飾之 名花郎以奉之. 徒衆雲集 或相磨以道義 或相悅以歌樂 遊娛山水 無遠不至. 因此知其人邪正 擇其善者 薦之於朝(『三國史記』 新羅本紀第4 眞興王 37년).

71 이기동, 1984 「신라사회와 화랑도」, 『신라문화』1; 1997 『신라사회사연구』, 일조각, 283쪽.

을 것으로 추정되는데, 화랑을 소재로 한 황창랑무 또는 양산가나 장가에 맞춘 가무극이 바로 그들이 즐긴 것이 아닐까 한다. 아마도 팔관회가 가무나 백희의 공연을 훨씬 더 강조하는 축제로서의 성격을 강하게 띤 것은 바로 화랑도가 가락으로 서로 즐기는 것을 강조한 통일 이후가 아닐까 하는 추정도 해봄직하다. 통일 이후에 화랑도의 성격이 가락으로 서로 즐기는 집단으로 변모되었을 즈음에 그들이 전투에 필요하여 익힌 여러 가지 무예들도 역시 중국이나 고구려에서 그랬던 것처럼 점차 그것들을 유희화하여 중국에서 전래된 여러 가지 서역 계통의 유희와 함께 즐겼지 않았을까 여겨진다. 7세기 단계에 일본에서 相搏을 자주 설행한 측면도 신라에서 각저나 수박희가 성행하였음을 짐작케 해주는 간접적인 방증자료로서 활용할 수 있다.

이상 신라의 화랑과 낭도들이 각저(씨름)와 수박을 무예로서 익혔을 뿐만 아니라 그것을 유희화하여 즐겼음을 여러 가지 정황을 들어 논증하여 보았다. 그런데 신라시대에 화랑과 낭도들이 팔관회를 주관하였다. 거기에서 고려시대와 마찬가지로 백희를 공연하였다고 추정된다. 고대 중국, 고구려나 고려에서 각저류의 유희(씨름과 수박)가 백희에 포함되었으므로 신라시대 팔관회의 백희에 그것들이 포함되었다고 봄이 자연스럽다. 화랑과 낭도들이 무예로서 수박을 수련하였고, 그것을 유희화하여 즐겼을 것이라는 측면을 통해서도 위의 추정을 보완할 수 있다. 그런데 신라에서 팔관회는 수도인 왕경, 즉 경주에서만 개최하였다. 물론 고려와 마찬가지로 팔관회의 백희 공연은 일반민에게 개방되었을 것이기 때문에 화랑도뿐만 아니라 경주에 기거하던 주민들도 각저(씨름)회나 수박회를 자주 구경하고 즐겼을 것으로 여겨진다. 화랑이나 낭도들을 중심으로 즐긴 수박회와 각저회는 고려와 조선시대로 계승되어 오늘날 태권도와 씨름의 定立에 크게 기여하였을 것으로 믿어 의심치 않는다.

맺음말

이상 본문에서 수박의 유래와 전승 과정, 그리고 고려와 신라에서 개최한 팔관회에서 수박희를 공연하였을 뿐만 아니라 신라 화랑과 낭도들이 무예로서 수박을 익히고, 그것을 유희화하여 즐겼음을 살펴보았다. 본문에서 살핀 내용을 간략하게 정리하는 것으로서 맺음말에 대신하고자 한다.

중국에서 일찍부터 수박을 무예로 익혔으며, 전국시대에 그것을 戱樂으로 만들어 즐겼는데, 당시에 그것을 각저라고 불렀다. 한대 이후에 서역 계통의 유희, 즉 다양한 도구와 동물을 이용한 곡예나 가면극이 추가되면서 잡희가 더욱 복잡하고 다양해졌다. 후한대부터 당송대까지 이들을 통칭하여 백희라고 불렀는데, 여기에 각저류의 유희, 즉 각저나 수박이 반드시 포함되는 것이 상례였다.

중국의 백희는 고구려에도 전래되었는데, 고분벽화에서 그러한 사실을 입증할 수 있다. 특히 각저나 수박도가 벽면의 구성에서 커다란 비중을 차지한 것은 비교적 시기적으로 빠른 고분인 안악3호분, 무용총, 각저총에서 발견되고, 다양한 재주와 곡예를 주 내용으로 하는 백희기악도는 비교적 늦은 시기의 고분인 장천1호분, 약수리와 수산리, 팔청리고분에서 발견되고 있는데, 이것은 고구려에서 각저류의 유희를 먼저 수용하여 즐기다가 후에 다양한 재주와 곡예를 포괄한 백희기악을 수용하여 즐겼던 추세를 반영하는 것으로 이해된다.

한편 신라에서 수박희를 즐겼다는 적극적인 증거를 찾을 수 없다. 다만 이와 관련하여 고려시대 팔관회에서 공연된 백희에 수박희나 각저희가 포함되었다는 측면을 주목할 필요가 있겠다. 고려시대에 팔관회에서 설행한 사선악부와 龍鳳象馬車船의 행사, 순국지사를 소재로 한 극화나 가무를 백희의 하나로 공연한 것은 신라의 것을 그대로 계승하였으므로 신라 팔관회에서도 고려시대에 공연된 백희의 종류를 그대로 공연하였다는 논리적 추론이 가능하기 때문이다. 최치원의 향악잡영을 통하여 고려와 신라의 백희 종류가 별반 다르지 않았음을 유추할 수 있는데, 이러한 점을 통해서도 위의 추정을 보완할 수 있을 것이다. 나아가 신라 팔관회에서 공연된 백희에 고려와 마찬가지로 수박희가 포함되었을 것이라는 유추도 충분히 가능하다고 하겠다.

신라시대에 화랑과 낭도들이 팔관회의 의례를 주도하였던 사실을 고려시대의 여러 자료 및 화랑과 미륵신앙이 관련이 깊었던 측면 등을 통하여 입증할 수 있다. 따라서 팔관회에서 수박희를 공연하였다면, 화랑과 낭도들이 수박희를 즐겼다고 보아도 사실 크게 문제가 되지 않을 것이다. 이러한 추정은 다른 측면을 통해서도 보완이 가능하다. 통일 이전에 화랑도는 전사단적인 성격이 강하였다. 전쟁에 나아가기 위해서는 무예의 수련이 필수적이다. 당시 가장 기본적인 무예는 검술과 수박, 말타기와 활쏘기였다. 그런데 고구려에서 이들 무예들을 유희화하여 즐긴 자취를 고분벽화에서 발견할 수 있다. 신라인 역시 그러하였을 것인데, 실제로 馬戲를 즐긴 사실이 확인된다. 다른 무예들도 유희화하여 즐겼을 것으로 믿어진다.

통일 이후에 화랑도는 점차 산수를 遊娛하며, 歌樂으로 서로 즐기는 집단으로 그 성격이 변질되었다. 화랑과 낭도들은 향가를 잘 불렀고, 나아가 순국지사를 소재로 하는 가무나 유희를 즐겼을 것이다. 이와 같은 추세 속에서 그들은 전쟁에서 필요하여 무예로 익혔던 것들을 유희화하여 서로 즐겼을 것이라는 예상을 충분히 해볼 수 있다. 이런 측면에서 신라 화랑과 낭도들은 삼국시대의 수박을 더욱 발전시켜 고려에 전했고, 오늘날 태권도의 정립에 크게 기여하였다고 보아도 좋을 것이다.

* 참고문헌

1. 서론 및 1부 한국 고대의 백희잡기와 무악

1) 저서

강봉진, 1998『건축문화유산대요』, 기문사

경북대학교 박물관, 2002『우리 악기 보고듣기』

경상대학교 박물관, 1993『합천옥전고분군IV-M4·M6·M7호분-』

경상대학교 박물관, 1995『합천옥전고분군Ⅴ-M10·M11·M18호분-』

霍旭初, 1994『龜玆藝術研究』, 新疆人民出版社

국립경주박물관, 2006『신라의 사자』

국립경주박물관·경주시, 1993『경주 황성동 석실분』

권덕영, 1997『고대한중외교사-遣唐使研究-』, 일조각

김성혜, 2006『신라음악사연구』, 민속원

김수경, 2004『고려 처용가의 미학적 전승』, 보고사

김태식, 1993『가야연맹사』, 일조각

김학주, 2001『중국 고대의 가무희』, 명문당

나희라, 2003『신라의 국가제사』, 지식산업사

노태돈, 1999『고구려사연구』, 사계절

大槻如電, 1927『新訂舞樂圖說』, 六合館

東儀信太郎 등, 1998『雅樂事典』, 音樂之友社

력사과학연구소, 1975『고구려문화사』, 사회과학출판사

末松保和, 1949『任那興亡史』, 大八洲史書

무함마드 깐수(정수일), 1992『신라·서역교류사』, 단국대학교 출판부

浜田耕策, 2002『新羅國使の研究』, 吉川弘文館

사회과학원 고고학 및 민속학 연구소 고고학 연구실, 1966『미천왕무덤』, 사회과학원 출판사

三品彰英, 1973, 『古代祭政と穀靈信仰』, 平凡社

송방송, 1984『한국음악통사』, 일조각

송방송, 1985『한국고대음악사연구』, 일조각

안지원, 2005『고려의 국가 불교의례와 문화-연등·팔관회와 제석도량을 중심으로-』, 서
　　울대학교출판부

양주동, 1965『증정고가연구』, 일조각

余太山, 2005『兩漢魏晉南北朝正史西域傳要注』, 中華書局

王嶸, 2000『西域文化的回聲』, 新疆青少年出版社

요시미즈 츠네오지음·오근영옮김, 2002『로마문화 왕국, 신라』, 씨앗을 뿌리는 사람

遠藤徹·笹本武志·宮丸直子, 2006『圖說 雅樂入門事典』, 柏書房

윤광봉, 1992『한국의 연희』, 반도출판사

이두현, 1979『한국연극사』, 보성문화사

이두현, 1992『한국의 가면극』, 일지사

李杜鉉等著·崔吉城譯, 1977『韓國民俗學槪說』, 學生社

이형기, 2009『대가야의 형성과 발전 연구』, 경인문화사

이혜구, 1967『한국음악서설』, 서울대학교출판부

이혜구, 1996『한국음악연구』, 민속원

이희준, 2017『대가야고고학연구』, 사회평론

印南高一, 1944『朝鮮の演劇』, 北光書房

장사훈, 1986『증보 한국음악사』, 세광음악출판사

張師勛, 1986『韓國樂器大觀』, 서울대학교출판부

財團法人菊葉文化協會, 1993『正倉院』, 日本寫眞印刷株式會社

(財)古代學協會·古代學研究所編, 1994『平安時代史事典(上卷)』, 角川書店

(財)古代學協會·古代學研究所編, 1994『平安時代史事典(下卷)』, 角川書店

荻美津夫, 1977『日本古代音樂史論』, 吉川弘文館

荻美津夫, 2007『古代中世音樂史の研究』, 吉川弘文館

전경욱, 2004『한국의 전통·연희』, 학고재

전덕재, 2018『삼국사기 본기의 원전과 편찬』, 주류성

田中俊明, 1992『大加耶連盟の興亡と任那-加耶琴だけが殘った-』, 吉川弘文館

전호태, 2000『고구려 고분벽화 연구』, 사계절

鄭岩, 2002『魏晉南北朝壁畫墓研究』, 文物出版社

趙世騫, 1997『絲路之路樂舞大觀』, 新疆美術撮影出版社

中國畫像石全集編輯委員會, 2000『中國畫像石全集』1(山東畫像石), 河南美術出版社

中國畫像石全集編輯委員會編, 2000『中國畫像石全集』8(石刻綫畫), 河南美術出版社

中國美術全集編輯委員會編, 1989『中國美術全集』(繪畫編12, 墓室壁畫), 文物出版社

中國音樂大系總編輯部, 1996『中國音樂文物大系(新疆卷)』, 文物出版社

河竹繁俊著·이응수역, 2001『일본연극사』상, 도서출판 청우

2) 논문

고승길, 1992「삼국시대 춤에 끼친 인도 춤의 영향」,『창론』11, 중앙대학교 예술대학

권강미, 2006「통일신라시대 사자상의 수용과 전개」,『신라의 사자』, 국립경주박물관

권오영, 2006「무령왕릉 출토 진묘수의 계보와 사상적 배경」,『무령왕릉 학술대회』, 국립
　　　　공주박물관

김대환, 2006「신라 왕경 고분의 분포와 체계 변화」,『신라문화제학술논문집』27

김병준, 2004「신의 웃음, 聖人의 樂」,『동양사학연구』86

김상현, 1999「만파식적설화의 유교적 정치사상」,『신라의 사상과 문화』, 일지사

김성혜, 2005「신라의 외래 음악 수용 양상-6~7세기를 중심으로-」,『한국음악사학보』35

김성혜, 2006「정창원 신라금의 가야금 관련에 대한 일고찰」,『악성 우륵의 생애와 대가
　　　　야의 문화』, 고령군·대가야박물관·계명대학교 한국학연구원

김성혜, 2017「정창원 신라금이 가야금이 아닌 이유」,『한국고대사연구』88

김열규, 1972「처용전승고」,『처용설화의 종합적 고찰』, 성균관대 대동문화연구원

金英云, 1984「伽倻琴의 淵源에 關한 試論」,『韓國音樂硏究』13·14, 韓國國樂學會

김용문, 2006「신 출토자료에 보이는 소그드 복식」,『실크로드의 삶과 문화』, 사계절

김인희, 2013「신라 토우장식장경호와 동오(東吳) 혼병(魂瓶)을 통해 본 동중국해 사단항
　　　로 개척시기」,『동아시아고대학』32

김창석, 2006「8~10세기 이슬람 제종족의 신라 來往과 그 배경」,『한국고대사연구』44

김철웅, 2017「고려 후기 색목인의 이주와 삶」,『동양학』68

김철준, 1973「고려 중기의 문화의식과 사학의 성격」,『한국사연구』9; 1990『한국사학사
　　　연구』, 서울대학교출판부

김태식, 2009「대가야의 발전과 우륵 12곡」,『악사 우륵과 의령지역의 가야사』, 홍익대학
　　　교 인문과학연구소·우륵문화발전연구회

김태식, 2014「백제와 가야의 관계」,『사국시대의 사국관계사』, 서경문화사

김학주, 1963「나례와 잡희-중국과의 비교를 중심으로-」,『아세아연구』6-2

김학주, 2002「당희를 통해서 본 이색의 구나행」,『공연문화연구』4

노태돈, 1999「고구려·발해인과 내륙아시아 주민과의 교섭에 관한 고찰」,『고구려사연
　　　구』, 사계절

李惠求, 1978「音樂 舞踊」,『한국사』2, 국사편찬위원회

朴文玉, 2017「关于新罗乐舞的几个问题」,『세계 속의 신라 樂』(제11회 新羅學國際學術大
　　　會 발표문), 경주시·신라문화유산연구원

박전열, 1996「日本 散樂의 연구」,『한국연극학』제18호, 연극학회

백승충, 1995「加羅國과 于勒十二曲」,『부대사학』19

浜田耕策, 1983「中代·下代의 內政과 對日外交-外交形式과 交易을めぐつて-」,『學習院史
　　　學』第21號

서영대, 1991「韓國古代 神觀念의 社會的 意味」, 서울대학교 박사학위논문

송방송, 1981「향악 하림조의 음악사학적 고찰」,『대구사학』19

송방송, 1984「신라 삼현의 음악사학적 검토」,『민족문화연구』18

송방송, 1984「통일신라시대 당악의 수용과 그 의의」,『한국학보』37

송방송, 1985「장천1호분의 음악사학적 점검」,『한국고대음악사연구』, 일지사

송방송, 2002「고려 삼죽의 기원과 전승 문제」,『한국중세사회의 음악문화』(고려시대편),
　　　민속원

植木行宣, 1981「東洋的舞樂の傳來」,『日本藝能史』(第1卷 原始·古代), 法政大學出版局

안상복, 2002「구나행의 나희와 산대놀이」,『중어중문학』30

양재연, 1978「대면희고」,『국문학연구산고』, 일신사

遠藤徹, 2006「신라금과 일본 고대의 현악기」,『악성 우륵의 생애와 대가야의 문화』, 고
　　　령군·대가야박물관·계명대학교 한국학연구원

윤광봉, 1992「한국 가면극의 형성과정」,『비교민속학』9

이기동, 1984「나말여초 근시기구와 문한기구의 확장」,『신라골품제사회와 화랑도』, 일조각

이두현, 1959「新羅五伎考」,『서울대학교 논문집』9

이두현, 1972「처용가무」,『처용설화의 종합적 고찰』, 성균관대 대동문화연구원

이두현, 1985「無㝵戲와 空地念佛」,『신라문화제학술발표회논문집』6

이병도, 1976「가야사상의 제문제」,『한국고대사연구』, 박영사

이영호, 2006「우륵 12곡을 통해 본 대가야의 정치체제」,『악성 우륵의 생애와 대가야의
　　　문화』, 고령군·대가야박물관·계명대학교 한국학연구원

이용범, 1969「처용설화의 일고찰-唐代 이슬람상인과 신라-」,『진단학보』32

이진원, 1999「莫目의 문헌적 재검토」,『한국음악사학보』22

이혜구, 1955「고구려악과 서역악」,『서울대학교 논문집』2

이혜구, 1957「牧隱先生의 驅儺行」,『韓國音樂硏究』, 국민음악연구소

이혜구, 1967「納曾利考」,『한국음악서설』, 서울대학교출판부

이혜구, 1967「안악3호분 벽화의 주악도」,『한국음악서설』, 서울대학교출판부

이혜구, 1976「통일신라의 문화: 음악」,『한국사』3, 국사편찬위원회.

이홍이, 1992「무애무고찰」,『무용학회논문집』14

이희수, 1997「이슬람교의 中國轉入과 회족공동체의 태동」,『민족과 문화』5, 한양대 민족
      학연구소

임영애, 1998「고구려 고분벽화와 고대중국의 西王母신앙-씨름그림에 나타난 '西域人'을
      중심으로」,『강좌미술사』제10호

임영애, 2007「중국 고분 속 鎭墓獸의 양상과 불교적 변형」,『미술사논단』25

전경욱, 2004「서역·중국·한국 연희의 교류 양상」,『韓國과 中國의 演劇과 演戲』, 新星出
      版社

전덕재, 2004「신라의 대외인식과 천하관」,『역사문화연구』20

전덕재, 2005「신라 화랑도의 무예와 수박」,『한국고대사연구』38

전덕재, 2008「삼국시대 낙동강 수로를 둘러싼 신라와 가야세력의 동향」,『대구사학』93

전덕재, 2011「喙國(喙己呑)의 위치와 그 역사에 대한 고찰」,『한국고대사연구』61

전덕재, 2011「신라 경문왕·헌강왕대 한화정책의 추진과 한계」,『동양학』50

전덕재, 2015「『삼국사기』신라본기 중고기 기록의 원전과 완성」,『역사학보』226

전덕재, 2016「신라의 북진과 서북경계의 변화」,『한국사연구』173

전상우, 2018「6세기 후반 고구려의 대외정책 변화와 신라 아단성 공격」,『한국고대사연
      구』89

전주농, 1957「고구려 벽화에 나타난 악기에 대한 연구」(1)『문화유산』1

전주농, 1957「고구려 벽화에 나타난 악기에 대한 연구」(2)『문화유산』2

전호태, 1993「고구려 장천1호분의 서역계 인물」,『울산사학』6

조경아, 2005「무애무의 기원과 변천과정」,『온지논총』13

趙維平, 2002「琵琶的歷史」,『韓國音樂史學報』29

주보돈, 2004「고대사회 거창의 향방」,『영남학』6

주보돈, 2006「우륵의 삶과 가야금」,『악성 우륵의 생애와 대가야의 문화』, 고령군·대가

야박물관·계명대학교 한국학연구원

주보돈, 2015「신라의 '東京'과 그 의의」『대구사학』120

주운화, 2005「악을 통해서 본 신라인의 복속·통합 관념-가야금과 현금의 정치적 상징-」,『한국고대사연구』38

주재걸, 1982「고구려에서 군악대활동에 관한 연구」,『력사과학』1982년 2호

주재걸, 1983「고구려 사람들의 예술활동에 대한 연구-음악·무용을 중심으로」,『고고민속론문집』8

酒寄雅志, 1997「雅樂 '新靺鞨'にみる古代日本と東北アジア」,『朝鮮社會の史的展開と東アジア』, 山川出版社

최선자, 2017「신라 진흥왕의 정치사상 연구」,『신라문화유산연구』1

최철, 1982「신라 10무에 대하여-朴琮이 본 신라의 춤-」,『연세교육과학』21, 연세대 교육대학원

하일식, 2000「당 중심의 세계질서와 신라인의 자기인식」,『역사와 현실』37

2부 일본 고대 무악 고려악

1) 저서

국립경주박물관, 2006『신라의 사자』

국립부여문화재연구소, 2006『왕궁리-발굴조사보고Ⅴ-』

吉川英史, 1965『日本音樂の歷史』, 創元社

김성혜, 2006『신라음악사연구』, 민속원

김학주, 2001『중국 고대의 가무희』, 명문당

남상숙, 2002『악학궤범의 악조연구』, 신아출판사

大槻如電, 1927『新訂舞樂圖說』, 六合館

大阪市立美術館·讀賣新聞大阪支社, 1999『よみがえる漢王朝-2000年の時をこえて-』. 讀
　　賣新聞社

東儀信太郎 등, 1998『雅樂事典』, 音樂之友社

穆舜英·祁小山·張平主篇, 1994『中國新疆古代藝術』, 新疆美術撮影出版

박은옥, 2006『고려사 악지의 당악 연구』, 민속원

박한제, 2003『강남의 낭만과 비극』, 사계절

上杉千鄕, 2008『日本全國 獅子·狛犬ものがたり』, 戎光陽出版

서천군지편찬위원회, 2009『서천군지』4

蕭放著·김지연·박미경·전인경역, 2006『중국인의 전통생활풍습』, 국립민속박물관

楊蔭瀏著·이창숙역, 1999『중국고대음악사-상고시대부터 송대까지-』, 솔

여기현, 1999『신라 음악상과 사뇌가』, 월인

王嶸, 2000『西域文化的回聲』, 新疆青少年出版社

遠藤徹·笹本武志·宮丸直子, 2006『雅樂入門事典』, 柏書房

윤열수, 1995『민화이야기』, 디자인하우스

이두현, 1979『한국연극사』, 보성문화사

이혜구, 2000『신역 악학궤범』, 국립국악원

印南高一, 1944『朝鮮の演劇』, 北光書房

林屋辰三郎, 1960『中世藝能史の研究』, 岩波書店

林海村, 1998『漢唐西域與中國文明』, 文物出版社

장사훈, 1986『증보 한국음악사』, 세광음악출판사

(財)古代學協會·古代學研究所編, 1994『平安時代史事典(上卷)』, 角川書店

(財)古代學協會·古代學研究所編, 1994『平安時代史事典(下卷)』, 角川書店

(財)大阪府文化財センター·日本民家集落博物館, 2004『シリーズ ここまでわかった考古學,
　　企劃展示 竈形土器の語るもの』(カルチュア はっとり No3)

荻美津夫, 1977『日本古代音樂史論』, 吉川弘文館

荻美津夫, 2005『古代音樂の世界』, 高志書院

荻美津夫, 2007『古代中世音樂史の研究』, 吉川弘文館

전경욱, 2004『한국의 전통연희』, 학고재

田邊尙雄, 1932『日本音樂史』, 雄山閣

田邊尙雄, 1963『日本音樂史』, 東京電機大學出版局

田中俊明, 1992『大加耶連盟の興亡と任那-加倻琴だけが殘つた-』, 吉川弘文館

鄭州市文物研究所, 2003『中國古代鎭墓神物』, 文物出版社

趙世騫, 1997『絲路之路樂舞大觀』, 新疆美術撮影出版社

佐伯有淸, 1982『新撰姓氏錄の研究』考證篇2, 吉川弘文館

佐伯有淸, 1983『新撰姓氏錄の研究』考證篇5, 吉川弘文館

中國畵像石全集編纂委員會, 2000『中國畵像石全集』1(山東漢畵像石), 山東美術出版社·河
　　南美術出版

차주환, 1976『唐樂硏究』, 汎學圖書

차주환, 1983『고려 당악의 연구』, 동화출판공사

최인학, 1990『이웃집 굴뚝사정』, 문학아카데미

河竹繁俊著·이응수역, 2001『일본연극사』상, 도서출판 청우

하지홍·임인호, 1993『한국의 토종개』, 대원사

한국도로공사·원광대박물관, 2001『군산여방리고분군』

虎尾俊哉, 2000『譯註 日本史料 延喜式』上, 集英社

黃能馥·陳娟娟, 2004『中國服飾史』, 上海人民出版社

2) 논문

강영경, 2005「만신전(萬神殿)으로서의 가정신앙-강화도를 중심으로-」,『한국의 가정신
　　앙』하(지역적 양상), 민속원

岡田莊司, 1994「平安前期 神社制度の公式化-平安初期の公祭についてー」,『平安時代の

國家と祭祀』, 續群書類從完成會

霍旭初, 1994「龟兹舍利盒乐舞图」,『龟兹艺术研究』, 新疆人民出版社

궁성희, 1990「고구려무덤들에 보이는 부뚜막에 대하여」,『조선고고연구』1990-1

권강미, 2006「통일신라시대 사자상의 수용과 전개」,『신라의 사자』, 국립경주박물관

권오영, 2006「무령왕릉 출토 진묘수의 계보와 사상적 배경」,『무령왕릉 학술대회』, 국립
　　　공주박물관

권오영, 2007「住居構造와 炊事文化를 통해 본 백제계 이주민의 일본 畿內地域 정착과
　　　그 의미」,『한국상고사학보』56

金建民著·全仁平譯, 1993「인지요록 중 고려곡의 해석과 고증」,『중앙음악연구』4

김광언, 2000「중·한·일 세 나라의 주거민속 연구(IV)-조왕(竈王)-」,『문화재』33, 국립문화
　　　재연구소

김광언, 2001「중·한·일 세 나라의 주거민속 연구(VI)-조왕(竈王)」,『文化財』34

김광영, 2013「蘇莫遮硏究-축제적 성격과 외래문화 수용 양상을 중심으로-」,『중국어문
　　　학지』42

김상범, 2007「당대 후반기 양주의 발전과 외국인사회」,『중국사연구』48

김상현, 2003「일본에 전해진 고구려악과 그 의복-正倉院의 狛樂用具와 西大寺資材帳을
　　　중심으로-」,『고구려연구』15

김시덕, 2003「솟대타기 연희의 기원과 전개 양상」,『한국민속학』38

那波利貞, 1941「蘇莫遮攷」,『紀元二千六百年記念史学論文集』, 京都帝國大學文學部

木村春太郎, 1922「狛犬の由來に就いて」,『史學雜誌』33-6

박성석, 2007「경남지역 가정신앙의 특징」,『한국의 가정신앙』(경상남도편), 국립문화재
　　　연구소

박전열, 1996「日本 散樂의 연구」,『한국연극학』제18호, 연극학회

박태규, 2016「일본 연향악의 자국 내 재형성에 관한 연구-부가쿠(舞樂) 소마쿠샤(蘇莫
　　　者)를 중심으로-」,『한림일본학』28

박혜정, 2005 「대전의 앉은 굿 음악 연구-신석봉법사의 안택굿을 중심으로-」, 『문화재』38

伴信友, 1907 「蕃神考」, 『伴信友全集』2권, 國書刊行會

柏红秀·李昌集, 2004 「泼寒胡戏之入华与流变」, 『文學遺産』2004年 第3期

山路興造, 1981 「都鄙の藝能」, 『日本藝能史』1권, 法政大學出版局

三宅和朗, 2008 「平野祭の基礎的考察」, 『古代の王權祭祀と自然』, 吉川弘文館

森下要治, 1993 「胡琴教録の基礎的問題-成立時期·編者·編纂態度-」, 『國文學攷』140, 廣島
        大學國語國文學會

常樂, 2009 「潑寒胡戲在唐代的禁斷與流變」, 『Popular Science』6期

西田長男, 1957 「平野祭神新說」, 『神道史の研究』第2, 理想社

石田百合子, 1983 「胡琴教録の舞臺と人物」, 『上智大學國文學論文集』16, 上智大學國文學會

송방송, 1981 「향악 河臨調의 音樂史學的 考察」, 『대구사학』19

松前健, 1974 「古代宮廷竈神考」, 『古代傳承と宮廷祭祀』, 塙書房

水野俊平, 1997 「教訓抄에 나타난 高麗樂 曲名 表記에 대한 考察」, 『한국언어문학』38

水野正好, 1972 「外來系氏族と竈の信仰」, 『大阪府の歷史』第2號

植木行宣, 1981 「東洋的舞樂の傳來」, 『日本藝能史』第1卷(原始·古代), 法政大學出版局

신명숙, 2001 「신서고악도에 나오는 신라 사자무에 관한 연구」, 『체육사학회지』8

신영순, 1993 「조왕신앙연구」, 영남대학교 대학원 문화인류학과 민속학전공 석사학위논문

안상복, 2006 「중국의 전통 장대곡예(竿技) 그 기원과 역사 전개」, 『중국문학』47, 한국중
        국어문학회

艾菲, 2009 「慧琳『一切經音義』의 음운 현상-『切韻』과의 비교를 중심으로-」, 고려대학교
        대학원 중어중문학과 석사학위논문

여승환, 2012 「潑寒胡戲의 유래와 唐代 금지 상소를 통해 살펴본 연출 상황 고찰」, 『중국
        문학연구』49

王嶸, 2000 「多文化背景下的苏莫遮」, 『西域文化的回声』, 新疆省青少年出版社

王嶸, 2000 「龟兹昭怙厘佛寺舍利盒乐舞图文化解读」, 『西域文化的回声』, 新疆省青少年出

版社

王頲, 2012「續毹助舞-唐迄元的渾脱舞與渾脱」,『西域南海史地研究』4集

우재병, 2006「5~6세기 백제 住居·暖房·墓制文化의 倭國 傳播와 그 背景」,『한국사학보』
　　　23

熊谷宣夫, 1957「クチャ將來の彩畫舍利容器」,『美術資料』191, 東京國立文化財研究所

원종세·이덕경, 1991「사자춤에 나타난 象徵性」,『논문집』15, 건국대학교 교육연구소

윤무병, 1978「무령왕릉 석수의 연구」,『백제연구』7

義江明子, 1986「平野社の成立と變質」,『日本古代の氏の構造』, 吉川弘文館

이두현, 1959「新羅五伎考」,『서울대학교 논문집』9

이지선, 2005「『삼오요록』과『인지요록』의 고려악 연구-고려일월조를 중심으로-」,『한국
　　　음악사학보』38

이필영, 2008「우물신앙의 본질과 전개양상-민속학 자료를 중심으로-」,『역사민속학』26

이혜구, 1967「納曾利考」,『韓國音樂序說』, 서울대학교출판부

林謙三, 1968「信西古樂圖と平安初期の樂制について」,『雅樂界』48

임승범, 2005「충남 태안지역의 安宅과 病經」,『한국의 가정신앙』(하), 민속원

임영애, 2007「중국 고분 속 鎭墓獸의 양상과 불교적 변형」,『미술사논단』25

林陸朗, 1977「高野新笠をめくって」,『折口博士記念古代研究所紀要』3

張龍群, 1992「乞寒舞戲〈蘇莫遮〉」,『新疆藝術』1992년 第三期

井上井, 1974「狛犬」,『神道考古學講座』제4권(神道歷史期), 雄山閣

井上滿郎, 1997「酒と渡來人」,『古代の日本と渡來の文化』, 學生社

정연학, 2005「중국의 가정신앙-조왕신과 뒷간신을 중심으로-」,『한국의 가정신앙』상(역
　　　사·무속·인접민족), 민속원

정지영, 2012「일본의 궁중악무 연구-고마가쿠 소시모리(蘇志摩利)를 중심으로-」,『민족
　　　무용』16

井浦芳信, 1962「舞樂二分法の形成」,『東京大學校教養學部人文科學紀要 國文學·漢文

學』26

趙維平, 2002「琵琶的歷史」,『韓國音樂史學報』29

佐藤辰雄, 1985「貞敏の琵琶樂傳習をめぐつて」,『日本文學誌要』32, 法政大學國文學會

佐藤辰雄, 1986「廉承武傳承の考察」,『日本文學誌要』34, 法政大學國文學會

천진기, 2002「한국 띠동물의 상징체계 연구」, 중앙대학교 대학원 박사학위논문

최완규, 1996「군산 여방리 기린마을 고분군 발굴조사 개보」,『호남고고학』3

坂元義種, 1995「狛犬の原像について」,『日本古代國家の研究』上卷, 愚文出版社

平野健次著·李知宣譯, 1997「日本音樂史序說」,『韓國音樂史學報』19

平野邦雄, 1969「今來漢人」,『大和前代社會組織の研究』, 吉川弘文館

荒井秀規, 2005「神に捧げられた土器」,『文字と古代日本』4(神佛と文字), 吉川弘文館

黑田佳世, 1987「蘇莫者起源說話考」,『椙山國文學』11, 椙山女學園大學國文學會

보론 : 신라 화랑도의 무예와 수박

김광성·김경지, 1988『한국태권도사』, 경운출판사

김극로·김희주, 1989「태권도 발전과정에 대한 사적 고찰」,『군산대학교논문집』16

金學主, 2001『중국 고대의 가무희』, 명문당

나영일, 1997「조선시대 수박과 권법에 대하여」,『무도연구』8-2, 용인대학교

력사과학연구소, 1975『고구려문화』, 사회과학출판사

廖奔, 1983「論漢畵百戲」,『漢代畵像石研究』, 文物出版社

三品彰英, 1974『新羅花郎の研究』, 平凡社

安金槐·王與剛, 1972「河南密縣打虎亭漢代畵像石墓和壁畵墓」,『文物』1972年 10期

안지원, 2005『고려의 국가 불교의례 연구와 문화-연등·팔관회와 제석도량을 중심으로-』, 서울대학교출판부

魏殿臣, 1983「密縣漢畵簡述」,『中原文物』1983年 特刊

이규석, 1986「우리나라의 태권도 역사에 관한 고찰」,『한국유도대학논문집』2-1

이기동, 1984「신라 화랑도의 기원에 대한 고찰」,『신라 골품제사회와 화랑도』, 일조각

이기동, 1984「신라사회와 화랑도」,『신라문화』1

이기동, 1997『신라사회사연구』, 일조각, 283쪽

이두현, 1959「新羅五伎考」,『서울대학교 논문집』9

이두현, 1979『한국연극사』, 보성문화사

임영애, 1998「고구려 고분벽화와 고대중국의 西王母신앙-씨름그림에 나타난 '西域人'을
　　　중심으로」,『講座美術史』10

전호태, 2000『고구려 고분벽화연구』, 사계절

趙建中, 1983「淺談南陽漢畵像石中的角抵戱」,『考古與文物』1983년 第3期

최충환, 1999「삼국시대 수박의 발달과정에 관한 고찰」,『체육연구』12

허인욱, 2002「수박희에 대한 고찰」,『체육사학회지』10

* 본서에 실린 글은 필자가 여러 학술지에 발표하였던 논고를 수정, 보완한 것이다. 수
　정, 보완한 내용에 대하여 일일이 본서에서 밝히지 않았다. 기존 논고와 차이가 있는
　경우, 본서의 내용이 필자의 소견임을 밝혀둔다. 1부와 2부를 구성하는 논고의 발표시
　기와 게재학술지는 다음과 같다.

1. 1부 한국 고대의 백희잡기와 무악

전덕재, 2006「한국 고대 서역문화의 수용에 대한 고찰-百戱·歌舞의 수용을 중심으로-」,
　　　『역사와 경계』58

전덕재, 2006「고구려의 놀이문화-백희잡기를 중심으로-」,『고고자료에서 찾은 고구려인
　　　의 삶과 문화』, 고구려연구재단

전덕재, 2007「향악의 성격 고찰을 통한 신라문화의 정체성 연구」,『대구경북학 연구논

총』4, 대구경북학연구구원·대구경북학연구회.

전덕재, 2009 「신라 서역음악의 수용과 향악의 성립」, 『2008 신라학 국제학술대회 논문
집』2(실크로드와 신라문화)

전덕재, 2012 「고대의 백희잡기와 무악」, 『한국고대사연구』65

전덕재, 2017 「신라 기악백희의 종류와 전승」, 『사학지』55

전덕재, 2020 「대가야의 음악과 전승」, 『대가야의 악(樂)-가야금과 우륵 12곡-』(대가야학술
총서 13), 고령군 대가야박물관·서울시 한성백제박물관·계명대 한국학연구원.

2. 2부 일본의 고대 舞樂 고려악

전덕재, 2008 「고대 일본의 고려악에 대한 기초 연구」, 『동북아역사논총』20

전덕재, 2009 「한국과 일본 고대의 歌舞 狛犬과 新羅狛에 대한 고찰」, 『한국고대사연구
의 현단계』(석문이기동교수정년기념논총), 주류성

전덕재, 2010 「백제의 무악 進曾利古와 竈王信仰의 일본 전래」, 『역사민속학』32

전덕재, 2011 「고대 한국과 일본의 악곡 啄木에 대한 시론적 고찰」, 『사학지』43

전덕재, 2014 「일본 고대 무악 고려악의 성립과 성격」, 『일본 예악무의 융합적 연구』, 민
속원

전덕재, 2017 「고대 한중일 문화교류에 대한 고찰-舞樂 蘇莫遮와 蘇志摩利, 吉簡을 중심
으로-」, 『일본학연구』51, 단국대학교 일본연구소

보론

전덕재, 2005 「신라 화랑도의 무예와 수박」, 『한국고대사연구』38

* 그림과 출처

<그림 1> 안악3호분 무악도: 경북대학교 박물관, 2005 『우리 악기 보고 듣기』, 17쪽

<그림 2> 무용총 수박도: KBS 한국방송공사, 1994 『고구려 고분벽화 고구려특별전』, 67쪽

<그림 3> 각저총 씨름그림: ICOMOS-Korea 한국위원회, 2005 『세계문화유산 고구려고분
　　　　　벽화』, 예맥출판사, 75쪽

<그림 4> 장천1호분 백희기악도 부분: KBS 한국방송공사, 1994 『고구려 고분벽화 고구려
　　　　　특별전』, 124쪽

<그림 5> 약수리고분벽화 교예도: 손영종, 1999 『고구려사』3, 과학백과사전 종합출판사,
　　　　　140쪽

<그림 6> 팔청리고분벽화 고취악대와 곡예 모사도: 손영종, 1999 『고구려사』3, 과학백과사
　　　　　전 종합출판사, 140쪽

<그림 7> 수산리고분벽화 곡예도: ICOMOS-Korea 한국위원회, 2005 『세계문화유산 고구
　　　　　려고분벽화』, 예맥출판사, 75쪽

<그림 8> 『신서고악도』에 전하는 신라악 입호무: 正宗敦夫 編纂校訂, 1927 『日本古典全集
　　　　　信西古樂圖』, 日本古典全集刊行會, 25쪽

<그림 9> 노래하고 연주하는 서역인 토우(호림박물관 소장): 김인희, 2013 「신라 토우장식
　　　　　장경호와 동오(東吳) 혼병(魂甁)을 통해 본 동중국해 사단항로 개척시기」, 『동아
　　　　　시아고대학』32, 236쪽

<그림 10> 황성동 석실분 출토 토용(국립경주박물관 소장): 국립경주박물관, 2005 『국립
　　　　　　경주박물관 고고관』, 208쪽

<그림 11> 『악가록』에 전하는 胡德樂 가면: 『악가록』 권39 舞面 1287쪽

<그림 12> 『신서고악도』에 전하는 호음주: 正宗敦夫 編纂校訂, 1927 『日本古典全集 信西
　　　　　　古樂圖』, 日本古典全集刊行會, 15쪽

<그림 13> 『악가록』에 전하는 진숙덕 가면: 『악가록』 권39 舞面 1285쪽

墓神物』, 文物出版社

<그림 32> 昭怙厘佛寺에서 발견된 舍利函 樂舞圖 模寫: 中國音樂文物大系總編輯部, 1999
『中國音樂文物大系』〈新疆卷〉, 大象出版社, 183쪽

<그림 33> 『신서고악도』에 전하는 蘇莫者: 正宗敦夫 編纂校訂, 1927『日本古典全集 信西
古樂圖』, 日本古典全集刊行會, 18쪽

<그림 34> 『신서고악도』에 전하는 蘇莫者: 正宗敦夫 編纂校訂, 1927『日本古典全集 信西
古樂圖』, 日本古典全集刊行會, 38쪽

<그림 35> 『악가록』에 전하는 枠 모양: 『악가록』 권38 舞樂裝束 1250쪽

<그림 36> 운산 용호동 1호분 출토 철제 고구려 부뚜막: 국립중앙박물관 소장

<그림 37> 익산 왕궁리유적 출토 이동식 부뚜막 모양 토기: 국립익산박물관 소장

<그림 38> 久度神社와 西安寺, 牧野墓, 百濟寺의 위치

<그림 39> 沂南漢墓中室東壁橫額畵像의 장대 곡예: 中國畵像石全集編輯委員會, 2000『中
國畵像石全集』1(山東畵像石), 河南美術出版社, 153쪽

<그림 40> 용강동 횡혈식석실분에서 출토된 수박 자세를 한 토용: 국립경주박물관, 1991
『경주이야기』, 142쪽